Ayla Dade
Haunted Trust – Perfekt war Gestern

Ayla Dade

Haunted Trust – Perfekt war Gestern

Roman

PIPER

Mehr über unsere Autoren und Bücher:
www.piper.de

ISBN 978-3-492-50288-7

Redaktion: Diana Napolitano
Covergestaltung: Emily Bähr, www.emilybaehr.de
Covermotiv: Shutterstock.com (ANEK SANGKAMANEE
und DenisProduction.com)
Printed in Germany

Für alle, die das Gefühl haben, nicht perfekt zu sein.
Ihr seid es. Jeder von euch.

PLAYLIST

A Little Too Much – Shawn Mendes
An Wunder – Wincent Weiss
Book Of Love – Peter Gabriel
Down On Me – Jeremih
Everything I Need – Skylar Grey
Havana – Camila Cabello
Ich lass für dich das Licht an – Revolverheld
Impossible – James Arthur
Kaum erwarten – Wincent Weiss
Mad World – Gary Jules
Next – Ariana Grande
Save Tonight – Eagle-Eye Cherry
Sit Still, Look Pretty – Daya
Sweet But Psycho – Ava Max
Talk Dirty – Jason Derulo
That's What Friends Are For – Dionne Warwick, Elton John
Was du Liebe nennst – LNMOP, ZOË
Wiggle – Jason Derulo
You And Me (In My Pocket) – Wincent Weiss
Zu dir – Lea

1

Grace

Seit fünfundvierzig Minuten starre ich auf diesen Namen.

Miss Cervelat.

In zwei Wochen wird ihre Cousine bei uns im Plaza heiraten, und Miss Cervelat besteht darauf, einen neuen Platz zugewiesen zu bekommen. Die Tatsache, dass die Sitzordnung seit fast sieben Monaten in trockenen Tüchern ist, scheint sie nicht zu interessieren. Ehrlich gesagt denke ich, sie interessiert sich momentan für gar nichts außer für den Schoß von Mr. Shaw, denn urplötzlich will Miss Cervelat nicht mehr neben ihrem eigentlichen Lover sitzen. Und genauso urplötzlich käme für sie nur noch der Platz neben Mr. Shaw infrage, der, nebenbei bemerkt, der Mann der besten Freundin ihrer Cousine ist.

Wenn jemand meint, das wäre das komplizierteste an der Sache, der hat sich bisher nicht diese Sitzordnung angesehen. Ich kann Mr. Shaws Frau auf keinen Fall wegsetzen. Infrage käme nur, seine Schwester neben Cervelats Lover, oder vielmehr Ex-Lover, zu platzieren. Meiner Meinung nach die einzig logische Vorgehensweise. Ich würde mir ja anerkennend auf die Schulter klopfen und endlich dieses stickige Büro verlassen, aber Miss Cervelat sagt *nö*. Das hat sie mir wirklich so gesagt. Am Telefon.

Sie meinte: »Miss Bishop, was soll ich sagen? Nö.«

Dann habe ich es wiederholt, hauptsächlich deshalb, weil sie mich damit überrumpelt hat. Also meinte ich: »Nö?«, und sie noch einmal: »Richtig. Nö.«

Auf meine Frage, wo denn das Problem liege, hat sie erst einmal theatralisch meinen Namen geseufzt. Auf eine Art und Weise, als würde sie seit Stunden mit mir in einem Versicherungsbüro sitzen und mir zum x-ten Mal erklären, weshalb ein Schadenersatz nicht infrage käme.

»Miss Bishop«, sagte sie also. Ganz lang gezogen natürlich. »Ich habe nur diesen Abend, um mir den Mann zu angeln. Das kann ich nicht, wenn pausenlos diese Zecke an ihm haftet. Wenn Sie einmal dreiundfünfzig sind, werden Sie an mich und meine Worte denken, glauben Sie mir.«

Das wollte ich mir nicht wirklich vorstellen. Also habe ich diesen Gedanken verdrängt und mich auf die Frage konzentriert, wo ich Mrs. Shaw hinsetzen und was für eine Begründung dies rechtfertigen könnte aber leider kann ich seit geschlagenen zwanzig Minuten nicht aufhören, mir Mr. Shaw vorzustellen, der mit einer Wurstscheibe tanzt. Cervelatwurst.

Meine Produktivität ist heute im Keller. Ganz eindeutig.

Gerade schiebe ich meine Finger unter mein breites Seidenhaarband, um mir die Kopfhaut zu massieren, da klingelt mein Handy. Ich war selten so erfreut über eine Ablenkung.

»Ja?«

»Hey. Kommst du voran?« Hazel. Meine beste Freundin. Es ist, als könnte allein der Klang ihrer Stimme mich mit neuer Energie aufladen.

Lächelnd lehne ich mich zurück, überschlage die Beine und fokussiere die Spitze meiner Jimmy Choo Heels. Am liebsten würde ich mir bequeme Schuhe anziehen, aber Mom bekäme einen Tobsuchtsanfall, wenn sie wüsste, dass ich den Weg vom Büro bis hoch in unsere Suite *ohne Jimmy Choos* gegangen bin.

»Wir haben einen Ruf zu verlieren, Grace«, würde sie sagen. Und natürlich lästig mit der Zunge schnalzen, wie meine Mutter es immer tut, wenn sie mir zeigen will, welch *inakzeptables Verhalten* ich wieder einmal an den Tag lege.

»Was soll ich sagen? Nö«, antworte ich, darauf bemüht, Miss Cervelats rauchige Stimme gekonnt wiederzugeben.

Hazel kichert. Wir haben vorhin schon einmal telefoniert,

irgendwann zwischen meinem Gespräch mit der Cervelatwurst und weiteren verzweifelten Versuchen, Mr. Shaw von seiner Frau zu trennen, die Miss Cervelat so liebevoll als Zecke betitelt hat. Wirklich höflich. Ich meine, wer würde nicht gern ein kleines fettes Vieh mit gekrümmten Beinen sein? Ich zumindest wäre wunschlos glücklich.

»Die arme Braut«, sagt Hazel. »Wenn ich eine Cousine wie Miss Cervelat hätte, die mir meine Hochzeit verdirbt, würde ich ihr Tage vorher Enthaarungscreme ins Shampoo mischen.«

Sofort stiehlt sich ein Lächeln auf mein Gesicht. »Hey, dafür bin ich zuständig. Als deine Trauzeugin ist es mein Auftrag, dir jedes Biest vom Hals zu halten, ohne dass du etwas von dem Stress mitbekommst.« Ich kenne Hazel so gut, dass ich am Klang ihrer Stimme ein Lächeln heraushören kann. »Wie traurig, dass die Cousine von der Wurst keine Grace Bishop hat.«

»Hat sie ja«, widerspreche ich und beginne, mich in dem ergonomischen Drehstuhl langsam um meine eigene Achse zu drehen. »Nur leider hat die das Pech, die Zecke zu sein. Sie ist das Angriffsziel der Cervelatwurst.«

»Ich denke, ich werde nie wieder Salami essen können.«

»Du bist ja auch Vegetarierin.«

»Stimmt. Aber selbst, wenn ich keine wäre. Cervelatwurst käme nie wieder infrage.«

Ich lächle. »Wie sieht es denn bei dir mit den *Save the Date*-Karten aus?«

Hazel seufzt. Es klingt, als würde sie sich aufs Sofa plumpsen lassen. Vor zwei Wochen ist sie zu ihrem Verlobten Caleb West in sein luxuriöses Penthouse gezogen, das er sich als international bekannter Schauspieler natürlich leisten kann.

»Es geht. Ich hätte nie gedacht, dass Cal so anspruchsvoll sein kann, was die Planungen der Hochzeit betrifft. Weißt du noch, die Idee der schlichten weißen Karten in den goldenen Umschlägen, die wir auf Pinterest gefunden haben?«

Ich nicke, bis mir einfällt, dass sie es nicht sehen kann. »Klar. Die waren süß.«

»Genau da liegt das Problem. Caleb findet sie *zu* süß. Er möchte etwas Eleganteres.«

Ein Lächeln stiehlt sich auf mein Gesicht, weil ich förmlich vor mir sehe, wie Hazel genervt die Augen verdreht und anschließend die kleine Stupsnase kräuselt.

»Schlag ihm mal Karten in Mittelalteroptik vor, mit verbrannten Ecken und Wachssiegel. Nur, um seine Reaktion aufzunehmen und sie dann in deiner Instagram-Story zu posten.«

Hazel gluckst. »Das wäre der Hit. Ich glaube, ich mach das jetzt ernsthaft. Soll ich dich verlinken?«

»Ich bitte darum.«

»Gut. Wir sehen uns dann morgen früh vor dem Businessgebäude?«

»Wie immer, beste Freundin.«

Wir legen gerade in dem Moment auf, als ich meine letzte Drehung mit dem Stuhl mache, und plötzlich fast einen Herzanfall erleide, als ich die leibhaftige Geiergestalt meiner Mutter vor mir erblicke.

»Hast du mich erschreckt.«

Sie zieht eine ihrer dünnen Brauen hoch, die sie immer so dick nachmalt, dass sie künstlicher nicht aussehen könnten. »Ich darf also annehmen, die Sitzordnung ist fertig?«

Als hätte ich einen Plan was ich tue, blättere ich mit geschäftigem Blick in den Unterlagen herum. »Und was genau verleitet dich zu dieser Annahme, Mutter?«

Das Klackern ihrer Absätze auf dem gefliesten Marmorboden verrät mir, dass sie zwei Schritte nähergekommen ist. Ich will nicht aufsehen, weil ich plötzlich keine Lust auf einen zweiten Blick ihrer dicken Brauen habe, obwohl ich sie jeden Tag sehe.

»Dein Telefonat mit Hazel.«

Ich presse die Lippen aufeinander. »Ja. Ich bin fertig.«

Die Cervelatwurst bleibt, wo sie ist. Ganz bestimmt will ich nicht der Grund für eine Ehekrise zwischen Mr. Shaw und seiner Zecke sein. Wenn Miss Cervelat damit ein Problem hat, soll sie das mal ihrer heiratenden Cousine erklären.

»Gut«, antwortet meine Mutter in einem Tonfall, der nicht offensichtlicher verraten könnte, dass sie auch nichts anderes akzeptiert hätte. »Dein Vater und ich gehen aus.«

Erst jetzt hebe ich den Blick. Meine Mutter zupft imaginäre Fussel vom Kragen ihres *Burberry*-Mantels.

»Wie schön, dass er sich immerhin Zeit für dich nimmt.«

»Ich bitte dich, Grace«, entgegnet Mom. Sie schnalzt mit der Zunge. Natürlich. »Erst letzte Woche wart ihr zwei gemeinsam shoppen.«

Hauptsächlich, um etwas zu tun zu haben, sammle ich die auf der Tischplatte verteilten Unterlagen zusammen und hefte sie in den dicken schwarzen Ordner. Ich lasse die Eisenschnallen stärker zusammenschnappen als gewollt, ehe ich mit hochgezogenen Brauen meine Mutter ansehe.

»Dad hatte Anprobe für seinen Anzug und hat mich mitgeschleppt, damit ich währenddessen seinen Termin beim Steuerberater wahrnehmen konnte. Shoppen sieht für mich anders aus.«

Mom zuckt die Achseln und schiebt sich anschließend die Henkel des kleinen Täschchens, das ich grottenhässlich finde, höher auf die Schulter. Es sieht aus wie ein zu groß geratenes, viereckiges Brillenetui. Ein schweineteures Brillenetui.

»Da musst du mit deinem Vater drüber sprechen, Grace.«

Mit Sicherheit. Der Zug ist für mich nur schon lange abgefahren. Als ob ich um seine Aufmerksamkeit betteln würde. Allein der Gedanke daran entlockt mir ein unglaubwürdiges Grunzen. »Schon gut. Viel Spaß euch beiden.«

Meine Mutter macht ein Gesicht, als hätte ich ihr den Abend verdorben. Dabei meine ich es ernst. Aber das glaubt sie mir natürlich nicht. Sie glaubt nie etwas, das gut gemeint ist. Einfach weil sie selbst es nicht so meinen würde und immer von ihrem Verhalten auf andere schließt.

»Dein Vater hat wenig Zeit. Irgendwann wirst du dieses Hotel übernehmen und ihn dann verstehen.«

Danach geht sie. Und ich bin dankbar dafür.

Ihre Worte haben mir einen so heftigen Stich verpasst, dass ich den schwarzen Ordner von mir schiebe und mich wieder setzen muss.

Irgendwann wirst du dieses Hotel übernehmen und ihn dann verstehen.

Das ist der Plan meiner Eltern aber … es ist nicht meiner.

Schon die Vorstellung, es in meiner Zukunft pausenlos mit Menschen wie der Cervelatwurst zu tun zu haben, lässt mich schaudern. Mein Magen verkrampft sich, wenn ich bloß daran denke, morgen wieder vor dem Businessgebäude zu stehen und ein weiteres Seminar über International Management zu besuchen, obwohl ich ganz genau weiß, dass es nicht das ist, was mein Herz tun will.

Aber das weiß niemand. Nicht einmal Hazel. Sogar ich hatte bis vor Kurzem keine Ahnung, dass der Weg, den meine Eltern für mich vorgesehen haben, nicht der ist, den ich mir wünsche. Doch wie soll ich es schaffen, einen Weg zu verlassen, dessen Route genau vorherbestimmt ist? Aus einem Käfig auszubrechen, dessen Türen vor Jahren verschlossen wurden? Meine Eltern würden niemals verstehen, was ich ihnen zu sagen versuchen würde. In ihrem Käfig sitzt das falsche Tier.

2

Logan

Zum hundertsten Mal an diesem Abend gehe ich die Liste durch. Sie liegt locker in meiner Hand, während ich in der anderen ein Glas mit achtzehn Jahre altem Whiskey halte. Chivas Regal. Auf Eis. Mein dritter in der vergangenen Stunde.

Jeder aus meinem Jahrgang, der nicht gerade eine Karriere am Broadway anstrebt, besitzt dieses Stück Papier. Wir nennen sie alle bloß *die Liste*. Als wäre sie ein geheimnisvolles Schriftstück aus einem Dan-Brown-Roman, das uns mit einer atomaren Katastrophe vernichten könnte, wenn wir sie nicht mit Vorsicht behandeln. Wozu wohl auch gehört, in den Gängen der Uni ihren Namen zu wispern, aus Angst, hochexplosives Uran könnte beim zu lauten Klang der Liste freigesetzt werden und eine Explosion verursachen.

Meine Finger werden steif, weil ich zu lange in derselben Position verharrt habe und das Eis im Glas meine Nervenenden betäubt. Also nehme ich einen großen Schluck, stelle das leere Glas auf den Beistelltisch neben meiner Chaiselongue und beuge mich vor. Mit meinen kalten Fingern glätte ich die Furchen in meiner Stirn, die sich in der letzten Stunde, seit ich unaufhörlich die Liste angestarrt habe, dort eingebrannt haben.

Zwölf Castings.

Das ist es, was diese scheiß Liste enthält. Mehr nicht. Und dennoch bereitet sie mir einen solchen Druck, dass ich mich nachts hin- und herwälze und wach liege. Über den Sinn dieser neuen Pobürste nachdenke, die gerade den Markt erobert. Ja wirklich, Pobürste. Ich meine, wer gibt bitte Geld für eine handliche Wasserkanone aus, um sich nach dem Geschäft nicht mit Toilettenpapier säubern zu müssen, weil das ja *ach so viel* Geld sparen würde? Keine Ahnung. Ich komm nicht drauf. Aber genauso wenig komm ich drauf, weshalb ich nachts stundenlang über solch hirnrissige Dinge nachdenke, bloß um nicht an *die Liste* zu denken.

Oder an Grace.

Fuck, ich verstehe einfach nicht, wie sie das gemacht hat. Wie sie sich seit letztem Sommer in meinem Hirn eingeschlichen und sich dort ein gemütliches Plätzchen gesucht hat, um bloß nicht mehr daraus zu verschwinden.

Es ist ein Sommer vergangen, der uns geprägt hat. Hazel und Calebs Sommer. Es war eine seltsame Zeit. Monate, in denen sich so vieles in meinem Leben verändert hat. Plötzlich hatte ich mehr mit Hazel und Grace zu tun als in meinem ganzen bisherigen Leben, und das, obwohl wir seit Kleinkindalter dieselben Schulen besuchten. In diesem Sommer wechselte ich mehr Worte mit Grace Bishop, als ich es je zuvor getan hatte. Und obwohl die Gespräche nicht viel mehr als Wortgefechte und Schlagabtausche waren, erwischte ich mich plötzlich dabei, wie ich jeden Abend ihren Instagram-Feed stalkte und mein Herz zu klopfen anfing, sobald sie eine neue Story hochlud. Selbst wenn es nur der schwankende Bumerangeffekt ihres Cosmopolitans in einer Bar oder aber ein Bild ihres müden Gesichts samt Schmolllippen am Morgen war. Ich konnte nicht mehr aufhören, sie zu stalken.

Und dann kam der Herbst. Unsere Wortgefechte wurden weniger. Sie begann, über meine Witze zu lachen, obwohl es noch derselbe trockene Humor war, über den sie damals ständig die Augen verdreht hatte. Sie begann, mir Nachrichten zu schreiben. Zwar harmlos, nichts Privates, immer nur Reaktionen auf meine Instagram-Stories oder Antworten in dem Gruppenchat, den Hazel mit Caleb und uns gemacht hatte, um Treffen besser planen zu können. Wir gingen abends alle zusammen essen, feierten Fallbreak in einem Klub, und Calebs Vater veranstaltete eine Halloween-Party, auf der wir vier in Partnerkostümen erschienen und eine Gruppe von The Walking Dead darstellten. Der Herbst war schön. Wenn ich jetzt an ihn zurückdenke, spüre ich Glück und Freude und das Gefühl, breit lächeln zu wollen. Der Herbst war die Zeit, in der ich es langsam guthieß, dass Grace es sich in meinem Kopf gemütlich machte. Ich verlor die Unsicherheit darüber. Aber statt der Sache auf den Grund zu gehen, nahm ich es schlichtweg hin und setzte mich nicht weiter damit auseinander. Es gab keine Annäherungen zwischen mir und Grace, außer denen, in denen sich unsere Finger berührten, wenn wir uns beim Essen das Salz reichten oder ich sie so heftig zum Lachen brachte, dass sie sich an meiner Schulter festkrallen musste.

Auf den Herbst folgte der Winter. New York ist ein schöner Ort für diese Jahreszeit. New York im Winter ist gemütlich. Es ist romantisch. Und es wäre die beste Zeit gewesen, dass Grace und ich uns näherkamen. Aber das taten wir nicht. Im Gegenteil. Es wurde die Zeit, in der wir uns voneinander entfernten. Ich glaube, sie spürte es langsam. Dieses Knistern zwischen uns. Und genau wie mir machte es ihr Angst. Vor allem im Winter. Wenn der Himmel seine dicken Schneeflocken auf die kahlen Äste wirft und die Menschen mit roten Bäckchen im Central Park Schlittschuh laufen. Wenn die Luft nach gebrannten Mandeln duftet und der betörende Geruch von Zimtaroma zu einem herüberschwebt.

In diesem Winter machten wir kaum etwas zu viert. Hazel wurde überhäuft mit Model-Aufträgen für die neue Kollektion, und Caleb war fast durchgehend in Mosambik, wo er einen neuen Film drehte. Mehrmals erwischte ich mich dabei, wie ich Grace Namen in mein Handy eingab und minutenlang auf den leeren Chat starrte. Ich tippte oft eine Nachricht und löschte sie wieder. Nicht weil ich mich vor ihrer Antwort fürchtete, sondern davor, dass ich plötzlich mehr von einer Frau wollte. Dass ich plötzlich bereit war, einer Frau Vertrauen zu schenken.

Mitte Dezember, zum Winterbreak, flog Grace mit ihrer Familie in die österreichischen Alpen. Als ich am Heiligen Abend auf der Weihnachtsfeier meines Vaters saß, mit unzähligen versnobten Menschen, die ich nicht mochte und die nur da waren, weil ihr Unternehmen einen hohen Aktienkurs besaß oder sie sonst so viel

Geld auf ihrem Schweizer Konto besaßen, starrte ich sehr lange ins knisternde Feuer. Selbst dann noch, als die meisten Gäste gegangen waren und die Kohle bloß noch schwach glühte. In diesem Moment wurde mir bewusst, dass ich so niemals sein wollen würde. Ich wünschte mir ein Weihnachtsfest, bei dem ich mit meiner Frau und meinen Kindern vor einem großen Baum saß, wir Maronentee tranken, in den wir unsere Kekse dippten, Lieder über Schneemänner hörten und uns dabei mit glühenden Augen ansahen, weil wir uns liebten und unsere Kinder das schönste waren, das dieses Leben uns beschert hatte.

Grace kam im Januar wieder. Ich fragte sie, ob wir ausgehen wollten. Sie lehnte ab. Ich fragte sie weiter und weiter und weiter, aber sie reagierte immer gleich. Ein verhaltenes Lächeln mit einem knappen Kopfschütteln, das deutlich verriet, wie sehr sie dieses Date eigentlich wollte. Trotzdem gab ich nicht auf. Ich klebte ihr an den Fersen wie ein treuer Hund seinem Herrchen, weil mir endlich klar wurde, was ich wollte.

Inzwischen brach der Frühling herein, und Grace und ich sahen uns immer seltener. Der Abschluss stand bevor. Wir hatten keine Zeit, uns mit unseren Wünschen und Zweifeln zu beschäftigen. Vielleicht danach. Vielleicht später.

Vielleicht irgendwann.

Aber nicht heute.

Meine Finger wandern von den Furchen meiner Stirn weiter zu meinem Haaransatz, wo sie sich in den Strähnen verlieren und sich scheinbar selbstständig dazu entscheiden, mir einen Jimmy-Neutron-Look zu verpassen.

Die Liste in meiner Hand enthält alle Castingtermine, die bis zum Ende des Semesters noch anstehen. Und damit auch bis zu meinem Abschluss. Vier von ihnen sind schon verstrichen, ohne, dass ich vorgesprochen hatte. Nicht etwa, weil ich nicht wollte. Vermutlich hätte ich schon Luftsprünge bis nach Tahiti gemacht, wenn ich nur bei einem dieser vier Termine hätte vorsprechen können.

Aber es kam keine Einladung.

Jeden Tag habe ich unsere Haushälterin Brenda gebeten, mich sofort anzurufen, wenn die Post kam. Und jedes Mal sagte sie dasselbe, immer eingeleitet durch einen melancholischen Seufzer, als wäre es ihre eigene Schuld und sie würde sich dafür schwere Vorwürfe machen.

»Heute ist leider nichts dabei, Logan.«

Sechs Termine auf der Liste sind offene Castings. Dort könnte jeder hingehen und vorsprechen, was bereits impliziert, dass keiner aus unserem Jahrgang dorthin will. Es ist quasi der Notfallplan. Eine Hintertür, die man nehmen kann, wenn kein anderer Ausweg mehr zugänglich ist. Niemand will zu den offenen Castings. Sie sind Müll. Selbst wenn man vorsprechen und eine Rolle bekommen würde, wäre man hinterher vermutlich in einem Dokumentarfilm zu sehen. Oder, schlimmer noch, in einem Horrorfilm, der von Amateuren gedreht wird – mit schrecklichen Gruselszenen, die an den ersten Halloweenstreifen erinnern. Der mit Donald Pleasence.

Wenn jemand aus unserem Jahrgang bei einem offenen Casting war, sickerte das sofort durch. Irgendwie kommt das immer raus. Da ist dann zum Beispiel die Tante der Cousine des Freundes der besten Freundin oder so, die einen gesehen hat, und schon geht das rum. Keine Ahnung, wie das immer so schnell die Runde macht, aber solche Informationen verbreiten sich an der Uni wie ein Lauffeuer. Dann wird in den Fluren und Gängen über nichts anderes geredet, wieder in diesem schrecklichen Wisperton, in dem auch über *die Liste* gesprochen wird. Denn natürlich ist diese Neuigkeit wie das zweite Fass Uran, das zusammen mit der Liste den heißesten Gesprächsstoff bietet.

Ich würde niemals zu einem offenen Casting gehen. Nicht wegen der Angst, dass die Leute reden könnten, sondern weil ich etwas erreichen will. Ich bin begabt. Wirklich. Wenn ich eines gut kann, dann ist es, in eine Rolle zu schlüpfen, meine Identität aufzugeben und mich völlig neu zu erfinden. Was vielleicht daran liegt, dass es mir regelmäßig eine derbe Erleichterung verschafft, einmal nicht ich selbst sein zu müssen.

Ich will in die Kinos. Und ich *werde* in die Kinos kommen.

Problem jedoch ist, dass nur noch zwei weitere Castingtermine anstehen, die wichtig genug sind, um eine Rolle für einen Blockbuster zu bekommen. Und wenn die anderen vier mich schon nicht eingeladen haben, stehen die Chancen nicht gerade gut, dass es die anderen beiden noch tun werden.

Das Papier zittert in meiner Hand. Aus Gewohnheit greife ich nach meinem Whiskeyglas, nur um dann festzustellen, dass es bereits leer ist. Ich könnte mir ein weiteres einschenken. Ich könnte den ganzen Abend hier sitzen und *die Liste* anstarren, so, wie ich es all die Abende zuvor auch getan habe. Jedes Mal schwand die Hoffnung mehr, wenn ein weiterer Castingtermin verstrich.

In der Uni mache ich einen auf geheimnisvoll. Wenn die Jungs mich fragen, ob ich schon bei einem Termin war, zucke ich nur die Achseln und sage: »Ein Gentleman genießt und schweigt«, wobei ich mich jedes Mal wie ein vollkommener Depp fühle, weil ich so tue, als hätte ich bereits mehrere Angebote in der Tasche, dabei habe ich gar nichts. Die Jungs schlagen mir dann mit der Faust gegen die Schulter, mit einem Blick, der in etwa sagt: »Wir sind uns sicher, dass du schon ein Rollenangebot bekommen hast. Du bist der Beste, Mann. Und dann ist Caleb West auch noch dein Cousin.«

Und ich würde mir dann jedes Mal gern vor die Füße kotzen. Nicht weil ein Hollywood-Schauspieler mein Cousin ist, sondern weil alle davon ausgehen, durch ihn wäre meine Karriere schon in trockenen Tüchern und ich müsste mir keine Sorgen machen.

Viele Produzenten wissen nicht einmal, dass Caleb und ich verwandt sind. Wir tragen andere Nachnamen. Seiner ist West, meiner Cunningham. Cals Vater, Thomas, hat mir angeboten, mit den Produzenten zu sprechen. Und ich weiß auch, dass es eine Erleichterung für mich wäre, weil dann mit ziemlicher Sicherheit eine Einladung zum Casting kommen würde.

Aber das will ich nicht. Ich möchte, dass die Produzenten allein auf mich aufmerksam werden, wenn sie sich die Jahrgangslisten der Uni und die Empfehlungen einholen. Sie sollen von selbst auf mich kommen und mir ein Rollenangebot nur wegen meines Könnens unterbreiten, und nicht weil ich Calebs Cousin bin. Das Letzte, was ich will, ist, in seinem Schatten zu stehen. Die Leute sollen mich als eigenständige Person sehen – jemand, der es allein und ohne Hilfe nach oben geschafft hat. Doch diese Zukunft liegt in den Händen der letzten beiden Termine. Wenn ich meinen Abschluss mache, ohne wenigstens ein Vorsprechen bei einem geschlossenen Casting gehabt zu haben, kann ich danach auch gleich an den Broadway gehen. Produzenten müssen nur einen Blick in Sedcard und Unterlagen werfen, sehen, dass der Abschluss ohne Castingtermin oder nur mit einem offenen erfolgte, und schon landet die Mappe im Müll.

Ich will gerade aufstehen, um an die Bar in meinem Zimmer zu gehen und mir einen weiteren Whiskey zu nehmen, da klopft es an der Tür. Sie öffnet sich und Dad kommt herein. Sein dunkelbraunes Haar wird mehr und mehr durch graue Strähnen ersetzt, die im warmen Licht meiner Deckenlampe silbern schimmern. Er trägt einen blauen Anzug mit Seidenkrawatte und so glänzenden Lackschuhen, dass sie aussehen, als wären sie vorher mit Erdnussbutter eingeschmiert worden und ein Hund hätte jeden Zentimeter mit akribischer Obsession abgeleckt.

»Kommst du?«, fragt er.

Verwundert sehe ich ihn an, in einer Hand den Chivas Regal, in der anderen die Liste. »Wohin?«

Mein Vater zieht die Brauen zusammen. So dicht, dass sie sich beinahe berühren und aussehen wie eine dicke, mit Edding gemalte Linie. Sein Stirnrunzeln macht sogar meinem Konkurrenz, und das, obwohl ich seit Tagen stundenlang auf eine hochexplosive und atomare Liste starre.

»Zum Flughafen. Deine Mutter abholen.«

Meine Gesichtszüge entgleisen. Beinahe wäre mir sogar die Liste heruntergefallen. Mein Kopf geht in Lichtgeschwindigkeit alle Möglichkeiten durch, die veranlassen könnten, dass meine Mutter den weiten Weg aus Japan auf sich nimmt, um bei ihrer

Familie zu sein. Da es seit Jahren immer nur zwei Anlässe gibt, nämlich meinen Geburtstag und den Hochzeitstag meiner Eltern, dauert die Arbeit der kleinen Rädchen in meinem Kopf kaum eine Millisekunde.

»Morgen ist euer Hochzeitstag«, spreche ich laut aus. Hauptsächlich deshalb, weil ich so verwundert darüber bin, dass ich es vergessen habe. Normalerweise bereite ich mich wochenlang darauf vor, dass meine Mutter zu uns kommt. Nicht etwa weil ich ein armes kleines Scheidungskind bin, das seine Mom nur selten sieht und jede Sekunde festhalten will. Tatsächlich sind meine Eltern noch immer zusammen, obwohl sie sich so gut wie nie sehen.

Die Wahrheit ist, dass ich meine Mutter nicht ausstehen kann. Ehrlich gesagt ist selbst das noch zu harmlos ausgedrückt.

Ich verachte sie.

Das war nicht immer so. Es gab eine Zeit, in der ich sie geliebt habe. Das war, bevor ich jeden Tag miterleben musste, wie sie Dads besten Freund in dem Ehebett meiner Eltern gevögelt und dabei geschrien hat, als würde sie gerade Achterbahn fahren. Was sie in gewisser Weise auch getan hat. Mit meinem so wertvollen und so fragilen Kinderleben.

Natürlich habe ich sie darauf angesprochen. Mein dreizehnjähriges Ich hat sie gefragt, warum sie Dad betrügt. Mit Mike. Seinem Geschäftspartner und bestem Freund – heute noch.

Sie hat mir gesagt, dass es mich nichts anginge und ich nichts davon verstehen würde, wenn sich eine Ehe irgendwann einfährt. Das würde nicht bedeuten, dass sie Dad nicht mehr liebte, sondern einfach, dass sie ab und zu Abwechslung bräuchte. Einen Kick.

Und dann hat sie gesagt, ich sollte verflucht noch mal den Mund halten, wenn ich nicht wollte, dass unsere Familie kaputtginge. Also habe ich den Mund gehalten. Dad weiß bis heute nichts davon. Seit sieben Jahren lache ich diesem Dreckskerl Mike ins Gesicht, wenn Dad mich dazu bittet, mit ihm und seinem Partner das Footballmatch anzusehen.

Ich habe auch den Mund gehalten, als sie nach Japan abgehauen ist, um dort ihr Unternehmen für Beautyprodukte aufzubauen.

Mein Vater hat sich für sie gefreut. Er hat sie unterstützt und für ihren Mut gelobt, diesen Schritt zu wagen. Ehrgeizig hat er sie genannt. Voller Tatendrang.

Vermutlich würde er das nicht mehr sagen, wenn ich ihm die Wahrheit darüber erzählen würde, weshalb sie abgehauen ist. Wenn ich ihm erzählen würde, dass sie von seinem besten Freund geschwängert wurde und das Kind anschließend in Japan zur Welt gebracht hat.

Vermute ich. Ich habe meine Mutter nie über das Baby befragt, und ich denke, sie weiß auch nicht, dass ich damals den Schwangerschaftstest in ihrer Handtasche gefunden habe, als ich mir fünf Dollar aus ihrem Geldbeutel nehmen wollte.

Wenn sie hier ist, tue ich so, als ob alles gut wäre. Ich tue es, damit es Dad gut geht. Damit er glücklich ist und denkt, er hätte eine tolle Frau und einen guten Sohn. Eine heile Familie. Und jedes Mal zerreißt es mir das Herz, wenn ich daran denke, dass mein Vater an eine Lüge glaubt. Seit sieben Jahren mit einer verfickten Lüge lebt, von der er keine Ahnung hat.

Aber es ist zu spät, es ihm zu sagen. Er würde mir Vorwürfe machen, weshalb ich ihn sieben Jahre seines Lebens in dem Glauben gelassen hatte, es wäre alles in Ordnung. Sieben Jahre lang mit seinem besten Freund und Partner habe lachen lassen, obwohl der Wichser seine Frau regelmäßig flachgelegt und anschließend geschwängert hat.

Ich kann es ihm nicht sagen. Nicht mehr.

Dad lacht. »Natürlich ist morgen unser Hochzeitstag, Junge. Wie jedes Jahr. Also, kommst du?«

Meine Kehle brennt. Ich weiß nicht, ob es vom Chivas Regal oder von der Galle kommt, die der Ekel an die Erinnerungen hervorgerufen hat. Als mir bewusst wird, dass meine Gesichtszüge krampfhaft verzogen sind, zwinge ich mir ein Lächeln auf und schüttle den Kopf. »Ich muss noch einen Text lernen.«

Mein Vater strahlt. Er lehnt sich mit seiner bulligen Schulter gegen den Türrahmen und verschränkt in einer stolzen Geste die Arme vor der Brust. »Hast du einen Castingtermin?«

»Noch nicht«, sage ich, wobei ich mir mein verfluchtes Lächeln am liebsten aus dem Gesicht reißen würde. »Aber ich bin mir ziemlich sicher, dass ich für *Das Leben des Donavan Parker* eine Einladung bekomme.«

Lüge. Das wäre die größte Rolle der gesamten Liste, und wenn ich schon für die anderen vier Castings keine Einladung bekommen habe, dann sicher auch nicht für den Donavan-Parker-Film. Aber es ist der einzige Grund, der triftig genug ist, um ihn nicht zum Flughafen begleiten zu müssen.

Dad nickt. »Natürlich kriegst du die. Ich bin so stolz auf dich, Junge.«

Ich kann ihn nicht länger ansehen. Schon wieder glaubt er an eine Lüge. Lebt in einer schwebenden Wolke, geschützt vor all den harten Tatsachen der Realität und lebt so beständig in ihr, weil ich derjenige war und bin, der sie regelmäßig mit dem festen Garn der Lügen umspinne.

»Wartet nicht auf mich«, sage ich. »Vielleicht geh ich noch mit den anderen Jungs was trinken, wenn wir zusammen den Text lernen.«

Dad wirkt zufrieden. Er nickt wieder und wieder, das fröhliche Lächeln unaufhörlich auf seinem markanten Gesicht, dann geht er und schwebt in seiner dichten Lügenwolke dahin, um seine untreue Frau vom Flughafen abzuholen.

Eine Weile bewege ich mich nicht. Ich starre auf die Liste, in der anderen Hand immer noch die Flasche Whiskey, dann knalle ich beides auf die marmorne Tresenplatte und fluche. Plötzlich habe ich das Gefühl, keine Luft mehr zu kriegen. Ich reiße an meiner Krawatte, bis der Knoten gelöst ist, und öffne die ersten beiden Knöpfe meines Hemds. Dann schnappe ich mir meinen Blazer und laufe bereits durch das schmiedeeiserne Tor unserer riesigen Einfahrt, ohne dass ich den Weg durchs Haus richtig mitbekommen habe.

Seltsamerweise geht mir lediglich durch den Kopf, wie frei und erleichtert ich mich fühle, jetzt, wo die urangeschwängerte Liste nicht mehr in meinen Händen liegt, sondern ungeschützt auf dem Tresen meiner Bar. Vielleicht wünsche ich mir sogar, dass der Chivas Regal durch ungeahnte Kräfte umkippt und seinen Inhalt über dieses mächtige Stück Papier gießt, einfach, damit es seine Macht verliert.

Ich laufe ziellos durch die Straßen der Upper East Side und überquere die Straßen in einer riskanten Gleichgültigkeit. Die vielen gelben Taxen setzen zu einem wahren Huporchester an, manche Fahrer stecken die Köpfe aus den Fenstern und brüllen mir etwas zu, andere zeigen mir den Mittelfinger.

Ich quittiere es mit einem Lächeln. Die Ablenkung tut gut.

Auf der anderen Straßenseite komme ich an Cafés und Restaurants vorbei, in denen sie alle in ihren teuren Anzügen und Kleidern sitzen und vermutlich über nichts anderes reden als hochgestochene High-Society-Scheiße. Wieder einmal merke ich, dass ich nicht von diesen Menschen umgeben sein will. Dass es mich anwidert zu wissen, wie jeder von ihnen ihre eigenen Intrigen plant und durchzieht. Und ich frage mich gleichzeitig, wie viele Frauen in diesen Restaurants wohl so sind wie meine Mutter.

Ich weiß nicht, wie lange ich unterwegs bin. Ich sehe nicht auf die Uhr und hole auch mein Handy nicht heraus. Das einzige, was ich tue, ist laufen. So lange, bis ich in irgendeiner belebten Kneipenstraße in Queens, Long Island City angekommen bin. Kurz wundere ich mich darüber, dass ich nicht einmal bemerkt habe, am Empire State Building vorbeigekommen zu sein, geschweige denn mich dazu entschieden zu haben, über die Brooklyn Bridge zu gehen.

Trotzdem schlendere ich weiter. Meine Hände leuchten in den bunten Farben, die von den Lichtreklamen ausgehen. Ich stecke sie in die Hosentaschen. Vor einer Kneipe mit schwarztürkiser Beleuchtung bleibe ich stehen. Ich weiß nicht, was mich dazu bringt, innezuhalten, aber irgendetwas an der Ausstrahlung dieser Bar fasziniert mich. Vielleicht ist es der Kontrast der Farbe, vielleicht aber auch der gemütliche Altbaucharme.

Entweder habe ich keine Lust oder aber keine Kraft mehr, mich der Anziehung zu widersetzen, also gehe ich die wenigen Stufen hinauf und will die Tür öffnen. Doch gerade, als ich den Blick hebe und durch die mit Lichterketten beklebte Scheibe blicke, bleibe ich kerzengerade stehen und …

… kann nicht glauben, wen ich in dieser Kneipe auf der Bühne sehe.

3

Grace

Manchmal denke ich, ich bin nicht genug.

Manchmal denke ich, dass ich nur existiere, um geformt zu werden. Wie ein Knetball für die Hände, an dem wieder und wieder gezogen wird, bis der Ball den Druck nicht mehr aushält und die ersten Löcher den Verfall aufweisen. Dann wird er beiseitegelegt und nicht mehr beachtet, weil er nun ungeeignet ist, sich mit ihm zu beschäftigen. Und obwohl der Ball selbst nichts für diese Löcher kann, wird doch ihm die Schuld daran gegeben, dass er zerrissen ist.

Paradox.

Aber es gibt Heilung. In den unterschiedlichsten Formen gibt es sie.

Der Ball könnte geflickt werden. Geklebt. Genäht. Er könnte mit Tesafilm umwickelt werden, dann hätte er zwar eine raue Haut, aber wäre trotzdem wieder funktionsfähig.

Lebendig.

Um meinen Tesafilm kümmere ich mich selbst. Niemand weiß, dass er mich umgibt wie ein schützender Nebel auf der Flucht vor Gefahren. Für jeden außer mir ist der Tesafilm unsichtbar.

Meine Augen fokussieren den rotbraunen Perserteppich unter meinen Jimmy Choos. Ein Kontrast, der mir fremd vorkommt.

Unnatürlich.

Jimmy Choos kennen keine Perserteppiche. Sie kennen Marmor und Granit, Sandstein und Parkett.

Aber alles auf dieser Welt ist anpassungsfähig. Schuhe können teurer sein, wenn sie einen gewissen Namen tragen, aber sie sind dennoch bloß Schuhe. Und meine Jimmy Choos lieben diesen Perserteppich. Sie kennen ihn. Fügen sich in die einzelnen Fasern und werden umschmeichelt vom warmen Trost der Geborgenheit.

Meine Hand umschließt das Mikrofon mit festem Griff, genießt das Gefühl von kaltem Metall auf der Haut. Und ich …

… ich singe.

Mit allem, was ich habe und mit allem, was ich bin, singe ich. Heute ist es ein Song von Gary Jules. *Mad World.* Ich liebe dieses Lied. Liebe den Klang der einzelnen Töne, wie sie erst tief und einsam wirken, bis sie schneller und kräftiger werden.

Die Melodie des Lebens.

Meine Lippen bewegen sich, ich höre meine Stimme, konzentriere mich aber nicht auf sie. Achte nicht darauf, wie ich singe, wie ich atme, wie ich stehe. Die Technik ist mir egal. Ich tu es einfach. Ohne nachzudenken.

Und es ist das schönste, befreiendste und leichteste Gefühl dieser Welt. Als würde ich schweben. Auf einer Wolke mitten am Himmel über den Köpfen dieser Erde, wo alle nicht wissen, wie man fliegt. Vielleicht ist es auch keine Wolke, auf der ich mich befinde – sondern dieser Perserteppich, auf dem ich stehe. Mit meinen Jimmy Choos. In diesem Augenblick. Vielleicht erheben wir uns gemeinsam, während ich meine Seele im Klang der Melodie heilen lasse und mir die starren Gesichter auf den Straßen ansehe, die alle nur geradeaus sehen, immer weiter und weiterlaufen, nicht stehen bleiben und genießen, was sie sehen. Oder sich fragen, wer sie überhaupt sind. Sich fragen, ob sie vielleicht alle Marionetten einer höheren Macht sind, die Macht der Gesellschaft, die sie antreibt und scheucht wie ein Hirtenhund die fetten Kühe.

Ich denke, Kühe wissen auch nicht wirklich, wer sie sind. Sie essen, schlafen, gebären und geben Milch. Sie tun, was von ihnen erwartet wird. Unterscheiden wir uns also so sehr von ihnen?

Ich schon. In diesem Augenblick tue ich es.

Weil ich singe. Weil ich heile. Weil ich mich selbst mit Tesafilm umwickle, um meine Löcher zu flicken.

Der Song endet. Erst jetzt, wo die letzten Töne verklingen, nehme ich meine Umgebung wieder wahr. Applaus der Gäste an den abgenutzten runden Holztischen brandet auf, und ich kann nicht anders als zu lächeln.

»Danke«, sage ich ins Mikro, dann stecke ich es zurück in den Ständer und achte darauf, nicht über das Kabel zu stolpern, als ich von der Bühne gehe.

Mir ist heiß. Meine Kopfhaut scheuert unter meinem breiten Haarband, aber ich kann mich nicht überwinden, es abzunehmen. Es geht einfach nicht. Einmal habe ich es versucht, das war auch in dieser Bar. Im *Keira's*. Ich habe es abgestreift und überdeutlich gespürt, wie mir die einzelnen Strähnen ins Gesicht gefallen sind, da habe ich plötzlich Herzrasen bekommen. Keine Ahnung wieso, aber es war grauenhaft. Mir wurde schwindlig, und meine Fingerspitzen haben angefangen zu kribbeln. Ich konnte einfach nicht aufhören zu denken, dass ich etwas Falsches getan habe. Als ob ich mich neu erfunden und meinen Eltern den Rücken zugekehrt habe.

Es fühlte sich an wie ein Verrat.

Natürlich ist das krank. Es ist ja nur ein Haarband. Und das weiß ich auch. Aber mein Unterbewusstsein ist zu stark. Das innere Kind in mir will meinen Eltern genügen. Ihren Ansprüchen gerecht werden. Ich weiß nicht, ob ich das jemals ändern kann. Und das macht mir Angst.

»Danke, Grace«, spricht Keira hinter der Bar in ihr Mikrofon. Sie lächelt mich an. »Du warst wunderbar, wie immer. Ryan, du bist der nächste auf der Liste. Heute Abend hat er sich für *Next* von Ariana Grande entschieden. Na, auf den Song in seiner rauchigen Version bin ich jetzt mal gespannt.«

Erst jetzt merke ich, wie trocken meine Kehle ist. Ich setze mich an den Tresen und bedanke mich mit einem Lächeln, als Keira mir wortlos ein Sprudelwasser mit Strohhalm über die Theke schiebt. Meine Wangen glühen.

Ryan beginnt zu singen. Obwohl man meinen sollte, der Song passt absolut gar nicht zu einer männlichen Stimme, die klingt, als hätte sie heute bereits eine ganze LKW-Ladung Zigaretten gequalmt, finde ich seine Version gut.

Ryan ist Mitte dreißig. Er hat vier Kinder, arbeitet in einer Logistikfirma, die den ganzen Tag nichts anderes tut als Stempelkissen in Kartons zu verpacken, und hat eine teigige Haut. Ich finde, sie passt zu ihm. Genauso wie seine rauchige Stimme.

Früher hätte ich das nicht gesagt. Vielleicht hätte ich mir im Stillen gedacht, dass er dringend ein scharfes Gesichtswasser benutzen sollte, um seiner Haut den Überschuss an Fett zu entziehen. Aber von dem Tag an, an dem ich diese Bar gefunden habe, hat mein inneres Ich eine Veränderung durchgemacht. Ich sehe die Menschen nun anders. Als hätte ich plötzlich einen Röhrenblick, der darauf wartet, die inneren Werte zu entdecken, bevor er über das Äußere urteilt.

Ryan ist schön. So, wie er ist. Mit teigiger Haut. Sie gehört zu ihm, genauso wie seine sympathische Art, jedem mit seinem trockenen Humor ein Lächeln hervorzulocken. Er hat mich schon oft aufgeheitert, wenn ich einen üblen Tag hatte. Und dafür werde ich ihm auf ewig dankbar sein.

Also scheiß auf teigige Haut.

Keira beugt sich zu mir vor. Sie hat dicke Arme und gelbe Haare. Nicht blond, gelb. So, wie es aussieht, wenn eine billige Färbung wieder und wieder genutzt wird, um den Ansatz zu überfärben, und die Strähnen sich dazu entscheiden, einen Farbton wie cremigen Eierpunsch anzunehmen. Natürlich sind ihre Spitzen auch im Arsch. Meine Mutter würde bei dem Anblick erschrocken nach Luft schnappen und sich benehmen, als hätte sie gerade ein Rhinozeros in der Ferne entdeckt, das Anlauf genommen hat und sie überrennen will.

Mir gefällt es. Es ist Keiras Stil. Anders wäre sie vielleicht nicht so, wie ich sie damals kennengelernt habe.

Früher war sie eine Puffmutter. Vielleicht würde ich den Ausdruck nicht verwenden, wenn sie es nicht selbst gesagt hätte. Ich glaube, sie ist stolz darauf, weil sie sich mit dem Geld diese Bar geleistet hat.

An diesem Tag ging es mir nicht gut, weil mein Vater wollte, dass ich mit ihm die aktuellen Finanzen des Plaza durchging. Er meinte, ich müsste anfangen zu verstehen, was genau wofür steht, weil die Zeit bekanntlich immer schneller verstreicht, als man denkt und ehe ich es mich versehe, das Hotel bereits in meinen Händen läge. Da hat er gelacht, keine Ahnung wieso. Vielleicht weil er die Vorstellung seltsam findet, dass ich das Plaza führe. Nicht greifbar.

Dann haben wir wenigstens eine Sache gemeinsam.

An dem Abend hat Keira mit ihrem Wurstfinger vor meinem Gesicht gewackelt. Sie sagte: »Ich sehe, dass du traurig bist. So was merke ich immer. Ich war mal eine richtige Puffmutter, weißt du.«

Ehrlich gesagt weiß ich bis heute nicht, wie das im Zusammenhang damit steht, zu erkennen, wann jemand traurig ist. Vermutlich weil sie die Aufsicht über alle Prostituierten in dem ehemaligen Bordell und dafür zu sorgen hatte, dass es ihnen gut ging.

Ist mir auch egal. Keira ist ein guter Mensch. Das ist, was zählt.

Ihr Gesicht ist mir nah. Die abgebrochenen Spitzen ihrer Strähnen kräuseln sich an ihrem Kinn, und natürlich kann ich nicht verhindern, auf ihre Lippen zu starren, die so dick sind wie ein dreifaches Schlauchboot.

»Hast du schon mit deinen Eltern geredet?«

»Ich werde nicht mit ihnen reden, Keira. Das weißt du.«

Sie hebt eine ihrer tätowierten Brauen. Wirklich, die sind tätowiert. Eine braune gestochene Linie. Sie hat mir erzählt, damals war es der letzte Schrei, die dünnsten Augenbrauen zu haben. Keira hat es dann übertrieben und sich alle Härchen ausgezupft. Sie meinte, eine Weile war jeder Kerl deshalb scharf auf sie. Ich kann mir das nur schwer vorstellen. Aber vielleicht weiß ich auch nur nichts von dem Zauber nicht existenter Augenbrauen.

»Wir wissen beide, dass das Bullshit ist.«

Manchmal drückt sich Keira wie ein breiter Boxer mit tiefer Stimme aus. Ihr Blick ist dann ernst und sie hat sogar dieses knappe dominante Nicken drauf. Meistens kommt mir dabei Bruce Willis in den Sinn. Ich glaube, wenn sie ein Mann wäre, dann wäre Keira Bruce Willis. Keine Frage.

»Stell dir einen Chihuahua vor. Einen mit Glitzerhalsband und *Burberry*-Anzug. Was kommt dir dabei in den Sinn?«

Keiras braune Augen ruhen auf mir, ohne, dass sie eine Miene verzieht. Dann sagt sie: »Eine bissige Töle.«

Ich nicke. »Genau. Mit spitzen Zähnen. Und jetzt stell dir vor, es kommt ein kleiner niedlicher Pudel mit wedelndem Schwanz und will ohne Leine spielen. Wie, denkst du, reagiert der Chihuahua?«

»Das Vieh beißt den Pudel. Weil es ein abgefucktes Miststück in Designerklamotten ist und nur Hunde ihresgleichen akzeptiert.«

»Hart gesagt, aber ja.« Ich nippe an meinem Wasser. »Der Chihuahua ist meine Mom. Und ich will mich nicht freiwillig beißen lassen.«

Keira gluckst. »Du bezeichnest dich selbst als niedlichen Pudel?«

»Passt doch, oder?«

Keira wirbelt herum, um sich einen Lappen zu schnappen und eine Bierlache am anderen Ende des Tresens aufzuwischen, die der betrunkene Burt gerade verursacht hat. Burt sieht aus wie ein Gnom, mit Glatze und dreifacher Falte im Nacken, und ist ausnahmslos immer sternenhagelvoll.

»Schätzchen, vergiss den Pudel. Du bist ein eigensinniger Terrier, der verfolgt, was er einmal im Visier hat. Nur weißt du das noch nicht.«

Ich entgegne nichts. Stattdessen lächle ich in mich hinein und stochere mit dem Strohhalm in meinem Wasser, während ich fasziniert beobachte, wie die einzelnen Kohlensäureblasen sich bewegen. Mein Bleistiftrock zwickt mich im Sitzen schon die ganze Zeit über in die Hüfte, und ich ziehe gerade den Bund ein wenig höher, da …

»Hey.«

Ich zucke so erschrocken zusammen, dass mein Ellbogen gegen das Wasserglas stößt und es umkippt. Sein Inhalt ergießt sich auf meinen Rock, aber ich bin zu perplex, um aufzustehen. Nicht einmal bewegen kann ich mich.

Mit großen Augen und geöffnetem Mund starre ich Logan Cunningham an.

4

Logan

Grace sieht mich an, als hätte sie einen Geist gesehen. Ihr Gesicht ist kalkweiß, wodurch sich ihre schokoladenbraunen Strähnen und Augen besonders hervorheben. Ich bin versucht, meine Hand auszustrecken und ihr über die Wangenknochen zu streichen, doch stattdessen setze ich mich neben sie. Wortlos starrt sie mich an. Als wäre ich eigentlich tot, und sie könnte es nicht fassen, mich zu sehen.

Mit einem Lächeln stelle ich das Wasserglas wieder auf den Tresen und deute auf ihren Rock. »Jetzt siehst du aus als hättest du dich eingepinkelt.«

Grace folgt meinem Blick. In Zeitlupentempo sieht sie an sich herunter, und als hätten die vielen Wasserflecken ihren Verstand wachgerüttelt, presst sie plötzlich die Lippen aufeinander und nimmt sich ein paar Servietten von der Theke, um den Stoff trockenzutupfen.

Ich nehme mir eine Salzstange aus dem Glas vor mir und beobachte sie stumm. Dann sage ich: »Du solltest einen Kurs eröffnen. *Tupftechnik für Anfänger – die Art, dein Leben in den Griff zu kriegen.*«

Ehrlich gesagt weiß ich nicht, warum ich das sage. Ich weiß, dass es nicht witzig ist. Aber Grace bringt mich durcheinander. Ich bin unsicher, weil ich sie inzwischen mehr als einmal um ein Date gebeten habe und sie nicht den Anschein macht, dass sie es will. Obwohl ich weiß, dass sie es will.

Als ich sie gefragt habe, ob sie jedes Mal ablehnen würde, auch wenn ich sie noch zehn Jahre lang frage, hat sie nur gelacht und ist dann in ihr Seminar gehuscht. In dem Moment konnte ich nicht aufhören, ihren Rücken anzustarren. Keine Ahnung, ob ich mir je zuvor Gedanken über die Ästhetik eines Rückens Gedanken gemacht habe. Aber als ich Grace in ihrer kurzärmligen, rückenfreien Neckholderbluse gesehen habe, musste ich schlucken. Diese Frau geht mir nicht mehr aus dem Kopf. Und ich denke, Grace weiß das.

Sie tupft weiter ihren Rock ab und zieht bei meiner Bemerkung bloß die Brauen zusammen. Grace hat schöne Brauen. Solche mit perfektem Knick. Nicht so, dass es nachgezeichnet ist und aussieht wie ein Nike-Zeichen, sondern natürlich. Gerade erwische ich mich dabei, wie ich mir vorstelle, mit dem Finger die Form nachzuzeichnen, da sieht sie auf.

»Woher wusstest du, dass ich hier bin?«

Ich nehme mir eine weitere Salzstange und glätte meinen Blazer. »Wusste ich nicht. Das war Zufall.«

Grace schnaubt. Mit verärgertem Blick verschränkt sie die Arme vor der Brust und drückt die Schultern durch. »Du bist nie in Queens, Logan. Manhattan ist für dich wie das Baumhaus eines Kindes. Dein sicherer Hafen. Und selbst wenn du zufällig hier gewesen bist, warum gerade diese Bar? Es gibt Hunderte!«

»Ich weiß, du glaubst mir nicht. Ist mir aber egal, weil es tatsächlich so war. Witzigerweise.« Mit einer lässigen Handbewegung winke ich die Frau mit den gelben Haaren zu mir heran, um mir ein Bier und für Grace ein weiteres Wasser zu bestellen. Sie erinnert mich stark an eine Schauspielerin, dessen Name mir entfallen ist. Stiflers Mom aus American Pie.

Ihr Blick fällt auf Grace nassen Rock, woraufhin sie sich mit einem Arm auf die Theke stützt, eine widerliche Kaugummiblase macht und dann sagt: »Brauchst 'nen Föhn, Schätzchen?«

Grace lehnt dankend ab. Wie bei mir, als ich sie um das Date gebeten habe. Darin ist sie echt ein Meister, im dankend Ablehnen.

Als Stiflers Mom die Getränke gebracht und anschließend den nächsten Sänger auf der Bühne ankündigt, dreht sich Grace so abrupt zu mir herum, dass sie beinahe schon wieder ihr Glas umgestoßen hätte.

»Ich finde es nicht in Ordnung, dass du mich verfolgst.«

»Ich verfolge dich nicht.«

Sie presst die Lippen aufeinander. »Und dann auch noch lügst, obwohl es offensichtlich ist.«

»Es ist nicht offensichtlich.«

»Hör auf, mir zu widersprechen!«

Ich grinse. »Wenn du aufhörst, mir etwas vorzuwerfen, das nicht stimmt.« Daraufhin sieht sie mich bloß noch wütender an, also seufze ich. »Im Ernst, Grace. Ich habe dich nicht verfolgt. Das hier ist ein dummer Zufall und mehr nicht. Es tut mir leid, wenn ich dir damit deine Privatsphäre genommen habe, aber das war sicher nicht meine Absicht.«

Erst sieht sie aus, als würde sie mir gern das Gesicht zerfleischen, und dann, als würde das innere Biest in ihr gerade absterben und ihre Züge erschlaffen lassen. Zurück bleibt ein trauriger Ausdruck in ihrem Gesicht, den ich am liebsten auf der Stelle zu einem Lächeln verwandelt hätte.

»Du hast mich singen gehört.«

Ich nicke. »Ja. Habe ich.«

Sie atmet tief ein. »Bitte erzähl es keinem. Du musst mir schwören, es niemandem zu sagen, Logan.«

»Wegen deiner Eltern?«

»Wegen allem.« Ihre Hand wandert zu ihrem Haarband, als würde sie es abnehmen wollen, doch dann lässt sie sie wieder auf den Schoß sinken. »Mein Leben ist durchstrukturiert. War es schon immer. Keiner zweifelt daran, dass ich auf festem Boden stehe und weiß, was ich will. Ich möchte nicht, dass sich daran etwas ändert.«

Ich runzle die Stirn. »Warum sollte sich daran etwas ändern, wenn die Leute wissen, dass du in diese Bar gehst und singst?«

Grace zuckt die Achseln. »Ich will es einfach nicht.«

»Das Hotel, nehme ich an.«

Sie wirbelt herum. »*Was?*«

Mein Blick wandert über Grace Schulter, vorbei an ihrem fassungslosen Gesichtsausdruck. Einen Moment beobachte ich die dunkelhäutige Sängerin auf der Bühne und folge dem Klang ihrer Stimme, ehe ich mich wieder Grace zuwende.

»Du hast dich gerade selbst verraten. Niemand würde daran zweifeln, dass du weißt, was du willst, nur weil du ab und zu in einer Karaokebar auf der Bühne stehst. Sie würden es nur tun, wenn sie wüssten, dass du es *leben* willst. Mehr als alles andere. Wenn du bereit dazu wärst, einen ganz neuen Weg einzuschlagen und deinen eigenen Traum zu verfolgen. Du hast Angst, dass die Leute es erfahren, weil du wüsstest, dass dir dann keine Ausrede mehr bliebe, es nicht zu tun.«

Grace sieht mich lange an. So offen, wie ich sie noch nie habe starren sehen. Normalerweise ist sie gefasst. Und schlagfertig.

»Na los«, sagt sie. So leise, dass ihre Lippen sich kaum bewegen und ich Schwierigkeiten habe, es überhaupt zu verstehen. »Sag es.«

Ich nehme einen Schluck Bier. »Was soll ich sagen, Grace?«

»Dass ich mir den Kinderkram aus dem Kopf schlagen, nach Hause gehen und mich mit den wichtigen Dingen des Lebens befassen sollte.«

Ich lächle. »Sind das hier denn nicht die wichtigen Dinge des Lebens?« Als sie nichts entgegnet, füge ich hinzu: »Für dich sind sie das mit Sicherheit. Ich würde sagen, das zählt mehr, als ein Hotel zu führen, das man gar nicht führen will.«

Grace wirkt verzweifelt. Ich kann sie verstehen, weil wir in derselben Welt aufgewachsen sind. Es ist nicht leicht, auszubrechen und zu sein, wer man wirklich sein will.

»Bitte erzähl es keinem«, wiederholt sie.

»Das ist nicht meine Aufgabe, Grace. Es ist dein Leben. Nur du entscheidest.«

Das scheint sie zu beruhigen. Zumindest so weit, dass sie sich dazu durchdringt, ein schwaches Lächeln aufzusetzen und einen Schluck von ihrem Wasser zu nehmen.

»Wenn du willst, erzähle ich dir auch ein Geheimnis. Über mich. Eins, das keiner weiß.« Ich stelle mein Bier ab und streiche über die Falten meines Blazers, um meine Nervosität zu überspielen. »Vielleicht geht es dir dann besser.«

»Das musst du nicht«, sagt Grace. In ihrer Stimme schwingt ein Hauch Traurigkeit mit. So, als würde ich ihr die Antworten einer Klausur anbieten, die sie aus Höflichkeit ablehnt, obwohl sie sie eigentlich gern annehmen würde.

Mein Herz schlägt schneller, dabei weiß ich nicht einmal, warum. Allein beim Gedanken dieser bescheuerten Liste mit den Castingterminen schüttet mein Herz Überdosen von Adrenalin und Noradrenalin aus, als stünde ich kurz davor, von einem fünfzig Meter hohen Turm zu springen, in der Hoffnung, mir im Wasser nicht alle 206 Knochen zu brechen.

»Kennst du die Geschichte der Liste an der New York University?«

Grace runzelt die Stirn. »Meinst du die, die du damals mit Nathaniel Jones zusammen ins Leben gerufen hast? Das schwarze Buch mit der Liste von Mädchen, für die es unterschiedliche Punkte gab und sich jeder mit Beweisfoto eintragen sollte, um die meisten Punkte zu sammeln?«

Mein Gesicht verzieht sich bei der Erinnerung. Beinahe hätte ich *das schwarze Buch der heißen Mädchen* vergessen. Und auch, was für ein Arschloch ich eine lange Zeit gewesen bin.

»Nein. Das meinte ich nicht.«

»Sondern?«

Für einen Moment lenkt ein Typ meine Aufmerksamkeit auf sich, weil er so besoffen ist, dass er beinahe vom Hocker gefallen wäre. Sein Aussehen erinnert mich an Tom, den zahnlosen Wirt aus dem tropfenden Kessel von Harry Potter.

Als ich mich wieder Grace zuwende, sieht sie mich immer noch erwartungsvoll an. Eine ihrer glatten Strähnen hat sich aus dem Haarband gelöst und kitzelt ihren Wangenknochen. Ich muss mich zurückhalten, sie ihr nicht hinters Ohr zu streichen. Grace merkt, dass ich sie anstarre, und wird rot. Ich kratze mich am Nacken und räuspere mich. »Jeder Schauspieljahrgang bekommt in seinem letzten Semester eine Liste mit den Castingterminen, die bis zum Abschluss noch stattfinden. Für ein paar von ihnen braucht man Einladungen, andere sind offen. Dabei ist jedem klar, dass es so etwas wie ein freiwilliger Schuss ins Aus wäre, wenn man dahin geht. Für den Durchbruch braucht man die guten Castings. Die, wo Darsteller für Kinofilme gesucht werden. Verstehst du?«

Grace nickt. »Klar. Und weiter?«

Mit den Handflächen streiche ich mir über die graue Chinohose. »Ich habe noch keine Einladung bekommen. Und es sind bloß noch zwei Termine übrig.«

Grace sieht mich an, als hätte ich ihr gerade eröffnet, mich auf die Bühne zu stellen und eine Opernballade zu singen.

»Das ist nicht dein Ernst.«

»Mein voller Ernst.« In mir toben gemischte Gefühle. Einerseits pocht mein Herz unangenehm schnell, weil es sich wie ein Verbot anfühlt, darüber zu sprechen, andererseits sacken meine Schultern vor Erleichterung herunter, als wäre die Last eines Schwertransporters von ihnen gewichen.

»Aber du bist gut«, beteuert Grace. Ihre Stimme trieft vor Unverständnis. »Richtig gut. Und Caleb …«

Meine Hand geht schneller hoch als mein rasendes Herz einen Schlag machen kann. »Sag es nicht. Ich will es nicht hören.«

Ich muss ihr nicht erklären, was ich meine. Grace weiß, was es heißt, etwas aus eigenen Kräften schaffen zu wollen. Sich selbst einen Namen machen zu wollen.

»Tut mir leid«, sagt sie, beißt sich auf die Unterlippe. »Kannst du irgendetwas tun?«

Ich zucke die Achseln und stecke den Zeigefinger unter meinen Hosenträger, um den schwarzen Gummizug vor- und zurückfedern zu lassen. »Nur abwarten. Und hoffen, dass die Empfehlungen meiner Dozenten sie noch überzeugen werden.«

Grace wirkt bedrückt. Und das, obwohl ich sie eigentlich von ihrem Kummer ablenken wollte. Ich bin echt beschissen im Umgang mit Frauen.

Ihr Handy klingelt. Als sie sich zu ihrer Tasche beugt, die

bei ihren Schuhen am Vorsprung des Tresens liegt, streift ihre Schulter meinen Arm. Es dauert nur eine Sekunde, aber bei ihrer Berührung rast ein so heftiger Stromschlag durch meinen Körper, als würde ich während eines Gewitters mit einer Eisenstange auf einem Footballfeld stehen. Sie kommt wieder hoch und achtet dieses Mal darauf, zwischen uns einen Spalt freizulassen. Ihre langen Haare verdecken das Display ihres iPhones, doch als sie sich in einer abweisenden Geste ein paar Strähnen hinters Ohr schiebt, erhasche ich einen Blick darauf. Und wünschte sofort, es nicht getan zu haben.

Grace Miene wirkt genauso schockiert, wie ich mich fühle. Vielleicht sogar noch schlimmer. Sie sieht aus wie eine Wachsfigur bei Madame Tussauds. Bei dem Namen des Anrufers wundert es mich nicht.

Es ist Lucas. Lucas Graham ruft sie an.

5

Grace

»Bitte sag ja, Hummelbiene.«

Hummelbiene. Mir wird kalt, als ich Lucas meinen Spitznamen aussprechen höre. Er hat ihn erfunden als wir dreizehn und auf irgendeinem extraordinären Gartenfest waren, das man kaum mit einem richtigen Gartenfest vergleichen konnte, weil Terrence Hill alle Möbel vom Haus nach draußen hat schleppen lassen.

»Très chic«, hatte sie dann gemurmelt und ist mit ihrem fest getackerten Dauergrinsen durch die Menge geschwebt. Terrence Hill ist eine plumpe Frau mit einem Haufen Geld, das sie aus dem Fenster rausschmeißt. Sie ist eine schwarze Witwe, organisiert eine Upper East Side Party nach der anderen und denkt, sie wäre der Hit. Dabei merkt sie nicht, wie alle hinter vorgehaltener Hand über sie lästern, sobald sie in einem ihrer übertriebenen Kleider vorbeirauscht. Mom natürlich am schlimmsten.

Lucas und ich saßen damals abseits an einem handgeschnitzten und silberlackierten Mahagoni Esstisch, der mitten im gestutzten Gras stand. Ich musste die ganze Zeit niesen, weil meine Pollenallergie sich bemerkbar machte, und neben uns eine ganze Reihe bunter Tulpen blühte. Sie strahlten so schön, dass die nächste Biene nicht lange auf sich warten ließ. Vermutlich hat besagte Biene sich zuvor schon bei vielen anderen Blüten den Bauch vollgeschlagen, denn sie war bloß noch ein fettes gelbes Ding, das sich kaum noch in der Luft halten konnte.

»Eine Hummel«, habe ich also gesagt, gerade in dem Moment, als diese ihr eigenes Gewicht wohl nicht mehr halten und auf den Tisch abgestürzt ist. Lucas, der heilige Samariter, ist natürlich sofort aufgesprungen und hat sie sich auf den Finger geschoben. Wenn es ihm möglich gewesen wäre, zweifle ich nicht daran, dass er dem Tier eine Mund-zu-Mund-Beatmung gegeben hätte – natürlich vor allen Anwesenden, damit jeder ihn hätte bewundern können.

So ist Lucas.

»Das ist eine Biene«, hat er dann lachend gesagt und den Kopf in einer Art und Weise geschüttelt, als würde er mich für mein Unwissen tadeln. »Sie ist zwar fett, hat aber kein buschiges Fell. Außerdem sind Bienen eher braunschwarz gestreift und nicht gelbschwarz.«

Schon damals hätte sein besserwisserischer Verstand mich alarmieren sollen. Wäre ich bloß einfach aufgestanden und gegangen, dann wäre alles anders gekommen. Stattdessen wollte ich meine Scham überwinden und witzig sein, deshalb habe ich gesagt: »Dann ist es halt eine Hummelbiene.«

Daraufhin hat Lucas gelacht, die Biene in Terrence Hills Pflaumenbeet begraben und mich anschließend auf den Mund geküsst. Das war unser erster Kuss.

»Du bist eine Hummelbiene«, hat er danach gesagt. In den nächsten sieben Jahren nannte er mich nur noch so.

»Nein«, zische ich als Antwort in mein Handy. Ich kann nicht aufhören, in dem kleinen Hinterhof der Bar auf und ab zu laufen. Die Mülltonnen stinken bestialisch, und ich frage mich, wann sie wohl zuletzt ausgeleert wurden. »Was willst du überhaupt von mir?«

»Einfach nur reden.« Lucas Stimme klingt locker und unbeschwert. So, als hätten wir uns niemals getrennt und er mich einfach nur versetzt und nicht mit einem anderen Kerl betrogen.

»Ich denke nicht, dass Thomas das begrüßen würde«, entgegne ich. Dabei lasse ich mich auf der hüfthohen Backsteinmauer nieder, erhebe mich aber sofort wieder, weil ich mich auf eine alte Bananenschale gesetzt habe.

Lucas schnalzt mit der Zunge. »Wir sind nicht mehr zusammen. Und ich weiß ganz genau, dass du gerade deinen arroganten Blick gemacht hast. Lass das.«

»Arroganter Blick?«

»Ja. Der, wo du deine eine Braue so hochziehst und deine Augen diesen herablassenden Ausdruck bekommen.«

Ein Kichern rutscht mir heraus, das ich abrupt im Keim ersticke und dabei klinge wie eine röchelndes Meerschweinchen. Ich hasse Lucas Wirkung, die er auf mich hat. Die er auf jeden Menschen hat und schon immer hatte. Wenn er in den Raum kommt, ist es, als wäre der hundert Jahre verschollene Revolutionsheld zurückgekehrt. Egal was er sagt, er sagt immer das richtige. Jeder lacht. Jeder ist gerührt. Jeder bewundert ihn. Oft habe ich mich gefragt, ob er nur mit mir zusammen ist, damit ich in seinem Schatten stehe und er glänzen kann. Eine Freundin, die noch mehr Licht und Ansehen ausstrahlt als er, könnte Lucas niemals gebrauchen. Er will die Nummer eins sein. Immer.

»Ich habe dein Lachen vermisst«, sagt er leise.

Mein Griff um das iPhone wird fester, und ich bin kurz davor, es auf den Boden zu werfen und mit den Absätzen meiner Jimmy Choos darauf herumzutreten. Tief durchatmend lehne ich mich gegen die Häuserwand und male mit dem Finger ein Graffitizeichen nach, das aussieht wie ein Alienkopf.

»Du hättest es nie vermissen müssen, hättest du mich nicht betrogen.«

»Ich weiß. Bitte lass uns reden.«

Ein schrilles Lachen entfährt mir. »Jetzt, wo dein Hippiefreund dich verlassen hat? Bestimmt, Lucas. In welcher Welt lebst du eigentlich, dass du tatsächlich denkst, du könntest einfach wieder bei mir ankommen?«

»Er hat mich nicht verlassen«, sagt er. »Ich habe Schluss gemacht.«

»Bestimmt hast du ihn auch betrogen. Wie bei mir wurde es dir zu langweilig, du wolltest die Aufregung wieder spüren und hast dir bei Tinder jemand Neues geangelt. Richtig?«

Ein raues Lachen klingt durch mein Handy. »Schlagfertig wie eh und je. Aber nein. Ich muss dich enttäuschen, Hummelbiene.

Der Grund, weshalb ich Schluss gemacht habe, warst du.« Einen Moment hält er inne, dann sagt er: »Bist du.«

Ich lege auf. Sofort. Dann schalte ich mein Handy aus und atme noch mal tief durch. Dreimal. Viermal. Vielleicht auch Vierhundertmal. Keine Ahnung. Irgendwann merke ich nur, dass meine Lunge dichtmacht und ich kurz davor bin zu heulen, deshalb schüttle ich den Kopf. Das mache ich immer, wenn ich emotional werde. Ich schüttle den Kopf, so heftig, als würde die Hummelbiene wieder leben und um mich herumschwirren. Und während mir meine Haare ums Gesicht peitschen stelle ich mir vor, wie mein Gehirn komplett durchgerüttelt wird und danach mit schielenden Augen betrunken in meinem Schädel herumtorkelt. Dieser Gedanke bringt mich dann meistens zum Grinsen und von meinen Tränen ist nichts mehr übrig.

Als ich zurück in die Bar gehe, sehe ich, dass Logan gegangen ist. Ich kann es ihm nicht verübeln, nachdem ich ihn einfach sitzengelassen und in den Hinterhof gerauscht bin, um mit meinem Ex-Freund zu telefonieren.

Ich hätte ihn einfach wegdrücken sollen. Sofort.

Niedergeschlagen setze ich mich auf meinen Hocker an der Theke und frage mich, weshalb Menschen immer so handeln, wie sie es eigentlich nicht wollen. Innerlich weiß man schon, was getan werden sollte. Wie sich verhalten werden sollte und was das richtige ist. Man weiß auch, dass man es hinterher bereuen wird – und trotzdem handelt man anders.

Warum ist das so? Steckt da irgendeine höhere Macht dahinter, die der Mensch nicht versteht? Oder ist das Unterbewusstsein so stark, dass man sich dem nicht widersetzen kann, selbst wenn man wollte?

»Er hat noch gewartet«, sagt Keira. Mit einer Fernbedienung ändert sie die Beleuchtung in der Bar von Rot zu Magenta. »Genau sechs Minuten. Hab auf die Uhr geguckt. Danach hat er wortlos bezahlt und ist verschwunden.«

Ich rühre mit dem Strohhalm in meinem Sprudelwasser. »Schon gut. Das darf er.«

Keira mustert mich mit neugieriger Miene. »Er sieht gut aus.«

»Er ist Logan Cunningham. Natürlich sieht er gut aus.«

»Du sprichst seinen Namen aus, als sollte ich ihn kennen. Ist er Politiker?«

Ich schüttle den Kopf und starre auf den zerkratzten Tresen. »Nein.«

»Dein Freund?«

Wieder schüttle ich den Kopf. »Auch nicht. Er ist einfach ... Logan.«

»Vielsagend«, murmelt Keira. Dann öffnet sie den Kühlschrank und schiebt zwei kurze Jägermeister auf die Theke. »Trinken wir einen zusammen. Das hilft.«

Erst will ich ablehnen, aber dann sehe ich keinen Grund, weshalb ich das tun sollte. Also trinke ich. Die Kräuterflüssigkeit brennt in meiner Kehle und öffnet meine Lunge endlich wieder, die sich vom vielen tiefen Durchatmen verschlossen hatte. Es schmeckt gut, also trinke ich noch einen. Und noch einen.

Nach fünf Minuten habe ich sieben kurze Jägermeister und zwei Absinth intus. Absinth schmeckt nach Zahnpasta. Ich bin richtig betrunken, was Keira außerordentlich freut und mir ständig neue Drinks ausgibt. Ich glaube, sie ist auch ein bisschen betrunken.

Nach einem Bloody Mary, der widerlich nach Tomatensaft geschmeckt hat, tanze ich auf der Bühne zusammen mit Ryan und dem Gnomen Hip-Hop. Dazu singen wir *Wiggle* von Jason Derulo. Bei dem *wiggle, wiggle, wiggle* wackeln der Gnom und Ryan mit ihren Hintern, und ich bewege mich wie eine südafrikanische Schlange, die aus ihrem Topf heraus*wiggelt*. Die Menge grölt und klatscht, und Keira hat so gute Laune, dass sie buntes Konfetti aus dem Keller hochholt und in die Luft wirft. Irgendwann zieht der Gnom sich aus und macht einen Lapdance, da entscheidet mein betrunkenes Ich, dass es Zeit ist, zu verschwinden.

Keira überlässt mir ihr Handy, damit ich Sean anrufen kann. Meinen Fahrer.

Sie wirkt betrübt, weil ich schon gehen will, aber als ich ihr in einem lallenden Ton erkläre, dass ich morgen zur Uni muss, verdreht sie nur genervt die Augen.

»In dieser Bar gibt es keine Wochentage«, sagt sie in ihrer verruchten Stimme. »Es gibt nur Samstage. Sobald du über die Schwelle trittst, bist du gefangen in einer Zeitschleife, in der sich der Samstag ohne Ende wiederholt. Solange du nicht rausgehst, kannst du auf ewig in diesem Samstag leben.«

Ich frage mich, ob Keira vielleicht ein paar Drogen eingeworfen hat oder ob sie zu denjenigen gehört, die plötzlich über den Sinn des Lebens, Politik und Illuminati-Verschwörungen reden, wenn sie getrunken haben.

Vermutlich beides.

Auf der Straße wird mir dann erst bewusst, wie betrunken ich bin. Gott, ich bin richtig voll.

Ich gehe einen Schritt und knicke beinahe um, weil die Absätze meiner Jimmy Choos sich nicht an die Fugen im Asphalt gewöhnen. Sie sind nicht für die Straßen von Queens gemacht. Mehrmals muss ich blinzeln, weil die ganze Straße in grellen Lichtern leuchtet und vor meinen Augen verschwimmt.

Irgendjemanden remple ich an – »Pass doch auf!« –, und ich bekomme plötzlich Panik, weil jeder Mensch gleich aussieht und ich keine Ahnung habe, wo Sean ist oder wie ich nach Hause kommen soll.

Plötzlich legt jemand seine Hand auf meine Schulter. Es ist eine Männerhand. Gerade will ich mit dem Ellbogen ausholen und in seine Magengrube zielen, da merke ich, dass es Sean ist.

»Sie hätten nicht so viel trinken sollen«, sagt er bloß. Seine Stimme ist ruhig, wie immer. Sean ist niemals wütend. Zumindest zeigt er es nie. Einmal habe ich ihm als Kind meinen Kaugummi in die Haare geklebt, da hat er nur gesagt: »Das hätten Sie nicht tun sollen«, aber er war nicht sauer. Am nächsten Tag hatte er eine Glatze. Ich habe ihn bestimmt eine Woche lang damit aufgezogen, aber auch da hat er bloß »Sie sollten nicht darüber lachen« gesagt. Der Klang seiner Stimme ist immer derselbe.

Er hievt mich auf die Rückbank der schwarzen S-Klasse, wo ich mich nicht anschnalle, sondern rücklings über die Sitze strecke.

»Ich bin richtig betrunken, Sean.«

Der Motor startet und der Wagen setzt sich in Bewegung. »Das sehe ich, Miss Bishop.«

»Mir ist schwindlig.«

Sean setzt den Blinker. Ich kichere über das Geräusch. Keine Ahnung, wieso.

»Sie sollten sich aufrecht setzen und anschnallen.«

Er hat recht. Jetzt, wo wir auf der Hauptstraße sind, rumort mein Magen von den Bewegungen des Autos. Also gebe ich mir einen Ruck und hieve mich hoch, doch schon in der nächsten Sekunde bereue ich es.

Ich übergebe mich und benutze meine Tasche als Kotztüte. Es kommt viel, und alles ist rotbraun, vermutlich eine Bloody-Mary-Jägermeister-Mischung.

Danach geht es mir besser. Mit ein paar Feuchttüchern aus dem Seitenfach der Tür wische ich mir über meinen Mund und trinke aus der Wasserflasche, die Sean mir nach hinten reicht.

Wir fahren über die Queensboro Bridge, und ich genieße die Fahrtluft, die durch das geöffnete Fenster hereinweht und meine Haut umschmeichelt. Obwohl sie nach Abgasen und Großstadtluft riecht.

Als wir am Trump Tower vorbeikommen, dreht sich mir schon wieder der Magen um. Erst denke ich, ich muss mich noch mal übergeben, doch dann wird mir klar, dass es nicht daran liegt. Je mehr wir uns dem Plaza-Hotel nähern, desto bedrückter fühle ich mich.

Ich will nicht nach Hause. Allein der Gedanke an diesen goldenen Käfig lässt meine Brust zuschnüren. Es sind nur etwa fünf Minuten von der Brücke zur 5th Avenue. Wir sind fast da – ich kann das Hotel bereits sehen.

»Fahr hier ab«, sage ich. »In die Madison Ave bis zur zweiundsiebzigsten.«

Sean runzelt die Stirn, sagt aber nichts. Er tut, was ich ihm auftrage. Die Zweiundsiebzigste geht als Querstraße von der fünften ab, mit direkter Sicht auf den Central Park. Es dauert keine zwei Minuten, bis ich Sean anweise, vor dem imposanten Herrenhaus der Cunninghams anzuhalten.

»Du brauchst nicht zu warten«, sage ich. »Ich rufe an, falls etwas ist.« Dann schlage ich die Tür des Mercedes zu und habe leichte Gewissensbisse, weil ich Sean mit meiner vollgekotzten Tasche zurücklasse.

Das hochwertige schwarze Eisentor ist geschlossen. Natürlich ist es das um diese Uhrzeit. Etwa eine Minute lang starre ich die Eisenstreben an, als könnte ich sie wegzaubern, dann habe ich meine Entscheidung getroffen. Mir wird klar, dass ich immer noch ziemlich betrunken bin, auch wenn ich den meisten Inhalt bereits wieder ausgespuckt habe. Aber wäre ich klar im Kopf, würde ich sicher nicht um ein Uhr in der Nacht vor dem Tor der Cunninghams stehen, meine Jimmy Choos darüber werfen und anfangen in Bleistiftrock und Seidentop die Metallstreben hinaufzuklettern.

Wenn mich jetzt die Cops sehen, bin ich im Arsch. Natürlich nur so lange, bis Logan ihnen erklärt, mich zu kennen, aber trotzdem würde ich eingehen vor Scham.

Doch heute Nacht scheint das Glück auf meiner Seite. Ich schaffe es, abgesehen von einem langen Riss oberhalb meines Rocks, unbeschadet auf die andere Seite. Nicht einmal die Alarmanlage fängt an zu schreien. Mein breites Grinsen erstreckt sich von einer Wange zur anderen und vor Freude hüpfe ich federnd auf und ab, während ich auf das riesige Haus zugehe.

Hinter den Fenstern brennt noch Licht. Meine Euphorie, es bis aufs Anwesen geschafft zu haben, war so stark, dass in mir erst jetzt die ernüchternde Frage aufkommt, was ich hier überhaupt will.

Ehrlich gesagt habe ich keine Ahnung. Ich wollte bloß nicht nach Hause. Irgendwohin, wo ich mich besser fühle. Und bin hier gelandet.

Vielleicht sollte ich wieder abhauen. Auf der Stelle umkehren, das Eisentor erneut hochklettern und durch die Straßen Manhattans huschen. Das wäre das cleverste, und ich weiß auch, dass ich es tun sollte, aber ich habe Schiss. Um diese Uhrzeit als Frau allein auf den Straßen zu sein behagt mir nicht. Und Sean kann ich nicht anrufen, weil ich dafür Logans Handy bräuchte. Meins liegt vollgekotzt in meiner Tasche.

Also schleiche ich um das Haus herum, fühle mich dabei wie Ronja Räubertochter in teuren Markenklamotten, und versuche, Logan zu finden. Ich will nicht klingeln aus Angst, dass sein Vater öffnet.

Gerade husche ich um eine roséfarbene Hortensie, als ich plötzlich Logan im nächsten Fenster erkenne. Mein Herz macht einen Satz. Er hockt auf einem ledernen Chefsessel, eine Champagnerflöte in der Hand, während sein Vater neben ihm sitzt und …

Oh, mein Gott. Seine Mutter!

Logans Mutter rekelt sich mit nackten Füßen und lackierten Nägeln auf der Chaiselongue und lacht über irgendetwas, das Mr. Cunningham gerade gesagt hat. Logan macht ein Gesicht, als überlege er, sich zu erschießen.

Mrs. Cunningham macht den Eindruck einer griechischen Göttin. Sie zupft sich ein paar Weintrauben vom Strauch, der auf dem Teller neben ihr liegt, legt sie sich in einer grazilen Bewegung in den Champagner und streicht sich anschließend die langen dunklen Haare zurück.

Mir steht der Mund offen, und ich kann nicht aufhören, sie anzustarren. Das letzte Mal habe ich Mrs. Cunningham gesehen als ich zehn war und meine Mom eine Feier veranstaltet hat, nachdem sie unserer Privatschule, der Marymount, eine hohe Summe Geld spendete.

Ich weiß nicht, wie lange ich mit offenem Mund und weit aufgerissenen Augen vor dem Fenster stehe, aber irgendwann wird mir bewusst, dass die Cunninghams nur einen Blick hinauswerfen müssten und schon sähen sie mich, wie ich wie eine irre Stalkerin aus einem Psychothriller vor ihrem Hortensienbusch stehe. Also husche ich schnell hinter die Blüten, doch die Nähe lässt meine Nase kribbeln und aktiviert meine Pollenallergie. Ich muss dreimal hintereinander heftig niesen, noch bevor ich mich ducken kann.

Logan ist der einzige, der zum Fenster sieht. Als er mich erkennt, wie ich mit verrutschtem Haarband, aufgerissenem Rock und Blüten in den Haaren hinter seiner Hortensie stehe, sieht er mich mit einem so ungläubigen Blick an, als wäre ich ein Produzent seiner seltsamen Liste und würde ihm höchstpersönlich eine Castingeinladung vorbeibringen.

Ich weiß nicht, was ich tun soll. Also setze ich ein Lächeln auf und winke ihm. Als würden wir uns gerade zufällig auf der Straße begegnen und nicht mitten in der Nacht zwischen Fenster und Hortensienbusch.

6

Logan

Im ersten Moment glaube ich, dass ich im Halbschlaf bin und halluziniere. Würde mich nicht wundern bei dem Geschwafel über die neuesten Werbeintrigen von Pflegeprodukten, das meine Mutter seit einer Dreiviertelstunde von sich gibt.

Natürlich hängt der Blick meines Vaters an ihren Lippen, als würde an ihnen teurer Honig kleben und er ein Hund sein, der nicht aufhören kann zu sabbern.

Als Grace beim nächsten Augenaufschlag immer noch dort steht und mir mit einem Lächeln zuwinkt, wird mir bewusst, dass es nicht nur Einbildung ist.

Grace Bishop steht in meinem Garten. Hinter einem Hortensienbusch. Ich weiß nicht, ob ich lachen oder verwirrt sein soll.

Räuspernd stelle ich meine Champagnerflöte auf dem dünnbeinigen Beistelltisch ab und erhebe mich.

»Entschuldigt mich einen Augenblick.«

Dad nickt, ohne mich anzusehen. Mom redet einfach weiter.

Als ich das Kaminzimmer verlasse, fällt eine Erleichterung über mich herein. Wie ein schwarzer Schatten, der mich die ganze Zeit umhüllt und sich nun endlich verzogen hat.

Neben der Tür erblicke ich Brenda. Unsere Haushälterin. Mit verschränkten Händen vor ihrem knielangen Rock steht sie starr an der Wand und sieht geradeaus, als wäre sie eine Zinnsoldatin.

Mutters Anwesenheit bereitet also nicht nur mir Unbehagen.

Ich bleibe stehen. »Brenda. Was machst du da?«

Ihre feuerroten Haare wirbeln zur Seite, als sie den Kopf wendet und mich ansieht. In ihrem Blick liegt Verwirrung.

»Ich warte, Mr. Cunningham.«

»Worauf?«

Sie räuspert sich. Kurz huschen ihre Augen zur Tür des Kaminzimmers, ehe sie mich wieder ansieht. »Auf Anweisungen Ihrer Mutter.«

»Ich bitte dich.« Mir entfährt ein Schnauben. »Was für Anweisungen denn? Ihr neue Weintrauben zu bringen? Vielleicht sogar mit einem Fächer neben ihr zu stehen und ihr Luft zuzufächeln?«

Brenda beißt sich auf die Unterlippe. Scheinbar erkennt sie meinen Sarkasmus nicht, denn sie wirkt, als würde sie den Hintergrund meiner Worte nicht verstehen und tatsächlich auf genau solche Anweisungen warten.

Ich seufze und lasse meinen Blick über ihre verständnislosen Züge wandern. »Ich gebe dir hiermit offiziell frei, Brenda. Mach, worauf du Lust hast. Geh aus oder schlafen, ganz egal. Für heute bist du von deinen Pflichten entbunden.«

Brenda wirkt entsetzt. Kein Wunder. Ich hätte auch Angst vor meiner Mutter, wenn sie nicht meine Mutter wäre.

»Aber …«

»Kein Aber«, unterbreche ich sie mit erhobener Hand, während ich bereits durch die Eingangshalle zur Haustür laufe. »Falls jemand daran etwas auszusetzen hat, soll er zu mir kommen.«

Damit verlasse ich das Haus, ohne sie weiter zu Wort kommen zu lassen. Die frische Nachtluft kühlt meine Haut und lindert das Pochen hinter meinen Schläfen.

Natürlich ist es Brendas Job, genau das zu tun, was sie dort drin getan hat. Sie wird bezahlt dafür. Außerordentlich gut bezahlt. Aber dennoch hat meine Mutter kein Recht dazu, diese Frau wie eine Sklavin zu halten. Sie hat eine gewisse Stundenanzahl am Tag zu arbeiten, wie andere Menschen auch, aber mehr nicht. Jede Sekunde danach steht ihr allein zu.

Aber natürlich denkt meine Mutter, sie wäre über alles und jeden erhaben und ihr Wort Gesetz. Die sich auf der Chaiselongue rekelnde Ehebrecherin würde vermutlich sogar einem neuen Sklavenhaltungsabkommen zustimmen.

Als ich auf dem gewundenen Steinweg um die Ecke gehe, steht Grace immerhin nicht mehr hinter dem Hortensienbusch. Sie kommt auf mich zu, und ich erkenne, dass ihr Rock auf Höhe der Hüfte einen Riss hat. Außerdem ist sie barfuß.

»Ich würde dich ja fragen, ob du sie noch alle hast, wenn ich die Antwort nicht schon kennen würde.«

Grace verdreht die Augen. »Sehr witzig, Logan.«

»Nein, ernsthaft. Was machst du hier?« Ihr Haarband ist verrutscht, und in den braunen Strähnen haben sich die roséfarbenen Hortensienblüten verfangen.

»Ich wollte mich entschuldigen«, sagt sie. Ihre Wangen sind gerötet. »Dafür, dass ich dich einfach sitzen gelassen habe.«

»Du hast mich nicht sitzen gelassen. Wir hatten kein Date. Ich bin freiwillig gegangen.«

»Trotzdem.« Ihre Verlegenheit ist beinahe greifbar. Während sie auf der Unterlippe ihres Rosenknospenmundes herumkaut, streicht sie sich mit der Fußsohle über die Wade. »Es war nicht in Ordnung. Ich hätte den Anruf gar nicht annehmen sollen.«

Ich lege den Kopf schief. »Versuchst du dich gerade bei mir zu entschuldigen oder bei dir selbst, Grace?«

»Bei dir«, sagt sie sofort. Dann überlegt sie kurz und sagt dann: »Vielleicht auch bei mir. Keine Ahnung. Es tut mir einfach leid, okay?«

»Okay.« Mein Blick wandert zu ihren Füßen. »Warum bist du barfuß?«

Grace stoppt in ihrer Bewegung, sich mit dem Fuß über die Wade zu streichen, und stellt ihn langsam wieder auf den gewundenen Asphalt.

»Ich bin über euer Tor geklettert.«

Meine Mundwinkel zucken. »Mir hat schon immer gefallen, mit was für einer Leidenschaft du den Dingen des Lebens nachgehst, Grace Bishop.«

Allein die Vorstellung, wie dieses Mädchen in ihren Designerklamotten die Eisenstreben hochgeklettert ist ... Gott. Ich muss mich zurückhalten, nicht laut loszulachen. Und genauso muss ich mich zurückhalten, sie nicht hier und jetzt gegen die Häusermauer zu drücken und so zu küssen, dass ihre Gedanken vernebeln und sie nicht einmal mehr weiß, wo sie sich eigentlich befindet.

»Sehr witzig, Cunningham.« Grace schneidet mir eine Grimasse. Trotz Riss im Rock und zerzausten Haaren reckt sie das Kinn und bewahrt eine so würdevolle Haltung, wie andere es nicht einmal auf dem Laufsteg der New York Fashion Week hinbekommen.

Ich grinse. »Willst du mit reinkommen?«

»Oh.« Sie wendet sich von der Statue in Form eines Gargoyles ab, die neben unserem Teich steht. Grace macht einen Gesichtsausdruck, als wäre meine Frage völlig abwegig und sie nur für einen raschen Spaziergang in meinem Garten über das Tor geklettert. Mit einem Lächeln auf den Lippen winkt sie ab. »Nein, ist schon okay. Ich will euch nicht stören.«

Kurz huschen ihre Augen zum Haus und mir wird klar, dass sie dabei an meine Mutter denkt. Vermutlich will sie mir die Zeit mit ihr nicht nehmen.

»Glaub mir.« Ich lege meinen Arm um Grace, um sie sanft in Gang zu setzen. »Du störst nicht. Eher rettest du mir gerade das Leben.«

»Na gut.«

»Ich muss mich auch entschuldigen«, sage ich in die Stille hinein. Irgendwo kreischt ein Vogel.

Grace runzelt die Stirn. »Du? Wofür denn?«

Wir betreten das Haus. Mit Genugtuung stelle ich fest, dass Brenda ihre Rolle als Zinnsoldatin aufgegeben hat.

Lächelnd deute ich auf die geschwungene Holztreppe. Die goldverzierten bodentiefen Fenster lassen das helle Mondlicht durch und beleuchten die feinen Barockelemente am Geländer.

»Dafür, dass ich dir im Kindergarten die Wachsmalstifte weggenommen habe. Erinnerst du dich?«

Sie lacht. »Bildhaft. Entschuldigung akzeptiert.«

In einer gespielt gerührten Geste lege ich mir die Hand auf die Brust. »Zu gütig.«

Wir erreichen mein Zimmer, und Grace sieht sich interessiert um. Mir wird plötzlich bewusst, dass sie das erste Mal hier oben ist. Die Partys haben immer ausnahmslos unten im Salon stattgefunden.

»Schön hier. So schlicht.«

Ich gehe zum Kühlschrank hinter die Bar und schenke uns beiden ein Glas Wasser ein.

»Was hast du erwartet? Ein Zimmer wie im Rotlichtviertel?«

Auf ihrer Nase entstehen kleine Fältchen, als sie sie kräuselt. Grace hat eine schöne, geschwungene Nase. Komisch, dass mir das vorher nie richtig aufgefallen ist.

»Weiß nicht. Auf jeden Fall nicht so schlicht und ordentlich.«

Ich reiche ihr das Glas und nehme einen großen Schluck von meinem eigenen. »Vielleicht kennst du mich einfach nicht gut genug.«

»Ob du es glaubst oder nicht, der Gedanke ist mir inzwischen auch schon gekommen.« Mit federnden Schritten durchquert sie das Zimmer und setzt sich auf mein orangenes Ledersofa. Jedoch ohne die Beine überzuschlagen, wie sie es sonst immer tut. Ganz offensichtlich will sie nicht riskieren, dass ihr Rock noch weiterreißt.

»Ich könnte dir Klamotten von mir geben.« Mit meinem Glas deute ich auf ihren Rock. »Damit du den ausziehen kannst.«

Grace lächelt. »Willst du mich zum Ausziehen verführen, Cunningham?«

»Das würde ich doch niemals, Bishop.«

Sie wackelt mit den Zehen und grinst. »Gut. Denn ich bleibe in meinem Rock.«

»Wie du willst.« Ich stelle mein Wasserglas auf den gläsernen Couchtisch ab und setze mich neben Grace auf meinen Armlehnenstuhl in Zebraoptik. Dann sehe ich sie an. »Was wollte Lucas?«

Sofort verzieht Grace das Gesicht, als hätte ich ihr heimlich puren Wodka gegeben statt Wasser. »Er will sich mit mir treffen.«

Der Satz verpasst mir einen imaginären Fausthieb in die Magengrube. So unvorbereitet, dass ich mich sogar über meine Reaktion wundere. Mir war bewusst, dass Grace eine Anziehung auf mich hat, die ich in der Form noch nicht kenne. Nicht bewusst war mir jedoch, dass diese Anziehung schon Ausmaße angenommen hat, von denen ich nicht weiß, ob sie mir Angst machen.

»Und wieso?«, frage ich, darum bemüht, meine Stimme unbeschwert klingen zu lassen. Und nicht so, als würde ich in meinem Inneren gerade mit einem Killerwal kämpfen, der mir die Eingeweide zerreißen will.

Ein Schatten huscht über Grace Gesicht. »Weil er mit Thomas Schluss gemacht hat. Angeblich wegen mir. Ich habe keine Ahnung, was er will. Nachdem er mir das gesagt hat, habe ich aufgelegt.«

»Und dich anschließend betrunken.«

Grace sieht mich fragend an, also deute ich auf die zwei braunen Flecken, die ihre weiße Bluse zieren. »Ich sehe und rieche, dass du dich übergeben hast.«

Rote Flecken kriechen ihren Hals hinauf. Sie schluckt. »Oh.«

Eine Weile mustere ich sie, weil ich nicht aufhören kann zu beobachten, wie die roten Flecken sich ausbreiten. Auf irgendeine Art und Weise macht es mich an, Grace peinlich berührt zu sehen. Als ich dann merke, dass ich besser damit aufhören sollte, sie anzustarren, stehe ich wortlos auf und gehe nach nebenan ins Ankleidezimmer. Dort suche ich ein weißes T-Shirt von mir und meine Sporthose aus dem Lacrosse-Team heraus, gehe wieder zurück und reiche ihr beides.

»Hier. Die Dusche ist dort.« Ich zeige auf eine Tür rechts von ihr. »Danach fühlst du dich besser.«

Grace macht ein Gesicht, als würde sie überlegen, das Angebot abzulehnen. Einfach nur, um ihren Stolz zu wahren. Dann kommt sie scheinbar zu dem Schluss, dass sie diesen am besten wahren kann, wenn sie tatsächlich duschen geht, denn sie nimmt mir die Klamotten ab und läuft ohne jeden Kommentar durchs Zimmer.

»Das ging schnell.«

Sie dreht sich um und sieht mich fragend an. »Was meinst du?«

Ich wackle mit den Brauen. »Dich zum Ausziehen zu verführen.«

Grace zeigt mir den Mittelfinger. Aber sie lacht.

7

Grace

Die Badezimmertür fällt ins Schloss. Sofort schließe ich die Augen, lehne meinen Kopf rücklings gegen die Tür und atme tief durch.

Logans Nähe ist nicht neu für mich. Ich kenne ihn seit dem Kindergarten. Und dennoch …

Irgendetwas in mir hat sich verändert und hüpft bei seinem Anblick freudig auf und ab. Könnte sein, dass es mein Herz ist.

Ein Lächeln stiehlt sich auf mein Gesicht, als ich mit den Fingern über das schwarze Polyester der Sporthose streiche. Sie ist schwarz und trägt das Logo der NYU. Seine Lacrosse-Hose.

Lucas hätte niemals Lacrosse gespielt. Er nennt es »barbarisch«, genauso wie er die NYU als »durchschnittlich und inadäquat« bezeichnet. Lucas studiert Politikwissenschaften an der Columbia und ist dort im Schachklub.

Ich finde Schach langweilig.

Es ist seltsam, in Logans Badezimmer zu stehen. In seinem persönlichen Badezimmer, meine ich. Damit liefert er mir quasi einen offenen Einblick in seine Persönlichkeit.

Die Fußbodenheizung wärmt meine nackten Füße, während ich den Raum durchquere und die Kleidungsstücke auf einen runden Beistelltisch aus lasiertem Echtholz lege. Die Fliesen sind so edel, dass ich fast mein Spiegelbild darin erkennen kann, und von der Decke hängt ein Kronleuchter.

Ernsthaft, ein Kronleuchter im Bad? So extravagant bin ja nicht einmal ich.

Die Badewanne ist in die Fliesen eingelassen. Nicht nur halb, sodass noch ein Rand rausguckt, sondern ganz. Wie ein Pool, nur in Wannenform. Sie wird bis zur Hälfte von der Glasfront der Dusche abgetrennt, die ich nur erkennen kann, weil an der Wand der Duschkopf hängt und auf dem Boden Logans Shampooflaschen stehen.

Der Luxus ruft keine Überraschung in mir hervor. In meinem Leben habe ich schon viele hoch angesehene Familien besucht, wenn sie irgendwelche Veranstaltungen oder Festlichkeiten gegeben haben und meine Eltern eingeladen waren. Die Häuser und deren Inneneinrichtung waren stets das, was man schon als über edel hinausgehend bezeichnen könnte.

Logans Vater ist Gründer und Geschäftsführer von *SaveThe-Health*, eine beliebte Krankenversicherung mit etwa 240 Milliarden Dollar Umsatz im Jahr. Außerdem ist er CEO von *Walmex*; den Walmart-Filialen in Mexico City. Ich weiß nicht, was Logans Mutter beruflich gemacht hat, als sie noch in New York wohnte. In Japan hat sie dann aber das berühmte Beautyunternehmen *Omorfia* gegründet. Es konkurriert seitdem mit *L'Oreal*.

Die Cunninghams haben also richtig Geld. Meine Eltern mögen sie nicht. Sie mögen niemanden, der mehr Geld hat als sie.

Eilig entkleide ich mich und rümpfe die Nase, als mir auffällt, dass meine Bluse tatsächlich mit Erbrochenem befleckt ist. Mir das Haarband zu entknoten und es auf ein fremdes Waschbecken zu legen fühlt sich seltsam an. Ich glaube, das habe ich bisher nur bei Hazel und Lucas gemacht.

Aber ich denke nicht weiter darüber nach und schlüpfe rasch unter die Dusche. Mir entfährt ein Seufzer, als ich den heißen Wasserstrahl auf meiner Haut spüre. Der Duschkopf hat mehrere Massagefunktionen und einen perfekten Wasserdruck.

Ich könnte ewig in diesem Badezimmer bleiben.

Mir fällt auf, dass Logan kein Duschgel besitzt. Nur einen Peelingbeutel, der ein Stück Seife enthält. Also reibe ich mich damit ein und versuche den Gedanken zu verdrängen, dass Logan sich jeden Tag mit diesem Seifenstück wäscht.

An allen Stellen seines Körpers.

Als ich nach dem Shampoo greife, muss ich lächeln.

Fresh Monster 2 in 1 Coconut Shampoo und Conditioner.

For Kids.

Wenn aus irgendeinem Grund ein Mann in schwarzem Anzug und Aktenkoffer zu mir gekommen wäre, bevor ich dieses Badezimmer betrat, und gesagt hätte »Wenn du errätst, welches Shampoo Logan benutzt, schenke ich dir die Fähigkeit zu fliegen«, ich hätte *Ten Voss* gesagt. Eine Flasche kostet 300 Dollar. Das wäre mein erster Gedanke gewesen.

Stattdessen benutzt er toxinfreies Kindershampoo vom Walmart. Keine Ahnung, wieso ausgerechnet diese Erkenntnis mich beflügelt, als hätte ich drei Energydrinks intus.

Beim Abtrocknen beeile ich mich. Kurz überlege ich, ob ich meinen Slip im Waschbecken waschen und erneut anziehen soll, entscheide mich dann aber dagegen und schlüpfe ohne Unterwäsche in Logans Sachen. Hauptsächlich deshalb, weil ich keinen Föhn finde und keine nasse Unterhose tragen will. Die Bänder der Sporthose muss ich festziehen und knoten, und trotzdem sitzt sie mir viel zu locker auf den Hüften. Dann kämme ich mir das nasse Haar durch und bin dankbar für die vielen Kletten, denn der Schmerz rüttelt mich mit jedem Ziepen mehr aus meinem noch angetrunkenen Zustand.

Gott sei Dank besitzt Logan eine Bürste. Eine Bambushaarbürste mit Naturborsten.

Lucas hatte keine. Nur einen Kamm, der dauernd kaputtgegangen ist, wenn ich ihn benutzt habe.

Ich halte inne, als ich die Hand auf die Türklinke lege. Mein Herz rast plötzlich in meiner Brust und mir wird trotz der Fußbodenheizung kalt. Es wäre schön, mir selbst sagen zu können, ich wüsste nicht, woher diese Reaktion kommt, aber …

Ich weiß es. Schon seit Längerem.

Irgendein blinder und naiver Teil in mir hat angefangen, sich in Logan zu verlieben. Das kam nicht etwa von jetzt auf gleich, wie viele es beschreiben. Kein *Ich-hab-ihn-gesehen-und-zack!-Moment.* Eher schleichend. Wie ein Bandwurm, der sich erst als kaffeebohnengroßes Ding in dir festsetzt und plötzlich wächst, je mehr Häppchen ihm zugeführt werden. Irgendwann ist er so groß, dass er deinen kompletten Körper ausfüllt und Einfluss auf dein Gehirn nimmt.

Es fing noch während dem ganzen Hin und Her zwischen Hazel und Caleb an. Als sie mir erzählt hat, dass Logan etwas für sie empfindet, habe ich schon einen seltsamen Stich gespürt, den ich nicht weiter zuordnen konnte. Ich glaube, da hat sich der Bandwurm eingenistet. Er wurde dann größer, je öfter ich Logan gesehen habe. Als wir Hazel zum Flughafen gefahren haben, damit sie zu Caleb nach Los Angeles fliegen konnte, hatte der Bandwurm mein Gehirn schon erreicht. Ich konnte nicht aufhören, Logan für alles Mögliche anzuschnauzen, weil ich so sauer auf ihn war.

Sauer, weil seine Häppchen meinen inneren Wurm gefüttert hatten.

So habe ich mich in Logan verliebt. Wie ein Bandwurm. Fachwissenschaftlich auch *Cestoda* genannt.

Ich denke, dass Logan es weiß. Schon unterbewusst gibt der Körper Signale ab, wenn Gefühle im Spiel sind. Meistens ohne dass man es merkt. Manchmal merkt man es auch. Zum Beispiel, wenn man über ein drei Meter hohes Eisentor klettert, um die Person zu sehen.

Eine neue Version von *Romeo und Julia*.

Mehrmals hat Logan mich nach einem Date gefragt. Und jedes Mal habe ich dankend abgelehnt. Das war die größte Überwindung meines Lebens. Ich wollte dieses Date. So unbedingt wie man fettige Pizza bei einem Kater will.

Aber ein Date bedeutet für Logan Cunningham Sex.

Nur Sex.

Nach der Sache mit Lucas habe ich mir geschworen, mich auf keinen *bad boy* mehr einzulassen. Nicht mal die klitzekleinste Vermutung darf bestehen, dass der Typ meine Gefühle verletzen könnte.

Und bei Logan läuten leider alle Alarmglocken, die es gibt.

Schrillend und laut blinkend, mit dem kreischenden Geschrei einer Todesfee.

Jahrelang habe ich mitbekommen, wie die Mädchen wegen ihm geheult haben. Immer wieder. Überall.

Es fing schon in der Grundschule an. Dann ging es weiter auf der Marymount. Und von der Uni brauche ich gar nicht erst anzufangen. Ich glaube, Logan hat fast ein Drittel aller Frauen an der NYU zum Heulen gebracht. Jedes Mal, wenn ich wieder irgendwo Mädchen ihre Freundinnen habe trösten sehen, wusste ich schon, dass er dahintersteckte. Auf den Gängen, in der Mensa, auf der Mädchentoilette … einfach überall flossen Tränen.

Und ich will nie wieder wegen einem Mann weinen müssen. Was impliziert, dass ich keine Arschlöcher daten darf. Und Logan Cunningham ist mit Abstand einer der größten Herzensbrecher in ganz New York.

Nachdem ich mir diese Erkenntnis wieder in Erinnerung gerufen habe, drücke ich die Klinke herunter und betrete das Schlafzimmer.

Logan steht hinter der Bar und schenkt sich gerade ein weiteres Glas Wasser ein, als er aufsieht. Ein breites Lächeln ziert sein Gesicht. »Steht dir. Vielleicht solltest du darüber nachdenken, ins Lacrosse-Team zu kommen.«

»Und meine Haut freiwillig mit Dreck beschmutzen? Nein, danke.«

Ich setze mich auf den Barhocker, und Logan schiebt mir sein Glas Wasser zu, ehe er sich ein neues nimmt.

»Nasse Haare stehen dir auch.«

»Ist das die berühmte Liste?«, sage ich, um schnell das Thema zu wechseln. »Sieht gar nicht so gefährlich aus.«

Logan folgt meinem Blick zu dem zerknitterten Stück Papier und runzelt die Stirn. »Das liegt im Auge des Betrachters.«

»Also ist sie eine Halluzination. Vielleicht existiert sie gar nicht.«

Ein leises Lachen von Logan. »Schön wär's.«

»Lass mal sehen.« An meinem Ohr summt eine Fliege. Ich

schüttle den Kopf, und sie fliegt zu Logan, als ich die Liste in die Hand nehme. Vier Termine sind bereits durchgestrichen, neben sechs anderen steht in Logans sauberer Handschrift *offene Castings* geschrieben. Die zwei letzten sind mit rotem Marker angestrichen.

»*Das Leben des Donavan Parker* und *Delirium*.« Über das Papier hinweg blicke ich auf. »Beides Buchverfilmungen, oder?«

Logan nickt. Er wedelt die Fliege mit der Hand weg, aber sie kommt zurück, da erschlägt er sie mit einem Bierdeckel.

»Kannst du den Text schon?«, frage ich weiter, woraufhin er mich mit einem Blick straft als hätte ich ihn gefragt, ob er das Einmaleins könne.

»Natürlich kann ich den Text.«

Ich lege die Liste beiseite und lächle ihn mit neckischem Grinsen an.

»Dann zeig mir mal, ob du glaubwürdig spielen kannst.«

»Hättest du wohl gern«, sagt er. Sein Gesicht wird düster. »Vielleicht siehst du mir einfach zu, wenn ich zum offenen Casting gehe.«

»Logan. Du gehst nicht dorthin. Hör auf, so was zu denken.«

Sein Blick huscht zur Liste, dann seufzt er, nimmt sich sein Wasserglas und lehnt sich an die Theke.

»Du hast recht. Ich muss visualisieren. Aber was, wenn ich tatsächlich keine Einladung bekomme?«

»Das wird nicht passieren«, sage ich. Kurz bin ich versucht, meine Hand auf seine Schulter zu legen, lasse es dann aber bleiben. Nicht aus Angst vor seiner Reaktion, sondern vor meiner eigenen.

Eine Weile sagt keiner von uns ein Wort. Jeder hängt seinen eigenen Gedanken nach. Stille legt sich über uns, die nur durchbrochen wird, als Logan eine Schublade aufzieht und Lakritz-Heringe rausholt. Er reißt die Tüte auf und hält sie mir hin, aber ich rümpfe nur angeekelt die Nase.

Ich hasse Lakritz.

Logan zuckt die Achseln, nimmt sich gleich eine Handvoll und schiebt sich einen nach dem anderen in den Mund.

Dann sagt er: »Was ist dein Traum?«

Die Frage trifft mich unvorbereitet. Ich habe eher auf seine Lippen geachtet, die Art und Weise bewundert, wie sich die feinen Linien bewegen, wenn er kaut. »Wie meinst du das?«

»Wenn du an die Zukunft denkst«, fügt er hinzu, »siehst du dich das Plaza führen?«

»Nein«, entgegne ich sofort. Dafür muss ich nicht einmal überlegen.

Er hebt eine Braue. »Also?«

Mit den Fingern kämme ich mir durch die einzelnen Strähnen meines nassen Haares. Sie beginnen inzwischen zu trocknen und zu Korkenziehern zusammenzuschrumpfen.

Logan fokussiert meine Finger und folgt den Bewegungen, die sie durch mein Haar ziehen. Sein forschender Blick macht mich nervös, also lasse ich die Hände sinken und besehe mir stattdessen meine Fingernägel.

»Aber du darfst nicht lachen.«

»Das würde ich niemals.«

Mit pochendem Herzen pule ich an einem Stück Nagelhaut, das bei der letzten Maniküre scheinbar übersehen wurde, was ich meiner Kosmetikerin aber eigentlich nicht zutraue. So viel Geld, wie sie bekommt. Vielleicht ist sie auch einfach schon nachgewachsen.

»Ich sehe mich als Sängerin«, sage ich. Leise, aber bestimmt. »Überall in den Charts. Bei MTV. Spotify. iTunes. Das wäre mein Traum.«

Als ich aufsehe, sieht Logan mich mit einem langsamen Nicken an. Sein Blick überrascht mich. Aus irgendeinem Grund habe ich erwartet, ein spöttisches Grinsen oder eine ungläubige Belustigung zu sehen, aber Logan nimmt mich ernst.

»Warum kämpfst du dann nicht dafür?«

Ich schlucke. Streiche über die Bänder meiner Schrägstrich Logans Sporthose und konzentriere mich darauf, die Pinken der Bänder aneinanderzuführen, als würden sie sich küssen. Früher dachte ich immer, die kleinen Plastikenden, die man auch an Schnürsenkeln findet, wären namenlos. Aber tatsächlich heißen sie Pinken. Hat natürlich Lucas mir erklärt, nachdem ich darüber gelacht habe, dass keiner deren Namen wüsste. Fand er ganz wichtig, dass ich diese Wissenslücke schließe. Sind ja auch ganz elementar, diese Pinken.

»Hey.« Logan legt seinen Finger unter mein Kinn und hebt meinen Kopf an, sodass ich ihm in die Augen sehen muss. »Rede mit mir.«

Noch nie fand ich Logan schöner als in diesem Moment. Seine wirren Haare, der besorgte Ausdruck auf seinem markanten Gesicht, die akkuraten, dichten Augenbrauen und vor allem dieser perfekte Mund. Die Nervenbahnen in meinem Arm kribbeln, weil ich ihn ausstrecken und mit der Hand über seine Haut streichen möchte. Über seine Brust. Da, wo die drei Knöpfe seines Hemds geöffnet sind.

»Ich werde den Boden unter den Füßen verlieren«, sage ich. Meine Kehle ist rau. Mein Mund trocken. Ich weiß selbst nicht, ob mein Satz sich auf seine Frage bezieht oder auf meine Gedanken, was passieren würde, wenn ich mich auf Logan einließe. »Mein Leben ist durchgeplant und strukturiert. Ich weiß genau, was in fünf Jahren sein wird. Oder sein soll. Bei den Bishops wird und wurde niemals etwas dem Zufall überlassen. Bald habe ich meinen Bachelor in International Management und werde anfangen, ein Hotel zu leiten, das irgendwann einmal mir gehören wird. Ein sicherer Plan, eine Familie zu gründen und ein gutes, finanzielles Leben zu führen. Jetzt stell dir vor, ich würde alles wegwerfen. Meinen Eltern sagen, dass ich ihr geliebtes Imperium nicht weiterführen und einen Weg gehen möchte, der erst einmal über eine brüchige, moderige Brücke führt, die jederzeit einstürzen könnte. Was denkst du, wie sie reagieren werden?«

»Sie sind deine Eltern«, sagt Logan. »Wenn sie dich lieben, akzeptieren sie es und werden dich mit aller Kraft unterstützen. Liebenden Eltern sollte es doch nur darum gehen, dass ihre Kinder glücklich sind. Und wenn sie dir Steine in den Weg legen, sind sie es vielleicht gar nicht wert, dass du auf ihre Unterstützung baust. Manchmal muss man stark sein und sich losreißen, wenn es bedeutet, das eigene Glück zu finden. Denn es ist dein Leben, Grace. Nur dir muss es gefallen. Niemandem sonst.«

Ich frage mich, ob Logan dabei an seine Mutter denkt. Mir wurde nie Genaueres erzählt, was bei den Cunninghams abging, aber jeder fand es komisch, dass seine Mom plötzlich nach Japan verschwand. Noch komischer fand jeder, dass sie nur zweimal im Jahr hier ist und sein Dad trotzdem tut, als wäre diese Ehe perfekt und unbeschadet. Insgeheim habe ich schon immer vermutet, dass mehr dahintersteckt. Ich wollte nur nie nachfragen. Gab auch nie einen Grund für mich, nachzufragen.

Mir wird abwechselnd heiß und kalt. Es ist ungewohnt für mich, über meine geheimsten Träume zu sprechen. Normalerweise tue ich das nur mit mir selbst in meinem Kopf, weil nie jemand etwas von meiner Leidenschaft zum Gesang wusste. Bis heute.

»Ich weiß, dass du recht hast«, sage ich. Es fällt mir schwer, nicht zu Boden zu sehen, aber es ist mir wichtig, das Kinn zu recken und Haltung zu wahren. Nur ungern zeige ich Schwäche. Sie ist ein Zeichen von Unsicherheit, und ich möchte nicht unsicher wirken. Ich möchte, dass es so wirkt, als hätte ich den Durchblick. Als wäre alles geordnet und momentan fehle nur ein kleines Puzzleteil, das bald wieder auftaucht. Auch wenn mir klar ist, dass Logan die Wahrheit kennt und weiß, wie es in mir aussieht. Die jahrelange Gehirnwäsche meiner Eltern, dass ich immer stark und kontrolliert wirken muss, lässt sich nicht so einfach abschütteln. »Dasselbe sage ich mir auch immer wieder. Aber es dann in die Tat umzusetzen, ist nicht so einfach. Mir würde plötzlich mein ganzes Leben aus den Fugen geraten, wenn ich meinen eigenen Weg gehen würde. Vermutlich würden meine Eltern sich sogar für mich schämen. Was, wenn ich dann plötzlich allein dastehe und niemanden mehr habe?«

Logan runzelt die Stirn. Er beugt sich ein Stück zu mir vor, wobei er die Arme auf die Theke stützt und die Hände verschränkt. Sie liegen ganz ruhig da, was mich mehr verunsichert, als wenn er an seinen Fingern pulen oder rumzappeln würde. Das würde ich nämlich tun, denke ich. Und es bedeutet, dass Logan sich mehr unter Kontrolle hat als ich. Warum das für mich so bedeutend ist, kann ich nicht sagen. Vielleicht weil ich Angst davor habe, nicht stark genug zu sein, mich ihm zu entziehen. Vielleicht gebe ich nach, während er stark bleibt. Mit Mauern um sich herum. Und mich dann fallen lässt. Verletzt und kaputt.

»Du hast Hazel«, sagt er. »Immer. Sie wird sich niemals von dir abwenden. Du hast Freunde wie mich und Caleb. Du hast deinen kleinen Bruder und deine Haushälterin. Wie heißt sie noch? Nora?«

»Norma«, verbessere ich. »Und auf Oliver kann ich gern verzichten. Er ist unausstehlich wie eine widerliche Made, die dir plötzlich von der Decke auf den Kopf fällt.«

»Er ist dein Bruder.«

»Und eine Made.« Ich lächle. »Aber ja. Vermutlich hast du recht.«

»Natürlich habe ich recht.« Logan streicht sich durchs Haar und grinst. Dann wird sein Ausdruck plötzlich düster und seine Züge spiegeln eine pure Bitterkeit wider. Es ist, als ob er von der einen auf die andere Sekunde in einen schwarzen Schatten getreten ist, der jegliches Glück aus ihm herauszieht. »Wie konntest du mir das antun?«

Verwirrt sehe ich ihn an. »Was denn?«

Er schnaubt. »Weißt du eigentlich, was du mit mir gemacht hast?«

»Hä?«

»Du hast dich bei mir eingeschlichen«, zischt er, wobei seine Augen einen irren Ausdruck bekommen.

In mir macht sich pure Verwirrung breit. »Meinst du, weil ich über das Tor geklettert bin?«

»In meinem Kopf!« Logan schlägt mit der Faust auf die Theke. Ich zucke zusammen. »Weißt du, wie das ist? Wie bei einem Müllmann.«

»Müllmann?« Keine Ahnung, was plötzlich in ihn gefahren ist. Ich verstehe die Welt nicht mehr und kann nicht aufhören, ihn anzustarren.

Logan hebt einen Finger und zeigt auf mich, als wäre ich eine ekelhafte Spinne. Als er weiterspricht, zittert seine Stimme. »Wer will schon Müllmann werden? Niemand. Das denkt zumindest jeder. Aber dann gibt es doch wieder Menschen, die finden das interessant. Denen macht das Spaß. Vergammelten Müll zu entsorgen. Aber es fängt immer damit an, dass man nur Ekel und Desinteresse für den Abfall über hat.« Er macht eine kurze Pause, in der er mich intensiv ansieht. Sein Mund zittert. »Für mich warst du vergammelter Müll.«

»Logan!« Ich springe von meinem Hocker auf und funkle ihn zornig an. Meine Nasenflügel beben vor Wut.

Er macht einen Schritt auf mich zu. Seine Lider zucken. »Aber dann wurde ich wie ein Müllmann. Jeden Tag hatte ich mit dir zu tun. Habe dich kennengelernt, wie ein Müllentsorger den Abfall. Irgendwann weiß er, was er zu trennen hat. Er weiß, was in welche Tonnen kommt. Und fängt an, diesen scheiß Müll zu lieben. Weißt du eigentlich wie das ist, Müll zu lieben? Weißt du, wie es ist, sich jeden verdammten Tag mit dem verdorbenen Charakter eines Menschen auszusetzen, der mehr und mehr vergammelt? Und sich nicht einmal abwenden zu können, weil man auf diesen gottverdammten Müll angewiesen ist?«

Logan kommt noch einen Schritt näher. Ich schlage ihm gegen die Brust und merke, dass meine Hände zittern. »Spinnst du?«

Er lacht auf. Ein verzweifeltes und gleichzeitiges hysterisches Lachen. »So ist das Leben, nicht wahr? Mehr in Dingen zu sehen, in denen eigentlich nicht mehr zu sehen ist. Man denkt, irgendwo in den Schichten von Abfall und Fäulnis bunkert ein funkelnder Diamant. Man gräbt und lässt sich auf den Job ein, ohne zu merken, wie man der Leidenschaft Tag für Tag mehr verfällt. Es ist plötzlich die Aufgabe des Lebens für einen Müllmann, den Abfall zu entsorgen, wobei er sich immer wieder einredet, dass es nur vorübergehend ist. Solange, bis er vielleicht den Diamanten gefunden hat. Aber das sagt er sich nur selbst, um sich besser zu fühlen. In Wahrheit gibt es keinen Diamanten. Gibt es keine Hoffnung, etwas anderes in den Mülltonnen zu finden als Dreck und widerliches Zeug. Die Hoffnung auf den Diamanten gibt uns die Kraft, das Elend durchzustehen.« Er lacht rau auf, dann stockt er plötzlich und sieht mich mit gequältem Gesichtsausdruck an. Sein Kinn beginnt zu zittern, und in seinen Augen schimmern Tränen.

Ich kann nicht anders, als Logan mit weit aufgerissenen Augen anzusehen. Sogar mein Mund ist geöffnet, obwohl ich immer darauf achte, ihn zu schließen.

»Wegen dir bin ich ein Müllmann. Wegen dir liebe ich es, die Tonnen mit vergammeltem Zeug zu meinem Lebensinhalt zu machen, in der Hoffnung darauf, dass es sich irgendwann lohnen wird. In der Hoffnung darauf, dass irgendwann der Lottoschein zwischen dem verdorbenen Fleisch liegt, der mir endlich den Grund dafür liefert, warum ich den Müll nie aufgegeben habe. Warum ich *dich* nie aufgegeben habe. Und jetzt, nach all den Jahren, tust du mir das an und reißt mich aus meiner Illusion. Aus meiner Hoffnung. Beweist mir, dass Müll eben doch nur Müll ist. Vergammelte Fäulnis. Nichts weiter.«

»Warum tust du das?«, schreie ich. Schlage mit den Fäusten auf seiner Brust ein. Er lässt es geschehen und hindert mich nicht daran. »Warum sagst du diese abscheulichen Dinge, Logan?«

»Weil ich in dich verliebt bin, Rebecca.«

Abrupt halte ich inne. Blinzle. »Rebecca?«

Logan grinst. Streckt die Hand aus und streicht mir eine Korkenzieherstähne hinters Ohr.

»*Das Leben des Donavan Parker.*« Er legt den Kopf schief und grinst noch breiter. »Überzeugend genug?«

8

Logan

Vermutlich bin ich zu weit gegangen.

Grace erwidert mein Grinsen nicht. Sie sieht mich an, als wären mir zwei Köpfe gewachsen. Dann verschränkt sie plötzlich die Arme vor der Brust und tritt einen Schritt zurück.

»Du bist ein Arsch.«

»Komm schon.« Ich setze ein Lächeln auf und gleiche die verlorene Nähe mit einem Schritt wieder aus. »Du wolltest, dass ich dir meinen Text vortrage.«

Grace knirscht mit den Zähnen. »Ja. Aber nicht unvorbereitet.«

»Sonst hättest du doch aber gewusst, dass ich spiele. Es muss echt rüberkommen. Das ist Schauspiel. Die Kunst, etwas, das man nicht ernst meint, ernst zu meinen.«

Ihr vorwurfsvoller Blick bereitet mir Unbehagen. Ich will nicht, dass sie sauer ist.

Sie stößt die Luft aus. »Das hat sich echt mies angefühlt. Ich meine, du …«

Ehe sie den Satz beenden kann, mache ich noch einen Schritt auf sie zu und schließe damit den letzten Raum, der noch zwischen uns stand. Zaghaft lege ich ihr meine Hände auf die Schultern, ohne wirklich zu wissen, ob es das richtige ist. Ob es das ist, was Grace will.

Sie senkt die Lider. »Du hast mich verletzt.«

»Das tut mir leid«, sage ich und meine es auch so. Ich hatte nicht vor, ihr wehzutun. Meine Leidenschaft zum Schauspiel ist so stark, dass ich immer davon ausgehe, auch andere teilen sie mit mir. Dabei vergesse ich, dass sie nicht differenzieren können, was genau gespielt ist und was nicht. Sie sind ja nicht der Schauspieler.

Mit den Fingerspitzen fahre ich Grace Schultern hinab und streiche ihr über die Arme. Ihre feinen Härchen stellen sich zu einer Gänsehaut auf, obwohl es nicht kalt im Raum ist. Diese Entdeckung entlockt mir ein Grinsen. Es ist betörend, Grace Bishop aus dem Konzept zu bringen.

Ihr Blick hebt sich wieder, und sie sieht mich an.

Gott, ihre Augen. Diese großen braunen Augen. Wenn sie mich ließe, könnte ich sie den ganzen Tag anstarren und mich in den schokoladenfarbenen Tiefen verlieren. Grace beißt sich auf die Unterlippe. Gern hätte ich diesen Part übernommen, bis ich sie lustvoll meinen Namen hauchen höre.

»Ich habe echt gedacht, du siehst mich als …« Sie sieht zur Seite, ihr Blick heftet sich auf die orangene Couch. Scheinbar sucht sie nach Worten oder aber weiß nicht, wie sie diese richtig aussprechen soll, ohne dass es merkwürdig klingt.

»Vergammelten Müll?«, frage ich. Und lag mit meiner Vermutung richtig, denn Grace nickt bedrückt. So bekümmert, als hätte sie gerade erfahren, dass der Höhepunkt eines Schweins dreißig Minuten länger dauert als bei uns Menschen.

Erneut lasse ich meine Fingerspitzen über ihre Arme gleiten, dann verschränke ich meine Finger mit ihren. Ich hätte vermutet, dass sie sich dem widersetzt, aber sie tut es nicht. Lässt es geschehen.

»Du weißt, dass das nicht wahr ist, Grace.« Mit sanftem Druck ziehe ich sie zu mir heran. Ich spüre ihren Atem auf meiner Haut. Sie ist mir jetzt so nah, dass ich mich nur leicht vorbeugen müsste, um die Distanz zu ihren Lippen zu überbrücken.

Aber ich tue es nicht. Warte darauf, dass sie den ersten Schritt macht. Mir zeigt, dass sie mich will. So etwas habe ich noch nie gemacht. Und ehrlich gesagt verstößt es gegen all meine Prinzipien, die ich jahrelang hatte.

Klare, saubere One-Night-Stands. Mehr nicht. Da war es mir scheiß egal, wer wen küsst und wer anfängt. Aber bei Grace ist es anders. Ich verspüre plötzlich den unumgänglichen Drang, alles richtig machen zu wollen.

»Logan«, haucht sie. Ihre Lider sind geschlossen. »Bitte.«

Bei dem Klang ihrer heiseren Stimme wird meine Kehle trocken. Und mein Schwanz hart.

»Was willst du, Grace?«

Sie antwortet nicht. Stößt nur ihren zittrigen Atem aus, als müsste sie sich mit aller Kraft zurückhalten. Sie senkt den Blick, und ich kann es plötzlich nicht ertragen, nicht mehr in ihre Augen sehen zu können, also lege ich ihr meine Hände an die Wangen und hebe ihr Gesicht wieder an.

Ihre Haut ist porenlos. Und zart. Noch viel zarter, als ich schon vermutet habe. Und, fuck, sie ist so schön.

So übernatürlich, atemberaubend schön.

»Sag es, Grace. Sag, was du willst, und ich schwöre, ich tue alles. Du musst es nur sagen.«

Ihr Blick wirkt verschleiert. Ich kann nicht aufhören, ihr mit den Daumen über die Wangenknochen zu streichen; das Gefühl ihrer weichen Haut unter meinen Fingern zu spüren.

Die Luft um uns herum ist aufgeladen. Voller Spannung. So elektrisierend wie ein mit Strom geladener Zaun. Je näher wir uns kommen, desto mehr kribbelt es in allen Nervenbahnen.

Mein ganzer Körper ist erhitzt.

Grace nähert sich. Nur noch ein winziger Spalt liegt zwischen uns, verwehrt unseren Lippen die Berührung, die ich so sehr herbeisehne. Sie kommt näher, immer näher, ich schließe die Augen und …

»Es geht nicht.«

Ich öffne sie wieder. Grace ist mir noch immer nah, aber plötzlich sind ihre Augen geweitet. Sie weicht zurück und wirkt erschrocken darüber, was wir gerade beinahe getan hätten. Ihre Wangen sind gerötet, und ich spüre ihre Hitze unter meinen Fingern, bis sie noch einen weiteren Schritt zurückweicht und sich meinen Händen entzieht. An ihrem feinen Hals erkenne ich ihre Schlagader, die in schnellem Tempo schlägt. Grace wirkt atemlos.

Trotz der Enttäuschung setze ich ein neutrales Lächeln auf. Lasse die Hände sinken und stecke sie anschließend in die Taschen meiner Chinohose, so lässig, als würde ich gerade durch die vier Stockwerke im Ralph Lauren schlendern und mir neue Pullunder ansehen.

Es ist mir wichtig, dass Grace nicht merkt, wie stark ihre bloße Präsenz sich bereits in meinem Verstand eingenistet hat. Auf keinen Fall möchte ich ihr das Gefühl geben, sie hätte mich in der Hand. Denn so etwas führt zu Nachlässigkeit. Desinteresse. Und irgendwann zu solchen Taten, die meine Mutter meinem Dad angetan hat.

Also lächle ich. So, als wäre nie etwas passiert. »Gut. Wann musst du morgen zur Uni?«

Grace wirkt verwirrt. Vielleicht auch überrumpelt darüber, wie schnell ich auf eine neutrale Verfassung umschalten konnte. Wenn sie wüsste, wie es momentan in meinem Inneren aussieht …

Den Wirbelsturm könnte nicht einmal Grace Bishop unter Kontrolle bringen.

Sie legt die feine Haut ihrer Stirn in Furchen. Ihr Blick wandert kurz zu meinen Händen in den Hosentaschen, ehe sie mich wieder ansieht. »Um acht«, sagt sie. Versucht, ihre Atemlosigkeit zu kaschieren. Erfolglos.

Mit gelangweilter und müder Miene ziehe ich eine Hand aus der Tasche und streiche mir über Hinterkopf und Nacken. Dabei ist mir bewusst, wie Grace Augen an meinem Bizeps kleben bleiben und ihn förmlich mit Blicken verschlingen.

»Dann sollten wir jetzt schlafen. Es ist fast drei.« Ohne auf sie zu achten nehme ich mein iPhone vom Couchtisch, stelle einen Wecker und gehe zum Bett. Wo ich mir das Hemd ausziehe. Dann meine Hose. Und schließlich in nichts außer schwarzer Calvin-Klein-Boxershorts vor ihr stehe.

Mir ist klar, wie sehr ich Grace provoziere. Aber es macht mir Spaß.

Sie zu reizen, verschafft mir eine sonderbare Genugtuung. Ihr lustvoller Blick, den sie zwecklos zu verbergen versucht, erregt mich. Genauso wie ihr stetes Schlucken, das mir verrät, wie trocken ihre Kehle gerade sein muss. Und was sie mit diesem Schlucken noch alles anstellen könnte, um diese Trockenheit verschwinden zu lassen.

»Ich schlafe nicht auf dem Sofa«, sage ich nur, während ich mich ins Bett lege. »Das macht Rückenschmerzen. Du kannst entscheiden, ob du mit im Bett schläfst oder lieber Rückenschmerzen haben willst.«

Ungefähr eine Minute steht Grace wie ein verirrter Geist mitten im Raum und bewegt sich nicht. Sie starrt mich einfach nur an, wobei ich wiederum nicht aufhören kann, ihre Brüste anzustarren. Die ich unter meinem weißen Shirt, das sie trägt, nur erahnen kann. Doch trotzdem komme ich nicht umhin mir vorzustellen, wie ich sie mit den Händen umschließe und schließlich mit der Zunge darüberfahre.

Dann stößt Grace ihren angehaltenen Atem aus und durchquert das Zimmer. Sie achtet darauf, einen Abstand zwischen uns zu lassen, als sie sich neben mich ins Bett legt und in den Kissen versinkt. Die graue Seidenbettdecke zieht Grace bis zu den Schultern, und ich stelle mir vor, wie der elegante Stoff über ihre nackte Haut gleitet und wie sexy sie dabei aussehen würde. Der Gedanke entlockt mir ein Lächeln.

Ich lösche das Licht der Nachttischlampe und lausche meinem pochenden Herzen, das die plötzliche Stille ausfüllt.

»Gute Nacht, Grace.«

Ihre Bettdecke raschelt. »Gute Nacht, Logan.«

Dann sagt keiner von uns mehr ein Wort und verfolgt seinen eigenen Gedanken, die vermutlich niemand von uns beiden so richtig versteht.

Aber wer versteht dieses Leben schon.

9

Grace

Himmel Herrgott noch mal.

Ich habe versucht, nicht einzuschlafen. Habe ich wirklich. Aber es ging nicht. Nachdem ich mich krampfhaft auf irgendwelche Sachen aus dem Studium konzentriert habe, um nicht an Logan zu denken, der seelenruhig neben mir geschlafen hat, bin ich irgendwann trotzdem weggedämmert.

Und jetzt erwache ich beinahe panisch, als ich bemerke, dass ich mit meinem halben Körper auf Logan liege, sein Arm in sehr besitzergreifender Pose um mich geschlungen.

Ich wage es nicht einmal zu blinzeln, weil ich Angst habe, dass das Streichen meiner Wimpern über Logans Haut ihn wecken könnten. Es ist ewig her, dass ich auf diese Weise aufgewacht bin. Irgendwann vor anderthalb Jahren vielleicht, bevor Lucas mich betrogen hat.

Ich spüre Logans Herzschlag an meiner Brust. Ein paar Augenblicke liege ich einfach so da, mein Gesicht in seiner Halsbeuge, und konzentriere mich auf die regelmäßigen Schläge. Sie klingen schön. Wie eine sanfte Melodie.

Ganz langsam drehe ich meinen Kopf und rücke ein Stück von ihm ab, bis meine Schläfe auf seiner Schulter bettet. Logans Mund ist einen winzigen Spaltbreit geöffnet. Ich bewundere ihn für das natürliche Rot, das seine vollen Lippen von seiner gebräunten Haut kontrastiert. Was würde ich für diesen perfekten Schmollmund geben.

Als ich noch ein weiteres Stück von ihm wegrobbe wie ein

gestrandeter Seehund, rutscht sein Arm von mir herunter und schlägt mit dumpfem Geräusch auf dem Boxspringbett auf.

Meine Chance.

Mit einem halben Ninja-Move rolle ich zur Seite, stoße mir beinahe den Kopf an der Nachttischlampe, doch ich kann mich gerade noch abbremsen.

Gespannt atme ich in die Stille hinein und vergewissere mich, dass Logan nicht aufgewacht ist. Ist er nicht. Er schläft tief und fest. Sehr gut.

Durch die Außenjalousien ist es stockdunkel im Zimmer, deshalb kann ich nicht einmal erahnen, wie spät es ist. Blind wie ein Maulwurf tappe ich auf nackten Füßen um das Bett herum, wobei ich eine Hand auf dem Laken lasse, um mich zu orientieren. Kurz stoße ich mit dem kleinen Zeh gegen einen der Stahlfüße vom Bett, und ich hüpfe mehrmals auf und ab, während ich in meinem Kopf die wildesten Flüche ausstoße, aber dann geht es wieder. Ich schleiche bis zu Logans Handy, dann weiter ins Badezimmer, wo ich so leise wie möglich die Tür öffne und wieder schließe. Dort lasse ich mich mit einer solchen Erleichterung aufs Klo sinken, als hätte ich gerade die dicken Sumoringer aus *Takeshis Castle* überstanden.

Es ist halb sieben. Gott sei Dank bin ich vor dem Wecker wach geworden. Die Peinlichkeit wäre nicht auszumalen, wenn Logan und ich auch noch gemeinsam den Morgen miteinander verbracht hätten. Ungeschminkt und mit Mundgeruch. Da wäre der Zauber des Abends dahin. So sicher, wie es ist, bei Mario Kart letzter zu werden, wenn man auf einer dieser unnötigen Bananen ausrutscht.

Um Logans Handy zu entsperren brauche ich drei Anläufe. Mein erster Versuch ist sein Geburtstag. Mein zweiter ist *eins zwei drei vier*. Beim dritten gebe ich schließlich das Datum des Castingtermins vom *Donavan Parker*-Film ein.

Volltreffer. Ich komme nicht umhin, mit den Augen zu rollen.

Dann wähle ich Hazels Nummer. Wackle unruhig mit dem

Bein auf und ab, während es tutet. Sie hebt nicht ab. Ich versuche es noch mal. Dann …

»Logan.« Hazel gähnt. Scheinbar habe ich sie geweckt. »Ich hoffe, du hast einen guten Grund. Wenn es etwas Unnötiges ist, verkaufe ich deine Organe.«

»Hazel«, zische ich, damit Logan nicht wach wird. Jedoch klingt selbst mein Flüstern in dem Badezimmer wie ein krachendes Echo im Gebirge. »Du musst mir helfen.«

»Oh mein Gott.« Ihre Bettwäsche raschelt. Ich sehe förmlich vor mir, wie sie sich entsetzt aufsetzt. »Was ist passiert?«

»Eigentlich nichts.«

»Wieso bist du bei Logan?«

Ich drücke meine Füße auf den Boden, damit die Fußbodenheizung meine Nerven beruhigt. »Woher weißt du, dass ich bei Logan bin?«

»Weil du von seinem Handy anrufst, du Superbrain.«

»Ach ja.« Meine Stimme kommt mir immer noch zu laut vor, deshalb zische ich noch leiser. »Kannst du mich abholen?«

»Was? Ich glaube, die Verbindung ist schlecht.«

Ungeduldig atme ich aus. »Nein. Ich zische nur. Du musst mich bitte sofort abholen.«

Im Hintergrund höre ich ein Raunen. Caleb scheint wach geworden zu sein. »Wer ist das?«, fragt er.

»Grace. Aber sie rauscht und klingt wie ein Alien. Ich verstehe sie kaum.«

»Hey! Ich klinge nicht wie ein Alien!«

»Was will sie?«, fragt Caleb.

»Weiß ich nicht. Ich verstehe sie ja nicht.«

Wieder raschelt ihre Bettdecke, dann höre ich Schritte, die durch ein Zimmer gehen und eine Tür, die sich schließt.

»Grace? Sag mal was.«

»Was.«

»Gut. Jetzt höre ich dich besser. Also, was ist los?«

»Du musst mich bitte sofort hier abholen«, wiederhole ich. »Notfallstufe zehn.«

»Okay. Wo bist du?«

»Im Haus der Cunninghams. Kannst du mir bitte Unterwäsche, ein Oberteil und Schminke mitbringen?«

Hazel ächzt. Ich glaube, sie zieht sich gerade die Schuhe an. »Will ich wissen, was du bei Logan machst?«

»Nein.«

»Erzählst du es mir gleich trotzdem?«

»Ja.«

»Brav. Bin so gut wie da. Durchhalten, beste Freundin. Rettung naht.«

Erleichtert atme ich aus. »Danke. Bis gleich.«

Als ich auflege und das Display vom Handy noch einmal aufleuchtet, versuche ich, die Popup-Nachrichten von einer gewissen Renegine zu ignorieren.

Ich meine, was ist das bitte für ein Name? *Renegine.*

Mit schmerzendem Stich in der Brust lege ich das Handy beiseite und suche in den Badezimmerschränken nach einer neuen Zahnbürste, wobei ich mich durch ein ganzes Sammelsurium von Kondompackungen durchwühlen muss. Mittlerweile bereue ich den ganzen gestrigen Abend. Wäre ich doch bloß einfach mit Sean nach Hause gefahren und nicht auf die bescheuerte Idee gekommen, über das Eisentor der Cunninghams zu klettern.

Endlich finde ich eine Zahnbürste und fühle mich wie geläutert, nachdem ich meine Zähne geputzt und auch noch Mundspülung benutzt habe. Dann wasche ich mir das Gesicht, schüttle meine Korkenzieher aus und schiebe mir mein Haarband von gestern ins Haar. Die Klamotten von Logan lasse ich an. Meinen Rock ziehe ich über seine Lacrossehose, weil ich nicht ohne Unterhose aus dem Haus gehen will.

Ich lösche den Anruf an Hazel aus dem Verlauf, schlüpfe auf leisen Sohlen zurück ins Zimmer und lege das Handy wieder auf den Nachttisch, ehe ich mir meine Jimmy Choos schnappe und flink wie ein Wiesel den Raum verlasse.

Hazel wartet bereits an der Straße in Calebs silbernem R8.

Gott sei Dank ist das Tor inzwischen geöffnet. Ich bin zu müde für einen weiteren Kletterakt.

»Hey«, sage ich, als ich einsteige. Und dann: »Ich liebe dich, weißt du das, Hazel? Ich liebe dich so sehr wie ein monogamer Anemonenfisch.«

Hazel lässt den Motor an und fährt los. »Kannst du das dreimal hintereinander sagen, ohne dich zu verhaspeln? Dann glaube ich dir.«

»*Monogamer Anemonenfisch monogamer Anemonenfisch monogamer Anemonenfisch.*«

»Gut. Ist abgekauft.«

Sie fragt mich nicht, was passiert ist. Das ist nicht ihre Art. Stattdessen quält sie mich mit Schweigen, während sie ihre großen grünen Augen immer wieder zu mir herüberhuschen lässt, ganz im *Ich weiß, was du letzten Sommer getan hast*-Stil.

»Ich habe bei Logan geschlafen«, sage ich schließlich.

Hazel hält an einer Ampel. »Mit ihm oder bei ihm?«

Mit grimmigem Blick beuge ich mich auf meinem Sitz vor, schnappe mir die Hollistertüte vom Fußraum und krame mir die Schminke raus.

»Es ist nicht, wie du denkst. Wir haben nur geredet und sind dann eingeschlafen.«

Die Ampel schaltet auf grün. Hazel biegt auf die 4th Ave ein, kurze Zeit später kommen wir an der Episkopalkirche vorbei. Sie fährt zu unserem Stammcafé an der Uni. »Immer wenn man sagt, man hätte nur geredet und wäre dann eingeschlafen, gibt es Tausende Dinge zwischen den Zeilen. Und ich steh auf Geheimnisse zwischen den Zeilen. Also raus damit.«

Mein Mund öffnet sich, als ich mir im Spiegel der Sonnenblende meine Wimpern tusche. Anschließend trage ich mir etwas Rouge auf und werfe die Schminke zurück in die Tüte.

Ich seufze ergeben. »Gut. Also. Wir haben uns zufällig in einer Bar getroffen. Dann ist er abgehauen, als ich ihn sitzengelassen habe, weil Lucas mich angerufen hat.«

Hazel baut beinahe einen Unfall, weil sie den Kopf so abrupt zu mir herüberreißt, dass sie einen linken Schwenker auf die andere Fahrbahn macht. Der Fahrer im Fiat Punto hupt wie ein Berserker und Hazel macht Lichthupe, um sich zu entschuldigen. Ganz die liebe Hazel.

»Lucas hat dich angerufen?«

Bei der Erinnerung spüre ich Übelkeit in mir aufsteigen. Ich verziehe das Gesicht und nicke, während ich mir die mitgebrachte Unterwäsche aus der Tüte ziehe und anfange, die Lacrossehose unter meinem Rock auszuziehen.

»Er hat mit Thomas Schluss gemacht und will mit mir reden.«

»Oh mein Gott.« Hazels Blick fällt auf die Hose, die ich in die Tüte stopfe. »Ist das Logans Hose?«

»Ja.« Schnell ziehe ich mir die Unterhose an und bücke mich, um sein T-Shirt auszuziehen, den BH umzumachen und in Hazels Bluse zu schlüpfen. »Er hat mir Klamotten geliehen, weil ich bei ihm geduscht habe. Nach dem Telefonat mit Lucas habe ich getrunken, mich anschließend übergeben und dabei eingesaut.«

»Oh nein.« Hazels Gesicht verzieht sich mitleidsvoll. »Wie peinlich.«

Ich nicke und fische den Faltenrock aus der Tüte, den Hazel eingepackt hat. »Das war noch nicht alles. Ich bin über das Eisentor der Cunninghams geklettert und habe mich hinter einem Hortensienbusch versteckt, bis Logan mich erwischt hat.« Endlich bin ich wieder komplett angezogen. Ich sehe Hazel an. »Seine Mutter ist in der Stadt. Wusstest du das?«

Hazels Lippen werden schmal. »Caleb hat mir erzählt, dass sie wahrscheinlich da ist, weil seine Eltern Hochzeitstag haben.«

»Oh. Ach so.«

Wir kommen am *NYU Bookstore* vorbei und halten schließlich bei *Think Coffee*. Gott sei Dank ist es noch früh, sodass wir einen guten Parkplatz bekommen.

Im Café sitzen nur vier weitere Gäste. Zwei Männer, eine ältere Dame und ein Mädchen, das in einem Jane-Austen-Roman liest. Als wir an die Theke treten und zwei Vanille Cappuccino bestellen, sieht das Mädchen auf und kriegt tellergroße Augen. Kurz fühlt es sich an, als wüsste sie von mir und Logan, was gar keinen Sinn ergibt und mir bestätigt, dass ich langsam paranoid werde, dann wird mir bewusst, dass sie Hazel anstarrt. Die jedoch kriegt davon nichts mit, weil sie sich gerade mit der Verkäuferin über diesen wundervollen Frühlingsmorgen unterhält. Das Mädchen kramt ihr Handy aus dem Rucksack und will ein Foto machen, da sehe ich sie mit erhobener Augenbraue an.

»Das würde ich bleiben lassen, wenn du keine Klage wegen Verletzung des allgemeinen Persönlichkeitsrechts bekommen willst.«

Ihr Kopf wird hochrot. Schnell lässt sie das Handy wieder in die Tasche gleiten und verschwindet hinter ihrem Roman. Hazel sieht mit gerunzelter Stirn von mir zu dem Mädchen, die zwei Cappuccino in der Hand, dann scheint sie zu verstehen und rollt bloß die Augen. Caleb und sie sind jetzt seit fast einem Jahr verlobt, und anfangs war die Bedrängung der Gesellschaft noch heftig für Hazel, aber inzwischen hat sie sich daran gewöhnt. Zumindest nimmt sie es jetzt gelassener.

Wir setzen uns an einen Tisch in der hinteren Ecke, wo ich Hazel noch einmal alles detailreich erklären soll.

»Es gab also einen Fast-Moment?« Der *Fast-Moment* ist unser Ausdruck für eine leidenschaftliche Spannung, die durch einen unmittelbar bevorstehenden Kuss entsteht.

Ich nippe an meinem Cappuccino und nicke. »Er meinte, ich sollte ihm nur sagen, was ich will, dann würde er alles tun. Und, ehrlich Hazel, ich war so kurz davor. Aber dann habe ich einen Rückzieher gemacht.«

»Warum?«

Ungläubig sehe ich sie an. »Na, weil er Logan Cunningham ist. Ich werde meine gut geschützten Mauern nicht von einem Fuckboy einreißen lassen, der nicht weiß, was er will.«

Hazel schlürft den Milchschaum aus ihrer Tasse. »So ist er nicht mehr, Grace. Logan hat sich verändert.«

»Genau«, sage ich in sarkastischem Ton. »Und meine Mutter heißt Japan.«

»Hey, das ist mein Spruch!«

Ich lächle. »Erzähl es nicht Caleb, ja?«

»Werde ich nicht. Aber du kannst davon ausgehen, dass Logan mit ihm spricht.«

Mit meinem Fingernagel kratze ich über eine Kerbe im Holztisch. »Wenn er dir erzählt, was Logan gesagt hat, kannst du es dann mir erzählen?«

Hazel zuckt die Achseln. »Wenn er das tut. Glaube ich aber nicht. Logan wird ihn wahrscheinlich auch darum bitten, nichts zu sagen.«

Ich lehne mich im Sitz zurück. »Teufelskreis.«

»Du könntest ja auch einfach mit Logan reden, weißt du.«

»Bestimmt nicht«, sage ich. »Ich weiß ja nicht einmal, was das zwischen uns ist.«

»Umso besser. Dann könntet ihr es gemeinsam herausfinden.«

»Ich will keinen Fuckboy«, betone ich noch einmal. »Selbst wenn ich etwas für Logan empfinde, gehe ich dem nicht nach, Hazel. Nie wieder will ich so etwas erleben wie mit Lucas.«

Meine beste Freundin streicht sich das hellblonde Haar zurück und bindet sich einen Pferdeschwanz. Sie seufzt. »Schon gut. Aber was ist jetzt eigentlich mit Lucas? Willst du ihn treffen?«

Ich zucke die Achseln und starre in meinen Cappuccino. »Weiß nicht. Vielleicht höre ich mir mal an, was er zu sagen hat.«

»Nicht dein Ernst.«

»Wieso nicht?«

Hazel straft mich mit einem Blick, den sie nur selten aufsetzt. Als müsste sie über Monate hinweg Energie für diesen einen Blick sammeln, weshalb sie ihn nur in besonders ausgewählten Momenten nutzen kann. »Gerade hast du noch gesagt, du willst keinen Fuckboy mehr.«

Wieder zucke ich die Achseln. »Bei Lucas wüsste ich immerhin, was mich erwartet. Ich wäre nicht enttäuscht, wenn er mich ein zweites Mal betrügt. Bei Logan würde mein Herz in Stücke gerissen und auf den Boden geworfen werden, wenn ich mich auf ihn einließe und er mich verarscht.«

»Aber das weißt du doch gar nicht.«

»Allein das Risiko ist es mir nicht wert.« Über Hazels Schulter blicke ich aus dem Fenster und überlege, was überhaupt passieren würde, wenn ich mich irgendwann auf jemanden einlasse, bei dem ich mir hundertprozentig sicher sein kann, dass er mich uneingeschränkt vergöttert. Es würde anders sein. Vermutlich ohne Spannung und ohne Leidenschaft zwischen uns. Auf einer kranken Art und Weise brauche ich Unnahbarkeit.

Kann ich überhaupt an jemandem Interesse finden, der es mir so leicht macht? Bei dem ich nie ein aufgeregtes Kribbeln spüre? Der Gedanke, es niemals zu können, jagt mir Angst ein.

»Außerdem habe ich die Nachrichten auf Logans Handy gesehen, als ich dich angerufen habe. Ein Popup von einer Renegine.«

Hazel verzieht das Gesicht. »Was ist denn Renegine bitte für ein Name?«

»Hab ich mir auch gedacht.«

»Na gut.« Sie seufzt. »Dann hak den Abend einfach ab, und versuch, dich von ihm fernzuhalten. Kannst du das?«

»Hoffentlich.«

Während ich ihr antworte, ist mir bereits bewusst, dass es eine Lüge ist. Wenn ich ehrlich bin, muss ich mir eingestehen, dass ich nicht dazu imstande bin, mich von Logan fernzuhalten. Ansonsten wäre ich gestern nicht bei ihm aufgetaucht. Hätte nicht bei ihm geschlafen. Hätte ihn nicht beinahe geküsst.

Aber ich werde es versuchen. Das werde ich wirklich. Wenn ich weiterhin seine Nähe suche, verletze ich mich selbst. Das ist, als würde ich mir immer wieder Schokodonuts vor die Nase halten, um den Geruch einzuatmen, obwohl ich auf Diät bin und ihn nicht essen darf.

»Wie hast du es eigentlich geschafft, Vertrauen bei Caleb aufzubauen, nachdem du erfahren hast, dass er die ganze Zeit über mit dieser Penelopé geschlafen hat?«

Ein Schatten huscht über Hazels helles Gesicht. Ein sehr heikles Thema, das ich wohl niemals angesprochen hätte, wäre ich nicht so verzweifelt.

»Na ja«, entgegnet sie. »Im Endeffekt haben die nur zweimal miteinander geschlafen und fairerweise waren wir da nicht zusammen. Zumindest nicht ausdrücklich, weil wir nie darüber gesprochen haben. Es war scheiße von ihm, aber ich konnte ihm nicht wirklich was vorwerfen. Außerdem war er zu der Zeit ziemlich am Ende. Ich habe mir selbst gesagt, dass ich Nachsicht zeigen muss. Und dann habe ich langsam und stetig neues Vertrauen aufgebaut. Aber das hat gedauert. Und Cal war mir dabei auch eine große Stütze. Er war derjenige, der von sich aus vorgeschlagen hat, dass wir unsere Handys miteinander verbinden und ich ihn jederzeit orten kann, falls ich Misstrauen hege. Und seine Nachrichten überprüfen darf. Anfangs hat mir das sehr geholfen, bis das Vertrauen dann auch ohne diese Maßnahmen wieder da war.«

Ich nicke. Es ist rührend, dass Caleb so viel in Kauf nimmt, damit die Beziehung zwischen den beiden keine Risse bekommt. Aber ich kann Logan wohl kaum darum bitten, ihn ständig orten und seine Nachrichten lesen zu dürfen.

Eine Weile schweigen wir, jede ihren eigenen Gedanken nachhängend. Die Stille um uns herum nur unterbrochen von der leisen Unterhaltung der beiden Männer an der Theke, der Kaffeemaschine nach einer Bestellung und der Türklingel, als jemand das Café betritt.

»Oh, heilige Scheiße.« Hazel zieht scharf die Luft ein. »Dreh dich jetzt bloß nicht um.«

Natürlich drehe ich mich sofort um. Und als ich erkenne, wer gerade das Café betritt, zieht sich mir der Magen zusammen. Gefolgt von einem halben Herzstillstand.

10

Logan

Der Wecker klingelt.

Blind taste ich auf dem Nachttisch nach meinem Handy und drücke irgendeinen Knopf, in der Hoffnung, dass es verstummt. Was es zum Glück auch tut. Erst will ich weiterschlafen, bis mir plötzlich mit der Wucht eines eingeschlagenen Meteoriten der gestrige Abend wieder einfällt.

Und Grace.

Wenn ich jetzt die Augen öffne, müsste sie neben mir liegen und ich kann sie ungestört betrachten. Der Anblick ihrer weichen Haut durch die wenigen Sonnenstrahlen, die es durch die kleinen Lichtschlitze meiner Außenjalousien schaffen.

Aber als ich die Augen öffne, ist Grace nicht da. Ich streiche sogar mit den Händen über das komplette Bett, als würde ich erwarten, dass sie auf die Größe einer Ameise geschrumpft ist. Ungefähr eine Minute starre ich einfach nur das leere Laken neben mir an, bis ich aufstehe und im Bad nachsehe.

Auch dort ist sie nicht. Aber auf dem Waschbecken liegt meine Gästezahnbürste, was womöglich bedeutet, dass Grace sie benutzt hat.

Bevor sie abgehauen ist.

Sie macht sich rar. Ich weiß nicht, ob mich das beleidigen oder faszinieren soll.

Mein Handy klingelt. Während ich zurück ins Zimmer und zu meinem Nachttisch gehe, spüre ich den inneren Wunsch, dass es Grace ist. Dass sie mich anruft und fragt, ob wir frühstücken gehen wollen oder so. Kopfschüttelnd fahre ich mir durchs Haar und frage mich gleichzeitig, was zur Hölle mit mir los ist. Noch nie habe ich mir gewünscht, dass ein Mädchen mich anruft, um mit mir frühstücken zu gehen.

Außer vielleicht mit zehn bei meiner Mom.

Ein Blick aufs Display verrät mir, dass es Caleb ist.

»Ja?«

»Morgen. Der Schneider aus der Armani-Boutique hat angerufen und den Termin vorgezogen. Um acht müssen wir da sein.«

Kurz muss ich überlegen, was er meint, doch dann erinnere ich mich.

Unsere Anzüge für die Hochzeit. Ich bin Calebs Trauzeuge und habe sogar entschieden, dass wir bei Armani maßschneidern lassen. Hätte er nicht angerufen, hätte ich völlig vergessen, dass der Termin für die Maßabnahme heute ist.

»Oh«, entgegne ich. »Okay. Treffen wir uns da?«

»Ja, geht klar. Bis gleich.«

Tief ausatmend lasse ich mich aufs Bett fallen und streiche mir mit der Handfläche über das Gesicht. Diese Gedanken an Grace müssen aufhören. Sie vernebelt mir den Verstand. Am liebsten würde ich sie anrufen und anschreien, dafür, dass sie einfach ohne jedes Wort abgehauen ist.

Aber eigentlich hat sie mir von Anfang an klargemacht, dass sie nichts von mir will. Mehrmals hat sie mich abblitzen lassen, nachdem ich sie nach einem Date gefragt habe. Und gestern Abend war sie diejenige, die den Rückzieher vor unserem Kuss gemacht hat.

Grace Bishop ist ein Widerspruch in sich. Ich verstehe sie nicht. Ihr Verhalten ist distanziert, dabei sendet sie ganz andere Signale. Allein ihre Blicke reichen aus, um mir zu zeigen, wie sehr sie mich will. Aber dann will sie mich eben doch nicht. Und das verwirrt mich.

Es klopft, und meine Mutter kommt ins Zimmer. Es scheint sie nicht zu interessieren, dass ich nur Boxershorts trage. Mich aber schon. Die Abneigung gegenüber meiner Mutter ist so stark, dass ich sie wie eine verhasste Fremde sehe, der ganz sicher kein Recht zusteht, mich in einer so entblößten Situation zu sehen.

»Ich habe dich nicht hereingerufen«, sage ich nur und stehe auf, um in meinem Ankleidezimmer zu verschwinden. Demonstrativ schließe ich die Tür, damit diese Botoxhexe nicht auf die Idee kommt, mir zu folgen. Und als Zeichen, dass sie wieder verschwinden soll.

Aber als ich angekleidet zurück ins Zimmer komme, steht sie noch immer mitten im Raum. In der Hand hält sie die Liste, was mich so wütend macht, dass ich am liebsten losgebrüllt hätte.

Aber ich habe eine angemessene Erziehung genossen. Egal, wie wütend ich bin, niemals würde ich eine Frau anschreien. Selbst wenn die Frau meine untreue Mutter ist.

Stattdessen reiße ich ihr die Liste aus der Hand und stecke sie mir in die Tasche meiner dunklen Dreivierteljeans.

»Was willst du?«

Sie lächelt. »Mich verabschieden. Dein Vater und ich brechen gleich zum Flughafen auf.«

Mit gleichgültiger Miene nehme ich mir meinen Cashmere-Mantel von der Garderobe und schlüpfe in die cognacfarbenen Derbys.

»Freut mich, dass du wieder abreist.«

»Logan.« Meine Mutter schnalzt mit der Zunge. »Muss es tatsächlich immer so ablaufen zwischen uns?«

»Wir sehen uns zweimal im Jahr. Reden höchstens ein paar Sätze miteinander. Und das schon seit zehn Jahren. Wann verstehst du endlich, dass du für mich nicht mehr als eine störende Fremde in meinem Haus bist?«

Meine Mutter macht einen Schritt auf mich zu. »Das hier ist auch mein Haus. So lasse ich nicht mit mir reden.«

Achselzuckend schnappe ich mir Handy und Geldbeutel vom Tresen und stecke beides ein, ehe ich zur Tür gehe.

»Es ist schon lange nicht mehr dein Haus, Mutter. Seit du dich wie eine Schlampe von Mike in Dads und deinem Ehebett hast durchnehmen lassen. Also spar dir die Mühe, und versuch gar nicht erst, ein Gespräch aufzubauen.«

Meine Mutter schnappt nicht nach Luft, als ich das Zimmer verlasse. Das ist nicht ihr Stil. Sie steht einfach nur da, den Kopf schiefgelegt, mit einem trägen Lächeln auf dem Gesicht. So, als ob ich ein kleiner dummer Junge wäre, der von nichts im Leben eine Ahnung hat.

Caleb hat mir eine Nachricht geschrieben, dass er in der Boutique auf mich wartet und ich den Hintereingang nehmen soll. Der Schneider wisse Bescheid.

Zu Fuß brauche ich keine fünf Minuten zur Boutique. Aus gutem Grund habe ich mich für das Geschäft in der Madison Ave und nicht in der Fünften entschieden, doch als ich mich der Modeboutique nähere, wird mir klar, dass dieser Gedanke sinnlos war.

Sensationsgeile Menschen mit Kameras lauern vor der Ladenfront. Manche von ihnen haben immerhin noch den Schneid, sich hinter Autos und Bäumen zu verstecken, aber die meisten von ihnen geiern durch die Scheiben wie sabbernde alte Männer vor der neuesten Playboy-Ausgabe.

Ihr aufgeregtes Getuschel und einheitliches Raunen erinnert mich an das Publikum billiger Auktionsgesellschaften. Ich habe eine Schwäche für solche Auktionen. Teilweise bekommt man dort interessante Dinge für wenig Geld geboten.

Die Paparazzi lassen mich mit desinteressierter Miene an ihnen vorbeigehen. Sie halten mich für einen gewöhnlichen Passanten und nicht für Caleb Wests Trauzeuge, der auf dem Weg zum Hintereingang ebendieser Boutique ist, die diese Journalisten so sehnsüchtig anstarren.

Bevor ich um die Ecke biege, vergewissere ich mich, dass mir niemand gefolgt ist. Dann klopfe ich dreimal an die massive Eisentür, bis mir ein älterer Mann mit perfekt sitzendem Anzug und violettem Einstecktuch öffnet.

»Mr. Cunningham?« Sein Ton ist professionell.

»Richtig. Mr. West erwartet mich bereits.«

Der Herr öffnet die Tür ein Stück weiter, lässt mich ein und seinen Blick noch einmal umherschweifen, ehe er die Tür ins Schloss fallen lässt und doppelt verschließt.

Normalerweise würde ein solches Verhalten einen Psychothriller einleiten und dazu veranlassen, dass alle Alarmglocken aktiviert werden. Aber wenn man Teil des Lebens von Caleb West ist, gehören solche Situationen zum Alltag.

Ich folge dem Mann mit dem violetten Einstecktuch den Flur entlang. Wir machen uns nicht auf den Weg in den vorderen Teil der Boutique, sondern betreten ein geräumiges Hinterzimmer, das bloß mit einem mit Samt bezogenen Sofa, einem Spiegel, einer Empore und Stoffen sowie Nähzeug ausgestattet ist.

Caleb steht neben dem Spiegel an die Wand gelehnt und knetet die Hände. Er ist nervös. Ein seltener Anblick.

»Da draußen ist die Hölle los«, sage ich.

Er nickt, stößt sich von der Wand ab und klopft mir zur Begrüßung auf die Schulter. »Ich mach mir Sorgen, wie Hazel das schaffen soll. Bei ihrer Anprobe werden diese verkackten Paparazzi sicher noch unverschämter.«

Der Schneider weist Caleb an, sich bis auf die Unterwäsche auszuziehen, damit er bei ihm zuerst die Maße nehmen kann.

»Hazel hat Grace«, sage ich bloß. »Da musst du dir keine Gedanken machen.«

Caleb zieht sich das Shirt über den Kopf und lacht leise in sich hinein, während er auf die Empore vor dem Spiegel steigt.

»Stimmt. Grace hat genug Temperament, um sich mit einer Horde Löwinnen anzulegen.«

»Grace *ist* die Horde Löwinnen.«

Der Herr beginnt, Calebs Hüfte und Oberschenkel auszumessen. Ich nehme mir eine Champagnerflöte vom bereitgestellten Servicewagen und setze mich auf das samtbezogene Sofa.

»Wo wir gerade beim Thema sind …« Calebs Augen huschen zu mir herüber, während er die Arme für den Herrn mit dem Maßband ausbreitet, als wäre er Leonardo Di Caprio auf dem Deck der Titanic. »Ich glaube, Grace hatte heute Morgen irgendeinen Notfall. Sie hat Hazel angerufen, die daraufhin sofort aufgestanden und losgefahren ist.«

Seine Worte treffen mich, aber ich lasse mir nichts anmerken. Zwinge mir ein leichtes Lächeln auf die Lippen, als würde ich diese Information amüsant finden, und trinke einen Schluck der perlenden Flüssigkeit.

Dom Pérignon, wie ich erfreut feststelle. Ich nehme noch einen Schluck, dieses Mal einen deutlich größeren als noch zuvor. »Grace hat doch immer irgendwelche Notfälle«, spotte ich. Caleb dreht den Kopf und lässt seinen Blick auf mir ruhen. Mein Cousin ist mir so vertraut wie mein eigener Charakter. Es fällt mir nicht schwer, seine Gedanken zu lesen. Und jetzt gerade steht beinahe überdeutlich in seinem Gesicht geschrieben, dass er irgendetwas weiß, sich aber nicht sicher ist, ob er es ansprechen soll.

Ich schlage ein Bein über das andere und lasse meinen Knöchel auf dem Oberschenkel ruhen, während ich den Champagner kreisen lasse und die goldene Flüssigkeit das Glas benetzt.

»Sag, was du zu sagen hast, Cousin.«

Caleb wendet den Blick ab und beobachtet, wie der Schneider das Maßband um seine Schultern legt.

»Hazel fragte Grace am Telefon, warum sie bei dir war.«

Ich knirsche mit den Zähnen und starre in mein Glas. Es behagt mir nicht, mit Caleb darüber zu sprechen. Nicht, dass ich mit ihm nicht über Frauen sprechen würde. Gott bewahre, ich habe ihm schon so einiges erzählt. Aber noch nie haben wir über Gefühle gesprochen. Und wenn ich ihm vom gestrigen Abend erzählen würde, müsste ich ihm die Wahrheit sagen. Ich kann Caleb nicht anlügen. Konnte ich noch nie. Dafür ist er mir zu wichtig. Umgekehrt ist es genauso.

»War sie«, entgegne ich knapp.

Der Herr der Boutique verzieht keine Miene und lässt sich auch sonst in keiner Weise anmerken, dass er so etwas wie Ohren besitzt und unserem Gespräch lauscht. In der oberen Gesellschaftsschicht gehört so etwas der Selbstverständlichkeit an. Es wäre eine Unverschämtheit, würde der Herr sich an dem Gespräch beteiligen.

Er arbeitet als Schneider für Giorgio Armani, womit ihm täglich höhere Persönlichkeiten des öffentlichen Lebens begegnen. Ihm ist seine Stellung durchaus bewusst, und er weiß, wie er sich zu verhalten hat.

Und auch, dass wir ihn ohne Umschweife von den besten Anwälten New Yorks verklagen würden, gelänge irgendeine Information unseres Gesprächs an die Öffentlichkeit.

»Sie sind fertig, Mr. West«, sagt er und deutet anschließend auf mich. »Wenn ich nun bitten darf, Mr. Cunningham.«

Caleb schreitet von der Empore herunter und beginnt, sich anzuziehen. »Hat sie bei dir geschlafen?«

Ausdruckslos hänge ich mein cognacfarbenes Hemd auf einen Bügel und stelle mich auf den schwarzen Sockel, auf dem auch Caleb gerade noch stand. »Hat sie«, antworte ich.

Caleb verhält sich anständig. Er setzt kein idiotisches Grinsen auf, wie es nur die unzivilisierten Männer der Mittelschicht tun würden. Auch reißt er keine dummen Sprüche oder macht obszöne Handbewegungen, die nachstellen sollen, wie ich Grace rangenommen habe.

Über solche Reaktionen sind wir erhaben.

Wir sind Männer und keine Jungs.

Caleb setzt sich mit neutraler Miene auf das Samtsofa, streicht sich durch das blonde Haar und genehmigt sich dann ebenfalls ein Glas von dem Dom Pérignon.

»Ich möchte dich daran erinnern, dass Grace die beste Freundin meiner Verlobten ist. Falls du mit ihr geschlafen hast, erkläre ihr bitte auf anständige Weise, dass du diese Beziehung aus rein vergnüglichen Gründen führen möchtest.«

Das Eisenende des Maßbands hinterlässt einen kühlen Druck an meinem Hals, als der Schneider die Schulterabstände misst.

»Ich habe nicht mit ihr geschlafen.«

Dieser Satz scheint meinen Cousin genauso sehr zu verwirren wie mich selbst. Er zieht die Brauen zusammen und sieht von seinem Champagnerglas auf. »Das ist noch nie vorgekommen.«

»Ist mir bewusst«. Mehr muss ich nicht sagen.

»Verstehe«, sagt er. Dann wechselt er das Thema. »Hast du schon etwas von den beiden Castingterminen gehört? Kam eine Einladung?«

»Nein.« Ich seufze. »Vielleicht sollte ich aufhören, mich auf diese Termine zu konzentrieren und doch zu einem offenen Casting gehen.«

Caleb lässt sich tiefer in das Sofa sinken und holt sein Handy aus der Tasche. Vermutlich, um Hazel eine Nachricht zu senden. »Erzähl keine Scheiße. Ich könnte nachhelfen, das weißt du.«

»Auf keinen Fall«, zische ich, während der Schneider um mich herumwuselt, als würde er einen Affen entlausen. »Wenn sie mich nicht von allein wollen, dann werde ich es auf anderem Wege schaffen.«

Caleb steckt sein Handy wieder ein. »Wie du meinst. Aber ich muss gleich ans Set und eine Szene von gestern nachholen, die der Regisseur gern anders machen würde. Wenn du willst, kannst du mitkommen. Vielleicht helfen dir die Kontakte.«

Eine Weile lasse ich diese Frage im Raum stehen und beobachte den Schneider dabei, wie er mit gerecktem Kinn und hoch konzentriert geschürztem Mund meine Maße auf seinem Klemmbrett notiert.

Das, was Caleb mir anbietet, ist im Grunde genommen schon Hilfe. Es ist eine Chance, die meine Kommilitonen nicht hätten. Aber trotzdem ist es etwas anderes, als wenn Caleb oder sein Vater mich empfehlen würden. Ich hätte meine Chance selbst in der Hand. Ich wäre derjenige, der selbst um den Erfolg kämpfen würde.

Kein anderer.

Wäre ich nicht dumm, wenn ich mir diese Möglichkeit entgehen ließe? Sollte man im Leben nicht alles nutzen, was einem selbst zugutekommt? Wenn man weiterkommen will, muss man das. Wenn man weiterkommen will, darf man nicht tatenlos rumstehen und auf ein Wunder hoffen. Man muss sein Leben selbst in die Hand nehmen und verdammt noch mal kämpfen für das, was man erreichen will.

Also nicke ich. »Gut. Dann werde ich mit dir kommen.«

Caleb wirkt zufrieden. »Alles klar. Du musst mir übrigens noch sagen, ob du mit Begleitung zur Hochzeit kommst. Hazel liegt mir damit schon seit Tagen in den Ohren.«

Meine gerade noch euphorische Stimmung ist sofort gedämpft. Eigentlich wollte ich ohne Begleitung kommen. Ich habe nur an Grace gedacht und daran, dass sie ohnehin auf der Hochzeit sein wird, weshalb ich keine Begleitung bräuchte.

Aber nach dem gestrigen Abend und ihrer notfallbetitelten Flucht heute Morgen weiß ich nicht, ob ich nicht vielleicht doch mit einer Begleitung kommen soll.

Hauptsächlich, um ihr zu verstehen zu geben, dass sie mich nicht in der Hand hat.

Obwohl sie es ja eigentlich hat. Und das gefällt mir absolut nicht.

Allein der Gedanke daran, dass sie sich innerlich auf die Schulter klopft, mich abserviert zu haben, dreht mir den Magen um. Dabei weiß ich ja nicht einmal, ob sie überhaupt so denkt. Es ist widersprüchlich, sie so einzuschätzen, nachdem ich gestern ganz offensichtlich sehen konnte, was ich für eine Macht über sie habe.

Wie ich Grace Bishop aus der Fassung bringen kann.

Aber vielleicht muss sie das erst selbst noch begreifen. Vielleicht sträubt sie sich so vehement dagegen, dass sie erst einmal einen Grund braucht, um es zu bemerken.

Als der Schneider mir ein Zeichen gibt, dass ich von der Empore steigen kann, kleide ich mich mit einem überlegenen Grinsen auf dem Gesicht ein und schenke Caleb ein gleichgültiges Nicken, als wäre das Thema kaum von Belang für mich.

»Ich komme ohne Begleitung.«

11

Grace

Lucas Graham betritt das Café.

In einem Trenchcoat aus Baumwolle und braunen Mokassins geht er so zielgerade auf die Theke zu, als würde dort eine Mission auf ihn warten.

»Nicht hingucken«, zischt Hazel. »Nicht hingucken!«

Tatsächlich fällt es mir schwer, den Blick von ihm abzuwenden. Es ist schon eine gefühlte Ewigkeit her, dass ich Lucas gesehen habe. Nach seinem Betrug habe ich alles dafür gegeben, ihm aus dem Weg zu gehen.

Und dabei völlig vergessen, wie unverschämt gut Lucas aussieht. Viele sagen, er sei ein Shawn-Mendes-Verschnitt. Einmal wurde er sogar auf offener Straße nach einem Autogramm gefragt, als wir Weihnachtsgeschenke für die Familie kaufen waren. Das Mädchen schätzte ich auf höchstens vierzehn. Sie hatte einen Nervenzusammenbruch und wollte sich um keinen Preis davon abbringen lassen, Lucas wäre jemand anderes als Shawn Mendes. Also habe ich mit ihrem Handy ein Foto von den beiden gemacht, auf dem sie Lucas mit verheulten Augen und roten Wangen angestrahlt hat, und wir sind mit unseren Mandeln in den Händen weitermarschiert. Den Rest des Abends ist Lucas Selbstwertgefühl aus jeder Pore seiner Haut gekrochen, um sich zu zeigen.

»Was macht er?«, frage ich Hazel, die ihm über meine Schulter hinweg verstohlene Blicke zuwirft. »Sieht er her?«

»Nein.« Sie runzelt die Stirn. »Er kauft einen Bagel mit Schokoglasur.«

Ich verziehe das Gesicht. »Die wollte er früher nie essen, wenn ich ihm welche mitgebracht habe.«

»Jetzt nimmt er einen Kaffee entgegen.«

»Kaffee? Eigentlich trinkt er immer Latte Macchiato.«

»Keine Ahnung, was in dem Becher ist. Ich habe doch keinen Röntgenblick.« Hazel legt den Kopf schief, um besser über meine Schulter linsen zu können. »Er bezahlt.«

»Hoffentlich verschwindet er wieder.«

Meine beste Freundin nippt an ihrem Cappuccino, wobei sie meinen Ex-Freund nicht aus den Augen lässt. Geistesabwesend lässt sie die Tasse ein Stück sinken, ohne sich die Mühe zu machen, das Oberlippenbärtchen aus Milchschaum wegzuwischen.

»Jetzt geht er.«

Erleichtert atme ich aus. »Gott sei Dank.«

»Oh, warte, nein.«

»Was?«

»Er hat etwas verloren.« Mit zusammengekniffenen Augen beugt Hazel sich vor, um besser zu erkennen, dabei kippt beinahe ihr Cappuccino über. »Ach, nur sein Wechselgeld. Einen Vierteldollar, glaube ich.«

»Wie schön, Sherlock. Sag mir einfach, wann er verschwunden ist. Mein Körper ist so angespannt wie ein Atomkraftwerk, das jede Sekunde explodieren könnte.«

»Er bückt sich, hebt ihn auf, und … oh.«

»Was?« Ich umklammere meine Kaffeetasse als wäre sie der letzte Halt, der mir in dieser Welt noch geblieben ist. »Was *oh*?«

»Er hat mich gesehen.«

»*Was?*«

»Pscht. Er kommt her. Verhalte dich unauffällig.«

»Ich?«, frage ich. »Ich soll mich unauffällig …«

»Hallo, die Damen. Was für ein Zufall.«

»Ja«, presse ich hervor. »Witziger Zufall.«

Hazel sieht von mir zu Lucas, als wäre dieser Anblick zu viel für sie. Eine peinliche Stille herrscht zwischen uns, und Hazel kann absolut nicht mit dieser Art von Stille umgehen. Konnte sie noch nie. Deshalb weiß ich bereits, dass sie innerhalb der nächsten zwei Sekunden diejenige sein wird, die das Wort erhebt.

Und tatsächlich.

»Auf dem Weg zur Uni?« Ihre Anspannung lässt sich nur erkennen, wenn man einen Blick auf Hazels Finger wirft, mit denen sie krampfhaft ihre Tasse umklammert. Der Druck färbt die Spitze ihrer Nagelbette weiß. Sie kann Lucas nicht ausstehen.

»Ja. Gleich um acht eine Vorlesung über die Konstitution politischer Ordnungen.«

Hazels Lächeln wirkt wie getackert. »Wie schön.«

»Geht so.« Lucas lächelt. Es ist sein aufgesetztes Höflichkeitslächeln, das er immer benutzt, wenn er kein Interesse an einer Person hat, aber trotzdem gut dastehen will. Er und Hazel hatten nie viel füreinander übrig. Jeder war der Meinung, der jeweils andere würde mich für sich beanspruchen. Ich frage mich, wie er es schafft, den Kaffeebecher die ganze Zeit über in seiner Hand zu halten. An seiner Stelle hätten meine Nervenenden längst schreiend protestiert. Seine Augen wandern von Hazels Gesicht über ihre schwarze Stickbluse und Jeans. Sie bleiben kurz an den schwarzen Slippern von *Chanel* hängen, ehe Lucas seinen Blick hebt und sie erneut mit seinem bescheuerten Höflichkeitslächeln ansieht.

»Du hast dich gemacht, seit du mit Caleb West zusammen bist.«

Für diese Aussage hätte ich ihm gern die schäumenden Überreste meines Cappuccinos ins Gesicht geschüttet.

Selbstbewusst drücke ich die Schultern durch. »Als wäre Hazel damals weniger wert gewesen, nur weil sie keine teure Kleidung trug.«

Lucas hört nicht auf zu lächeln. »Das habe ich nicht gesagt, Hummelbiene.«

Bei dem Wort hüpft mein Herz, doch ich lasse es mir nicht anmerken. Atme nicht einmal tief durch oder schließe die Augen, wie ich es gestern am Telefon gemacht habe, sondern werfe ihm nur einen herablassenden Blick zu. »Aber gemeint.«

Hazel verdankt ihren Ruhm nicht bloß Caleb. Seit ihrem Shooting mit Hollister ist sie ein bekanntes Gesicht in der Modelwelt geworden, dessen Gesellschaft es so gut wie unmöglich macht, sich nicht anzupassen.

Spiegelneuronen.

Aber trotzdem schafft Hazel es, ihrem Stil treu zu bleiben. Es gibt viele Tage, an denen trägt sie nichts anderes als Schlabberpullis und abgetragene Chucks. Selbst in diesen Outfits liebt die Presse sie.

Jeder liebt sie. Wie könnte man auch nicht.

Lucas erwidert meinen Blick mit seinem *Hummelbiene-ist-zickig-und-übertreibt-aber-ich-muss-Nachsicht-haben-Blick*, den er immer aufgesetzt hat, wenn ich meine Tage hatte.

»Wie auch immer. Ich muss dann los.« Er hält Bageltüte und Kaffee hoch, als müsste er seinen Worten Nachdruck verleihen, damit wir verstehen, dass er frühstücken will. »Hast du dich schon entschieden?«

Es dauert einen Moment, bis ich realisiere, dass er mit mir spricht. Ich blinzle. »Was soll ich entschieden haben?«

»Ob du zu einem Treffen bereit wärst.«

»Wir haben uns doch gerade getroffen.«

Wieder dieser Blick von ihm. Mein Ex-Freund legt den Kopf schief. »Überlege es dir. Ich möchte mit dir über etwas Wichtiges sprechen.«

Mit gleichgültiger Miene streiche ich mein Haarband glatt. »Über die Konstitution politischer Ordnungen?«

»Witzig, Grace. Melde dich einfach.« Lucas wendet den Blick ab und sieht von mir zu Hazel. Natürlich nicht, ohne schnell sein gekonntes Höflichkeitslächeln aufzusetzen. »Noch einen schönen Tag euch beiden.«

Wir schweigen. Als die Türglocke läutet und uns verrät, dass er verschwunden ist, sehen Hazel und ich uns wortlos an.

Und lachen.

»Noch einen schönen Tag euch beiden«, äfft sie ihn nach, und ich lache so heftig, dass mir Cappuccinotropfen aus dem Mund fliegen und die Tischplatte besprenkeln, woraufhin Hazel erschrocken zurückweicht, was mich noch härter zum Lachen bringt.

Vielleicht lache ich auch einfach aus Verzweiflung. Was traurig ist, wenn man bedenkt, dass es das erste Mal seit Tagen ist, dass ich wieder lache.

Ich habe mal gelesen, dass der Körper anfängt zu grinsen oder zu lachen, um stark zu wirken oder zu verschleiern, dass tief greifende Traurigkeit in einem überhandnimmt. Wenn ich als Kind auf öffentlichen Veranstaltungen angefangen habe zu weinen, fand meine Mutter das schrecklich. Sie hat mir eingebläut, dass mich nichts schwächer wirken lässt, als in der Öffentlichkeit zu weinen. Die Menschen würden sich dann auf mich stürzen und meine Verzweiflung schamlos ausnutzen, hat sie gesagt.

»Wenn du ständig heulst, wirst du später ein Wrack sein, Grace. Eine Neurotikerin, die ihre Freizeit damit verbringt, bei Therapeuten zu sitzen, nur, um da weiterzuheulen.«

Ich habe ihr geglaubt. Natürlich habe ich ihr geglaubt, ich war ein Kind. In dem Alter ist das Wort der eigenen Mutter Gesetz. Also habe ich sie gefragt, was ich tun kann, um nicht zu weinen.

»Es kommt automatisch, Mutter«, habe ich gesagt. »Wie kann ich es denn verhindern?«

»Lachen«, hat sie geantwortet. »Dann denkt dein Kopf, dass du glücklich bist, und vertreibt die Tränen. Es ist eine Reduktion der Schmerzwahrnehmung.«

Daran habe ich mich gehalten.

Als ich vor einem halben Jahr diesen heftigen Streit mit Hazel hatte, habe ich geweint.

Norma hat mich gefragt, warum ich traurig bin, und dann konnte ich die Tränen nicht mehr zurückhalten. Plötzlich war ich so schockiert darüber, dass ich während des Weinens einen Lachanfall heraufbeschworen habe.

Norma hat mich angeguckt, als wäre ich verrückt geworden.

»Du musst nicht lachen«, hat sie gesagt. »Warum lachst du, wenn du traurig bist?«

Und ich habe geantwortet: »Weil ich nicht weinen will.«

»Aber weinen ist gut«, meinte sie. »Tränen haben eine Entgiftungsfunktion für deinen Körper.«

Aber ich konnte nicht aufhören zu lachen. Genau wie jetzt.

Dabei wünsche ich mir so sehr, weinen zu können.

Entgiften zu können.

12

Logan

Ein Schauer rieselt meine Schultern hinab.

Nicht weil ich gleich die Chance haben werde, mit dem Produzenten der angesagten Netflixserie *Little In The Middle* zu sprechen, sondern weil Cal und ich gerade über die Queensboro Bridge fahren.

Die Silvercup-Studios sind in Long Island. Nicht weit entfernt vom *Keira's*, wo ich vor nicht einmal vierundzwanzig Stunden Zeuge von Grace atemberaubendem Gesang werden durfte.

»Alles okay, Mann?« Caleb wirft mir einen kurzen Blick zu, ehe er wieder auf die Straße sieht. »Du wirkst nervös.«

»Alles gut«, lüge ich. Verrückt, welche Macht die Erinnerung an einen Ort über den eigenen Körper haben kann. Dabei ist es nur eine verruchte Kneipe. Geistesabwesend wische ich mir die Handflächen an meiner Jeans ab. »Ich will nur nichts falsch machen gleich.«

»Keine Sorge.« Mit entspannter Miene lenkt Caleb den Porsche Cayenne vom Upper Roadway auf die Einundzwanzigste und hält nur kurze Zeit später vor dem Eingang mit dem roten Pavillon, das sich von der Tür bis zum Ende des Asphalts erstreckt. »James Wayland ist locker drauf. Ihr werdet gut miteinander klarkommen.«

Wenn er nur wüsste, dass James Wayland gerade meine geringste Sorge ist. Aber ich quittiere seine Worte mit einem angespannten Nicken, ehe ich aussteige. Das Letzte, was ich jetzt wollen würde, wäre, über meine verwirrten Gefühle zu sprechen.

Die Frühlingssonne ist heute besonders kräftig. Durch die halbwegs kahlen Äste strahlt sie mir ins Gesicht und setzt Serotonin in mir frei, das in beschleunigtem Tempo durch meinen Körper rauscht. Ein Lächeln stiehlt sich mir aufs Gesicht. Erst jetzt wird mir bewusst, dass ich tatsächlich vor den Silvercup-Studios stehe und in wenigen Minuten mit einem bekannten Produzenten in Kontakt treten darf.

Wie auf Befehl ziehe ich eine Mauer in meinem Kopf hoch, die jeglichen Gedanken an Grace abwehrt. Jetzt ist nicht die Zeit, an sie zu denken. Es ist Zeit, meine Zukunft in die Hand zu nehmen.

Also folge ich Caleb durch die kühlen Flure. Beim Pförtner muss er seinen Studiopass vorzeigen und bestätigen, dass ich zu ihm gehöre, dann betreten wir Studio 1.

Es ist riesig.

Unzählige Kulissen, aufgebaut wie Zimmer, Parks, Büros oder sonstige Plätzen. Personen mit Headsets und Kameras laufen herum, andere rücken Möbelstücke zurecht, wieder andere sitzen mit hoch konzentrierten Gesichtern vor ihren Laptops.

»Caleb ist da!«, schreit ein Mann in schwarzem Outfit und Halbglatze. Kaum hat er das gerufen, kommt eine brünette Frau mit gestresstem Lächeln angerauscht.

»Dorette ist krank, also müssen Sie heute zu Kathleen in die Maske. Ich bringe Sie hin.« Dann reicht sie ihm eine Flasche Wasser und einen Powerriegel. »Folgen Sie mir.«

Caleb schlingt bereits den Powerriegel runter, als er sich noch einmal zu mir umdreht und mit dem Finger auf den Mann mit der Halbglatze deutet.

»Das ist James. Sag ihm, dass ich dich mitgebracht habe. Wir sehen uns gleich.«

Einen Moment bewege ich mich nicht von der Stelle und lasse stattdessen meinen Blick durch die gigantische Halle schweifen.

Es ist ein Traum. Mein Traum.

Irgendwann einmal genau wie Caleb behandelt zu werden und von einer Assistentin einen Powerriegel zu bekommen. In der

Maske zu sitzen und anschließend in einem Studio wie diesem hier vor der Kamera zu stehen.

Für Blockbuster. Oder beliebte Serien.

»Wie oft soll ich es dir noch sagen?« Meine Gedanken werden durch das laute Gebrüll des Produzenten durchbrochen. Er steht in einem aufgebauten Schlafzimmer und führt eine rege Diskussion mit einem jüngeren Typen, der aussieht, als würde er gleich vor Scham im Boden versinken. »Der Sessel kann nicht so nah am Bett stehen. Wie soll Caleb denn da langkommen, verdammt? Das habe ich dir jetzt schon dreimal gesagt, Miller, dreimal! Ich könnte durchdrehen, weißt du das?«

Der Typ nickt ununterbrochen, während er den Sessel zurückschiebt. James beobachtet ihn genervt, ehe er sich umdreht und kopfschüttelnd den Schweiß von der Halbglatze wischt.

Länger sollte ich nicht warten, mich ihm vorzustellen. Wenn die Dreharbeiten erst mal laufen, werde ich kaum Gelegenheit dazu haben.

Also setze ich mich in Bewegung, vorbei an den vielen Menschen, die mit allen möglichen Sachen beschäftigt sind, und bleibe neben seinem schwarzen Lehnstuhl stehen.

James Wayland macht Anstalten, sich zu setzen, doch ich strecke schnell die Hand aus.

»Guten Tag, Mr. Wayland. Mein Name ist Logan Cunningham. Wie schön, Sie kennenzulernen.«

Wayland runzelt die Stirn, als er mir die Hand reicht. »Sollte ich Sie kennen?«

Ich ignoriere den Stich in der Magengrube und halte mein Lächeln aufrecht. »Ich bin Calebs Cousin.«

»Ah.« Sofort erhellt sich sein Gesicht. »Sehr erfreut. Wie sagten Sie gerade, sei Ihr Name?«

»Logan Cunningham«, antworte ich. Es fällt mir schwer, ihm für diese Unverschämtheit nicht einfach einen abwertenden Spruch reinzuwürgen und von hier zu verschwinden. Es ist dreist, sich nicht einmal den Namen einer Person zu merken, die sich nur eine Sekunde zuvor vorgestellt hat.

»Cunningham …« Mit gerunzelter Stirn legt James sich eine Hand ans Kinn, während er so aussieht, als würde sein Gehirn auf Hochtouren arbeiten. »Cunningham«, sagt er wieder, den Kopf jetzt schiefgelegt, und fängt an, mit der rechten Hand zu schnippen, während er nachdenkt. »Der Name sagt mir etwas.«

Gerade öffne ich den Mund, um ihm zu antworten, da hebt er die Hand.

»Halt! Ich hab's.« Er strahlt. »Dein Vater arbeitet für die Marvel-Productions, richtig?«

»Nein«, entgegne ich. »Da müssen Sie mich verwechseln.«

»Oh.« Wayland wirkt hochgradig enttäuscht. Der Blick, mit dem er mich jetzt ansieht, wirkt, als hätte er mich für eine hübsche Feldmaus gehalten und plötzlich gemerkt, dass ich eine fette Kanalratte bin. »Gibt wohl einfach zu viele Cunninghams.«

Ich malme die Kiefer, aber James bemerkt es nicht. Sein Interesse an mir ist bereits verloren. Mit einem Seufzen lässt er sich auf seinem Stuhl nieder und holt ein Notizbuch hervor, worin er wahllos blättert.

»Vermutlich«, entgegne ich. »Aber keinen, der so viel Talent hat wie ich.«

Wayland tut, als würde er sich etwas in seinem Buch genauer ansehen. »Talent? Worin denn?«

Ich lächle. »Im Schauspielen natürlich. Ich bin Jahrgangsbester der *Tisch School of Arts* an der NYU.«

Dann lasse ich keine Sekunde verstreichen, sondern wende mich ab und besorge mir ein Sandwich von einem Büfetttisch in der hinteren Ecke. Mir ist bewusst, dass mein Auftritt gerade gewagt war. Aber auch wirkungsvoll. Ohne mich umzudrehen weiß ich, dass James Wayland mir hinterhersieht. Und auch, dass ich sein Interesse geweckt habe.

Talent im Schauspiel und dann auch noch Calebs Cousin – das muss für ihn als Produzenten ein gefundenes Fressen sein.

Wollen wir hoffen, dass ich recht behalte.

»Das würde ich nicht nehmen«, höre ich plötzlich eine mir bekannte Stimme neben mir. »Da sind so viele Zwiebeln drauf, dass du in drei Tagen noch stinken wirst.«

Ich sehe zur Seite. Ein hübsches Gesicht mit Sommersprossen, Stupsnase, blauen Augen und roten Haaren lächelt mich an.

Philine. Terrence Hills Tochter, die mehr Skandale mit sich zieht als Blicke, die sie bei ihrem hübschen Gesicht eigentlich verdient hätte.

»Wirklich?«, sage ich. »Hast du schon alle probiert?«

»Nein.« Sie kräuselt die Nase. »Aber ich habe einen Typen beim Essen beobachtet und dem sind bestimmt hundert Zwiebeln auf den Boden gefallen.« Sie deutet auf eine andere Platte. »Die hier sind ohne Zwiebeln.«

Ich greife danach. »Dann werde ich deinen Rat mal annehmen.«

»Solltest du auch. Sonst müsste ich mich leider von dir fernhalten.«

Ein Lächeln umspielt meine Mundwinkel. »Und das wäre natürlich ausgesprochen schade.«

Sie kichert. Ein niedliches, verlegenes Kichern.

Ich weiß nicht, weshalb das zwischen mir und Philine immer so laufen muss. Jedes Mal wenn wir uns sehen, flirten wir. Manchmal mehr, manchmal weniger. Zuletzt habe ich nach einer Party vor zwei Jahren mit ihr geschlafen und mir danach geschworen, dass es das jetzt war, als sie mich hinterher einen Monat lang mit Daueranrufen terrorisiert hat.

Ich will keine Beziehung. Philine weiß das. Und trotzdem hört sie nicht auf, es zu versuchen. Und ich gehe drauf ein, jedes Mal, weil ich es gewohnt bin, meinen Spaß zu haben.

Sie vergräbt ihre Hände in die Taschen ihrer Highwaist 90er Jahre Jeans und wippt auf ihren Vans mit der hohen Sohle auf und ab. Philine studiert Kunstgeschichte. Obwohl Terrence Hill mehr Geld besitzt, als ihr vermutlich guttut, kleidet Philine sich im Vintagestil. Hat sie schon immer. Sie liebt es, in Second-Hand-Läden zu stöbern und übergroße Hemden zu tragen, von denen sie behauptet, sie wären Kunst. Ihr Blick bleibt auf meinem cognacfarbenen Mantel hängen, den ich noch immer nicht ausgezogen habe.

»Du siehst nicht aus, als hättest du eine Rolle für die Serie hier.«

»Richtig«, sage ich. Ihre Aussage versetzt mir einen Stich. »Ich bin nur zu Besuch.«

Philine hebt eine ihrer roten Brauen. »Wen will Caleb dir vorstellen?«

Eine Weile antworte ich ihr nicht. Ich esse mein Thunfischsandwich und überlege, ihre Frage einfach zu übergehen. Der Gedanke, dass auch sie mein Können in Verbindung mit Caleb sieht, gefällt mir nicht.

Ich nehme mir ein Feuchttuch vom Tisch und wische mir die Hände, während ich entscheide, dass ich ehrlich sein muss. »James Wayland.«

Philine zuckt nicht einmal mit der Wimper. Ihr Blick huscht zu Caleb, der gerade aus der Maske kommt und von dem Regisseur direkt ins Gespräch verwickelt wird. Eine Weile betrachtet sie meinen Cousin. Sie scheint gar nicht darauf eingehen zu wollen, dass ich nur hier bin, um mir Kontakte zu sichern.

»Ich habe mich schon immer gefragt, was alle an Caleb finden.«

Ich sehe Philine an. Überlege, ob sie das nur sagt, damit ich Gefallen an ihr finde. Aber sie wirkt ehrlich.

Verzieht keine Miene, sondern erwidert meinen Blick offen.

»Da wärst du wohl die erste, von der Caleb so etwas zu hören kriegen würde.«

Sie zuckt die Achseln. Ihr Blick huscht wieder zu Cal, und ihr Kopf neigt sich, als würde sie ihn analysieren. »Ich steh nicht auf blond. Er wirkt wie ein Milchbubi.«

Der Gedanke, Hazel wäre hier und könnte das hören, lässt mich amüsiert grinsen.

»Und du?«, lenke ich das Thema in eine andere Richtung. »Wieso bist du hier?«

Philine nimmt sich einen Käsespieß vom Büfett und schüttelt den Kopf. »Siehst du den da? Das ist mein Onkel. Ab und zu dränge ich mich ihm auf, wenn ich Lust auf gute Thunfischsandwiches habe.« Sie deutet auf den Regisseur.

Jetzt, wo sie es mir gesagt hat, fällt mir die Ähnlichkeit auf. Auch er hat rote Haare. Zwar dünn und strähnig, aber rot. Und eine Stupsnase. Terrence Hill hat keine Geschwister. Es muss also der Bruder ihres verstorbenen Vaters sein.

»Interessant.«

Sie zuckt die Achseln. »Geht so. Soll ich dir was zeigen?«

Caleb macht sich inzwischen für die Szene bereit, während der Regisseur noch ein paar Anweisungen durch die Gegend brüllt.

»Klar«, sage ich.

Philine strahlt. »Dann komm mit.«

»Action!«, brüllt der Regisseur und schlägt die Regieklappe aufeinander. Der Dreh beginnt. Caleb fängt an, in ein Telefon zu schreien, an dessen Ende niemand in der Leitung ist.

Keiner achtet auf uns, als Philine mich durch eine Tür hinter dem Büfett führt. Das Studio wirkt wie ein Labyrinth aus Gängen und Türen, die alle unterschiedliche Zahlen tragen. Wir kommen an einer Lobby vorbei, bis wir plötzlich vor einem Aufzug stehen.

»Was hast du vor?«

Philines Grinsen wird schelmisch vor Freude. »Warte ab.«

Die Türen öffnen sich, und wir steigen ein. »Warten ist nicht so meine Stärke.«

»Ich weiß.« Die Türen gleiten zu. Philine drückt auf einen Knopf, und der Aufzug setzt sich in Bewegung. »Du bist Logan Cunningham.«

»Was soll das denn heißen?«

Bei der Frage leckt sie sich über die Lippen. Ich glaube nicht, dass sie sich dessen bewusst ist. Trotzdem erregt mich der Anblick, und ich stelle mir kurz vor, wie es wäre, ihre Zunge mit meiner eigenen zu umspielen.

»Dass du immer alles sofort willst.«

Es wäre unverbindlich. Hier und jetzt, im Fahrstuhl. Und würde mich von Grace ablenken.

Doch bevor ich ihr antworten kann, indem ich sie gegen die Wand drücke und ihr zeige, wie sehr ich immer alles sofort will, gehen die Türen des Lifts wieder auf.

Ich muss zugeben, dass ich überwältigt bin. Philine tritt

lachend aus dem Fahrstuhl und dreht sich mit ausgestreckten Armen im Kreis. »Und? Was sagst du?«

Wir befinden uns auf dem Dach des Silvercup-Studios. Vor uns erstreckt sich das riesige Gerüst, das die einzelnen roten Buchstaben trägt.

»Es ist überwältigend.«

»Dann solltest du mal nachts hier sein.« Zielstrebig schreitet Philine auf das Gerüst zu. Der Wind umspielt ihre roten Haare und lässt die Strähnen in der Luft wehen, aber ihr scheint es egal zu sein. Ich kenne nicht viele Mädchen, denen das egal ist, aber Philine gibt nur auf wenige Dinge etwas. Es ist ihr auch egal, was die Leute über sie erzählen.

»New Yorks Skyline bei Nacht ist traumhaft.«

Ich folge ihr und ziehe dabei meinen Mantel aus, um ihn ihr zu geben. Trotz der Frühlingssonne ist es kalt hier oben.

»Du kommst bei Nacht her? Brichst du ein?«

Philine nimmt den Mantel entgegen. Dabei schenkt sie mir einen Blick, als wäre ich der zuvorkommendste Mann dieser Welt. Dabei weiß sie, wie viele Frauenherzen ich schon gebrochen habe …

»Danke«, sagt sie. Und dann: »Ich nehme den Schlüssel meines Onkels. Das geht natürlich nur, wenn er auch gerade ein Projekt hier in den Studios hat. Wenn du willst …« Sie zögert, dann scheint sie sich zu überwinden. »Wir könnten mal herkommen, wenn du willst. Nachts, meine ich.«

Früher hätte ich abgelehnt. Ich hätte sie ausgelacht, irgendeinen dummen Spruch gerissen und dann gesagt, dass ich nachts bessere Sachen zu tun habe, als auf das Dach eines Filmstudios zu steigen. Allein der Gedanke daran, wie ich ihr das glückliche Strahlen aus dem Gesicht gerissen hätte, widert mich an. Schnell vertreibe ich diese Gedanken mit einem Lächeln. »Vielleicht können wir das irgendwann mal machen, Philine. Vielleicht.«

Philine wirkt, als hätte sie gerade im Lotto gewonnen und heute das Glück ihres Lebens für sich entdeckt. Ihr Gesichtsausdruck bewirkt, dass sich mein schlechtes Gewissen einschaltet und mir zuflüstert, aufzuhören.

Mein Herz schlägt für Grace Bishop. Und wenn ich mich weiter mit Philine auf diese Weise unterhalte, wird sie sich Hoffnungen machen. Hoffnungen, die ich ihr ohne Frage irgendwann zerstören werde. Ich bin einfach nicht bereit dafür, mich voll und ganz auf eine Frau einzulassen. Grace ist bisher die einzige, bei der es mir möglich scheint. Bei der ich es sogar will – unbedingt. Aber aus irgendeinem Grund kann ich nicht einfach wieder umdrehen und zu den Dreharbeiten nach unten zurückkehren. Die Ablenkung tut zu gut. Seit Wochen spukt in meinem Kopf unaufhörlich Grace Porzellangesicht herum und das gerade ist der erste Moment, in dem ich nicht an sie denken muss.

Zumindest nicht ununterbrochen.

Philine reißt mich aus meinen Gedanken, als sie einen Fuß auf das Gerüst setzt, das den Namen der Studios trägt. Sie sieht mich an.

»Kommst du?«

Ich hebe die Brauen. »Da hoch?«

»Außer, du hast Schiss. Dann musst du nicht.«

Mit einem Grinsen folge ich ihr und schmeiße damit alle meine guten Prinzipien, Philines Herz nicht noch einmal zu brechen, über Bord.

»Schiss habe ich nur um meinen Mantel. Er ist von Saint Laurent.«

»Interessiert mich doch nicht, von wem der ist. Ich kaufe meine Sachen beim …«

»Ich weiß, Philine.« Ich lache. »Secondhand ist Kunst.«

Ich folge ihr bis ganz nach oben. Die Streben vom Gerüst wackeln, und ab und zu kann ich nicht verhindern, dass meine Beine weich werden und mein Magen einen Ruck macht, wenn ich nach unten sehe. Aber Philine klettert so selbstsicher, dass ich mir nichts anmerken lasse und ihr folge. Sie wirkt, als hätte sie das hier schon unzählige Male gemacht.

Oben angekommen setzen wir uns gegenüber auf zwei feste Metallstreben. Philine lehnt sich an die Pfosten vom *V* und kuschelt sich in meinen Mantel. Ihre blauen Augen leuchten hell in der langsam untergehenden Sonne.

»Schön hier, oder?«

»Mit dir in meinem Mantel auf jeden Fall.«

Wieder kichert sie, und ich fange an, mich hundsmiserabel zu fühlen. Solche Sprüche gehörten meinem Standardsortiment an, wenn ich damals Frauen aufreißen wollte, um sie flachzulegen. Philine weiß das.

Ihr Blick schweift ab in die Ferne. »Manchmal habe ich das Gefühl, nie allein zu sein. Zu jeder Zeit in New York ist etwas los. Dann fühle ich mich, als könnte ich meine eigenen Gedanken nicht mehr hören. Kennst du das?«

»Ja.« Ich folge ihrem Blick. Die Queensboro Bridge leuchtet im orangenen Schein der Sonne. »Nur zu gut.«

Ein sanftes Lächeln erscheint auf ihrem Gesicht. »Hier fühle ich mich nicht so. Als wäre dies der einzige Ort, an dem ich mich selbst wieder verstehen kann.«

Sie merkt nicht, dass ich sie wieder anstarre. Philine ist so versunken in den Anblick der Skyline, das nicht einmal ihr Lächeln sich auf ihrem Gesicht regt.

Auf einmal spüre ich, wie etwas von mir Besitz ergreift. So heftig, dass ich nicht in der Lage bin, mich dagegen zu wehren. Das Gefühl, nicht an Grace denken zu müssen. Der Gedanke, dass Philine der Schlüssel dazu ist, Grace zu vergessen.

Vielleicht kann ich es versuchen. So richtig versuchen, meine ich. Ohne sie bloß flachzulegen und dann abzuservieren, wenn ich meine Ablenkung hatte. Vielleicht kann ich dafür sorgen, dass die Ablenkung dauerhaft wird. Wenn ich der Sache zwischen mir und Philine eine echte Chance gebe, vielleicht verschwinden dann ja die Gefühle für Grace eines Tages.

Diese Hoffnung berauscht mich so sehr, dass ich Herzklopfen bekomme. Ich spüre meinen Puls an der Halsschlagader, der in rasendem Tempo schlägt. Was für ein Gefühl das wäre, mir keine Sorgen mehr darüber machen zu müssen, ob ich mich hoffnungslos in Grace Bishop verliere, ohne Aussicht auf Heilung. Mir keine

Sorgen mehr darüber machen zu müssen, dass Grace sich dazu entscheiden könnte, mit mir zu spielen.

Mit mir zu schlafen, obwohl sie keine Gefühle für mich hat.

Mich warm zu halten, obwohl sie ganz genau weiß, dass sie uns beiden niemals eine Chance geben will.

Mir wird schlecht als ich realisiere, dass ich genau das immer getan habe. Mit all den Frauen, die sich hoffnungslos in mich verliebt haben. Sie alle habe ich schamlos ausgenutzt. Ohne mir Gedanken darüber zu machen, wie es ihnen dabei ging.

Ich war so ein Arschloch.

Gern würde ich mich einfach vorbeugen, Philine die roten Haarsträhnen hinters Ohr streichen und sie küssen.

Einfach so.

Damit ich mir selbst die Chance geben kann, von den Gedanken an Grace wegzukommen.

Aber je mehr ich mich anstrenge, genau das tun zu wollen, desto mehr sträubt sich mein Körper.

Allein die Vorstellung, nicht mehr jede Sekunde an sie zu denken, lässt mich erschaudern.

Also wende ich den Blick von Philines blassem Gesicht ab und sehe auf die Skyline New Yorks herunter.

Ohne sie zu berühren.

Ohne sie zu küssen.

13

Grace

Der gestrige Abend hat seinen Tribut gefordert.

Nach dem Gespräch mit Lucas bin ich zu meinen Vorlesungen aufgebrochen, die sich dahingezogen haben, als würde ich in einer Zeitschleife feststecken. Ständig bin ich eingenickt, während meine Professoren ihre langweiligen Vorträge über interkulturelle Kompetenzen und Controlling gehalten haben. Zweimal wollte mein Körper sich dem restlichen Gift entledigen und hat mich gezwungen, einmal während der Mittagspause und einmal während eines Seminars auf die Toilette zu stürmen, um mich zu übergeben.

Jetzt bin ich müde, ausgelaugt und dehydriert auf dem Weg ins *Bloomingdale's*.

Vermutlich sollte ich einfach ins Plaza und mich ausschlafen. Aber allein der Gedanke an dieses Hotel lässt mich schaudern, obwohl es mein Zuhause ist. Meistens bleibe ich so lange weg, bis ich sicher sein kann, dass Mutter unten in der Bar sitzt und sich einen Margherita nach dem anderen gönnt.

Jennet arbeitet. Seit drei Jahren ist sie im *Bloomingdale's* angestellt, und ich sehe sie seitdem mindestens alle zwei Wochen.

In einem dunklen Blazer mit kecken Spitzenschultern und Bleistiftrock kommt sie auf mich zu, als ich das Kaufhaus betrete.

»Miss Bishop«, begrüßt sie mich. »Wie überraschend, Sie zu sehen.«

Ich lächle Jennet an. »Überraschend? Wenn jetzt Old McDonald im Clownskostüm hier auftauchen würde, wäre das überraschend. Aber ich gehöre doch inzwischen fast zum Sortiment.«

Jennets Lächeln gerät ein wenig ins Wanken. »Es wurde bloß angerufen und Bescheid gegeben, dass Norma ein paar Sachen für Sie abholen würde. Wegen des Debütantinnenballs.«

Ich knirsche die Zähne, wobei Jennets Gesichtszüge von Sekunde zu Sekunde verzweifelter werden. Viermal hatte ich in der letzten Woche das Gespräch mit meiner Mutter wegen des Balls, und viermal habe ich ihr gesagt, dass ich da nicht mitmachen würde.

Es sei zu Ehren aller Debütantinnen in ihrem Abschlussjahr, meinte sie. Als ob mich das interessiert. Ich bin zweiundzwanzig Jahre alt und habe definitiv keinen Nerv für einen Ball, zu dem dreizehnjährige Kinder großspuriger, geldgieriger und versnobter Eltern gezwungen werden.

»Ich bin nicht wegen des Debütantinnenballs hier, Jennet.«

Die Verkäuferin nickt, als hätte sie natürlich gar nichts anderes erwartet. »Wie kann ich Ihnen helfen, Miss Bishop?«

»Bitte hör auf, mich bei meinem Nachnamen zu nennen.« Eine schwarze Bikerjacke mit Gürtel fällt mir ins Auge, geistesabwesend mache ich einen Schritt auf sie zu und streiche mit den Fingern über das glatte Leder. »Wir sind etwa im selben Alter und kennen uns seit drei Jahren, Jennet.«

»Ja, aber …« Nervös knetet sie die Hände vor ihrem Bleistiftrock. »Sie sind die Tochter der Bishops, Miss. Und gehören damit zu einer der einflussreichsten Familien in ganz …«

»Stopp.« Ich hebe eine Hand, damit sie aufhört zu reden. Als sie mich mit großen Augen ansieht, sage ich: »Jeder Mensch ist gleich viel wert, Jennet. Du hast in deinem Leben vermutlich sogar schon einiges mehr gerissen als ich. Meine beste Freundin hat das auf jeden Fall. Sie musste sich jahrelang den Arsch aufreißen und arbeiten, um sich neue Klamotten und so einen Kram zu kaufen. Meiner Meinung nach haben Menschen wie sie und du noch tausendmal mehr Respekt verdient als jemand wie ich, der nie einen Finger krumm machen musste.« Ich lächle sie an. »Außerdem gehe ich gern zu H&M. Die haben da diese süßen Pullis im Oversizelook. Und Studenten, die Pullis bei H&M kaufen, haben sicher nichts dagegen, wenn man sie beim Vornamen nennt.«

Jennet sieht mich mit einem Blick an als wüsste sie nicht, ob ich vielleicht Fieber habe oder aber sie auf die Probe stelle. Sie wirkt verunsichert.

Also seufze ich. »Lass uns bitte einfach ein paar neue Klamotten raussuchen, ja?«

Als Antwort schenkt sie mir ein fachmännisches Nicken, froh darüber, jetzt wieder über etwas zu sprechen, womit sie sich auskennt.

»Wir haben einen neuen knielangen Trenchcoat von *Theory*. Oder einen Overcoat von *HARRIS WHARF*. Die nächsten Tage sollen zunehmend kühler werden.«

Zustimmend nicke ich, bleibe dann aber stehen und sehe zur Lederjacke, die rechts von mir an der Wand hängt. »Was ist mit der da?«

Sie folgt meinem Blick und zieht skeptisch die Brauen zusammen. »Die ist von *Veda*. Auch aus der neuen Kollektion. Aber Miss Bish…«

»Grace.«

Jennet seufzt. »Grace. Ich denke nicht, dass diese Lederjacke Ihren …« Noch ein Seufzer. »Deinen Stil trifft.«

»Ich denke, das trifft ihn ganz genau«, murmle ich. Dann legt sich wie von selbst ein Lächeln auf mein Gesicht. »Schreib sie mit auf, ja?«

Jennet wirkt verstimmt, nickt aber. »Wir hätten auch noch eine Adeline Tweed Jacke von *Sandro* mit besticktem Saum. Ein ganz bezaubernder Cremeton. Willst du sie dir mal ansehen?«

Ich schüttle den Kopf. »Nein, danke. Erst mal nur die Lederjacke. Was kannst du für Hosen dazu empfehlen?«

Bei dem Wort Hosen könnte ich schwören, dass ein kalter Schauer Jennets Inneres durchläuft. Soweit ich mich erinnere, habe ich in diesem Geschäft so gut wie nie eine Hose gekauft. Überwiegend trage ich Röcke und Kleider.

»Eine Dreiviertel-Skinny-Jeans vielleicht? Erst gestern haben wir ein paar von *PAIGE* reinbekommen.«

»Klingt super.« Meine Laune bessert sich stetig. Mit federnden

Schritten folge ich Jennet durch das Kaufhaus, während sie mir alle möglichen Kleidungsstücke zeigt und ich entweder zustimmend nicke oder naserümpfend den Kopf schüttle. Was oft passiert, da sie mir andauernd Kleider und Röcke in meinem Stil zeigt, wie ich sie sonst immer gekauft habe.

Aber mich hat die Lust einer Veränderung gepackt. Als ob mein Inneres plötzlich fleht und bettelt, sich endlich auch nach außen hin outen zu dürfen.

»Neue Schuhe könnte ich auch gebrauchen«, sage ich, nachdem ich mir im Kopf ausgemalt habe, wie mein neues Outfit mit Louboutins aussehen würde. Das wäre eine Katastrophe.

Jennet nickt. Ihr Lächeln hat sie bereits verloren, und ihre Strähnen stehen ab, weil sie sich andauernd geistesabwesend die Hand an den Hinterkopf legt. Vermutlich ist sie verzweifelt, weil es sich für sie anfühlen muss, als hätte sie urplötzlich den Draht zu einer jahrelangen Freundin verloren.

»Gut. Gehen wir am besten zu den neuen Jimmy Choos.«

»Hm.« Ich tippe die Fingerspitzen aneinander. »Hmm.«

Jennet lässt die Augen einen Moment zu lange geschlossen. »Keine Jimmy Choos? Vielleicht lieber Louboutins?«

Nachdenklich verziehe ich den Mund, dann sehe ich nach oben zur Empore der zweiten Etage. »Könnten wir uns mal die Sneakers ansehen?«

Die junge Verkäuferin straft mich mit einem derart schockierten Gesicht, als hätte ich sie gerade gefeuert. Dann schluckt sie ihren Ärger herunter und sagt: »Sicher.«

Während wir die Rolltreppe nach oben nehmen, tippe ich gut gelaunt vor mich hin summend auf dem Geländer herum, was bewirkt, dass Jennet ihre Lippen zusammenpresst, bis nur noch eine dünne weiße Linie zu sehen ist. Ich frage mich, weshalb sie so genervt ist.

Als Verkäuferin ist es ihr Job, auf meine Wünsche einzugehen, und nicht proportional schlechter gelaunt zu sein, je mehr mein Stil von meinem gewohnten abweicht.

Aber vermutlich hat sie Panik vor der Reaktion meiner Mutter.

Ich kann es ihr nicht verdenken. Mutter wird sie in die Mangel nehmen, da bin ich ganz sicher.

»Da sind wir«, sagt sie. »Die Sneaker.«

Sie spricht die Worte aus, als wären wir gerade durchs Gefängnis gelaufen und befänden uns nun im Todestrakt.

Eine Weile betrachte ich alle Modelle und bewundere die besonders ausgefallenen, zu denen ich nie die Erlaubnis hatte, sie jemals zu tragen. Dann zeige ich auf einen schwarzen Schuh mit roséfarbenen Akzenten.

»Der ist toll.«

Jennets Blick fixiert erst den Schuh, ehe ihr Kopf langsam zu mir wandert. »Der ist von *PUMA*.«

Ihr Ton klingt so abwertend, dass Wut in mir aufsteigt. »Ja. Sehe ich. Eine gute Marke, nicht wahr?«

Jennet antwortet nicht auf meine Frage. Sie sagt lediglich: »Er kostet 105 Dollar.«

»Oh.« Ich grinse. Breiter, als ich es normalerweise tun würde, aber irgendwie macht es mir Spaß, Jennet zu provozieren. »Nur ein Achtel von dem, was ich für die Louboutins ausgeben würde. Perfekt.«

Ihr Blick huscht immer wieder von mir zu den Schuhen und zurück, dann sagt sie: »Miss Bishop, geht es Ihnen gut?«

»Mir geht es ganz hervorragend, danke. Ich gehöre nicht zum Hochadel, Jennet. Also nenn mich einfach weiter Grace.«

Als sie nichts erwidert und nur weiterhin mit der verzweifelten Miene eines Eisbären, der gerade sein Junges im Schnee verloren hat, von mir zu den Schuhen blickt, seufze ich. »Ich werde meiner Mutter versichern, dass ich in dem *Bloomingdale's* am Broadway war. Damit bist du aus der Sache raus.«

Jennet wirkt erleichtert. Ich kann förmlich sehen, wie ihr ein Stein von den Schultern rollt und gleichzeitig widert es mich an, dass meine Mutter bei scheinbar jedem Menschen eine schürende Panik hervorruft.

Wir wirken beide zufrieden, als ich schließlich mit meiner Kreditkarte bezahle und das Geschäft verlasse. Die neuen Kleidungsstücke werden morgen früh bei mir eintreffen, und ich werde Norma bitten, sie nicht auszupacken und einzuräumen. Das möchte ich selbst tun.

Während ich die belebte Lexington Ave entlangschlendere, gehe ich nicht wie gewohnt geradeaus durch bis zum Plaza, sondern biege in die Einundsechzigste ein, um mir bei *Sprinkles* einen Cupcake zu holen.

Eigentlich wollte ich ihn nur mitnehmen, aber als im Geschäft so einladende Musik läuft und jeder mich freundlich anlächelt, möchte ich plötzlich nicht mehr gehen. Ich finde es zuvorkommend, dass diese Menschen hier mich nicht für hochtrabend halten, nur weil ich Designerklamotten trage. In meinem Leben wurde ich meist von anderen behandelt, als wäre ich entweder etwas Besseres oder jemand, mit dem man sich gar nicht erst abgeben wollte. Dabei wünsche ich mir nichts mehr, als einfach ganz normal von anderen betrachtet zu werden.

Ich setze mich mit meinem Kaffee und dem Schokocupcake mit weichem Kern an einen der braunen runden Tische. Eine Weile beobachte ich die Kellner und Verkäufer dabei, wie höflich sie mit jedem Menschen sprechen und dabei unaufhörlich ihr Lächeln im Gesicht behalten. Untereinander lachen die Kollegen und necken sich, wenn einer von ihnen die Kaffeemaschine besetzt.

Es trifft mich plötzlich wie ein Schlag. Die Erkenntnis, dass es so einfach ist, glücklich zu sein, wenn man es selbst in die Hand nimmt und zulässt.

Hazels Bitte schießt mir durch den Kopf, dass ich die Sache mit Logan auf freundschaftlicher Ebene halten sollte, wenn ich noch nicht bereit bin, mich auf ihn einzulassen. Und ich kann ihre Bitte verstehen, wirklich. Es wäre furchtbar für sie, wenn regelmäßig eine angespannte Stimmung herrschen würde, sobald Logan und ich aufeinandertreffen. Was ziemlich häufig vorkommt, wenn man bedenkt, dass Caleb sein Cousin und Hazel meine beste Freundin ist.

In diesem Moment wünsche ich mir nichts mehr, als mich einfach auf ihn einlassen zu können. Mich meinen Gefühlen hingeben zu können und Vertrauen zu Logan zu haben. Und ich hasse Lucas dafür, dass er mich verdorben hat. Dass ich wegen ihm jetzt nicht in der Lage bin, Liebe in mein Leben zu lassen. Aus ständiger Angst davor, noch einmal gebrochen zu werden. Noch einmal dasselbe qualvolle Leid durchleben zu müssen, was er mir angetan hat.

Es wäre so einfach, wenn ich mein Glück in dieser Hinsicht auch selbst in die Hand nehmen könnte. Wenn ich einfach zu Logan gehen und ihm sagen könnte, was ich für ihn empfinde und was ich mir wünsche.

Aber so einfach ist das nicht.

Nicht mehr.

Meine Hand zittert, als ich den Cupcake zurück auf den Tisch stelle und mein Handy aus der Rocktasche ziehe. Eine panische Stimme in mir schreit, einfach eine SMS zu schicken und es dabei zu belassen, aber ich bin hervorragend in Etikette geschult worden. Es ist ohne Anstand, eine feige Nachricht zu senden.

Also scrolle ich durch meine Kontakte, bleibe bei Logans Namen stehen und starre eine Weile darauf.

Dann rufe ich ihn an.

Es klingelt genau dreimal, bevor er abnimmt.

»Grace.«

Mehr sagt er nicht. Was soll er auch auf superfreundlich tun, nachdem ich heute früh wortlos verschwunden bin.

Nach unserem Fast-Moment.

»Hey.« Selbst meine Stimme zittert, und ich kriege sie nicht unter Kontrolle. Mit dem Finger fahre ich sinnfreie Kreise über den Holztisch und starre in meinen Kaffee als läge dort, versteckt im Kaffeesatz, die Antwort all meiner Probleme.

Ich schlucke. Dann …

»Ich bin im *Sprinkles.* Kannst du kommen?«

14

Logan

Erst habe ich mit dem Gedanken gespielt, nicht ans Handy zu gehen. Zumal ich mit einer Frau auf einem Gerüst weit über den Dächern New Yorks sitze.

Aber es geht einfach nicht. Allein ihren Namen zu lesen, bewirkt etwas in mir, das einer magischen Anziehungskraft gleichkommt. Eine Anziehungskraft gewaltigen Ausmaßes, der ich mich nicht entziehen kann – so sehr ich es auch versuche.

Natürlich liest Philine ihren Namen auf meinem Display. Und natürlich bemerkt sie, wie schockiert und gleichermaßen gebannt ich den Namen anstarre, der in mir gerade ein Inferno auslöst. Ich zweifle nicht daran, dass sie eins und eins zusammenzählen kann. Sie ist eine Frau. Aber es ist mir egal. Momentan ist mir nichts wichtig, außer dieses Telefonat anzunehmen und ihre Stimme zu hören.

»Grace.«

»Ich bin im *Sprinkles.* Kannst du kommen?«

Das leichte Zittern ihrer Stimme versetzt mich in Alarmbereitschaft. Sofort frage ich mich, ob irgendetwas passiert ist. Weil ich das Gefühl habe, mit Grace allein sein zu wollen, drehe ich mich ein Stück von Philine weg und lasse die Beine in der Luft baumeln.

»Alles okay?«

»Ja. Ich würde nur gern mit dir über etwas sprechen.«

Mein Herz macht einen Satz, was mich verwirrt, weil mein Herz niemals einen Satz macht. Zumindest nicht in Situationen, die im Kontext zu Frauen stehen.

»Okay. Ich nehme mir ein Taxi. Bin in fünfzehn Minuten da.«

Ohne eine Antwort abzuwarten, beende ich das Gespräch. Der Wunsch, die Kontrolle über jede Situation zu behalten, ist tief in mir verankert.

»Wow.« Philine lächelt schwach. »Grace muss ganz schönen Einfluss auf dich haben.«

»Hat sie nicht.« Ich stecke das Handy ein, greife nach den Metallstreben über meinem Kopf und ziehe die Beine hoch, um an der Außenfassade nach unten zu klettern. »Sie ist nur eine gute Freundin.«

»Dafür kannst du es aber gar nicht eilig genug haben, hier wegzukommen.«

Mit zusammengezogenen Brauen werfe ich ihr einen grimmigen Blick zu. »Freunde sind mir wichtig.«

»Ja«, sagt Philine nur. »Das ist schön.«

Eigentlich sollte ich ein schlechtes Gewissen haben, dass ich sie hier oben sitzen lasse und ohne ein weiteres Wort abhaue, aber mit jeder Sekunde, die verstreicht, lasse ich Grace länger warten. Ich habe Angst, dass es ihr schlecht geht. Dass sie mich braucht und ich nicht da bin. Sie soll das Gefühl haben, sich auf mich verlassen zu können. Dass ich ihr sicherer Hafen in jeder Situation bin.

»Tut mir leid«, entgegne ich, wobei ich es teilweise auch wirklich so meine, während mein Kopf in Gedanken nur noch bei Grace ist und keinen einzigen mehr an Philine Hill verschwendet.

In dem Gerüst der Metallstreben wendet sie den Kopf und sieht auf mich hinunter. Die roten Strähnen wehen wie Rotalgen um ihren Kopf herum, als würde sie in einem Meer schwimmen.

»Was ist mit deinem Mantel?«

Ich bin schon mindestens zwei Meter unter ihr. »Behalt ihn.«

»Aber ich dachte, er sei von Saint Laurent?« Philine kann den spöttischen Unterton in ihrer Stimme nicht verbergen.

»Ich bin nicht darauf angewiesen, wie du weißt«, sage ich. »Behalt ihn.«

Danach achte ich nicht weiter darauf, ob Philine noch länger auf mich hinabsieht oder ob sie sich bereits wieder dem Sonnenuntergang der New Yorker Skyline zugewandt hat. Ich wünsche ihr Letzteres, weil dieser Anblick sich definitiv mehr lohnt als die Sekunden, die sie verschwendet, in denen sie sich in einer Illusion verliert.

Während ich draußen nach einem Taxi winke, tippe ich mit der anderen Hand auf dem Handy eine Nachricht für Caleb. Ihm Bescheid zu geben, dass ich verschwinde, hätte zu viel Zeit gekostet. Vermutlich müsste ich ewig warten, bis er endlich eine Pause machen kann.

Auf den Straßen New Yorks ist die Hölle los. Autos bewegen sich im Tempo einer faulen Schildkröte, wobei die Fahrzeuge kaum mehr als zehn Zentimeter Abstand voneinander lassen.

Ungeduldig tippe ich mit den Fingern auf meiner Jeans. Der Stoff hinterlässt ein ungewöhnliches Gefühl auf meiner Haut. Normalerweise trage ich Chino- oder Anzughosen. Jeans nur dann, wenn die Laune des Tages und das Outfit es zulassen.

Ein Blick auf mein Handy verrät mir, dass Graces Anruf inzwischen achtzehn Minuten her ist. Sie hat nicht wieder angerufen. Vielleicht ist sie schon gegangen, weil sie denkt, ich komme nicht mehr.

Im nächsten Moment schüttle ich den Kopf und lasse die Stirn seufzend in meine Handfläche sinken. Es sind bisher nur drei Minuten über der Zeit. Ich mache mich völlig umsonst verrückt.

Im roten Fiat neben uns bohrt sich ein Mann den Finger in seine Nase. Einen Augenblick frage ich mich, weshalb ich mir das überhaupt ansehe, als der Mann langsam den Kopf zu mir wendet und meinen Blick mit Finger in der Nase erwidert.

Ich schüttle den Kopf und wende mich ab. »Kennen Sie keinen anderen Weg?«

Der Taxifahrer indischer Herkunft sieht mich aus dem Rückspiegel an. »Nein. Außer Sie wollen, dass ich uns von der Brücke ins Wasser stürze und wir von dort aus schwimmen.«

Normalerweise hätte ich ihn für diese provozierende Antwort fertig gemacht, aber seine Schlagfertigkeit ist begründet und ich in diesem Fall bloß ein ungeduldiger Idiot.

Seufzend lasse ich mich in den Ledersitz zurücksinken, als das Taxi sich endlich wieder in Bewegung setzt und wir uns weiter über die Queensboro Bridge fortbewegen. Nur Minuten später haben wir das Festland erreicht und fahren an *T. J. Maxx* vorbei. Als am *Tramway Plaza* eine der roten Gondeln mit der weißen *Roosevelt Island* Aufschrift über unseren Köpfen dahingleitet, spüre ich ein Kribbeln im Magen.

Die übernächste Querstraße, denke ich. *Nicht einmal mehr eine Minute.*

Wir biegen in die Einundsechzigste ein. Die braune Häuserfront mit den bunten Blumen und Kreisen und der geschwungenen *Sprinkles*-Aufschrift sticht mir sofort ins Auge. So, als hätte mein Gehirn sich auf nichts anderes mehr konzentriert und wie ein suchendes Cyborgauge endlich das Ziel fokussiert.

»Vielen Dank.« Schnell drücke ich dem indischen Fahrer zwanzig Dollar in die Hand und steige aus dem Wagen. Er fährt davon und lässt mich allein vor dem Cupcakeladen stehen, durch dessen Außenfenster ich Grace an einem der runden Tische sitzen sehe.

Sie rührt in ihrem Kaffee und starrt den angebissenen Cupcake vor sich an, als wäre er vergiftet und sie sich unschlüssig, ob sie ihn nicht trotzdem essen soll.

Eine Bedienung kommt und fragt sie etwas. Vermutlich, ob alles so weit in Ordnung ist. Grace schreckt auf, als hätte sich ein Horrorclown von hinten angeschlichen, dann legt sie sich die Hand aufs Herz und nickt lächelnd.

Eine Weile kann ich nicht anders als ihre langen Korkenzieherlocken zu betrachten, die ihr in schimmerndem Braun über den Rücken fallen. Schon oft habe ich mir vorgestellt, wie es wäre, durch die einzelnen Strähnen zu fahren. Wie es wäre, meine Finger darin zu vergraben, während ich sie küsse und es immer hitziger wird. Wie es wäre, sie nackt auszuziehen und dann zu bewundern, wie ihr die sanften Locken bis über die Brust fallen.

Grace wirkt nervös. Ihre Hand schnellt zu ihrem Kaffee, doch sie greift daneben. Schnell sieht sie sich um, ob jemand im Geschäft es gesehen hat, weil es ihr natürlich peinlich wäre.

Obwohl es süß ist. Viel zu süß.

Mit den Händen wischt sie sich über den Rock, ehe sie sie ineinander verschränkt und ungeduldig die Finger knetet. Ihr Blick geht zur Seite, fast als würde sie spüren, dass ich sie beobachte, und bleibt am Fenster hängen.

Sie sieht mir direkt in die Augen, und ich bin nicht imstande, wegzusehen. Um mich herum laufen Passanten die Straße auf und ab, ein paar von ihnen haben es so eilig, dass sie mich anrempeln – aber ich nehme kaum etwas davon wahr. Bin in einem Moment der Ewigkeit gefangen, obwohl er vermutlich in wenigen Sekunden vorbei ist.

Ich könnte Stunden hier stehen und Grace in die Augen sehen. In diese unergründlichen Augen, ohne zu wissen, was in ihr gerade vorgeht oder was für Ängste und Wünsche sie verbirgt.

Schließlich bin doch ich derjenige, der den Blickkontakt abbricht und das *Sprinkles* betritt. Meine Art, die Situation unter Kontrolle zu behalten.

Weil ich sie brauche. Die Kontrolle.

Immer.

Sonst drehe ich durch.

Grace steht auf als ich an ihren Tisch komme. Keine Ahnung, warum sie das tut, und sie selbst weiß es scheinbar auch nicht, denn sie blinzelt überrascht und setzt sich schnell wieder.

»Hey.«

Ohne den Blick von ihr abzuwenden, ziehe ich den Stuhl ihr gegenüber zurück und setze mich. »Hallo, Grace.«

Dann tritt Schweigen ein. Keiner von uns macht Anstalten, es zu brechen. Ich nicht, weil ich auf ihren Grund warte, weshalb sie mich herbestellt hat, und sie nicht, weil sie vermutlich nicht weiß, wie sie anfangen soll.

Die Kellnerin kommt und fragt mich, ob ich etwas bestellen möchte. Ich nehme einen *Caramel Latte*, obwohl ich keine Lust auf Kaffee habe. Aber er ist gut, um während eines Gesprächs etwas zu tun zu haben. Bei peinlichen Gesprächspausen kann man etwas trinken. Oder die Tasse in die Hand nehmen, den

Inhalt darin schwenken und so tun, als würde man es unbewusst machen, dabei ist es gezielte Absicht, um nicht auf komische Art einfach rumzusitzen und auf den Tisch zu starren.

»Ich möchte mich bei dir entschuldigen«, sagt Grace plötzlich. Die großen Augen hat sie auf mich gerichtet, und ihre Wangen färben sich rötlich. »Es war nicht richtig von mir, ohne ein Wort abzuhauen.«

Die Kellnerin kommt. Mit einem dankbaren Lächeln nehme ich den Kaffee entgegen, dann rühre ich mit dem Löffel im Milchschaum herum.

»Es muss dir nicht leidtun. Ich meine, ist ja nicht so, als hätten wir irgendwelche Verpflichtungen zueinander.«

Grace zieht die Brauen zusammen. Sie wendet den Blick ab und pult mit ihrer Gabel im Cupcake. »Trotzdem. Es war nicht in Ordnung. Du hast dir sicher Gedanken gemacht.«

Ich lächle. »Nur minimal.«

Eine Ironie, die sie nicht versteht. Man hört den ironischen Klang einer Aussage selten heraus, wenn man selbst davon überzeugt ist, dass es stimmt, was die Person sagt. Und leider ist es sehr glaubwürdig, dass ich mir keine Gedanken über sie gemacht habe, obwohl das absolute Gegenteil der Fall ist.

Aber Grace kennt mich nur so. Vermutlich in genau diesem Augenblick erinnert sie sich an die vielen Freundinnen und Mitschüler, bis hin zu Kommilitonen und verhasste Bekannte, denen ich das Herz gebrochen und danach keinen weiteren Gedanken an sie verschwendet habe. Sie kennt nur den Logan Cunningham, der sich nie viele Gedanken um Frauen macht – außer es geht darum, sie flachzulegen.

Es ist mir zuwider, dass Grace auf diese Weise von mir denkt. Aber ich kann es ihr nicht verübeln, wo ich ihr doch nie einen Grund gegeben habe, eine andere Sichtweise zu haben. Ich wünschte nur, ich könnte ihr zeigen, wie ich wirklich bin. Jetzt, wo ich meine selbstschützende Maske abgelegt habe. Ich wünschte, sie würde es zulassen. Aber gleichzeitig weiß ich, dass es nicht passieren wird.

Grace seufzt und legt die Gabel beiseite, mit der sie gerade noch in ihrem Cupcake herumgestochert hat. »Wir sollten dringend reden, Logan.«

»Okay.« Mit gespielter Lässigkeit nehme ich einen Schluck aus meiner Tasse. Gott, bin ich gerade dankbar für die vier Jahre Schauspielstudium. »Worum geht's?«

Ihre zarten Finger umschließen die große Tasse Kaffee, und ich beobachte, wie sie mit dem Finger die *Sprinkles*-Aufschrift nachfährt. Grace hat schöne Fingernägel.

Gepflegt. Keine Nagelhaut, gefeilt und keine künstlichen Krallen. Bloß natürlicher Klarlack.

»Wir sollten definieren, was wir sind, und uns dann auch daran halten. Eine Grenze ziehen.«

»Was sind wir denn?« Meine Antwort kommt zu schnell, als dass es noch lässig klingen könnte, aber Grace scheint es nicht zu bemerken. Sie ist zu beschäftigt mit ihren eigenen Gedanken.

Ihr Blick schweift über meine Schulter hinweg. Einen Augenblick sieht es so aus, als wäre sie gar nicht mehr hier bei mir, sondern in irgendeiner fernen Welt gefangen. Dann zuckt sie die Achseln. Immer noch, ohne mich anzusehen.

»Freunde.« Als hätte sie mit diesem Wort die Erkenntnis gefunden, die sie in der fernen Welt gesucht hat, sieht sie mich an. »Ich schätze, wir sind Freunde.«

Genau jetzt findet zum Beispiel ein solcher Moment statt, in dem ich dankbar bin, meinen *Caramel Latte* bestellt zu haben. Er gibt mir Zeit, ohne es so aussehen zu lassen, als ob ich Zeit bräuchte. Ohne auch nur anzudeuten, dass mir die Kontrolle über diese Situation abhandengekommen ist.

Ich nehme einen großen Schluck. Danach nutze ich die zweite zeitschindende Alternative und schwenke die Flüssigkeit in meiner Tasse, während ich den Strudel beobachte, als würde ich ihn faszinierend finden. Weil mir danach immer noch nicht eingefallen ist, was ich ihr antworten könnte, sage ich einfach: »Ja.«

In demselben gleichgültigen, lässigen Ton wie schon zuvor. Nicht grimmig oder verletzt, wie ich vermutlich klingen müsste, wenn ich mich offen zeigen würde. Innerlich fühlt es sich an, als hätte Grace soeben mit einem stumpfen Messer auf mich eingestochen. Mehrmals muss ich schlucken, um das Gefühl wenigstens für kurze Zeit beiseitezuschieben und für den Moment die Kontrolle zu bewahren.

Ein Schatten huscht über ihre Augen. Nur kurz, aber es entgeht mir nicht. Fast so, als wäre sie enttäuscht über meine Antwort. Als hätte sie gehofft, ich würde ihr widersprechen. Aber ich renne ihr nicht hinterher. Zumindest nicht offensichtlich. Sie soll nicht denken, dass sie mich in der Hand hat. So etwas führt zu Nachlässigkeit und Desinteresse, und irgendwann passiert das, was meine Mutter meinem Vater angetan hat.

»Gut«, sagt Grace. Sie muss sich räuspern und nimmt danach einen Schluck Kaffee.

Ich frage mich, ob sie auch gerade einen Moment braucht, um Zeit zu schinden. Weil sie nicht weiß, was sie darauf sagen soll. Ich bin nicht blind und vor allem nicht dumm. Es ist mehr als offensichtlich, dass Grace sich überwinden muss, dieses Gespräch mit mir zu führen. Eigentlich will sie es nicht.

Eigentlich will sie mich.

Ich kann es in dem Feuer sehen, das in ihren Augen lodert, wenn sie mich ansieht. Merke es an ihren Schenkeln, die sie jedes Mal zusammenpresst, wenn ich sie eingehend ansehe. Erkenne es an der Art und Weise, wie sie unsicher auf der Unterlippe kaut. Grace kaut nie an der Unterlippe. Und Grace ist auch nie unsicher. Beides Zeichen dafür, dass ich sie genauso aus dem Konzept bringe wie sie mich.

Sie wird ihre Gründe dafür haben, ihrem Verlangen nicht nachzugeben. Genauso wie ich meine hatte, weshalb ich Frauen in der Vergangenheit nur zum Vergnügen getroffen habe. Keiner versteht besser als ich, was es heißt, mit sich selbst zu kämpfen und am Ende doch wieder zu verlieren. Weil Ängste manchmal stärker sein können als der Wunsch, einfach loszulassen.

»Grace.« Ich stelle die Tasse zurück auf den Tisch und beuge mich vor. Grace hält mitten in der Bewegung inne, ihre Korkenzieherlocken glatt zu ziehen. »Geht es dir gut? Ich meine … in letzter Zeit kommt es immer häufiger vor, dass du dich zurückziehst. Du bist in dich gekehrt, obwohl du eigentlich der Typ Mensch bist, der vor innerem Lebensglück auf der Straße tanzt und nie aufhören kann zu lachen. Und seit einiger Zeit wirkt es, als wäre ständig eine Regenwolke über dir, die dich daran hindert, in die Sonne zu treten. Ist wirklich alles okay bei dir?«

Ihre Lippen öffnen sich einen Spaltbreit. Meine Worte haben sie überrascht. Kurz scheint sie mit sich zu hadern, ob sie mit mir sprechen sollte oder nicht, doch dann atmet sie tief durch und streicht sich mit den Fingern die Stirn glatt. Eine Geste der Verzweiflung.

»Es ist einfach … mein Leben. Als hätte ich gar keines, verstehst du? Ich liebe Manhattan. Und die Upper East Side. Und eigentlich liebe ich auch die verkorkste Gesellschaft, in der wir beide aufgewachsen sind. Ich gehe gern bei *Bloomingdale's* shoppen und fühle mich wohl in einem *Michael Kors*-Mantel und einer Hose aus *Burberry*-Stoff. Aber warum muss das denn gleich heißen, dass ich kein eigenes Leben führen darf? Warum wollen meine Eltern mich unbedingt wie eine Marionette in diesem goldenen Käfig halten? Ich fühle mich …« Ratlos schüttelt Grace den Kopf. Ihre Wangen werden immer rötlicher. »Ich kriege keine Luft mehr, Logan. Dieses vorbestimmte und exakt durchstrukturierte Leben … das will ich nicht.«

»Sie denken, dass du ihnen gehörst«, sage ich leise. »Dass sie dich geboren haben und deshalb über dich bestimmen dürfen. Dein Leben formen dürfen, wie sie es wollen. Und wie es für sie passt. Deine Eltern haben sich das Plaza und das Four Seasons erarbeitet. Und nun denken sie, dass du ihr verlängerter Arm bist, weil du nur durch sie auf der Welt bist. Sie wollen, dass du ihr Imperium weiterführst. In ihren Augen gibt es keinen großen Spielraum für eigene Entscheidungen. Das könnten sie auch gar nicht verstehen, weil sie automatisch davon ausgehen, ihr Traum wäre auch gleichzeitig deiner.«

Grace schluckt. »Ich kann das nicht. Natürlich würde ich das, was sie sich aufgebaut haben, nicht einfach versinken lassen. Aber ich möchte es gern auf die Art und Weise weiterführen, wie ich es für mich selbst entscheide. Und wenn das heißt, dass ich meinen eigenen Weg gehe und die Hotels von tadellos ausgebildeten Managern führen lasse … wo liegt denn für sie das Problem?«

Ein schwaches Lächeln legt sich auf meine Lippen. »Die Bishops waren noch nie gut darin, etwas in fremde Hände zu geben und darauf zu vertrauen, dass schon alles gut gehen wird. Sie wollten immer alles selbst machen. Das hat mein Großvater Theodore mir schon erzählt, als ich noch ein kleiner Junge war. Kurz nachdem ich dich als Partnerin für das Referat über die Zeitkapseln wollte. Du meintest, du machst es lieber allein, weil ich ja sonst kaum arbeiten und deine gute Note einheimsen würde. Erinnerst du dich?«

Grace lächelt. »Ja. Ich habe mich so über dich aufgeregt.«

»Und am Ende hatte ich eine Eins und du eine Eins Minus.«

Grace lacht und wirft den Untersetzer ihrer Tasse nach mir. »Das hat mich so wütend gemacht!«

»Ja. Aber vor allem hat es dir etwas gebracht.«

»Und was?«

Ich beuge mich noch ein Stück weiter vor und nehme eine ihrer Korkenziehersträhnen in die Hand. Streiche mit dem Daumen über das weiche Haar.

Tun Freunde so etwas?

Ich glaube nicht. Zumindest würde ich es bei Hazel niemals tun. Und sie ist meine beste Freundin.

Aber jetzt gerade kümmern mich die Grenzen nicht.

Grace hält die Luft an.

Ich sage: »Du hast dadurch gelernt, dass es manchmal besser ausgehen kann, wenn man nicht alles allein macht. Wenn man einen Teil der Arbeit in fremde Hände gibt. Und wenn das bedeutet, die Hotels nicht selbst zu führen, damit du einen Weg gehen kannst, der dich mit Glück erfüllt … was kann daran schon schlecht sein?«

Grace nimmt meine Hand. Nur kurz, weil sie sie von ihrer

Strähne nimmt und auf den Tisch zurückführt, aber das war es mir wert. Das Gefühl ihrer weichen Haut, die meine streicht.

Unvergleichbar.

Grace lächelt. »Danke, Logan.«

15

Grace

Es ist ein eigenartiges Gefühl, mit dem Aufzug zu fahren. Meistens denke ich nicht einmal drüber nach. Aber dann wiederum gibt es Momente wie jetzt, in denen ich mich frage, wie der Mensch die Art, Vertrauen zu geben, aufteilt.

Ich meine, ich stelle mich in einen viereckigen Kasten aus Stahl, der bloß von ein paar Seilen nach oben gezogen wird. Und das tue ich ohne Bedenken. Jeden Tag aufs Neue. Dabei könnte so Vieles passieren. Der Fahrstuhl könnte stehen bleiben. Mitten in der Bewegung. Dann steckte ich in der Schwebe fest, wartete auf Rettungskräfte, die mich hier rausholen. Die ganze Zeit mit dem Gedanken im Kopf, dass die Seile aufgeben und der Aufzug abstürzen könnte. Oder aber er lässt mir nicht einmal die Gnade und stürzt sofort ab. Dann wäre ich tot. Begraben in Schutt und Asche eines Stahlgebildes, dem ich blind vertraut habe.

Mein Magen macht einen Satz, als ich den Code zur Penthouse-Suite eingebe und das rechteckige Ding sich geräuschlos in Bewegung setzt. Nachdenklich starre ich den Teppich unter meinen Füßen an. Wenn der Mensch so leichtfertig Vertrauen in absturzgefährdende Dinge stecken kann, wieso geht es dann nicht bei anderen Personen? Die Gefahr, dass man verletzt wird, besteht gleichermaßen, aber dem Fahrstuhl vertrauen wir.

Sind uns unsere Gefühle wichtiger als das Leben?

Oder ist es, weil wir ein gewisses Urvertrauen in den Aufzug haben? Immerhin stürzen solche Dinger nicht oft ab oder geben den Geist auf. Nur selten enttäuschen sie uns.

Was man von anderen Menschen nicht behaupten kann. Es kommt täglich vor, dass irgendjemandem das Herz gebrochen wird. Menschen betrügen. Spinnen Intrigen. Können hinterhältig und gefühlskalt sein und das auch noch arglistig planen. Man weiß nie, ob man Opfer seiner eigenen Gefühle wird oder ob die andere Person ein Glückstreffer ist, der sich von den anderen abgrenzt.

Bei den Aufzügen hat man wenigstens Klarheit. Entweder sie stürzen ab oder nicht. Da es aber so gut wie nie passiert, steht man eher auf der sicheren Seite.

Von ganzem Herzen wünschte ich, Logan Cunningham wäre mein Aufzug. Aber leider kann ich ihm dieses Vertrauen nicht schenken. Leider geht mein Verstand zu fest davon aus, dass er abstürzen und mich mit in die Tiefe ziehen wird.

Die Türen gleiten auf.

Oliver sitzt in dem breiten Chefsessel vor dem Kamin und liest. Er hat die Beine über eine der Lehnen geschwungen und stützt sich an der anderen mit dem Rücken ab. Der Kragen seines Pullunders rutscht ihm in dieser Position bis über das Kinn.

Verstohlen betrete ich das Penthouse und sehe nach links und rechts, um zu überprüfen, ob meine Mutter irgendwo rumlungert.

»Sie ist oben und telefoniert«, sagt mein Bruder, ohne den Kopf zu heben.

»Gut.« Ich schlüpfe aus meinen Jimmy Choos und stelle sie neben den schmalen Mahagonitisch, der sich die Wand entlangzieht und auf dem in perfekt abwechselnder Kombination Bilderrahmen, Blumenvasen und Skulpturen mit gruselig verzerrten Gesichtern stehen. Unsere Familie könnte auf den Fotos nicht gestellter wirken. Oliver mit einem Lächeln im Gesicht, was seltener vorkommt als ein Lottogewinn, und mein Vater den Arm um mich, als wäre ich seine geliebte Tochter, um die er sich ja so viel kümmert.

Augenrollend gehe ich daran vorbei und setze mich neben meinen kleinen Bruder aufs beige Designersofa. Dabei ziehe ich die Beine an und kuschle mich in das Orientkissen.

»Was liest du da?«

»Pablo Escobar.«

Stirnrunzelnd beuge ich mich über die Sofalehne und sehe ihm über die Schulter. Er hat das Buch schon fast durch. »Warum liest du denn so eine Scheiße?«

»Du bist scheiße.«

»Ha.« Ich ziehe meinen Bruder am Ohr, woraufhin er mich genervt abschüttelt. »Nein, jetzt mal ernsthaft. Woher hast du das Buch überhaupt?«

»Vaters Bibliothek.«

»Aha.« Seufzend erhebe ich mich und nehme mir ein Weinglas aus der Vitrine, ehe ich mir die Etiketten der Flaschen in dem auf Hochglanz polierten Weinregal ansehe und mich für einen Château Léoville, Jahrgang 2011, entscheide. »Bist du für so ein Buch nicht zu jung?«

Oliver regt sich nicht. Seelenruhig blättert er eine Seite weiter. »Bist du für deine lächerlichen Haarbänder nicht zu alt?«

Mit knirschenden Zähnen beobachte ich, wie die rote Flüssigkeit das hohe Glas benetzt. Ich entscheide, die Weinflasche mit zum Sofa zu nehmen, statt sie zurück ins Regal zu stellen. Bei einem Gespräch mit Oliver kann ich nie wissen, ob ich nicht vielleicht ein paar Gläser mehr benötige.

»Warum interessierst du dich für so etwas?« Ich setze mich und strecke die Beine aus. Fahre mit den Zehen durch die einzelnen Teppichfasern des lavendelfarbenen Läufers. »Du bist fünfzehn und auf der High School der Marymount. Das ist eine gute Schule, Oliver. Mit vielen Programmen. Du solltest dir da ein paar Beschäftigungen suchen. Die Zeit verfliegt schneller, als man denkt und ehe du dich versiehst, musst du deine Collegebewerbungen abgeben. Und, glaub mir, da kannst du als besondere Qualifikation nicht angeben, dass du Pablo Escobar gelesen hast und weißt, wie man Drogen in die Vereinigen Staaten schmuggelt.«

Oliver überschlägt die Beine. Was seltsam aussieht, weil er sie schon über die Lehne baumeln lässt. »Ich bin im Buchklub, im

Französischkurs und im Jahrbuchkomitee. Außerdem spiele ich Lacrosse im Frühling, im Winter schwimme ich, und im Herbst bin ich im Fußballteam. Danach werde ich an der NYU Jura studieren. Könntest du mich jetzt in Ruhe lassen?«

Ich nehme einen kräftigen Schluck Wein. »Hat Vater gesagt, du sollst Jura studieren?«

»Nein. Sie sagten, ich sollte International Management studieren. Wie du.«

Beinahe vergesse ich, den Wein in meinem Mund runterzuschlucken. Er rinnt warm und geschmeidig durch meine Kehle, aber irgendwie fühlt diese sich gerade wie zugeschnürt an. »Und was hast du gesagt?«

Oliver schnalzt mit der Zunge. »Dass ich keine Lust darauf habe und sie mich nicht dazu zwingen sollen, die Hotels zu führen, wenn ihnen an ihrem Imperium etwas liegt.«

Oh. Deshalb sind sie in letzter Zeit vermutlich fokussierter als sonst darauf, dass ich in Rekordzeit die Betriebsgeheimnisse erlerne und ihnen in jeder möglichen Situation beiwohne. Mit Sicherheit war auch der Anzugtermin meines Vaters absichtlich so gelegt, dass ich diesen bescheuerten Steuerberatertermin wahrnehmen musste.

Das Glas zittert in meiner Hand. Es ist ungerecht, dass Oliver einfach nein sagen kann und alles an mir hängen bleibt. »Immer kriegst du deinen Willen.« Meine Stimme klingt grimmiger als beabsichtigt. Oliver ist durchsetzungsfähiger als ich. Er sagt, was ihm passt und was nicht und ist dadurch in der Lage, sein Leben so zu formen, wie er es möchte. Das kann ich nicht. Und obwohl es nicht seine Schuld ist, kann ich nicht aufhören, ihm die Schuld dafür zu geben. »Wegen dir bleibe ich an diesen verfluchten Hotels hängen.«

Es interessiert meinen Bruder nicht, dass ich ihm Vorwürfe mache. Genauso wenig interessiert es ihn, dass ich scheinbar unter dieser Last leide.

Gleichgültig zuckt er die Achseln. »Wenn du meinst. Du könntest aber auch einfach ablehnen, weißt du. Ich meine, was sollen sie machen? Dich knebeln und einer Gehirnwäsche unterziehen, bis du Bock darauf hast, deren Leben zu führen?«

Im Grunde genommen hat er recht. Der kleine, fünfzehnjährige Scheißer hat mehr Ahnung über das Leben als ich. Keine Ahnung, ob mich das stolz oder depressiv machen soll. Ich entscheide mich dafür, mir noch ein Glas Wein einzugießen und diese Erkenntnis im Keim zu ertrinken.

Eine bleierne Schwere senkt sich über mich und gibt mir das Gefühl, schwerelos auf einer Wolke zu liegen. Mehr als dieses Glas werde ich nicht trinken.

»Hast du Mutter irgendetwas über den Debütantinnenball sagen hören?«

Oliver fährt sich mit einer Hand durchs Haar und kratzt sich am Hinterkopf. Sie werden zunehmend dunkler. Eigentlich dachte ich, bei Oliver würde sich Vaters rotblonder Farbton durchsetzen, aber von Tag zu Tag vertiefen sich die Strähnen. Ich denke, er wird dunkelblond. Für das Braun unserer Mutter sind Vaters Pigmente bei ihm zu stark ausgeprägt.

»Zufällig ja.«

Abrupt setze ich mich auf. Der Wein schwappt beinahe über. »Und was?«

Mein Bruder zeigt mit dem Finger auf den hinteren Bereich der Suite. »Bring mir erst eine Cola. Dann sage ich es dir.«

Kurz überlege ich, ihm meinen Wein über den Kopf zu gießen. Die Vorstellung bringt mich dazu, einen heftigen Lacher runterzuschlucken. Allein der Gedanke, wie Oliver aufspringen würde, sein Gesicht wutentbrannt, während ihm die Haare vom roten Wein im Gesicht kleben. Aber die Erkenntnis, dass Norma hinterher von meiner Mutter den Auftrag bekäme, den Sessel zu reinigen, ernüchtert mich. Also stehe ich auf, hole ihm eine Cola aus dem Kühlschrank und werfe sie ihm in den Schoß.

»Jetzt sag schon, du kleine Mistkröte.«

Oliver lässt sich Zeit. In aller Seelenruhe liest er seine Seite zu Ende, öffnet dann den zischenden Eisenverschluss der Cola und nimmt einen extra geräuschvollen Schluck.

Echt, ich könnte ihn schütteln.

Dann sagt er: »Sie hat mit Lucas darüber geredet.«

Mein Herz bleibt stehen. »Lucas?«

Oliver nimmt noch einen Schluck. Und nickt. »Er war hier. Irgendwann vorhin. Er meinte, er hätte von dem Debütantinnenball gehört, und da er damals dein Partner war, wäre es doch angebracht, dass er es für die Abschlusswiederholung wieder sein wird.«

Wütend starre ich geradeaus an das hässliche Bild der bunten Frau, die auf groteske Weise zweimal existiert, aber nur wie eine aussieht. »Dieser Scheißkerl.«

Oliver legt das Buch auf den niedrigen Couchtisch neben eine der Kristallschüsseln. Er lehnt sich in den Sessel zurück, richtet seinen Pullunder und sieht mich mit einem Ausdruck im Gesicht an, als wäre er siebzig und keine fünfzehn. »Wenn du nicht zu dem Ball willst, dann sag doch einfach nein.«

»Habe ich schon. Viermal. Aber Mutter lässt sich nicht abwimmeln. Und jetzt habe ich das Gefühl, Lucas auch nicht mehr. Die beiden bilden ein Team.«

Oliver verzieht das Gesicht. »Was für ein schauderhaftes Team.«

Ich nicke. Das bunte Bild vor meinen Augen verschwimmt, und ich spiele ernsthaft mit dem Gedanken, mein Weinglas dagegenzuschmettern. Ein wenig rote Farbe könnte sicher nicht schaden. »Aber ganz bestimmt werde ich nicht zu diesem Ball gehen. Und erst recht nicht mit einem Typen, der mich nach sieben Jahren in einem der Zimmer unseres Hotels betrügt.«

Oliver nimmt einen weiteren geräuschvollen Schluck. »Geh doch hin.«

»Oh, ich bitte dich.«

»Ich an deiner Stelle würde es tun«, sagt er. »Aber so, dass du den Spieß umdrehst. Lass Mutter in dem Glauben, sie hätte gewonnen. Und dann versau ihr den ganzen Debütantinnenball, sodass sie sich in Grund und Boden schämt und wünscht, dich nie dazu überredet zu haben. Dann weiß sie, was sie davon hat.«

Oliver ist der König der Intrigen. Bevor er jammert oder sich beschwert, schmiedet er Pläne. Schon immer wusste ich, nachdem ich ihn provoziert habe und bloß ein selbstgefälliges Lächeln von ihm kam, dass ich mich auf etwas gefasst machen konnte. Und meist bekam ich es dann auch doppelt und dreifach zurück.

Aber er hat recht. Mir ist klar, dass ich Mutter diesen Ball nicht abschlagen kann. Dass sie mit Haut und Haaren darauf bestehen wird. Doch ich kann ihn zu einem Ereignis machen, das sie nie vergessen wird. Und ich habe auch schon eine Idee, wie ich das anstellen werde.

16

Logan

»Wie alt war die Kleine?«

»Siebzehn.«

Ein anerkennendes Lachen von Nate. »Alter, nicht schlecht. Aus dem ersten Semester?«

Zayn lehnt sich zurück und verschränkt die Arme hinter dem Kopf. »Ja. Hast du noch jemanden klargemacht gestern?«

Nate schüttelt den Kopf. »Nein. Ich wollte mit Clarissa reden, aber sie war ständig bei diesem neuen Typen.«

»Kein Wunder.« Zayn lacht. »Du hast sie letzte Woche mit ihrer besten Freundin betrogen, Mann.«

Wortlos sehe ich auf den schwarzen Vorhang und warte darauf, dass ich an der Reihe bin. Dem Gespräch meiner beiden Kommilitonen zuhören zu müssen, ist lästig, und die ganze Zeit schon frage ich mich, wie ich jemals wie Zayn und Nate sein konnte.

Ich war sogar derjenige, der den beiden im ersten Semester vorschlug, das *schwarze Buch der heißen Mädchen* ins Leben zu rufen. Meines Wissens nach führen sie es immer noch.

Mit Sicherheit lässt Zayn nicht lange auf sich warten, bis er den Namen der Siebzehnjährigen auf diesen verruchten Seiten verewigt.

Die letzten zwei Tage habe ich versucht, Grace Freundesvorschlag aus dem Kopf zu bekommen und mich stattdessen auf die Vorbereitung meiner Abschlussprüfung konzentriert. Aber leider spukten ständig ihre großen Rehaugen in meinen Gedanken herum, und ich musste mich mehrmals zwingen, nicht zu ihr zu fahren, sie gegen die Wand zu drücken und mit ihr Dinge anzustellen, die wir ganz offensichtlich beide wollen.

Hinter dem Vorhang höre ich Professor Bones etwas zu Renegine sagen. Vermutlich, wie gut sie wieder einmal war und dass er nichts auszusetzen habe. Renegine ist neben mir die Jahrgangsbeste. Nur hat sie bereits eine Einladung zum Casting erhalten. Sogar mehrere.

»Hey, Cunningham«, zischt Nate. »Wieso warst du gestern nicht dabei? Haley war da.« Er wackelt mit den Augenbrauen. »Sie hat nach dir gefragt.«

»Ich hatte zu tun.«

»Was denn?« Zayn lacht und tauscht einen Blick mit Nate aus. »Jemand Neues, von der wir nichts wissen?«

Gern würde ich die Augen verdrehen und den Jungs sagen, sie sollen verdammt noch mal den Mund halten. Sie benehmen sich wie pubertierende Teenager. Und sogar jemand wie Nate hat eine Einladung zum Casting bekommen. Ich fasse es einfach nicht.

»Niemand Neues«, sage ich nur und starre weiter den schwarzen Vorhang an.

Diesmal tauschen die Jungs einen stirnrunzelnden Blick aus. Aber es juckt mich nicht. Die Zeiten, in denen es wichtig für mich war, was andere von mir denken und dass ich ganz oben in der Hierarchie der Tisch School der New York University stehe, sind vorbei. Jetzt zählen nur noch diese beiden letzten, beschissenen Castingtermine.

Und Grace.

Grace Bishop zählt. Mehr als alles andere.

Der Vorhang öffnet sich. Nur einen kleinen Spaltbreit, damit Renegine hindurchschlüpfen kann. Sofort belagern ihre Freundinnen sie und halten Renegine an Arm und Schulter, als hätte sie gerade ein traumatisches Erlebnis durchlitten und müsse nun gestützt werden.

»Wie lief es?«, höre ich die eine Freundin fragen. Sie hat einen schrecklichen Überbiss und viel zu dicht aneinanderstehende Augen.

Neben mir hören sogar Nate und Zayn auf, über die Brüste irgendwelcher Frauen zu reden, um den Mädchen zuzuhören.

»Gut, schätze ich. Professor Bones sah zufrieden aus, während er sich seine Notizen gemacht hat. Meine Improvisation hat er gelobt und meinte, durch mein chorisches Sprechtalent kann ich …«

Mehr bekomme ich nicht mit. Die Dreiergruppe der Mädchen entfernt sich, und sie verlagern ihr Getuschel in die Ecke neben dem braunen Holzklavier. Plötzlich ärgere ich mich sogar darüber, dass Renegine seit dem ersten Semester über ihr chorisches Sprechtalent faselt. Ehrlich gesagt weiß ich nicht einmal, was das ist. Sie hat es mir erklärt, und auch Professor Vern hat es öfter angesprochen, aber ich glaube, es ist nicht so wichtig. Zumindest wurde es mir nie zum Nachteil, dass ich keine Ahnung davon hatte. Und jetzt wünschte ich plötzlich, ein chorisches Sprechtalent wie Renegine zu besitzen, ohne zu wissen, was ein chorisches Sprechtalent ist.

Herrgott noch mal.

Mein Herz rast. Nervosität war noch nie eine ausgeprägte Eigenschaft von mir, weil ich immer wusste, wie begabt ich bin. Ich kann Schauspielen. Ich wurde dafür geboren. Aber jetzt, da ich noch nicht eine einzige Einladung zu einem Castingtermin bekommen habe …

Professor Bones steckt den Kopf durch den Vorhang. »Mr. Cunningham? Sie sind der nächste.«

Zayn klopft mir zweimal auf den Rücken und Nate reckt einen Daumen in die Höhe.

»Wird ein Kinderspiel für dich«, sagt Zayn.

Vor drei Monaten habe ich das auch gedacht. Alle haben über die Abschlussprüfungen geredet und darüber, dass die mündliche Prüfung in diesem Jahr siebzig Prozent der Gesamtnote ausmacht. Der erste Teil besteht aus einem Improvisationsstück. Aus einem einzigen, willkürlichen Begriff, der uns auf einer Karte gereicht wird. Und dazu sollen wir dann eine fünfzehnminütige Szene improvisieren.

Der zweite Teil ergibt sich aus dem Ensemblestück, das wir nächste Woche am Broadway Theater aufführen werden. Die ganze Zeit über habe ich mir keine Sorgen gemacht. Ich wusste, dass ich das locker hinbekomme.

Aber jetzt …

Nachdem mich kein einziger Produzent zu einem seiner Castings einladen will, frage ich mich, ob ich nicht zu hochmütig gedacht habe.

Meine Schritte folgen dem Takt meines Herzens, als ich über die hintere Bühne durch den Vorhang gehe. Die grellen Scheinwerfer strahlen mir ins Gesicht, und ich bemühe mich, nicht das Gesicht zu verziehen. Der plötzliche Kontrast zu der herrschenden Dunkelheit im hinteren Bereich lässt mich mehrmals hintereinander blinzeln, doch dann haben meine Augen sich an das Licht gewöhnt.

Unten vor der Bühne sitzen drei meiner Dozenten.

Professor Bones, Dekan des Performing Arts Bereichs. Professor Vern, Leiterin des Dramakurses seit dem ersten Semester. Und dann noch Professor Mitch, unser Performancetrainer.

Professor Vern ist diejenige, die mir das Kärtchen mit meinem Begriff übergibt.

Ich senke den Kopf. Lese das Wort. Und erstarre.

Vertrauen.

Professor Mitch räuspert sich. »Legen Sie los, wenn Sie so weit sind, Mr. Cunningham.«

Sie machen sich keine Sorgen. Ich kann es sehen. In ihren Augen.

Meine drei Professoren wirken gelassen. Zuversichtlich, dass das, was sie zu sehen bekommen, überragend sein wird. Das gespannte Funkeln in ihren Augen verrät mir, dass sie erwartungsvoll sind. Ohne Zweifel und Sorgen, dass sie auf ihren Stühlen zittern müssen, ob ich die mündliche Prüfung überhaupt bestehe.

Sie wirken sicher, was meine Leistung betrifft.

Und ich zum ersten Mal in meinem Leben unsicher.

Wortlos starre ich das Wort an.

Vertrauen.

Was weiß ich schon über Vertrauen? Ausgerechnet ich?

Mit einer untreuen Mutter, die ein Kind mit dem besten Freund ihres Mannes gezeugt hat.

Was weiß ich schon?

Die wispernden Stimmen der anderen, die mich über die Semester hier an der Uni in den Fluren verfolgt haben, graben sich durch meine Erinnerungen.

Logan Cunningham hat ein so gestörtes Verhältnis zu Frauen, weil seine Mutter nie da ist. Ich schwör's dir. Der Junge hat einen harten Fall von Mutterkomplex. Logan Cunningham ist nichts anderes als ein Arschloch, der die Gefühle anderer mit Füßen tritt. Logan Cunningham verhält sich so, weil er Angst hat, jemandem zu vertrauen.

Vertrauen.

Vertrauen, Vertrauen, Vertrauen.

»Mr. Cunningham?« Professor Bones lächelt. »Wären Sie dann so weit?«

Ich hebe den Kopf und lasse meinen Blick durch die große Aula schweifen. Die vielen Stuhlreihen sind leer, doch mein Herz pocht in einem solchen Tempo, als wäre jeder dieser Stühle besetzt von Kritikern, die mich mit ihren Argusaugen beobachten und sogar meine Gedanken hören können.

»Ja«, sage ich. Meine Stimme echot in der Aula. »Es kann losgehen.«

Professor Vern deutet auf die Bühne. »Nun denn. Zeig dem Tisch, wer auf ihm spielt.«

Das Motto der *Tisch*-Fakultät.

Ich atme tief ein und fokussiere den Parkettboden der Bühne unter meinen Füßen. Bekomme einen Tunnelblick. Nichts um mich herum nehme ich wahr. Als würde ich in einer Vakuumhülle stecken und bloß meinen eigenen Herzschlag hören, der laut und kräftig verlangt, gehört zu werden.

»Ich kann das nicht«, sage ich in einem zitternden Ton. Meine Stimme ist brüchig. Als ich aufsehe, wirken meine Professoren verunsichert.

»Was kannst du nicht?«, fragt Professor Bones.

Meine Augen verweilen lange auf seinem Gesicht. Ich nehme mir Zeit, seine verwirrten Züge zu mustern. Dann schlucke ich und schüttle den Kopf.

»Du verstehst nicht. Wenn du verstehen würdest, wärst du nicht hier. Würdest mir diese verfickte Scheiße nicht antun und dich einfach von mir fernhalten!«

Professor Bones blinzelt. Dann entspannen sich seine Schultern, und er lehnt sich zurück. Hat verstanden, um was es hier geht. Hat verstanden, dass ich in meiner Blase bin.

Aber für mich ist er nicht mehr Professor Bones. Nicht für die nächsten fünfzehn Minuten.

Er ist Grace.

Ich stelle ihn mir so krampfhaft als Grace vor, dass mein Kopf beinahe schon glaubt, es wäre wirklich so.

Was skurril ist. Schon jetzt schmerzt der Gedanke, mich mit meinen Gefühlen auseinanderzusetzen. Aber es geht nicht anders. Wenn ich diese Prüfung bestehen will, muss ich es auf diese Weise tun.

Ich beginne, auf der Bühne auf und ab zu schreiten. Meine Hände ballen sich zu Fäusten und öffnen sich wieder, während in meinem Kopf ein heftiger Druck pulsiert.

»Ich bin krank«, wimmere ich. Presse mir die Handflächen auf die Schläfen und gebe einen gequälten Laut von mir. Dann bleibe ich stehen und raufe mir das Haar.

»Krank!« Ich brülle. Wische mir mit der Handfläche über das Gesicht, wo sie verharrt und ich sie auf groteske Weise in meine Haut grabe. »Warum merkst du es nicht? *Warum*?«

Es ist, als würde ich Dämonen in mir wecken, die lange Zeit geschlafen haben. Lange Zeit darauf gewartet haben, den Weckruf meiner Worte zu hören, die zugeben, dass sie in mir leben und ich es weiß.

Mein Spiel hier fühlt sich zu echt an.

Ein heiseres Lachen schleicht sich meine Kehle hinauf. »All die Jahre habe ich mich verstecken können. Habe mit Frauen geschlafen, nur um sie fallen zu lassen. Sie haben sich Hoffnungen gemacht, weißt du. Und mir war es egal. Scheißegal. Ich wollte sie nie. Wollte es nie so weit kommen lassen, jemandem vertrauen zu müssen. Wozu auch? Es bringt nichts. Eine verfluchte Illusion, von der alle glauben, man bräuchte sie. So lange, bis man mit gebrochenen Gliedern auf dem Asphalt aufprallt und wachgerüttelt wird. Widerlich, oder?«

Hinter meinen Lidern pocht es verräterisch. In den vergangenen Jahren habe ich gelernt, Bühnentränen heraufzubeschwören. Jetzt gerade wünschte ich, sie wären echt.

»Ja. Vertrauen ist widerlich. Aber weißt du, was auch widerlich ist? Dass jetzt ich derjenige bin, der sich Hoffnungen gemacht hat. Und du diejenige, der es scheiß egal war.«

Hoffnungslosigkeit überkommt mich, als mir die Wahrheit hinter diesem Satz auffällt. Meine Schultern sacken hinab. Langsam setze ich mich auf den Boden, meine Lider gesenkt und eine Hand in meinem Haar vergraben, die Strähnen in alle Himmelsrichtungen abstehend.

Ich lege mich auf das Parkett und starre an die Decke. Fokussiere die vielen schwarzen Bühnenstrahler, die in mehreren Reihen über mir angebracht sind und versuche, nicht ins Licht zu schauen. Trotzdem muss ich das Gesicht verziehen.

»Meine Dämonen fürchten sich vor Licht«, sage ich. Schlucke. »Für sie ist es der Hoffnungsschimmer, der sie tötet. Und sie wollen nicht getötet werden. Dann wären sie wie mein Vertrauen, verstehst du? Einfach nicht da. Nicht existent.«

Ein paar Sekunden lausche ich der Stille. Höre, wie einer meiner Dozenten sich bewegt. Dann dringt das Geräusch eines Füllers, der über Papier kratzt, zu mir herüber.

Ich springe auf. Abrupt. »Und du verstehst nicht, wie sehr du mich quälst!«

Keuchend sehe ich Professor Bones in die Augen, mein Gesicht schmerzverzerrt. Seine Lippen öffnen sich, als er den Blick starr erwidert. Langsam steige ich von der Bühne, gehe auf ihn zu und bohre meinem Professor meinen Zeigefinger in die Brust.

Als ich spreche, kommen meine Worte gepresst. »Immer wieder tauchst du bei mir auf. Bringst mich durcheinander. Lässt Wärme in meinem Körper entstehen, obwohl es ein Ort der Kälte ist. Mein Herz ist kalt, verstehst du? Es ist kalt und eisig und nicht dazu bestimmt, Wärme zu empfinden. Aber du bringst es dazu. Als wäre deine Hand aus Feuer, die mich erhitzt, wenn du sie auf mich legst. Es ist Hoffnung, die ich dann spüre. Die du in mir entfachst. Pure, rohe Hoffnung. Und was machst du dann?« Mein Finger zieht eine Spur über den Brustkorb meines Professors, als ich ihn zurückziehe. Ich lache heiser. »Du entziehst sie mir. Wieder und wieder. Ein psychotisches Spiel von Feuer und Eis, das mich in den Wahnsinn treibt.«

Meine Hände vergraben sich in den braunen Strähnen an meinem Hinterkopf, und ich raufe sie. So lange, bis es schmerzt und ich das Gesicht verziehe. Langsam gehe ich rückwärts.

»Weißt du, was das Schlimmste an allem ist? Dass ich dir vertrauen wollte, obwohl mein Körper zu so etwas nicht imstande ist. Ich wollte mich darüber hinwegsetzen. Wollte mich dir hingeben, voll und ganz, und dir zeigen, dass du das Einzige bist, was zählt. Dass Vertrauen möglich ist, auch wenn es nicht existiert. Dass es geheilt werden kann, auch wenn es vollkommen zerstört und gebrochen wurde. Ich wollte, dass du meine Heilung bist. Ich wollte, dass du mein Grund bist, das Vertrauen in mir zum Leben zu erwecken. Dass dieses wiedergeborene Vertrauen das Licht ist, das die Dämonen in mir vertreibt. Ich wollte, dass du alles bist. Alles bist für mich. Aber du willst nicht. Willst nicht, dass mein Vertrauen lebt. Quälst mich. Denn weißt du, was das Schlimmste an allem ist?«

Mein Rücken stößt gegen die Bühnenwand. Ich lasse mich daran hinabsinken und schlage mit der Faust gegen das Holz. Wieder und wieder. Dann mit dem Hinterkopf. Schreie.

Schreie, bis es keinen Morgen gibt.

Und verstumme.

Lasse den Kopf sinken und keuche.

»Das Schlimmste ist, dass es nicht aufhören wird. Nie. Ein

ewiger Teufelskreis aus den verzweifelten Versuchen des inneren Kindes in mir, mir mein genommenes Urvertrauen zu heilen und deiner Panik davor, es mir zu geben. Aus der gleichen Angst wie ich. Zerstört zu werden. Verrückt, wie sehr wir uns ähneln, und uns deshalb zusammen in die Tiefe ziehen, nicht wahr?«

Ein leises, heiseres Lachen.

»Und es wird nie aufhören. Weil wir nicht voneinander lassen können. Ein ewig zu tragendes Leid auf der verzweifelten Suche nach Geborgenheit und Glück. So ist diese Sache mit der Motte und dem Licht. Wir sind beides. Beide Motten. Beide Licht. Und finden kein Vertrauen. Weil du es nicht zulässt.«

Stille senkt sich über die Aula. Ich lasse meine Worte in der Stille ausklingen und sich verteilen, damit ihre Wirkung sich in den Köpfen meiner Professoren entfachen kann.

Und dann …

Klatschen.

Nicht von meinen Professoren. Ihre Mienen wirken genauso verwirrt wie ich.

Es ist ein langsames Klatschen.

Einmal. Zweimal. Dreimal.

Langsam, aber laut und deutlich.

Plötzlich tritt eine Person aus dem Schatten der hinteren Reihe hervor.

Und als ich erkenne, wer es ist …

Ich kann meinen eigenen Augen nicht trauen.

17

Grace

»Miss Grace, *ah non*!« Aufgeregt wedelt Norma mit ihren Wurstfingern und knetet danach ihre Blümchenschürze, die sie um ihre Dienstmädchenuniform gebunden hat. »Sie können unmöglich das tragen! *Impossible*!«

Ohne mich von meiner neuen Shorts abzuwenden, die ich mir kurzum aus einer *Alice & Olivia*-Jeans gezaubert habe, quittiere ich ihre Worte mit einem erschöpften Seufzer. Norma sind beinahe die Augen rausgefallen, als sie gesehen hat, wie ich ihr die geliebte Küchenschere aus der Hand genommen und ins Ankleidezimmer gehuscht bin, um die Jeans zu zerschneiden. Jetzt gerade schreibe ich mit Textilstiften, die ich mir heute Morgen aus der Papeterie in der Uni geholt habe, Sätze auf den Stoff. Bei »*Do it for yourself*« und »*Bad vibes don't go with my outfit*« habe ich mich für den roten Stift entschieden. Jetzt gerade überlege ich, ob ich »*I wasn't made to be subtle*« in blau oder gelb schreiben soll.

»*Calme-toi*, Norma«, murmle ich, während ich mir mit dem Stift auf die Lippen tippe und nachdenke. »Es ist nur ein Outfit und kein Weltuntergang.«

Norma beginnt, hinter mir auf und ab zu schreiten. »Aber Miss Grace. Schauen Sie diese Oberteil! *Putassière*, Miss Grace. *Putassière*!«

Mit schiefgelegtem Kopf und blauem Marker in der Hand schreibe ich »*limited edition*« über die Gesäßtasche, dann lege ich den Stift beiseite und drücke die Schultern durch. Ächzend massiere ich mir die schmerzende Stelle zwischen meinen Schulterblättern, die sich anfühlt, als würde Norma mich gerade mit Minimessern attackieren, um mich wachzurütteln.

»*Putassière*?«, wiederhole ich. »Findest du echt, das Shirt ist nuttig?« Stirnrunzelnd betrachte ich das bauchfreie Shirt von Adidas mit buntem Tropical Print. Ich habe es gestern nach der Uni im *Bloomingdale's* gekauft und war gerade deshalb so fasziniert, weil es über dem Bauchnabel verknotet ist. »Wieso soll es nuttig sein? Es hat einen Rundausschnitt direkt unter dem Hals. Und es ist ja nicht so, als ob das hautenger Leopardenstoff wäre.«

Norma kniet sich neben mich. Es wirkt, als würde sie mich anbetteln. »*Ah non*, Miss Grace! Diese ganze Outfit ist eine Katastroph! *Un désastre*!« Mit verzweifelter Miene deutet sie auf das Kleid, welches sie im *Bloomingdale's* für den Debütantinnenball im Auftrag meiner Mutter abgeholt hat. »*Regarde par ici*! Schau her, Miss Grace!«

Seufzend setze ich mich in den Schneidersitz und lege den Kopf schief, während ich das Kleid betrachte.

Auf Normas panikverzerrtem Gesicht breitet sich ein von Hoffnung getragenes Lächeln aus. »*C'est magnifique, non*?«

Es ist tatsächlich wunderschön. Und ich werde es behalten, um es an irgendeinem anderen Tag oder Anlass zu tragen, das ist sicher.

Der fliederfarbene Stoff würde meine Taille und meinen Po hauchzart umschmeicheln, um dann in einem geraden Schnitt bis zu meinen Knöcheln zu fallen. Durch den Schlitz, der das Kleid auf der linken Seite bis zum Oberschenkel teilt, würde jeder Blick auf meine langen Beine haben. Mein Rücken läge frei in dem hinteren V-Ausschnitt, und an der Brust geht der Stoff in eine fixierte Schleife über, die durch die feinen Spaghettiträger auf ästhetische Weise noch hervorgehoben wird.

»Ich werde es tragen, Norma«, sage ich. Normas dicken Wangen färben sich rot vor Freude und sie klatscht aufgeregt in die Hände. Dabei wirkt sie wie diese süßen dicken Weihnachtsengel, die immer in den Krippen hocken.

»Ah, *très bien,* Miss Grace. *Très bien!* Ich werde …«

»Ich werde es tragen«, unterbreche ich sie. »Aber nicht morgen Abend. Da ist das Kleid fehl am Platz.«

So schnell, wie das glückliche Strahlen auf das Gesicht unseres Dienstmädchens erschienen ist, so rasch erlischt es auch wieder. Halb erhoben hält Norma in ihrer Position inne und sieht von mir zum Kleid und dann zu der abgeschnittenen Jeans.

»Aber wenn das Oberteil zu nuttig wirkt«, überlege ich laut, »soll ich dann eher das hier tragen?«

Ihre Augen huschen von dem Shirt im Tropical Print zu einem anderen, auf dem in weißen Lettern »*Snacks all day for me*« steht.

Norma senkt die Lider. Sie zwickt sich in die Nasenwurzel und murmelt ein paar französische Fluche, dann sieht sie auf. »Miss Grace. Sie essen keine Snacks all day. Sie essen nie Snacks!«

Ich lächle. »Doch, tue ich. Sogar sehr häufig.« Mit schiefgelegtem Kopf hebe ich die Hand und zähle an den Fingern ab. »Ich esse Cupcakes, diese weichen Kekse von Starbucks, Cheesecake, White & Cookie Hershey Schokolade und sonst auch alles, was ich in die Finger kriege. Du bekommst es nur nie mit. Und weißt du auch, wieso? Weil ich in diesem Penthouse nichts anderes esse als Rohkost und Aufläufe ohne Kohlenhydrate. Dreimal darfst du raten, weshalb das so ist, Norma.«

Das Geräusch einer geöffneten Zimmertür dringt zu uns herüber. Normas Augen huschen aufgeregt zur Tür des Ankleidezimmers, als hätte sie einen Röntgenblick und könnte bis in mein Schlafzimmer sehen.

»Grace!«

»Und da kommt die Antwort höchstpersönlich«, zische ich und verdrehe die Augen.

Norma bewegt sich keinen Millimeter in ihrer halb erhobenen Position. Ehrlich gesagt sieht sie aus, als würde sie gerade auf der Toilette sitzen und vor ihr wäre ein Mörder mit einem Hackebeil erschienen. Ich zögere nicht lang, verstecke mein neues Outfit im Regal mit meinen Winterpullis und tue so, als zupfe ich die dünnen Träger des Ballkleides von der Anziehpuppe. Norma schafft es gerade noch, sich aus ihrer Toilettensitzposition zu befreien, ehe die Tür sich öffnet und die lange Gestalt meiner Mutter im Türrahmen erscheint.

»Ach, hier bist du.«

Ich puste mir eine Korkenziehersträhne aus dem Gesicht. »Wo soll ich sonst sein?«

Meine Mutter verzieht keine Miene. »In der Uni.«

Norma und ich stehen neben der Anziehpuppe, als wäre sie ein kleines Kind, das wir vor dem General in Gestalt meiner Mutter beschützen müssten. Jeder Schritt, mit dem sie das Ankleidezimmer durchquert, wirkt dramatisch. Alles an meiner Mutter wirkt dramatisch. Ich frage mich, wie sie es schafft, eine solche Stimmung zu entfachen, überall, wo sie erscheint.

Die Leute haben Angst vor Alice Bishop. Selbst ich habe Angst vor Alice Bishop.

Kurz vor dem Kleid bleibt sie stehen. Ihre grauen Augen verengen sich zu schmalen Schlitzen, während sie mich mustert. »Was ist das?«

Mit pochendem Herzen folge ich ihrem Blick und besehe meine Hände. Sie sind mit bunten Strichen versehen, die ich mir wohl während der Dekoration meiner neuen Hose zugezogen habe.

Ich lasse die Hände sinken und recke das Kinn. »Farbe, Mutter. Für ein Projekt an der Uni, das wir bald abgeben müssen.«

Sie hebt die Brauen. »Wo ist dieses Projekt?«

»In der Uni.«

»Du warst heute nicht in der Uni.«

»Ich habe gestern daran gearbeitet«, kontere ich.

Mutters aufgemalte Brauen wandern bis in ihren Haaransatz. »Warst du heute nicht duschen, Grace?«

»Ich war duschen«, zische ich. Kurz muss ich mich zurückhalten, nicht die Augen zu schließen und ein wütendes Schnauben von mir zu geben. Neben mir tritt Norma von einem Bein aufs andere. »Aber die Farbe geht nicht so leicht ab.«

Der Blick meiner Mutter mustert mich intensiv und eingehend.

So, dass ich das Gefühl bekomme, ich selbst wäre ein Projekt. Das Forschungsprojekt meiner Mutter.

»Nun gut«, sagt sie schließlich. »Das Kleid solltest du mit deinen beschmutzten Fingern nicht mehr anfassen. Und bis morgen sind die wieder sauber, Grace. Haben wir uns verstanden?«

»Ja«, grolle ich. »Haben wir.«

Ihr Blick herrscht zu Norma. »Worauf warten Sie? Das Mittagessen sollte längst zubereitet werden.«

Norma neigt den Kopf. »Jawohl, Mrs. Bishop.«

Nicht ohne mir vorher noch einen eindringlichen Blick zuzuwerfen, verlässt Norma das Ankleidezimmer und lässt mich mit meiner Mutter zurück. Gern würde ich ihr hinterherrufen, dass sie mich nicht allein lassen soll – *»Et tu, Brutus?«* – aber ich kann es ihr nicht verdenken. Wenn das Schiff unterzugehen droht, würde ich auch das Weite suchen.

Meine Mutter und ich liefern uns ein Blickduell vom Feinsten. Dabei ist unverkennbar, dass sie auszumachen versucht, was ich denke, und ich mich frage, was bei ihr im Kopf vor sich geht.

»Lucas war hier«, schnappt sie. »Er wird dich morgen zum Ball begleiten.«

Und da haben wir es. Die Schlange hat zugebissen. Erst drängt sie ihre Beute in die Ecke, dann verunsichert sie sie mit ihren hypnotischen Blicken, und schließlich schnappt sie zu. Unerbittlich und giftig, damit sich das Gift auch schnell im Blut verteilt.

»Wie schön«, entgegne ich, wobei mein zischender Ton offensichtlich macht, dass es definitiv alles andere als schön für mich ist. Aber meine Mutter schert es nicht. Sie setzt nur ein schmallippiges Lächeln auf, das zeigt, wie zufrieden sie mit mir und ihrer Arbeit ist, dann rauscht sie in ihren Louboutins davon.

Mutter trägt immer Louboutins. Ich habe sie noch nie in anderen Schuhen gesehen, außer einmal, da war ich acht und Oliver eins. Er hat auf ihre Schuhe gekotzt, als wir auf einer von Terrence Hills Veranstaltungen waren. Terrence hat ihr Jimmy Choos geliehen, was Mutter nur überaus widerwillig geschehen ließ, da ihr sonst keine Möglichkeit blieb, nach Hause zu kommen.

Seitdem hasst Mutter Jimmy Choos. Und Terrence Hill. Obwohl sie ihr nur einen Gefallen getan hat.

Aber so ist Mutter.

Seufzend streiche ich noch einmal über den feinen Stoff des Kleides. Hauptsächlich deshalb, um mich über Mutters Befehl hinwegzusetzen und gleichzeitig Zeit zu schinden, um nicht diese eine letzte Sache in Angriff nehmen zu müssen, die noch auf sich wartet.

Aber ich habe sie die letzten zwei Tage schon vor mich hingeschoben. Ich kann unmöglich länger warten. Also schlüpfe ich in meine hochgeschlossenen Mokassins, richte meine Dreiviertel-Hose von *Burberry* und zupfe an den Ärmeln meiner *Cold Shoulder*-Bluse herum, während ich versuche, meine Nervosität unter Kontrolle zu bekommen.

Mir geht's richtig beschissen. Die letzten zwei Tage konnte ich kaum essen und kaum schlafen. Dauernd musste ich an Logan denken. An seine perfekt liegenden Haare. An das Gefühl meine Finger über den sauber rasierten Hinterkopf und die Seiten zu streichen. An seinem Ohrläppchen zu knabbern und dann mein verlegenes Lächeln in seiner Halsbeuge zu verstecken, während ich den Duft seines Eau de Parfums in mich aufnehme.

Giorgio Armani. Logan trägt *Giorgio Armani.* Die sinnlich-holzige Mischung aus der Frische des Meeres und edlem Holz ist unverkennbar und würde ich sogar erkennen, wenn der Geruch noch Meter von mir entfernt wäre.

Vorgestern in der Uni hat jemand im Seminar dieses Parfüm getragen. Er saß in meiner Reihe, und als der Duft meine Nase erreicht hatte, war mein Kopf wie von automatisch hochgezuckt und hatte die Plätze neben mir abgesucht. Mein Herz klopfte, als hätte ich mir Amphetamine gespritzt, und ich kam mir vor wie eine Verrückte, als ich jeden einzelnen der Reihen nach Logan abgesucht habe.

Es war dann ein Junge namens Stephen, der das Parfüm getragen hat, und ich war noch nie so gewillt, jemanden anzuschreien, wie in diesem Moment.

Stephen darf das Parfüm nicht tragen. Niemand darf das.

Es gehört zu Logan und sollte aus dem öffentlichen Verkauf genommen werden, damit keiner es mehr tragen kann.

Nur Logan.

Ich schließe die Augen und schüttle den Kopf. Atme dreimal tief durch, schnappe mir meine Tasche und verlasse schließlich das Hotel.

Mein Bein zappelt, dabei zapple ich nie mit dem Bein.

Ich habe gelernt, still zu sitzen und mir Nervosität nicht anmerken zu lassen. Nach Mutters imperatorischer Erziehung war es der Gipfel der Unhöflichkeit, einer Unterhaltung nicht freundlich beizuwohnen und innere Emotionen nach außen kehren zu lassen. Sie hat angefangen, mir das einzutrichtern, nachdem ich bei einem wichtigen Essen bei Terrence Hill gähnen musste, weil Terrence unaufhörlich über den Steuerhinterziehungs-Skandal einer Bekannten aus unseren Kreisen gesprochen hat. Sie hat so getan als wäre es das skrupelloseste dieser Welt. Terrence hat ihren Namen in den Dreck gezogen, so übertrieben, als wenn sie keine Steuern hinterzogen, sondern einen Menschen entführt hätte, und war der felsenfesten Überzeugung, die Bekannte musste von nun an geächtet werden. Dabei hinterzieht Terrence selbst Steuern. Selbst meine Eltern hinterziehen Steuern, und ich glaube, fast jeder in unserem Bekanntenkreis der High Society.

Aber alle haben sich das Maul darüber zerrissen wie verhungerte Raubkatzen bei einem Abendmahl voll saftiger Antilopen.

Vielleicht war Mutter deshalb so wütend, dass ich gegähnt habe. Weil es mich nicht interessiert hat. Und sie wollte, dass es mich interessiert. Mich genauso schockt. Weil ich mich anpassen sollte.

Früher habe ich das nicht verstanden. Ich dachte wirklich, es ginge um meine Erziehung. Aber heute ist mir bewusst, dass es viel mehr um die Angst meiner Mutter ging, ich könnte anders als sie werden. Könnte – Gott steh mir bei! – vielleicht sogar irgendwann meine eigene Meinung in einer solchen Lästerrunde kundtun. Für Mutter wäre das ein wahrgewordener Albtraum.

Ich merke, dass die Nervosität in mir definitiv ein Ausmaß erreicht hat, von dem ich nicht wollte, dass es jemals erwacht. Unruhig starre ich auf die violette Flagge zwischen den Säulen, die das Gebilde im viktorianischen Stil zieren, dann auf die goldenen Buchstaben, die den Namen der bewährten Fakultät wiedergeben.

Tisch School of the Arts.

Schon so oft bin ich an diesem Gebäude vorbeigelaufen, ohne mir etwas dabei zu denken. Ohne auch nur den kleinsten Stich zu spüren. Ohne plötzlich Gedanken zu bekommen, dass nur wenige Mauern mich von Logan Cunningham trennen.

Seufzend wische ich mir mit der Handfläche über das Gesicht und versuche, das Kribbeln unter Kontrolle zu kriegen, das mir durch den Magen bis in die Fingerspitzen zieht.

Ich muss mich ablenken. Sofort.

Zerstreut krame ich mein Handy aus der Tasche und arbeite die vielen Benachrichtigungen ab, die sich in den letzten Tagen angesammelt haben. Ich hatte einfach nicht den Kopf dafür.

Es ist eine E-Mail von Miss Cervelat dabei, in der sie mich als inkompetent und »das Geld nicht wert« betitelt. Dabei zahlt sie nicht einmal für die Hochzeit, sondern ihre Cousine. Vermutlich hat sie die Sitzordnung bekommen, in der sie neben ihrem ursprünglichen Lover sitzen bleiben muss und von mir nicht die Chance bekommen hat, eine glückliche Ehe zu zerstören.

Dann öffne ich *Instagram*, weil mein Bein noch immer zappelt und mich die Tatsache, dass es nicht damit aufhört, beinahe noch nervöser macht.

Hazel hat mich tatsächlich in ihrem Beitrag verlinkt. Es ist ein kurzes Video, in dem sie Caleb todernst eröffnet, gerade die *Save the Date*-Karten bestellt zu haben. Er wirkt überrumpelt, und kurz sieht man nur Hazels Hände, die ihm die Karte zeigen. Ein einfacher Umschlag, den Hazel vermutlich in Kaffee getunkt, hat trocknen lassen und die Ecken anschließend noch angekokelt hat – versehen mit einem antiken dunkelroten Wachssiegel.

Caleb starrt die Karte an, ohne etwas zu sagen. Sein French Toast fällt ihm aus der Hand und platscht auf seinen Teller. Der

Ausdruck lässt mich so heftig lachen, dass sich die Köpfe einiger vorbeihastenden Passanten zu mir umdrehen. Ich sehe mir das Video dreimal an und muss jedes Mal noch lauter lachen.

In der Beschreibung hat Hazel geschrieben: »*Unsere Save the Date-Karten – nicht! Aber sein Gesichtsausdruck war es wert.*« – und dahinter dann den Smiley mit der Sonne, die so hässlich zur Seite guckt, als würde sie gerade verstohlen über einen kleinen dicken Teletubby grinsen.

Ich registriere nicht einmal, dass das Kribbeln in meinem Magen von meinem Lachen verdrängt wurde, bis …

»Grace?«

Ich sehe auf. Sehe Logan. Und … okay. Das Kribbeln ist in Lichtgeschwindigkeit zurückgekehrt. Wie ein Blitz, der in mich eingeschlagen hat.

»Hey!« Hastig werfe ich mein iPhone zurück in die Tasche und rapple mich auf. Logan wirkt gehetzt. Zumindest sind seine Augen riesig, als hätte er gerade im Lotto gewonnen, könne die Neuigkeit noch nicht in sich aufnehmen und wäre erst einmal hastig aus dem Kiosk gelaufen, ohne überhaupt zu wissen, ob sein nächster Schritt nach rechts oder links gehen solle.

In seinen Händen hält er einen Umschlag. Nicht so, als würde es sich um einen normalen Brief handeln, sondern eher, als ginge es hierbei um eine Bombe.

Vielleicht ist es ja eine zweite Liste mit noch weiteren Castingterminen.

Oder er hat tatsächlich im Lotto gewonnen.

Ich deute auf den Brief. »Was hast du da?«

»Weiß ich nicht.« Seine Augen huschen auf den Brief, dann kneift er sie kurz zusammen und schüttelt den Kopf, ehe er mich wieder ansieht. »Das heißt, ich weiß es schon. Aber kann gerade noch nicht sagen, ob das hier echt ist.«

Lächelnd strecke ich die Hand aus und streiche über das Papier. »Yep. Ist echt. Wieso? Was ist drin?«

Mit der Hand fährt Logan sich über den Nacken und schluckt. »Grace. Oh mein Gott. Grace.«

»Logan. Oh mein Gott. Logan.«

Er lacht nicht über meine Imitation, was mir zeigt, dass er wirklich unter Schock steht. Die Passanten drängen sich an uns vorbei. Ungefähr jeder zweite zischt genervt, weil wir es wagen, den Verkehrsstrom des Bürgersteigs aufzuhalten. Noch einmal atmet Logan tief durch, bevor er mit dem Kinn über meine Schulter deutet.

»Lass uns rüber in den Washington Square Park.«

»Okay.« Stirnrunzelnd folge ich ihm, als er in schnellen Schritten an mir vorbei und über die Straße hastet. »Geht es dir gut?«

»Weiß ich gerade noch nicht«, sagt er und streckt den Arm aus, um mich vor einem vorbeirasenden Honda zu retten. Der Fahrtwind ist so nah, dass ich das Gefühl bekomme, er zerschneide mir das Gesicht. Kurz überfällt mich ein Schock, weil ich gerade fast überfahren wurde, doch er kann sich nicht richtig in mir entfalten, weil Logan mich schon weiter über die Straße zieht.

Menschen tummeln sich vor dem bogenförmigen Steintor, das in den Park führt. Mitten auf dem Platz steht ein schwarzer Flügel, an dem ein chinesischer Teenager Töne durch die Luft erklingen lässt, die gute Laune in mir entfachen.

Ein paar Passanten lachen und tanzen glücklich, während der Chinese sich über jede Münze freut, die in den kleinen Becher neben seiner Bank geworfen wird. Der Becher ist süß. Mit einem Aufdruck von *Drachen zähmen leicht gemacht*. Vielleicht hat er einen kleinen Bruder zu Hause. Noch während wir daran vorbeihasten, krame ich einen Fünf-Dollar-Schein aus meiner Tasche und werfe ihn ebenfalls in seinen Becher.

Wir erreichen den Park, und ich kann nur keuchend daran denken, wie gut es war, heute die Mokassins anzuziehen. Logan steuert auf die Treppchen vor dem See mit dem Springbrunnen zu, und wir setzen uns auf eine der unteren Stufen. Im Sommer spielen in dem kleinen See Kinder oder Frauen, und Männer kühlen sich ab, indem sie die Schuhe ausziehen und durch das Wasser waten.

Aber jetzt ist erst Frühling. Keiner ist im Wasser. Die Oberfläche liegt still und von den schwachen Sonnenstrahlen glitzernd da, während Blütenblätter das Wasser bunt färben und durch ihre langsam schwimmenden Bewegungen ein faszinierendes Mosaikbild nach dem anderen schaffen.

»Verrätst du mir jetzt, was in dich gefahren ist?«, frage ich.

Noch einmal sieht Logan den Brief an, dann tippt er sich damit gegen den Oberschenkel und wendet sich schließlich mir zu. »Gerade hatte ich den ersten Teil meiner mündlichen Abschlussprüfung.«

»Oh!« Ohne darüber nachzudenken strecke ich eine Hand aus und lege sie Logan aufs Knie, woraufhin seine Augen sich weiten und ich den Arm erschrocken zurückziehe. »Sorry. Ich … ich meine, das wusste ich nicht. Mit der Prüfung.«

»Woher auch?« Seine Augen huschen von dem Brief und seinem Knie, wo ich ihn gerade berührt habe, hin und her. So, als könne er sich nicht entscheiden, was ihn gerade mehr aufwühlt. Schließlich sieht er wieder mich an. »Es lief gut. Richtig gut. Dabei dachte ich anfangs, ich würde versagen. Wirklich, ich hatte richtig Panik. Das … Das Thema lag mir nicht besonders. Aber als ich erst einmal angefangen hatte, war alles ganz einfach und lief wie von selbst. Meine Dozenten waren begeistert. Ich selbst war begeistert. Und weißt du, wer noch begeistert war?«

Erwartungsvoll sehe ich ihn an. »Wer?«

»James Wayland.«

Logan spricht diesen Namen mit einer solchen Ehrfurcht aus, als wäre Papst Franziskus persönlich an der *Tisch School* aufgetaucht.

Ich blinzle. »Wer?«

»James Wayland«, wiederholt er, ohne den Blick von mir abzuwenden. Seine braunen Augen sind riesig vor Aufregung, und ich kann mich nicht erinnern, Logan je so aus dem Konzept erlebt zu haben.

»Gut.« Ich nicke langsam. »Ich habe nur leider keine Ahnung, wer das ist. Freuen wir uns?«

»Wir freuen uns«, bestätigt Logan. »Er ist der Produzent von

Calebs aktueller Buchverfilmung und macht einige bekannte Netflix-Serien.«

»Wow. Und wieso war er bei deiner mündlichen Prüfung?«

Logan rutscht auf seinem Platz hin und her. Mir fällt auf, dass er mit seinem Bein zappelt. Freude durchströmt mich bei dieser Entdeckung, und plötzlich fühle ich mich nicht mehr schlecht, weil ich meine Nervosität zugelassen habe.

»Anfang der Woche war ich mit Cal am Set. Da habe ich ihn kennengelernt, und ehrlich gesagt war er ein arrogantes Arschloch.« Logan zuckt die Achseln. »Das hat mich wütend gemacht. Also war ich auch ein arrogantes Arschloch.«

»Natürlich warst du das.«

Logan wirft mir ein rasches Lächeln zu, und aus irgendeinem Grund versetzt dieses rasche Lächeln mich in eine Art Schockstarre. Zwar nur für ein paar Sekunden, aber … trotzdem wirft es mich für einen kurzen Moment aus der Bahn. Ich hätte nicht für möglich gehalten, das der Anblick eines tiefen Grübchens und die zu einem schiefen Grinsen verzogenen Mundwinkel dazu führen können, dass mein Herz einen Hüpfer macht.

»Ich habe ihm gesagt, dass ich Jahrgangsbester an der *Tisch* bin. Als Schauspieler. Und dann habe ich mich einfach umgedreht und bin gegangen, ohne auf seine Antwort zu warten.«

»Nicht ernsthaft?«

Logan nickt. »Doch. Ehrlich gesagt dachte ich, damit hätte ich verspielt. Und hinterher habe ich diesen Auftritt bereut, aber gegen mein Temperament komme ich einfach nicht an.«

Ich grinse. »Wie sollte auch irgendjemand gegen dein Temperament ankommen?«

Logan bläst Luft in seine Wangen und stößt sie dann mit einem Zischen wieder aus. Er beugt sich vor, um seine Ellbogen auf die angewinkelten Knie zu stützen. »Jedenfalls war er dann heute da und hat mir zugesehen. Nach meinem Auftritt ist er plötzlich aus dem Schatten der hinteren Reihe getreten und hat geklatscht – so ganz langsam, weißt du?« Logan macht es vor. Klatscht dreimal langsam in die Hand, wobei seine Wangen gerötet sind vor Aufregung, mir das alles schnell genug zu erzählen. Nur schwer kann ich dem Verlangen widerstehen, ihm meine Hand an die gerötete Haut zu legen und mit dem Daumen über seinen Wangenknochen zu streichen. »Wie in einem Film war das. Du musst dir das – Grace, grins nicht so! – stell es dir vor, wie er aus dem Schatten kam. Hast du das vor Augen?«

»Bildlich.«

»Gut. Also, er kam da aus der Ecke, und dann sagt James plötzlich, er wollte sich persönlich von meinem Können überzeugen, woraufhin er mir die hier gab.«

Logan hält den Brief hoch, als wäre er der goldene Schnatz, der ihn zur Quidditch-Weltmeisterschaft qualifiziert.

»Wenn du mir jetzt noch sagst, was du mit *die hier* meinst, kommen wir vielleicht endlich auf einen Nenner.«

Logan lächelt. Nein, er strahlt. Wie ein kleines Kind an Weihnachten. »Die Einladung für das *Donavan Parker*-Casting.«

Ich schlage die Hände vor den Mund. »Nein!«

»Doch!«

»Oh mein Gott.« Sofort schnappe ich Logan den Brief aus der Hand und lese ihn mir durch. »Oh mein Gott!«

»Es steht da wirklich, oder?« Logan linst über meine Schulter. »Ich bin offiziell eingeladen?«

»Du bist offiziell eingeladen, Logan Cunningham.« Strahlend gebe ich ihm den Brief zurück und lege ihm meine Hand auf die Schulter. Diesmal, ohne sie wieder wegzuziehen. »Verdient. Wirklich. Du kannst stolz auf dich sein.«

Logan nickt unablässig, liest sich die Einladung wieder und wieder durch und fährt sich mit den Fingern durchs Haar, während ich wünschte, dasselbe tun zu können.

Plötzlich wendet er sich mir zu. Ich fühle mich ertappt, weil ich seine Finger anstarre, die durch die braunen Strähnen fahren, und meine Hand immer noch auf seiner Schulter liegt. Ich bin mir ziemlich sicher, dass ich gerade aussehen muss wie ein halb verhungertes Ferkel, das sabbernd vor einer fettigen Steinofenpizza sitzt.

Also ziehe ich mich zurück. Falte meine Hände im Schoß und lächle unschuldig.

»Was hast du eigentlich vor der *Tisch* gemacht?«, fragt er mich.

Oh.

Das hätte ich beinahe vergessen.

Mit einem nervösen Lächeln auf den Lippen lege ich den Kopf schief und zupfe an meinem Ohrläppchen.

»Ich muss dich etwas Wichtiges fragen.«

»Okay.« Logan bemerkt den Ernst der Lage. Er steckt seine Einladung in die hintere Hosentasche und sieht mich mit gerunzelter Stirn an. »Was gibt's?«

Seufzend lasse ich von meinem Ohr ab und beobachte den Springbrunnen dabei, wie er seine Fontänen ins Wasser schießt und die Blüten dadurch zwingt, ein neues Mosaikbild anzunehmen. »Meine Mutter zwingt mich, zu diesem bescheuerten sich wiederholenden Debütantinnenball zu gehen. Der soll zu Ehren unseres Abschlusses gehalten werden, meint sie. Dabei weiß ich zu einhundert Prozent, dass Terrence Tochter Philine letztes Jahr ihren Master gemacht hat und trotzdem zu keinem Debütantinnenball gehen musste.«

»Unschön«, bestätigt Logan. »Und ja. Philine war mit Sicherheit auf jeder Party der Upper East Side im letzten Jahr, aber auf keinem Debütantinnenball. Und eher war sie nackt, als dass sie irgendetwas in Richtung Kleid getragen hat.« Er sieht kurz in die Ferne, als würde er an etwas denken, und schüttelt dann den Kopf.

Ich hebe eine Braue. »Vor zwei Jahren hast du mit ihr geschlafen. Sie steht doch auch in eurem widerlichen Buch. Sogar mehrmals.«

»Vor zwei Jahren.« Logan verdreht die Augen. »Da habe ich mit jedem Mädchen geschlafen.«

»Das macht es nicht besser«, kontere ich. »Ich würde ja jetzt sagen, dass ich hoffe, du hast immer ordentlich verhütet – aber bei deinem Sammelsurium an Kondomen in den Badezimmerschränken …«

Logan beugt sich vor. Er grinst. »Hat man dir nicht beigebracht, dass man nicht in fremden Sachen schnüffelt?«

Ich bewege mich keinen Millimeter von ihm weg, obwohl seine Lippen mir zu nah sind.

Viel zu nah.

»Ich habe nur eine Zahnbürste gesucht.«

»Hättest du nicht vorgehabt, einfach abzuhauen, hätte ich dir eine gegeben.«

Die Spannung zwischen uns ist geladener als alle Atomkraftwerke auf der Welt. All die Geräusche um uns herum dringen in den Hintergrund. Ich erwische mich dabei, wie meine Augen immer wieder zu Logans geschwungene Lippen huschen. Er öffnet sie einen Spaltbreit und befeuchtet sie mit der Zungenspitze, was ein verräterisches Pochen in meiner Mitte auslöst.

O Himmel.

Himmel, Himmel, Himmel.

»Der Ball«, presse ich hervor. »Es geht um den Ball. Nicht um Philine.«

Logan neigt den Kopf und lächelt. Er rückt von mir ab, und beinahe bereue ich es, den Moment unterbrochen zu haben, aber ich musste es tun. Ansonsten hätte ich nicht dafür garantieren können, dass ich mich ihm nicht hier in diesem Park hingegeben hätte.

Und das darf nicht passieren. Wirklich nicht.

Es wäre ein Moment der Schwäche, seiner leidenschaftlichen Ausstrahlung zu verfallen. Und vielleicht wirkt es momentan für mich, als wäre es gar nicht so schlimm, weil er sich wie ein Engel mir gegenüber verhält, aber …

Das haben all die Mädchen auf der Uni auch gedacht. Ansonsten hätte er sie nie alle dazu bekommen, mit ihm zu schlafen. Und hinterher hat er sie doch jedes Mal wieder fallen gelassen. Ich sehe keinen Grund, weshalb es bei mir anders sein sollte. Logan ist nicht gemacht für Beziehungen. Und erst recht nicht für Treue oder Vertrauen.

Dafür hat die jahrelange Abwesenheit seiner Mutter ihn zu sehr traumatisiert.

Und ich bin es genauso wenig. Für Vertrauen gemacht.

Nicht, nachdem Lucas es genommen und mit einem Lastkraftwagen drübergefahren ist.

»Richtig«, sagt Logan. Er wirkt nicht ansatzweise so angespannt wie ich, sondern strahlt eine Gelassenheit aus, bei der ich mich frage, wo er die so schnell herbekommt. Vielleicht hängt es mit seinem Studium zusammen, sich neuen Situationen schnell anzupassen. »Der Ball. Was wolltest du mich fragen?«

Mein Herz rast. »Gehst du mit mir hin?«

Stille. Einen Moment lang weiß ich nicht, ob das rauschende Geräusch von den Wasserfontänen oder aus meinem Kopf stammt. Logans forschender Blick lässt meine Handflächen feucht werden, sodass ich sie unauffällig am feinen Stoff meiner Hose abwischen muss.

Dann …

»Wir sind Freunde.«

Die drei Worte fühlen sich an, als hätte er mir einen Fausthieb in den Magen verpasst. Sie klingen falsch. Nicht richtig. Und doch ist mir bewusst, dass ich diejenige gewesen bin, die das von ihm verlangt hat.

»Ja«, bestätige ich, wobei das Wort nur widerwillig über meine Lippen kommen will. Es hinterlässt einen fahlen Beigeschmack auf meiner Zunge. Als hätte ich vergammelte Erdbeeren gegessen. »Aber meine Mutter will, dass ich mit Lucas gehe.«

»Was?«

Ich verschränke die Arme vor der Brust und ziehe die Knie an. Eine Abwehrhaltung, die ich unterbewusst wahrnehme. »Ja. Er war sogar schon bei ihr und hat es vorgeschlagen. Die beiden bilden ein Team und drängen mich von allen Seiten rückwärts, um mich zurück in ihren goldenen Käfig zu sperren, aus dem ich gerade erst ausgebrochen bin.« Mit flehendem Ausdruck sehe ich auf. »Und das will ich nicht, Logan.«

Er nickt. »Du willst ein Zeichen setzen. Mit mir.«

»Ich weiß, das klingt egoistisch.« Schnell setze ich mich auf und wedle mit den Händen. »Aber so ist es nicht! Wenn es mir nur darum ginge, ein Zeichen zu setzen, würde ich einfach *irgendwen* zu diesem Ball mitnehmen. Aber ich will es … mit dir.«

Logan sieht mich lange an. Dann wendet er den Kopf und beobachtet das Wasser, während er gedankenverloren mit den Fingern über seine Gürtelschnalle fährt. Schon wieder spüre ich ein pulsierendes Verlangen in meinem Unterleib.

»Weil wir Freunde sind«, sagt Logan. »Oder?«

Ich nicke. Ein vorsichtiges Nicken. »Ja.«

Lange Zeit kommt keine Antwort. Dann sieht Logan mich an. Lächelt, und …

»Tut mir leid, Bishop. Aber ich passe.«

18

Logan

»Alles okay bei dir?«

Ich sehe auf und bemerke Calebs stirnrunzelnden Blick, der auf mir liegt. »Ja. Wieso?«

Er deutet auf die *Save the Date*-Karte, die ich gerade in den Umschlag mit dem zugehörigen Gästenamen gelegt habe.

»Der Kleber hält auch, wenn du einmal darüberstreichst. Das ist eine Einladung und kein staatlich veranlasster Haftbefehl.«

»Sorry«, murmle ich, lege die Einladung in den Karton, der zur Post soll, und nehme mir den nächsten Umschlag.

Caleb mustert mich noch einen Augenblick länger, dann wendet er sich wieder seinem Katalog zu. »Schau mal«, sagt er, hält mir eine Seite unter die Nase und tippt auf eine Abbildung von Platzkarten, die aussehen wie Baumstümpfe in Miniformat, in denen Namenskärtchen stecken. »Wie findest du die?«

»Hazel wird sie schrecklich finden«, sage ich. »Warum lässt du sie das nicht machen?«

Caleb verzieht das Gesicht. »Ihre Ideen sind zu weiblich. Ich möchte nicht, dass alles voll mit Blümchen und Kitsch ist.«

Ich hebe eine Braue. »Dafür aber Baumstämme?«

Mit grimmigem Blick entzieht mir Caleb die Sicht auf den Katalog und blättert weiter. »Du bist keine große Hilfe.«

Ich zucke die Achseln und verstaue die nächste Einladung im Karton. »Ich spende für Greenpeace. Also wenn es nach mir ginge, hättest du meine Stimme für die Baumstämme. Aber denk daran, wie Hazel reagiert hat, als du ihr von der Idee erzählt hast, einen Biergartenbereich für die Männer mit einzuplanen.«

Calebs Gesicht verdüstert sich. »Sie hat drei Tage nicht mehr mit mir geredet, Mann.«

Ich muss lachen. »Wundert es dich?«

»Also keine Baumstämme. Was hältst du von denen?«

Mein Blick huscht zum Katalog, nachdem ich die letzte Einladung in den Karton gesteckt habe. Sofort verziehe ich das Gesicht. »Das ist nicht dein Ernst.«

»Wieso?« Caleb legt den Kopf schief, als würde die Illustration damit eine andere Bedeutung bekommen. »Was ist damit? Das sind keine Baumstämme.«

»Alter. Das sind *Rocher*-Kugeln, in denen ein Zahnstocher mit der Namenskarte steckt. Das ist … bestimmt nicht der Wunsch einer Braut.«

Caleb kneift die Augen zusammen. »Meinst du nicht? Ich mag *Rocher*. Ich glaube, jeder mag *Rocher*.«

»Ja«, antworte ich und muss mich zwingen, meinen Cousin nicht zu schütteln. »Aber nicht als Platzkarte für die Hochzeit.«

Resigniert schlägt Caleb den Katalog zu und deutet auf den Karton mit den Einladungen. »Sie durfte sich schon für die Karten entscheiden!«

Seit Beginn der Hochzeitsplanungen gibt es ständig Diskussionen zwischen Hazel und Caleb, was die Dekoration betrifft. Grace und ich sind seitdem diejenigen, die all die angestauten Emotionen abbekommen – wobei ich mich ehrlich gesagt wie ein Vater fühle, der von seinem Sohn angemault wird, dass er nichts entscheiden darf.

»Die Karten sind eine gute Wahl, Cal. Schlicht und elegant. Hazel hat darauf geachtet, dass es zu euch beiden passt.«

Caleb stemmt seinen Ellbogen auf den Tisch und stützt sein Kinn auf die Hand. »Du bist mein Cousin, also musst du in diesem Kampf auf meiner Seite stehen.«

Ich lache. »Kampf? Sie ist deine Verlobte.«

»Na gut. Aber hilf mir wenigstens mit den Platzkarten. Ich

drehe durch, wenn es am Ende irgendwelche Einmachgläser mit Blümchen werden oder so.«

»Schön.« Ich schnappe mir den Katalog und blättere mich durch die Seiten. Dabei muss ich darüber staunen, was für seltsame Ideen teilweise präsentiert werden. Es gibt sogar Weinkorken und Tannenzapfen. »Hier«, sage ich und deute auf eine Abbildung von Diadem und Krone, auf denen in schwarzen Strasssteinen ein Beispielname glitzert. »Die passen zu euch. Für die Frauen Diademe, die Männer kriegen eine Krone.«

Caleb nickt. »Die sind gut. Meinst du, Hazel wäre damit einverstanden?«

»Frag sie doch.« Kurz überlege ich, wann sie aus der Uni kommt, bis mir einfällt, dass sie schon vor zwei Tagen ihre letzte Abschlussprüfung hatte. »Wo ist sie eigentlich?«

Caleb mustert einen Zettel, der auf dem Tisch liegt. Bei genauerem Hinsehen erkenne ich, dass es eine Rechnung von *Buffalo Exchange* ist, einem Second-Hand-Laden für Klamotten. Hazel liebt es, dort zu stöbern. Sie sagt, nirgendwo sonst findet man Originalklamotten aus den 90ern. In letzter Zeit ist sie voll auf dem High-Waist-Karottenhosen-Stil hängen geblieben.

Achselzuckend reißt Caleb ein Stück von der Rechnung ab und notiert sich die Bestellnummer der Platzkarten. »Sie ist mit Grace unterwegs, die wollte zum Friseur. Morgen steht irgendein Abschlussball an, den ihre Mutter organisiert hat.«

Der Karton mit den Einladungen rutscht mir aus den Händen und fällt zu Boden. Calebs Augen huschen kurz herüber, aber ich überspiele die Situation, indem ich den Karton mit gleichgültiger Miene wieder aufhebe. »Ach so.«

Keine Ahnung, ob Caleb mir die Gelassenheit abkauft. Er ist selbst Schauspieler – einer der besten. Normalerweise erkennen wir untereinander leicht, wenn jemand eine Fassade aufbaut. Vor allem bei dem brüderlichen Verhältnis zwischen Cal und mir.

»Sie geht mit Lucas«, sagt er, während er noch immer versucht, die klein gedruckte Bestellnummer korrekt abzuschreiben. »Wusstest du das?«

Ein imaginärer Druck in meiner Brust will mich zwingen, nach hinten zu taumeln. Als hätte ich einen Tritt von einem Rhinozeros abbekommen. Aber ich bleibe standhaft. Zucke nur die Achseln und tue so, als würde ich über einen Fleck auf dem Karton kratzen. Dabei ist da gar keiner.

»Kann sein, dass sie es zwischendurch erwähnt hat. Momentan konzentriere ich mich aber eher auf meinen Abschluss.«

»Wie du meinst.« Caleb räuspert sich, steht auf und sieht sich im Wohnzimmer um. Vermutlich sucht er seinen Autoschlüssel. »Was läuft da zwischen dir und Philine? Mein Regisseur meinte, du wärst neulich mit ihr aus dem Studio verschwunden.«

Mit dem Rücken lehne ich mich gegen das schmale Designer-Sideboard aus türkisgrauem Holz und grinse. Endlich ein Thema, über das ich ohne Magenschmerzen sprechen kann. Ohne dass direkt ein Blitz in mir einschlägt und jede meiner Nervenbahnen unter Spannung setzt und ohne dass dieses beschissene Kribbeln in mir ausgelöst wird, nach dem ich langsam süchtig werde.

»Wir waren auf dem Dach. Aber da lief nichts. Wie gesagt, momentan konzentriere ich mich auf meinen Abschluss.«

Caleb findet seinen Autoschlüssel neben dem Fernseher und steckt seine Brieftasche ein. »Gut. Verarsch sie nicht noch mal. Hinterher bin ich sonst derjenige, der sich mit ihrem Onkel auseinandersetzen muss.«

»Ich habe kein Interesse an ihr.«

»Ist mir bewusst«, murmelt Caleb, ohne mich anzusehen. Stattdessen konzentriert er sich darauf zu überprüfen, ob er sein Handy eingesteckt hat. Der Klang seiner Stimme gefällt mir nicht. Er zeigt mir, dass ihm nicht nur meine gespielte Lässigkeit eben gerade aufgefallen ist, sondern schon viel länger merkt, was ich krampfhaft zu überspielen versuche.

Dass meine Gefühle in mir toben wie ein zerstörerischer Hurrikan, der längst außer Kontrolle geraten ist. Dass ich beinahe implodiere aufgrund meiner unterdrückten Emotionen.

Aber Caleb sagt nichts weiter. Mit konzentrierter Miene tippt er auf seinem Handy herum, vermutlich eine schnelle Nachricht an Hazel, dann blickt er auf und deutet mit gehetztem Blick zur Tür. »Schnell. Die Post hat gleich Mittagspause.«

»Wird wohl nicht so schlimm sein, wenn wir zwei Minuten später kommen.«

Caleb gibt ein ungläubiges Schnauben von sich, als wir in den Fahrstuhl treten und er den Code für die Garage eingibt. »Glaubst du. Neulich sollte ich ein Paket für Hazel abholen und war höchstens zehn Sekunden nach Ladenschluss da, und der Kerl von der Post hat mich hinter der Scheibe ausgelacht und mit seinem Finger gewackelt. Ich schwöre dir, der muss regelmäßig schlechten Sex haben. So dreist kann man doch gar nicht sein.«

Mein Cousin regt sich noch darüber auf, bis wir bei seinem Porsche ankommen. Sogar die ganze Fahrt über zur Post stellt er Mutmaßungen an, was dem Typen passiert sein muss, dass er sich darüber freut, andere Menschen wütend zu machen, aber ich höre schon gar nicht mehr zu.

Meine Gedanken kreisen wieder einmal um Grace.

Sie geht mit Lucas zum Debütantinnenball.

Mir ist bewusst, dass es mich nicht stören sollte. Dass sie mich sogar gefragt hat, ob ich mit ihr gehe. Schon als ich ihr abgesagt habe, wusste ich, dass sie dann gezwungen sein wird, mit Lucas als Partner zu gehen.

Aber was sollte ich anderes tun?

Sie möchte, dass wir Freunde bleiben. Ich möchte ihren Wünschen gerecht werden. Und das kann ich nicht, wenn ich mit ihr auf einen verdammten Ball gehe.

Ich schließe die Augen und reibe mir mit Daumen und Zeigefinger über die Stirn.

Was will Grace von mir?

Sie sucht meine Nähe und distanziert sich gleichzeitig. Stellt klare Grenzen auf, nur um diese wieder zu brechen. Wenn sie will, dass ich sie auf einen Ball begleite, sollte sie nicht von mir verlangen, sie als gute Freundin zu sehen.

Ich kann das nicht. Langsam kommt es mir vor, als würde sie

sich selbst nicht mehr verstehen. Als würde sie sich ständig widersprechen, ohne es zu merken.

Grace redet sich fieberhaft ein, dass keine Nähe zwischen uns entstehen darf. Dass wir uns nicht näherkommen dürfen. Aber gleichzeitig merkt sie nicht, dass sie dem dennoch nachgibt, ohne es zu merken – weil sie all die Annäherung unter einem Deckmantel tarnen will, der sich Freundschaft nennt.

Wann würde sie bemerken, dass die Grenzen längst überschritten sind? Wann es zu spät ist, um es noch als Freundschaft zu tarnen? Wenn wir uns geküsst haben? Zusammen im Bett gelandet sind? Oder aber erst dann, wenn sie merkt, dass sie ohne meine Nähe nicht mehr kann? Wenn ihr bewusst würde, dass sie ihr Herz an mich verloren hat?

Denn ich bin mir sicher, dass das …

Oh mein Gott.

Euphorie durchströmt mich. Als wäre plötzlich Sonnenschein in meinem Körper entstanden und hätte all die dichten Gewitterwolken vertrieben. Mit großen Augen richte ich mich in den beigen Ledersitzen des Porsche Cayenne auf. Blicke durch die Windschutzscheibe und sehe die Straßen Manhattans plötzlich noch bunter, als sie ohnehin schon wirken.

Ein Lächeln breitet sich auf meinem Gesicht aus.

Grace will, dass wir Freunde sind? Kann sie haben. Und ich werde ihr verdammt noch mal der beste Freund sein, den sie je hatte. Ihr rund um die Uhr meine Nähe geben. So nah, wie sie es braucht.

Soll sie doch so tun, als wäre zwischen uns nicht mehr als Freundschaft. Soll sie doch versuchen, sich gegen die heftigen Gefühle zu wehren, die in ihr leben.

Grace Bishop wird sich in mich verlieben.

Unwiderruflich.

19

Grace

»Wir können immer noch umdrehen, weißt du?«

»Könnten wir.«

Hazel wendet den Blick von der langen Fensterfront nicht ab, die bis zur Hälfte in luxuriösem Gold getönt ist. »Wir könnten einfach nie wieder darüber reden.«

»Könnten wir«, wiederhole ich.

Hazel sieht mich an. »Ich könnte dir auch eine Glatze rasieren.«

Ich buffe sie in die Seite und ziehe meine beste Freundin hinter mir her. »Wir machen das jetzt.«

Wenn ich noch eine Sekunde länger auf den *Paul Lumière*-Schriftzug gestarrt hätte, wäre ich wieder umgedreht und hätte mir vermutlich fünf neue Haarbänder gekauft. Um mein schlechtes Gewissen zu kompensieren, dass ich überhaupt daran gedacht habe, etwas an meinen Haaren zu verändern.

Aber jetzt gibt es kein Zurück mehr.

Hazel stolpert hinter mir her über die Türschwelle, und sobald ich den Salon betrete, schmettern mir die verschiedensten Düfte entgegen. Von Shampoo über Kuren, Haargel und der Geruch von geföhnten Haaren. Ich weiß nicht, kann man die riechen? Ich finde, die Haare sondern dann einen gewissen Duft ab.

Paul Lumière steht in seinem geschniegelten Nadelstreifenanzug und den ledernen Schnürschuhen hinter einer Dame und setzt ihr gerade eine Haube auf. Als die Tür ins Schloss fällt, blickt er zu uns rüber, und seine Miene wird durch ein Leuchten erhellt, so weit es bei seinem Plastikgesicht eben möglich ist.

Er klatscht in die Hände und kommt auf uns zu. »Miss Bishop! Was für eine Freude, Sie zu sehen.« Ohne Umschweife lässt er seine Hand durch mein Haar gleiten und reibt die Spitzen aneinander. Dabei legt er den Kopf schief und schnalzt mit der Zunge. Ich kann erkennen, dass er Make-up aufgetragen hat. »Hast du deine Kuren vernachlässigt, Liebes? Sie sind ein wenig spröde.«

»Wenn deine Spitzen spröde sind, will ich nicht wissen, wie er meine bezeichnen würde«, wispert Hazel. Natürlich hat Paul das gehört, aber er schenkt ihr nur einen amüsierten Blick, der nicht ernst gemeint ist, und deutet dann auf den freien Stuhl neben der Dame unter der Haube. Meine Augen huschen hilflos zu Hazel, die mir halbherzig auf die Schulter klopft. Vermutlich soll es ermutigend sein, aber ich merke, dass sie mindestens genauso nervös ist wie ich.

Ich setze mich auf den bequemen Stuhl und sehe mich im Spiegel an. Meine Haut ist blass vor Aufregung.

Hazel setzt sich neben mich, gerade in dem Moment, als die Dame über ihre Zeitung hinweglinst und den Kopf dann so abrupt herumreißt, dass sie beinahe mit dem Schädel gegen die Haube gestoßen wäre.

»Grace! Was für ein Zufall.«

Oh Herr erbarme mich. Es ist Terrence Hill.

»Terrence«, sage ich in viel zu schriller Tonlage. Was mein Unbehagen jedoch in keiner Weise deutlich für Terrence macht. Mutter hat mir einst eingetrichtert, je höher der Klang der Stimme bei einer Begrüßung ist, desto mehr fühlen sich die Personen der höheren Gesellschaft willkommen. Dabei kann es sich meiner Meinung nach aber nur um die eher unterbelichteten Personen handeln, denn ich kann das absolut nicht nachvollziehen. Wenn mich einer mit der Stimme eines pubertierenden Jungen im Stimmbruch ansprechen würde, könnte ich das mit Sicherheit nicht als Begeisterung interpretieren.

»Wie schön dich zu sehen«, füge ich mit einem breiten Lächeln hinzu. Natürlich nicht, ohne mich einmal leicht vorzubeugen und ihr für eine halbe Sekunde die Spitzen meiner Finger aufs Bein zu legen – ganz so, wie es mir beigebracht wurde.

»Dem kann ich nur beipflichten«, entgegnet sie, dazu ebenfalls die *Halbe-Sekunde-Fingerspitzen-auf-Bein*-Regel. Ihre mit Botox aufgespritzten Lippen verziehen sich zu einem strahlenden Lächeln. »Morgen ist dein Debütantinnenball. Wie fühlst du dich?«

Das Lächeln vergeht mir auf der Stelle. Natürlich weiß Terrence Bescheid. Sie weiß immer über alles und jeden Bescheid.

Hazel merkt, dass es mir die Sprache verschlagen hat. Sie beugt sich hinter meiner Schulter vor und lächelt Terrence an. »Sie kommen auch?«

Terrence wendet sich ihr zu. »Hazel! Oh, ich habe dich gar nicht gesehen.«

»Macht nichts«, sagt Hazel. »Haben Sie ja sonst auch nie.«

Autsch. Das ist noch so eine Sache, die sich an Hazel verändert hat, seit sie mit Caleb zusammen ist. Sie traut sich, ihre Meinung zu sagen, und ist allgemein schlagfertiger geworden.

Terrence linkes Augenlid zuckt einmal kurz, ansonsten lässt sie sich den Seitenhieb nicht anmerken. »Unsinn. Weißt du noch damals auf meiner Spendenauktion? Da haben wir geredet.«

Hazel verzieht keine Miene. »Da war ich zwölf, habe eine verdorbene Muschel gegessen und anschließend meinen ganzen Mageninhalt auf Ihrem polierten Granitboden erbrochen. Natürlich haben Sie mit mir geredet. Um mich zur Sau zu machen.«

Terrence sieht sie einen Moment zu lange an, ehe sie ein weiteres Lächeln aufsetzt. »Kinder eben. Können manchmal ganz schön nervenaufreibend sein. Wie auch immer … um deine Frage zu beantworten: Ja, ich wurde natürlich eingeladen.« Terrence tätschelt mir das Bein. »Den Abschluss unserer reizenden Grace werde ich mir doch nicht entgehen lassen.«

Zum Glück tritt in diesem Moment Paul Lumière wieder zu uns, sonst hätte ich Terrence womöglich gesagt, sie solle sich den Abschluss doch *bitte, bitte* entgehen lassen.

Mit einem professionellen Ausdruck auf seinem Plastikgesicht legt Paul mir den Umhang um und breitet meine Haare über meinen Rücken aus.

»Paul«, sage ich schnell, bevor er seine Spitzenschere aus der Schublade holen kann, »ich möchte heute mal etwas anderes probieren.«

Der Friseurmeister hält mitten in der Bewegung inne und kann nicht verhindern, dass sich seine Lippen vor Überraschung spitzen. »Aha?«

Es ist noch nie vorgekommen, dass ich etwas anderes probieren wollte, als die Spitzen zu schneiden. Und meine Mutter hat mich in diesen Salon geschleppt, seit ich ein Kleinkind war.

»Ja. Ich habe mir gedacht …« Nervös sehe ich zu Hazel, die bekräftigend nickt und mir ihr Handy vor die Nase hält, welches ich entgegennehme und Paul das Bild darauf zeige. »Ein paar Strähnen in dieser Farbe. Wäre das möglich?«

Natürlich wird Terrence Antenne sofort alarmiert. Sie versucht unter ihrer Haube an Paul vorbeizusehen, um einen Blick auf das Bild zu erhaschen, was ihr nicht gelingt. Gott, ich kann nur hoffen, dass sie verschwunden ist, ehe ich hier fertig bin.

Ein überraschtes *O* kommt Paul über die Lippen, doch nur eine Sekunde später lächelt er breit und nickt anerkennend. »Oooh. Gefällt mir.« Seine Hände vergraben sich wieder einmal in meinen braunen Korkenzieherlocken, die er mit den Fingerspitzen aufbauscht. »Akzente, Grace. Akzente füllen die Lücken des Lebens und sorgen dafür, dass es bunt wird.« Er lächelt Hazel an. »Was wären wir nur für eine Welt, wenn wir keine Akzente setzen würden?«

Hazel erwidert sein Lächeln. »Eine sehr graue Welt.«

Paul deutet mit dem Finger auf sie. »*Oui!* Ich werde die Farbe mischen. Einen Moment.«

Mir kommt es so vor, als würde sich Paul um einiges mehr freuen als ich. Natürlich. Er muss ja auch keine Angst haben, hinterher mit der neuen Frisur rumzulaufen.

»Der ist ja nett«, sagt Hazel.

»Jaah …« Ich sehe Paul nach, bis er verschwunden ist. Dann wende ich mich meiner besten Freundin zu. »Lass uns abhauen.«

»Was?«

Ich bin schon dabei, an der Halskrause meines Umhangs zu nesteln, wobei ich Terrence gaffenden Blick nur überdeutlich auf mir spüre.

»Lass uns abhauen«, wiederhole ich. »Und dann tun wir so, als wäre das hier niemals passiert.«

Einen Augenaufschlag mustert Hazel mich verwirrt, dann umfassen ihre zierlichen Finger mein Handgelenk und stoppen mich dabei, an der Halskrause zu reißen. Behutsam lenkt sie meine Hände zurück auf meinen Schoß.

Sie lächelt. »Es hat seine Gründe, weshalb du das hier so unbedingt wolltest. Lass deine Angst jetzt nicht gewinnen.« Mit einem Seufzen mustert sie mich. »Ich weiß zwar nicht, was gerade in deinem hübschen Köpfchen vorgeht, aber ich bin sicher, dass du weißt, was du tust. Du weißt es immer. Grace Bishop ist niemals planlos.«

Gott. Diese Worte gehen mir bis ins Mark. Wenn sie wüsste, wie planlos ich momentan *wirklich* bin, könnte sie sehen, dass ich absolut keine Ahnung habe, was ich überhaupt tue. Jeder Schritt, den ich gehe, ist flatterhaft und ganz bestimmt nicht durchdacht.

Trotzdem höre ich auf sie. Hauptsächlich deshalb, weil Paul mit einem kleinen Schälchen um die Ecke rauscht und mit einer Vorfreude in seinem Plastikgesicht auf meine Strähnen gafft, dass man meinen könnte, es wären keine Haare, sondern Organe, die gleich gespendet würden.

»Paul«, sagt Terrence neben mir, wobei sie die einzelne Silbe zieht wie Kaugummi. Das macht sie immer, wenn sie ihre anzügliche Stimme aufsetzt, um zu flirten. Jeder aus unseren Kreisen weiß, dass Paul Lumière schon lang die heiß ersehnte Flamme von Terrence Hill ist, die sie nie einzufangen vermag. Dadurch, dass er ihr in all den Jahren nicht einmal nachgab, hat er meine volle Anerkennung. Es würde mein Weltbild zerstören, wenn Paul plötzlich was mit Terrence anfangen würde. »Wie lange muss diese schreckliche Haube denn noch draufbleiben? Ich spüre Schweißperlen auf meiner Stirn, und es wäre eine Schande, wenn sie meine Poren verstopfen!«

Paul legt ihr eine Hand auf die Schulter. Natürlich nicht länger als drei Sekunden – das ist die zweite Regel des Betatschgrundsatzes, wenn man nicht auf jemanden steht und dennoch höflich sein will. Würde er auf sie abfahren, hätte er gekünstelt gelacht und die Hand wäre mindestens vier Sekunden auf ihrer Haut geblieben.

Bei dem Gedanken schaudert es mich.

»Eine Dauerwelle benötigt Zeit, Terrence. Noch fünfzehn Minuten, dann kannst du gehen.«

Hazel und ich sehen uns mit vor Unglauben geweiteten Augen an. Durch unsere Mimik können Hazel und ich uns verständigen, ohne das Wort zu erheben.

Ich spitze überrascht die Lippen, was so viel heißt wie: *Terrence macht sich eine Dauerwelle!* Daraufhin kneift Hazel die Augen zusammen. *Ja! Ich kann es nicht fassen. Bei der letzten Gala hat sie sich doch noch über so eine Frisur lustig gemacht!* Knappes Nicken mit leicht geneigtem Kopf von mir. *Echt. So eine Heuchlerin.*

Unsere stumme Diskussion wird schließlich von Paul unterbrochen, der anfängt, meine Strähnen mit einem Pinsel zu bestreichen und sie anschließend in Alufolie zu wickeln. Als die erste Alufolienantenne von meinem Kopf absteht, fühle ich mich hundsmiserabel. Es sind nur Haare, aber dennoch fühlt es sich an wie ein Bruch in meinem kompletten Leben. Ich muss sogar meinen Schleifchen-Haarreif in die Hand nehmen, um wieder ein besseres Gefühl zu bekommen.

Natürlich spürt Hazel, wie es in mir aussieht. Die ganze Zeit über liegt ihre Hand auf meinem Arm und sie fährt beruhigende Kreise mit ihrem Daumen über meine Haut. Es hilft ein bisschen. Aber eben nur ein bisschen.

Und zu meinem Bedauern stelle ich fest, dass ich schon wieder mit dem Bein zapple. Aber das Allerschlimmste an der Situation ist, dass ich mir eingestehen muss, nicht wegen meiner eigenen

Reaktion meiner neuen Frisur nervös zu sein, sondern wegen Logan.

Die ganze Zeit über, während ich Paul dabei beobachte, wie er mit fröhlichem Summen meine Haare einkleistert, gehe ich in meinem Kopf die verschiedensten Treffen mit Logan durch. Ob er sich wundert, dass ich eine Veränderung wollte? Ob es ihm gefällt? Oder wird das nun der ausschlaggebende Punkt sein, der ihn endgültig dazu bringt, sich von mir fernzuhalten?

Der Stein in meinem Magen wird größer, je länger ich an ihn denke. An die Situation im Park, als ich ihn gefragt habe, ob er mein Partner für den Ball sein will und er …

Er hat nein gesagt. Einfach so.

Ich hätte nicht gedacht, dass er das tut. Wirklich nicht. Und irgendwie hat mir seine Abfuhr einen heftigen Stich versetzt, weil ich so felsenfest überzeugt war, er würde ja sagen.

Vielleicht habe ich mich zu sehr darauf verlassen, dass er etwas an mir findet. Und vermutlich war es nicht richtig von mir, das auszunutzen. Vor allem weil ich diejenige war, die verlangt hat, dass wir Freunde sind.

Doch ich habe gedacht, Freunde helfen einander. Ich würde es tun. Ich wäre mit ihm zu so einem Ball gegangen, wenn er mich gefragt hätte. Dafür sind Freunde da. Sie unterstützen sich gegenseitig. Eine Stimme drängt sich in meinen Kopf, die mir zuflüstert, dass seine Abfuhr mich niemals so verletzen würde, wenn es mir bei ihm nur um einen Freund gehen würde. Aber ich schiebe den Gedanken beiseite. So weit bin ich noch nicht, dass ich ihn mir eingestehen kann. Obwohl ich es im Endeffekt schon weiß.

Im Spiegel erkenne ich einen verzweifelten Schatten, der über meine braunen Augen huscht. Weil ich es nicht ertragen kann, das Offensichtliche einzusehen, fokussiere ich Pauls Finger, wie sie die letzten Strähnen in Alufolie wickeln.

Terrence ist Gott sei Dank schon aufgebrochen. Sie war ziemlich missmutig und wollte die Haube plötzlich noch länger aufbehalten, was mit Sicherheit damit zusammenhing, dass sie das Ergebnis meiner Haare abwarten wollte. Aber als Pauls Gehilfin

Terrence versicherte, ihr würden alle Haare ausfallen, sollte sie das Ding noch länger auf dem Kopf haben, hat sie sich schließlich erbarmen lassen und ist abgerauscht – natürlich nicht, ohne mir noch für eine halbe Sekunde die Finger aufzulegen. Begrapschregel Nummer eins.

»Grace«, wispert Hazel, nachdem Paul uns beiden einen Cappuccino gebracht hat und meinte, die Farbe müsse nun eine halbe Stunde einziehen. »Kann ich dich mal was fragen, ohne dass du mich direkt abwimmelst?«

Meine Vorahnungen lassen nichts Gutes verheißen. Zögernd knabbere ich auf meiner Wange herum, dann nicke ich widerstrebend.

»Kann es sein …« Hazel senkt den Blick und beobachtet ihren eigenen Daumen dabei, wie er sich auf meiner Haut bewegt. Dann begegnet sie meinem Blick im Spiegelbild und heftet sich auf meine Augen. »Hast du Logan gefragt, ob er mit dir zu dem Debütantinnenball geht?«

Mein Herz macht einen Hüpfer. »Woher weißt du das?«

Hazel zieht die Unterlippe ein und knabbert darauf herum. »Sei bitte nicht sauer. Caleb hat mir geschrieben, dass er es vermutet. Keine Ahnung, wieso.«

Ich schließe die Augen und stoße die angehaltene Luft aus. Dann entscheide ich, die Situation zu überspielen und es so aussehen zu lassen, als wäre es keine große Sache. Immerhin habe ich Hazel versprochen, das mit Logan nicht ausarten zu lassen.

»Als Freunde«, bestätige ich. »Ich möchte nicht mit Lucas gehen. Also dachte ich, Logan könnte mein Partner sein. Freundschaftlich eben, weißt du?«

Hazel nickt langsam, was mir zeigt, dass sie mir absolut nicht glaubt. Sie streicht mir eine der Haarsträhnen hinters Ohr, die nicht in Alufolie eingewickelt ist.

»Grace«, sagt sie wieder. »Kann es sein, dass du in Logan verliebt bist?«

Mir wird gleichzeitig heiß und kalt. Eine Gänsehaut rast über meine Arme, und im ersten Moment bin ich froh über den schwarzen Überwurf, bis mir wieder einfällt, dass Hazels Finger auf meinem Arm liegen und sie die Reaktion ohnehin spüren kann.

Ich entgegne nichts. Doch ich bin mir sicher, dass sie die Antwort auf ihre Frage an meinem Gesichtsausdruck ablesen kann, als sie in den Spiegel blickt. Ich bin mir deshalb sicher, weil selbst ich die Antwort sehe.

Und das, obwohl ich alles dafür tun würde, sie nicht zu sehen.

Ich bin verliebt in Logan Cunningham.

20

Logan

Ich esse einen Müsliriegel, der schmeckt wie Hubba Bubba. Jeder Müsliriegel schmeckt wie Hubba Bubba. Dabei mag ich nicht einmal Müsliriegel, weil ich es hasse, wenn das Haferzeug sich im Mund verteilt und die Hände sich noch Stunden später anfühlen, als hätte man sie in einen Eimer mit Kleister getunkt.

Aber ich bin nervös. Wenn ich nervös bin, muss ich irgendetwas essen, um nicht die Nerven zu verlieren. Das war schon immer so. Dummerweise hat Brenda die Porzellanschüssel im Salon mit Müsliriegeln aufgefüllt, bevor Mutter zu Besuch kam, weil sie die so gern isst. Natürlich hätte ich in die Küche gehen und mir eine Banane oder irgendetwas anderes als diesen widerlichen Müsliriegel holen können, aber selbst das habe ich nicht mehr geschafft.

Die Sache mit diesem Nervössein ist echt zum Kotzen.

Sogar mein Bein zappelt.

Ich stecke mir das letzte Stück Müsliriegel in den Mund und sehe auf meine schwarze Hublot.

Viertel vor sieben.

Die Debütantinnen treffen sich um sieben mit ihren Partnern im Plaza. Es war nicht schwer, das herauszufinden. Ich habe Bridget angerufen, die mit Grace ihren Abschluss macht und die Tochter von *Pelham Industries* ist. Kurz gesagt: Ihr Daddy besitzt einige der teuersten und begehrtesten Immobilien New Yorks, bringt einen Haufen Asche mit nach Hause und hat einen tadellosen Ruf. Die Bishops lieben ihn.

Zumindest Harold Bishop, Grace Vater. Oder wie ich ihn gern nenne: *Der, der nie da ist.*

Alice hingegen würde gern mit ihm schlafen, denke ich. Also nicht mit ihrem Mann, sondern mit Mr. Pelham.

Wie auch immer. Es lag auf der Hand, dass Alice Bishop sich nicht im Traum anmaßen würde, es sich mit den Pelhams zu verscherzen, weshalb ich meinen Arsch darauf verwettet hätte, dass Bridget Pelham ebenfalls eine dieser lächerlichen Einladungen zum Ball bekommen hat.

Und ich lag richtig. Sie hat mir sofort erzählt, dass sie mit irgendeinem Deppen hingeht, dessen Namen ich bereits wieder vergessen habe. Dabei hat sie sich minutenlang darüber aufgeregt, dass ihr aufgefallen sei, wie »hügelig« sein Fußrücken wäre. Ehrlich, keine Ahnung wie jemandem so etwas auffallen kann. Natürlich war mir klar, dass Bridget gehofft hat, ich würde sagen, sie soll auf den Typen scheißen und mit mir hingehen. In der zehnten hatte ich mal etwas mit ihr, etwa für zwei Wochen, bis sie mir sagte, sie würde mich lieben. Das war irre. Die Worte haben mich so sehr erschrocken, als hätte sie mir eine Knarre an den Kopf gehalten. Ich bin geflüchtet und wollte sie nie wiedersehen. Letztes Jahr hatten wir dann noch mal was. Keine Ahnung, wie das passieren konnte. Ich war ziemlich dicht und habe mich sowieso nie groß darum geschert, neben welcher Frau ich am nächsten Morgen aufgewacht bin. Hauptsache war eher, *dass* ich neben einer aufwache.

Und jetzt sitze ich tatsächlich in einem meiner teuersten *BOSS*-Anzüge plus Fliege plus verschlungenen Müsliriegel auf dem Diwan in unserem Salon und zapple mit dem Bein, weil mich eine Frau verdammt noch mal in den Wahnsinn treibt.

Nein, nicht *eine Frau*. *Die* Frau.

Grace Bishop.

Den ganzen Tag über bin ich schon unschlüssig, ob ich einfach zu diesem Ball fahren und an ihrer Seite sein soll oder ob das masochistisch ist und ich mir damit meine eigene Grube grabe, aus der ich nicht mehr herauskomme.

Ich kann sie nicht einschätzen. Wirklich nicht. Ich meine … Könnte sein, dass sie mich gut findet. Könnte auch sein, dass ich sie dazu bringe, sich in mich zu verlieben.

Aber was, wenn sie das zwischen uns dennoch nicht zulässt?

Grace ist stur. Wenn sie sich einmal an etwas festgebissen hat, dann lässt sie sich nicht so schnell davon abbringen. Und wenn sie will, dass wir nur Freunde sind …

»Ach, scheiß drauf.« Ich werfe das Papier vom Müsliriegel auf den schmalen Beistelltisch und schnappe mir die Ansteckblume für Grace, die ich beim Blumenladen gekauft habe, als ich noch Feuer und Flamme für meine Entscheidung war und die Nervosität wie ein listiges Monster tief vergraben im Schatten meiner Seele lauerte.

Es ist eine Hortensie. Ich hoffe, Grace versteht die Anspielung, wenn ich ihr die Ansteckblume gebe. Und ich hoffe, dass sie rot wird bei der Erinnerung daran, wie ich sie hinter dem Busch habe hocken sehen.

Als ich das Haus verlasse, huscht mein Blick in seine Richtung, und ein Lächeln zupft an meinem Mundwinkel.

Meine Fresse, was macht diese Frau mit mir? Nicht einmal beim Abschluss-Prom der *Marymount* habe ich eine Ansteckblume gekauft. Damals hat Brenda sich darum gekümmert, und mir war es scheißegal. Wen kümmert so eine Blume schon?

Aber bei Grace ist es anders. Ich will sie glücklich sehen. Und ich will derjenige sein, der dieses Glück in ihr bewirkt. Alles dafür tun, der Auslöser für ihr Lächeln zu sein, das sie so lange schon versteckt und das nur so selten bereit ist, sich zu zeigen.

Es dauert nicht lange, bis ich vor dem Plaza stehe. Mich und Grace haben seit jeher nur etwa fünf Minuten Fußweg voneinander getrennt, was mich bis vor ein paar Monaten nicht gejuckt hat. Verrückt, wie schnell Gefühle ihre Meinung ändern können. Neunzehn Jahre nicht ein einziger Herzschlag, der bei ihrem Anblick außer Takt geraten ist, und plötzlich der totale Urknall.

Noch einmal richte ich mein Sakko und schlucke die Nervosität herunter, dann gehe ich die Stufen zum Plaza empor. Eine ältere Dame bedankt sich, weil ich ihr die Türen aufhalte, und mustert mich dabei mit gierigen Blicken, als sei ich der gerade von den Toten auferstandene Elvis Presley in ganzer Frische.

Mit selbstsicheren Schritten durchquere ich das Foyer und steuere direkt auf die Latina hinter der Rezeption zu. Nicht weil ich sie aufreißen will. Zugegeben, sie ist heiß, und damals hätte ich bei ihr definitiv nichts anbrennen lassen, aber nicht einmal beim Gedanken daran, etwas mit einer anderen Frau als Grace zu haben, regt sich was bei mir. Weder im Kopf noch in tieferen Gefilden.

»Hallo«, sage ich. Dabei setze ich ein Lächeln auf, von dem ich weiß, dass Frauen dem nicht widerstehen können. »Ich muss zum Debütantinnenball.«

Die Latina klimpert mit ihren langen Wimpern und streicht sich das schwarze Haar hinters Ohr.

»Gern. Haben Sie eine Einladung? Dann bringe ich Sie.«

Ich lege den Kopf schief und setze eine bedauernde Miene auf. »Leider nein. Ich habe sie vergessen. Sagen Sie mir doch einfach, wo der Raum ist, und ich finde selbst hin.«

»Oh.« Ihr Lächeln erlischt und weicht einem entschuldigenden Blick. »Es tut mir wirklich sehr leid, aber ich darf Sie ohne Einladung nicht einlassen.«

»Ah.« Ich nicke mit einem wissenden Lächeln und lehne mich mit den Ellbogen auf die Rezeption. »Anweisung von Mrs. Bishop, nehme ich an?«

Die Rezeptionistin verschluckt ein beschämtes Lächeln und senkt die Lider. Ihre Signale sind so überdeutlich, dass ich mich zwingen muss, nicht die Augen zu verdrehen. Es wäre ein Leichtes, sie zu vögeln. Vermutlich in einem der vielen Personalzimmer, weil sie nicht einmal mehr warten könnte, bis wir das Hotel verlassen hätten.

Ich bediene mich von einem winzigen Tropfen meiner Schauspielkunst und lasse ein Seufzen entweichen. »Meine Partnerin ist zufällig Grace Bishop. Sagt Ihnen doch sicher was? Ich denke,

Mrs. Bishops Temperament würde explodieren, wenn der Partner ihrer Tochter nicht zu ihrem Debütantinnenball erscheint.« Mit gespieltem Bedauern ziehe ich die Brauen zusammen. »Wollen wir einfach mal hoffen, dass Sie nicht erfährt, warum der Partner nicht kam …«

Ich lasse einen bedeutungsschweren Blick auf der Latina ruhen, dann presse ich in einer machtlosen Geste die Lippen zusammen und klopfe einmal kurz auf den Tresen, um mich zu verabschieden. »Haben Sie trotzdem noch einen schönen Abend.«

»Warten Sie.« Die Latina verschluckt sich, weil sie sprechen und gleichzeitig nach Luft schnappen will. Sie versucht sogar, meine Hand zu ergreifen.

Ich bleibe stehen und lächle. Sie hingegen sieht mich grimmig an. Ihre Nasenflügel blähen sich auf.

»*Dios mio!* Sie spielen russisches Roulette mit mir. Entweder ich lasse Sie rein und werde gefeuert, weil ein Fremder den Ball gestürmt hat, oder ich lasse Sie gehen und werde gefeuert, weil Miss Bishop wegen mir keinen Partner hatte.«

»Oder«, sage ich leise und mache einen Schritt vor, »Sie glauben mir einfach, dass Sie alles richtig machen, wenn Sie mir endlich den Raum nennen. Jetzt mal im Ernst, sehe ich etwa nicht vertrauenswürdig aus?«

»Sie sehen aus wie ein heißer Mistkerl, der ganz genau weiß, dass er ein heißer Mistkerl ist.«

Ich lächle. »Und Sie sehen aus, als bräuchten Sie diesen Job.«

Blickkontakt.

Eine Sekunde.

Zwei Sekunden.

Drei Sekunden.

Dann …

»Im Terrassensaal. Das Passwort lautet *Cartier*.«

»Ich hätte es mir denken können«, murmle ich.

»Ihre Partnerin tut mir leid.«

Ich lächle. »Wir wissen beide, dass das nicht stimmt.«

Damit lasse ich sie allein.

Der Terrassensaal ist ein architektonisches Meisterwerk. Ich erinnere mich schwach, dass meine Eltern mich einmal zu einer Hochzeitsfeier in diesem Saal mitgenommen haben. Grace war auch da, aber ich habe sie nicht beachtet. Wir waren klein, sie saß mit einer Blume im Haar an einem Tisch und hat versucht, mit den edlen Gläseruntersetzern ein Kartenhaus zu bauen. Die Idee fand ich cool, aber ich wollte nicht mit ihr zusammen spielen, weil ich nun mal ein kleiner therapiebedürftiger Scheißer war. Also habe ich an einem anderen Tisch mein eigenes Kartenhaus gebaut.

»Cartier«, nenne ich dem schlaksigen Türsteher das Passwort, wobei ich mich frage, welcher Mensch auf Erden diesen Mann als qualifiziert genug für einen Türsteher halten konnte. Er würde umfallen, wenn ich ihn nur anstupse.

Der Angestellte nickt knapp und tritt zur Seite, um mich in den Saal zu lassen. Sofort werde ich geblendet von dem Licht des Kristallkronleuchters, der die in Rosé gehaltene Deko im Raum erstrahlen lässt.

Alice Bishop hat ganze Arbeit für diesen Abend geleistet. Oder eher leisten lassen. Sogar der Champagner in den Flöten auf den runden Tischen ist von einem hauchzarten Rosa, damit das Gesamtbild im Einklang bleibt. Die Stühle sind voll besetzt. Hauptsächlich von Frauen, die sich rege miteinander unterhalten. Nur vereinzelt sehe ich Männer, die vermutlich mitgeschleppt wurden und, ihren Mienen nach zu urteilen, ganz offensichtlich keinen Bock auf diesen Ball haben.

So wie Grace.

Grace, die irgendwo in einem der vielen Hinterzimmer ist und sich bereit macht. Klassische Musik erfüllt den Raum, und ich muss beinahe lachen bei der Vorstellung, wie Grace Bishop in Verbindung mit dieser Musik die Treppe herunterschreitet.

Das passt ungefähr so sehr zu ihr wie ich in den Korps des russischen Staatsballetts.

Nicht weit entfernt von mir ertönt ein schallendes Lachen, das ich jederzeit wiedererkennen würde.

Terrence Hill sitzt an einem der runden Tische und nippt an

ihrer Champagnerflöte. Ihr blondes Haar hat sie zu einer Dauerwelle frisieren lassen, und der Anblick erinnert mich so sehr an einen Labradoodle, dass ich es sehr verstörend finde.

Ich schüttle den Kopf und wende mich ab.

Grace. Es geht hier um Grace. Mir läuft die Zeit davon.

Unmöglich kann ich einfach in den Saal spazieren und irgendjemanden fragen. Sie wissen natürlich alle, welche Debütantin mit welchem Partner kommt. So etwas ist für die Frauen dieser Gesellschaft eine solch wichtige Information, dass sie richtige Stalkermethoden und Forschungen veranlassen. Wenn es darum geht, up to date zu sein, werden sie plötzlich alle zu FBI-Agentinnen.

Schade, dass sie diesen Ehrgeiz nicht einfach in etwas Sinnvolleres stecken.

Ich nehme mein iPhone aus der Innentasche meines Sakkos und rufe Bridget Pelham an. Eigentlich wollte ich weitere Gespräche mit ihr vermeiden, aber ich Idiot habe natürlich vergessen, sie zu fragen, wo die Debütantinnen sich fertig machen. Genauso wie ich vergessen habe zu fragen, in welchem Ballsaal es überhaupt stattfindet.

Alles Begleiterscheinungen dieser beschissenen Nervosität.

Sie geht sofort ran. Es hat gerade mal eine halbe Sekunde geklingelt.

»Ja?«

»Hi. Du bist auf dem Ball, oder?« Ich wende mich ab, damit ich auch ja nicht Gefahr laufe, von irgendeiner dieser Pseudo-FBI-Agentinnen belauscht zu werden.

»Ja, wieso?« Bridget wirkt aufgeregt. Wahrscheinlich macht sie sich jetzt Hoffnungen, ihren Partner mit dem hügeligen Fußrücken in den Wind schießen zu können. »Bist du hier? Oh mein Gott, du bist hier, oder? Ich höre Bach im Hintergrund.«

Ich runzle die Stirn. »Bach?«

»Die Musik.«

»Ach. Ja. Hör zu, wo sind eure Umkleiden?«

»Ähm.« Bridget kichert. »Wenn du die Treppen hochgehst und nach draußen kommst, einmal ganz nach hinten durchlaufen. Soll ich Phil sagen, er kann gehen?«

»Was?« Kurz muss ich überlegen, weshalb sie das mit diesem erregten Kichern sagt. Dann wird mir klar, dass sie vermutlich denkt, ich will mit ihr eine Nummer schieben. Der Gedanke lässt mich die Augen verdrehen. »Nein. Gott, nein. Bleib mit Phil. Er ist doch nett zu dir, oder, Bridget?«

Sie grummelt. »Ja. Nett. Aber …«

»Dann beschwer dich nicht. Wenn er dich gut behandelt, solltest du ihn wertschätzen. Scheiß auf seine Hügelfüße.«

Bridget wirkt verunsichert. »Bist du betrunken?«

»Nein. Kannst du mir sagen, wo die Umkleide von Grace ist?«

»Was willst du von ihr?« Ihr Ton ist von einer Sekunde auf die andere in Verärgerung umgeschwungen.

»Es geht um Hazels Hochzeit. Wir sind doch beide Trauzeugen.«

»Aha. Und das kannst du sie nicht am Telefon fragen?«

»Ich habe ihre Nummer nicht.«

»Hm. Schön. Sie ist in der zweiten Tür auf der linken Seite.«

»Du bist ein Engel, Bridget.«

»Spar dir das, Mistkerl.«

Wow. Schon das zweite Mal an diesem Abend, dass ich von einer Frau als Mistkerl betitelt werde.

Ich kämpfe mich zwischen den runden Tischen mit den weißen Spitzendecken, die bis auf den blank polierten Boden reichen, durch und versuche dabei, jeglichen Blickkontakt zu vermeiden. Die Zeit ist ohnehin schon knapp, da brauche ich nicht auch noch in ein sinnloses Gespräch verwickelt werden.

So, wie Bridget es mir erklärt hat, nehme ich den Weg über die rechte Treppe auf die Außenterrasse und steuere die Türen geradeaus an.

Mein Herz pocht wie ein verrückt gewordener Hamster auf Speed, und ich schwöre, ich hasse dieses Gefühl. Es macht mir Angst. Angst davor, nicht zu wissen, ob ich die kommende Situation unter Kontrolle haben werde oder nicht.

Vor der Tür bleibe ich stehen. Ich muss tatsächlich Kraft sammeln, um in dieses Zimmer zu gehen, und kann es selbst nicht fassen, wie schrecklich verknallt ich in dieses Mädchen bin. Ich wünschte, ich hätte jetzt etwas zu essen. Ich wünschte, ich hätte einen Müsliriegel, der nach Hubba Bubba schmeckt. Aber den habe ich nicht. Also bleibt mir nichts anderes übrig, als einfach diese Tür zu öffnen.

Vermutlich hätte ich anklopfen sollen, aber ich bin gerade nicht so in der Verfassung zu vernünftigen Entscheidungen.

Was ich aber definitiv hätte sein sollen, denn …

Grace steht nackt vor mir.

Okay, nicht komplett nackt. Sie trägt ein Höschen. Aber besagtes Höschen besteht aus einem Hauch von Spitze und so feiner Seide, dass es keinen Unterschied gemacht hätte, wäre sie nackt gewesen.

Und das ist noch nicht alles, denn …

Grace hat sich die Haare gefärbt. Die langen Korkenzieher bedecken ihren kompletten Rücken wie sonst auch, aber jetzt sind sie nicht mehr schokobraun, sondern … rosa.

Kein extremes rosa, wie die Cosplay-Mädchen auf der Uni es tragen. Eher ein subtiler Übergang von Kastanie zu Roségold.

Und, scheiße noch mal, sieht das scharf aus. So scharf, dass ich wie ein Vollidiot im Türrahmen stehe und sie angaffe, während mir das Blut aus dem Kopf in tiefere Gefilde schießt.

Sie steht mit dem Rücken zu mir, deshalb hat sie mich noch nicht bemerkt. Ich wünschte, sie würde ewig mit dem Rücken zu mir stehen und mich nicht bemerken, denn ich würde plötzlich gern mein ganzes Leben damit verbringen, in diesem Türrahmen zu stehen und Grace Bishop in hauchzartem Höschen anzustarren.

Aber scheinbar sieht das Leben eine andere Passion als Stalking für mich bevor, denn in diesem Moment dreht Grace sich um. Sie kreischt auf, bedeckt ihre Brüste mit den Armen, bevor ich einen Blick auf sie erhaschen kann, und macht einen Satz nach hinten. Dabei stößt sie mit dem Hacken gegen ein Stuhlbein und flucht ungehalten, wobei ich ein belustigtes Zucken meiner Mundwinkel nicht verhindern kann.

»Heilige Scheiße, Logan«, zischt sie mit vor Schreck geweiteten Augen. »Was zum Teufel machst du hier?«

»Ähm.« Es fällt mir schwer, meine Augen davon abzuhalten, auf ihr Höschen zu starren. »Ich wusste nicht, dass du fast nackt bist.«

»Wie wäre es denn mit Anklopfen gewesen?«

»Ja«, sage ich. »Das denke ich mir auch gerade.«

»Oh mein Gott.« Grace schüttelt den Kopf, was mich dazu veranlasst, zu nicken, weil ich ihr recht geben will, dass es angebracht ist, den Kopf zu schütteln. Was für eine unangenehme Situation. »Dreh dich um.«

»Was?«

Grace seufzt. »Du sollst dich umdrehen. Ich will mir was anziehen, Logan.«

»Ach so. Ja. Klar.«

Also drehe ich mich um und schließe die Tür vor mir, damit auch kein anderer hereinsehen kann. Allein der Gedanke, jemand anderes als ich könnte Grace Brüste sehen, treibt mir einen Schauer über den Nacken.

Während sie im Hintergrund herumwuselt, und ich höre, wie sie ächzt, als sie sich irgendetwas über die Beine streift, betrachte ich es als Folter, ihr nicht dabei zusehen zu dürfen. Obwohl … wahrscheinlich würde ich es gar nicht erst dazu kommen lassen, dass sie sich anzieht.

»So.« Sie stößt die Luft aus. »Du kannst dich umdrehen.«

Ich tue, was sie sagt. Und kriege beinahe schon wieder einen Herzinfarkt.

Grace trägt Klamotten, die sie noch nie in ihrem Leben getragen hat. Ihr Stil war bisher immer derselbe. Brav, teuer, elegant. Hauptsächlich Kleider und Röcke mit Blusen.

Und jetzt trägt sie … Grace trägt eine kurze Jeans. Die Fransen lassen mich vermuten, dass sie sie selbst abgeschnitten hat. Und auf dem Jeansstoff stehen in bunten Farben irgendwelche Sätze, die ich nicht erkennen kann. Über dem Saum der Hose habe ich Blick auf ihren flachen Bauch, weil sie ein Shirt trägt, das über ihrem Nabel zugeknotet ist. Es hat ein auffälliges buntes Muster und ist hundertpro von Adidas. Nur von denen kenne ich diesen Look.

Und … Gott, ihre Schuhe. Noch nie habe ich Grace in Sneaker gesehen, außer auf der *Marymount* im Sportunterricht.

Jetzt trägt sie Turnschuhe von Puma. Schwarz-Rosa. Und das Schockierende an allem ist, dass mich der Anblick dieser neuen, rebellischen Grace so horny macht, dass ich sie am liebsten jetzt gleich an die Wand drücken und Dinge mit ihr anstellen will, die sie dazu bringen, diesen Debütantinnenball in ihrem Leben nicht mehr zu vergessen.

Aber ich tue nichts davon. Nicht einmal etwas zu ihrem neuen Look sage ich. Kein Wort.

Vielleicht habe ich Wortfindungsstörungen, oder es steckt einfach zu viel von meinem Blut in meiner unteren Partie, jedenfalls ist das Einzige, das ich schließlich sage: »Terrence Hill hat eine Dauerwelle.«

»Terrence Hill interessiert mich nicht. Was machst du hier?«

Ich öffne den Mund, um zu sagen, dass Terrence mich auch nicht interessiert. Aber dann merke ich, dass ich ihrer Frage damit schon wieder ausweichen würde, deshalb sage ich erst einmal gar nichts und spiele mit der Ansteckblume in der Hand herum. Als Grace Blick darauf fällt, runzelt sie die Stirn, und mir wird klar, dass ich es jetzt sowieso sagen muss.

»Ich bin gekommen, weil ich dein Partner sein will. Auf diesem Ball. Ich …« Unsicher schüttle ich die Hortensie in meiner Hand auf und ab, wobei ein paar Blütenblätter zu Boden gehen. Schließlich halte ich sie Grace einfach hin. »Die ist für dich. Ich habe sie im Blumenladen gekauft. Also, wirklich ich. Nicht Brenda. Ich bin selbst hingegangen und habe sie ausgesucht und …« Als mir klar wird, dass ich wirres Zeug fasle, schüttle ich den Kopf. »Egal. Sie ist für dich. Weil ich dein Partner sein will.«

Ich kann Grace Blick nicht deuten, als sie die Ansteckblume entgegennimmt, und das macht mich wahnsinnig. Ihre Undurchschaubarkeit ist nicht zu ertragen, aber ich will auch nicht wie ein

Psycho rüberkommen, der sie bedrängt. Deshalb warte ich ab und ignoriere mein Speedy-Gonzales-Herz.

Gerade öffnet sie ihren Rosenknospenmund und will etwas sagen, da …

Die Tür öffnet sich. Ich drehe mich um und merke überdeutlich, wie mein innerer Speed-Hamster explodiert.

Wirklich, er explodiert. Und Grund dafür ist kein anderer als Lucas *Ich-bin-der-heilige-Samariter* Graham, der gerade mit einer Selbstverständlichkeit durch die Tür spaziert, als wäre er Grace Verlobter.

In diesem Moment kann ich kaum klar denken. Das Einzige, was ich überdeutlich wahrnehme, sind die wispernden Worte meines geplatzten Hamsters, die es, getragen von den Rauchschwaden, bis in meinen Verstand schaffen.

Lucas hat auch nicht angeklopft.

21

Grace

Lucas starrt mich an. Besser gesagt, er gafft.

Währenddessen wirkt Logan neben ihm, als müsste er sich zurückhalten, nicht auf Lucas loszugehen.

Und ich … ich sehe bloß Logan an. Was er zum Glück nicht bemerkt, weil er zu sehr damit beschäftigt ist, Lucas mit grimmigen Blicken zu pfählen.

Noch immer kann ich nicht fassen, dass er vor mir steht. Und dann auch noch in diesem sündhaft noblen Anzug, dessen maßgeschneiderten Nähte sich nicht perfekter an Logans Haut schmiegen könnten.

Er will mein Partner für den Ball sein. Und hat mir sogar eine Ansteckblume gekauft. Eine … Hortensie.

»Hallo? Kannst du mir vielleicht mal antworten, Grace?«

Ich schüttle den Kopf und sehe Lucas an. »Tut mir leid. Was hast du gesagt?«

Seine Nasenflügel blähen sich auf. Das tun sie immer, wenn er wütend wird. Mit zusammengepresstem Kiefer deutet er auf mich.

»Was soll der Aufzug?«

Ich weiß genau, was er meint, aber stelle mich dumm. »Was meinst du?«

Mein Ex-Freund verschränkt die Arme vor der Brust. Sein Anzug sitzt nicht ganz so perfekt wie der von Logan, aber die Grahams haben auch nicht so viel Kohle wie die Cunninghams.

»Du siehst aus wie ein pubertierendes Mädchen, das auf der Highschool nach Aufmerksamkeit schreien will.«

Eigentlich sollte es mich nicht verletzen. Ich bin stolz genug, um über solchen Worten zu stehen. Und stark genug, Bemerkungen wie diese an mir abprallen zu lassen. Trotzdem versetzt seine Aussage mir einen Stich. Vielleicht deshalb, weil ich es gerade zum ersten Mal wage, mich in meinem neuen Look zu zeigen.

»Hör auf mit ihr zu reden, als wäre sie nichts wert.«

Mein Blick geht zu Logan. Genau wie der von Lucas. Kurz wirkt er verwirrt, als hätte er Logans Präsenz zuvor gar nicht wahrgenommen.

»Cunningham.« Er stößt ein ungläubiges Lachen aus. »Du willst mich doch verarschen.«

Logan lächelt. »Bedaure, aber dafür ist mir meine Zeit zu kostbar.«

Mein Ex-Freund schnaubt. »Während du ein Chick nach dem anderen verarscht hast, habe ich sieben Jahre lang dafür gesorgt, dass Grace sich wertvoll fühlt.«

»Bis du sie mit Thomas betrogen hast«, ergänzt Logan.

Die Worte versetzen mir einen weiteren Stich. Ich hasse es, an diese Erinnerung zu denken, weshalb ich sie so gut es geht aus meinem Kopf verbannt habe. Aber jedes Mal, wenn das Thema auf den Tisch kommt, fühle ich mich wie vor anderthalb Jahren, als ich mit einem imaginären Messer in der Brust meinen Freund im Bett mit einem anderen erwischte.

Lucas zischt. »War klar, dass du diesen einen Fehler hervorholst, obwohl du eher bei dir anfangen solltest zu suchen.«

»Oh, ich kenne meine Fehler«, entgegnet Logan. »Aber im Gegensatz zu dir war ich immer ehrlich zu den Frauen. Sie wussten, dass ich ein Arschloch war. Ich habe mit offenen Karten gespielt.«

Meine Lippen formen sich zu einem großen *O*. Nicht weil mich der Schlagabtausch der beiden so mitreißt, sondern weil mir gerade etwas bewusst geworden ist.

Logan hat recht.

Er hat nie jemandem auch nur ansatzweise Gefühle vorgegaukelt. Zumindest nicht, soweit ich weiß. Die Mädchen, mit denen ich geredet und die ich getröstet habe, meinten alle immer dasselbe: *»Ich wusste ja, dass es so endet.«*

»Lucas«, murmle ich leise, doch er hört mich nicht. Mein Blick ist verschwommen von der Erkenntnis, dass Logan vielleicht ein Arschloch ist, aber kein Lügner.

Er spielt mit offenen Karten.

»Ist ja auch scheißegal«, sagt Lucas, wedelt mit der Hand durch die Luft, als wäre Logan eine störrische Fliege, und sieht wieder mich an. »Du kommst jetzt gefälligst zur Vernunft, Hummelbiene. Zieh den Flunsch aus und das Kleid an.« Seine Augen huschen zu dem neuen Farbübergang meiner Haare, wobei seine Lippen sich missmutig verziehen. »Die Farbe geht gar nicht. Aber das können wir jetzt nicht ändern. Ich hoffe nur, deine Mutter weiß, dass ich damit nichts zu tun habe.«

Logan stößt ein verbittertes Lachen aus. »Hauptsache die Leute denken gut von dir, alles andere interessiert dich nicht. Hat dich noch nie interessiert, oder, Graham? Deshalb bist du auch so erbärmlich und kannst nie deine eigene Meinung vertreten.«

Lucas bebt vor Zorn. »Als ob dir dein öffentlicher Ruf egal wäre, Cunningham.«

»Zumindest so egal, dass es mich einen Scheißdreck interessieren würde, was andere über die Frau an meiner Seite sagen. Selbst wenn sie mit einem verdammten Kartoffelsack da rausgehen würde, wäre es mir egal. Kapierst du nicht, dass es um mehr geht als Ansehen? Und was für ein Freund warst du bitte sieben Jahre, dass dir bei diesem Mädchen tatsächlich wichtig ist, was sie für Kleidung trägt?« Logan schüttelt den Kopf. »Junge, du bist echt armselig.«

»Ich bin armselig?«

»Lucas«, wispere ich wieder, dieses Mal etwas lauter. Doch er hört mich nicht, sondern geht mit einem erhobenen Finger auf Logan zu und bohrt ihn ihm in die Brust. Logan schlägt seine Hand weg als wäre sie ein blutsaugendes Insekt.

»Das wagst tatsächlich du zu sagen, Cunningham? Du bist nichts weiter als ein selbstverliebter Wichser mit einem gestörten Mutterkomplex, der …«

»Lucas!« Ich schreie.

Mein Ex-Freund wendet sich von Logan ab und sieht mich an. Dabei schwebt sein erhobener Zeigefinger immer noch in der Luft.

Ich deute auf die Tür. »Geh.«

»Was?«

»Du sollst gehen«, wiederhole ich.

Lucas runzelt die Stirn und sieht auf seine Armbanduhr, ehe sein verwirrter Blick sich wieder auf mich richtet. »Der Ball beginnt in fünf Minuten und wir müssen ... Oh.«

Ihm scheint klar geworden zu sein, weshalb Logan in meiner Umkleidekabine steht. Sein Blick wandert von mir zu ihm und verzerrt sich zu einer wütenden Fratze. »Du willst das mit ihm machen. Wie schön, dass ihr mich hintergeht.«

»Das sagt der richtige«, murmelt Logan.

Selbstbewusst drücke ich die Schultern durch. »Ich habe meiner Mutter mehrmals gesagt, dass ich nicht zu diesem Ball möchte. Erst recht nicht mit dir als Partner. Und dir habe ich das auch gesagt, Luc.«

Lucas presst die Zähne zusammen und tritt von einem Bein aufs andere. Dann schlägt er plötzlich gegen die Wand, so heftig, dass er sich die Haut aufschürft. »Willst du mir meinen Fehler auf ewig vorhalten, Grace?« Er schnaubt vor Zorn. »Willst du mich quälen? Ist es das?«

»Nein. Ich will nur einfach nichts mehr mit dir zu tun haben.«

Lucas Augen weiten sich, sodass sie einen geradezu irren Ausdruck bekommen. Mit noch immer erhobenem Zeigefinger kommt er auf mich zugeschossen, bis sein Gesicht nur wenige Zentimeter von meinem entfernt ist. Ich müsste lügen, würde ich behaupten, dass mir sein Verhalten keine Angst machen würde. Aber ich unterstehe mich, einen Schritt zurück zu machen und ihm die Genugtuung zu verschaffen, mich eingeschüchtert zu haben.

»Das geht nicht. Wir waren sieben Jahre zusammen, Grace. Sieben Jahre!«

Hinter ihm macht Logan einen Schritt vor, doch ich bedeute ihm mit einer raschen Handbewegung, stehen zu bleiben.

»Das weiß ich. Und es ist auch nicht so, dass ich unsere Zeit vergesse, Luc. Es sind schöne Erinnerungen dabei. Wir haben eine Geschichte zusammen, die mich geprägt hat. Aber es ist eben nur das. Eine Geschichte. Keine Zukunft. Ich möchte bitte, dass du das verstehst.«

»Und jetzt fickst du mit ihm?« Er deutet wahllos in Logans Richtung, ohne den Blick von mir abzuwenden. »Dann bist du eine Schlampe, Grace. Eine widerliche Schlampe, mit der ich durch bin und …«

»Das reicht. Verpiss dich, Mann.« Logan packt Lucas an der Schulter und reißt ihn von mir weg. Und das nicht gerade sanft. Zuerst taumelt Lucas rückwärts, doch dann fängt er sich, und es wirkt, als wollte er Logan eine verpassen, doch der umfasst seine beiden Handgelenke und zerrt ihn durch den Raum zur Tür.

»Wag es noch einmal, ihr unter die Augen zu treten, und ich sorge dafür, dass du endest wie eine fette Kakerlake unter meinen Schuhen. Dann werde ich nicht nur deine persönliche Ehre zerstören, sondern auch deinen Ruf. Und denk ja nicht, das wären leere Worte. Ich bin ein Cunningham. Wir halten unser Wort.«

Damit stößt er ihn auf den Flur hinaus und schließt die Tür.

Einen Augenblick stehen wir wortlos da und warten, ob Lucas noch einmal hereinkommt, doch dann erklingen seine gedämpften Schritte, die sich entfernen.

Logan dreht sich mir zu, und erleichtert stelle ich fest, dass er kein selbstgefälliges Grinsen aufgesetzt hat, sondern mich besorgt ansieht. Ich glaube, das ist einer der Gründe, weshalb ich Logan Cunningham verfallen bin. Ihm wurde die Etikette eines Gentlemans beigebracht. Wo andere in seinem Alter sich jetzt vor überlaufenem Testosteron mit blasierter Miene auf die Brust klopfen würden, verhält er sich reif.

Weil er ein Mann ist. Und kein Junge.

»Bist du okay?«

»Ja.« Natürlich haben Lucas Worte mich getroffen. Haben mir einen heftigen Stich ins Herz versetzt. Ganz egal, ob er diese Sachen aus Wut gesagt hat, aber wir waren sieben Jahre lang ein Paar. Haben sieben Jahre in Folge am Weihnachtsabend den riesigen Christbaum am Rockefeller Center betrachtet und danach eine heiße Waffel mit Kirschen und Sahne gegessen. Nach einer so langen Zeit rechtfertigt nicht einmal der schlimmste Zorn solche Worte.

Logan kommt einen Schritt auf mich zu und nimmt mir in einer sanften Berührung die Ansteckblume aus den Händen.

»Ich glaube, die muss hier ran.« Seine Finger streifen mein Schlüsselbein, als er die Blume an meinem Shirt befestigt, und in mir breitet sich ein warmes Gefühl aus. Plötzlich will ich, dass er mir noch mal über die Haut streicht und ich seine sanfte Berührung in vollen Zügen auskosten kann.

Logan bemerkt meine flache Atmung. Als er sich von der Anstecknadel löst, sieht er mir mit gesenkten Lidern in die Augen, und mir jagt ein Schauer über den Rücken, weil ich plötzlich merke, wie nah er mir ist.

»Die Farbe steht dir.« Sein Ton klingt heiser. Er fährt mit dem Finger über eine meiner Korkenzieherssträhnen, die mir bis über die Brust fallen. Dabei streicht die Spitze seines Zeigefingers über meine Wölbung, und mir stockt für einen Moment der Atem. Ein heftiges Kribbeln breitet sich in meiner Mitte aus.

Logan grinst. »Entschuldige. So etwas machen Freunde ja gar nicht.«

Meine Lippen teilen sich, weil mir ein heiserer Laut entfahren will, und nur mit Mühe schaffe ich es, ihn wieder herunterzuschlucken. Eine benommene Trägheit breitet sich in meinem Kopf aus und vernebelt mir jeglichen Gedanken.

»Ja«, sage ich nur, dabei meine ich etwas ganz anderes. Und ich bin mir sicher, dass Logan die flehende Bitte, die sich hinter dem Wort verbirgt, heraushört, denn er legt mir seine warmen Hände an die Hüften und streicht in quälender Langsamkeit über meine nackte Haut. Ich atme stockend aus, während er in einer solchen

Intensität mein Gesicht mustert, als wäre ich ein zu studierendes Kunstwerk.

Plötzlich stößt er mich zurück, drückt mich mit einer Hand gegen die Wand und stützt sich mit der anderen an ihr ab, sodass sein in edlem Stoff verpackter Bizeps genau neben meinem Kopf schwebt.

»Freunde«, murmle ich, ziehe ihn an seinem Sakko zu mir heran und spüre plötzlich sehr genau, wie erregt er ist.

Seine Aura macht mich machtlos. Ich kann meinen Willen nicht mehr unterdrücken und nichts dagegen tun, dass meine Hand sich auf seine Erektion legt. Ihn spüren will.

Logan stöhnt. Ein raues Stöhnen, das ein heftiges Ziehen in meiner Mitte auslöst.

»Grace.« Sein heiserer Atem benetzt mein Ohr, und jetzt kann auch ich nicht verhindern, dass mir ein lustvoller Laut entfährt.

Ich reibe schneller an seinem Schritt, was Logan dazu bringt, leise zu keuchen und seine Stirn an meine zu legen. Plötzlich ist mir zu viel Stoff zwischen uns. Ich will die Wärme spüren, die ich in ihm auslöse. Fahrig nestle ich an seinem Gürtel herum, während ich mit der anderen weiterhin seine Erektion berühre.

Wieder keucht er. Dieses Mal heftiger.

Mir ist klar, was ich will. Was ich von ihm brauche. Hier und jetzt.

Und ich kann es kaum erwarten, von seinen heißen Küssen bedeckt zu werden. Kann es kaum erwarten, wie die elektrisierende Spur seiner Lippen meinen Körper hinunterwandert, um dann an meiner empfindlichsten Stelle eine Explosion herbeizuführen. Kann es kaum erwarten, dass …

Die Tür geht auf.

Logan und ich lassen so erschrocken voneinander ab, dass ich mit dem Kopf gegen die Wand knalle und er über den Stuhl stolpert. Mit geweiteten Augen und geöffnetem Gürtel sieht er zur Tür, während mich plötzlich die nüchterne Erkenntnis trifft, dass ich beinahe meine aufgestellten Prinzipien gebrochen hätte.

Ich war haarscharf davor. Wirklich.

»Oh.« Eine Bedienstete des Plaza-Hotels steht in der Tür. Ich kenne sie nur flüchtig aber weiß, dass sie heute für die Organisation des Balls zuständig ist. Ihr Gesicht läuft feuerrot an, und ihr Blick heftet sich auf den glatten Parkettboden. »Sie sollen sich mit den anderen aufreihen. Die Moderation beginnt gleich.«

Logan nickt. Genauso wie ich. Wir nicken beide und sagen kein Wort, wobei ich mir vorkomme wie ein Wackelhund vor der Windschutzscheibe eines Autos.

»Tut mir leid, falls ich …« Die Angestellte hüstelt. »Falls ich gestört habe.«

»Das behalten Sie für sich«, sage ich. Über das Tratschverhältnis unserer Angestellten bin ich nur zu genau im Bilde und falls das, was gerade passiert ist, auch nur an eine falsche Person gelangen sollte, macht es in unserer Gesellschaft ungefähr so schnell die Runde, als hätte ein Aborigine die fremde Flotte der Amerikaner gesichtet.

»Selbstverständlich«, stottert sie, tritt nervös von einem Bein aufs andere und deutet dann hinter sich auf den Flur. Noch immer, ohne uns anzusehen. »Sie müssen sich jetzt wirklich einreihen. Der Ball beginnt jede Sekunde.«

Sie dackelt voraus und lässt die Tür offen stehen. Vermutlich, damit wir nicht wieder loslegen können, dadurch den Ball verpassen und sie ihren Job verlieren würde.

Logan und ich wechseln einen kurzen Blick, der intensiver nicht sein könnte und von Schock und Überraschung gleichermaßen geprägt ist.

Ich kann nicht fassen, wie weit wir gerade gegangen sind. Ohne dass wir es überhaupt richtig bemerkt haben. Es ging so schnell. Alles ist auf einmal verwischt, und es war, als würden wir in einer gemeinsamen Blase stecken, in der es nur uns zwei gibt und keine Welt um uns herum, kein Leben um uns herum.

Keine Angst um uns herum.

Könnte es vielleicht immer so sein, wenn wir unserem Verlangen nachgeben würden? Könnte diese Blase auf ewig existieren?

Vermutlich nicht. Aber es wäre schön, wenn es so wäre.

Das ist der Nachteil an einem Traum. Er ist schön, nahezu perfekt, aber wenn man aufwacht, muss man doch der Wahrheit ins Auge sehen:

Ein Traum bleibt eben doch nur ein Traum.

Ich wende den Blick von Logans schokoladenfarbenen Augen ab und gehe voraus. »Komm. Nicht dass wir unseren großen Auftritt verpassen.«

Logan folgt mir. »Das würde ich nicht zulassen.«

Ich glaube nicht, dass er damit den Ball meint.

22

Logan

Ich habe diese Debütantinnenbälle nie verstanden.

Man wird doch ohnehin in die Gesellschaft eingeführt, wozu dann diese Zurschaustellung?

Genauso wenig habe ich verstanden, wie die Mädchen sich damals darüber gefreut haben. Wochenlang wurde auf der *Marymount* hinter vorgehaltener Hand getuschelt, während wir Jungs angestarrt und in den Gängen von kichernden Mädchen verfolgt wurden. Es war gruselig.

Damals hat Philine Hill mich gefragt, ob ich ihr Partner sein will. Ich habe sie ausgelacht und ihr danach mein Butterbrot ins Gesicht geschmiert. Sie hat losgeheult, und ich habe mich gefühlt wie ein Held. Später musste ich dann doch mit ihr hin, weil Terrence Hill sich bei meinem Vater über mich ausgelassen hat.

Er meinte: »Junge, wegen dir hat mich Terrence gerade über eine Stunde in unserem Haus vollgelabert! Du begleitest ihre Tochter zu diesem scheiß Ball oder ich sorge dafür, dass du zu deiner Mutter nach Tokyo gehst!«

Hat mich diese Drohung verstört? Ja.

War ich Philine danach der beste Partner überhaupt? Gott, nein.

Und hat sie sich trotzdem in mich verliebt? Definitiv.

Niemals hätte ich gedacht, so etwas noch einmal mitzumachen. Und dann auch noch freiwillig.

»Alles okay?« Grace klammert ihre zarten Finger in meinen Bizeps, während das erste Paar in der Reihe aufgerufen wird und das junge Mädchen mit einem Strahlen im Gesicht die Treppe herunterschreitet.

»Klar«, entgegne ich. Noch stehen wir im Schatten, das heißt, das Publikum kann uns nicht sehen. Ich lehne mich gegen das verschnörkelte Geländer der Balustrade und lege meine Finger kurz auf die von Grace. »Und bei dir?«

Sie tritt von einem Bein aufs andere, und selbst durch den Anzugstoff kann ich spüren, wie warm ihre Hand ist.

»Bisschen nervös«, murmelt sie. »Mutter wird durchdrehen.«

Das nächste Paar tritt ins Licht des Kristalllüsters und schreitet die Treppe herunter. Der Moderator stellt das Mädchen vor und brettert ihren Lebenslauf herunter. Dann erwähnt er kurz den Partner, ehe die beiden sich zu dem anderen Paar im Saal gesellen.

»Ja. Das wird sie.« Ich sehe sie an und wackle mit den Brauen. »Endlich mal Action auf so einem Ball.«

Grace will kichern, doch der Anblick ihrer Mutter, die mit eiserner Miene und akkurater Haltung zu den Debütantinnen sieht, verhindert es.

»Meinst du, ich gehe zu weit?«

Ich neige den Kopf. »Findest du denn, du gehst zu weit?«

»Nein. Es ist ja mein Leben. Oder?«

»Natürlich.«

Sie lächelt und drückt meinen Arm. »Okay. Danke.«

»Außerdem passt der Look zu dir. Und den Haarreif trägst du doch trotzdem noch.«

Grace nickt. Ich glaube, den Haarreif hätte sie auch gern weggelassen, wenn es nach ihr ginge, aber … so weit ist sie noch nicht. Es gibt immer irgendetwas, woran man noch festhält, wenn man einen neuen Weg einschlägt. Und sei es nur ein kleiner Zipfel, Hauptsache die Vergangenheit ist noch greifbar. Als hätte man Angst davor, die Erinnerungen an all die Jahre zu verlieren, weil man sich selbst findet.

»Die Ansteckblume ist süß«, sagt sie, als wir noch einen Schritt vorgehen. Wenn das nächste Paar an der Reihe ist, werden auch wir sichtbar sein. »Aber eigentlich tragen Debütantinnen so etwas nicht.«

»Eigentlich tragen Debütantinnen auch keine bauchfreien, bunten Tops und abgeschnittene Hosen.« Ich grinse, als ich meinen Blick über die einheitlichen Kleider der anderen Mädchen und ihre dazugehörigen Pumps schweifen lasse. »Und erst recht keine Sneakers.«

»Touché.«

Ich schwöre, ich kann ihr Herz in der Brust schlagen hören, als das nächste Paar an der Reihe ist. Grace atmet tief ein und versteift sich, deshalb lege ich meine andere Hand auf ihre Finger, die sie bei mir eingehakt hat, und führe sie.

Ein kollektives Schnappen nach Luft erfüllt den Saal, gefolgt von einem einheitlichen Raunen. Eine Champagnerflöte geht zu Boden, und ich sehe, dass sie Mrs. Bishop aus der Hand gerutscht ist. Sofort eilt ein Angestellter vorbei und kümmert sich darum, während ihr Blick voll starrem Entsetzen auf Grace gerichtet ist, als hätte ihre Tochter gerade die Unabhängigkeitserklärung von Amerika für nichtig erklärt.

Grace Atmung geht schnell.

»Ganz ruhig. Ich bin hier. Wir machen das zusammen. Du bist nicht allein.«

»Hätte ich doch bloß einfach das Kleid angezogen«, flüstert sie. »Hätte ich doch bloß einfach gehorcht.«

»Du hast lang genug gehorcht, Grace.«

Das Licht des Kristalllüsters strahlt auf uns herab und präsentiert uns, während wir die Treppe herunterschreiten. Dabei stützt Grace sich so stark auf mich, dass ich das Gefühl habe, ihr halbes Gewicht zu tragen. Vermutlich sind ihre Beine gerade nicht mehr als Pudding.

Vor der steinernen Skulptur auf dem breiten Treppenabsatz bleiben wir stehen und lassen unseren Blick über die Menge hungriger Alligatoren schweifen. Als ich von einem bestürzten Gesicht ins nächste sehe, fällt es mir schwer, mir ein Grinsen zu verkneifen. Grace hingegen sieht aus, als würde sie sich gleich mitten in die Menge übergeben.

Damit würde sie natürlich noch einen draufsetzen.

Der Moderator zückt seine Karten und räuspert sich.

»Ich habe sie ausgetauscht«, wispert Grace. »Die Karten.«

»Was?«

Aber bevor sie antworten kann, fängt der schlaksige Typ mit schütterem Haar auch schon an zu sprechen.

»Meine Damen und Herren, Miss Grace Bishop. Zweiundzwanzig Jahre alt. Tochter von Alice und Harold Bishop. Spricht Englisch, Französisch und Spanisch. Beherrscht das Klavierspielen und hat zehn Jahre Modern Jazz getanzt, davon drei als ehrenamtliche Tanzlehrerin für sozial schwächere Kinder.«

Durch die Menge gehen anerkennende, jedoch nur vereinzelte *»Oohhs«* und *»Aahhs«*. Ich bin mir sicher, die Ehrerbietung wäre größer ausgefallen, trüge Grace ihr Kleid. Was ziemlich paradox ist, weil das Kleid nichts von dem, was sie geleistet hat, ändert. Es ist egal, ob sie einen Jutebeutel oder ein Kleid von *Milano* trägt. Sie wäre trotzdem noch dieselbe Grace mit denselben Werten.

Aber das kapieren diese blasierten Geier natürlich nicht.

»Grace steht kurz vor ihrem Bachelor-Abschluss der New York University, auf der sie International Management studiert. Sie würde …« Der Moderator räuspert sich und runzelt die Stirn. Verengt die Augen, als würde er nicht richtig lesen. Doch trotzdem fährt er fort. »Sie würde sich jedoch lieber einen Arm abhacken, als die Hotels ihrer Eltern weiterzuführen.« Erneutes Schnappen nach Luft, gefolgt von mehreren *»Das gibt es ja nicht«*, *»Um Himmels Willen«* und *»Die armen Bishops«*.

»Grace geht nun ihre Karriere als professionelle Sängerin an, und wenn das nicht klappt …« Wieder verengt der Moderator die Augen und beugt sich jetzt so dicht über die Karten, als müsste er Halluzinationen haben. »… wenn das nicht klappt, wird sie vielleicht einfach Puffmutter.«

Ich lache laut auf. Leider tut es kein anderer in diesem stummen Saal, und alle Blicke richten sich auf mich. Gefühlt hundert Augenpaare mit verstörtem Ausdruck sehen mich an, als wäre ich nicht mehr ganz richtig im Kopf, dass ich über so etwas auch noch lachen kann.

Absolute Stille senkt sich über unsere Köpfe. Man könnte jedes Staubkorn fallen hören, wenn es in diesem penetrant ordentlichen Raum so etwas wie Staub überhaupt gäbe.

Dann setzt das erste Kichern einer der Debütantinnen ein. Und weitere folgen. Es ist kein bösartiges Gelächter, sondern ein belustigtes. Als würde ihnen der Ball gerade zum ersten Mal so etwas wie Freude bereiten. Sie alle versuchen, das Lachen hinter vorgehaltener Hand zu verstecken, doch gegen den Lachmuskel ist man bekanntlich machtlos. Besonders dann, wenn man nicht lachen darf.

Mrs. Bishop wirkt wie vor den Kopf gestoßen. Das Gelächter scheint sie wachzurütteln, denn endlich erwacht sie aus ihrem starren Blick und wendet sich von ihrer Tochter ab.

»Der Tanz!« Orientierungslos sieht sie sich im Saal um, als würde sie denjenigen suchen, der für die Organisation zuständig ist. »Schaltet die verfluchte Musik ein!«

Die ersten Klänge ertönen. Aber es ist definitiv nicht die Musik, die Mrs. Bishop für die traditionelle Polonaise gewählt hat. Denn ich würde einfach mal behaupten, dass *Sit Still, Look Pretty* von *Daya* nicht zu einem Wiener Walzer passt.

Und dann …

Ach du meine Scheiße. Grace schnappt sich das Mikrofon vom Moderator, genau in der Sekunde, in der die erste Strophe anfängt und Grace ihre Stimme erhebt.

Und plötzlich wirkt es, als falle jegliche Anspannung von ihren Schultern. Sie gibt sich ganz dem Song hin, während sie in ihrer rauchigen, außergewöhnlichen Stimme, die sich so von ihrer normalen Sprechstimme unterscheidet, darüber singt, dass sie niemals das Mädchen sein will, das in der perfekten Welt lebt.

Fuck. Eine Gänsehaut rennt über meine Haut. Mir wird heiß und kalt, während ich sie beobachte.

Jeder beobachtet sie. Trotz der schockierenden Gesichter ist keiner dazu imstande, aufzustehen und Grace zu unterbrechen.

Weil ihre Stimme eine hypnotische Wirkung auf jeden Einzelnen in diesem Saal hat.

Die Debütantinnen beginnen zu tanzen.

Eine chaotische Polonaise, durchsetzt von ausgelassenem und glücklichem Gelächter.

Und als Grace das sieht, strahlt sie. Vermutlich geht ihr Herz dabei auf zu sehen, wie sie andere mit ihrer Stimme berühren und mitreißen kann.

Mir geht auch das Herz auf. Weil ich mir sicher bin, nie etwas Schöneres im Leben gesehen zu haben als Grace Bishops strahlendes Lächeln in diesem Moment.

23

Grace

»Was hast du dir dabei gedacht?«

Meine Mutter tigert vor mir auf und ab, die Fingerspitzen dabei in Illuminati-Pose aneinandergelegt. Bei jedem Schritt klackern die Absätze ihrer Louboutins, ansonsten herrscht Stille. Wir stehen im Dienstbotengang, der eigentlich für die Caterer bestimmt ist.

»Und dann die armen Mädchen da draußen, die sich auf einen schönen ersten Debütantinnenball gefreut haben. Denkst du eigentlich mal nach, bevor du handelst? Du hast nur an dich gedacht! Wie es den Mädchen dabei geht, das interessiert dich nicht.«

Ein freudloses Lachen entfährt mir. »Die Mädchen haben nicht den Anschein auf mich geweckt, als hätte es ihnen missfallen. Im Gegenteil. Sie haben getanzt und gelacht, Mutter. Aber vielleicht bist du für Freude auf den Gesichtern anderer auch einfach blind.«

An der Schläfe meiner Mutter pocht eine Ader in besorgniserregendem Tempo. Meinen Vorwurf übergeht sie einfach.

»Ich bin so kurz davor, dich auf der Stelle zu den schweigenden Schwestern zu schicken, Grace. Das ist …« Sie bleibt stehen, schnaubt und schüttelt den Kopf. »Ich fasse es einfach nicht.«

Die schweigenden Schwestern sind eine Institution von Nonnen aus Connecticut, die sich als Kloster mit zugehörigem Kinder- und Frauenheim definieren, eigentlich aber eine Irrenanstalt sind. Keine Ahnung, was genau die da mit einem machen, aber schön ist es sicher nicht. Philine war einmal drei Monate in den Sommerferien dort, als sie ihre … na ja, sagen wir mal, »von Männern nicht genug kriegende« Phase hatte. Danach kam sie völlig verstört wieder, wollte mit niemandem reden und hat bloß mit noch mehr Männern als schon zuvor geschlafen. Wahrscheinlich, um zu vergessen.

»Mutter«, sage ich. Meine gedämpfte Stimme hallt in dem leeren Gang. »Du übertreibst.«

»Ich übertreibe?« Ihre Stimme überschlägt sich. »Du hast mich da draußen aufs Übelste blamiert, Grace. In Grund und Boden musste ich mich schämen, auf meiner eigenen Veranstaltung, die ich nur aus Liebe zu dir geplant habe!«

»Aus Liebe zu mir? Ich habe dir von Anfang an gesagt, dass ich keine Lust auf diesen oberflächlichen Ball hatte! Und dann hast du dich auch noch mit Lucas zusammengetan. Er hat mich betrogen! Vor meinen Augen! Ist dir so etwas vollkommen egal? Denkst du mal nach, wie es mir dabei geht?«

»Ach.« Mutter wedelt mit der Hand durch die Luft. »So etwas passiert. Aber er bereut es und wünscht sich nichts sehnlicher, als es rückgängig machen zu können. Man muss auch verzeihen können in unserer Gesellschaft.«

»Das sagt die richtige. Du guckst Terrence Hill doch mit dem Arsch nicht mehr an, seit sie dir damals ihre Schuhe geliehen hat. Dabei war es sogar nett von ihr!«

»Terrence Hill ist nicht Lucas!« Ihre Stimme wird lauter. Sie schreit jetzt beinahe in diesem ausgestorbenen Flur. »Terrence Hill ist auch niemand, der wichtig ist, wenn es um meine Zukunft geht!«

»Ach«, entgegne ich. Meine Stimme könnte nicht sarkastischer sein. »Und ich soll Lucas also alles vergeben und vergessen, weil er gut für meine Zukunft wäre?«

»Ganz genau!« Mutter wirft die Arme in die Luft, als hätte ich endlich verstanden, worum es im Leben geht.

Ich setze ein abwertendes Grinsen auf. »Und was ist mit Logan?«

»Was soll mit ihm sein?« Ihr Ton ist eine Warnung. Sie weiß ganz genau, worauf ich hinauswill.

»Was, wenn ich mit Logan zusammen wäre? Würde dir das nicht noch mehr Genugtuung geben? Die Cunninghams haben immerhin mehr Einfluss als die Grahams.« Den letzten Satz spucke ich förmlich aus, weil es mich anwidert, ihre Denkweise überhaupt auf der Zunge zu tragen.

Mutter schnaubt. »Logan Cunningham ist bekannt für seine Frauengeschichten, Grace. Niemand in unserer Gesellschaft wird dich als reife und selbstständige Frau sehen, wenn du mit jemandem wie ihm zusammen bist. Eher wie ein schwaches Opfer, das ihm nachgegeben hat. Sie werden nur auf den Tag warten, an dem er dich wie eine zerdrückte Fliege wegschnipst und dich auf dem Boden liegend zurücklässt.«

Wow. Ich fasse es nicht, dass sie das gerade gesagt hat. Und noch weniger fasse ich, dass sie den Ängsten in mir direkt aus der Seele spricht. Vermutlich ist das der Grund, weshalb ich plötzlich nicht mehr so denken will. Eine andere Meinung haben will, damit ich nicht so werde wie meine Mutter. Wenn wir dieselben Ansichten haben, dann nagt das an mir. Löst eine Panik aus, dass tief in mir eben doch ihre Wurzeln liegen, die wachsen und wachsen und wachsen, bis ich so werde wie sie. Ich muss die Wurzeln packen und gnadenlos herausreißen.

»Logan ist ein guter Mann«, sage ich. »Du kennst ihn nicht und hast kein Recht, so über ihn zu urteilen.«

»Ich kenne den Jungen, seit er auf der Welt ist.« Ihr Tonfall ist barsch. »Und zieh diese lächerlichen Sachen aus. Du hattest deine kleine Rebellion Grace, herzlichen Glückwunsch. Jetzt wird es Zeit, dass du wieder zur Vernunft kommst.«

Am liebsten würde ich einen verzweifelten Schrei von mir geben und meine Mutter schütteln. Ich werfe die Arme in die Luft.

»Aber genau das tue ich doch gerade! Das willst du nur nicht sehen. Weil Sneakers statt Louboutins eben nicht deine Art von Vernunft sind!«

»Das ist doch …« Mutter sieht mich an, doch die Worte wollen nicht so richtig herauskommen. Es scheint, als wüsste sie nicht, was sie sagen soll. Langsam schüttelt sie den Kopf. »Du warst nie so, Grace. Und jetzt willst du mir vorwerfen, ich würde nicht sehen, wer du wirklich bist?«

»Ich war nie so, weil ich nicht so sein durfte!« Mutter zuckt zusammen. »Es war doch immer nur eure Welt und keine andere, die bei uns willkommen war! Jahrelang hast du über meine beste Freundin hergezogen, weil sie ihre Klamotten bei *Zara* kauft. Und jetzt willst du mir vormachen, meine Meinung wäre dir wichtig? Ich bitte dich. Wir wissen beide, dass das bullshit ist.«

Meine Mutter entgegnet nichts. Sie steht bloß da, mit ihrer extravaganten Hochsteckfrisur, die schmalen Adleraugen auf mich gerichtet, und macht keine Anstalten, mir zu widersprechen.

Es ist aussichtslos. Mit ermatteter Miene zucke ich die Achseln. »Na ja«, sage ich. »Wenigstens sind wir darin einer Meinung, dass ich in deinen Augen keine eigene Meinung haben darf.«

Und damit gehe ich und lasse meine Mutter allein im Dienstbotengang stehen.

Logan wartet im Hauptsaal. Er steht an eine Säule des imposanten Treppengeländers gelehnt, während eine der anderen wenigen Abschlussdebütantinnen auf ihn einredet. Als ich näherkomme sehe ich, dass es Bridget Pelham ist und muss ein Seufzen unterdrücken.

Ich kann Bridget nicht ab. Was vielleicht daran liegt, dass sie seit Ewigkeiten irre besessen von Logan ist. Früher hat es mich nicht interessiert. Wenn überhaupt haben Hazel und ich uns darüber kaputtgelacht.

Aber jetzt …

»Hey«, sage ich und unterbreche Bridget mitten in einem Satz darüber, wie perfekt Logans Anzug sitzt. Sie funkelt mich an, begrüßt mich dann aber ebenfalls in überfreundlichem Ton. Oh, wie ich diese falsche Gesellschaft hasse.

Logans Miene hellt sich auf. Er stößt sich von der Säule ab. »Hey. Alles gut?«

Logan ist mir nicht nachgekommen, als Mutter mich zur Seite genommen hat, um mit mir zu reden. Nicht weil er mir keine

Unterstützung geben wollte, sondern ich diesen Kampf selbst austragen muss. Er weiß das. Er ist auch in der High Society groß geworden. Und da wird jeder so erzogen, dass Durchsetzungsfähigkeit und Stärke an erster Stelle stehen. Wir werden nicht gefragt, ob wir das so wollen. Es passiert einfach. Und es hätte mich schwer gewundert, wenn Logan mir hinterhergekommen wäre.

»Ja. Alles gut. Wollen wir los?«

Logan blinzelt. »Klar. Wo willst du hin?«

Bridget steht immer noch neben uns und gafft, als wären wir zwei vom Aussterben bedrohte Tiere in einem Zoo.

»Zu dir.«

Jetzt reißt sie die Augen auf. Ha. Ich kann nicht anders, als mich ihr lächelnd zuzuwenden. Natürlich ist mein Lächeln genauso falsch wie ihre überfreundliche Begrüßung. Und natürlich bemerkt sie es, erwidert mein Lächeln aber genauso breit, als wären wir die besten Freundinnen.

»Bridget«, sage ich langsam. »Vermisst dein Partner dich nicht? Wo ist er überhaupt?«

»Oh, nein.« Sie wedelt ab. »Der ist da hinten und trinkt mit Francines gelangweiltem Mann.«

Logan nickt in die hintere Ecke des Saals. »Geh zu ihm.«

Überdeutlich. Und seltsamerweise hört Bridget auf ihn, als wäre Logan ihr Meister. Himmel, sie muss ihn echt vergöttern. Als sie mit einem resignierten Blick verschwindet, wendet Logan sich wieder mir zu.

»Zu mir also?«

»Ja.« Ein Angestellter mit Champagnerflöten auf einem Tablett rauscht an mir vorbei. Ich schnappe mir eines davon und trinke es in einem Zug leer. »Ich habe mir gedacht … vielleicht könnte ich ein wenig länger bleiben.«

Logan verzieht keine Miene. »Klar. Wenn du willst, auch über Nacht. Auch mit der Gefahr, dass du wieder abhaust.«

Ich lächle schwach. Der Nachgeschmack des Champagners prickelt mir auf der Zunge. »Vielleicht auch länger als eine Nacht?«

Logan neigt den Kopf. Kurz runzelt er die Stirn, aber dann lächelt er und setzt diesen undurchdringlichen Blick auf, den ich noch nie bei ihm deuten konnte. Ich wette mit diesem Blick hat er in den vergangenen Jahren all die Mädchen rumbekommen.

»Du kannst das Poolhaus nehmen. So lange, wie du brauchst.«

Und das ist der Grund, weshalb ich von diesem Typen nicht mehr loskomme.

»Danke, Logan.«

»Kein Problem.« Seine Hand ist sanft, als er sie mir auf den Rücken legt und mich in Richtung Ausgang bewegt.

»Gehen wir, Miss Limited Edition.«

Sein Finger streicht über den Schriftzug, den ich mit den Textilmarkern über meine Gesäßtasche geschrieben habe.

Über den Schauer, der mich dabei durchfährt, will ich besser nicht weiter nachdenken.

24

Grace

Das Poolhaus der Cunninghams ist eigentlich kein Poolhaus.

Es hat zwei Etagen und wirkt wie ein kleines Einfamilienhaus.

Es herrscht warme und angenehme Luft heute Abend, obwohl erst Frühling ist. Während Logan den Code für die Tür eingibt, zirpen die Grillen, und das Wasser aus dem Pool rauscht in sanften Wogen gegen den Beckenrand.

Es sind herrliche Klänge, in die ich mich verlieren könnte.

Das Sicherheitssystem piept, und das Schloss der Glastür schnappt einmal kurz. Die gläsernen Wände zieren fast die komplette untere Etage, und ich würde es ziemlich gruselig finden, hier zu schlafen, gäbe es keine Vorhänge.

Logan schaltet das Licht ein, und ich fühle mich zurückversetzt auf die Poolparty in den Sommerferien nach unserem High-School-Abschluss. Damals waren wir alle grün hinter den Ohren. Wir haben Flaschendrehen gespielt und sieben Minuten im Himmel. So einen Kram eben.

Aber obwohl wir uns weiterentwickelt haben, sieht das Poolhaus noch immer so aus wie früher. Derselbe schlichte Stil. Alle Wände weiß, mit Ausnahme eines schmalen grauen Streifens, vor dem der Fernseher hängt. Davor steht dasselbe graue Big Sofa, auf dem Philine beim Flaschendrehen Logan küssen musste. Das mit den vielen Polsterknöpfen und Kissen in gefühlt jedem Grauton dieser Welt. Meine Augen huschen zu dem beigen Chefsessel, dessen Rückenlehne ebenfalls diese eleganten Polsterknöpfe ziert. Der Sessel ist so breit, dass Hazel und ich damals locker zu zweit darauf sitzen konnten. Er hat einen Hocker, auf dem eine – Überraschung! – graue Wolldecke liegt und ist so gemütlich, dass Hazel damals darauf eingepennt ist, als ich bei sieben Minuten im Himmel mit Fred Miller in den Wandschrank musste. Es war eklig, weil Fred in der Grundschule immer seine Popel gegessen hat und ich die Erinnerung daran nie mehr aus dem Kopf bekommen habe.

»Du kennst dich hier noch aus, oder?« Logan kramt Handy und Geldbeutel aus der Tasche und legt beides auf die Kücheninsel. Hinter ihm brummt der Kühlschrank leise vor sich hin. Ein Doppelkühlschrank mit Eiswürfelsystem. Die ganze Küche wirkt glatt und schlicht. An den Schränken gibt es keine Knöpfe zum Öffnen, und ich vermute, dass es ein Klicksystem ist.

»Ja. Hat sich nichts verändert hier.«

Er nickt und deutet mit dem Zeigefinger an die Decke. »Oben ist das Schlafzimmer. Ich glaube, da warst du noch nicht.«

Ich schüttle den Kopf.

»Gut. Ich zeige es dir. Komm.«

Seine Worte lassen ein Kribbeln durch meine Mitte rauschen. Keine Ahnung, wieso. Vermutlich, weil es ein Schlafzimmer ist. Und wir allein sind.

Ich glaube, ich traue mir kaum selbst über den Weg, denn ich muss meine Beine förmlich zwingen, sich in Bewegung zu setzen und ihm die Schwebetreppe hinaufzufolgen. Sie macht einen leichten, ästhetischen Schwung und ist gesichert durch ein gläsernes Geländer. Die Stufen glänzen aus schwarzgebohnertem Ebenholz.

»So«, sagt Logan, zieht sein Sakko aus und legt es über einen kleinen Hocker vor einem immensen Spiegel, unter dem sich eine lange Reihe weißer Schubläden zieht. »Ich hoffe, es reicht dir.«

»Es reicht mir vollkommen, Logan. Echt. Sogar der Fußboden würde mir reichen, wenn ich dafür nicht zurück ins Plaza müsste.« Gedankenverloren streiche ich über die weißen Kissen auf dem Bett, das dieselbe Farbe besitzt. War unten gerade noch alles grau, so ist jetzt alles in diesem Raum weiß. Nachtschränke, Läufer, Sessel, Betttruhe, Polsterwand hinter dem Bett … alles weiß. Nur der Fußboden nicht.

Dunkelbraunes Parkett. Es ist ein traumhafter Kontrast.

Logan lehnt sich gegen die Schubläden, überkreuzt die Beine und verschränkt die Hände ineinander. »Bleib, so lange du willst. Das Poolhaus wird sowieso nie genutzt.«

Ich lächle. »Danke.«

»Hast du dir eigentlich schon Gedanken gemacht, wie es nach dem Abschluss weitergehen soll? Hast du Pläne?«

Bei dem Wort »Pläne« verkrampft sich mein Magen doppelt und dreifach. Ich hatte immer Pläne. Mein ganzes Leben war ein Plan, vom Zeitpunkt meiner Geburt an. Ich befand mich nie in einem Schwebezustand, in dem ich mich gefragt habe, was als Nächstes passiert. Nein. Es war immer eine Art Seil da, an dem ich mich bloß entlanghangeln musste, um es über die Schlucht auf die andere Seite zu schaffen. Und jetzt ist es, als wäre ich abgestürzt. Das Seil hat nicht gehalten. Es ist gerissen. Und obwohl ich mein Ziel kenne, weiß ich nicht, wie ich dorthin gelange.

Ich betrachte die roséfarbenen Akzente auf meinen schwarzen Sneakers. »Keine Ahnung.«

»Demnächst ist dieses Casting von *Spotify*. Das machen sie zum ersten Mal und wird organisiert von einigen bekannten Produzenten. Was meinst du?«

»Ich weiß nicht.« Ich setze mich auf das gemachte Bett und rutsche unruhig hin und her. »Vielleicht ist das ein zu hohes Ziel für den Anfang.«

»Du musst dir hohe Ziele setzen, Grace.« Logan kommt auf mich zu, bleibt aber ein paar Schritte von mir entfernt stehen. Das weiße Hemd spannt über seinem Bizeps. Die Fliege hat er abgelegt und die oberen Knöpfe geöffnet. »Wenn man etwas erreichen will, dann muss man das. Ich meine, wo willst du sonst anfangen? Im Kirchenchor? Und dich dann jahrelang durchschlagen, bis du irgendwann als Straßenmusikerin endest? Du musst wissen, was du willst. Dann musst du an dich glauben, so sehr, dass du gar nicht mehr daran zweifelst, es zu schaffen, sondern dich nur noch fragst, *wann* der Durchbruch so weit ist. Und du kannst singen, Grace. Verdammt, und wie du das kannst.« Der

Schalk sitzt in Logans Augen, als er seinen Ärmel hochschiebt und mit einem Grinsen auf die aufgestellten Härchen deutet. »Siehst du? Ich habe gerade nur daran gedacht, wie du vorhin gesungen hast, und kriege schon eine Gänsehaut!«

Ich muss lachen. »Na gut. Ein Versuch ist es wert, oder?«

»Definitiv.«

Sein Lächeln ist so schnell einem ernsten und rauen Ton gewichen, dass mir der Gedanke kommt, er bezieht sich hierbei auch auf etwas anderes. Etwas, das mit ihm und mir zu tun haben könnte. Bei der Vorstellung macht mein Herz einen Satz. Einen so lauten Satz, dass ich schon glaube, Logan muss ihn gehört haben, denn plötzlich zuckt einer seiner Mundwinkel in die Höhe.

»Hmm«, sagt er.

»Was?«

Er legt nur den Kopf auf die andere Seite und mustert mich. »Hmm«, wiederholt er, und dann, nach ein paar Sekunden, macht er es noch einmal. »Hm.«

Ich stehe auf und sehe ihn verwirrt an. »Was denn? Wieso sagst du das die ganze Zeit?«

Logan grinst. »Darf ich nicht ›hmm‹ sagen?«

»Doch. Aber so, wie du es sagst, verwirrt es mich.«

Logans Grinsen wird breiter. »So, ich verwirre dich?«

Himmel. »Nein! Wie du ›hmm‹ sagst, verwirrt mich. Nicht du.«

»Aber wenn mein ›hmm‹ dich verwirrt, dann bin ich objektiv betrachtet doch trotzdem derjenige, der diese Verwirrung auslöst?«

»Ich … warte, was?«

Er lacht. Dann greift er meine Hand und zieht mich näher an sich heran. Mit einem Finger streicht er mir über den Wangenknochen. »Du bist bildschön, Grace.«

Mein Mund wird trocken. Richtig staubtrocken. So, wie es immer ist, wenn man vor dem ganzen Seminar einen Vortrag halten muss – mit klopfendem Herzen und Zittern.

»Was hast du vor?«, frage ich, doch Logan entgegnet nichts. Seine Lippen öffnen sich einen Spaltbreit, als er mir eine Strähne aus dem Gesicht wischt und mit demselben Finger dann meinen Hals hinunterfährt, über meine Schultern bis hin zum Bund meiner Jeans. Ich erschaudere, was Logan nicht entgeht. Seine Finger graben sich in meine Haut an meinem unteren Rücken, und ein heftiges Verlangen breitet sich in meinem Unterleib aus. So heftig, dass ich ein raues Stöhnen nicht unterdrücken kann.

Logan zieht mich noch näher an sich heran. So nah, dass mein Körper sich fest an seinen schmiegt und er seine Stirn gegen meine lehnen kann.

»Sag nur ein Wort, dass du das hier nicht willst, Grace, und ich schwöre dir bei Gott, ich höre sofort auf. Nur ein Wort.«

Ich sollte jetzt etwas sagen. Mich einfach von ihm lösen und entschuldigen, dass ich müde bin und etwas Schlaf brauche. Aber ich bin definitiv nicht müde, sondern hellwach. Die elektrisierenden Ströme, die mir bei jeder seiner Berührungen durch den Körper fahren, setzen Adrenalin in mir frei. Das letzte, woran ich jetzt gerade denke, ist Schlaf.

»Ich … ich kann nicht.«

Logans Atem streift mein Ohr, als er den Kopf neigt. Ich merke, wie ich feucht werde.

»Was kannst du nicht?«

O Himmel, Himmel, Himmel. Meine Beine werden weich. Ich klammere mich an Logans Armen fest, weil ich plötzlich Angst habe, das Verlangen könnte mich jede Sekunde in die Knie zwingen … wo es in unserer Position vermutlich nur noch größer werden würde.

»Ich kann nicht sagen, dass du aufhören sollst«, sage ich. »Weil … ich nicht will, dass du aufhörst.«

Logan gibt ein leises, raues Lachen von sich. Mit den Zähnen streift er mein Ohrläppchen, während er mit einer Hand meinen Bauch hinaufwandert und einen Finger unter den Bügel meines BHs schiebt. In aufreizenden Bewegungen streicht er mit der Fingerspitze über meine Brustwarze und jetzt kann ich nicht einmal mehr kontrollieren, dass der Laut, der mir bei der Berührung über die Lippen geht, leise kommt.

»Aber das hier willst du, oder, Grace? Sag mir, wie sehr du es willst.«

Logan hört auf mit seinen Berührungen und hält inne. Vor Enttäuschung wimmere ich, doch Logan quittiert es nur mit einem leisen Lachen.

»Weiter«, hauche ich.

Wieder knabbert Logan an meinem Ohrläppchen. »Erst, wenn du mir sagst, wie sehr du es willst.«

»Unbedingt«, keuche ich. »Ich will es … unbedingt.«

Mit seiner anderen Hand öffnet er den Knopf meiner Jeansshorts und schiebt eine Hand in meinen Slip. Erregung durchzuckt mich, doch kurz vor meiner empfindlichsten Stelle hält er inne. Frustriert drücke ich mich noch fester an ihn, doch Logan macht nicht weiter.

»Dann bitte mich darum«, haucht er. »Fleh mich an. Ich brauche das, Grace. Ich will hören, wie sehr du mich willst.«

So etwas habe ich noch nie getan. Um Berührungen gebettelt. Aber jetzt gerade ist mir alles recht, damit Logan weitermacht. Mein Kopf ist benebelt von dem Gefühl, das seine Berührungen in mir auslöst.

»Bitte«, sage ich. »Hör nicht auf. Fass mich an. Ich will dich, Logan. Gott, wie ich dich will. Bitte.«

Meine Worte entlocken jetzt auch ihm ein Stöhnen. »Grace«, flüstert er, dann schiebt er seine Hand tiefer und streicht mit der Fingerspitze über meine empfindlichste Stelle. Zupft daran und berührt mich auf eine Art und Weise, wie ich es noch nicht gekannt habe. Ich merke, wie nass ich bereits bin, und Logan merkt es sowieso. Seine Lider wirken schwer und gesenkt, als er sich meinem Gesicht nähert. Mit der Nasenspitze streicht er über meine Wange, bis er an meinem Mund angekommen ist und anfängt, mit den Zähnen über meine Unterlippe zu streichen.

»Gott«, sage ich. Jede meiner Nervenbahnen steht unter Strom. Unmöglich, jetzt noch einen klaren Gedanken zu fassen. Ich will, dass er die letzte Distanz zu meinen Lippen schließt und mich endlich küsst, doch er tut es nicht.

»Bitte mich darum, Grace.«

»Küss mich, Logan«, flüstere ich. »Bitte, küss mich.«

Und das tut er. Himmel, und wie er das tut.

Ich habe mir diesen Moment oft vorgestellt, aber kein Gedanke kommt auch nur annähernd an die Realität heran. Seine Lippen sind voll und warm, und als er die Zunge zwischen meine Lippen schiebt, tanzen bunte Punkte vor meinen Augen. Mit einer Hand öffnet er meinen trägerlosen BH, der neben uns zu Boden fällt. Dann streicht er mit dem Finger wieder über meine Brüste, während er seinen anderen in mich hineingleiten lässt. Dabei hört er die ganze Zeit nicht auf, mich zu küssen, und mich überwältigt eine heftige Reizüberflutung. Plötzlich kann ich verstehen, weshalb jedes Mädchen an ihm hängen geblieben ist und bis heute nicht von ihm loskommt.

In meiner Mitte baut sich ein Druck auf, der mit jedem Stoß seines Fingers stärker wird. Logan merkt es und hält inne.

Ich spüre, dass er grinst, als er sich von mir löst.

»Noch nicht, Grace.«

»Bitte«, versuche ich es mit einem Flehen, doch Logan schüttelt nur leise lachend den Kopf. Also öffne ich den Knopf seiner Hose und ziehe sie ihm in einer schnellen Bewegung herunter. Er trägt Boxershorts von *Calvin Klein.* Ich liebe Boxershorts von *Calvin Klein.*

Himmel.

Erst berühre ich ihn über dem Stoff. Logan atmet zischend ein, und als ich mit dem Finger über seine Eichel streiche, merke ich, dass sein Lusttropfen die Boxershorts bereits durchnässt hat. Ich ziehe sie ihm herunter und kann nicht anders, als bei seinem Anblick vor Verlangen einen leisen Ton von mir zu geben. Logan stöhnt laut, als ich mit der Zunge über seine Spitze fahre und meine Lippen schließlich ganz um ihn schließe. Seine heiseren Laute treiben mich an, während ich meinen Mund auf und abgleiten lasse und dabei an ihm sauge. Durch seinen Schaft zuckt ein verräterisches Pulsieren. Stöhnend stoppt er meinen Kopf, packt mein Handgelenk und zieht mich auf die Beine.

»Willst du mich?« Seine Wangen wirken erhitzt, als er sich mit fahrigen Fingern das Hemd über den Kopf reißt.

Ich nicke schnell, doch es reicht ihm nicht. Er zieht mir das Top aus. »Sag es. Sag, dass du mich willst.«

»Ich will dich. Jetzt sofort. Bitte.«

Logan stößt mich aufs Bett und zieht mir die Hose aus, während ich meine Sneakers in irgendeine Richtung loswerde. Er tut dasselbe mit seinen. »Willst du mich spüren, Grace?«

»Ja«, keuche ich. »Ja. Logan, bitte.«

Ich halte es keine Sekunde länger aus. Alles in mir pocht und vibriert, und der Druck, der sich in meiner Mitte aufgebaut hat, verlangt zu explodieren. Aber Logan geht quälend langsam vor. Er bedeckt meinen Körper mit hitzigen Küssen, umschließt meine Brustwarzen mit seinen Lippen und zieht daran. Keuchend beuge ich den Rücken durch, kralle meine Finger in die Bettdecke. Ich bin so nass, dass ich spüre, wie es mir bereits über die Haut läuft. Logan streicht darüber und lässt den nassen Finger anschließend wieder über meine Brüste gleiten.

»Logan«, keuche ich ungehalten. Ich packe seinen Oberarm und ziehe ihn über mich. »Bitte!«

Seine Lippen finden meine. Kein zärtlicher Kuss, sondern wild und unkontrolliert. Mehrmals beißt er mir in die Unterlippe, und ich schmecke einen metallischen Geschmack auf meiner Zunge. Stöhnend recke ich mich ihm entgegen, doch er gleitet nicht in mich. Spielt nur mit seinem Schaft an meinem Eingang, indem er seine Eichel hereinschiebt und ihn wieder zurückzieht. Beim dritten Mal verliere ich fast die Fassung, presse meine Hände auf sein Kreuzbein und drücke ihn vor, doch Logan hält inne. Vergräbt eine Hand in meinem Haar und haucht mir ins Ohr. Ich kriege eine Gänsehaut.

»Du nimmst die Pille?«, fragt er mit einer so rauen, anzüglichen Stimme, dass ich niemals gedacht hätte, diese Frage könnte so erregend auf mich wirken.

»Ja«, presse ich hervor. »Logan, bitte, ich …«

Logan scheint zu überlegen. Mit seiner Eichel streicht er weiter über meine Klitoris und bringt meine Mitte zum Beben. Einen kurzen Moment wirkt er nachdenklich, und ich denke schon, er will das alles nicht mehr, doch kann keinen klaren Gedanken fassen, weil er noch immer an mir herumspielt. Mit den Zähnen zieht er die Unterlippe ein und lässt sie vorschnappen, als er sich plötzlich von mir löst und mir ein enttäuschtes Wimmern entfährt.

»Nur zur Sicherheit«, sagt er, zieht die Nachttischschublade auf und holt eine Kondompackung hervor, die er aufreißt und sich dann ein Kondom überstreift. »Sorry. Hab's nicht so mit Vertrauen.«

Ich komme nicht dazu, etwas zu sagen, dann endlich erlöst er mich. Stößt tief in mich hinein, während ich keuche und mein Herz sich dreifach überschlägt. Ihn zu spüren, ihn wirklich in mir zu haben, löst ein undefinierbares Gefühl der Verbundenheit in mir aus. Meine Gefühle überschlagen sich vor Glück.

»Logan«, hauche ich benebelt, kralle meine Fingernägel in seine Schultern und recke mich ihm entgegen, während wir uns in gleichmäßigem Rhythmus bewegen. Logan küsst mich, während ihm immer wieder raue Laute entfahren. Dann bedeckt er meine Wange mit Küssen, meine Schläfe, meine Stirn, ehe er mir an den Haaren zieht und der leichte Schmerz mir eine weitere Welle heftiger Erregung durch meinen Körper sendet, dass ich vor Verlangen und Leidenschaft einen heiseren Laut von mir gebe. Logan stöhnt, wird immer schneller, krallt sich in meinen Haaren fest und zieht daran, bis er plötzlich zuckt, und ich spüre, wie seine warme Flüssigkeit sich in mir ergießt. Dieses Gefühl bringt auch meinen Druck dazu, endlich zu explodieren. Ich stöhne laut, keuche, kann meine Atmung nicht mehr kontrollieren, kann gar nichts mehr kontrollieren, während Welle um Welle meinen Körper erzittern lässt und der Muskel in mir in schnellem Tempo um Logans Schaft zuckt.

Wir sagen kein Wort, sondern atmen nur in keuchendem Gleichklang. Ich spüre seinen schnellen Herzschlag an meiner Brust, während seine Lippen auf meiner Wange liegen und wir beide so erschöpft sind, dass wir uns nicht bewegen können.

Dieses Gefühl, als ich gespürt habe, wie es …

Halt. Ich stoppe mitten in der Atmung und richte mich so weit auf, wie es mit Logan über mir eben geht.

»Ich habe gespürt, wie du gekommen bist«, sage ich. »Wieso habe ich das gespürt?«

Logan scheint kurz zu überlegen, was ich meine. Dann richtet auch er sich auf und sieht an sich herunter.

»Fuck«, sagt er. »Das Kondom ist gerissen.« Er sieht mich an. In seinen Lidern flackert die Sorge. »Du nimmst wirklich die Pille, oder? Regelmäßig?«

Meine Atmung geht noch immer schnell. »Ja. Immer zur selben Zeit.«

»Sicher?«

»Ganz sicher.«

»Okay.«

Damit legt er sich wieder auf mich, und ich kann spüren, wie sein Herz sich mit jedem Atemzug beruhigt. Ich lausche diesem wunderbaren Klang, bis der Schlaf über mich hereinbricht und ich schwerelos in einen Schlaf gleite, der mich lange nicht mehr so glückselig mit sich getragen hat.

25

Grace

Ich wache auf, weil ich zur Toilette muss.

Logan liegt nicht mehr auf mir. Irgendwann scheint er runtergerutscht zu sein und hat sich über das gesamte Bett ausgebreitet. Er schläft auf dem Bauch, ein Bein angewinkelt und eine Hand unter seiner Wange. Seine Lider zucken im Schlaf und dadurch, dass er auf seiner Hand liegt, werden seine Lippen zusammengequetscht.

Wir sind immer noch nackt. Natürlich sind wir das, nach dem, was gestern passiert ist. Und plötzlich bricht die Ernüchterung über mich herein, was ich getan habe.

Ich habe Logan Cunningham nachgegeben.

Mir wird klar, dass ich aus der Sache jetzt nicht mehr herauskomme. Mein Herz steckt zu tief drin und lässt mir gar keine andere Wahl, als mich auf ihn einzulassen.

Mit diesem Gedanken rolle ich mich aus dem Bett, schnappe mir Logans Hemd vom Boden und mein Handy aus meiner Jeansshorts und tapse ins Badezimmer. Ich bin so überfordert mit meinen eigenen Gedanken, dass ich Hazel eine Nachricht sende, noch während ich auf der Toilette sitze.

8:47 Ich: SOS!!!
8:49 Hazel: Was ist passiert?????
8:49 Ich: Du wirst mich umbringen, Haze
8:50 Hazel: Quatsch. Du bist mal wieder melodramatisch. Erzähl.
8:50 Ich: Nur, wenn du mir versicherst, mich nicht umzubringen.
8:51 Hazel: Gott, Grace. Ich habe dir schon eine Millionen Mal

gesagt, du sollst so was nicht in deinen Nachrichten schreiben. Es kann immer sein, dass die überwacht werden und plötzlich ein Ermittlungsverfahren gegen uns eröffnet wird.
8:51 Ich: Du bist paranoid!!! Jetzt versichere mir, mich nicht umzubringen, sonst sage ich es dir nicht.
8:52 Hazel: Ich bringe dich nicht um.
8:53 Ich: Ok. Ich habe mit Logan geschlafen und werde jetzt erst mal in seinem Poolhaus wohnen.
8:54 Ich: Hazel???
8:55 Hazel: ICH BRINGE DICH UM!!!

Hazel schickt mir noch mindestens hundert böse Emojis und Fragen hinterher, wie das passiert ist, wann genau, weshalb und, ob ich momentan in einem depressiven Loch stecke und darüber reden möchte. Als ich ihr nicht antworte, weil mich die vielen Nachrichten überfordern, ruft sie an. Das überfordert mich noch mehr, weil Logan nebenan schläft und ich Angst habe, dass er mich hören könnte, wenn ich mit ihr spreche. Deshalb schalte ich mein Handy aus und weiß jetzt schon, dass sie mich dafür gleich doppelt umbringen wird.

So leise wie möglich gehe ich zurück ins Zimmer, doch Logan sitzt bereits aufrecht und mit zerstreutem Gesichtsausdruck im Bett. Seine Haare stehen in alle Himmelsrichtungen ab, und er kriegt die Augen noch nicht richtig auf.

Immerhin hat er sich seine Boxershorts übergezogen.

»Guten Morgen«, sagt er mit verschlafener Stimme, die schon wieder ein Kribbeln in meiner Mitte auslöst. »Ich dachte, du wärst wieder abgehauen.«

»Nein.« Ich stehe unschlüssig zwischen Bett und den weißen Kommoden, weil ich nicht weiß, wie ich mich verhalten soll. Mir wird plötzlich überdeutlich bewusst, dass ich Arme habe, die sicher bescheuert aussehen, wie sie so an mir herunterhängen. »Ich war nur auf der Toilette.«

Logan nickt, und eine Weile sagt keiner von uns ein Wort, dann deutet er auf sein Hemd, das ich trage. »Steht dir.«

»Ich wollte nicht nackt zur Toilette.«

Logan zieht ein Bein an und fährt sich zweimal in verschlafener Geste durchs Haar. »Hätte mich nicht gestört.«

Ich verschränke die Hände ineinander und sehe auf meine Füße, wo ich die Zehen spreize und meine pedikürten Nägel betrachte.

»Warum stehst du da so rum?«

»Weil ich nicht weiß, was jetzt ist«, antworte ich. Dabei atme ich tief durch und sehe ihn an. »Soll ich gehen?«

»Was? Nein!« Logan sieht mich an, als hätte ich hohes Fieber. »Wie kommst du auf so einen Müll?«

Achselzuckend nehme ich mir eine meiner Haarsträhnen zwischen die Finger und untersuche sie nach Spliss. »Ich weiß ja nicht, was du erwartest. Ich meine, wie es sonst immer ablief nach deinen ... Frauengeschichten.«

Eine Weile sagt Logan kein Wort. Er starrt mich einfach mit geöffnetem Mund an, ehe er schließlich mit erhobenen Brauen wegsieht, als müsste er meine Aussage erst einmal sacken lassen. Schließlich seufzt er und klopft neben sich auf die Matratze.

»Komm her.«

Ich tue, was er sagt, und kuschle mich unter die Decke. Logans definierter Oberkörper bringt mich leicht aus der Fassung. Er beugt sich vor, schiebt den Hemdkragen beiseite und bedeckt meine Schulter mit einem sanften Kuss.

»Soll ich dir was sagen?«

Ich nicke. Logan beginnt, meinen Oberschenkel zu kraulen. Dabei bleibt sein Blick auf seine Finger gerichtet, die in zärtlichen Bewegungen auf und ab streichen.

»Bei meinen bisherigen *Frauengeschichten* hatte ich Prinzipien. Es gab Sex, aber niemals habe ich eine von ihnen geküsst. Das ... bedeutet mir irgendwie zu viel. Ich meine, so eine Berührung ist nicht einfach bedeutungslos für jeden geeignet. Wenn ich überlege, kann ich nicht einmal sagen, wie lang mein letzter richtiger Kuss zurückliegt. Ich glaube, das war bei diesem kindischen Flaschendrehen damals auf der Party hier im Poolhaus. Mit Philine.«

Seine Worte berühren mich. Zum gefühlt hundertsten Mal in letzter Zeit frage ich mich, ob ich Logan je richtig eingeschätzt habe. Ich dachte immer, ihm wäre alles egal, und solche Sachen wie Gefühle und Liebe würden in seinem Wortschatz nicht existieren. Aber vermutlich tun sie es doch. Nur sehr gut geschützt hinter einigen Mauern und Schlössern, weil sie ihm so viel wert sind.

Ehe ich etwas darauf sagen kann, rollt sich Logan vom Bett und durchquert das Zimmer. »Komme gleich wieder.«

Ich höre ihn nach unten gehen, und kurze Zeit später legt er sich wieder neben mich ins Bett. Er hat sein Handy von unten geholt.

»Hast du Hunger?«

»Ähm.« Mein Blick huscht zu meinem Magen, der genau in dem Moment ein Knurren von sich lässt. »Sieht so aus.«

»Gut.« Logan quetscht sich ein weiteres Kissen hinter seinen Nacken und tippt auf seinem Handy herum. »Ich bestelle was.«

Ich linse ihm über die Schulter und runzle die Stirn. »Bei *Grubhub*? Die liefern doch nur aus Fast-Food-Läden.«

»Stimmt nicht«, entgegnet Logan. »Aber jetzt, wo du es sagst, bekomme ich Lust auf Pizza.« Er sieht mich mit einem professionellen Hundeblick an. »Bitte iss Pizza mit mir.«

Ich lache. »Es ist neun Uhr in der Früh.«

»Ja, und? Wer hat überhaupt erfunden, dass Pizza nur mittags und abends gegessen wird? Ich meine, gerade Frauen müssten doch erkennen, dass es viel mehr Sinn macht, den Haufen an Kalorien morgens in sich aufzunehmen, damit sie den ganzen Tag haben, um sie wieder abzutrainieren.«

»Wow. Du machst mir die Pizza richtig heiß.«

»Bitte.« Logan zieht einen Schmollmund und rüttelt an meinem Arm. »Ich habe so Lust auf Pizza gerade. Bitte iss Pizza mit mir, Grace.«

»Schön.« Ich lache. »Aber nur, wenn du mit mir *Gilmore Girls* guckst.«

»Klar.« Sofort schnappt er sich die Fernbedienung und schaltet den Fernseher ein, der uns gegenüber an der Wand hängt.

»Das war ein Scherz«, sage ich schnell. »Du musst das nicht mit mir gucken. Ich esse trotzdem Pizza mit dir, ehrlich.«

Aber Logan gibt bereits in der Suchfunktion bei Netflix *Gilmore Girls* ein, und nur Sekunden später startet er die erste Folge. Lächelnd legt er die Fernbedienung weg und schnappt sich wieder sein Handy.

»Was für eine Pizza willst du?«

»Mit Käse, Brokkoli und Soße Hollandaise.«

Logan zieht eine Grimasse. »Wer bist du, und aus welchem Universum wurdest du geschickt?«

»Du hast ja keine Ahnung, was gut ist.«

»Doch. Du bist gut. Aber Brokkoli auf Pizza nicht.«

Trotzdem bestellt er sie und für sich eine mit Schinken und Barbecuesoße. Ich würde ihn dafür genauso aufziehen, aber Männer essen meistens so was. Hauptsache Fleisch und Barbecue.

Als Logan das Handy beiseitelegt, sich in die Kissen kuschelt und mit gespielt erwartungsvollem Blick zum Fernseher sieht, breitet sich ein warmes Gefühl in mir aus.

Lucas hat nie Serien mit mir geschaut, die mir gefallen haben. Er meinte immer, so etwas kann ich allein oder mit Freundinnen machen. Meistens mussten wir uns seine Actionfilme oder Männerserien ansehen. *Breaking Bad* zum Beispiel fand ich furchtbar. Und *House of Cards* war eine Katastrophe. Ich habe mir *Angry Birds* aufs Handy geladen, damit ich mir die Zeit vertreiben konnte, wenn wir den Abend so verbracht haben. Lucas hat es natürlich nicht gemerkt. Seine Politikerserie hat ihn so eingenommen, dass er nicht einmal bemerkt hätte, wenn ich nackt vor ihm am Tanzen gewesen wäre.

»Die kommen bestimmt zusammen«, murmelt Logan und deutet auf Luke, der Lorelai gerade einen Kaffee ausschenkt. »Aber hundertprozentig wird das so ein Hick Hack, der sich über … wie viele Staffeln zieht? Vier?«

»Sieben«, korrigiere ich. »Und ich verrate nichts.«

Logan grinst. »Dann musst du wohl oder übel alle sieben Staffeln mit mir ansehen.«

»Vermutlich.« Ein Lächeln stiehlt sich auf meine Lippen. »Aber wenn du genau wissen willst, was mit den beiden passiert, musst du auch noch das Sequel schauen. *A year in the life*. Da sind die schon älter, das wurde vor Kurzem gedreht.«

»Das darf ich mir dann natürlich nicht entgehen lassen.«

Seine Begeisterung wirkt so echt, dass ich mich frage, ob er diesen Moment hier genauso sehr genießt wie ich gerade.

Ich hoffe es. Aber irgendwie hört mein Kopf nicht auf, mir ständig einzureden, dass ich mich nicht zu sehr darauf verlassen sollte. Vermutlich haben die vergangenen neunzehn Jahre, in denen ich Logan schon kenne, meine Gedankengänge geprägt.

Wir sind bei der zweiten Folge, als die Pizza kommt, und Logan hat bereits mehr gelacht, als ich es für die gesamte Serie für möglich gehalten hätte.

»Gibt es eigentlich etwas, wovor du Angst hast?«, frage ich ihn, beiße von meiner Pizza ab und genieße den Geschmack der Hollandaise auf meiner Zunge.

»Seepferdchen«, entgegnet er sofort.

Ich muss lachen, während ich kaue, und hätte beinahe ein Stück Brokkoli auf die Matratze gespuckt. »Die sind doch süß!«

Logan macht Augen, als wäre ich die menschliche Verkörperung einer Irrenanstalt. »Hast du dir die Dinger mal angesehen? Die wirken wie ein glibberiger Fötus.«

»Ein glibberiger Fötus?«

Logan hat schon fast seine halbe Pizza aufgegessen. »Ja. Babys sind süß, wenn sie auf der Welt sind, aber als Fötus wirken die alle gruselig. Und Seepferdchen sehen genauso aus.«

Analysierend neige ich den Kopf. »Also hast du auch Angst vor einem Fötus?«

»Nein. Die sind ja nicht öffentlich in einem Meer und könnten dein Bein streifen oder so.«

»Wehe, du bringst die um, wenn so was passiert. Die sind vom Aussterben bedroht.«

Logan hebt die Brauen. »Föten sind vom Aussterben bedroht?«

»Seepferdchen!«

»Ich spende für Greenpeace«, entgegnet er. »Wovor hast du denn Angst?«

Das ist eine Frage, die ich nur ungern beantworten möchte. Denn wenn ich die Wahrheit sagen würde, müsste ich Logan beichten, dass ich vor so vielen Dingen Angst habe. Davor, zu vertrauen und anschließend verletzt zu werden. Davor, meinen eigenen Weg zu gehen, nur um hinterher festzustellen, dass ich auf meine Eltern hätte hören sollen. Davor, dass ich doch ihren Weg gehe und irgendwann nicht mehr weiß, wer ich bin.

Und davor, zu lieben. Ich habe Angst zu lieben. Denn was, wenn mir erneut vor meinen Augen mein Herz rausgerissen wird und ich als ein zertrampeltes Etwas am Boden zurückgelassen werde?

Ich schätze, Logan geht es genauso. Mit ziemlicher Sicherheit gibt es andere Dinge, vor denen er sich fürchtet. Dinge, die mit seinem Urvertrauen, seiner Kindheit und vor allem seiner Mutter zu tun haben. Ich bin mir sicher, dass er mir nicht die Wahrheit gesagt hat. Also tue ich dasselbe.

»Vor Spinnen.«

Logan verdreht die Augen und lächelt. »Langweiler.«

Er weiß, dass ich größere Ängste vor anderen Dingen habe. Und er weiß auch, dass ich weiß, dass es ihm genauso geht. Aber wir reden nicht darüber. Stattdessen essen wir einfach unsere Pizza auf und schauen uns eine Folge nach der anderen an.

Vielleicht reicht das ja.

Vielleicht reicht es für immer, einfach nicht über die wichtigen Dinge zu reden und stattdessen *Gilmore Girls* zu schauen.

Aber wir wissen beide, dass dem nicht so ist.

26

Logan

»Es wird wieder einmal Zeit, Mann.«

»Aber so was von. Am besten noch vor unserem Abschluss. Dann wird das die krasseste Party überhaupt. Keine Regeln, keine Tabus.«

»Ich sag dir, diese Party wird legendär. Sie geht in die Geschichte der *Tisch* ein und unsere Nachfolger werden ehrfürchtig darüber sprechen.«

Zayn gibt mir eine Faust gegen die Schulter. »Was sagst du dazu, Logan?«

Ich sehe nicht einmal von meinem Handy auf. »Wozu?«

Aus dem Augenwinkel erkenne ich, dass Nate und Zayn einen Blick tauschen.

Schließlich sagt Nate: »Dazu, dass wir eine Abschlussparty für unsere heißen Mädchen machen.« Als ich ihn verwirrt ansehe, fügt er hinzu: »Aus unserem Buch. Das schwarze Buch der heißen Mädchen. Sie werden alle eingeladen, und dann wird jede Regel gebrochen. Project X, Alter.«

»Klingt für mich wie eine Swinger-Party«, murmle ich.

Wieder tauschen die Jungs einen Blick, diesmal ist der vorfreudige Glanz in ihren Augen verschwunden.

»Also bist du nicht dabei?«, fragt Zayn. Die Fassungslosigkeit in seiner Stimme ist nicht zu überhören. Seit unserem ersten Semester reden wir von dieser einen unvergesslichen Party zu unserem Abschluss.

Ich schüttle den Kopf, während andere Studenten an uns vorbeiwuseln und sich auf ihren Auftritt vorbereiten.

Wir sind im Lincoln Center für Performing Arts und haben unsere erste Hauptprobe. Am Wochenende wird unser Stück aufgeführt – der zweite Teil unserer mündlichen Prüfung. Überall laufen gestresste Kommilitonen herum, die nach ihren Kostümen suchen, dabei müssen sie einfach nur zu dem Kleiderständer mit dem Buchstaben ihres Nachnamens gehen. Die Professoren wirken genauso gestresst; Professor Vern ruft seit bestimmt fünf Minuten lauthals nach den Maskenbildnern, obwohl wir heute noch gar nicht geschminkt werden. Professor Mitch klebt wie ein Irrer Kreppbandstreifen auf die Bühne, als hinge sein Leben davon ab. Bei der Generalprobe werden diese Klebestreifen zu unserer Performancehilfe nicht mehr da sein. Da müssen wir selbst wissen, wo wir wann stehen und wie wir uns bewegen, ohne dass es dem Publikum zum Nachteil wird.

Und Professor Bones steht seit unserem Eintreffen abseits und unterhält sich mit dem Intendanten des Lincoln Centers. Die beiden sind alte Freunde, wie er einmal erzählt hat.

»Du kannst auf der Party nicht fehlen, Logan«, sagt Nate. Dabei benutzt er einen Ton, als ginge es um eine prüfungsrelevante Vorlesung.

Zayn nickt. »Er hat recht, Bro. Ich meine, guck dir die Einträge doch mal an! Die meisten Chicks in dem Buch wurden von dir flachgelegt. Die *erwarten* doch, dass du da sein wirst.«

»Ich bin raus«, sage ich nur, sende dem Inhaber von *theamericanwayofmusic.com* eine letzte Nachricht und stecke das Handy ein. »Zieht das allein durch, Jungs.«

Grace wird riesige Augen machen bei der Überraschung, die ich momentan für sie plane.

Wir haben das ganze Wochenende miteinander verbracht und sind jetzt bei der dritten Staffel von *Gilmore Girls*. Ich werde nie wieder etwas von dieser Serie hören können, ohne sie nicht direkt mit Grace in Verbindung zu bringen. Wir haben Pizza zum Frühstück gegessen und Croissants mit Marmelade am Abend. Wir haben Monopoly gespielt, und Grace hat verloren, weil sie sich geweigert hat, Hotels auf ihren Straßen zu bauen. Sie meinte, sie habe für ihr Leben genug von Hotels. Dann waren wir bei ihr im Plaza, weil sie Klamotten brauchte. Es war wie ein Überfall einer Geheimorganisation. Bevor Grace es überhaupt gewagt hat, auch nur in die Nähe des Hotels zu gehen, hat sie ihren Bruder Oliver angerufen, um zu erfahren, ob ihre Eltern anwesend sind. Er sagte nein. Grace hat ihm nicht geglaubt und anschließend Norma angerufen, die ihre Frage auch verneinte. Selbst da war sie noch misstrauisch. So misstrauisch, dass ich vorgehen und nachsehen sollte.

Die Bishops waren wirklich nicht da. Dafür aber die Latina im Foyer, die mich vor dem Ball einen Mistkerl genannt hat. Als sie mich mit Grace gesehen hat, wurde sie rot und hat sich schnell ihrem Computer zugewandt.

Ich habe jede Sekunde mit Grace genossen. Sogar die, in denen wir stumm nebeneinander im Bett lagen und ich mein Skript für das Donovan-Casting noch einmal durchgegangen bin, während sie Songtexte geschrieben hat.

Ich habe mich geehrt gefühlt, als sie bei jedem meine Meinung wissen wollte.

Sie waren gut. Richtig gut. Ich habe sie gefragt, ob sie *Word-Hippo* benutzt, weil sie sich so lyrisch ausdrückt und ich das nicht von ihr kenne. Dafür wurde ich mit einem ihrer Killerblicke gepfählt, und sie hat geantwortet: »Es ist lyrisch, weil ich die Worte direkt aus meinem Herzen sprechen lasse.«

Da wollte ich sie sofort küssen, habe es aber nicht getan. Seit der Nacht von Freitag auf Samstag haben wir uns nicht mehr auf diese Weise berührt. Ich weiß, dass sie es wollte, und mein bestes Stück hat mir sehr unmissverständlich zu verstehen gegeben, dass ich es auch wollte, aber irgendwie haben wir es beide nicht auf die Reihe gekriegt, den ersten Schritt zu machen. Ich glaube, wir hatten Angst, den Zauber der ersten Nacht kaputtzumachen. Alles war so perfekt. So berauschend und elektrisierend bis in die letzte Nervenbahn. Schon der Gedanke daran versetzt mich in Euphorie und jagt mir eine Gänsehaut über den Körper.

In der Nacht von Samstag auf Sonntag haben unsere Körper sich nicht einmal im Schlaf berührt, was mich wahnsinnig gemacht hat. So wahnsinnig, dass ich mich gestern Nacht einfach zu ihr gedreht und meine Arme um sie gelegt habe.

Ihr Haar hat nach Apfel gerochen. Süß und frisch. Ich glaube, Grace hat nur darauf gewartet. Sie hat ihre Finger mit meinen verschränkt und ihre Wange darauf gebettet. So sind wir eingeschlafen. Ich schöre, ich könnte mein restliches Leben jeden Tag so einschlafen.

Die Jungs sehen mich mit einem Blick an, als würden sie mich gar nicht kennen und ich wäre ein Fremder, der sich einfach zu ihnen gesellt hat. Zum Glück ruft Professor Vern in diesem Moment meinen Namen. Ich war ihr noch nie dankbarer.

»Hier. Deine Kostüme.« Sie drückt mir mehrere Bügel in die Hand und deutet auf die jeweiligen Papierfetzen, die daran befestigt wurden. »Das hier ist der erste Akt, von der ersten Szene bis zur vierten. Dann hast du zehn Minuten, um dich umzuziehen. Hinter dem Vorhang werden Professor Mitch und ich auf dich warten, um dir zu helfen, damit es schneller geht. Dann kommt dieses hier.« Sie deutet auf den zweiten Bügel, an dem ein anderer grauer Anzug als der erste hängt. Der Stoff trägt Offiziersabzeichen. »Dieser Anzug bleibt dann bis zum Ende des zweiten Akts. Im dritten trägst du dann«, sie drückt mir eine Anzugjacke aus braunem Wildleder in die Hand, dessen Umschlagfalte grün ist, »das hier.«

Wir spielen *The Sound Of Music,* und ich bin der Baron. Im dritten Akt ist die Trapp-Familie bereits in Österreich und gibt Konzerte, was die Trachtenkleidung erklärt.

»Gut«, sage ich und nehme ihr die Klamotten ab. »Wo sind die Schuhe?«

Professor Vern schiebt sich ihre große Brille die Nase hoch. »Da hinten. Siehst du den runden Tisch dort? Der ist für dich und Renegine. Eure Kostüme bitte nur dort ablegen, sonst finden wir in diesem Tempel nichts mehr wieder.« Mit ihrer Hand macht sie ein Kreuz vor ihrer Brust und atmet tief durch. Meine Professorin ist streng gläubig. Sie hat die ganzen Proberäume an der *Tisch* mit ihren Jesusfiguren und Mariabildern ausgestattet und sagte immer, sie würden uns Kraft geben. »Gott bewahre, wenn das hier alles reibungslos klappt.«

»Das wird schon«, entgegne ich und deute dann auf den großen Tisch, den sie mir gerade gezeigt hat. »Ich muss kurz mit Renegine eine Szene besprechen.«

»Natürlich, mein Junge.« Professor Vern wedelt mit der Hand. »Geh mit Gott, aber geh.«

»Renegine«, rufe ich meine Kommilitonin, die gerade dabei ist, ihre Kleider in Szenenreihenfolge aufzuhängen. Sie wirft mir einen kurzen Blick über die Schulter zu.

»Hey. Was gibt's?«

»Eine Frage.« Ich schwinge mich auf den Tisch und nehme mir einen der Kekse, die hier rumliegen. »Im ersten Akt, fünfte Szene, nach *Sixteen going on seventeen*, wo ich dich an der Hand von der kleinen Steinmauer hebe. Weißt du?«

»Natürlich. Was ist damit?«

»Können wir den Kuss da weglassen?«

Renegine fällt der Bügel aus der Hand. Sie sieht mich an, als hätte mir ein Vogel auf den Kopf geschissen. »Das meinst du nicht ernst, oder?«

Ich drehe den Keks in meiner Hand hin und her. »Doch. Wir könnten mit Vern und Bones reden und den Kuss einfach streichen.«

Renegine baut sich vor mir auf. Sie hat eine gewaltige Oberweite und Kurven, die sie seit unserem ersten Semester unter schlabberigen Oversizepullis versteckt.

»Wir streichen ganz bestimmt gar nichts, Logan! Heute ist die zweite Hauptprobe, und du kommst ernsthaft mit Änderungen, die bereits in der Vorbesprechung vor drei Monaten hätten geäußert werden sollen. Es ist alles perfekt einstudiert, von der ersten Sekunde bis zur letzten. Wie willst du bitte die Lücke von den zehn Sekunden füllen, die der Kuss für sich einnimmt, bis der Vorhang schließt?«

»Na ja.« Gleichgültig zucke ich die Achseln. »Ich könnte dich rumwirbeln oder so. Vielleicht auch nur ein intensiver Blick. Komm schon, sei nicht immer so engstirnig. Wahres Können zeichnet sich durch Improvisation und den Glauben an sich aus, dass man gar keine Zweifel hat, ob oder wie man diese zehn Sekunden ausfüllt.«

Renegine sieht aus, als würde sie jeden Augenblick an die Decke gehen. Sie ist hochrot und erinnert mich an diesen Emoji, dessen Kopf explodiert. Mit grimmiger Miene bohrt sie mir einen Finger in die Brust. »Du bist vielleicht so, Logan, aber ich nicht. Für mich bedeutet Können eine perfekte Organisation. Und ich schwöre, wenn du mir diesen Moment kaputtmachst, dann ziehe ich deine Ohren so lang, dass ich sie dir in den …«

»Okay, okay.« Zufällig habe ich eine Ahnung, was sie sagen wollte, und zufällig will ich das nicht hören. Ergeben hebe ich die Hände. »Du hast gewonnen.«

Mit einem entschiedenen Blick wendet Renegine sich ab und inspiziert wieder ihre Kleider, doch ich sacke innerlich in mich zusammen. Natürlich ist mir bewusst, dass es als Schauspieler dazugehört, jemanden zu küssen. Es hat nichts mit der eigenen Person zu tun, sondern mit der, die man spielt. Aber seit ich Grace geküsst habe, will ich nicht, dass irgendjemand diese Erinnerung verwischt. Ich will nicht, dass jemand anderes als Grace meine Lippen berührt, und sei es auch nur gespielt.

Mein ganzes Leben war immer nur gespielt.

Happy family? Gespielt.

Eine liebende Mutter? Gespielt.

Mein Bad-boy-Image? Gespielt.

Aber dieser Kuss mit Grace war echt. Die pure, unveränderte Wahrheit. Und irgendwie ist diese Wahrheit die einzige, an die ich mich seit langer Zeit klammern kann.

27

Grace

Ich knabbere an der Klammer meines Kulis und starre das karierte Blatt Papier vor mir an.

Es ist komisch, dass ich nicht offen über meine Gefühle sprechen, sie dafür aber umso ausführlicher in Songtexten verdeutlichen kann.

All diese Wörter aufzuschreiben, ist eine Erleichterung. Sie nicht mehr in mir tragen zu müssen, wo sie einsam und allein umherschwirren und dunkle, böse Sätze wispern. Wenn ich sie aufschreibe, ist es, als ließe ich sie frei. Als hätten all diese Gedanken und Emotionen eine schlimme Krankheit, die ich heile, indem ich mich ihrer annehme.

Dabei sind sie selbst die Krankheit in meinem Kopf, den ich versuche zu heilen.

»Hey.« Logan kommt ins Poolhaus und bringt eine frische Brise Frühlingsluft mit. Er trägt eine graue Regenjacke von *Canada Goose* und Boots von *Panama Jack*. Logan hatte schon im Kleinkindalter einen ausgeprägten Sinn für Stil. Was nicht am Geld liegt. Ich kenne Dutzende Typen aus unserer Schicht der Gesellschaft, die eine Menge Kohle und trotzdem kein Gespür für Mode haben.

»Hey«, antworte ich, ohne den Blick von meinem Papier zu heben und mir mit meinem Kuli in stetem Rhythmus gegen die Lippen zu schlagen. »Sag mal, wie findest du das:

Rauschende Wellen in meinem Kopf,
sag mir, sag mir, oh bitte sag mir wann,
wann hören diese Wellen auf,
das Gefühl von Angst mit sich zu tragen.
Rauschende Wellen in meinem Kopf,
sag mir, sag mir, oh bitte sag mir warum,
warum fangen diese Wellen an,
zu schützenden Mauern in mir zu werden.«

Logan stellt sich hinter mich und linst mir über die Schulter. Er riecht nach Blüten und kaltem Wind. »Sehr gut.«

»Nur sehr gut?« Ich wirble auf meinem Stuhl zu ihm herum. »Das reicht nicht! Du weißt doch, dass gut in etwa so viel bedeutet wie äh, ja, okay, aber sag ich jetzt nur, weil ich nett bin, denn eigentlich ist es scheiße.«

Logan lacht. »Es ist wirklich gut. Aber um zu beurteilen, ob ich Gänsehaut kriege, müsste ich es hören.«

»Okay, also, ich habe noch keine wirkliche Melodie im Kopf, aber ich kann es mal versuchen und dann …«

»Komm mit. Ich will dir etwas zeigen, das dir vielleicht erleichtert, den Sound dazu zu finden.«

»Was hast du vor?«

Er grinst. »Wer sagt, dass ich etwas vorhabe?«

»Du hast dieses Funkeln in den Augen«, entgegne ich, während ich mich erhebe. »Das ist immer da, wenn irgendetwas im Busch ist.«

»In einer Minute erfährst du es.« Logan führt mich durch die Terrassentür. Auf dem Wasser im Pool schwimmen tote Blüten und geben dem Ganzen einen trostlosen Anblick.

»Eine Minute kann ich nicht warten. Sag es mir jetzt.«

»Wie kann ein Mensch nur so ungeduldig sein?« In gespieltem Entsetzen schüttelt er den Kopf. »Hier lang.«

Wir gehen auf den Schuppen zu. Ist es überhaupt ein Schuppen? Es wirkt eher wie ein kleiner Anbau zum Poolhaus.

»Willst du mich da einsperren und nie mehr gehen lassen?

Wenn ja, darf ich dann vorher noch eine Liste mit Dingen äußern, die ich gern hätte?« Ich zähle an den Fingern ab. »Hershey-Schokolade, Twinkies, frische Unterwäsche, eine Bürste, Kelloggs mit Oreo und Froot Loops, Zahnputzzeug und …«

»Das Zahnputzzeug nutzt dir bei dem ganzen Süßkram dann auch nichts mehr.«

»Stimmt.« Ich wedle mit der Hand durch die Luft. Wir sind jetzt fast beim Schuppen angekommen. »Außerdem hätte ich da vermutlich eh kein Wasser. Also nur die Schokolade, bitte.«

»Wie wärs mit einem Musikstudio statt Schokolade?«

Ich runzle die Stirn. »Was?«

Er quittiert meine Frage mit diesem ganz bestimmten schelmischen Funkeln, dann öffnet er die Tür und …

Oh mein Gott. Wie von selbst öffnet sich mein Mund zu einem perfekten kleinen *O*.

In dem Schuppen befindet sich ein Musikstudio. Im Ernst. Mit Mikrofon, Mischpult, Synthesizer, Subwoofer und allem, was dazu gehört. In der Ecke thront sogar eine nagelneue Gitarre, und die Wände wurden schallisoliert.

Der schelmische Ausdruck in Logans Gesicht ist verschwunden, stattdessen wirkt er jetzt unsicher und nervös. Mit einer Hand streicht er sich durch die Haare am Hinterkopf, und wären sie dort nicht auf Millimeter rasiert, würden sie jetzt sicher alle wild abstehen.

»Ich dachte, das wäre ein guter Anfang«, sagt er. »Damit du dein Ziel vor Augen hast, meine ich.«

»Du bist irre«, flüstere ich mit großen Augen, streiche über das raue Material des Mikrofons und über den Akustikschirm. Mein Herz flattert, als ich den ganz speziellen Duft einatme, den nur neues Musikequipment haben kann. »Vollkommen verrückt.«

Logan tut, als würde er an einem Knopf am Mischpult drehen. »Gefällt es dir?«

»Ob es mir gefällt?« Ich wirble zu ihm herum und mache irgendwelche konfusen Bewegungen mit meinen Armen, weil ich mich gerade nicht so wirklich unter Kontrolle habe. »Das ist die schönste Überraschung, die ich seit Langem bekommen habe!«

»So wild ist es nicht«, murmelt Logan. Jetzt scheint er einen Knopf an seiner Regenjacke zu inspizieren. »Das ist der Nachteil daran, zu viel Geld zu haben. Man kann sich eigentlich eh alles selbst kaufen. Da ist es nicht so leicht, jemanden zu beschenken.«

»Logan.« Meine Stimme ist sanft. Ich nehme seine Hände in meine, und endlich sieht er auf. »Geld spielt keine Rolle. Das alles hier …«, ich umfasse den Schuppen mit einer Armbewegung, »… bedeutet mir so viel. Und es zeigt mir, dass du dir Gedanken darüber gemacht hast, mir eine Freude zu machen. Dass du mich wirklich kennst.«

Logan bringt ein schwaches Lächeln zustande. »Wer hätte das gedacht, oder?«

»Ja. Wer hätte das gedacht?«

Die nächsten Stunden verbringen wir damit, alles richtig einzustellen. Für den Testlauf singt Logan *Old Macdonald* ins Mikro, und kurz bin ich überrascht, dass es sogar gut klingt.

»Du kannst singen«, stelle ich fest. Er hebt eine Braue und klopft an dem Mikro herum, warum auch immer. Männer und Technik sollte man nicht infrage stellen. »Ich habe Schauspiel studiert, Grace. Natürlich kann ich singen. Die Grundlagen eben.«

Ich nehme die Gitarre aus dem Ständer und beginne, die Saiten zu stimmen. Ich hatte nicht viel Gitarrenunterricht, weil meine Eltern zu sehr auf Klavier gepocht haben. Aber ein bisschen ist hängen geblieben, und ich bin sicher, nach ein paar Youtube-Tutorials müsste ich es wieder hinkriegen.

»Stimmt ja. Euer Stück am Wochenende ist sogar ein Musical, oder? Welches war das noch mal?«

»The Sound Of Music.«

Ich spiele ein *Fis-Dur*. »Welche Rolle hast du?«

»Den Baron«, entgegnet er, setzt sich neben mich auf den Boden und streckt seine Beine aus. »Aber ehrlich gesagt fehlt mir für das Stück momentan der Kopf. Dieses Donovan-Casting … das zermartert mir den Schädel.«

»Hast du Angst, es nicht zu schaffen?«

Er lehnt seinen Kopf gegen die Schallabdichtung und dreht ihn mir zu. »Eine Scheißangst.«

Jetzt spiele ich ein *A-Dur*. Dabei geht es mir schon nicht mehr ums Stimmen, sondern eher darum, die Situation aufzulockern. Ich habe ein Problem mit ernsten Situationen.

»Auf mich hast du immer so furchtlos gewirkt. Als ob dir alles egal ist, weil du sowieso weißt, dass du es schaffst.«

»Jeder Mensch hat Angst. Wer behauptet, er hätte keine, der überspielt das nur. Überspielt vermutlich sein ganzes Leben, um eine Figur darzustellen, die er nicht ist und auch nie sein wird.«

Ich stelle die Gitarre beiseite und ziehe meine Knie an. Heute stecken sie in einer schwarzen Dreivierteljeans, die ich mit neuen Vans kombiniert habe.

»Auf einer Skala von eins bis zehn. Wie groß ist deine Angst vor dem Casting?«

Logan neigt den Kopf und überlegt. »Sieben, denke ich.«

»Und vor Seepferdchen?«

Er lacht. »Zehn. Definitiv zehn!«

»Gibt es noch etwas, wovor du Angst hast?«

»Willst du vielleicht Psychologie studieren?«

Ich kratze mich am Nacken, obwohl es gar nicht juckt. Das mache ich häufiger. Meistens, wenn ich mich unsicher fühle. »Nein. Ich will dich nur besser kennenlernen. Verstehen, wer du bist.« Mit dem Finger tippe ich auf die Stelle seiner Brust, unter der sein Herz schlägt. »Da drin.«

Sein Blick geht mir durch und durch. Ohne die Augen von mir abzuwenden, nimmt er meine Hand von seiner Brust und verschränkt sie mit seiner. Dabei muss ich mich zurückhalten, nicht nach Luft zu schnappen. In diesem schalldichten Raum wäre das überdeutlich zu hören.

»Philosophisch bist du also auch noch«, scherzt Logan. Mit dem Daumen streicht er über meine Haut. »Okay. Eine Wahrheit für eine andere?«

Erst zögere ich. »Gut«, sage ich dann.

»Gut«, wiederholt Logan. Sein Blick ist ausdruckslos, während er auf seine *Panama Jacks* starrt. »Also. Ich denke, ich habe einen Bruder oder eine Schwester. Und ich weiß, ich müsste mich mit dem Thema auseinandersetzen, habe aber Angst davor, diesen Schritt zu gehen.«

Meine Hand erstarrt in seiner. Perplex richte ich mich auf und sehe Logan an. »Erklär mir das bitte.«

Noch immer blickt er auf seine Schuhe, zuckt aber dann die Achseln. »Ich könnte die Story jetzt hin- und herdrehen, aber an ihr gibt es einfach nichts zu verschönern. Also erzähle ich dir einfach, wie es gewesen ist.« Er atmet tief durch. Ich kann erkennen, dass ihm die Gedanken an den Nerven zehren. »Ich war zwölf, als ich meine Mutter mit dem Geschäftspartner und besten Freund meines Vaters zusammen im Bett erwischte. Sie meinte, würde ich Dad etwas sagen, wäre ich derjenige, weshalb unsere ganze Familie kaputtginge. Ich wusste, ich hätte es ihm sagen sollen. Und vielleicht hätte ich es auch getan, aber dann fand ich den Schwangerschaftstest in der Handtasche meiner Mutter, als ich mir Geld aus ihrem Portemonnaie nehmen wollte. Das Ding war positiv. Zwei Striche. Ich bin an dem Tag extra in den Supermarkt gefahren und habe mir die Bedienungsanleitung angeschaut. Der Test war … er war definitiv positiv.« Logans Blick ist leer. »Und dann ist meine Mutter abgehauen. Nach Tokyo. Vermutlich, damit Dad nichts von allem mitbekommt. Er war auch noch stolz auf sie und wollte sie bei dem Schritt unterstützen und ich … ich konnte es ihm einfach nicht mehr sagen. Wollte einfach nicht sehen, wie unglücklich ihn das gemacht hätte. Ich dachte, er wäre besser dran, wenn ich es für mich behalte. Sie war ja ohnehin weg.«

Ich schlucke hart und muss mich zwingen, dass keine Tränen den Weg bis in meine Augen schaffen. »Logan. Das … das hast du all die Jahre mit dir herumgeschleppt?«

Er nickt. Sein Ausdruck wirkt düster, beinahe schattengleich. Das sonst so helle Braun seiner Augen nimmt einen finsteren Schatten in sich auf.

Mir fehlen die Worte. Kein Wunder, dass Logan in den vergangenen Jahren das Arschloch raushängen hat lassen. Vermutlich war seine größte Angst, sich zu verlieben und genauso hintergangen zu werden wie sein Vater. Und das konnte er nur verhindern, indem er die Mädchen ausnutzte. Eine nach der anderen.

Nur Sex. Keine Küsse. Bis auf…

Mir.

»Weiß der Geschäftspartner deines Vaters von dem Kind?«

Logan verkrampft sich. Er macht den Eindruck eines Gefangenen, den ich mit meinen Worten auspeitsche. Das tut mir weh. Ich will ihn nicht verletzen. Aber ich weiß auch nicht, wie ich mich jetzt verhalten soll. Möchte er das Problem angehen? Will er die Angst überwinden?

Dann muss er den Schmerz ertragen. Denn das kann wehtun. Sehr wehtun.

»Keine Ahnung. Er hat nie etwas über ein anderes Kind als Gilles erzählt.«

Gilles ist der siebzehnjährige Sohn von Mike und Theresa Van der Heit. Ich hatte nie viel mit ihm zu tun, und er sah auch immer eher aus, als würde jeder, der ihn in seinen mathematischen Gleichungen stört, den Kopf verlieren.

»Der Kopf muss rollen!«, hätte er vermutlich gebrüllt, sich in irgendein imaginäres Rollenspiel hineinversetzt und mit einer Axt geschwungen, die nicht existiert. Denn genauso sieht Gilles aus. Wie ein rollenspielbesessenes, WoW-zockendes Mathegenie.

Ich drücke Logans Hand. »Wenn du willst, können wir das zusammen angehen. Dann ist es leichter. Du musst mir nur sagen, ob das für dich okay ist.«

Logan winkelt ein Bein an. Seine Regenjacke raschelt bei der Bewegung. Gern würde ich meinen Kopf auf sein Bein legen und mein Gesicht von der Wärme seiner Jacke streicheln lassen, aber das bringe ich nicht über mich.

Er seufzt. »Eigentlich würde ich das jetzt ablehnen und sagen, dass ich nie wieder ein Wort darüber hören will. Aber ich glaube, das wäre genau der falsche Weg, der mich erst damals in die Situation gebracht hat. Ich sollte es angehen.« Seine Augen linsen kurz zu mir herüber. »Und … wenn du mir dabei eine Unterstützung sein könntest, wäre es vermutlich leichter für mich.«

Ich nicke. Dann neige ich tatsächlich den Kopf, aber statt ihn auf sein Bein zu legen, lehne ich mich an seine Schulter. Das Material der Regenjacke ist kühl auf meiner erhitzten Haut. »Du kannst auf mich zählen.«

So schweigen wir eine ganze Weile, jeder seinen eigenen Gedanken nachhängend. Und dabei geht unter, dass Logan zuvor eine Wahrheit für eine andere eingefordert hatte.

Vermutlich hat er es vergessen.

Ich aber nicht.

Und ich bin sehr dankbar, dass wir nicht über mich sprechen.

28

Logan

»Bist du dir sicher, dass nur diese zehn Krankenhäuser in Betracht kommen?« Grace nimmt sich ein Pizzabrötchen und tunkt es in den Curry-Dip. »Es gibt doch unendlich viele Krankenhäuser dort! Ich meine … es ist Tokyo.«

Kopfschüttelnd fokussiere ich die karierten DIN-A4-Blätter, die wir um uns herum verteilt haben und schreibe gerade den Namen des letzten Krankenhauses auf, das in Betracht kommen könnte.

»Meine Mutter würde niemals in einem Krankenhaus entbinden, das ihr nicht mindestens eine luxusähnliche Suite für die Geburt bieten kann.«

Wir haben unser Lager im Poolhaus aufgeschlagen, wo wir umgeben von Snacks, Notizen und meinem Macbook in Schneidersitz und Joggingklamotten auf dem Boden sitzen. Grace trägt ein Poloshirt von mir, weshalb mein Blick viel zu häufig an ihren langen Beinen hängen bleibt.

»Na gut«, sagt Grace, stopft sich das letzte Stück Pizzabrötchen in den Mund und wischt dann ihre Finger an einer Serviette ab, ehe sie die Homepage des ersten Krankenhauses öffnet und auf die Seite der Babystation klickt.

Ihre Augen huschen zu mir. »Meinst du, in Tokyo durfte das Kind ihren Namen behalten? Also Cunningham? Oder hätte deine Mom zu sehr Schiss, dass es irgendwann rauskommt?«

Etwas abgelenkt starre ich auf den Bildschirm, der mir eine ganze Seite voll mit japanischen Babys zeigt, die meiner Meinung nach alle gleich aussehen. »Weiß nicht. Aber wir können wohl kaum herausfinden, ob mein möglicher Bruder Jin-Chu oder so mit Nachnamen heißt. Uns bleibt nur Cunningham.«

Grace fängt an zu tippen. Ihre Lippen glänzen von dem Fett der Pizzabrötchen. Ich kann nicht anders, als mich vorzubeugen und sie zu küssen, woraufhin sie zusammenzuckt. Es fällt mir schwer, den Stich in meiner Brust zu ignorieren.

»Sorry«, murmle ich.

»Alles gut.« Kurz legt sie sich zwei Finger an die Lippen, als würde sie die Berührung von gerade noch spüren können, dann sieht sie wieder zum Laptop. »Ständig redest du von einem möglichen Bruder. Dabei könntest du auch eine Schwester haben, weißt du.«

Sie lenkt ab. Ich entscheide, dass ich nicht darüber nachdenken möchte, warum sie das tut.

Sie ist hier. Bei mir. Das reicht.

Also verziehe ich amüsiert die Lippen. »Ich hoffe nicht. Ich kann mit Mädchen nicht umgehen.«

»Mit mir kannst du umgehen.«

»Ja.« Ich strecke meine Beine aus und stütze mich auf die Ellbogen, wobei ich versuche, die Ordnung des Blättermeers um uns herum nicht durcheinander zu bringen. »Dich kenne ich auch schon mein ganzes Leben.«

Sie geht nicht auf meine Antwort ein, sondern öffnet einen neuen Tab. »Streich Krankenhaus Nummer eins.«

»Alles klar.« Mit dem Fuß stoße ich das Blatt aus unserer Mitte.

»Was hast du eigentlich vor, wenn wir das Kind finden?« Grace neigt den Kopf und tut, als würde sie sich ganz auf die Babygalerie fokussieren. Dabei weiß ich, dass sie gespannt auf meine Antwort wartet und nur vorgibt, als wäre das Thema Nebensache.

»Keine Ahnung«, sage ich. »Darüber habe ich noch nicht nachgedacht.«

Sie nimmt sich ein Stück Hershey-Schokolade und wirft mir einen kurzen Blick zu. »Willst du es treffen?«

»Keine Ahnung«, wiederhole ich. Das ist nicht einmal gelogen.

Ich habe wirklich keine Ahnung, was ich dann tue. So weit habe ich noch nicht gedacht. Es ist für mich auch nicht real, ein großer Bruder zu sein. Ich kenne das Kind nicht. Es ist mir praktisch fremd, selbst wenn wir verwandt sind.

»Oh, hier haben wir was!« Grace zeigt auf ein Kind mit blonden Flusen auf dem Kopf. »Fairy Connor.«

»Niemals. Meine Mutter würde nicht einmal dann den Namen Fairy in Erwägung ziehen, wenn Terrence Hill dafür die Stadt auf ewig verlassen würde.«

»Wow. Das ist ein hoher Einsatz.«

Ich lache. »Nächstes Krankenhaus?«

»Jepp.«

Bei jeder weiteren Fehlanzeige weiß ich nicht, ob ich erleichtert oder enttäuscht sein soll. Das ist ein komisches Gefühl. Ein Gefühl von Unsicherheit.

Meine Gedanken schwirren durcheinander. Will ich überhaupt wissen, wer mein Bruder oder meine Schwester ist? Und wenn ja, warum will ich es wissen? Würde es mir nicht besser gehen, wenn ich die Gedanken daran einfach begrabe und nie wieder heraushole? Das Kind ist das Ergebnis des Ehebruchs meiner Mutter mit dem besten Freund meines Vaters.

Ich sollte eigentlich kein Interesse daran haben. Aber irgendwie … irgendwie bin ich neugierig. Ob das die innere Bindung ist, die sich automatisch entwickelt, wenn man weiß, kein Einzelkind mehr zu sein? Das Gefühl von Zuneigung, Liebe und Sorge? Geht so etwas, ohne die andere Person überhaupt zu kennen?

»Hier«, reißt Grace mich aus meinen Gedanken, schüttelt dann aber bereits den Kopf. »Doch nicht. Hab mich versehen. Die kam ein Jahr früher zur Welt.«

Nach einer gefühlten Ewigkeit haben wir jedes der zehn Krankenhäuser durch, und Grace hat Bauchschmerzen, weil sie zwei Tafeln Hersheys gegessen hat. Ich frage mich, wie sie es geschafft hat, in den vergangenen Jahren ihre Figur zu halten. Und gleichzeitig frage ich mich, was für eine Qual es für Hazel gewesen sein muss, Grace regelmäßig dabei zuzusehen, wie sie haufenweise

Zucker in sich reinscheffelt und nicht zunimmt. Mit ihrer Essstörung muss das die pure Hölle für sie gewesen sein.

»Mir kommt gleich die Zimtschnecke wieder hoch.«

»Wann hast du eine Zimtschnecke gegessen?«, frage ich.

Grace rollt sich auf den Bauch, merkt dann aber, dass es die falsche Entscheidung war und dreht sich stöhnend wie ein gestrandetes Walross auf den Rücken.

»Als ich uns das Root Beer aus dem Kühlschrank geholt habe. Die lag in dem kleinen pinken Karton.«

»Streuner.«

»Lass mich. Sie war lecker. Du bist nur neidisch, weil du sie essen wolltest.«

Ich lache. »Bestimmt. Die war vergammelt.«

Grace stöhnt noch lauter. »Toll. Wieso immer ich?«

Ich sammle die leeren Kartons von Boden, stehe auf und werfe sie in den Mülleimer. »Weil du ein Streuner bist.«

»Hey.« Ihre Stimme klingt vorsichtig, zaghaft. »Warum hast du deine Mutter eigentlich nie selbst gefragt, was mit dem Kind ist?«

»Keine Ahnung.« Heute Abend scheint das meine Antwort auf alles zu sein. Schnell wasche ich mir die Hände, um Grace den Rücken zuzudrehen. Sie soll nicht sehen, dass mein Ausdruck sich verdüstert, sobald wir über meine Mutter sprechen. Mit dem Handballen drücke ich häufiger als nötig auf den Kopf des Seifenspenders, bis meine Haut von grünem Glibber überzogen ist, das nach Avocado riecht. Ich halte sie unter den Wasserstrahl und genieße die Wärme, die mir durch die kalten Nervenbahnen rast. »Ich habe sie nie darauf angesprochen, dass ich den Test in ihrer Tasche gefunden habe.«

Hinter mir höre ich, wie Grace sich auf den Fliesen aufrappelt. Das muss schon was heißen, wo sie doch tut, als würde sie zweihundert Kilo wiegen.

»Und sie jetzt darauf anzusprechen, kommt für dich nicht mehr infrage?«

»Nein.« Meine Antwort kommt mir rabiater über die Lippen als beabsichtigt. Ich schalte das Wasser aus und betrachte die einzelnen Seifenblasen zwischen meinen Fingern. Ich zerplatze sie eine nach der anderen. »Und es wäre gut, wenn du nicht weiter über sie sprechen könntest.«

»Logan.« Ihre Stimme ist dicht neben mir. Ich habe nicht gemerkt, dass sie nähergekommen ist. Zaghaft streckt sie eine Hand aus und legt sie auf meinen Arm. »Es ist unvermeidbar, dass wir über sie sprechen, wenn wir das Kind suchen. Immerhin ist sie die Mutter.«

»Weiß ich wohl«, entgegne ich und schüttle ihren Arm ab. Sie wirkt verletzt, lässt die Hand aber sinken.

»Ich bin in deinem Team. Stoß mich nicht von dir.«

Mit der Handfläche wische ich mir über das Gesicht und drehe mich herum, sodass ich mich mit dem Rücken gegen die Arbeitsplatte der Küche lehne. »Tue ich nicht. Es ist nur … ich will einfach nicht über sie sprechen.«

Grace zupft am Saum meines Poloshirts, das sie trägt. Das einzige Zeichen, dass ihr die Situation unbehaglich ist. »Aber vielleicht wäre das besser. Vielleicht musst du … das verarbeiten.«

»Was?« Ich schnaube. »Was muss ich verarbeiten, Grace?«

»Ich meine nur …«

»Schön, dass endlich die Theorien meiner Mutterkomplexe auf den Tisch kommen, die du ständig in der Schule und Uni gehört hast. Ich habe mich schon gefragt, wann ich die Ehre habe, darüber auspacken zu können.«

»Logan.« Ihre Gesichtszüge verziehen sich zu einem gekränkten Ausdruck.

Eine Stimme in mir sagt, dass ich aufhören soll, dass es genug ist, aber ich kann nicht. Irgendein wunder Punkt in mir brennt und schmerzt und verlangt, dass ich denjenigen, der die Wunde aufgekratzt hat, bestrafe.

Dummerweise ist es Grace.

»Ich habe keinen Mutterkomplex«, lüge ich. »Weder im positiven noch im negativen Sinn. Die Frau ist mir einfach scheißegal, okay? Scheiß-egal!«

Weil ich so wütend auf Grace und auf mich selbst und auf

meine Mutter und auf die ganze verschissene Welt bin, nehme ich die leere Flasche Root Beer von der Arbeitsplatte und schleudere sie quer durch den Raum. Sie zersplittert an der Wand hinter dem Klavier, woraufhin Grace heftig zusammenzuckt. Ich will sie in den Arm nehmen, an mich drücken und über ihre Haare streicheln. Ich will sie beruhigen, damit sie mich beruhigt. Aber stattdessen werde ich immer wütender und kann es nicht kontrollieren. Mit den Fingern fahre ich mir durchs Haar und muss mich zwingen, nicht gegen die Küchenschränke zu treten.

»Du hast keine Ahnung, wie das ist! Keine Ahnung, wie es sich anfühlt, ohne die eigene Mutter aufzuwachsen, weil sie mit diesem Dreckskerl ins Bett gestiegen ist, dem du jedes Mal ins Gesicht lächeln musst! Du weißt nicht das Geringste darüber, wie scheiße es sich anfühlt, dieses ganze Getuschel der anderen über Jahre hinweg ignorieren und so tun zu müssen, als ginge dir das alles am Arsch vorbei und dir würde es Spaß machen, jedes Mädchen am Ende wegen dir heulen zu sehen und du denkst …«

»Logan!« Grace umfasst meine Handgelenke, mit denen ich vor blindem Zorn wild durch die Luft gestikuliere. Sie drückt sie sanft herunter. Ich glaube, sie merkt, dass ich zittere. Dann legt sie ihre zarten Arme um mich und erlaubt es mir, den süßen Duft ihrer Haare einzuatmen. Ich schließe die Augen und lausche meinem rasenden Herzschlag.

»Schh«, macht sie. Streicht mir über meinen Rücken. Ich würde jetzt gern sagen, dass ich kein Mitleid brauche, aber, fuck, ich brauche es. Jedes Streichen ihrer Finger versetzt mein Herz wieder in einen ruhigeren Rhythmus und lässt meinen Zorn verebben wie ein leuchtendes Licht in einem dichten Nebel mitten in einem stockdunklen Wald.

»Ich weiß, dass es scheiße ist«, flüstert sie. »Und ich könnte jetzt versuchen, alles zu verschönern, damit du dich besser fühlst. Sagen, dass deine Mutter dich dennoch liebt oder aber du ihr nie egal warst, aber … manchmal muss man die Wahrheit einfach akzeptieren. Manchmal ist das Leben scheiße zu einem, Logan. Richtig scheiße. Dann bringen auch keine Worte was, dass alles wieder gut wird, weil die Chance längst verstrichen ist, dass es wieder gut wird. Vielleicht liebt dich deine Mutter. Vielleicht auch nicht. Vielleicht bist du ihr einen Scheißdreck wert oder aber sie kann es nicht zeigen, was genauso bedeutet, dass du ihr irgendwie einen Scheißdreck wert bist. Aber dann ist das so. Jeder hat Dinge im Leben zu bekämpfen. Und diese ganzen Leute, die sagen, ihnen ist was Schlechtes widerfahren, aber dann war draußen ein schönes Wasserspiel mit Vogelgezwitscher zu hören, und sie wussten, wie schön doch alles ist, verstecken sich nur vor der Wahrheit. Nämlich, dass das Leben beschissen zu einem sein kann. Wie ein abgeflogener Waggon in einer Achterbahn. Ohne Sinn schmettert das Ding ab und zerstört die ganze Konstruktion, wobei egal ist, dass sie danach nicht mehr richtig läuft. Einen Schaden hat. Und manchmal Schäden, die nicht mehr repariert werden können. Aber das ist okay, Logan. Das ist okay. Ich habe sie auch, diese Schäden. Und weiß Gott wie viele andere Menschen. Fehlkonstruktionen können trotzdem noch fahren, auch wenn sie beschädigt sind. Hörst du? Es ist okay.«

Zum ersten Mal überhaupt fühle ich mich durch Worte gelähmt. Es ist, als hätte Grace mir eine Diagnose erteilt, die nicht mehr heilbar ist, mit der man aber leben kann.

Und mir wird bewusst, dass sie recht hat.

Meine Handflächen sind feucht, und ich grabe sie viel zu grob in ihre Taille, aber es scheint sie nicht zu stören. Stattdessen hält sie mich, als befürchtete sie, ich würde jeden Moment fallen. Sie hält mich so fest, wie es ihr mit ihrem zierlichen Körper möglich ist.

Mein Körper bebt.

Ich glaube, ich weine. Ich kann es nicht genau sagen, weil mein Körper immer noch gelähmt ist und es eine Ewigkeit her sein muss, seit ich das letzte Mal Tränen auf meinen Wangen gespürt habe.

Als ich ruckartig Luft holen muss, weiß ich mit Sicherheit, dass ich weine. Vielleicht sollte ich mich schämen, aber ich tue es nicht. Vermutlich wegen der Lähmung.

Grace vergräbt eine Hand in meinem Haar und ich mein Gesicht in ihrer Schulter.

Alles an ihr kommt mir in diesem Moment gleich dreifach magisch vor. Ihre bloße Anwesenheit. Der Geruch des Apfelshampoos, der ihre Strähnen umhüllt. Das blumige Parfüm, dessen Duft ihre Haut wie zarte Seide umschmeichelt. Ihr klopfender Herzschlag im Takt, der gegen meine Brust schlägt. Das leichte Zucken ihrer Finger, als ich meine Hände fester um ihren Körper schlinge. Ihren warmen Atem an meinem Ohr.

»Du bist ein Engel, Grace Bishop.«

»Manchmal«, flüstert sie und schmunzelt. Ich spüre an meiner Wange, wie sich ihre Lippen zu einem sanften Lächeln verziehen. »Aber manchmal bin ich auch einfach ein vollgefressenes Ferkel, das Magenkrämpfe von einer vergammelten Zimtschnecke hat.«

Ich lächle. Seltsam, zu lächeln, während einem Tränen über das Gesicht laufen.

»Darf ich das Ferkel behalten?«

»Nur, wenn du dich gut kümmerst.«

»Ich spende für Greenpeace.«

29

Logan

Etwas bohrt sich in meine Wange.

Erst denke ich, dass ich träume, und ignoriere es. Aber dann spüre ich es wieder, dieses Mal über meiner Oberlippe. Schwermütig öffne ich die verklebten Augen, gerade in dem Moment, als ich zum dritten Mal gepiekst werde. Dieses Mal neben meiner Nase.

Es dauert einen Moment, bis sich mein Sichtfeld klärt. Ich spüre das Bohren in meiner Haut zwei weitere Male, bis ich erkenne, woher es stammt.

»Sag mir, dass ich noch schlafe und mir das gerade einbilde.«

»Ich möchte eine Bomberjacke.«

Grace hockt im Schneidersitz neben mir im Bett und hält einen Kuli in der Hand. Ich ignoriere ihre seltsame Antwort.

»Hast du mich ernsthaft angemalt?«

Sie zuckt die Achseln. »Nur kleine Punkte. Sieht jetzt aus, als hättest du Sommersprossen.«

»Warum?«

»Weil ich eine Bomberjacke möchte.«

Vielleicht schlafe ich tatsächlich noch. Müde reibe ich mir die Augen. Ich will mir gar nicht vorstellen, wie ich gerade aussehe. »Und was hat das mit dem Kuli zu tun?«

»Weil ich eine Bomberjacke möchte«, wiederholt sie. »Aber du hast noch geschlafen.«

Ich strecke mich im Bett aus und warte, dass mein Kopf sich endlich an den wachen Zustand gewöhnt.

»Und da wäre dir nicht in den Sinn gekommen, zu warten?«

Grace erhebt sich auf die Knie und deutet mit dem Kuli auf mich. »Ich hab genug gewartet! Zwölf lange Jahre!« Dramatische Pause. »In Askaban!«

Ich blinzle. »Okay. Wie viele Kaffee hast du schon getrunken?«

»Noch keinen.«

»Wie viele?«

»Drei.«

»Oh Mann, Grace.« Meine Stimme kommt gedämpft, weil ich das Gesicht in die Kissen vergraben habe. »Wie spät ist es?«

»Halb neun.«

Mit der Hand drücke ich das Kissen runter, um ihr einen vernichtenden Blick zuzuwerfen. *»Bloomingdale's* macht erst in anderthalb Stunden auf.«

Grace pult am Klemmding vom Kuli herum. »Ja. Aber wir können vorher was frühstücken.«

»Schön.« Gerade überlege ich, ob es noch irgendwie im Bereich des Möglichen liegt, fünf weitere Minuten in diesen gemütlichen Kissen rauszuschlagen, als ich Stimmen im Hintergrund wahrnehme.

Abrupt sitze ich kerzengerade im Bett. »Du hast *Gilmore Girls* weitergeschaut!«

Grace sieht verwirrt von mir zum Fernseher und wieder zurück. »Ja. Und?«

»Und?« Fassungslos nehme ich die Fernbedienung und schalte den Smart-TV aus. »Du weißt genau, wie tief ich jetzt schon drinstecke!«

Grace verdreht die Augen, woraufhin ich anklagend mit der Fernbedienung auf sie deute. »Es gibt ein unausgesprochenes Gesetz, dass nicht allein weitergeschaut wird. Du Kameradenschwein.«

»Aber mir war langweilig«, kontert sie. »Du hast geschlafen, und ich wollte meine Bomberjacke.«

»Bloomingdale's hat doch noch nicht mal geöffnet!«

Sie grinst. Ich fasse es nicht, dass sie grinst.

»Du wirst die Folgen noch mal mit mir angucken. Glaub ja nicht, dass wir jetzt einfach weitermachen, ohne dass ich die Episoden gesehen habe.«

»Meinetwegen. Wenn ich dann jetzt endlich meine Bomber…«

»Ich geb dir gleich mal Bomberjacke!« Ich bin müde und kann das Wort nicht mehr hören. »Echt.«

Aber Grace stört sich nicht an meinem Sarkasmus. Im Gegenteil. Sie wackelt mit den Brauen und sagt: »Das wäre schön.«

Ein paar Sekunden stehe ich einfach starr da, sehe Grace an und überlege, sie zu schütteln. Wenn ich sie schüttle, dann würden wir vielleicht rumalbern, und es könnte zu etwas anderem führen, wonach mein bestes Stück gerade pochend verlangt. Selbst Grace muss es auffallen, weil ich direkt vor ihr stehe und nur eine Boxershorts trage. Ihr Kopf wird rot, aber nicht weil sie mir auf meinen Ständer starrt, sondern weil sie einen Lachkrampf zurückhalten muss. Was ihr nicht lange gelingt. Sie prustet los, hält sich den Bauch und rollt sich dabei seitlich aufs Bett, während sie auf mich deutet.

»Dein Gesicht«, presst sie undeutlich hervor, gefolgt von mehreren Lachern. »Du siehst aus wie Pippi Langstrumpf.«

Das wars dann mit den Hoffnungen auf Sex. Was auch immer Grace für erotische Vorstellungen hat, Pippi Langstrumpf gehört sicher nicht dazu.

Also lasse ich sie mit ihrem Lachanfall allein und gehe ins Bad, um zu duschen.

Eine halbe Stunde später sitzen wir bei *Starbucks* in der Lexington Ave und warten, dass *Bloomingdale's* öffnet. Grace hat sich ein Grilled Cheese Sandwich und einen – Überraschung! – Kaffee bestellt und ich ein Turkey & Ham Baguette. Der Laden ist voller Studenten mit Laptops, die entweder ihre nächste Vorlesung vorbereiten oder aber hier sitzen und besagte Vorlesung schwänzen.

»Woran denkst du gerade?«, fragt Grace und beißt von ihrem Sandwich ab.

Ich nehme einen Schluck meiner Caramel Latte. »Daran, wie schnell die letzten vier Jahre vergangen sind. Es kommt mir wie gestern vor, dass ich an der *Tisch* angenommen wurde und so Schiss vor dem ersten Dramakurs hatte, dass ich hier morgens drei Espresso hintereinander in mich hineinschüttete und während des Kurses dann völlig überdreht war.«

Grace zupft an ihrem Oversizepullover mit V-Ausschnitt, der so groß ist, dass ihre gebräunten Schultern zum Vorschein kommen.

»Dabei hast du an dem Wochenende unserer ersten Uni-Woche so damit geprahlt, wie sehr dich die Dozenten lieben, weil du ja ach so talentiert bist.«

»Hey, das stimmte aber.«

Sie seufzt. »Die Zeit vergeht wie ein Fingerschnipsen. Ich weiß noch, dass ich damals dachte, die nächsten Jahre würden eine halbe Ewigkeit dauern, und ich hätte unbedenklich viel Zeit, unbeschwert und gedankenlos im Jetzt zu leben, ohne an die Zukunft zu denken.«

Ihr Gesichtsausdruck verändert sich. Plötzlich sieht sie ihr Sandwich ausdruckslos an, als hätte sie keinen Hunger mehr.

»Hey«, sage ich. »Wenn du die Wahl hättest, was wärst du lieber: ein Stein oder ein Baum?«

Grace ist schnell abzulenken. Gott sei Dank. Mit dem Fingernagel kratzt sie über die Brotkruste und legt den Kopf schief. »Hmm. Ein Stein, denke ich.«

»Wieso das denn?«

Sie zuckt die Achseln und genehmigt sich einen Schluck Kaffee. »Was würdest du denn wählen?«

»Einen Baum natürlich. Immerhin lebe ich dann auch und bin dafür verantwortlich, dass es Sauerstoff auf der Welt gibt.«

Grace wirkt, als würde sie tatsächlich angestrengt überlegen. Dann schüttelt sie den Kopf. »Als Stein wäre alles besser. Dann könnte man doch jedes Zeitalter überleben und mitbekommen! Bäume sterben irgendwann einfach ab.«

Grinsend lehne ich mich im Stuhl zurück und mustere sie. »Dir ist schon klar, dass du als Stein nichts von den Jahrzehnten mitbekommen *könntest*? Die haben keine Gefühle und merken nichts.«

»Sagst du.«

»Sagt der Rest der Welt und die komplette Wissenschaft.«

Grace kratzt sich an der Wange. Rote Striemen zieren ihre Haut und verblassen nach ein paar Sekunden wieder. »Nur, weil jemand etwas behauptet, muss es noch lange nicht stimmen. Ich meine, war jemand von denen schon einmal ein Stein und kann es beweisen? Nein. Also kann auch keiner sagen, was die mitbekommen und was nicht.«

Ich lache. »Und was, wenn du dich für den Stein entscheidest und plötzlich mitbekommst, dass du nichts mitbekommst?«

»Dann wäre es mir egal, weil ich es ja nicht mitbekomme, dass ich nichts mitbekomme.«

»Okay«, sage ich. »Das wird mir zu verwirrend.« Ich nehme den letzten Schluck meiner Caramel Latte und stehe auf. »Komm, holen wir dir deine Bomberjacke.«

Ihr Gesicht strahlt, als sie sich erhebt.

Und für dieses Strahlen … Gott, ich würde alles dafür tun, sie immer so zu sehen.

Und wenn ich dafür hundert Punkte vom Kuli im Gesicht in Kauf nehmen müsste.

Das *Bloomingdale's* ist noch wie ausgestorben, was nicht verwunderlich ist. Es ist gerade eine Minute nach zehn.

Jennet arbeitet. Wieder einmal. Eine Zeit lang hat sie versucht, bei mir zu landen. Sie hat ständig viel zu laut und viel zu schrill über jeden Witz gelacht, den ich gemacht habe, selbst wenn er nicht lustig war. Als sie mich mit Grace sieht, wirkt sie erschrocken. Unsicher blickt sie nach links und rechts, ob eine andere Verkäuferin in der Nähe ist, aber Grace geht bereits auf sie zu.

»Hey. War meine Mutter hier und hat dich zur Sau gemacht, oder weshalb wirkt du wie eine verschreckte Eintagsfliege?«

»Miss Bishop.«

»Grace«, korrigiert sie die Verkäuferin.

»Grace.« Jennet zupft an ihrer penibel gebügelten Bluse. »Mrs. Bishop hat mir verboten, dir weitere Kleidungsstücke zu verkaufen, die nicht deinem bisherigen Stil entsprechen.«

Mir entfährt ein Lacher, ehe ich ihn unterdrücken kann, woraufhin mich beide Frauen ansehen. Grace und Jennet.

»Sorry«, sage ich. »Aber es hört sich an, als wäre Mrs. Bishop eine ranghohe Befehlshaberin aus Nordkorea.«

Jennet macht ein Gesicht, als verstehe sie den Witz nicht. Was das erste Mal sein würde. Grace hingegen seufzt.

»Er hat recht. Ich bin zweiundzwanzig Jahre alt und damit volljährig. Meine Mutter hat ganz bestimmt kein Recht zu entscheiden, was ich für Kleidung trage. Und als eigenständige, volljährige Kundin möchte ich in diesem Laden kaufen, was mir gefällt. Falls du damit ein Problem hast, würde ich gern deinen Vorgesetzten sprechen, Jennet.«

Eine leere Drohung. So etwas würde Grace niemals tun. Vor allem, weil sie weiß, welche Wirkung ihre Mutter auf andere Personen haben kann und ihr Jennet höchstwahrscheinlich einfach leidtut.

Aber dennoch erzielen ihre Worte die erhoffte Wirkung. Jennet wird kurz blass, ehe sie den Kopf schüttelt und ich deutlich erkennen kann, wie sie schwer schluckt.

»Das ist nicht nötig. Natürlich kannst du kaufen, was du willst.«

Wieder strahlt Grace. Ich weiß nicht, ob ihr überhaupt bewusst ist, was für eine Wirkung sie auf andere hat. Sie ist überzeugend und selbstbewusst – Eigenschaften, mit denen sie sich keine Sorgen um ihre Zukunft machen müsste. Mit diesem Charakter und einem Abschluss in der Tasche könnte Grace so gut wie jeden Job bekommen, den sie will, da bin ich mir sicher. Selbst wenn sie plötzlich anstrebt, Pilotin zu werden.

Wir sehen uns bestimmt jede Bomberjacke im ganzen *Bloomingdale's* an, und es dauert eine gefühlte Ewigkeit, bis wir endlich zwei in der Endauswahl haben: eine roséfarbene mit Blumenapplikationen in dunkelrosa und eine, dessen obere Hälfte aus beigem Teddybärenstoff und die untere Hälfte aus dunkelblauem Samt besteht. Letztere gefällt mir besser, weil Kragen und Saum schwarz-weiß gestreift sind und diesen Collegejackenstil haben. Die Akzente machen einiges aus.

Jennets Haare sind zerzaust, weil sie sich so oft durch die Strähnen gefahren ist. Rote Flecken zieren ihre Wangen.

»Mir gefällt diese«, sagt sie und deutet auf das rosa Ding, woraufhin ich das Gesicht verziehe.

»Die lässt dich aussehen wie ein pinkes Schwein. Außerdem kannst du die Jacke mit kaum etwas anderem kombinieren. Du müsstest immer dunkle Jeans und weiße oder roséfarbene Schuhe tragen, alles andere würde farblich nicht passen.«

Grace schenkt mir einen faszinierten Blick. »Ich vergesse immer, wie viel du von Mode verstehst.«

»Bei den Cunninghams ist das die Grundvoraussetzung«, murmle ich. Und das meine ich ernst. Man könnte meinen, dadurch, dass meine Mutter so früh abgehauen ist, müsste ich eigentlich gerade mal wissen, was der Unterschied einer Slim-Fit-Jeans und einer Chino ist, aber nein. Mein Vater war seit jeher darauf bedacht, modisch aus dem Haus zu gehen. Zudem liebt er es, Karl Lagerfeld zu zitieren. Sein wohl gängigstes Argument, wenn ich noch in Schlafklamotten an den Frühstückstisch gekommen bin: »Eitelkeit ist Selbsterhaltungstrieb, mein Junge. Und das ist gar nicht so ungesund. Geh, und zieh dich an. Aber nichts, was du die letzten Tage schon einmal getragen hast.«

Grace entscheidet sich für die zweite Bomberjacke. Die, die mir so gefällt. Jennet wirkt daraufhin, als hätte Grace bereits jegliche Kontrolle verloren und ihr sei nicht mehr zu helfen.

Ich bezahle mit meiner Kreditkarte. Grace will protestieren, weil sie ihre eigene hat, aber ich möchte, dass diese Jacke ein Geschenk von mir ist. Selbst wenn sie die dreihundert Dollar selbst zahlen kann, will ich, dass sie an mich denkt, wenn sie die Jacke trägt. Was irgendwie zeigt, dass ich Schiss habe, das mit uns könnte schneller zu Ende gehen, als wir gucken können. Nicht dass ich es schon erwarte, aber … in meinem Leben geht immer alles kaputt, was gut ist.

Es ist bereits Mittag, weshalb wir entscheiden, im *Bloomingdale's* zu essen. Grace bestellt Süßkartoffelpommes mit Barbecue-Soße und ich einen Western Style Cheeseburger XXL. Danach werde ich Magenschmerzen kriegen, das weiß ich jetzt schon, weil ich immer Magenschmerzen nach diesem Burger bekomme.

Das Essen kommt schneller als erwartet, aber statt sich über ihre Pommes herzumachen, schnappt sich Grace das Messer und entfernt damit das Etikett an ihrer Jacke, um sie sich überzuziehen.

»Schön, oder?« Sie ist stolz wie Oskar. Ihre braunen Augen funkeln vor Freude. Wie ein kleines Kind, das einen Pullover mit Teddybärenpailletten zu Weihnachten bekommen hat, die sich in ein Einhorn verwandeln, wenn man drüberstreicht.

Ich beiße von meinem Burger ab und nicke. »Steht dir. Ich mag diesen Look viel lieber an dir.« Mit dem Kinn deute ich auf ihre flachen schwarzen Converse. »Und die sehen auch viel mehr nach Grace aus als deine Jimmy Choos.«

»Ja.« Grace nimmt sich eine ganze Handvoll Pommes, tunkt sie in die Soße und ziert sich nicht, sie alle auf einmal zu essen. Allein das ist ein Grund dafür, weshalb ich verrückt nach ihr bin. »In den anderen Sachen habe ich mich wie eine Kopie meiner Mutter gefühlt. Als hätte ich keine eigene Seele. Klingt das blöd?«

»Nein.«

Meine Antwort lockt ihr ein Lächeln hervor. Sie nimmt einen Schluck ihrer Apfelschorle und sagt dann: »Blobfisch oder Seepferdchen?«

»Boah, wie ekelhaft.« Ich ziehe ein Stück Speck aus meinem Burger und genieße den rauchigen Geschmack auf meiner Zunge. »Ich glaub, ich wäre lieber das Seepferdchen. Blobfisch ist da echt eine Nummer zu hoch.«

Sie grinst. »Und wenn du die Wahl hättest, lieber unendlich zu leben oder fliegen zu können. Was würdest du wollen?«

»Unendlich leben«, sage ich ohne Umschweife. »Du?«

»Hm. Fliegen, schätze ich. Dann könnte ich immer frei sein, wenn ich es wollen würde.«

»Aber wenn du unendlich lange leben würdest, könntest du vielleicht das Zeitalter miterleben, in dem das Fliegen für Menschen möglich ist. Mit technischen Flügeln an unseren Körpern oder einem Iron-Man-Anzug.«

Grace nickt ernst. »Hast du recht. Dann eher unendlich leben.«

Gerade will ich eine weitere Frage stellen, da erstarrt Grace plötzlich auf ihrem Sitz und ihre Augen weiten sich. Ich folge ihrem Blick und sehe Harold Bishop, der den Essensbereich im *Bloomingdale's* betritt. Oder besser: *Der, der nie da ist.*

Erst bemerkt er uns nicht. Er tritt an die Theke und bestellt irgendetwas, vermutlich zum Mitnehmen. Harold Bishop war noch nie ein Mann, der viel Zeit für irgendetwas hatte. Von meinem Vater weiß ich, dass er ständig unterwegs ist.

Grace hat seine Augen und definitiv die hohen Wangenknochen, aber nicht seine Haarfarbe. Während ihr natürlicher Ton Schokobraun ist, sind Harolds Haare von einem rötlichen Blond. Oliver schlägt nach ihm, aber als ich den Jungen das letzte Mal auf irgendeiner Veranstaltung gesehen habe, wirkte er auch nicht mehr wie früher. Größer und erwachsener, und der Ton seiner Haare wirkte dunkler. Dunkelblond.

Wir beobachten Harold dabei, wie er seine Kreditkarte durch das Kartenlesegerät zieht und anschließend eine Papiertüte mit *Bloomingdale's*-Logo entgegennimmt. Dann dreht er sich um, wobei sein langer Wollmantel sich um die Knöchel seiner Anzughose bauscht und er in akkurater Haltung weitergeht. Aus irgendeinem Grund wirkte Harold Bishop auf mich schon immer wie ein Zinnsoldat, wie er im Buche steht.

Gerade will er den Essensbereich verlassen, und ich denke schon, alles ist gut und wir können einfach ignorieren, ihn gesehen zu haben, da entdeckt er uns.

Sein Blick erfasst unseren Tisch so genau, als zielte er mit einer Sniper auf uns. Grace und er liefern sich ein stummes Blickduell. Seine Augen fokussieren ihre und umgekehrt, wobei ich glaube, dass Grace gelähmt ist. Sie bewegt sich keinen Millimeter.

Es ist, als könnte ich ihren Herzschlag bis zu mir rüberhören.

Harold ist der erste, der wieder eine Regung zeigt. Seine Augen mustern die neue Bomberjacke seiner Tochter mit einem so hämisch-abwertenden Blick, dass ich mich zurückhalten muss, nicht aufzustehen und ihm eine runterzuhauen. Lediglich meine guten Manieren hindern mich daran.

Ich meine, Mr. Bishop abschätzend schnauben zu hören, ehe er sich in seinen ledernen *Moc-Toes* in Bewegung setzt und den Essensbereich verlässt.

Mein Blick huscht zu Grace, die den Saum ihrer Bomberjacke umfasst und mit traurigem Ausdruck darüberstreicht. Das Funkeln in ihren Augen ist einem verletzten Schatten gewichen, was mir schier das Herz zerreißt. Es macht mich fertig, sie so zu sehen. Grace hatte eine solche Freude wegen dieser blöden Jacke, dass das Strahlen sicher noch jahrelang angehalten hätte. Sie war so stolz darauf. Ein Gefühl von Glück, das von heute an ihr regelmäßiger Begleiter gewesen wäre, sobald sie in diese Jacke schlüpfen würde.

Aber ihr Vater hat dieses Glück mit nur einem Blick zerstört, und ich hasse ihn dafür. Eltern haben eine solche Macht über ihre Kinder, dass sie ihre gesamte Gefühlswelt und ihr Selbstvertrauen mit nur einem zu festen Druck ihrer Faust zerquetschen könnten, wobei die Kinder dagegen machtlos sind.

Hilflos. Dabei wollen sie doch nur Anerkennung. Anerkennung und das Gefühl, geliebt zu werden. Das Gefühl bekommen, dass man okay ist, so, wie man eben ist.

Unsere Eltern haben da auf ganzer Linie versagt. Ich würde sagen, das haben Grace und ich gemeinsam. Das, und noch so viele andere Dinge in unserer kleinen, beschissenen Welt, die nur dann lebenswert ist, wenn wir sie zusammen verbringen.

Ich glaube, Grace weiß das. Vermutlich kommt sie deshalb nicht von mir los und ich nicht von ihr. Es ist eine Erlösung, jeden Abend neben ihr einzuschlafen und jeden Tag die Zeit mit ihr zu verbringen. Selbst wenn wir es nicht einmal wagen, uns noch einmal zu berühren, weil wir beide befürchten, den Zauber der ersten Nacht kaputtzumachen.

Wir sind zwei hoffnungslose Fälle, die es nicht schaffen, ohne den jeweils anderen gegen die innere Dunkelheit anzukommen. Das wissen wir beide.

Nur keiner von uns spricht es aus.

»Wärst du lieber Donald Trump oder Kim Jong-un?«, versuche ich, sie abzulenken.

Aber sie schüttelt nur den Kopf, wirft die bemitleidenswert geknickte Pommes zurück auf den Teller, die sie die ganze Zeit über schon in der Hand hält, und schiebt den Stuhl zurück.

»Lass uns gehen«, sagt sie und erhebt sich. Ihre Stimme ist monoton. Ich weiß nicht, ob sie gerade zu viel oder aber gar nichts fühlt. Vielleicht fühlt sie sich einfach leer, so, wie ich mich viel zu häufig fühle.

Ich nicke und erhebe mich und nehme ihr die Tüte ab, in der nun ihre andere Jacke steckt. Dann überwinde ich mich und verschränke ihre Finger mit meinen, während wir das Kaufhaus verlassen.

Grace zuckt nicht zurück und lässt es geschehen.

Und plötzlich fällt mir auf, dass ich das noch nie zuvor getan habe.

Grace Bishop ist mein erstes Mal Händchenhalten.

30

Grace

Die Begegnung mit meinem Vater lässt mich nicht los.

Den ganzen Weg über von der Lexington Ave in die Zweiundsiebzigste habe ich seinen Gesichtsausdruck vor Augen und wie abwertend er mich gemustert hat.

Logan und ich halten Händchen. So schlendern wir durch die Straßen Manhattans, als wären wir ein richtiges Paar. Niemand beachtet uns, dabei denke ich die ganze Zeit, jemand müsste doch endlich stehen bleiben, die Augen aufreißen, mit dem Finger auf uns zeigen und rufen: »Das dürft ihr nicht! Ihr seid Logan und Grace … *Der* Logan Cunningham, der Gefühle nicht ernst nimmt, und *die* Grace Bishop, die betrogen wurde und nicht mehr vertrauen kann. Hört sofort auf damit!«

Aber das passiert nicht. Passanten laufen mit gehetzten Gesichtern an uns vorbei, Fahrradfahrer klingeln stürmisch, nur um uns dann beinahe mitzureißen, und die Obdachlosen auf den Straßen wollen bloß unser Geld.

Verrückt. Es ist verrückt, dass wir Händchen halten. Völlig surreal.

Zurück auf dem Anwesen der Cunninghams will ich direkt ins Poolhaus, um mir ein Bad einzulassen und mich in meinem Selbstmitleid zu suhlen, aber Logan führt mich weiter zum Schuppen.

»Du bist aufgewühlt«, sagt er. »Genau jetzt solltest du deine Gefühle in Musik umwandeln.«

»Logan …« Vor der Tür bleibe ich stehen und winde mich. »Ich weiß nicht, ob ich das gerade kann.«

»Es hat dich verletzt«, sagt er, kommt einen Schritt näher und zupft in einer geistesabwesenden Geste am Saum meiner neuen Bomberjacke. »Aber es wäre der verkehrte Weg, deine Emotionen jetzt in dich reinzufressen. Du musst dich mit ihnen befassen.«

Meine Augen huschen zur braunen Tür des Schuppens und bleiben für einen Moment an der Eisenklinke haften. Ich weiß, dass er recht hat, also gebe ich mir einen Ruck.

»Na gut.«

Der Schuppen trägt noch immer diese eigensinnige Duftnote von neuen Musikinstrumenten und steinernen Wänden, die sich unter der Schallisolierung verstecken. Logan zieht sich die Regenjacke aus und wirft sich auf das schwarze Knautschsofa, das er gestern aus dem Gästezimmer der Cunninghams hergebracht hat. Er meinte, wenn wir jetzt den Großteil unserer Zeit hier verbringen, sollten wir es gemütlich haben. Erst wollte er auch einen Kühlschrank bringen, aber ich habe protestiert und gesagt, dass das Poolhaus direkt nebenan ist. Da hat er eingelenkt, wenn auch nur widerstrebend.

»Also«, sagt er, während ich mich auf den dreibeinigen Pelzhocker vor den Synthesizer setze. Kunstpelz, natürlich. Logan spendet ja für Greenpeace. »Wie fühlst du dich?«

»Beschissen.« Ich beginne, den Synthesizer für die Drum-and-Bass-Funktionen einzustellen. Da ich so wenig Klangerzeugung wie möglich in meine Musik mit einbeziehen möchte, will ich auf keinen Fall House oder Technobeats im Hintergrund. Ein bisschen Drum and Bass ist okay.

»Klar«, entgegnet er, schnappt sich die Gitarre aus der Ecke und beginnt, ein paar Töne zu spielen. »Meinst du, du kannst ausdrücken, was du fühlst?«

»Hmm.« Mir fällt auf, dass das Mikro nicht mit dem Mischpult verbunden ist, deshalb stecke ich das Kabel ein und schnappe mir dann Block und Stift vom Beistelltisch. »Ich versuch's mal.«

»Denk nicht zu viel nach«, sagt Logan, ohne dabei von den Gitarrensaiten aufzusehen. Er probiert einige Griffe aus, versemmelt *G-Dur* und probiert ihn dann noch einmal. Dabei fallen ihm die oberen Haare in die Stirn, woraufhin er sie ungeduldig wegstreicht. »Einfach drauflosschreiben. Wenn du zu viel nachdenkst, wirst du deine Gedanken und Emotionen vielleicht unterbewusst verändern, weil du willst, dass alles Sinn ergibt. Aber meistens ergeben Emotionen nicht viel Sinn. Und diejenigen, die deine Musik später hören, wollen auch gar keinen Sinn, sondern einfach nur fühlen. Sie wollen Verständnis finden, indem sie deinen Worten lauschen und sich mit dir identifizieren können. Okay?«

Ich lächle. Logan sieht es nicht, weil er sich noch immer mit den Saiten abmüht. »Okay.«

Also setze ich den Stift aufs Papier. Erst passiert gar nichts, außer dass sich die Tinte des Inkballs durch die karierten Seiten frisst und ausbreitet wie ein blauer Blutfleck, als hätte ich dem Papier mit meinem Stift einen Messerstich verpasst. Aber dann bewegt sich meine Hand ganz von allein, und ich denke kaum noch, während der Stift über die Zeilen fliegt. Ich erzähle von der einsamen Leere eines Schattenkindes, das sich nichts weiter wünscht, als einfach nur akzeptiert und geliebt zu werden.

Oh, did you hear that word?
It's a word full of missing
Missing things like love
Missing things like trust
Missing everything what's gone in dust

Oh, did you know that word?
It's a word full of hurt
Hurt of the past is going to be the
Hurt of the present is going to be the
Hurt of the future is going to be the
Hurt of my life 'cause

I'm a child of shadow
Born out of dark pieces
Created in a perfect world full of fake,
Full of hate, full of fate that planned my life
As a child of shadow

Mommy, can you hear?
Can you hear the tears dropping from my heart?
Mommy, did you know?
Did you know I never wanted to be like you?

Daddy, can you see?
Can you see my begging for attention?
Daddy can't you give?
Give me love for who I am?

Mommy, Daddy, did you know?
Did you know you plant the demons?
Mommy, Daddy, did you see?
Did you see what I became?

I'm a child of shadow
Born out of dark pieces
Created in a perfect world full of fake
Full of hate, full of fate that planned my life
As a child of shadow

Meine Lippen tragen die Wörter und formen eine Melodie, während ich mir im Takt dazu mit der Hand auf den Oberschenkel tippe. Ein paar Mal gerate ich ins Stocken, weil er nicht ganz passt, dann ändere ich das Tempo und beginne erneut. Das mache ich so lange, bis ich mit der Melodie zufrieden bin. Anschließend schnappe ich mir ein Notenblatt und kritzle so schnell, dass die Köpfe meiner Noten nicht wie Kreise, sondern wie lang gezogene Frühstückseier wirken. Ich habe Angst, den Takt und die Töne sonst wieder zu vergessen.

Erst, als der komplette Song auf dem Blatt verewigt ist, hebe ich den Blick und sehe, dass Logan mich anstarrt.

»Was denn?«, frage ich.

»Du hast gesungen.«

Ein verunsichertes Lächeln erscheint auf meinen Lippen. »Du hast mich doch schon öfter singen gehört.«

»Ja, aber …« Logan legt die Gitarre beiseite und neigt den Kopf. In seinen Augen funkelt irgendetwas, das ich nicht richtig deuten kann. »Das war das erste Mal, dass ich einen Song von *dir* gehört habe. Es war, als hättest du direkt aus deiner Seele gesprochen.«

»Habe ich auch.« Plötzlich ist mir unwohl zumute, weil mir bewusst wird, was gerade passiert ist. Es hat mir nichts ausgemacht, dass Logan dabei war, während ich meine tiefsten Gefühle offenbart habe. Dabei wäre es unmöglich für mich gewesen, das zu tun, wenn ich es nicht in Form meiner Musik ausgedrückt hätte.

Seltsam, was für eine Wirkung Musik auf den eigenen Kopf haben kann. Und auf das Herz.

»Schäm dich nicht«, sagt Logan. Er kommt zu mir und hebt meinen Kopf mit einem seiner Finger, damit ich ihm in die Augen sehe. »Das war der Wahnsinn. Ich habe Gänsehaut am ganzen Körper. Verrückt, was du mit deiner Stimme anstellen kannst. Und diese Sache, wenn du plötzlich …« Er deutet mit dem Finger einmal schnell hoch und wieder runter, begleitet von einem Hüpfen seiner Augenbrauen. »… diese Sache von Bauchstimme zu Kopfstimme machst. Echt, das ist heftig.«

»Danke. Also …« Unsicher beiße ich mir auf die Unterlippe. »Also findest du es gut?«

»Gut reicht nicht annähernd«, sagt er. »Ich finde es perfekt. Fabelhaft. Wunderbar. Atemberaubend. Göttlich. Und wenn mir auf die Schnelle noch mehr Synonyme einfallen würden, dann auch noch die.«

»Schleimer.« Ich gebe ihm einen spielerischen Klaps auf die Schulter, doch bevor ich meine Hand zurückziehen kann, umgreift er mein Handgelenk und zieht mich zu sich heran. Er streicht mir eine Haarsträhne aus dem Gesicht, fährt mit dem Finger über meinen Wangenknochen und bewirkt, dass ein Schauder mich durchfährt.

Dann küsst er mich.

Seine Hand vergräbt sich in meinem Haar, während die andere mich gegen den Synthesizer drückt. Seine Lippen bewegen sich leidenschaftlich, als hätte er sich viel zu lange zurückhalten müssen, und ich erwidere den Kuss genauso hitzig. Ich denke gerade schon darüber nach, ob wir gleich Sex auf einem Synthesizer haben werden, da lässt Logan von mir ab.

Meiner Meinung nach viel zu schnell.

Er keucht. Und ich keuche auch.

»Also«, sagt er. »Bist du bereit?«

»Wofür?«, frage ich.

Er deutet auf das Mikro. »Den Song aufzunehmen, natürlich.«

»Oh.« Der Muskel in meiner Brust beginnt flatterhaft, gegen meine Rippen zu stoßen. »Ich weiß nicht.«

»Natürlich bist du bereit.« Logan überprüft den Akustikschirm am Mikro und die Verbindungen zum Mischpult mit einer Selbstverständlichkeit, als würde er das jeden Tag machen. Dann sieht er mich an. »Willst du, dass ich rausgehe?«

»Nein.« Ich glaube, wenn Logan nicht bei mir in diesem Schuppen wäre, würde mir alles unnatürlich vorkommen. Irgendwie gehört er dazu. Ohne ihn wäre es nicht dasselbe. Nicht richtig. »Du sollst hierbleiben.«

Er lächelt. »Okay.«

Ein letztes Mal überprüft er alle Einstellungen, dann deutet er mit einer übertriebenen Geste und kleinen Verbeugung auf das Mikro. Ich lache und verdrehe die Augen, nehme aber meinen Platz ein und ignoriere mein klopfendes Herz.

»Warte«, sagt Logan. Er kommt zu mir, und ich denke schon, er wird mich ein weiteres Mal küssen, doch seine Finger umfassen nicht mein Gesicht. Stattdessen wandern sie weiter zu meinem Haarreif und dann … nimmt er mir meinen Haarreif ab.

»Den brauchst du für die Aufnahme nicht«, sagt er. »Der ist Teil einer anderen Grace.«

Ich weiß nicht, was ich in dem Moment fühle oder denke, alles ist ein riesiges Chaos, weil es sich so falsch und gleichzeitig so richtig anfühlt, aber zumindest weiß ich, dass ich es geschehen lasse.

Und nicke.

Dann startet Logan die Aufnahme, setzt sich aufs Sofa und sieht mich erwartungsvoll an.

Und ich fange an zu singen, als hätte ich in meinem Leben noch nie etwas anderes getan.

31

Logan

»Logan. In zwei Minuten bist du an der Reihe. Jetzt leg dein verdammtes Handy weg!«

Professor Vern deutet zischend auf mein iPhone, dessen Display einen hellen Lichtkreis auf den dunklen Bereich hinter der Bühne ausstrahlt.

Wir haben Generalprobe, und irgendwie dreht hier jeder durch außer mir. Was vermutlich daran liegt, dass ich jetzt schon zum dritten Mal in der letzten Viertelstunde von einer Nummer angerufen werde, von der ich nicht weiß, ob ich hören will, was sie mir zu sagen hat.

Seufzend schalte ich das Handy auf Flugmodus, lege es zu meinen Sachen auf den Tisch und gehe Professor Vern hinterher, die mich wie ein sich anschleichender Kriegsoffizier mit sich winkt. Bei jedem Schritt klimpern die falschen Abzeichen auf meiner Uniform. Während ich mich hinter den Vorhang stelle und einen kurzen Blick auf Renegine erhasche, die bereits auf der Bühne steht, dringt das leise, aufgeregte Getuschel der anderen Studenten zu mir herüber. Die Mädchen kneten sich nervös die Hände oder schreiten mit tiefen Atemzügen auf und ab, während die Jungs fast alle irgendwo rumstehen und starr ins Leere blicken, um sich zu konzentrieren und auf ihren Auftritt vorzubereiten.

Mein Blick bleibt einen Moment zu lang an meinen Kommilitonen hängen, weil ich wünschte, genauso aufgeregt sein zu können wie sie. Nichts anderes im Kopf zu haben als diese Generalprobe, die perfekt laufen muss, weil die morgige Aufführung einen Großteil unserer Abschlussnote ausmacht.

Aber das kann ich nicht.

Meine Gedanken schweifen ab und sind weit, weit entfernt von dem edlen Theater im Lincoln Center.

Ich denke an Grace. Ich denke an das zweite Kind meiner Mutter. Ich denke an meinen Vater und daran, dass ich ihm nie die Wahrheit über seine Frau erzählt habe. Sein eigener Sohn hat ihn ins Messer laufen lassen.

Ich denke daran, dass ich ein großer Bruder bin, der keine Ahnung hat, wie ein großer Bruder sich verhalten muss.

Bin ich dazu verpflichtet, mich um das Kind zu sorgen?

Muss ich mich schlecht fühlen, weil ich nie den Wunsch gehegt habe, zu erfahren, wer diese Person überhaupt ist?

Es ist seltsam. Darüber nachzudenken, dass das Kind ein eigenständiges Leben führt, Emotionen und Gefühle hat und in den letzten acht Jahren seines oder ihres Lebens Erinnerungen für sich gewann, die ihn oder sie zu einem Menschen mit einer eigenen Geschichte machen, während das Kind für mich einfach … einfach nie existiert hat.

Nein, das stimmt nicht ganz. Es hat existiert. Es war immer präsent in meinem Kopf, und ich habe mehr als mir lieb war daran gedacht, was wohl mit ihm oder ihr ist. Welchen Namen Kind Nummer zwei wohl hat? Sieht es mir ähnlich? Oder ist es eher ein Ebenbild von Mike, Dads Geschäftspartner?

Ich fahre mir durchs Haar und versuche, einen klaren Gedanken zu fassen. Das hier ist meine Generalprobe für einen Moment, auf den ich seit vier Jahren hinarbeite. Nichts auf der Welt rechtfertigt es, jetzt nicht bei der Sache zu sein.

Von dem Kind weißt du aber schon seit mehr als acht Jahren, flüstert eine Stimme in meinem Kopf. *Es ist ein menschliches Lebewesen mit einem Herz und demselben Blut, das auch durch deine Adern fließt. Das Blut der Cunninghams.*

»Gott«, flüstere ich, fahre mir mit der Handfläche über das Gesicht und drücke kurz die feine Haut neben den Augen zusammen.

»Logan«, höre ich Professor Vern hinter mir zischen. »Du bist dran!«

Mein Blick schreckt hoch und bleibt an den Augen von Professor Mitch hängen, der mit weit aufgerissenen Augen und verzerrten Gesichtszügen einen richtigen Psychoblick draufhat, während er ununterbrochen mit dem Finger auf die Bühne zeigt.

Erst jetzt nimmt mein Verstand die Umgebung um mich herum wieder wahr, gerade in dem Moment, als ich Renegine auf der Bühne laut seufzen und den Satz wiederholen höre, der mein Stichwort ist.

Ich schiebe jeden Gedanken an Kind Nummer zwei beiseite, schlüpfe durch den Vorhang und gehe mit selbstbewussten Schritten auf Renegine zu, die mich in ihrem hochgeschlossenen Kleid liebreizend anlächelt, während das verräterische Funkeln in ihren Augen mir verrät, dass sie mich jetzt liebend gern mit einer Machete killen würde.

Ich tue so, als würde es mir nicht auffallen, und sehe sie mit einem so intensiven Blick voller Liebe an, dass niemand auf der ganzen Welt auf den Gedanken kommen würde, dass ich mich nullkommanull für sie interessiere.

Aber jetzt gerade, in diesem Augenblick, bin ich nicht Logan Cunningham. Ich bin Baron von Trapp, habe einen Haufen Kinder und fliehe mit ihnen und meiner Frau nach Österreich, um Konzerte zu geben und mich dem unwiderruflichen Wehrdienst zu entziehen. Ich denke nicht mehr an Grace. Ich denke nicht mehr an meine Mutter. Denke nicht mehr daran, dass das hier nur für eine Abschlussnote ist.

Für mich ist es echt. Das hier ist, wofür ich lebe. In verschiedene Identitäten zu schlüpfen, von jetzt auf gleich, und alles in den Hintergrund zu schieben, was mich ausmacht. In solchen Momenten fühle ich nichts, was ich als Logan Cunningham fühle. Meine Gedanken formen sich um und bilden einen neuen Charakter, den jedes Mal etwas anderes ausmacht.

Und das Schöne daran ist, dass ich jede Person auf dieser Welt sein kann. In jede Haut schlüpfen kann. Probleme nachvollziehe und Krisen verstehe, mit denen ich mich sonst vielleicht niemals auseinandergesetzt hätte.

Ich spiele diese Personen nicht.

Ich *werde* diese Personen. Hauche ihnen Leben ein.

Selbst Renegines Lächeln wird weicher, sobald ich ein paar Minuten mit ihr auf der Bühne stehe. Sie ist eine grantige, verbissene und ernste Studentin, die sich für nichts anderes als ihre Noten interessiert, aber wenn sie mit mir auf der Bühne steht, merke ich, dass sie Spaß hat. Meinetwegen soll sie mich für einen versnobten Idioten halten, aber dadurch, dass ich sie weichklopfe, weiß ich, dass selbst sie sich der Anziehungskraft meines Talents nicht entziehen kann.

Das gibt mir Gewissheit, dass auch die späteren Zuschauer meiner Filme es so sehen werden. Und diese Vorstellung löst eins der größten Glücksgefühle überhaupt in mir aus.

Den Rest der Generalprobe bin ich fast durchgehend auf der Bühne, und als sich der Vorhang zum letzten Mal schließt, perlt mir der Schweiß von der Stirn. Unsere Professoren klatschen uns höflichen Beifall, obwohl sie das gesamte Stück von Beginn an mit auf die Beine gestellt und geplant haben, und Renegines Hand zuckt in meiner, als wir uns von der letzten Verbeugung aufrichten und sie sich anschließend vor Freude lachend durchs Haar fährt.

Professor Bones kommt vom Zuschauerraum auf die Bühne gehüpft und macht eine ausladende Geste in die Luft, als würde er mit seinen Händen ein Feuerwerkt entfachen.

»Großartig, Leute.« Er pfeift anerkennend und lässt den Blick über jeden von uns schweifen. »Wirklich großartig. Ihr könnt stolz auf euch sein. Jeder für sich und alle füreinander. Die letzten vier Jahre haben euch verändert, zu etwas Positivem, ohne dass ihr es vielleicht richtig gemerkt habt. Du zum Beispiel.« Unser Dekan deutet auf Nate und verkneift sich ein Grinsen. »Als du das erste Mal mit zerzausten Haaren und zwanzig Minuten zu spät in mein erstes Seminar geplatzt bist, wollte ich dich persönlich von der *Tisch* werfen. Nicht mal den Schlaf hattest du dir aus den Augen gerieben, und gestunken hast du wie ein nasser Sack, der seit drei Wochen in einem feuchten Abstellraum lag und angefangen hat zu schimmeln. Nie hätte ich gedacht, dass du im zweiten Jahr den ganzen Workshop für die Informationsveranstaltung für Erstsemester auf die Reihe kriegst. Oder im fünften Semester als Filmprojekt den Hutmacher von Alice im Wunderland noch verwirrter als Johnny Depp spielen kannst. Oder du.« Jetzt zeigt er auf Hailee – sie spielt eine der Trapp-Töchter. »Du warst so eine nervtötende Streberin, dass ich dachte, meine Falten würden der teuren Hyaluronsäure trotzen und bei jede deiner Meldungen weiterwachsen. Ich dachte nur, Gott, das arme Mädchen ist so verbissen in die Theorie, dass sie die Praxis vergisst und niemals Freundinnen finden wird. Aber Fehlanzeige.« Mit einem Lächeln deutet er auf die Mädchengruppe in unserer Reihe. »Jeder hat deine schlaue, hilfsbereite Art lieben gelernt. In den vier Jahren habe sogar ich einiges von dir lernen können.« Ein kollektives Kichern geht durch die Reihe. Höflich und abwartend. »Zayn«, sagt Bones dann und schüttelt schnalzend den Kopf. »Zayn, Zayn, Zayn. Bei dir war ich tatsächlich der felsenfesten Überzeugung, du würdest niemals auch nur einen Hauch von Reife in deinem testosterongesteuerten Kopf entwickeln. Aber wenn ich jetzt sehe, wie du hier auf der Bühne stehst und dazu noch einen Großteil der Organisation übernommen hast … du solltest dir Gedanken machen, ob du nicht lieber Intendant werden willst, Junge.«

Zayn sieht mit einem beschämten Grinsen zu Boden. Komplimente sind ihm fremd. Er hat ein Stipendium für die *Tisch* bekommen, ansonsten hätte er sich das Studium niemals leisten können. Seine Eltern sind beide verkorkst und arbeitslos.

Professor Bones schreitet auf der Bühne auf und ab, die Finger aneinandergelegt. Er sieht auf seine Schuhe, als er sagt: »Und vor allem du, Cunningham.«

Ein lautes, einheitliches Lachen. Alle sehen mich an und denken vermutlich an die Erinnerungen der letzten vier Jahre. Mit einem verlegenen Grinsen fahre ich mir durchs Haar und warte darauf, dass Bones weiterspricht. Es ist mucksmäuschenstill. Die

Schritte der ledernen Schnürschuhe meines Dekans bringen das Holz der Bühne zum Knarren. Es verliert sich in dem riesigen Saal.

»Bei dir habe ich täglich meine Meinung geändert. Wirklich. Es passiert selten, dass ein Student mich derart aus der Fassung bringt. Nach deinem ersten Tag an der *Tisch* kam ich nach Hause zu meiner Frau und meinte: Camilla, der Junge ist der Wahnsinn, ich sag's dir. Ein Naturtalent. Keine vierundzwanzig Stunden später sagte ich ihr: Camilla, der Junge macht mich wahnsinnig. Der wird es mit seinem störrischen Temperament zu nichts bringen! Stichwort: Das schwarze Buch der heißen Mädchen.« Wieder lachen alle. Obwohl das Buch kein Grund zum Lachen ist. Bones neigt den Kopf. »Heute weiß ich, dass sich meine Meinung nicht mehr ändern wird.« Er sieht mich an. Sieht mir direkt in die Augen. Lächelt. »Du wirst es ganz weit bringen, mein Junge.«

Ich kriege eine Gänsehaut. Ein dankbares Lächeln breitet sich auf meinen Lippen aus und ich nicke knapp als Zeichen meiner Anerkennung. Vern und Mitch nicken beide, während sich die Züge in ihren Gesichtern zu einem stolzen Ausdruck verändern, und sehen uns der Reihe nach an.

»So!« Professor Bones klatscht einmal laut in die Hände. »Dann seht zu, dass ihr genug Schlaf bekommt und morgen ausgeruht seid. Eine Ära geht zu Ende, und der Ernst des Lebens beginnt.« Er deutet auf Nate, Zayn und mich. »Und ihr drei untersteht euch, heute Nacht eine eurer tabulosen Partys zu feiern und morgen verkatert hier aufzutauchen. Sonst schleudere ich euch einen Scheinwerfer gegen den Kopf, das ist mein voller Ernst.« Sein amüsiertes Lachen verrät, dass es nicht sein voller Ernst ist. Mich erreicht ein kleiner Stich, weil es mir missfällt, dass er mich noch immer mit Zayn und Nate in dieselbe Schublade steckt. Aber ich kann es ihm nicht verdenken, wo doch mein Verhalten in den vergangenen vier Jahren nicht dazu beigetragen hat, ihn eine andere Meinung von mir haben zu lassen.

Ich weiß, dass ich mich verändert habe. Grace, Caleb und

Hazel wissen es auch. Das reicht. Mehr brauche ich nicht. Es kann mir egal sein, was andere von mir denken. Nur sie zählen.

Ein mulmiges Gefühl breitet sich in meinem Bauch aus, als ich den anderen durch den Vorhang in den hinteren Bereich folge. Jeder ist ausgelassen und fröhlich. Sie lachen, sprechen darüber, wie unfassbar es ist, dass das Studium zu Ende sein wird und überlegen, wo sie jetzt etwas essen gehen wollen.

Ich denke nur an mein Handy. An die Nummer, die mich versucht hat anzurufen. Jeder Schritt zum Tisch wird begleitet von lauten Schlägen meines Herzens, die mindestens die dreifache Kraft meines normalen Rhythmus haben.

Als ich das iPhone in die Hand nehme, merke ich, dass meine Handflächen feucht sind.

Ich bin nervös.

Grace und ich haben gestern nur zwei Stunden geschlafen. Wenn überhaupt. Wir haben die halbe Nacht damit zugebracht, Soundeffekte für ihren Song zu mischen und ewig diskutiert, ob wir es mit oder ohne Tonverzerrer aufnehmen. Wir haben ihn dann schließlich weggelassen, und mein Herz wäre mir vor Freude beinahe aus der Brust gehüpft, als Grace mit blauem Permanent-Marker und stolzem Funkeln in ihren Rehaugen ihren Namen und den Songtitel auf die silberne Scheibe geschrieben hat. Und danach …

Wir haben uns Pizza bestellt. Sie mit ihrer Hollandaise und ich mit Barbecuesoße. Haben sie auf dem Sofa gegessen und währenddessen überlegt, wie wir weiter vorgehen können, um Kind Nummer zwei zu finden. Aber uns gingen die Ideen aus. Wie soll man eine Person finden, von der wir nicht einmal den Namen kennen und die vermutlich unter den Millionen Menschen in Tokyo lebt?

Es ist so gut wie unmöglich.

Und dann, gerade als Grace sich ihr letztes Stück Pizza in den Mund geschoben hat, hat sie sich plötzlich so abrupt aufgerichtet, dass die Pizza ihr beinahe wieder aus dem Mund geflogen wäre. Ich habe mich schon darauf vorbereitet, jede Sekunde ein gekautes Sabberstück auf meinem Bein zu haben und überlegt, wie ich damit umgehen werde, aber dann hat sie gesagt: »Logan, wir sind so dumm.«

Ich habe geantwortet: »Nur du, weil du Soße Hollandaise auf Pizza isst«, und sie dann: »Privatdetektiv.«

Verwirrende Konversation.

»Dafür muss man kein Privatdetektiv sein«, meinte ich dann. »Ich rieche deine Soße immer noch.«

Grace hat nur ungeduldig mit der Hand gewedelt, als wollte sie eine Fliege verscheuchen, und sich auf dem Sofa gestreckt, um sich ihr Handy von dem Beistelltisch zu klauben. Dabei ist ihr der Saum ihres schwarzen *Calvin Klein*-Hoodies hochgerutscht und ich konnte einen Blick auf ihren gebräunten Bauch werfen. Grace hat einen kleinen Bauchnabel, der nach innen geht. Eigentlich finde ich Bauchnabel eklig, aber ihren finde ich ästhetisch. Was seltsam ist. Man muss schon ziemlich verknallt sein, um einen Bauchnabel ästhetisch zu finden.

»Salomon«, sagt sie nur, entsperrt ihr Handy und scrollt durch ihre Kontaktliste. »Unser Privatdetektiv. Wieso habe ich nicht schon vorher dran gedacht? Er ist der Beste. Wir beauftragen einfach ihn, Kind Nummer zwei zu finden.«

Im ersten Moment wollte ich protestieren und im zweiten wusste ich, dass ich nur protestieren wollte, weil mir bewusst ist, dass dieser Salomon das verschollene Cunningham-Mitglied finden wird. Und ich vermutlich immer noch nicht bereit dazu bin. Aber es wird Zeit, erwachsen zu werden. Was nicht heißt, immer für alles bereit zu sein, aber definitiv, dass man wissen sollte, wann sich Situationen gestellt werden muss.

Also habe ich eingewilligt. Grace und ich haben uns noch in der Nacht mit diesem Salomon getroffen, ein sehr muskulöser, dunkelhäutiger Typ in schwarzem Anzug, der aussah, als wäre er von der Mafia, und ihm alles geschildert, was wir wissen. Es war befremdlich für mich, offen mit ihm darüber zu sprechen, weil ich es so lange für mich behalten habe.

Aber wie gesagt, es ist Zeit.

Also hat er sich auf die Suche gemacht, gemeint, er meldet sich, wenn er etwas hat, und Grace und ich sind auf dem dicken Perserteppich im Schuppen eingeschlafen.

Meine Hand zittert leicht, als ich das Handy wieder in den normalen Modus stelle und warte, dass sich das System aktualisiert.

Plötzlich legt sich mir eine Hand auf die Schulter, und ich zucke heftig zusammen, als ich damit aus meinen Gedanken gerissen werde. »Kommst du mit, Bro?«

Am liebsten würde ich Zayn eine runterhauen und ihn anschreien, dass ich gerade andere Sorgen habe, als irgendwo mit ihm hinzugehen, aber das wäre unfair. Er kann nichts dafür, dass mein Leben so scheiße kompliziert ist.

»Was essen im Steakhouse«, fügt er hinzu, als er meinem aufgeschreckten Blick begegnet. Vielleicht denkt er, ich bin verwirrt, weil ich nicht weiß, was er meint. Wenn er wüsste.

»Nein«, sage ich schnell. »Bin müde und will nur noch pennen. Wir sehen uns morgen.«

»Alles klar.« Er versucht gar nicht erst, mich weiter zu überreden. Früher hätte er es versucht. Bevor meine Veränderung losging. Aber inzwischen hat er akzeptiert, dass ich irgendwie anders bin. Aus diesem unreifen Partykreis ausgebrochen bin und anfange, erwachsen zu werden. Er weiß es, genauso wie Nate, aber ich glaube nicht, dass sie es gut finden. Dieses Erwachsenwerden ist ihnen fremd. Sie wollen noch lange keine Bekanntschaft damit machen. Und das ist okay.

Nur eben nicht für mich.

Jeder geht seinen Weg so, wie er es für richtig hält. Am Ende finden sie alle ihr Ziel. Nur das Tempo ist bei jedem Menschen unterschiedlich, und manchmal braucht es einen Auslöser, den sie noch nicht gefunden haben.

Mein Auslöser war Grace.

Ich warte, bis Nate und Zayn abgezischt sind und sogar Renegine neben mir ihre Tasche schultert, mit einem knappen Lächeln und einem »Bis morgen dann, Cunningham« zur Tür raus verschwindet. Ich warte so lange, bis der komplette hintere Teil der

Bühne verlassen ist und ich das Gefühl habe, meinen hämmernden Herzschlag als Echo der Stille zu vernehmen, während ich die mir unbekannte Nummer zurückrufe.

»Hey.« Salomon klingt ernst. Ich versuche, mich nicht davon beeinflussen zu lassen, weil ich glaube, dass Privatdetektive immer ernst klingen. Vor allem die mit teuren schwarzen *Armani*-Anzügen.

»Du hast angerufen«, sage ich. In mir brodelt noch die kleine Hoffnung, dass er nur irgendetwas fragen möchte, weil ich mir nicht vorstellen kann, dass der Typ so schnell erfolgreich in der Suche war. Was irgendwie paradox ist, weil wir ihn ja extra dafür angeheuert haben, Kind Nummer zwei zu finden. Eigentlich sollte ich eher *hoffen*, dass er schnell Erfolg hat.

»Ich habe sie gefunden. War kein großes Problem, weil sie in New York lebt.«

Oh mein Gott.

Mein Herz überschlägt sich fünffach, und mein Kopf ist wie leer gefegt.

Es ist also ein Mädchen. Ich habe eine kleine Schwester. Irgendwie habe ich gehofft, dass es ein Junge ist, weil …

Jetzt bin ich gezwungen, mich um sie zu sorgen. Unwiderruflich. Es passiert schon jetzt, genau in dieser Sekunde, seit ich weiß, dass sie ein Mädchen ist. Mädchen beschützt man. Mädchen wecken in einem den Urinstinkt, sich zu kümmern und zu sorgen. Vor allem dann, wenn man der große Bruder einer achtjährigen Cunningham ist.

Und sie ist in New York.

»Können …« Mein Herz dreht durch.

Bu-Bumm. Bu-Bumm. Bu-Bu-Bu-Bu-BUMM-BUMM-BUMM.

Fuck. Ich schlucke meine Nervosität so gut es geht herunter.

»Können wir uns treffen?«

»Klar. In einer halben Stunde im *Neapolitan Express* auf der Wall Street. Schaffst du das?«

»Ja. Ich nehme mir ein Taxi. Bis gleich.«

»Bis gleich.«

Dann legt er auf, und das Klicken besiegelt mein Schicksal, dass ich eine kleine Schwester habe. Einen Moment stehe ich reglos da in dem leeren Bühnenbereich und glaube, nicht einmal zu atmen. Dann schreibe ich Grace eine Nachricht, stecke mein Handy ein und verlasse das Theater.

32

Logan

Als ich ins *Neapolitan Express* komme, sind Grace und Salomon schon da. Sie sitzen an einem kleinen Tisch, zwischen ihnen eine Pseudopizza, die sie nicht anrühren und vermutlich nur bestellt haben, damit sie hier sitzen können.

Ihre Blicke erfassen mich, Salomon mit einem Ausdruck, den ich nicht deuten kann, und Grace mit ebenso viel Spannung in ihrem Gesicht, wie ich mich fühle.

»Hey«, sage ich, rücke den Plastikstuhl zurück und setze mich. Mein Herz hämmert immer noch. Im Hintergrund läuft *Taylor Swift,* aber ihre Stimme dringt kaum zu mir durch. Verrückt, wie manche Momente alles andere ausblenden können, wenn der Verstand sich auf eine Sache fokussiert.

Salomon atmet kurz tief ein, wie man es von Privatdetektiven aus den Filmen kennt, bevor sie eine Mitteilung machen. Es ist also kein Klischee.

»Es war eigentlich einfach«, sagt er. »Ich dachte mir, wie wahrscheinlich ist es, dass das Kind bei der Mutter in Tokyo ist?« Grace und ich wechseln einen Blick, der wortlos ausdrückt, dass wir beide es für sehr wahrscheinlich halten. Aber Salomon schüttelt den Kopf. »Deine Mutter führt ein internationales und sehr bekanntes Beauty-Unternehmen. Die Presse sitzt ihr ständig im Nacken. Würde sie es dann riskieren, mit einem Kind gesehen zu werden, das keiner kennt? Wohl kaum. Also dachte ich eher daran, dass sie es vielleicht in ein Internat gesteckt hat. Und wieso Tokyo, wenn sie selbst hier aufgewachsen ist und möchte, dass ihr Kind mit derselben Kultur groß wird?«

»Wow«, sagt Grace und pfeift anerkennend. »Clever.«

»Sie ist also in einem Internat«, stelle ich fest. »In New York.«

Salomon nickt. Ich atme tief durch und wappne mich vor der nächsten Antwort. »In welchem?«

Der Privatdetektiv antwortet nicht sofort. Seine Zunge schnellt über seine Lippen, während er einen kurzen Blick durch die Fensterfront nach draußen wirft. »Im Leman Manhattan.«

Grace und ich folgen seinem Blick in halber Lichtgeschwindigkeit. Ich glaube, meine Augen sind tellergroß, als ich auf die Backsteinwand mit den zwei blauen Fahnen auf der anderen Straßenseite starre.

Meine kleine Schwester ist nur wenige Meter von mir entfernt. Plötzlich fühle ich eine totale Reizüberflutung über mich hereinbrechen. Die Geräusche im Hintergrund, Taylor Swift singt immer lauter und lauter über ihren Ex-Freund, mit dem sie *never ever ever* wieder zusammenkommt, der Geruch der Käsepizza vor uns, die Unterhaltungen der anderen Gäste an den Tischen um uns herum … alles schwillt zu einem einheitlichen Summen an, und kurz wird mir schwindlig, bis die feste Realität wieder zu mir durchringt und ich von jetzt auf gleich klar bin. Mein Sichtfeld ist wieder scharf, und ich weiß, was ich tun will.

Mich der Situation stellen.

»Wie heißt sie?«, frage ich. Unter dem Tisch legt Grace eine Hand auf meinen Oberschenkel.

Wieder macht Salomon diese typische Detektivpause. Dann sagt er: »Autumn.«

»Autumn?«, wiederholen Grace und ich unisono. Wir sehen uns an, aber statt wegen unserer zeitgleichen Antwort zu lachen, wirken wir eher perplex. Sie kennt meine Mutter und ich kenne sie auch und sie ist nicht der Typ für jemanden, der seine Tochter nach einer Jahreszeit benennt.

»Bist du dir sicher, dass es sich bei dem Mädchen um Logans Schwester handelt?«, fragt Grace mit gerunzelter Stirn.

Salomon nickt. »Hundert Prozent. Mrs. Cunningham hat das Kind in New York zur Welt gebracht, dann mit nach Tokyo genommen, bis sie drei war, und anschließend im Leman Manhattan angemeldet. Seitdem ist Autumn dort, wird aber in den Ferien und zu Weihnachten von Mrs. Cunningham nach Tokyo geholt.« Salomon blättert seinen Berg von Unterlagen durch und macht damit deutlich, dass diese Sache für ihn nichts weiter als etwas Geschäftliches ist. »An den Wochenenden ist sie zwischendurch auch hier und übernachtet im Hotel. Da unternimmt sie viel mit Autumn, bevor sie wieder fliegt.«

»Sie macht das alles heimlich?« Ich kann nicht glauben, wie oft meine Mutter hier ist, während sie mich und meinen Vater in dem Glauben lässt, es nur an meinem Geburtstag und zu deren Hochzeitstag in die Stadt zu schaffen.

Salomon nickt. »Es sieht auch so aus, als hätte Autumn ein sehr gutes Verhältnis zu ihrer … *eurer* Mutter. Jede Info, die ich einholen konnte, verriet nur Positives über deren Beziehung.«

Es fällt mir schwer, all das in mich aufzunehmen. Gleichzeitig macht es mich sauer, weil ich seit Ewigkeiten nicht die Aufmerksamkeit von meiner Mutter bekommen habe, die sie meiner Schwester schenkt. Ihrem Kind, das sie mit Mike gezeugt hat.

»Weiß Autumn von mir?«, frage ich. Dann schüttle ich den Kopf. »Ich kann immer noch nicht fassen, dass sie Autumn heißt. Das ist so untypisch für meine Mutter.«

»Keine Ahnung, ob sie dich kennt«, entgegnet Salomon. Jetzt nimmt er sich ein Stück Pizza. Der hat Nerven. »Aber ich denke, Mrs. Cunningham hat bei dem Namen daran gedacht, bloß nicht auf sich aufmerksam zu machen. Vermutlich wollte sie unbedingt, dass niemand das Kind mit ihr in Verbindung bringt. Immerhin heißt Autumn auch Cunningham mit Nachnamen, da wäre die Verbindung schnell aufgefallen.«

Autumn Cunningham. Meine kleine Schwester. Fuck, ist das merkwürdig.

Grace räuspert sich und deutet mit dem Daumen auf die andere Straßenseite. »Ist sie dort? Im Leman Residence? Wohnt Autumn da?«

Salomon nickt. »Zimmer 48. Sie hat ein Einzelzimmer, und das

Internat wurde im Voraus bis zum Abschluss der zwölften Klasse bezahlt.«

»Verrückt«, sage ich. Und dann: »Kann ich sie sehen?«

Grace fallen beinahe die Augen raus. »Logan«, sagt sie. »Bist du sicher? Ich meine … ist das nicht ein wenig zu viel für dich heute?«

»Ich bin sicher.« Meine Augen hängen immer noch an einem der Fenster der Leman Residence, hinter dem meine kleine Schwester sitzen könnte. Plötzlich ist mir egal, dass sie einen anderen Vater hat. In meinem Kopf herrscht nur noch der Gedanke, dass sie sich nicht so verloren fühlen soll wie ich. Sie braucht Halt und Sicherheit. Und es ist noch nicht zu spät, dafür zu sorgen.

»Ich will sie sehen«, wiederhole ich. »Geht das?«

Salomon zuckt die Achseln und nimmt sich noch ein Stück Pizza. »Sie ist nur die Straße rüber entfernt.«

»Alles klar. Danke für deine Arbeit, Salomon.« Wir reichen uns die Hände, und er nickt. »Jeder Zeit wieder.«

Meine Augen huschen zu Grace. »Kommst du mit?«

Sie erhebt sich sofort. »Natürlich.«

Ich spüre mein Blut sehr intensiv in mir rauschen, während wir den *Neapolitan Express* verlassen und die Straße überqueren. Grace hält meine Hand, und ich bin ihr sehr dankbar dafür.

»Hast du Angst?«, fragt sie.

»Keine Ahnung.« Das ist mein Ernst. Ehrlich gesagt weiß ich nicht, was ich fühle. Die Emotionen in mir gleichen einem Wirbelsturm, und ich bekomme keinen einzigen Gedanken mehr zu fassen, folge nur noch den Bewegungen meines Körpers, während wir die Leman Residence betreten und nach dem richtigen Flur suchen.

Es dauert nicht lange, bis wir vor dem Zimmer Nummer 48 stehen. Ich wünschte, es hätte länger gedauert, weil ich das Gefühl habe, noch Vorbereitungszeit zu brauchen. Aber ich glaube, das ist nur eine weitere Nebenwirkung meiner Panik.

Grace sieht mich abwartend an. Ich atme tief durch und nicke, erst dann klopft sie gegen die hölzerne Tür mit der goldenen Nummer.

»Herein«, sagt eine hohe Mädchenstimme.

Ich kriege beinahe einen Herzklabaster. Grace beißt sich auf die Unterlippe, ehe sie die Tür öffnet und ich zum ersten Mal einen Blick auf meine kleine Schwester erhaschen kann.

Sie sitzt auf ihrem Bett. Ein schmales Einzelbett, an dessen Kopfende eine weiße Schmetterlingslichterkette baumelt. An der Wand hängen mehrere Paare weißer Ballettschuhe an ihren Bändern von einem Nagel. Die Bettwäsche meiner Schwester ist rosa mit weißer Spitze. Autumn sitzt im Schneidersitz auf ihrer Decke, ein Buch in ihrer Hand, und sieht uns an.

Sie sieht aus wie ich. Ich brauche nicht erst in das perplexe Gesicht von Grace sehen, um zu wissen, dass sie dasselbe denkt; es ist offensichtlich.

Autumn hat lange braune Haare. Sie sind glatt und reichen ihr bis zum Bauch. Sie streicht sie sich hinter die Ohren, und ich erkenne, dass sie leicht abstehen. Wie bei mir. Dazu dieselbe gerade Nase. Dieselben geschwungenen Lippen. Dieselben hellbraunen Augen.

Meine Fresse. Das Kind sieht aus wie ich.

»Hi«, sagt sie. »Was gibt's?«

»Äh.« Grace tritt nervös von einem Bein aufs andere. »Wir wollten … also eigentlich wollten wir nur kurz mit dir sprechen, wenn …« Ein kurzer Blick zu mir, aber ich springe ihr nicht bei. Bin noch zu sehr schockiert von Autumns Ähnlichkeit zu mir. »Wenn das okay für dich ist.«

Meine Schwester legt das Buch beiseite und schnappt sich einen Zettel von ihrem Nachtschrank. »Heute ist aber kein Motivationstraining. Und auch kein psychologisches Gespräch für Selbstwert. Das ist erst morgen.«

Grace und ich wechseln einen kurzen Blick, und ich weiß sofort, was sie denkt: *Sag schon was!*

»Autumn«, fange ich zögerlich an. Ich deute auf den Stuhl vor ihrem kleinen Schreibtisch. »Darf ich mich kurz setzen?«

Sie nickt. »Aber pass auf. Das eine Stuhlbein ist ein bisschen lose. Mich hält er aus aber bei dir weiß ich nicht.«

»Alles klar.« Ich lächle schwach und setze mich. Kratze mich am Kopf und überlege, wo ich anfangen soll. Dann sage ich: »Autumn, hast du Geschwister?«

»Nein«, antwortet sie. »Einzelkind. Aber ich hätte gern welche.« Argwöhnisch neigt sie den Kopf. »Soll das der Anfang dafür werden, mir eine Mitbewohnerin aufzudrängen? Meine Mutter hat dem Dekan schon mitgeteilt, dass ich unter keinen Umständen Gesellschaft möchte. Ich bin gern allein.«

»Ja«, sage ich langsam. »Ja, das verstehe ich.«

»Wieso verstehst du das?«, fragt sie.

»Weil es mir genauso geht.«

»Aha.«

Dieses Gespräch ist genauso schwer, wie ich es mir vorgestellt habe. Ich weiß einfach nicht, wie ich einer Achtjährigen sagen soll, dass ich ihr großer Bruder bin.

»Kümmert deine Mom sich gut um dich?«, frage ich und denke gleichzeitig, warum es Autumn denn nicht von selbst auffällt, was für eine Ähnlichkeit wir haben.

Stattdessen verengt sie die Augen. »Klar. Was sollen die Fragen?«

Ich seufze und fahre mir durchs Haar. Grace steht wie angewurzelt im Zimmer und scheint nicht zu wissen, wie sie mit der Situation umgehen soll. Da wären wir schon zu zweit.

Mein Blick fällt auf das Buch, welches aufgeschlagen auf der Bettdecke liegt. Moby Dick.

»Autumn«, sage ich vorsichtig. »Ich weiß, das ist jetzt sicher eine Überraschung für dich, und es ist vollkommen okay, wenn du nicht weißt, wie du damit umgehen sollst, aber …« Meine Augen wandern zu Grace, die ermutigend nickt. Mit pochendem Herzen sehe ich wieder zu Autumn. »Du und ich, wir … Wir sind verwandt, weißt du?«

Autumn lächelt. »Oh! Bist du ein Cousin? Wie nett, dass du mich besuchst.«

»Nicht ganz.« Ein schwaches, unsicheres Lächeln breitet sich auf meinen Lippen aus. »Ich bin dein großer Bruder. Deine Mom ist … ist auch meine Mom.«

Der Ausdruck meiner kleinen Schwester ändert sich. Statt weiter zu grinsen erschlaffen ihre Gesichtszüge und dann … dann deutet sie mit ausgestrecktem Finger zur Tür.

»Raus aus meinem Zimmer. Bevor ich das nicht überprüft habe, könntest du ein Pädophiler sein.« Sie deutet auf Grace. »Und du seine Komplizin. Wie bei Killerpaare auf MTV Night. Geht weg, oder ich schreie!«

Ich sehe Autumn erstaunt an und sage: »Wieso guckst du Killerpaare?« genau im selben Moment, als von Grace: »Du guckst MTV Night?« kommt.

Aber Autumn gibt uns keine Antwort. Sie krallt ihre Finger in die zartrosa Bettdecke und reißt den Mund zu einem angedeuteten Schrei auf. So weit, dass ich ihre kleinen, noch nicht ganz ausgereiften Backenzähne erkennen kann.

Sofort stehe ich auf. Kaum zu fassen, wie intelligent und reif meine kleine Schwester ist. Ich kann nicht einmal behaupten, dass mich ihre Reaktion verletzt. Eher bin ich … ich bin stolz auf sie.

»Schau mal«, sage ich, beuge mich über einen Zettel auf ihrem Tisch und schreibe meine Nummer auf. »Wenn du Mutter nach mir gefragt hast, wird sie es bestätigen.« Ihr bleibt jetzt ohnehin nichts anderes mehr übrig. »Danach kannst du mich anrufen, wenn dir danach ist, ja?«

Autumn zieht ein grimmiges Gesicht, nickt aber. Ich lächle meine kleine Schwester an und hebe entwaffnend die Hände.

»Bin schon weg.«

Grace und ich verlassen die Residence genauso wortlos, wie wir sie betreten haben. Aber jetzt fühle ich mich nicht mehr so unsicher wie zuvor. Eher … gut. Ich fühle mich gut.

Und hätte nie gedacht, eine so feste Bindung zwischen mir und einer Person zu spüren, die ich gerade mal zehn Minuten kenne.

33

Grace

my.life.belongs.to.caleb.west OMG!!! **@CalebFan_x3** guck dir die Hochzeitseinladung an!!! Wie schön ist die bitte?!!
CalebFan_x3 @my.life.belongs.to.caleb.west Ich wusste, dass die elegant werden. Oh Mann, kann die Hochzeitsbilder gar nicht erwarten.
MariaTerrasen0 Na ja. Finde, diese Eleganz passt nicht zu Hazel. Sowieso verliert sie ihre Bodenständigkeit von Tag zu Tag mehr. Ich meine, was sollen die ganzen Shootings? Plötzlich macht sie auf Model, oder was? Ne. Würde mich nie so verändern für einen Kerl.
my.life.belongs.to.caleb.west @MariaTerrasen0 Bitch. Guck dich mal an, ey. Was nimmst du dir raus, Hazel zu beleidigen
MariaTerrasen0 @my.life.belongs.to.caleb.west Hä???
DoodleJumpAddicted omg **@CalebWest**√ **@HelloHazel**√ die einladungen sind der hammer kann ich bitte auf eure hochzeit kommen??? Bitte, auch als helferin beim catering reicht mir schon ich will nur dabei sein das ist mein lebenstraum!!! Habt beide eine DM bitte antwortet mir bitte!!!!
CalebFan_x3 @DoodleJumpAddicted lol
Julia_Evans @HelloHazel√ Schöne Karten, mein Schatz!! :-)
HelloHazel√ **@Julia_Evans** Danke Mom :*

Ich liebe es, die regelmäßigen Diskussionen auf Instagram zu verfolgen, wenn Hazel einen neuen Post hochlädt. Heute sind es ihre Hochzeitseinladungen. Mein Blick huscht zur Seite, wo genau diese Einladung auf dem Nachttisch liegt. Eine für Logan und eine für mich.

Die Hochzeit ist in zwei Wochen, und ich bin froh, dass ich die meiste Organisation schon erledigt habe. Als Hazels Trauzeugin habe ich mich um die Dekoration der Location gekümmert, die Tischordnung geplant und den Zeitplan erstellt, damit Essen, Tänze, Spiele und Reden in angenehmem Abstand stattfinden.

Und natürlich noch den Junggesellenabschied morgen. Wir gehen in den *ExecutiveClub* und ich habe für unseren VIP-Bereich die Chippendales gebucht. Hazel muss Latzhosen tragen. Ohne T-Shirt, nur mit BH drunter. Dafür wird sie mich umbringen.

Mein Handy klingelt. Es ist Hazel. Ein mulmiges Gefühl macht sich in mir breit, weil ich es in den letzten Tagen vermieden habe, mit ihr zu telefonieren und nur sporadisch auf ihre Nachrichten geantwortet habe. Ich hatte zu viel Schiss vor ihrer Reaktion, wenn ich mit ihr darüber rede, was momentan zwischen mir und Logan ist. Vielleicht hatte ich auch zu viel Schiss, es mir selbst einzugestehen.

Aber heute ist Logans Aufführung. Er ist schon los, weil seine Schauspielgruppe zusammen frühstücken und danach direkt ins Lincoln Center wollte. Caleb, Hazel und ich wollen uns das Stück gemeinsam ansehen.

Also drücke ich auf den grünen Hörer und klammere mich mit der anderen Hand ins Kissen fest, als würde ich Halt brauchen.

»Hey.«

»Oh«, entgegnet Hazel theatralisch. »Die verlorene Bishop erinnert sich daran, dass sie eine beste Freundin hat.«

»Ha ha.«

»Jetzt kannst du mir nicht mehr ausweichen.«

»Ich weiß«, sage ich und seufze. »Aber ich durfte, weil ich noch einen gut bei dir hatte.«

Hazel putzt sich die Nase. Dann fragt sie: »Was meinst du?«

»Weißt du noch, Logans Party? Als du mit Caleb abgezischt bist, ohne mir Bescheid zu sagen? Und erst am nächsten Nachmittag ein Lebenszeichen von dir kam?«

»Oh. Ja. Okay, dir sei verziehen.«

Ich lächle. »Treffen wir uns gleich und reden?«

»Ich bitte darum! Du ahnst ja nicht, was ich die letzten Tage durchstehen musste, ohne zu wissen, was bei dir gerade abgeht.«

Ich kann es mir vorstellen. Mir ging es damals genauso, als Hazel plötzlich nur noch mit Caleb unterwegs war und ich noch keine Einzelheiten wusste.

»Gut. Ich ziehe mich an, und dann komme ich zu dir. Soll ich Brötchen mitbringen?«

»Ja. Für mich ein Körner. Und ein Croissant für Caleb, das kann er dann später essen, wenn er wieder da ist.«

»Wo ist er?«

»Charakterbesprechung für den nächsten Blockbuster.«

»Ah. Okay. So ein normales Leben hast du, Hazel.«

»Struggle is real. Haha. Bis gleich.«

»Bis gleich.«

Eine halbe Stunde später sitze ich meiner besten Freundin gegenüber und berichte ihr detailliert, was in den letzten Tagen alles passiert ist. Sie streicht sich gerade Butter aufs Brötchen und belegt es mit Mozzarella, als ich von dem Debütantinnenball berichte.

»Du hast *was*?« Ihr fällt beinahe das Mozzarellastück aus dem Mund.

»Gesungen«, sage ich. *»Sit Still, Look Pretty.«*

»In bauchfreiem Top und abgeschnittener Jeans mit selbst geschriebenen Sprüchen?«

»Und Puma-Sneakers«, vervollständige ich. »Genau.«

»Krass.« Meine beste Freundin streicht sich eine blonde Strähne aus dem Haar und nimmt einen Schluck Kaffee, wie immer, wenn sie etwas vom Hocker haut und sie die Nachricht erst mal verdauen muss. Dann sagt sie: »Du hast mir nie gesagt, dass du gern singst.«

Schuldgefühle überkommen mich, als ich ihren verletzten Ton höre. Seufzend kratze ich einen Sonnenblumenkern vom Brötchen und lege mir dann Brie darauf. »Ja. Irgendwie … keine Ahnung.

Ich hatte immer das Gefühl, nicht aus der Reihe tanzen zu dürfen, weil jeder mich für perfekt vorausschauend und zukunftsorientiert hält. Der Gedanke, jemand könnte sagen, ich wüsste nicht, was ich will, hat Panik in mir ausgelöst.«

Hazel schenkt mir einen mitfühlenden Blick, legt ihr Brötchen zurück auf den Teller und streckt die Hand über den Tisch nach meiner aus. Ihre Finger fühlen sich beruhigend und warm an. »Du hättest mir alles sagen können, Grace. Ich wäre die Letzte gewesen, die über dich geurteilt hätte.«

»Weiß ich doch. Ich glaube eher, ich habe selbst über mich geurteilt. Das war das Problem.«

Hazel lächelt verstehend und greift wieder nach ihrem Brötchen. »Und jetzt? Siehst du das jetzt anders?«

»Irgendwie schon. Logan hat mir ein gutes Gefühl gegeben. Als hätten seine Worte die Gehirnwäsche meiner Mutter vertrieben und stattdessen meinem Mut Platz gemacht, meine Träume zu verfolgen. Keine Ahnung, wie er das angestellt hat, aber es hat …« Ich zucke die Achseln. »… funktioniert.«

Hazel nickt. Sie lächelt. »Logan ist ein guter Mann, Grace. Seine Vergangenheit hat seine Gründe.«

»Ich weiß.« Mir ist klar, worauf sie hinauswill, und ich hätte ihre nächsten Worte schon vorhersagen können.

»Warum gibst du euch dann keine Chance?«

»Weil …« Das Thema behagt mir nicht. Selbst wenn ich es mit Hazel bespreche. Ich kann mich ja nicht einmal mit mir selbst damit auseinandersetzen. »Keine Ahnung. Es ist irgendwie so eine panische Blockade in mir. Die ganze Zeit über rede ich mir ein, dass wir nur Freunde sind, dabei liegt auf der Hand, was zwischen uns ist. Jeder Blinde würde das sehen. Solange ich mir einrede, wir sind nur Freunde, geht es. Wenn ich jedoch an eine Beziehung denke, dann schnürt sich mir die ganze Brust zu, und ich kriege so heftige Panik, dass ich einfach nur abhauen und ihn nie wiedersehen will. Keine Ahnung, wie ich diese Angst überwinden soll. Vor allem bei Logan mit seiner Vergangenheit. Da denke ich ständig daran, ins Poolhaus zu kommen und er liegt da mit einer anderen.«

»Verstehe«, sagt Hazel. »Aber dieses Risiko besteht doch eigentlich jetzt auch schon, oder? Es würde dich doch genauso verletzen, wenn du ihn jetzt mit einer anderen erwischst. Weißt du, was ich meine? Beziehung ist nur ein Wort. Ein Ausdruck, das wiedergibt, ob man den Weg gemeinsam geht. Aber die Gefühle bestehen unabhängig von dem Wort, Grace. Ob man es nun ausspricht oder nicht. Die Gefühle sind nichtsdestotrotz da. Selbst wenn du dir nur vormachst, ihr wärt Freunde. Es ist dasselbe.«

»Ich weiß.« Ich starre die Krone auf meiner pinken Kaffeetasse an.

»Aber?«

»Keine Ahnung.«

»Okay«, entgegnet sie. »Ich verstehe das.« Und dann: »Lucas ist ein Arschloch, und ich sollte ihm die Eier abschneiden.«

Ich lache. »Ja, bitte.«

Danach ist die Stimmung wieder lockerer. Wir essen unsere Brötchen und reden über Hazels nächstes Shooting, für das sie nach Rio fliegen soll. Ich hätte gedacht, Hazel würde diese Modelsache schnell zu viel werden, aber ihr macht das richtig Spaß. Und es tut ihr gut, weil die Bilder und Resonanz ihr ein gutes Körpergefühl vermitteln. Ich glaube, das Modeln ist ihre ganz eigene Therapie.

Caleb kommt erst gegen Abend nach Hause. Er ist schlecht gelaunt, weil er sich mit dem Drehbuchautor gestritten hat. Ich habe den Grund nicht richtig verstanden, aber es ging um irgendeine rechtsextreme Aussage im Skript, die Caleb für unangebracht hielt. Der Drehbuchautor aber nicht. Dann hat Caleb ihn als Nazi betitelt, und der Drehbuchautor wollte ihn anzeigen, woraufhin innerhalb von fünfzehn Minuten Calebs drei Anwälte vor der Tür standen und der Drehbuchautor Schiss bekommen hat. Am Ende haben sie die Aussage gestrichen, ein Bier getrunken und so getan, als wäre alles wieder gut.

Männer sind komisch.

Mein Bauch fängt an zu kribbeln, als wir ein paar Querstraßen vom Lincoln Center entfernt parken und uns auf dem Weg zum

Theater machen. Caleb trägt einen Anzug, hat aber ein Basecap aufgesetzt und sie sich tief ins Gesicht gezogen. Hazel trägt eine mit Strasssteinen besetzte, katzengleiche Augenbinde, als würde sie auf einen Maskenball gehen, und ich sehe einfach aus wie immer. Heute mit Cocktailkleid und Swarovski-Sandaletten. Ohne Haarreif.

Es ist seltsam, keinen zu tragen. Ständig fahre ich mir mit den Fingern durch die offenen Strähnen, weil mir das drückende Gefühl auf dem Kopf fehlt.

Wir benutzen den Hintereingang, wo uns die Security einlässt. Unser Besuch musste sorgfältig geplant werden, weil der Presse natürlich bekannt ist, dass Logan und Caleb verwandt sind. Als wir an dem Lincoln Center vorbeigefahren sind, haben sich die Paparazzi bereits wie kleine Maden vor das Theater geschart. Es ist echt gruselig, wie sehr die Öffentlichkeit sich an dem Leben anderer Personen ergötzen kann. Jetzt, wo ich das hautnah miterlebe, kommt es mir von Tag zu Tag verrückter vor. Früher habe ich nie großartig darüber nachgedacht.

Als wir in der VIP-Loge auf dem Balkon sitzen und beobachten können, wie die unteren Sitze sich füllen und das anhaltende Summen ihrer Gespräche die Wände hochkriecht, schreibe ich Logan eine Nachricht.

8:14 Ich: Aufgeregt?

8:15 Logan: Geht. Eigentlich nur wegen dir.

8:16 Ich: Hinterher werde ich deine Leistung kritisch auseinandernehmen und dich runtermachen, damit du dich ganz scheiße fühlst.

8:16 Logan: Ha Ha. Nicht so frech, Bishop.

8:16 Ich: Wieso? Bestrafst du mich sonst? :-)

8:17 Logan: Ich versohle dir den Hintern.

8:18 Ich: Dann werde ich dir sagen, dass Nate besser war.

8:18 Logan: Zehn Schläge mit der flachen Hand auf deinen nackten Popo.

8:19 Ich: Darf Mr. Grey mich jetzt empfangen? :-)

8:19 Logan: Guten Abend, Miss Steele.
8:20 Ich: Ha ha. Du wirst super sein. Keine Sorge :*
8:20 Logan: :*

Um halb neun wird der Saal dunkel. Caleb und Hazel nehmen ihre Verkleidungen ab und lehnen sich entspannt zurück, und plötzlich flammt eine Woge großen Mitgefühls für die beiden auf. Hazels Leben hat sich so verändert, seit sie mit Caleb zusammen ist. Sie wollte nie im Mittelpunkt stehen. Und jetzt nimmt sie alles in Kauf. Für ihn. Weil sie ihn liebt.

Während sich der Vorhang öffnet und Maria Trapp das Stück eröffnet, schnappe ich mir die Broschüre vom Sitz neben mir und sehe mir die Charaktere an, um mich zu informieren, wer die Maria spielt und …

… kriege beinahe einen halben Herzinfarkt.

Mit dem Ellbogen stoße ich Hazel in die Seite. Scheinbar zu fest, denn sie quiekt auf und pfählt mich mit einem grimmigen Blick. Statt mich zu entschuldigen halte ich ihr die Broschüre unter die Nase und zeige ihr das Bild der Frau.

Hazels Augen verengen sich, während sie den Namen liest, dann scheint sie sich zu erinnern.

»*Renegine Anderson*«, flüstert sie. »Der Name auf Logans Handy, oder?«

Ich nicke. Es muss diese Renegine gewesen sein, denn – mal ehrlich – wie viele Menschen in New York heißen schon Renegine, die Logan kennt?

Hazel muss an meinem Blick erkennen, was ich denke. Sie seufzt und beugt sich zu mir rüber, damit Caleb uns nicht hört.

»Lass dich deshalb jetzt nicht verunsichern, Grace. Sprich später einfach offen mit ihm darüber. Ihr müsst kommunizieren. Das ist das Wichtigste.«

Ich nicke, aber ihr Blick ruht noch einen Moment länger auf mir, weil sie weiß, dass ich diese Information jetzt einfach nicht so verwerfen kann. Sie fängt an, irgendetwas zu flüstern, das ich nicht verstehe, also nicke ich wieder und lächle beschwichtigend, damit sie aufhört, obwohl ich damit angefangen habe.

Aber gerade wird mir richtig übel. Je länger ich Renegine beobachte, wie sie mit ihren langen schwarzen Haaren und den Kurven an den richtigen Stellen über die Bühne schwebt, desto mehr verengt sich meine Brust. Und es wird schlimmer, als Logan schließlich dazukommt und sie mit einem Blick ansieht, als wäre sie die Liebe seines Lebens.

Er spielt das nur, sage ich mir immer wieder. *Es ist nur ein Spiel. Nichts davon ist echt.*

Immer wieder huschen Hazels Augen zu mir herüber, und plötzlich frage ich mich, wie sie das aushält. Zu wissen, dass Caleb regelmäßig andere Frauen berühren, küssen und vor aller Welt so tun muss, sie zu lieben … auch wenn es nur für einen Film ist, wie hält sie das aus?

»Es wird einfacher«, flüstert sie, als hätte sie meine Gedanken gelesen. »Irgendwann wird einem bewusst, dass es nichts weiter als ein Job ist.«

Keine Ahnung, wie das funktionieren soll, wenn ich jetzt schon ein Misstrauen in mir trage, das für fünfzig Personen reicht. Calebs Augen verfolgen unser wisperndes Gespräch, aber er sagt nichts. Ich denke nicht, dass er uns versteht, doch vermutlich ahnt er, worum es geht.

Seufzend lehne ich mich in dem Sitz zurück und starre auf meine Oberschenkel, die unter dem Rock des Cocktailkleids hervorlugen. Eigentlich habe ich mich auf dieses Stück gefreut. Darauf, Logan spielen zu sehen. Und *The Sound Of Music* gefiel mir schon immer. Aber jetzt geht's mir hundsmiserabel, und ich hasse dieses Stück. Als Logan sich am Ende von *Sixteen going on seventeen* zu Renegine runterbeugt und sie küsst, habe ich genug. Am liebsten will ich aufstehen und gehen, aber Hazel scheint das zu ahnen, denn sie streckt ihren Arm nach mir aus und umschließt mein Handgelenk mit ihren Fingern.

Gott sei Dank ist jetzt Pause. Wir beobachten die Menschen, die unter uns im Saal aufstehen und nach draußen strömen, um auf die Toilette zu gehen oder etwas zu trinken. Ein Mitarbeiter in edler Uniform kommt in die VIP-Loge und bietet uns Champagner an, aber selbst der strömt trocken durch meine raue Kehle.

Caleb streckt seine langen Beine aus und legt Hazel einen Arm um die Schultern, um mit den Fingern in ihren Haaren zu spielen. »Logan ist richtig gut. Ich wusste, dass er gut ist, aber so gut … krass.«

»Das liegt in euren Genen«, sagt Hazel, woraufhin Caleb ihr einen Kuss auf die Schläfe drückt. Ich selbst ziehe ein grimmiges Gesicht und bin mir dessen überaus bewusst, habe aber auch keine Kraft, das zu ändern, weil es mir wirklich dreckig geht. Dabei weiß ich gar nicht, was genau mich jetzt so fühlen lässt. Nur, weil diese Renegine Logan eine Nachricht geschrieben hat? Es könnte alles Mögliche gewesen sein.

Aber, ganz ehrlich, es ist Logan. Wenn er mit Frauen schreibt, dann hat das nur einen Grund. Oder?

Ich bin so verwirrt. Meine Meinung über ihn, die sich in den vergangenen Jahren festgefahren hat, kollidiert mit meiner neuen Meinung, und ich weiß nicht, was ich glauben soll. Und gleichzeitig habe ich ständig Angst, dass er mich verletzen könnte.

Ich drehe noch durch.

»Grace? Hast du gehört?«

»Hm?«

»Wir wollen nach dem Stück alle zusammen bei uns essen«, wiederholt Caleb. »Logan war einverstanden.«

»Oh. Ähm.« Hazel und ich tauschen einen Blick. Sie sieht mich flehend an, ich sie eher panisch. »Eigentlich muss ich morgen früh aufstehen.«

Caleb zieht die Brauen zusammen. »Logan meinte, du hast morgen früh nichts vor.«

Verdammt.

Meine Augen huschen von ihm zu Hazel und wieder zurück. Schließlich knicke ich ein. »Gut. Bin dabei.«

»Cool.« Zufrieden lehnt Caleb sich zurück, gerade in dem Moment, als die Lichter im Saal wieder erlöschen, und der Vorhang sich öffnet. Den Rest des Stücks ertrage ich notgedrungen. Ich sehe nur dann hin, wenn Logan spricht und es sich nicht so anhört, als wäre er Renegine gerade nahe. Sie blende ich vollkommen aus. Selbst beim Applaus verkrampft mein Magen, als ich sehe, wie die beiden sich an den Händen halten und sich verbeugen.

Wann ist das passiert? Wann hat mein Herz entschieden, sich über alle Maßen in Logan Cunningham zu verlieben, während mein Kopf ihm doch die ganze Zeit zugebrüllt hat, es sein zu lassen? Wann war mein schwacher Moment?

Vermutlich war es ein schleichender Prozess. Aber schleichende Prozesse sind die schlimmsten. Das ist wie mit dem Zunehmen. Beim Jo-Jo-Effekt kommen die Pfunde schnell und gehen trotzdem leicht wieder runter. Frisst man sich das Fett über einen längeren Zeitraum Stück für Stück an, dann Halleluja. Bikinifigur ade.

Wir sind früher in Calebs und Hazels Penthouse, weil Logan noch duschen und eine Runde Champagner mit seinen Kommilitonen und den Professoren trinken muss. Das Essen haben wir vorher in einem Restaurant zum Liefern bestellt, Pasta für mich und Hazel und Steak für Caleb und Logan. Unruhig rutsche ich auf dem grauen Sofa herum, als hätte ich Hummeln im Hintern, stehe schließlich auf und stelle mich an das Panoramafenster, um auf die Skyline New Yorks zu blicken.

Aber es hilft alles nichts. Ich bin ein nervöses Wrack.

»Da kommst du nicht mehr raus«, sagt Hazel. »Du bist total verknallt.«

Mein Blick huscht zu Caleb, der gerade Gläser auf den Tisch stellt und dann Wasser im Sodastream fertig macht. »Aber wieso?«, frage ich. »Ich meine, ich will das nicht. Es muss doch gehen, das wieder abzustellen.«

»Wenn das gehen würde, hätte ich Caleb seine scheiß Art damals nie verziehen und wäre jetzt nicht hier. Aber ich bin froh, dass ich das nicht abstellen konnte. Ein Leben ohne ihn könnte ich mir gar nicht mehr vorstellen. Du musst dem Ganzen einfach eine Chance geben.«

Augenrollend lehne ich den Kopf gegen die Scheibe. »Du hast leicht reden.«

»Habe ich nicht.« Hazel nimmt einen Schluck von ihrem Rotwein. »Das mit Cal war genauso schwer, falls du dich erinnerst. Ich habe richtig gelitten.«

»Ich weiß.« Schuldbewusst sehe ich sie an. »Tut mir leid. War nicht so gemeint.«

»Schon gut.« Hazel drückt mir das zweite Weinglas in die Hand und lächelt. »Ihr werdet das schon hinbekommen. Jetzt habt ihr euch die Suppe eingebrockt, also müsst ihr sie auch auslöffeln.«

Caleb sieht kurz zu uns herüber, sagt aber nichts. Ich rechne es ihm hoch an, dass er sich aus dieser Sache raushält, weil er zwischen den Stühlen steht. In dieser Sache muss er Team Logan und Hazel Team Grace sein.

Der Fahrstuhl zum Penthouse öffnet sich, gerade als ich einen Schluck Wein nehme.

Es ist Logan. Er strahlt mich an, dann erst wandern seine Augen zu Hazel und seinem Cousin. In der Hand hält er mehrere weiße Tüten.

»Der Lieferant kam, als ich in der Lobby war.«

»Ich bin stolz auf dich, Bro.« Caleb nimmt ihm die Tüten ab, zieht ihn dann in eine feste Umarmung und klopft ihm ein paar Mal auf den Rücken. »Du warst verdammt gut, Mann.«

Logan lacht. »Danke. Habe ich alles von dir, weißt du doch.«

»Ich habe schon gesagt, das liegt in den Genen!« Auch Hazel umarmt ihn. Nur ich stehe steif an meinem Platz am Fenster, ein fest getackertes Lächeln auf dem Gesicht und mein Weinglas in der Hand. Wenn die anderen mich nicht kennen würden, könnte man mich für eine Wachsfigur halten.

»Was ist mit dir?« Logan lacht. »War ich so schlecht, dass du kein Wort mehr rausbekommst?«

»Du warst gut«, presse ich hervor. »Sehr gut.«

Er merkt, dass etwas los ist. Mit gerunzelter Stirn kommt er auf mich zu. Hazel und Caleb tun plötzlich so, als hätten sie vergessen, irgendetwas auf den Tisch zu stellen, weshalb sie beide extra laut im Kühlschrank rumwühlen.

»Alles okay?«, fragt Logan.

Ein knappes Nicken von mir. »Alles super. Du warst super. Echt. Hast du Hunger? Ich habe Riesenhunger! Wollen wir essen?« Energisch gehe ich an ihm vorbei zum Esstisch, lasse mich auf den Stuhl sinken und fange an, das Essen auf die Teller zu verteilen. Aus dem Augenwinkel erkenne ich, wie Logan und Caleb einen Blick wechseln, woraufhin Caleb nur mit den Achseln zuckt und Hazel schnell zu mir rübereilt, um der unangenehmen Situation zu umgehen.

Unter dem Tisch verpasst sie mir einen Tritt gegen das Schienbein und sieht mich mahnend an, aber ich schaffe es einfach nicht, Renegines Gesicht und den Namen auf Logans Handydisplay auszublenden. So sehr ich es auch versuche, ich schaffe es nicht.

Also wird das Essen ziemlich schweigsam. Und peinlich.

Eigentlich läuft es so ab, dass Hazel und Caleb krampfhaft versuchen, ein Gespräch mit uns zu führen, während ich nur kurze Antworten von mir gebe und Logan sogar nur einsilbige Laute. Sein Kopf ruckt immer wieder zu mir herüber, aber ich gebe mir größte Mühe, es zu ignorieren.

Gegen Ende spricht kaum noch einer von uns. Wir alle stochern lustlos in unserem Essen herum und trinken wortlos unseren Champagner. Hazel wirkt enttäuscht, und ich fühle mich wirklich schlecht. Genau diese Situation war der Grund, weshalb sie mich darum bat, mit Logan nicht mehr als eine freundschaftliche Basis aufzubauen, wenn ich nicht bereit dafür bin, mich auf ihn einzulassen.

Und es tut mir leid. Ich wünschte, ich hätte es verhindern können, aber es ging nicht. So sehr ich es auch versucht habe.

Ich verabschiede mich schließlich nach dem dritten Glas Champagner und sage, dass es ein sehr schöner Abend war. Jeder weiß, dass es gelogen ist.

Als ich meinen Mantel von der Garderobe nehme, höre ich, wie Logan sich ebenfalls verabschiedet. Mein Magen verkrampft sich, weil ich nicht weiß, wie ich mit ihm über meine Panik reden soll. Er wird mich für krankhaft eifersüchtig halten.

Die Türen des Fahrstuhls schließen sich bereits, und ich denke schon, Logan schafft es nicht rechtzeitig, aber Fehlanzeige. Im letzten Moment quetscht er sich zwischen die Türen, ehe sie sich schließen und der Aufzug sich in Bewegung setzt.

»So.« Er dreht sich zu mir um. »Raus mit der Sprache.«

Seufzend streiche ich mir übers Gesicht. »Ich bin nur müde.«

»Erzähl keine Scheiße.« Logans Finger umschließen mein Handgelenk. Er dreht mich zu sich herum und zwingt mich damit, ihn anzusehen. »Rede einfach mit mir, Grace. Sag mir, was los ist, und wir schaffen das Problem aus der Welt.«

»Wir *können* es nicht aus der Welt schaffen«, sage ich. »Es wird immer wieder so sein.«

Erst sieht Logan mich ratlos an, aber dann klären sich seine Gesichtszüge. »Renegine.«

Statt zu antworten, presse ich die Lippen aufeinander und versuche, mich wegzudrehen. Aber Logan hält mich noch immer fest. Die Türen des Aufzugs öffnen sich mit einem leisen *Ping*. Bevor sie sich wieder schließen, gehe ich in die Lobby, Logan noch immer an meinem Arm.

»Grace. Du verhältst dich kindisch. Bleib stehen, und rede mit mir.«

Das gibt mir den Rest. Vor allem, weil ich weiß, dass mein Verhalten kindisch ist. Ich schäme mich dafür, und es macht mich wütend, weil ich es nicht ändern kann. Ich bleibe stehen und baue mich vor ihm auf. »Willst du wissen, wieso ich in der ersten Nacht bei dir zu Hause abgehauen bin?«

Logan wartet stumm, also fahre ich fort.

»Ich habe mit deinem Handy Hazel angerufen und ihren Namen auf deinem Display gesehen. Renegines. Natürlich kann es was weiß ich für Gründe haben, dass sie dir schreibt, und unter normalen Umständen wäre es nicht einmal einen verschwendeten Gedanken für mich wert. Aber bei dir geht es nicht. Und genau das ist das Problem, weshalb das mit uns nicht funktionieren kann,

Logan. Es geht einfach nicht. Du brauchst das. Diesen ständigen Kontakt zu Frauen. Und ich kann so einem wie dir nicht vertrauen.«

»So einem wie mir?« Logan klappt der Mund auf. »Weißt du eigentlich, was du da gerade sagst?«

Ich verschränke die Arme und erwidere nichts.

Logan schüttelt den Kopf. »Normalerweise würde ich dich jetzt hier stehen lassen und auf dich scheißen, im Ernst. Ich habe mich wie ein Verrückter angestrengt, alles richtig zu machen. Habe dir nicht einen einzigen Grund gegeben, das mit uns nicht zu wollen. Und jetzt ziehst du irgendetwas an den Haaren herbei, nur weil du zu viel Schiss hast, deine Ängste endlich mal zu überwinden! Ich hoffe, das ist es dir wert.«

»Das stimmt nicht! Du verdrehst die …«

»Ich hatte nichts mit Renegine! Sie ist meine Bühnenpartnerin und hat mir verdammt noch mal eine Nachricht geschrieben, die irgendetwas mit dem Stück zu tun hatte! Die einzigen Frauen, von denen ich Nachrichten kriege, sind meine Kommilitonen in der WhatsApp-Gruppe. Hier.« Er wühlt in seiner Tasche und hält mir sein Handy unter die Nase. »Lies doch. Lies meinetwegen jede verdammte Nachricht von mir. Du wirst nichts finden. Willst du wissen, warum? Weil mich keine einzige Frau außer dir interessiert, verdammt noch mal! Wann begreifst du das endlich?«

Wortlos stehe ich da und sehe Logan an. Mein Herz hämmert in meiner Brust, teils vor Wut, teils wegen seiner Worte. Ich bin unsicher, ob ich ihm glauben kann, und hasse mich gleichzeitig dafür.

»Ich habe Angst, Logan.« Meine Stimme bebt.

»Ich weiß.« Vorsichtig zieht er mich zu sich heran, und als er merkt, dass ich es geschehen lasse, legt er seine Arme um mich und streicht mir durchs Haar. »Aber ich werde dir nicht wehtun. Ich schwöre es, Grace. Du musst mir nur diese einzige Chance geben.«

Zitternd atme ich ein. »Es wird nicht einfach werden. Ich meine, das mit mir. Du musst Geduld und Verständnis haben.«

»Habe ich.« Er drückt mir einen Kuss aufs Haar. »Meinetwegen ertrage ich jeden Schwächeanfall und alle unsicheren Momente, wenn du mir nur bitte diese Chance gibst.«

»Ich werde es versuchen«, entgegne ich leise, ohne zu wissen, was ich hier gerade tue. Ich glaube, mein Herz hat die Oberhand gewonnen, weil es genug von meinem stoischen Kopf hat. »Gib mir … gib mir nur ein bisschen Zeit.«

»Alle Zeit der Welt.«

34

Logan

Mein Handy klingelt. Schon wieder. Es ist das siebte Mal innerhalb von fünfzehn Minuten. Bereits nach dem ersten Klingeln habe ich es auf lautlos gestellt, aber trotzdem huschen meine Augen immer wieder zum Display, wenn es aufleuchtet.

So wie jetzt.

Grace hält mitten in ihrem Coversong von James Arthur inne und macht ein mitfühlendes Gesicht. »Du solltest rangehen.«

»Kann ich nicht.« Meine Augen werden von dem Display magisch angezogen, auf dem in großen Lettern *»Mutter«* blinkt.

Seufzend stellt Grace die Gitarre beiseite und krallt ihre Finger in den unechten Pelz über dem Hocker, auf dem sie sitzt. »Autumn wird vermutlich mit ihr gesprochen haben.«

»Definitiv.«

»Dann geh ran. Du willst doch Kontakt zu deiner Schwester, oder nicht?«

Ich blinzle. »Natürlich.«

»Das geht nur, wenn du mit deiner Mutter sprichst. Autumn scheint viel von ihr zu halten.«

Mein Bein tippelt auf und ab. Ich knabbere mir auf der Unterlippe herum, dann greife ich nach dem Handy.

»Hallo Mutter.«

»Ich fasse es nicht, dass du das getan hast.«

»Freut mich auch, dich zu sprechen.« Ich stelle auf laut, damit Grace mithören kann.

»Spar dir das. Ich fliege nach New York. Heute noch. Wir müssen reden.«

»Ach. Jetzt auf einmal? Nach acht Jahren möchtest du dann doch ganz gern reden, ja? Wie schön.«

Grace wirft mir einen mahnenden Blick zu, und meine Mutter schnaubt.

»Du hast keine Ahnung, wovon du sprichst, Logan. Lass uns einfach reden.«

»Heute kann ich nicht. Cal hat seinen Junggesellenabschied.«

»Dann sehen wir uns morgen.«

»Da muss ich …«

»Wir werden morgen reden, Logan. Ob es dir passt oder nicht. Wenn du die Wahrheit wissen willst, werden wir reden.«

Kurz überlege ich, ihr eine Beleidigung an den Kopf zu werfen, aufzulegen und ihre Nummer zu blockieren. Aber das wäre unreif. Mehr als nur unreif. Und eine Entscheidung meines inneren Kindes, das von seiner Mutter in der Entwicklungsphase verletzt wurde.

Also sage ich: »Gut. Morgen Vormittag, nachdem ich meine mündliche Note bekommen habe.«

»Schön. Dann bis morgen. Und erzähle deinem Vater nichts davon.«

Wut brodelt in mir auf, aber Grace drückt besänftigend mein Bein, weshalb ich mir meinen bissigen Kommentar verkneifen kann. »Werde ich nicht. Bis morgen.«

Dann lege ich auf. Atme ein und aus. Stehe auf und werfe das Handy auf den Boden. Es schlittert über den dicken Perserteppich und stößt gegen die Beine des Synthesizers.

»Logan.« Grace erhebt sich ebenfalls und nimmt meine Hand. »Warte erst einmal ab, was deine Mom zu sagen hat. Okay?«

»Was soll sie mir noch sagen, was ich nicht ohnehin schon weiß? Sie hat mit Mike geschlafen und wurde – ups! – ganz überraschend schwanger. Ist nach Tokyo geflüchtet und hat ihren dreizehnjährigen Sohn allein gelassen, weil ihr der Seitensprung vermutlich wichtiger war. Und jetzt will sie mich anflehen, meinem Vater nichts zu sagen. Fertig.«

Grace streicht über meinen Arm. »Warte einfach ab, was sie

morgen sagt. Denk daran, dass es um deine kleine Schwester geht.«

»Ich werde es versuchen.« Meine Finger gleiten mir durchs Haar. Ich sehe zur Gitarre. »Wollen wir den Song noch einmal durchgehen, bevor wir uns für heute Abend fertig machen?«

Grace probt jede freie Sekunde für das *Spotify*-Casting. Sie hat sich da jetzt richtig reingehängt. Manchmal bekomme ich mit, wie sie sich nachts in den Schuppen schleicht, um weiterzuüben. Meist gehe ich ihr hinterher, und dann lacht sie schuldbewusst, aber ich genieße es, ihrer seichten, rauen Stimme zu lauschen. Ich glaube, wir schlafen öfter auf diesem Perserteppich ein als oben im Bett. Aber das ist okay. Alles ist okay, solange Grace da ist.

»Können wir machen.« Sie sieht auf ihre Armbanduhr. »Noch zwei Durchgänge?«

Ich werfe mich aufs Sofa und lächle sie an. »Alles klar. Leg los.«

Wir holen Caleb mit einer weißen Limo ab.

Es sind nicht viele dabei, weil ich für Cal nur die engsten Vertrauten zusammentrommeln wollte. Unsere Väter sitzen in grauen Anzügen auf dem schwarzen Sitzleder, als hätten sie sich abgesprochen. Tony, Hazels Stiefvater, sitzt ihnen gegenüber. Er hat versucht, sich anzupassen und einen teuren Anzug maßschneidern lassen, weshalb er jetzt die ganze Zeit an den Knöpfen rumzupft und seine Schultern kreisen lässt, als müsste er sich an das passende Gefühl gewöhnen. Ich habe ihm mehrmals angeboten, ihm einen Anzug von mir zu schenken, aber das wollte er nicht. Seinen Hochzeitsanzug wollte er auch nicht anziehen, weil er den nur mit dem wichtigsten Tag seines Lebens in Verbindung bringen wollte – und nicht mit einem Stripklub. Und einen seiner einfachen Anzüge von Zara fand er nicht angemessen genug.

Es hat mich traurig gemacht. Die Tatsache, dass er das Gefühl hat, teure Kleidung tragen zu müssen, wenn er mit uns loszieht. Egal wie sehr Tony versucht hat zu erklären, dass er hierbei um sein Gefühl und keineswegs um uns geht … es geht eben doch um uns. Und das gefällt mir nicht.

Wir kommen am Times Square vorbei und biegen auf die Siebenundvierzigste ein, wo die Limo vor einem Gebäude mit edlem grauem Schriftzug zum Stehen kommt.

Caleb wirft nur einen Blick aus dem Fenster und sagt dann: »Alter, du bist so ein Penner. Ich wollte keinen Stripklub.«

Ich lache. »Es ist ein Privatklub, Bro. Die Frauen werden nur ein bisschen tanzen. Das gehört doch dazu.«

Caleb presst die Lippen aufeinander und holt sein Handy aus der Tasche, vermutlich, um Hazel zu schreiben.

Tony schnappt es ihm aus der Hand. »Keine Handys heute. Das wird ein Männerabend.«

Mein Cousin macht ein Gesicht, als würde er Köpfe rollen sehen wollen, aber immerhin steigt er aus und folgt uns in den Klub. Ich selbst halte mich nicht an die Regel, ziehe mein iPhone aus der Anzughose und schreibe Grace eine Nachricht.

10:46 Ich: Läuft nicht so. Cal will keine Stripperinnen. Wie sieht's bei euch aus?
10:49 Grace: Hör auf. Katastrophe. Hazel ist halb durchgedreht, weil sie kein T-Shirt unter der Latzhose tragen soll. Jetzt schmollt sie und verschränkt die ganze Zeit ihre Arme vor der Brust, obwohl die Chippendales gleich auftreten.
10:50 Ich: Das kann ja was werden.

Wir setzen uns an den runden Tisch und werden von einer Kellnerin in kurzem Lederrock begrüßt, die direkt eine Runde Shots austeilt.

»Also«, sagt Cals Vater, hebt das Glas und prostet seinem Sohn zu. »Auf deine verlorene Freiheit, mein Junge.«

Alle lachen. Tony klopft Cal auf den Rücken und wir kippen den Jägermeister zeitgleich runter. Danach gibt es direkt noch einen, während die gebuchten Tänzerinnen anfangen, an den Stangen im Klub zu tanzen und die Kellnerin drei Champagnerflaschen in Eis auf den Tisch stellt.

Cal beachtet die Tänzerinnen nicht. Er starrt nur auf sein

Getränk und unterhält sich mit uns, hat aber kein Interesse daran, halb nackten Frauen beim Tanzen zuzusehen.

Ehrlich gesagt kann ich ihn verstehen. Mir würde es genauso gehen, wenn meine Hochzeit bevorstünde. Plötzlich frage ich mich, wie ich auf diese bescheuerte Idee kommen konnte, obwohl ich die Antwort eigentlich kenne.

Ich habe die Location gebucht, als ich noch nicht wusste, wie es ist, nur an eine einzige Frau zu denken. Nur eine einzige Frau zu wollen.

Jetzt weiß ich es. Und die Tänzerinnen nerven mich.

Cal ist auch genervt, aber er sagt es nicht. Und plötzlich weiß ich, was ich tun kann, um ihm den Abend zu retten.

Wieder nehme ich mein Handy raus und schreibe Grace eine Nachricht.

11:32 Ich: In welchem Klub seid ihr?

11:32 Grace: Im *ExecutiveClub*. Chippendales sind gerade durch. Katastrophe. Hazel hat keinen Bock mehr.

11:33 Ich: lol. Sind direkt nebenan. Hab eine Idee. Ich ruf dich kurz an.

Als ich das Telefonat mit Grace beende, entschuldige ich mich und lasse mich von der Kellnerin im knappen Rock zum Klubinhaber führen. Er sitzt in einem abgeschiedenen Bereich mit irgendeiner der halb nackten Frauen, die ihm gerade auf den Schoß krabbelt. Dabei kenne ich ihn und bin sicher, dass er eine Frau hat. Was für ein Scheißkerl.

»Cunningham«, ruft er, damit ich ihn trotz der heftigen Bässe und lauten Musik verstehe. »Was gibt's?«

»Mr. Cunningham«, korrigiere ich ihn. Er zieht die Brauen zusammen, sagt aber nichts. Ihm ist klar, dass ich in diesem Raum mehr zu sagen habe, selbst wenn es sein Klub ist. »Ich will, dass die Tänzerinnen verschwinden.«

»Aber du hast sie gebucht. Sie werden für heute Abend bezahlt.«

Ich lache auf. »Keine Sorge. Ich bezahle sie. Und setze noch was drauf, wenn sie jetzt sofort verschwinden.«

Einen Moment erwidert der Klubbesitzer meinen Blick, dann stupst er gegen die Schulter des Chicks auf seinem Schoß und nickt. »Sag deinen Mädels, ihr könnt abhauen.«

Ich glaube, einen zufriedenen Ausdruck auf dem Gesicht der Frau zu erkennen. Vermutlich hat er sie bezahlt, damit sie ihm heute Abend verschiedene Dienste erweist, die sie eigentlich nicht tun würde, wenn sie das Geld nicht bräuchte. Zumindest rutscht sie schneller von seinem Schoß als ich blinzeln kann, und trommelt ihre Frauen zusammen.

Caleb wirkt überrascht, als ich an den Tisch zurückkomme.

»Was geht hier ab?«

Mein Blick huscht zu unseren Vätern, die inzwischen so breit sind, dass sie gar nichts mehr mitbekommen von eventuell anwesenden Tänzerinnen. Sie unterhalten sich lautstark über irgendwelche Steuern, die schädlich fürs Geschäft sind. Tony hat bis eben noch ein Video über verschiedene Pranks mit Caleb auf seinem Handy geschaut.

Ich muss mich zwingen, nicht die Augen zu verdrehen, weil der Abend so missraten ist.

Hoffentlich klappt das gleich.

»Wir disponieren um. Tony, gibst du mir die Augenbinde, die du mitbringen solltest?«

»Klar.« Er fischt das schwarze Stück Stoff aus seiner Hosentasche, das eigentlich für einen Lapdance mit einer Stripperin gedacht war, und reicht es mir.

Cal winkt ab. »Auf keinen Fall, Mann. Ich will keine Frauen auf meinem Schoß oder sonst was. Vergiss es.«

»Das wirst du mitmachen wollen. Vertrau mir. Wenn es dir nicht gefällt, kannst du sofort abbrechen. Das schwöre ich.«

Cal mustert mich einen Moment und scheint abzuwägen, dann zuckt er die Achseln. »Schön. Ich nehme dich beim Wort.«

Erleichtert verbinde ich ihm die Augen, schreibe Grace eine weitere Nachricht und warte auf ihre Antwort. Sie kommt binnen Sekunden.

»Alles klar«, sage ich, führe Cal an der Schulter in die Mitte des Saals und setze ihn da auf einen Stuhl. Genau in dem Moment tönt *Talk Dirty* von *Jason Derulo* durch den Klub, und Grace erscheint, die Hazel am Arm mit sich zieht. Ich kann meine Augen nicht von Grace abwenden, obwohl es eigentlich mein Zeichen ist, Cal die Augenbinde abzunehmen.

Sie sieht heiß aus in ihrem fransigen Jeansrock, der nur bis knapp über ihren Arsch geht, und dem bauchfreien Spitzentop. Ihre rosa Haarspitzen streichen die weiche Haut neben ihrem Bauchnabel, die ich selbst schon mit Küssen bedeckt habe und …

»Logan!«, zischt Julia. Hazels Mom. »Nimm ihm die Augenbinde ab!«

»Oh. Ja.«

Hazel steht vor ihrem Verlobten und scheint jetzt erst zu begreifen, was hier abgeht. Endlich löst sie auch ihre verschränkten Arme vor der Brust und fängt an zu lachen. So laut, dass es zu Caleb herüberdringt, der sich plötzlich aufrichtet und selbst versucht, sich die Augenbinde runterzuziehen.

»Alter, warte doch«, sage ich. »Zwei Sekunden.«

Das schwarze Stück Stoff fällt meinem Cousin auf den Schoß und endlich! – zum ersten Mal an diesem Abend – strahlt er. Cal fährt sich durchs blonde Haar und lehnt sich in seinem Stuhl zurück. »Tanz für mich, Baby.« Sie hebt die Brauen und lässt in provozierender Langsamkeit einen Träger ihrer Latzhose am Arm herunterfallen.

Ich kann mir das nicht mitansehen, weil sie meine beste Freundin und für mich wie eine Schwester ist, also starre ich lachend auf den Tisch und nehme einen großen Schluck Champagner, während Grace neben mir grölt und Hazel anfeuert. Julia kriegt sich vor Lachen nicht mehr ein und klatscht im Takt der Musik, während auch Tony sich die Hand vor die Augen hält und lachend den Kopf schüttelt. Cals und meine Väter kriegen immer noch nichts mit.

»You go girl!«, ruft Charly von irgendwo – auch eine Freundin von Hazel. Die beiden haben sich auf einer Dinnerparty bei

Calebs Vater kennengelernt. Sie ist Schauspielerin, hauptsächlich für Serien.

»O Gott«, sage ich. »Kann ich wieder hinsehen?«

»Nein«, entgegnet Grace. »Sie hat jetzt nur noch Unterwäsche an und sitzt auf seinem Schoß.«

»Wie kamen wir nur auf diese Idee?«

»Wir könnten kurz abhauen, bis das Lied vorbei ist.«

»Unbedingt.« Ich lache. »Bring mich weg von hier.«

Die anderen kriegen nicht mit, dass wir verschwinden. Caleb und Hazel leben sowieso gerade in ihrer eigenen Welt. Grace läuft vor mir her, während sie mich durch den Klub führt, und ich kann nicht aufhören, ihr auf den Arsch zu starren. Ihr Rock ist so kurz, dass der Jeansstoff nur knapp über ihrem Hintern endet und ich bei jedem Schritt hoffe, mehr davon zu sehen.

»So«, sagt sie, bleibt in einer zweiten, etwas kleineren Area stehen und dreht sich zu mir um. »Hier ist es ruhiger.«

»Gleich nicht mehr.«

Grace keucht, als ich sie mit beiden Händen packe und auf den Tresen hebe. Ich muss ihren Rock nicht einmal hochschieben, so wenig Stoff bedeckt ihre Haut. Sie beugt den Rücken durch, als ich anfange, ihren nackten Oberschenkel mit Küssen zu bedecken. Je näher ich ihrer Mitte komme, desto mehr keucht Grace.

»Gott.« Ihre Nägel kratzen über den Tresen, und es gehen ein paar Dekogläser zu Boden. Ich schiebe meine Finger in ihren Slip und ziehe ihn beiseite, um meine Lippen auf ihre Klitoris zu legen und sanft daran zu ziehen. Grace stöhnt und krallt ihre Finger in mein Haar. Die Musik im Saal nebenan geht zu Ende und ein neues beginnt. *Down On Me* von *Jeremih*. Ich lasse meine Finger über ihre Beine streichen und kratze ihr über die Haut, was sie noch lauter stöhnen lässt. Mit der Zunge fahre ich über ihre empfindlichsten Stellen und genieße ihren Geschmack in meinem Mund, während Grace ihre Beine um mich schlingt und den Kopf in den Nacken wirft.

Sie ist so feucht, dass ihre Nässe auf den Tresen läuft. Wieder und wieder umschließe ich ihre Knospe mit meinen Lippen und sauge daran, ehe ich mit der Zungenspitze darüberstreiche. Grace bebt, ihr Becken spannt sich an, und ich weiß, dass sie kurz vor dem Orgasmus steht.

Ich küsse sie ein letztes Mal auf ihre Klitoris, dann löse ich mich von ihr.

Grace erzittert. »Nicht aufhören. Nicht … aufhören.«

»Bestimmt nicht.« Meine Stimme klingt rau. Ich öffne meinen Gürtel und schiebe die Hose herunter. Grace beobachtet meine Finger und starrt anschließend mit heißem Verlangen auf mein bestes Stück, woraufhin sie ihre Beine ganz automatisch für mich öffnet. Ein heiserer Laut entfährt ihr, als ich mich vorbeuge, meine Hand in ihrem Haar vergrabe und meine Zunge zwischen ihre Lippen gleiten lasse. Meine andere Hand lege ich ihr auf den Rücken und ziehe sie mit einem Ruck zu mir heran, sodass sie auf dem Tresen vorrutscht. Dann lege ich ihr beide Hände an die Taille und dringe mit harten Stößen in sie ein.

Unser erstes Mal war sanft und zart. Das jetzt ist etwas völlig anderes. Jetzt gerade brauche ich es hart.

Schnell, heiß und wild. Ich hatte zu viele Blicke auf ihren knappen Rock, als dass ich sie jetzt sanft nehmen könnte.

Und scheinbar braucht Grace es genauso. Sie wirft ihren Kopf zurück und stöhnt bei jedem Stoß. Ihre Finger zerkratzen mir den Nacken, und ich genieße den Schmerz und das Brennen, das sich nach jedem Kratzer unter meiner Haut ausbreitet.

Alles dringt in den Hintergrund; die Musik, die Gläser, die vom Tresen zu Boden fallen, unsere Freunde, die direkt nebenan sind, die Kameras überall, von denen ich keine Ahnung habe, ob sie eingeschaltet sind.

Alles egal.

Ich stoße schneller, Grace kratzt heftiger, wir stöhnen beide so laut, dass wir beinahe die Musik übertönen, bis ich Blitze vor meinen Augen zucken sehe. Alles in mir zieht sich zusammen, genau im selben Moment, als Grace sich untenrum verkrampft und ich ihren Muskel spüre, der sich zuckend um mich schließt. Das gibt mir den Rest. Alles in mir pulsiert, und ich höre mich heisere

Laute ausstoßen, während ich mich komplett in ihr ergieße und sie sich an mich presst, um alles in sich aufzunehmen. Erschöpft lehnt sie ihre Stirn auf meine Schulter und ich mein Kinn auf ihren Kopf. Wir atmen im Gleichklang, und ihre Finger zucken an meiner Taille. Erst jetzt nehme ich wahr, wie sehr mein Nacken von ihren Kratzern brennt. Aber es ist ein gutes Brennen.

»Das war besser als ein Lapdance.«

Ich lache und küsse sie auf den Kopf. »Das war erst der Anfang. Du ahnst ja nicht, was ich noch alles mit dir anstellen will.«

Ein erregter Schauer durchfährt sie, und allein für diese Reaktion würde ich sie am liebsten direkt noch einmal nehmen.

Aber wir haben Zeit.

So viel Zeit.

35

Grace

Mir brummt der Schädel. Ich drehe mich auf die Seite, aber das macht es nur noch schlimmer. Meine Schläfen, Himmel, meine Schläfen!

Das waren definitiv zu viele Shots gestern.

Mit größter Anstrengung öffne ich die Lider und blinzle gegen das Sonnenlicht, das durch die Fenster scheint. Ich bleibe mindestens fünf Minuten in dieser Position liegen, bis ich es schaffe, mich aufzurichten und meinen Kopf gegen das Bettteil zu lehnen.

Das Zimmer wankt.

Logan ist nicht da. Er ist heute früh los, um sich seine mündliche Note abzuholen und sich hinterher mit seiner Mutter zu treffen. Ich war so komatös, dass ich nicht einmal mitbekommen habe, wann er gegangen ist.

Logan hat mir eine Kopfschmerztablette bereitgelegt. Ich muss lächeln, dabei ist es nur eine Tablette. Keine große Sache.

Ich rolle aus dem Bett, schwanke und muss mich an der weißen Kommode festhalten, wobei ich mich in meinem Spiegelbild sehe und mich über mich selbst erschrecke. Meine Haare sind ein Vogelnest. Würde mich nicht wundern, wenn mir aus den Kletten gleich eine Amsel heraushüpft. Ich habe mich gestern nicht richtig abgeschminkt, schwarze Mascarareste verschmieren meine Augen und verpassen mir den Pandalook des Jahrhunderts.

Make-up-Flecken zieren Logans weißen *Ralph Lauren*-Hoodie, außer dem ich nichts trage. Hoffentlich gehen die wieder raus.

Mir geht's dreckig, und immer wenn es mir nach zu vielen

Shots und einer verruchten Nacht dreckig geht, habe ich Heißhunger auf Chili Cheese Nuggets. Also bestelle ich welche und verlege meine Leichenposition nach unten aufs Sofa. Hauptsächlich, um mich nicht ganz wie der größte Gammler der Vereinigten Staaten zu fühlen. Aber eigentlich macht es keinen Unterschied.

Gerade habe ich mein Vogelnest in eines der kuscheligen Sofakissen gebettet, da klingelt mein Handy. Es ist Hazel.

»Hey. Alles klar?«

»Grace. Bestell den Leichenwagen.«

»Hab ich schon. Er hält erst bei mir und dann bei dir, okay?«

»Danke.«

Mein Arm erschlafft und rutscht vom Sofa. Ich habe nicht die Kraft, ihn wieder anzuheben, also lasse ich ihn weiterbaumeln und warte darauf, dass er abstirbt.

»Wir hätten die Bloody Mary weglassen sollen. Die haben mich gekillt.«

Hazel stöhnt. Es knallt, als ob sie irgendwo runtergefallen wäre. »Mich hat schon der erste Sambuca gekillt. Alles, was danach kam, waren Tickets zu den tieferen Höhlen der Hölle.«

Ich nehme mir die Fernbedienung und kratze mir damit den Kopf. »Wie geht's Cal?«

»Seltsamerweise bestens. Er lacht mich aus.«

Mit größter Willenskraft erhebe ich mich, hole mir ein Kühlkissen aus dem Gefrierschrank und lege mich wieder aufs Sofa. Der kurze Weg hat sich angefühlt wie ein Marathon um die Welt.

»Ich glaube, Logan geht's auch gut. Die haben schon eine modifizierte Säuferleber.«

»Vermutlich. Ich überlege, mir einen Smoothie mit Spinat zu machen.«

»Mhm. Klingt vernünftig.«

Es raschelt, als würde Hazel etwas durchwühlen. Vermutlich den Gefrierschrank. »Machst du dir auch einen?«

»Nein. Ich esse fettige Chili Cheese Nuggets mit Barbecue und versuche, danach nicht zu kotzen.«

»Habe ich mir gedacht.«

»Ja.« Es klingelt. »Ich muss auflegen. Mein Fraß ist da.«

»Gut. Eine gesunde Leber wünsche ich dir.«

»Ich dir auch. Bis dann.«

»Bis dann.«

Es klingelt ein zweites Mal, weil ich mich mit dem Fuß in der Wolldecke verstricke und nicht schnell genug zur Tür komme. Ich ziehe mein Bein weiter, lasse die Decke auf dem Boden liegen und öffne die Tür.

Vor mir steht eine rothaarige Schönheit mit Beinen bis zum Himmel. Philine Hill. Und sie hat keinen Karton mit Pizzabrötchen dabei, dafür aber einen sandfarbenen Wollmantel, der ihr über dem Arm hängt.

»Hallo«, sagt sie. Ihr Lächeln nervt mich, weil ich das Gefühl habe, es erwidern zu müssen und dafür fehlt mir die Kraft. Zumal ich im Vergleich zu dieser Arielle aussehe wie eine zum Leben erwachte Vogelscheuche.

Als ich nichts entgegne, deutet sie auf das Herrenhaus der Cunninghams. »Logans Vater sagte mir, er wäre in letzter Zeit eher hier zu finden.«

Noch immer sage ich nichts, sondern drücke mir mein Kühlkissen an die Schläfe und starre Philine an.

»Also …«, fährt sie fort und lässt ihre Augen über meine Schulter huschen. »Ist er da?«

»Nein.«

»Oh. Okay.« Sie runzelt ihre Nase, die von Sommersprossen übersät ist, und streicht sich eine Haarsträhne hinters Ohr. Ihre Fingernägel sind ordentlich geschnitten und mit Klarlack versehen. Plötzlich nervt mich, dass ich keinen Klarlack benutzt habe. Mich nervt auch, dass ich keine Sommersprossen oder rote Haare habe. Philine war schon immer eine von der Sorte, die wunderschön ist, darüber aber nicht großartig nachdenkt. Sie schminkt sich nie, stellt nichts mit ihren Haaren an und trägt bloß Sachen aus Secondhand-Läden, die sie für Kunst hält. Heute eine graue Regenjacke, dunkle Jeans und gelbe Gummistiefel. An ihr sehen die Kleidungsstücke wie Designerklamotten aus. Ich glaube, sogar ein Kartoffelsack würde an ihr wie ein gewolltes Kunstwerk aussehen. Es gibt Menschen, die sind so schön, dass ihnen alles steht. Und Philine gehört definitiv dazu.

Sie merkt, dass ich sie anstarre, denn ihr Lächeln verrutscht.

»Ich wollte nicht stören. Aber ich hatte noch Logans Mantel.«

Die Alarmglocken in meinem Kopf beginnen, schrill und laut zu kreischen.

»Seinen Mantel?«, wiederhole ich.

»Er hat ihn mir gegeben, als es neulich auf dem Dach so kalt war.«

»Auf dem Dach?«

»Ja. Danach meinte er, ich soll ihn behalten, aber …« Ihr Blick fällt auf das Etikett im Innenfutter. Der Mantel ist von *Saint Laurent*. »Das kann ich unmöglich annehmen. Jedes Mal wenn mein Blick in den letzten Tagen darauf gefallen ist, hat sich mein schlechtes Gewissen gemeldet.« Sie zuckt die Achseln. »Also dachte ich, ich bringe ihn zurück.«

»Zurück?« Bei mir kommen nur noch einzelne Wörter an, und ich fühle mich wie eine begriffsstutzige Fünfjährige. Philine zieht ihre roten Brauen zusammen und mustert mich, als würde sie Sorge haben, ich wäre vielleicht geistig verwirrt. Dann fällt ihr scheinbar auf, dass ich aussehe wie eine Landstreicherin, die gerade eine Woche umhergeirrt ist, denn ihr Ausdruck wird plötzlich mitfühlend.

»Ich überrumple dich sicher gerade etwas. Tut mir furchtbar leid. Am besten lasse ich den Mantel einfach hier und du sagst Logan Bescheid.«

O Gott. Was für ein Albtraum.

Philine wirkt verunsichert, als ich noch immer nichts entgegne. »Tut mir leid aber … Seid ihr, na ja, zusammen?«

»Nein«, sage ich. Mein Kopf schreit, dass es das noch nicht gewesen sein kann. *Gib alles – los jetzt! – Du kennst doch mehr Worte.* Aber es ist, als wären meine Stimmbänder von einer Blockade befallen.

Philines Schultern sinken erleichtert hinab. »Gut. Danke, dass du ihm den Mantel gibst. Also, ich gehe dann …«

»Lief da was zwischen euch?«

Sie hält mitten in der Bewegung inne, während sie mir den Mantel überreicht. Ich konnte die Frage einfach nicht mehr zurückhalten. Sie musste raus.

»Ähm«, macht Philine. Ihre Stirn legt sich in Falten. »Wie meinst du das?«

Ich presse Logans Mantel an meine Brust, als wäre er mein sicherster Anker. Dabei erleidet meine Hand einen Gefrierschock, weil das Kühlkissen die ganze Zeit über zwischen meinen Fingern klemmt.

»Ob bei euch was lief«, wiederhole ich. »Schlaft ihr miteinander?«

Kurz wirkt sie verunsichert, dann verschränkt sie die Arme vor der Brust und sieht mit ihren gelben Gummistiefeln plötzlich wie die Göttin der Selbstsicherheit aus.

»Ohne dir zu nahe treten zu wollen, aber ich denke nicht, dass es dich etwas angeht. Wir kennen uns nicht mal besonders gut, Grace.«

»Aber ich kenne Logan«, entgegne ich.

Sie presst die Lippen aufeinander und bläht die Nasenflügel. »Tja. Dann solltest du ihn fragen.«

»Nicht nötig.« Ich lächle. Es ist das arroganteste Lächeln, zu dem ich mit meinem Vogelnest und verschmiertem Gesicht vor der leibhaftigen Arielle fähig bin. »Er bekommt den Mantel. Sonst noch was?«

»Nein. Also dann, war schön, dich zu sehen, Grace.«

»Oh, ganz meinerseits. Wirklich.«

Ein paar Sekunden stehe ich in der offenen Tür, Logans Mantel in der Hand, der nach irgendeinem billigen Eau de Toilette von Philine riecht. Ich sehe ihr nach, wie sie in ihren gelben Gummistiefeln den gewundenen Pfad um den Pool herumgeht und dann in Richtung Eisentor verschwindet, die roten Haare sanft im Wind wehend.

Mein Kopf ist benebelt. Ich drehe mich um und lasse die Tür ins Schloss fallen. Das klickende Geräusch hallt in meinen Ohren nach und ist viel lauter, als ich es normalerweise wahrgenommen hätte.

Mit tauben Schritten gehe ich zum Sofa und setze mich. Ich stütze die Ellbogen auf die Knie, überkreuze die Arme und starre auf den sandfarbenen Wollstoff des Mantels, bis die Farbe vor meinen Augen zu einem einheitlichen Klecks verschwimmt.

Mein Körper nimmt das rhythmische Schlagen in meiner Brust überdeutlich wahr. Ein langsames und bedächtiges Schlagen, das nicht einmal aus dem Takt gerät.

Ich hätte vermutet, es würde rasen. Sich dreifach überschlagen und dann unregelmäßig weiterhüpfen. Stattdessen ist es ruhiger denn je. Und ich bin gefasster denn je.

Es war mir von Anfang an klar. Tief in mir habe ich nur darauf gewartet, dass so etwas passiert. Jeden Tag habe ich mich gefragt, wann der große Stich kommt, der die zu schöne, unrealistische Blase platzen lässt, in der Logan und ich uns befunden haben.

Philine war der auslösende Stich. Logan *kann* sich nicht nur mit einer Frau zufriedengeben. So sehr er es auch versucht, er kann es nicht. Es liegt nicht in seiner Natur. Ich glaube, er braucht das einfach. Er braucht diese Bestätigung von so vielen Frauen wie möglich, weil eine nicht genug ist.

Ich weiß nicht, wie lange ich so dasitze und regungslos geradeaus starre. Es ist eine ganze Weile.

Minuten. Vielleicht auch Stunden. Keine Ahnung.

Aber irgendwann stehe ich auf. Mein Kopf ist so klar wie schon lange nicht mehr.

Ich gehe hoch ins Schlafzimmer. Ich ziehe mir Logans Pullover vom Kopf und schlüpfe in die erstbesten Kleidungsstücke, die ich finden kann. Ich packe alle meine Sachen in eine große *Bloomingdale's*-Tüte. Ich wasche und schminke mich nicht. Ich mache nicht auf, als der Lieferant klingelt und rühre den Pizzakarton nicht an, den er vor die Tür gestellt hat.

Ich zurre meine Bomberjacke bis zum Kinn und gehe.

36

Logan

Ich habe fünfzehn Punkte für die mündliche Prüfung bekommen.

Die Bestnote.

Endlich fällt die Anspannung von meinen Schultern, und ich muss mich auf nichts anderes konzentrieren als auf das *Donavan Parker*-Casting nächste Woche.

Na ja. Zumindest fast.

Ein großer Stein liegt noch auf dem Weg, den ich beseitigen muss.

Das Gespräch mit meiner Mutter.

Nervosität rast durch meine Adern und lässt meinen Körper pulsieren. Wie gern würde ich Grace anrufen, um mich zu beruhigen, aber sie schläft vermutlich noch, und ich will sie nicht wecken. Bei der Menge, die sie gestern getrunken hat, muss sie einen Wahnsinns-Schädel haben.

Meine Mutter und ich treffen uns in einer exquisiten Bäckerei, in der ein überdimensionaler Kronleuchter die spiegelnden Fliesen beleuchtet und die Backwaren hinter der Theke so edel aussehen, als wären sie einzig und allein für ein Soiree der Queen geschaffen.

Als ich eintrete, entdecke ich meine Mutter sofort. Sie sitzt an einem runden Tisch in der Ecke und wippt mit den Beinen, weshalb ihr kleines Täschchen auf und ab hüpft. Tiefe Schatten liegen unter ihren Augen und sie ist kaum geschminkt, was ich in meinem Leben ungefähr so oft erlebt habe wie Schnee im Sommer.

»Guten Morgen«, sage ich und nehme ihr gegenüber Platz. Meine Mutter richtet sich auf und wischt sich mit einer steifen Bewegung eine lose Haarsträhne aus dem Gesicht.

»Morgen. Ich habe schon bestellt. Latte Macchiato ist in Ordnung?«

»Sicher.«

Sie nickt, und dann schweigen wir, bis die Getränke kommen. Es ist eine unangenehme Situation, und ich wäre gerade lieber überall, nur nicht hier.

Mutter rührt in ihrer Tasse, wobei der Löffel gegen das Keramik streicht. »Du hast sie also kennengelernt. Autumn.«

»Ja.«

»Logan …« Stille. Dann … »Ich habe deinen Vater betrogen.«

»Ach was. Echt?«

Mutter verdreht die Augen, klammert ihre Hände um die Tasse und beugt sich vor. Sie hat dieselben braunen Augen wie ich. »Hör mir einfach zu, okay?«

Ich entgegne nichts, was sie wohl als meine Zustimmung interpretiert, denn sie lehnt sich wieder zurück, kratzt an ihrer Tasse und fährt fort.

»Die Beziehung zwischen mir und deinem Vater ist schon lange vorbei. Schon, seitdem du ein kleiner Junge warst. Wir haben eine Scharade vor den anderen aufrecht gehalten, um gesellschaftlich nicht abzusteigen.«

»Was?« Unmöglich. Das kann nicht sein. Ich meine, so etwas hätte ich gemerkt. Oder nicht? »Aber Vater … er vergöttert dich.«

Meine Mutter schenkt mir ein schwaches Lächeln. »Vergöttert hat er mich noch nie. Wenn überhaupt geduldet, weil unsere Eltern damals von vorn bis hinten geplant haben, uns zusammenzuführen. Dein Vater … er hatte lange vor meinem Seitensprung eine Affäre. Und er wusste damals von Mike. Hat ihm sogar versichert, es würde ihm nichts ausmachen.«

»Das ist nicht euer Ernst.« Mir wird schlecht und schwindlig zugleich. Kenne ich meine Eltern überhaupt? Die ganze Zeit habe ich gedacht, mein Vater wäre verrückt nach meiner Mutter.

Ich habe gedacht, sie hätte ihm das Herz gebrochen. Die Tasse bebt in meinen Händen, aber als ich spreche, zwinge ich meine Stimme, ruhig zu bleiben. »All die Jahre über habe ich mir die Schuld dafür gegeben, Vater nichts von dir und Mike gesagt zu haben. Du meintest damals, wenn ich das tun würde, wäre unsere Familie kaputt.«

Sie seufzt. Es ist ein schweres Seufzen, so, als trage sie jahrelangen Kummer in sich. »Ach, Logan. Wenn du wüsstest, wie sehr ich es bereue, dir das gesagt zu haben. Aber ich hatte Angst.«

»Angst wovor? Wenn Vater sowieso wusste, dass du mit Mike schläfst? Wovor hattest du dann bitte Angst, das rechtfertigt, einem kleinen Jungen eine solche Bürde aufzulegen?«

»Dich zu verlieren!« Köpfe drehen sich zu uns herum, weil Mutter lauter geworden ist. Das ist normalerweise nicht ihre Art. Sie verliert nie die Kontrolle. Sie lässt den Blick schweifen und schließt die Augen, ehe sie fortfährt. »Hör zu, Logan.« Sie wirkt müde. Ausgelaugt. Nicht mehr wie die top frisierte, über alles stehende Susan Cunningham. »Ich wusste damals, dass du den Schwangerschaftstest gesehen hast, als du dir Geld aus meiner Tasche holen wolltest. Ich wusste es, weil ich auf dem Diwan im Salon saß und du mich nicht gesehen hast. Und ich habe dir gesagt, du darfst nichts deinem Vater sagen, weil … Autumn ist nicht von Mike, Logan. Sie ist von deinem Vater.«

Irgendwie war es mir klar. Vom ersten Moment an, als ich Autumn gesehen habe, wusste ich es. Sie sieht mir zu ähnlich, als dass sie einen anderen Vater haben könnte.

Aber …

»Wenn sie von ihm ist, warum sollte er es dann nicht wissen?«

»Er wusste es schon. Ich habe es ihm gesagt. Und an dem Tag, als du den Test gefunden hast, war ich beim Frauenarzt und habe einen Ultraschall machen lassen. Das Bild war auch in meiner Tasche. Ich … ich wusste nicht, ob du es auch gesehen hast. Hast du?«

Ich schüttle den Kopf. Der Latte Macchiato in meiner Hand wird langsam kalt.

Mutter nickt und befeuchtet sich die Lippen mit ihrer Zunge. »Ich dachte, du hättest es gesehen. Und wenn du es deinem Vater gesagt hättest, dann … ich hätte dich verloren, Schatz.«

Dieses Wort ruft eine sehr – wirklich sehr! – unangenehme Reaktion in mir hervor. Mir wird heiß und kalt und kalt und heiß, und mein Inneres stülpt sich um, rumort und zerrt an meinen Emotionen. Als würde alles verkrampfen und sich schütteln. Es ist zu lange her, dass ich meine Mutter so etwas zu mir sagen hören habe.

»Wieso hättest du mich verloren? Was hat Vater gesagt, als du ihm von der Schwangerschaft erzählt hast?«

Sie wird blass. Die Schatten unter ihren Augen treten deutlicher hervor, und eine Leere verdüstert die braune Farbe ihrer Iriden, während sie ihren Milchschaum dabei beobachtet, wie er sich auflöst. »Er hat gesagt, ich soll abtreiben.« Mutter hebt den Kopf und sieht mich an. Ich habe sie noch nie so schwach erlebt wie in diesem Moment. »Wenn ich es nicht tue, würde er sich scheiden lassen und das alleinige Sorgerecht für dich beantragen. Ich hatte damals doch nichts, Logan. Nur ein gutes Elternhaus. Dein Vater war auf dem Höhepunkt seiner Karriere. Die Aktienkurse von *SaveTheHealth* sind durch die Decke gegangen. Erst ein Jahr zuvor wurde er Gesellschafter von *Wallplex*. Ich wusste, dass er gewonnen hätte. Und er wusste das auch. Dein Vater hatte mich in der Hand und hat gelacht, als er mich damit erpresst hat. *Treib ab, dann hast du wenigstens noch ein Kind und einen guten Lebensstandard. Behalte das Baby, und du hast immer noch ein Kind, aber nichts anderes mehr. Viel Spaß dabei, es großzuziehen und zu ernähren*, hat er gesagt.«

»Er hätte Unterhalt zahlen müssen«, sage ich. Meine Stimme klingt rau, weil die Übelkeit mir bis zum Hals steigt und ich die Galle schmecke. »Das hätte er nicht durchbringen können.«

Mutters Atem zittert, als sie Luft holt. »Er wollte die Vaterschaft nicht annehmen und behaupten, das Kind wäre von Mike. Wollte überall rumerzählen, ich wäre eine Hure, die es nur auf sein Geld abgesehen hat.«

»Dann hättest du einen Vaterschaftstest machen können.«

Wieder schüttelt meine Mutter den Kopf. »Denkst du nicht, an all das habe ich auch gedacht? Dein Vater hat so viele Kontakte. Er hätte einfach einen Batzen Geld auf den Tisch gelegt, und schon wäre das Testergebnis anders ausgefallen. Diese ganzen … *normalen* Wege funktionieren meistens nicht, wenn Geld im Spiel ist. Geld ist abartig, Logan. Es macht Menschen zu Monstern, die plötzlich immun gegen jegliche Emotionen sind.«

Die Tasse in meiner Hand schwankt, also stelle ich sie ab und reibe mir danach die feuchten Handflächen an der Hose. »Aber du hast nicht abgetrieben.«

»Nein. Aber so getan. Der Arzt im Krankenhaus war ein damaliger Freund von mir. Seine Eltern sind sehr gut mit meinen befreundet gewesen, als ich noch zur Schule ging. Ich habe ihn gefragt, ob er mir helfen kann. Mir einen Bericht fertig macht, in dem geschrieben steht, dass ich eine Abtreibung hinter mir habe, welche Medikamente ich zu nehmen habe und so weiter. Dein Vater war am Tag der eigentlichen Operation dabei, weil er ganz sicher gehen wollte. Aber er durfte nicht mit in das Behandlungszimmer. Dort habe ich dann eine halbe Stunde gesessen, wie zuvor mit dem Arzt abgesprochen, und bin danach mit dem Bericht wieder rausgegangen. Bloß, dass ich immer noch ein Kind in mir hatte.«

»Und dann musstest du gehen«, stelle ich leise fest. »Damit Vater es nicht merkt.«

Tränen schimmern in den Augen meiner Mutter. Ich glaube nicht, sie jemals weinen gesehen zu haben. Mit dem Handrücken wischt sie sich die Lider trocken, während sie nickt. »Ich habe behauptet, ich könnte seine Nähe nicht mehr ertragen, nachdem er mich gezwungen hat, abzutreiben. Deinem Vater hat es nichts ausgemacht, er hat mich sowieso nicht geliebt. Ihm war nur wichtig, dass wir die Scharade aufrechterhalten, er seinen gesellschaftlichen Ruf behält und ungehindert seiner Liebschaft nachgehen kann. Also haben wir uns auf zwei Besuche im Jahr geeinigt; deinen Geburtstag und unseren Hochzeitstag. Ich bin in

Tokyo geblieben und habe mir alles, was ich heute besitze, selbst aufgebaut. Ohne seine Hilfe. Weil ich immerzu Angst hatte, er könnte von Autumn erfahren.«

»Warum hast du sie dann hier geboren?« Gerade habe ich das Gefühl, einfach viele Fragen zu stellen, damit ich die umhertobenden Gedanken in meinem Kopf nicht zu fassen bekomme. Ich befürchte, ansonsten zu hyperventilieren. Meine Finger kribbeln.

»Ich weiß nicht. Mir war die Bindung zu Autumn so wichtig, und ich hatte Angst, dass es der Beziehung zwischen mir und ihr schaden würde, wenn sie die japanische Kultur in sich aufnimmt und damit groß wird. Ich hatte solche Angst, keinen Draht zu ihr zu finden und davor, dass sie sich nicht für mich interessiert. Irgendwie dachte ich, wenn sie amerikanisch aufwächst, dann würde das unsere Bindung stärken. Dabei hätte es vermutlich gereicht, sie einfach in meiner Nähe zu haben.« Sie zuckt die Achseln. »Ich habe auch an dich gedacht, weißt du. Tief in mir wollte ich, dass du dich an das Kind erinnerst. Ich wollte, dass du sie findest, und gleichzeitig wollte ich es auch nicht. Weil ich Angst hatte. Es war ein ständiges Chaos in meinem Kopf, durchtränkt von tiefen Schuldgefühlen, weil ich dich hier allein gelassen habe. Aber es ging einfach nicht anders. Ich … ich hatte keine Wahl.«

Na ja. Im Grunde genommen hat man immer eine Wahl. Es hätte auch nicht Tokyo sein müssen. Vermutlich hätte Kanada gereicht. Keine Ahnung. Aber das werfe ich ihr nicht vor. Ich denke, meine Mutter hatte tatsächlich Panik. Was nicht wiedergutmacht, dass sie mich jahrelang allein gelassen hat, aber … jetzt verstehe ich es. Die Narben bleiben, aber jetzt verstehe ich, warum die Wunden sein mussten. Früher habe ich es nicht verstanden. Ich denke schon, dass es einen Unterschied macht. Einen großen Unterschied, der für die Heilung nicht unerheblich ist.

Ich streiche mir über das Gesicht und drücke die Stirn zusammen, ehe ich sie wieder glätte. »Mit wem hatte Vater eine Affäre?«

Mutter verzieht den Mund. »Das ist doch nichts, was du unbedingt wissen musst, oder, Logan?«

»Doch. Ich bin alt genug, das selbst zu entscheiden.«

Mutters Augen heften sich auf einen Kratzer im Tisch, während sie langsam nickt und an ihrer Tasse pult. »Du hast recht.« Sie sieht mich an. »Mit Terrence Hill.«

Jetzt will ich mich tatsächlich übergeben. Angewidert verziehe ich das Gesicht und schließe kurz die Augen, um diese Information zu verdauen. »Es tut mir leid. Es tut mir leid, dass ich dich nie gefragt habe, warum du gegangen bist. Es tut mir leid, dass ich dich abgelehnt und gehasst habe. Es muss schwer für dich gewesen sein. Aber ich war ein Kind, Mutter. Viel zu jung, um reife Entscheidungen zu treffen, mit dir über alles zu reden, um zu verstehen. Das wäre deine Aufgabe gewesen. Ich bin echt abgefuckt, weißt du? Mein Verhältnis zu Frauen ist … Dein Verhalten hat mich kaputt gemacht.«

»Ich weiß.« Mutter schluckt. »Gott, und es tut mir so weh. Es gab keinen Tag, an dem ich nicht daran gedacht habe. Ich wollte nie, dass du leidest. Aber die Angst, dass dein Vater dich mir wegnimmt, war … sie war einfach zu groß.«

»Na ja. Im Endeffekt hast du mich trotzdem nur zweimal im Jahr gesehen, und da habe ich dich so gut es geht ignoriert. Hättest du mir die Wahrheit gesagt, hätte ich dich immerhin nicht geächtet. Und schon einen Weg gefunden, um dich zu sehen. Vermutlich hätte ich Vater gehasst und wäre abgehauen.«

Mutter lacht. Es klingt traurig. »Ja. Vermutlich. Aber was dann, Logan? Ich allein hätte kein Geld gehabt, dir deine Ausbildung zu finanzieren. Dein Leben wäre ganz anders verlaufen, und das wollte ich nicht. Ich wollte, dass du eine gute Zukunft bekommst. Und damals wäre ich allein nicht dazu in der Lage gewesen.«

»Ja. Ich verstehe es, Mutter. Wirklich. Und ich verzeihe dir. Aber es wird Zeit brauchen, bis das Verhältnis zwischen uns sich reguliert.«

»Natürlich.« Sie nimmt einen großen Schluck ihrer Latte und reibt sich die Augen, als wäre sie erleichtert, diese Bürde endlich abgelegt zu haben. Dann sieht sie mich an und lächelt. »Autumn würde dich gern besser kennenlernen. Jetzt, wo ich ihr versichert habe, dass du kein Psychopath aus *Killerpaare* bist.«

»Hört sich gut an.«

»Apropos Killerpaare …« Mutter neigt den Kopf und zieht eine Braue in die Stirn. »Wer war das Mädchen?«

»Grace.«

»Bishop?«

Als ich nicke, wird Mutters Grinsen breiter. »Ich habe damals schon gedacht, wie süß ihr später zusammenpassen würdet.«

»Da warst du wohl die einzige. Grace hat mich gehasst.«

»Und du sie, mein Junge. Zeiten ändern sich. Menschen werden erwachsen, und aus Hass kann Liebe werden.«

»Ja«, sage ich, während ich den Blick meiner Mutter erwidere. »Aus Hass kann Liebe werden.«

Mein Herz klopft schneller, als ich das Tor unseres Anwesens passiere und den Weg in Richtung Poolhaus einschlage. Ich kann es nicht erwarten, Grace von dem Gespräch mit meiner Mutter zu erzählen und ihre Meinung zu hören. Gleichzeitig möchte ich ihre Bestätigung, zum Haupthaus rüberzugehen und meinem Vater eine runterzuhauen. Aber vermutlich wird sie das ablehnen.

Das erste, was mir ins Auge springt, ist der Pizzakarton vor der Tür. Keines der acht Pizzabrötchen fehlt.

Hat sie sich welche bestellt und ist dann eingeschlafen? Vermutlich.

Als ich eintrete, fällt mein Blick auf die graue Wolldecke, die auf dem Boden liegt. Gleich neben dem Kühlkissen.

»Grace?« Ich lege Schlüssel und Geldbörse auf die Küchenanrichte und ziehe mir den Mantel aus. Keine Antwort. Auch oben ist sie nicht. Gerade will ich im Bad nachsehen, als mir etwas auffällt.

Ihr Stapel Klamotten neben der Kommode ist weg.

Ich wirble herum, als hätte hinter mir jemand mit einem Messer nach mir geworfen. Von jetzt auf gleich pumpt mein Herz in rasender Geschwindigkeit. Ich ziehe die Schubladen der Kommoden auf, jede einzelne, doch es ist alles weg.

Ihre Schminke. Ihre Schuhe. Ihre Pflegeprodukte. Auch ihre Zahnbürste.

Mir wird schwindlig, und ich spüre meine Beine kaum, als ich die Treppe heruntersprinte und nach draußen stürme, um im Schuppen nachzusehen. Der Raum sieht aus, wie wir ihn verlassen haben, mit den Teetassen auf der Lautsprecherbox und ein paar Kissen auf dem Perserteppich.

Nur sie ist nicht da.

Meine Hand zittert, als ich mein iPhone aus der Hosentasche ziehe und ihre Nummer wähle.

Ich komme nicht durch. Es klingelt nicht einmal. Mit benebelter Sicht gehe ich zurück ins Poolhaus und ins Schlafzimmer, als hätte ich mich nur versehen und jetzt läge sie auf dem Bett, um heimlich ohne mich *Gilmore Girls* weiterzusehen.

Aber das Bett ist leer.

Ich schreibe ihre eine Nachricht, aber es kommt nur ein Haken. Ihr Profilbild kann ich nicht mehr sehen. Sie hat mich blockiert.

Mein Schädel wummert, weil ich die Panik nicht unter Kontrolle habe. Ich rufe Hazel an, die nach dem dritten Klingeln abnimmt.

»Hey. Alles gut?«

»Nein. Hast du mit Grace gesprochen?«

»Ähm, ja. Vorhin. Sie wollte sich Pizzabrötchen bestellen.«

»War sie hier? Im Poolhaus?«

»Ja. Wieso?«

Ich setze mich aufs Bett. Meine Nervenenden sind so empfindlich, dass ich jede Bewegung überdeutlich spüre. »Sie ist nicht mehr da.«

Hazel schweigt einen Moment. Dann sagt sie: »Logan, jetzt wirst du aber ein wenig obsessiv. Grace kann doch ruhig mal das Haus verlassen.«

»Du verstehst nicht. Ihre Sachen sind weg. Alles. Und die Pizzabrötchen hat sie nicht angerührt.«

»Oh. Warte, ich versuche sie zu erreichen und melde mich gleich wieder bei dir.«

»Aber auch wirklich. Sofort, wenn du mit ihr gesprochen hast.«

»Ja. Bis gleich.«

Alles dreht sich, deshalb lege ich mich zurück auf die Matratze und starre die Decke an. Ich tippe auf das Display meines Handys und warte.

Es vergehen fünf Minuten. Dann zehn.

Fünfzehn.

Nach siebzehn Minuten halte ich es nicht mehr aus und wähle wieder Hazels Nummer.

»Hey.« Ihre Stimme klingt schuldbewusst. Sofort richte ich mich auf.

»Hast du sie erreicht?«

»Hm. Ja, schon.«

»Du wolltest doch zurückrufen!«

Hazel seufzt. »Logan ... sie will nicht, dass ich dir sage, wo sie ist.«

Bu-Bumm-Bu-Bumm. »Was?«

»Und ich kann dir auch nicht sagen, wieso.«

»Hazel, das ist kein scheiß Witz mehr. Ich sterbe hier gerade tausend Tode. Sag mir einfach, wo sie ist, damit ich mit ihr reden kann!«

»Geht nicht. Selbst wenn ich wollte. Es ist ihre Entscheidung, und die muss ich respektieren.«

Ich fahre hoch und raufe mir das Haar. »Wie kannst du das respektieren? Weißt du, was ich gerade fühle?«

»Nur, weil ich ihre Entscheidung akzeptieren muss, heißt das nicht, dass ich sie gutheiße. Ich bin wütend auf sie und habe ihr das auch gesagt. Sie soll einfach mit dir reden. Aber das möchte sie nicht, und ich kann da nichts dran ändern, Logan. Gib nicht mir die Schuld.«

»Und ich bin wütend auf euch beide!«, schreie ich und lege auf, auch wenn mir bewusst ist, wie kindisch das ist. Ich werfe mein

Handy gegen den Spiegel über der Kommode und beobachte, wie es einen Sprung im Glas hinterlässt.

Das iPhone fällt mit dem Display zu mir auf das Parkett. Es leuchtet, und eine Nummer blinkt auf, die ich nicht kenne.

Ich glaube, es ist Autumn. Und vermutlich sollte ich rangehen, weil meine kleine Schwester nichts dafürkann und den Halt ihres großen Bruders braucht, aber ich bin eben kein guter großer Bruder.

Ich bin abgefuckt, und Grace weiß das. Sie weiß, dass sie die einzige Frau war, der ich vertrauen wollte und mich angestrengt habe, es zuzulassen.

Ich lasse mich wieder aufs Bett sinken, starre die Decke an und höre nicht mehr auf damit.

37

Grace

»Hier. Trink das.«

Keira stellt eine Tasse heißen Getränks auf den Tisch vor mir ab und schiebt sie zu mir rüber. Es riecht stark nach Kräutern.

»Was ist das?«

»Heißer Jägermeister«, sagt sie, verdreht die Augen und lehnt sich gegen die Küchenanrichte. Sie verschränkt die Arme vor der Brust, was bewirkt, dass ihr üppiger Busen beinahe aus dem Ausschnitt ihres knappen Tops mit Leopardenprint herausrutscht. »Was denkst du denn? Beruhigungstee natürlich.«

Ich ziehe die Tasse zu mir heran und schnuppere, bevor ich einen Schluck nehme. Es ist tatsächlich nur Beruhigungstee.

»Danke, dass ich erst mal hierbleiben darf.«

»Schätzchen, ich bitte dich.« Keira öffnet den Kühlschrank und holt sich einen Schokoladenriegel heraus, ehe sie die Tür mit ihrem breiten Hintern wieder schließt. »Bleib so lange du willst. Echt schade mit dem Typen. Er wirkte vernünftig.«

»Ja. Das ist das Problem mit Logan. Er wirkt wie ein Engel.«

Keira zuckt die Achseln und beißt in ihren Schokoriegel. »Aber bist du denn sicher, dass da was mit der rothaarigen Schönheit lief? Ich meine, wieso redest du nicht einfach mit ihm?«

»Weil ich es nicht ertrage, wenn er mich anlügt. Das Mädchen hatte seinen Mantel und war mit ihm auf irgendeinem Dach. Er hat mir nichts davon erzählt. Gar nichts. Und sie wollte mir nicht sagen, ob da was zwischen ihnen lief. Die Sache ist offensichtlich.«

»Hm.«

Keira kassiert einen grimmigen Blick von mir. »Sag nicht *hm* auf diese Weise.«

»Auf welche Weise?«

»Als ob ich den größten Fehler meines Lebens begehe.«

Sie steckt sich den Rest Schokoriegel in den Mund und wirft das Papier in den Müll. »Das hast du jetzt gesagt.«

Mit der Handfläche wische ich mir über das Gesicht. »Was soll ich denn jetzt machen?«

»Schätzchen, das fragst du mich? Ich war die meiste Zeit meines Lebens eine Puffmutter. Das einzige, was ich dir über Männer sagen kann, ist, dass sie regelmäßig Sex brauchen und einen Haufen Kohle auf den Tisch legen können, wenn sie scharfe Frauen tanzen sehen wollen.«

»Du bist mir keine große Hilfe.«

»Ich weiß. Sorry. Ich muss jetzt runter in die Bar. Bedien dich am Kühlschrank, und fühl dich wie zu Hause. Wenn du für dein Casting üben willst, kannst du gern runterkommen.«

»Danke, Keira. Echt.«

Sie winkt nur ab, als wäre es selbstverständlich, und watschelt in ihrem engen Top davon. Vermutlich ist sie es von früher gewohnt, sich um verzweifelte Frauen zu kümmern und sie zu umsorgen. Mit dem kleinen Unterschied, dass ich nicht vorhabe, in irgendeinem Schuppen zu tanzen und damit mein Geld zu verdienen.

Ich setze alles auf dieses *Spotify*-Casting. Wahrscheinlich machen Tausende Menschen mit, die besser singen als ich, aber ich muss diese Chance nutzen. Logan hat mir gezeigt, dass man für seine Träume kämpfen muss. Er …

Stopp. Nicht an Logan denken. Jedes Mal wenn meine Gedanken in seine Richtung schweifen, bin ich versucht, mein Handy in die Hand zu nehmen und ihn anzurufen. Aber dann werde ich ohnehin schwach und gehe zu ihm zurück, weil ich seiner rauen Stimme nicht widerstehen kann.

Und ich bin mir einfach nicht sicher, ob er mich anlügen würde. Es liegt nicht an ihm. Mein Vertrauen zu Männern ist komplett im Arsch, und selbst wenn er sagen würde, da wäre nichts mit Philine gewesen …

Ich könnte es nicht glauben. Leider.

Also tue ich nichts anderes, als am Küchentisch zu sitzen, meinen Tee zu trinken, ins Leere zu starren und auf Hazel zu warten. Ich habe ihr die Adresse geschickt, und sie wollte sich sofort auf den Weg machen.

Das Ticken der Uhr über der Tür ist das einzige Geräusch in der drückenden Stille. Es brennt sich in meinen Kopf und füllt die erschreckende Ruhe, die ich nicht erwartet habe. Ich dachte, die Stimmen in meinem Kopf würden schreien und toben und wüten, aber sie liegen regungslos irgendwo in den Tiefen meines Körpers und geben keinen Ton von sich.

Ich schrecke auf, als es an der Tür klingelt. Mit tauben Gliedern erhebe ich mich, um Hazel reinzulassen, und kann gleichzeitig nicht glauben, dass ich heute Morgen noch in Logans Bett aufgewacht bin, und die Bettdecke mit seinem *Giorgio Armani*-Duft sich noch an meine nackten Beine geschmiegt hat.

»Danke, dass du gekommen bist.«

Hazel bedenkt mich mit einem anklagenden Blick, während sie sich in den engen Flur der Wohnung quetscht und anschließend mit großen Augen die dunkelroten Wände mustert, die bis zur Hälfte von braunen Lederleisten bedeckt werden.

»Das sieht hier aus wie im Puff.«

Ich zucke die Achseln und führe Hazel ins Wohnzimmer, wo es nicht gerade anders auf sie wirken muss. In einer Ecke gibt es eine Tanzstange.

»Keira mag es so.«

Hazel setzt sich auf das rote Samtsofa. »Sie mag es wie im Puff?«

»Jetzt hör doch mal auf, dieses Wort zu sagen.«

»Sorry. Bin nur gerade etwas schockiert.«

»Sie ist echt in Ordnung.« Ich lasse mich neben sie fallen. »Er hat dich also angerufen?«

»Ja.« Hazel schnappt sich ein Sofakissen und hält es sich vor den Bauch. Das macht sie immer, wenn wir irgendwo sitzen, weil sie noch diese Komplexe hat, ihr Fett zu verstecken, das sie nicht besitzt. Ich glaube, diese Verhaltensweisen werden immer bleiben. Das ist okay. Besser so, als dass sie weiter hungert. »Er macht sich Sorgen und will mit dir reden. Es geht ihm dreckig, Grace.«

»Mir auch.«

»Tja, da bist du aber selbst dran schuld.« Ihre Worte versetzen mir einen Stich, aber ich weiß, dass sie recht hat. »Ich würde dich ja gern trösten, aber gerade verhältst du dich nicht richtig. Du tust damit nicht nur ihm weh, sondern auch dir.«

»Aber er hatte was mit einer anderen, obwohl er meinte, es gäbe nur noch mich.«

»Du weißt doch gar nicht, ob zwischen ihm und Philine etwas lief!«

»Selbst wenn nicht«, sage ich und bette meine Wange auf eines der Kissen. »Er war trotzdem auf irgendeinem Dach mit ihr, während ich … keine Ahnung. Vielleicht im Poolhaus auf ihn gewartet habe oder so. Ich kann ihm doch gar nichts mehr glauben, was er mir erzählt.«

»O Mann, Grace. Ich kann nichts tun, außer dir ans Herz zu legen, deine Ängste zu überwinden und mit ihm zu sprechen. Vielleicht wirst du es irgendwann bereuen und dann ist es zu spät.«

Ich zupfe an einem losen Faden am Kissen herum. »Damit muss ich dann leben.«

»Das sagst du jetzt so leicht. So habe ich früher auch gedacht, als ich nichts mehr mit Caleb zu tun haben wollte. Aber ehrlich, wenn er dann mit einer anderen zusammen gekommen wäre … ich glaube, das hätte mich zerstört.«

Es würde mich definitiv zerstören. Aber so sehr ich es auch will, ich kann mich einfach nicht überwinden, mich meiner Angst zu stellen. Die ganze letzte Zeit über habe ich mir schon eingeredet, Logan und ich wären nur Freunde, um mich überhaupt so sehr auf ihn einlassen zu können. Wenn ich jetzt nur daran denke, dass er mich angelogen hat und etwas mit dieser Philine hatte, dreht sich mir der Magen um, und sofort blitzen die alten Bilder in meinem Kopf wieder auf, als ich Lucas mit Thomas erwischt hatte.

»Vielleicht sollte ich mich einfach wieder mit Lucas treffen. Bei ihm weiß ich wenigstens, dass ich auf nichts vertrauen muss. Ich wäre nicht verletzt, wenn er mich wieder betrügt, weil ich es ja erwarte. Ich müsste nicht auf wahre Liebe hoffen.«

»Hör auf, so eine Scheiße zu erzählen. Lucas ist widerlich. Und wage es ja nicht, mit ihm auf meiner Hochzeit aufzutauchen. Dann kill ich dich, im Ernst, Grace. Ich kill dich.«

Ich verziehe das Gesicht. »Das würde ich niemals tun. Was denkst du von mir?«

»Ich sag's ja nur. Gerade bist du unberechenbar. Ich kenne das doch von mir, wie das ist, wenn man bedingungslos in jemanden verliebt ist.«

Leider hat sie recht.

»Ich werde nicht mit Lucas zur Hochzeit kommen. Aber vielleicht hat Caleb ja einen süßen Freund, mit dem ich Logan eifersüchtig machen kann.«

»Grace! Er hat dir nichts getan, okay? Du verletzt ihn sowieso schon genug. Dann ramm ihm doch nicht noch extra ein zweites Messer in die Brust.«

»Wir wissen nicht, ob er was getan hat oder nicht. Definitiv wissen wir aber von einem romantischen Treffen mit einer langbeinigen Schönheit auf dem Dach irgendeines Gebäudes.«

Hazel schüttelt den Kopf. »Du spinnst dir was zusammen, weil du von dem schlimmsten ausgehst. Zu Recht, nach dem, was du mit Lucas erlebt hast. Aber vielleicht war es auch ein zufälliges Treffen und ekelhaft stürmisch, weshalb er ihr deshalb den Mantel gegeben hat.«

Ich werfe meiner besten Freundin einen Blick zu, der in etwa so etwas ausdrückt, wie: *Das glaubst du doch wohl selbst nicht.*

Sie zuckt nur die Achseln. »Wir wissen es nicht. Und du wirst es auch nie erfahren, wenn du nicht bereit bist, mit ihm zu sprechen.«

Das ist mir klar. Aber es ist besser so für mich. Vermutlich dauert es nur ein paar Wochen, bis ich über ihn hinweg bin und es mir wieder besser geht. Dann bin ich die ständige Panik los, von ihm betrogen zu werden und kann mich irgendwann auf jemanden einlassen, der immer anständig war. Jemanden, der nie auf die Idee kam, eine Frau zu verarschen. Oder nur für Sex zu wollen.

Ich kann nicht behaupten, dass Logan diese Absichten bei mir hatte. Er war gut zu mir. Wie ein Engel.

Aber ich kriege diese Gedanken einfach nicht weg, dass Treue für Logan ein Fremdwort ist. Seine Vergangenheit hat ihn geprägt, und ich denke nicht, dass er so einfach davon loskommt. Selbst wenn das Treffen auf dem Dach mit Philine harmlos war, gehe ich davon aus, dass Logan sich nicht vollends auf mich einlassen kann. Dafür fehlt ihm das nötige Vertrauen zu Frauen, so, wie es mir bei Männern fehlt.

Er wird sich irgendwann mit anderen Frauen einlassen, um der Angst vor einer Enttäuschung zu entgehen. Solange er mit anderen schläft, kann er seinem Herz einreden, das mit mir nicht zu ernst zu nehmen. Um nicht verletzt zu sein, falls ich sein Vertrauen missbrauchen würde.

Ob das helfen würde, bezweifle ich. Aber ich glaube, dass es Logans Denkweise ist. Ich glaube es so sehr, dass ich ihm nicht vertrauen kann.

Und das ist das Problem.

38

Logan

Das *Donavan Parker*-Casting findet in Midtown Manhattan statt; im Town Hall Theater. Es ist keine Schlange vor der Tür, weil es kein öffentliches Casting ist. Die Anzahl der Eingeladenen wird überschaubar sein; vermutlich kann ich sogar auf einen Sitzplatz im Wartebereich hoffen.

Es ist eine Woche her, seit Grace das Poolhaus verlassen hat. Seitdem habe ich kein einziges Wort mehr von ihr gehört. Ich habe versucht, sie zu finden. Das habe ich wirklich.

Erst war ich bei Hazel und Caleb. Ich war überzeugt, dass sie dort ist. Wo sollte sie sonst sein?

Aber Caleb hat mir geschworen, sie nicht gesehen zu haben und auch nicht zu wissen, wo sie ist. Hazel sagt es ihm nicht, weil er ihr nicht versichern konnte, es mir nicht zu sagen. Von dort bin ich ins Plaza. Ihre Eltern waren nicht da, nur Norma und Oliver, der Besuch von einem Jungen hatte, der aussah wie der Sohn des Paten höchstpersönlich. Er war höchstens vierzehn und wirkte ernster, als ich einen Jungen in dem Alter je erlebt habe.

Oliver wusste nicht, wo Grace ist. Er meinte, es wäre ihm auch egal. So, wie er es gesagt hat, glaube ich es ihm sogar. Der Kleine ist merkwürdig.

Danach bin ich nach Queens gelaufen und habe im *Keira's* nachgesehen. Grace war nicht dort. Ich habe die Inhaberin gefragt, ob sie wüsste, wo sie sich aufhält, aber sie konnte mir auch nichts sagen.

Seitdem konzentriere ich mich darauf, zu verdrängen. Ich habe es versucht, wirklich. Aber Grace will mich nicht sehen. Das mit uns ist ihr offenbar nicht wichtig genug, um darüber zu sprechen. Die ersten Tage hat es mich fertig gemacht. Ich war zu nichts zu gebrauchen und hing nur durch. Jede Nacht habe ich im Schuppen verbracht in der Hoffnung, dass sie auftaucht.

Aber sie ist nicht aufgetaucht. Und ich bin immer noch fertig, aber inzwischen strenge ich mich an, nicht an sie zu denken und weiterzumachen.

Es muss ja irgendwie weitergehen.

Ich spüre, wie ich unter meinem marineblauen Wollmantel zu schwitzen beginne. Nicht weil es zu warm ist, sondern weil ich nervös bin.

Scheiße, bin ich aufgeregt. Unruhig sehe ich zu der Markise über der weißen Tür hinauf, die mit Verzierungen geschmückt ist, die aussehen wie kleine weiße Turmfenster. In ihnen steht in schwarzen Lettern *THE TOWN HALL* geschrieben.

Auf diesen Moment habe ich so lange gewartet. Darauf, genau unter diesen Buchstaben zu stehen und die Agenten, die in diesem Theater sitzen, von meinem Können zu überzeugen.

Jetzt ist es so weit.

Die Tür lässt sich ohne Probleme öffnen, doch im Foyer ist ein großer Anmeldetisch aufgebaut, an dem kontrolliert wird, ob man auch wirklich auf der Liste steht. Meist sind die Kontrolleure selbst noch Studenten und können sich melden, wenn in der Uni Aushänge an der Wand kleben. Freiwillige Arbeit macht sich immer gut in den Zusatzinformationen im Zeugnis. Ich selbst habe fast jedes Semester mit Nate und Zayn zusammen Kontrolleur-Arbeit geleistet.

Vor mir stehen drei weitere Bewerber, die ihre Anmeldung bestätigen lassen wollen. Ich lasse meinen Blick im Foyer schweifen und bewundere die viktorianischen Elemente im allgegenwärtigen Marmor. Ein Kristalllüster baumelt von der Decke über unseren Köpfen und taucht das Foyer in einen edlen Schein.

Als nur noch eine Person vor mir ist, schlägt mir das Herz bis zum Hals. Ich starre auf meine Schuhe, um mich zu beruhigen, bis einer der Kontrolleure am Tisch vor mir zu sprechen beginnt und mir das Blut in den Adern gefriert.

Ich sehe auf und damit direkt in das Gesicht von Lucas Graham. Und er starrt zurück, ehe er sich wieder dem Typen vor mir zuwendet.

»Du kannst rein. Warte einfach, bis dein Name aufgerufen wird.«

Meine Augen fokussieren Grace Ex-Freund. Den Shawn-Mendes-Verschnitt, der mir einen Blick zuwirft, als wäre ich rohes Fleisch und er ein hungriger Wolf.

»Cunningham. Was für eine Überraschung, dich hier zu sehen.«

»Ich stehe auf der Liste.«

Schlimmer kann dieses Casting gar nicht anfangen. Er soll einfach einen Haken hinter meinen Namen setzen und es nicht wagen, noch ein weiteres Wort an mich zu richten.

»Schauen wir mal.« Er beugt sich über sein Klemmbrett und geht die Liste durch. Dabei ist er längt am C vorbei.

»Hmm. Bist du sicher, dass du eingeladen wurdest?«

»Lass den Scheiß«, sage ich. »James Wayland hat mir die Einladung persönlich überreicht.«

»Mhm.«

Sein Ton gefällt mir nicht. Er klingt wie ein Sachbearbeiter, der von einem Sozialempfänger gesagt bekommt, er hätte seinen Antrag auf Arbeitslosengeld längst abgegeben, es aber in keinster Weise glaubt. »Tja. Leider stehst du nicht auf der Liste. Da kann ich nichts machen.«

»Ich habe meine Einladung hier«, sage ich und fische das Stück Papier aus meiner Manteltasche, doch Lucas winkt ab.

»Du ahnst ja nicht, wie viele Personen heute mit gefälschten Einladungen hier waren.«

Ich sehe die beiden anderen Kontrolleure am Tisch an, doch sie tauschen nur einen ungläubigen Blick, ehe sie mich wieder ansehen.

»Fragt James Wayland, wenn ihr mir nicht glaubt.«

Einer der anderen am Tisch lacht. Es macht mich wütend, dass er lacht. Ich bin keine Witzfigur. Ich bin Logan Cunningham.

Lucas sagt: »James Wayland kann nicht einfach so gefragt werden, Logan. Er ist ein schwer beschäftigter Mann.«

Ich sehe von einem zum anderen. »Das ist nicht euer Ernst, oder?«

Lucas beugt sich vor, sodass die beiden anderen ihn nicht mehr hören können, und wispert: »Solange du mit meinem Mädchen schläfst, ist das mein voller Ernst.«

Zorn brodelt in mir auf. Meine Augen heften sich auf Lucas gewölbte Augenbrauen und den Knick in seiner Nase. Die Art, wie er *mein Mädchen* gesagt hat, sorgt dafür, dass sich mein Verstand abschaltet.

Ich hole aus und schlage ihm mit der Faust ins Gesicht.

Mitten im Foyer.

Vor den anderen.

Beim *Donavan Parker*-Casting.

Beinahe hätte ich laut aufgelacht, als meine Faust Lucas so hart trifft, dass er seitlich über die beiden anderen stolpert. Die Jungs springen auf und wollen ihn stützen, aber da reiße ich ihn schon an den Haaren zu mir heran und sorge dafür, dass meine Faust auch ein zweites Mal sein Gesicht trifft.

Und ein drittes Mal.

Lucas wehrt sich nicht. Nicht weil er nicht will, sondern weil ich es nicht dazu kommen lasse. Mein Verstand ist benebelt, während ich auf ihn einschlage, und jedes Mal, wenn meine Faust irgendeine Stelle von Grace Ex-Freund trifft, durchrauscht mich ein Gefühl von tiefer Befriedigung.

Irgendwann sickern die Stimmen der anderen Kontrolleure zu mir durch, die etwas von einem Security sagen. Ich lasse von Lucas ab, der schwankt und sich das Blut aus dem Gesicht wischt. Meine Augen huschen zur Tür des Theatersaals, die sich in diesem Moment öffnet. Ein eher hagerer Typ kommt raus, sieht zu mir, dann zu Lucas und wieder zu mir. Bevor er irgendetwas sagen kann, rausche ich schon am Tisch der Kontrolleure vorbei, stoße den Bewerber in der Tür zur Seite und trete in den riesigen Theatersaal. Vor der Bühne sitzen fünf Personen; drei Männer und zwei Frauen. Sie alle sehen interessiert zu mir, während ich in schnellen Schritten auf die Bühne hechte. Meine Fingerknöchel pochen.

»Du bist?«, fragt eine der Frauen. Sie trägt ihre Haare zu einem kurzen blonden Bob.

»Logan Cunningham.«

Sie sieht auf ihre Liste und hakt einen Namen ab. Eine weitere Welle des Zorns durchflutet mich, weil sie mir damit bestätigt, dass Lucas seine Liste gefälscht hat. »Ich spreche für die Rolle des *Donavan Parker* vor.«

Die andere Frau beugt sich in verschwörerischer Geste zu der mit dem Bob herüber und wispert etwas, bei dem ich schwören könnte, James Waylands Namen herauszuhören. Die Bobfrau nickt.

»Schön«, sagt einer der Männer. Er tippt sich mit einem Kuli gegen sein graues Oberlippenbärtchen. »Alles, was du gleich vorträgst, wird auf Video aufgezeichnet, damit es hinterher von Experten genauer bewertet werden kann. Ist das okay für dich, Logan?«

Ich nicke. Hinter der Tür ist Lärm zu vernehmen, weshalb mein Herz schneller schlägt. Ich muss mich beeilen.

»Ja. Ist okay für mich.«

»Gut.« Einer der anderen Männer steht auf und geht zu einer Kamera rüber, die vor der Bühne aufgebaut ist. Der zweite Typ am Tisch, rote Haare und Schnauzer, scheint der Kopf der Jury zu sein. Alle sehen ihn an und warten auf sein Stichwort. Er nickt.

»Kann losgehen.«

Ich gebe alles. Setze meinen kompletten Willen in diese eine Chance und liefere den fünf Personen vor mir das beste Vorsprechen, zu dem ich fähig bin.

Trotz meiner üblen Laune wegen Grace, trotz der Sache mit Autumn und meiner Mutter und trotz diesem beschissenen Lucas Graham spiele ich wie ein Profi. Und wenn ich diese Rolle nicht bekommen sollte, dann kann ich mir zu Hundertprozent sicher sein, mein Bestes gegeben zu haben.

Als ich zum Ende komme, sehe ich die Jury an. Und die Jury sieht mich an. Ein stummes Blickduell.

Schließlich räuspert sich der Rothaarige und richtet sich auf. »Nun, Logan. Das war sehr gut. Wir werden uns innerhalb der nächsten zwei Wochen bei dir melden.«

Ich nicke. Der Lärm draußen schwillt an. Als die lauten Stimmen näherkommen, sehe ich von der Jury zur Tür und wieder zurück. Ich wische meine schweißnassen Hände an meiner dunkelblauen Stoffhose ab und bedenke die Jury mit einem entschuldigenden Blick.

»Sie sollten wissen, dass ich einen der Kontrolleure verprügelt habe.«

Ein kollektives Weiten der Augen. Die Bobfrau beugt sich vor. »Was?«

»Eben gerade. Es tut mir leid. Er hat die Liste gefälscht und meinen Namen verschwinden lassen. Ich dachte, ich sollte ehrlich zu Ihnen sein. Auch wenn es sich jetzt auf die Entscheidung auswirken sollte.«

Die Personen am Tisch sehen mich wortlos an. Es hat ihnen die Sprache verschlagen, aber sie müssen auch gar nichts sagen, denn in diesem Moment wird die Tür des Theaters geöffnet und drei Männer in schwarzen Klamotten und breiten Schultern stürmen herein. Ich hebe beschwichtigend die Hände und komme ihnen entgegen.

»Schon okay. Ich gehe.«

Die Securitys bauen sich auf und warten, bis ich sie erreiche. Dann packen zwei von ihnen meine Oberarme, was nicht nötig wäre, und führen mich raus. Lucas sitzt auf einem Stuhl im Foyer und lässt sich wie ein verweichlichter Schönling die Lippe abtupfen. Er wirft mir einen vernichtenden Blick zu, doch dieses Mal bin ich derjenige, der ihn überheblich angrinst.

Wie gesagt. Man sollte sich mit mir nicht anlegen.

Immerhin bin ich Logan Cunningham.

39

Grace

Ich hätte es nicht für möglich gehalten, aber ich vermisse meine Mom.

Es kam zuletzt als Kleinkind vor, dass sie mich in den Arm genommen und getröstet hat, und vermutlich würde sie jetzt nie auf die Idee kommen, mir beruhigend ihre Hand auf den Rücken zu legen, aber ich wünsche es mir.

Manchmal vermisst man Dinge, die man noch gar nicht erlebt hat. Dinge, die man sich von Herzen wünscht. Ich glaube, jedes Kind vermisst irgendwann die Nähe der Eltern, auch wenn es sie nie oder nur selten bekommen hat. Das ist ein Urinstinkt.

»Gib mal das Glätteisen, Grace.«

Ich erwache aus meiner Gedankenwelt und blinzle, ehe ich zum Glätteisen greife und es Keira reiche. Sie sitzt breitbeinig auf der Sofalehne hinter Hazel und frisiert ihr die Haare für unsere Abschlusszeremonie an der Uni heute Abend.

»Korkenzieher sind der Renner, Mädels. Aber nur, wenn sie mit dem Glätteisen gemacht sind. Sonst wirken sie gestellt.«

Mit geschürzten Lippen nehme ich mir meine eigenen zwischen die Finger und inspiziere die sanft fallenden Locken. Keira wirft mir einen kurzen Seitenblick zu und winkt dann ab.

»Oh, bei dir kann nichts gestellt wirken, Schätzchen. Deine sind natürlich.«

»Ich hätte lieber glatte Haare«. Ich ziehe die nackten Füße aufs Sofa und versuche, nicht an Philines gerade fallende, rote Mähne zu denken. »So wie Hazel. Sie kann alles mit ihren Haaren anstellen.«

Vermutlich ist Hazels Bein eingeschlafen, denn sie stützt sich mit der Hand an Keiras Oberschenkel ab und wechselt vom Schneidersitz zu ausgestreckten Beinen.

»Dafür kannst du essen, was du willst, ohne dick zu werden.«

»Kann ich gar nicht.« Ich nehme einen Schluck vom Cognac, den Keira uns in großzügigen Mengen eingeschenkt hat, und überlege, wie viele Gläser wohl nötig sind, um Logan heute Abend gegenüberzutreten und mir nicht in die Hose zu machen.

Keira sagt: »Ist der Typ heute auch da?«

Sie nennt ihn immer nur »der Typ«, dabei weiß sie, dass er Logan heißt. Aber Keira ist der Meinung, wenn man etwas oder jemanden nicht beim Namen nennt, dann ist alles nur halb so schlimm. Damals ging im Klub Syphilis bei ihren Mädels um, und es wurde sogar ärztlich diagnostiziert, aber im Klub gab es die Regel, immer nur über »den Drachen« zu sprechen. Keira meint, das hätte die Stimmung aufgelockert und die Mädels konnten besser damit umgehen. Ich glaube, Keira ist manchmal ein bisschen komisch. Aber das ist okay, weil jeder auf seine Art und Weise komisch ist.

Ich auch. Hazel auch. Wir alle.

»Er ist auch da«, bestätigt meine beste Freundin, während sie das Gesicht verzieht und sich auf eine Stelle am Kopf schlägt, wo gerade noch das Glätteisen war.

»Oh, habe ich dich verbrannt?« Keira tupft mit der Hand auf Hazels Strähnen herum, als würde sie ein Feuer mit einem Topflappen löschen wollen. »Sorry, Kleine. Keine Absicht.« Ihre Augen huschen zu mir. »Wie reagierst du?«

»Keine Ahnung.«

»Du solltest endlich mit ihm reden.« Hazel klingt abwesend, weil sie gerade eine Verlinkung von Caleb auf Instagram ansieht. Er hat ein Bild von den beiden hochgeladen, wie sie Champagner getrunken haben, bevor Hazel zu Keira aufgebrochen ist. Auf dem Foto trägt sie ihren Doktorhut und tut mit rausgestreckter Zunge, als würde sie an den gelben Bändchen ziehen.

Ich sehe, dass sie lächelt und merke, dass ich jetzt auch gern lächeln würde. Dass ich auch mein Instagram-Profil öffnen und eine Verlinkung von Logan sehen wollen würde, die ein Kribbeln in mir auslöst. Stattdessen habe ich ihn blockiert, damit er mir keine Nachrichten schicken kann, und checke seine Seite regelmäßig mit Hazels Account. Was lästig ist, weil sie jede Minute einen Haufen Nachrichten und was weiß ich wie viele Benachrichtigungen erhält.

Logan hat seit meinem Verschwinden nur ein einziges Bild hochgeladen und das war das Backsteingebilde des Town Hall Theaters. In der Beschreibung stand nur ein Hashtag: #donavan parkercasting.

Natürlich habe ich mir an diesem Tag dauerhaft Gedanken gemacht, wie er sich fühlt und ob alles glatt gelaufen ist, bis Hazel wie ein Mitglied des Sondereinsatzkommandos an Keiras Tür gehämmert hat.

Keira wollte nicht, dass ich aufmache. Sie schläft meist den ganzen Tag, weil sie abends arbeiten muss, und kam blass wie ein feuchter Käse aus ihrem Schlafzimmer gehuscht. Eine Brust hing ihr aus dem lockeren Tanktop, was mich leicht verstört hat. Ihre Lippen formten die stummen Wörter »nicht aufmachen!«, während sie mit einem ihrer beringten Finger auf die Ledervertäfelung der Wand zeigte. Als Hazel hinter der Tür gerufen hat, sie müsse sofort mit mir reden, schoss automatisch wieder Farbe in Keiras blasses Gesicht. Sie hat ihre Brust zurück unter ihr Top gehievt, als würde es sich dabei um ein Säugling handeln, das wieder in den Beutel der Kängurumama muss, und ist im Schlafzimmer verschwunden. Später hat Keira mir erklärt, dass hinter der Ledervertäfelung eine zwei Quadratmeter kleine Kammer versteckt ist, in die wir sofort verschwinden müssten, falls irgendwann einmal die Bullen bei ihr auftauchen sollten. Ich habe nicht weiter nachgehakt.

Die Haustür war gerade mal einen Spaltbreit geöffnet, da hat Hazel sich schon hindurchgezwängt und gesagt: »Logan hat Lucas verprügelt.« Dabei hatte sie ihren anklagenden Ton drauf, den sie immer benutzt, wenn sie denkt, ich wäre an irgendetwas schuld.

»Wieso?«, frage ich. »Und wann?«

»Bei dem *Donovan Parker*-Casting.«

»Hä?«

»Lucas war Kontrolleur. Er hat wohl die Liste mit den Eingeladenen gefälscht, um Logan nicht reinzulassen. Da ist er ausgetickt.«

Ich weiß noch, dass ich in diesem Moment sagen wollte, ich könnte mir das absolut nicht vorstellen, aber leider konnte ich das sogar bildlich. Allein die Vorstellung von Lucas hämischem Grinsen, das er damals immer aufgesetzt hat, wenn er sich irgendjemandem überlegen gefühlt hat. Mein Magen verkrampft sich jetzt noch bei dem Gedanken daran, wie aufgeregt Logan die ganze Zeit über wegen des Castings war. Er hat sich gefreut wie ein kleiner Junge auf Weihnachten, hat sich sogar einen Kalender gekauft und jeden Abend ein Kreuz für den vergangenen Tag bis zum Casting gemacht. Und dann wollte Lucas ihm diese Chance nehmen. Diesen Traum, für den Logan so lange gekämpft hat.

Ich bin stolz auf ihn, dass er meinen Ex-Freund dafür geschlagen hat. Lucas hat es verdient. Und selbst, als Hazel mir erzählte, dass Logan von der Security abgeführt wurde, war ich noch stolz auf ihn.

Er wird das Casting irgendwie geregelt haben. Da bin ich mir sicher. Er wäre nicht Logan Cunningham, wenn er es nicht irgendwie hinbekommen hätte.

»Es ist jetzt anderthalb Wochen her«, antworte ich Hazel, die gerade von Keira mit Haarspray eingesprüht wird. »Logan wird drüber weg sein.«

Keira lacht auf. Es klingt wie ein Bellen. Sie legt das Haarspray beiseite und zieht sich ihr viel zu enges Top über den Bauchnabel, was nicht viel nützt, weil es sofort wieder hochrutscht.

»Sicher, Schätzchen. Anderthalb Wochen sind definitiv genug, um eine Person zu vergessen, die man sein Leben lang schon kennt.« Sie lehnt sich gegen ihre Gogostange in der Ecke und überkreuzt die Beine, während ihr Ausdruck im Gesicht sich verändert und wirkt, als würde sie in Erinnerungen schwelgen.

»Zeit ist relativ, Kinder. Eine Weile war ich mit einem reichen Schnösel zusammen, der mir jeden Wunsch erfüllt hat. Jeden Tag bestellte er Essen für meine Mädels im Klub und saß ohne Pause an seinem Stammtisch in der Ecke, um zu warten, bis ich Feierabend machte. Was gar nichts gebracht hat, weil ich dann sowieso pennen gegangen bin, wisst ihr. Aber ging ihm wohl irgendwie um Zweisamkeit. Wie auch immer, nach etwa zwei Jahren habe ich das ganze beendet, weil Eduardo in den Klub kam.«

»Eduardo?«, wiederhole ich, während ich mir den blauen Abschlusstalar über mein zimtfarbenes Kleid streife.

Keira nickt. »Er musste nur einen Schritt in den Klub setzen und alles um ihn herum war für mich benebelt. Stellt euch das bildlich vor.« Sie macht eine ausladende Handbewegung, als würde sie etwas präsentieren. Hazel und ich tauschen einen Blick und müssen uns das Lachen verkneifen. »Die Tür öffnet sich. Alle sehen hin, erwarten einen weiteren schmierigen Geldsack mit genügend Scheinen in der Tasche, um sie den Mädels in die Unterwäsche zu stopfen, aber nein. Da stand er, seine runde Sonnenbrille auf der Nase und die langen schwarzen Haare zu einem Zopf gebunden.«

Hazel grunzt. »Bin ich die einzige, die Eduardos Sex-Appeal übersieht?«

Keira mustert meine beste Freundin, als wäre sie nicht ganz bei Sinnen. Um nicht laut loszulachen, nehme ich einen großen Schluck von meinem Getränk.

»Eduardo war eine lateinamerikanische Gottheit! Er hatte kaum Schuppen.«

Ich pruste in meinen Cognac. »Da wäre ich ihm natürlich auch verfallen.«

»Und dann hast du den anderen einfach so abgeschossen?«, fragt Hazel auf dem Weg zum Flur, um sich ihre Schuhe anzuziehen. »Der Arme.«

Keira zuckt die Achseln. »Das versuche ich ja, damit rüberzubringen. Zeit ist nicht gleich Zeit, Mädchen. Und anderthalb Wochen sind nicht immer anderthalb Wochen. Mit dem Schnösel habe ich zwei Jahre verbracht, und sobald Eduardo mit seinem Pferdehaar in den Klub kam, habe ich jede Sekunde der vergangenen Jahre vergessen. Edu und ich hatten zwar nur zwei Wochen miteinander, bis er von den Bullen geholt und verknackt wurde, weil er Drogenhandel zwischen Kolumbien und den USA betrieben hat, aber es kam uns beiden wie eine gemeinsame Ewigkeit vor.«

»Wow«, sage ich. »Du bist echt 'ne harte Nummer, Keira.«

Sie zuckt die Achseln. »Mein Vater war Zuhälter und meine Mutter seine Gangsterbraut. Was sollte aus mir schon werden?« Ihr Lächeln wirkt schwach und traurig. Hazels übergroßes Herz wird natürlich sofort geweckt, und sie macht ein Gesicht, als würde vor ihren Augen ein Welpe gehängt werden. Auch in mir wächst Mitleid. Ich mache Anstalten, auf Keira zuzugehen und sie zu umarmen, aber sie winkt nur ab.

»Alles gut, Kinder. Mir geht's gut. Jetzt haut schon ab, sonst verpasst ihr euren Abschluss.«

Hazel und ich sehen uns unschlüssig an, aber in dem Moment klingelt das Handy meiner besten Freundin, weil Caleb unten steht, um uns abzuholen. Keira scheucht uns mit ihren großen Händen auf den Flur zur Haustür.

»Ab mit euch. Und von dir erwarte ich hinterher einen ausführlichen Bericht über das erste Aufeinandertreffen mit dem Typen, Grace.«

»Kommst du wirklich klar?«, frage ich, woraufhin sie die Arme verschränkt und eine Braue in die Stirn zieht.

»Ich war eine Puffmutter, Schätzchen. Ich komme immer klar.«

Das glaube ich ihr nicht. Niemand kommt immer klar. Sonst wäre die Welt, in der wir leben, sehr viel bunter.

Und es gäbe keine Eduardos hinter Gittern.

Die Abschlusszeremonie findet im Stadion der Yankees statt. Die Chancen stehen also gut, dass ich Logan nur begegne, wenn unsere Namen aufgerufen werden. Da unsere Anfangsbuchstaben beide relativ am Anfang des Alphabets stehen, muss ich mich damit abfinden, ihm definitiv gegenüberzutreten.

Wir sind später aufgebrochen, weil wir dem Andrang vor der Arena entgehen wollten. Hazel kriegt Panikattacken, wenn sie von zu vielen Menschen umgeben ist. Früher ging es, aber inzwischen ist es extrem, weil jeder ihren Namen kennt.

Auf der Grünfläche in der Mitte des Stadions sind drei große Zelte aufgebaut worden. Zwei weiße und ein blaues. Die bekannten Werbetafeln, die auch bei jedem Spiel der Mannschaft zu sehen sind, ragen hinter ihnen in den Himmel und werden umschlossen von den hohen Tribünen, auf denen nahezu jeder Platz besetzt ist. Ein Personenmeer mit blauen Roben erstreckt sich auf den unteren Plätzen, und wir haben Schwierigkeiten, überhaupt noch zwei Sitze nebeneinander zu finden. Für Mai ist es ein unnatürlich warmer Abend. Ich frage mich, ob meine Eltern wohl hier sind. Sie haben mir nichts geschrieben. Von Hazel weiß ich, dass Julia und Tony irgendwo weit oben sitzen und zusehen. Caleb hat sich zu ihnen gesetzt, natürlich nicht ohne sein Basecap und Bodyguard Tobi im Nacken.

»Krass, oder?«, fragt Hazel, während sie den Blick über die vielen Studenten schweifen lässt. »Dass wir es echt geschafft haben?«

»Mega krass. Seit dem Kindergarten haben wir das zusammen durchgezogen. Wenn man überlegt, was wir seitdem alles gemeinsam erlebt haben.«

»Und jetzt heirate ich«, sagt Hazel. »In sechs Tagen heirate ich einen weltberühmten Schauspieler.«

»Verrückt, oder?«

»Ehrlich. Hast du Logan schon gesehen?«

Noch einmal lasse ich den Blick über die Menge in blauen Roben schweifen. »Nein. Vielleicht kommt er nicht.«

»Er hat mir geschrieben, dass er hier ist.« Hazel greift unter ihren Talar, vermutlich um auf ihr Handy zu sehen, aber in dem Moment beginnt der Universitätsdekan unter dem blauen Zelt in sein Mikro zu sprechen, und sie steckt das iPhone wieder weg.

Nervosität durchflutet mich. Nicht weil ich gleich meinen

Abschluss in der Tasche haben, sondern weil ich Logan sehen werde. Mein Name wird zuerst aufgerufen. Was heißt, dass er mich sehen kann, bevor ich ihn sehe, und das gefällt mir nicht. Ich kann seine Reaktion nicht abschätzen, und Hazel wird auch nicht bei mir sein, weil ihr Nachname mit *E* beginnt.

Der Dekan spricht über die herausragenden Leistungen unseres Jahrgangs und erzählt, dass nun die wichtigste und schönste Zeit unseres Lebens ein Ende nimmt. Eigentlich sollte so eine Rede motivierend sein, aber mich zieht sie runter.

Meine Beine zappeln, und meine Gedanken schweifen ab. Die Stimme des Dekans wird zu einem einheitlichen Rauschen in meinem Kopf, während ich meinen Puls überdeutlich wahrnehme.

»Beruhige dich.« Hazel streckt die Hand aus und streicht über den Stoff der Robe, der auf meinem Bein liegt. »Du packst das. Immerhin bist du eine Bishop.«

Kaum zu fassen, dass ein Typ es schafft, mich so dermaßen aus der Fassung zu bringen. Gerade wünschte ich, mehr von diesem Cognac bei Keira getrunken zu haben.

Der Dekan beginnt, die ersten Namen aufzurufen. »Abbott, Dylan.«

»Ich dreh gleich durch, Hazel.« Wirklich. Mir wird schwindlig und übel gleichermaßen. Inzwischen glaube ich, dass es nicht nur wegen Logan ist. Diese ganze Zeremonie … sie besiegelt das Ende meiner dauerhaften Ausrede, mir noch keine Gedanken um die Zukunft machen zu müssen. Das Ende einer Ära, die ich wie einen schützenden Wall um mich herum entstehen lassen habe. In diesem Moment wünsche ich mir meinen Haarreif zurück. Etwas Beständiges, an das ich mich festklammern kann, weil es etwas ist, das ich kenne.

»Ganz ruhig. Du trägst keine Jimmy Choos mehr, was bedeutet, dass du nicht stolpern kannst. Damit fällt schon mal die erste Sorge weg.«

Mir ist klar, warum sie das sagt. Eigentlich ist ihr das mit dem Stolpern egal, weil sie weiß, dass ich noch nie auf High Heels gestolpert bin. Es geht ihr darum, mir vor Augen zu halten, dass ich stark genug war, aus meinem Käfig auszubrechen. Und wenn ich das geschafft habe, bin ich auch stark genug, mein zukünftiges Leben selbst in die Hand zu nehmen.

Der Schwindel legt sich ein wenig. Nicht vollständig, aber ich denke, das ist normal.

»Bishop, Grace.«

»Danke«, flüstere ich meiner besten Freundin zu und drücke schnell ihre Hand, ehe ich aufstehe und mit mehreren anderen, die vor und nach mir aufgerufen werden, auf die Grünfläche mit dem Zelt zugehe. Ich höre die Angehörigen der Studenten jubeln und Hazels Stimme, die laut über die anderen *»Gorgeous Grace«* brüllt.

Ein Lächeln schleicht sich auf mein Gesicht, und zum ersten Mal, seit wir dieses Stadion betreten haben, fühle ich mich groß und wunderbar.

Ich habe einen Abschluss der New York University. Vielleicht ist mein Leben gerade durcheinander, und ich weiß nicht so richtig, wohin mit mir, aber geht das nicht jedem so? Wir alle werden ins kalte Wasser geworfen. Kaum einer hat einen Plan, was als Nächstes kommt. Und plötzlich wird mir bewusst, dass es das Leben so will. Man muss an seinen Aufgaben wachsen, um zu reifen. Das Hindernis ist das Ziel. Nichts kann von Sekunde eins geplant werden und dann auch so laufen. Es ergibt sich im Lauf der Zeit und mit den Entscheidungen, die man trifft.

Mein Lächeln ist echt und breit, als ich die Hand des Dekans schüttle und mein Zeugnis samt Rose von ihm entgegennehme. Als ich mich für die Fotos zu den anderen Studenten stelle, fällt mein Blick auf den Außenbereich der Ränge, in denen bei den Baseballspielen immer die Journalisten stehen, und mir klappt der Mund auf. Genau in dem Moment, als die Kamera vor mir aufleuchtet und die Fotos gemacht werden, aber ich kann es nicht verhindern.

Dort steht meine Familie und sieht mir zu. Die Lippen zwar zu einer geraden Linie statt zu einem Lächeln geformt, aber nichtsdestotrotz stehen sie dort.

Meine Mutter. Sogar mein Vater. Und Oliver – der aussieht, als wäre er lieber in einem Misthaufen eines Schweinestalls als hier bei meinem Abschluss. In diesem Moment liebe ich ihn mehr als je zuvor. Keine Ahnung, wieso. Ein Gefühl puren Glücks durchströmt mich, von dem ich nicht wusste, dass es in einer solchen Menge überhaupt in meinem Körper lauert. Ich freue mich so sehr, dass ich strahlend dastehe und vergesse, weiterzugehen, um den nächsten Studenten Platz zu machen. Der Dekan stupst mich an der Schulter und bedeutet mir mit einem Lächeln, den anderen zu folgen.

Manche von ihnen verlassen das Stadion mit ihren Abschlusszeugnissen, andere gehen zurück zu den Rängen wie ich. Nach der Zeremonie ist noch geplant, dass wir alle die Hüte in die Luft werfen. Wer will, kann auch bis zur Abschlussparty im Stadion bleiben.

Ich erreiche meinen Platz neben Hazel in dem Moment, als Logans Namen aufgerufen wird. Sofort suche ich alle Ränge ab, um zu sehen, wo er sitzt, und entdecke ihn etwa fünf Reihen vor mir.

Mir rutscht das Herz in die Hose, während ich beobachte, wie er sich von Zayn und Nate auf die Schulter klopfen lässt und mit einem breiten Grinsen zur Grünfläche schreitet.

Der blaue Talar steht ihm. Er wirkt süß und unschuldig mit seinen großen Schokoladenaugen und den geschwungenen Lippen. Überhaupt wirkt er nicht, als würde es ihm schlecht gehen. Er dreht sich auch nicht zu mir um, dabei muss er gesehen haben, wohin ich zurückgegangen bin.

Neben mir jubelt Hazel und ruft seinen Namen, und ich wünschte, ich könnte dasselbe tun. Ich würde gern aufstehen und pfeifen, am liebsten noch mit einem riesigen weißen Banner, auf dem sein Name steht, doch stattdessen sitze ich nur stumm da und sehe ihm zu, wie er sein Zeugnis entgegennimmt.

Sein Blick huscht nicht ein einziges Mal in meine Richtung.

Das plötzliche Glücksgefühl von eben ist erloschen. Mir war bewusst, dass sein Anblick schwer werden könnte, aber dass es so wehtut …

Hazel hört endlich auf, seinen Namen zu rufen. Sie wendet sich mir zu und legt ihre Hände auf meinen Arm. »Bist du okay?«

Ich lächle. »So weit ja. Alles gut. Du bist gleich an der Reihe, Haze.«

Als der Dekan ihren Namen aufruft, springe ich auf und schreie so laut, dass viele von den Studenten auf den Rängen sich zu mir umdrehen und amüsiert lachen. Ich bemerke ebenfalls, wie noch viel mehr Personen ihr Handy zücken und Fotos von Hazel schießen, die definitiv noch vor dem nächsten Morgen in den News irgendwelcher Internetbeiträge auftauchen.

Aber ich kümmere mich nicht um sie, weil Hazel strahlt. Und wenn sie strahlt, ist mir alles andere egal. Während meine Augen sich auf ihre wallende blonde Haarmähne heften, muss ich daran denken, wie aufgeschmissen mein Leben ohne sie wäre.

Seit Jahren ist sie mein sicherer Anker. Der Gedanke, dass nicht jeder eine Hazel Evans in seinem Leben hat, tut mir weh.

Mit glühenden Augen kommt sie zurück, und wir warten gemeinsam, bis die Zeremonie vorbei ist. Dann werfen wir alle unsere Hüte in die Luft und lachen, und ich schwöre, an diesen Moment werde ich mich noch erinnern, wenn ich hundert bin und fünfzehn heulende Enkelkinder habe.

Es ist ein magischer Moment. Verrückt, wenn man darüber nachdenkt, dass es bloß Hüte in der Luft sind. Aber in dieser Sekunde ist es mehr. Als würden wir dem Leben danken für alles, was wir bisher erlebt haben. Und die Welt lächelt und antwortet, dass es schön ist, uns zu haben.

Hazel bleibt nicht zur Party. Es sind ihr zu viele Menschen, und außerdem geht das mit Caleb nicht. Ich wäre mitgegangen, aber eine Stimme in meinem Unterbewusstsein hat mich angefleht zu bleiben, um zu warten, ob Logan eventuell mit mir sprechen möchte. Was dumm ist, weil ich immerhin diejenige bin, die ihn blockiert hat. Aber die Stimme ist stärker. Ich glaube, sie nennt sich Hoffnung.

Jetzt stehe ich am Cateringtisch, eine Sektflöte in der Hand, und mir fällt auf, dass ich außer Hazel keine Freunde habe. Vielleicht hätte ich während der Uni mehr Kontakte pflegen sollen, aber ehrlich gesagt hatte ich keinen Bock darauf. Ich habe generell nicht so Bock auf Menschen.

Meine Familie ist schon weg. Sie haben mir nach der Zeremonie kurz gratuliert, was hauptsächlich aus einem steifen und sehr unangenehmen Händeschütteln bestanden hat, aber mir hat es gereicht. Ich bin dankbar, dass sie überhaupt da waren.

Impossible von James Arthur dröhnt durch das Stadion, woraufhin ich mich beinahe am Sekt verschlucke. Das Lied habe ich so häufig im Schuppen geübt, während Logan dabeisaß. Manchmal hat er mitgemacht. Es klang sogar gut. Dann haben wir ein Duett nach dem anderen gesungen und jedes Mal versucht, dem Lied einen anderen Ton zu verleihen. Ich habe es geliebt, wenn er ein Crescendo eingebaut hat. Er meinte es nur als Witz und hat sich darüber kaputtgelacht, aber ich sehe diese Momente wie einen Film vor meinem inneren Auge ablaufen.

Die Erinnerungen locken mir ein Lächeln aufs Gesicht, und ganz automatisch wandern meine Augen zu ihm. Er hat seinen Talar abgelegt und trägt jetzt einen grauen Anzug mit cognacfarbener Krawatte und goldenen Manschettenknöpfen. Zayn und Nate stehen bei ihm, und sie lachen über irgendetwas, das ich nicht verstehen kann.

Ihm geht's gut, denke ich. *Ihm geht's gut ohne mich.*

Er sieht mich nicht einmal an. Wahrscheinlich denkt er bei dem Lied auch nicht an mich.

Vielleicht sollte ich einfach rübergehen. Lächeln und ihm zu seinem Abschluss beglückwünschen. Mir ist bewusst, wie dumm das rüberkommt, und mir ist auch bewusst, dass ich eigentlich bloß keine Kraft mehr habe, mich dieser magnetischen Anziehungskraft zwischen uns zu widersetzen.

Plötzlich sind mir all meine Sorgen und Zweifel egal. Ich meine, wir sind Logan und Grace. Wenn wir wollen, können wir alles schaffen, oder nicht? Zumindest weiß ich, dass es mir weitaus beschissener ohne ihm geht als mit ihm. Also drücke ich die

Schultern durch und gehe gerade den ersten Schritt auf ihn zu, als …

Philine taucht auf. Genau in meinem Blickfeld. Ihre roten Haare ziehen einen roten Schleier durch die Luft, als sie sich direkt vor Logan stellt und ihn anstrahlt.

Ich bleibe wie angewurzelt stehen und starre sie an. Philine sagt irgendetwas, vermutlich begrüßt sie ihn, dann streicht sie sich in weiblicher Manier eine Strähne hinters Ohr und redet, ohne den Mund zu schließen. Sie wirkt, als wäre das gerade der schönste Moment ihres Lebens, und sie hat eine Ausstrahlung, als würde ihr gesamter Körper vor Glück pulsieren. Zayn und Nate starren sie an. Natürlich tun sie das. Jeder Student um sie herum wirft ihr mindestens einen zweiten Blick zu, und auch Logan hängt an ihren Lippen, während sie ihm weiß Gott was erzählt.

Meine Beine haben sich noch nie so weich angefühlt wie in diesem Moment. Seit jeher war es mir wichtig, immer die Kontrolle zu wahren, und jetzt bin ich ein labiles Wrack, das zusammenbricht, sobald diese rothaarige Schönheit in Logans Nähe ist.

Was will sie überhaupt hier? Ihr Abschluss war schon letztes Jahr!

»Hey.«

Ich blinzle und sehe den Typen an, der mich gerade aus meinen Gedanken gerissen hat. Er trägt ein weißes Hemd und hat tiefschwarze Haare. Ein bisschen erinnert er mich an einen Bassisten irgendeiner Band, aber mir fällt gerade nicht ein, welche.

»Wir kennen uns nicht, oder?«

»Offensichtlich nicht.« Es tut mir leid, dass ich so schroff bin, denn eigentlich wirkt er höflich. Es tut mir auch leid, dass ich nicht einfach eine normale Frau bin, die ihn anlächelt, auf seinen Flirtversuch eingeht und dann mit ihm tanzen geht. Vielleicht war ich mal so. Vielleicht hätte ich auch nach Lucas noch so werden können.

Aber jetzt nicht mehr. Nicht nach Logan Cunningham.

Er setzt ein beschämtes Grinsen auf. »Wollen wir das vielleicht ändern?«

»Nein.« Ich leere ich mein Glas auf ex und stelle es härter als beabsichtigt zurück auf den Cateringtisch. »Ich bin ein hoffnungsloser Fall mit pathologischer Obsession, mich auf niemanden einzulassen. Sorry.«

Damit lasse ich ihn stehen und verschwinde von dieser Party.

40

Logan

»Wusstest du, dass die Freiheitsstatue ein Geschenk des französischen Volkes an uns war?«

»Ja. So was lernt man doch in der Schule.«

Autumn wirft einen weiteren Blick vom Aussichtspunkt auf die Statue, ehe sie weitergeht und die Achseln zuckt.

»Adèle aus meiner Klasse meinte, wir hätten sie den Franzosen gestohlen.«

»Das stimmt nicht.« Wir kommen an der Gedenkstatue der Einwanderer vorbei, wo wir einen Moment stehenbleiben. »Adèle hat es sicher nur gesagt, weil ihre Eltern es ihr so beigebracht haben.«

Meine kleine Schwester streicht mit einem Finger über den Eisenrücken eines Einwanderers. »Dann mögen sie die USA nicht. Sonst würden sie das nicht sagen.«

»Das denke ich nicht.« Langsam schlendern wir um das Monument herum und betrachten die verschiedenen Posen der Eisenfiguren. Eine von ihnen trägt ein Baby auf dem Arm, eine einen Beutel, und die anderen liegen irgendwie halb auf dem Boden vor Freude. »Wahrscheinlich vermissen sie bloß ihr Zuhause. Wenn man woanders wohnt, bekommt man schnell Heimweh.«

»Meinst du, Mutter hat manchmal Heimweh?«

Hätte mir jemand diese Frage vor einiger Zeit gestellt, hätte ich die Person ausgelacht. Es ist verrückt, wie schnell sich Dinge ändern können.

»Mit Sicherheit. Vor allem wegen dir.«

Autumn richtet ihren kleinen Lederrucksack und sieht zu mir auf. »Und wegen dir?«

Es fällt mir schwer, darauf zu antworten. »Vielleicht auch«, sage ich. »Ein bisschen.«

Meine Schwester entgegnet nichts. Die Mittagssonne wandert in den Zenit, weshalb sie stehenbleibt, ihre graue Wolljacke mit Strickmuster auszieht und in ihren Rucksack stopft. Ihr ärmelloses Kleid mit braunen Blüten und Rüschen um den Rundausschnitt weht sanft in der leichten Frühlingsbrise.

»Gehen wir uns einen Donut holen?« Sie löst ihre zum Kleid passende Haarklammer und steckt sie sich wieder fester. »Ich möchte einen mit Oreo.«

»Klar.«

Wir schlendern durch den Battery Park zum Donutwagen. Als meine Schwester mich angerufen und gefragt hat, ob wir etwas unternehmen wollen, dachte ich, sie schleppt mich in irgendein Kinderparadies oder so. Aber nein. Stattdessen meinte sie, das Wetter würde heute so schön werden und sie hätte mal wieder Lust auf den Battery Park.

Das Kind ist acht Jahre alt und *hätte mal wieder Lust auf den Battery Park.* Sie interessiert sich für Spaziergänge, bei denen sie sich Statuen und Memoiren ansehen kann. Ja, sie kommt definitiv nach mir.

Autumn beißt in ihren Donut und kickt mit ihrem Lederboot einen kleinen Stein beiseite. »Wer war eigentlich das Mädchen, mit der du bei mir warst?«

»Sie heißt Grace.«

»Seid ihr zusammen?«

Ich weiß nicht, was ich antworten soll. Nicht weil mir die Frage unangenehm ist, sondern weil ich wirklich nicht weiß, was zwischen mir und Grace ist.

»Nein. Wir kennen uns einfach schon sehr lange.«

Sie gestern zu sehen war heftig. Ich dachte, ich könnte gelassen mit der Situation umgehen, aber es hat mich völlig unvorbereitet getroffen.

Ich habe sie beobachtet. Jeden Schritt, den sie von ihrem Platz bis zur Grünfläche gemacht hat. Der Ausdruck in ihrem Gesicht, als sie ihre Familie am Seitenstreifen stehen gesehen hat …

Sie war so wunderschön. Und es hat mir das Herz zerrissen, sie anzusehen und gleichzeitig zu wissen, dass sie nicht mir gehören kann.

Dass sie nicht mir gehören will.

Ich glaube, es war dieser Moment, als sie unter dem Zelt stand und ihr Zeugnis entgegengenommen hat. In diesem Moment wurde mir klar, dass ich verrückt werden würde, wenn ich nicht damit aufhöre, sie um jeden Preis zu wollen. Wenn ich nicht damit aufhöre, mir ständig Hoffnungen zu machen, dass es doch noch etwas werden könnte.

Von Anfang an hat Grace mir zu verstehen gegeben, dass sie nicht bereit ist, sich auf mich einzulassen. Sie war ehrlich zu mir; es ist nicht ihre Schuld. Ich bin derjenige gewesen, der nicht nachgeben konnte. Der sie so sehr wollte, dass ihm das Risiko scheißegal war, hinterher verletzt zu werden.

Weil ich mir so sicher war, dass sie sich in mich verlieben würde.

An diesem Abend vor drei Tagen wurde mir bewusst, dass ich Grace Bishop aufgeben muss, wenn ich nicht kaputtgehen will.

Also habe ich mich von ihrem Anblick abgewendet und sie nicht mehr angesehen. Es war nicht leicht. Alles andere als das. Mein Kopf wollte sich ständig selbstständig machen und sehen, was sie gerade tut. Vor allem auf der Party hinterher, als sie ganz allein am Cateringtisch stand, war ich versucht, einfach zu ihr zu gehen und sie zur Rede zu stellen. Sie zu fragen, warum sie das getan hat. Mich verlassen hat.

Aber es hätte keinen Sinn gemacht. Sie ist abgehauen, weil sie es wollte. Und wenn sie es bereuen würde, hätte sie sich bei mir gemeldet. Sie hatte die Möglichkeit dazu – im Gegensatz zu mir.

Aber sie hat es nicht getan. Und ich werde aufhören, ihr hinterherzurennen wie ein Hund einem fleischigen Knochen. Vielleicht bin ich verliebt in sie. Ziemlich sicher sogar. Aber das heißt nicht, dass ich mich behandeln lasse wie ein Idiot, mit dem man alles machen kann.

Ich habe auch meinen Stolz.

Keine Ahnung, ob sie mitbekommen hat, dass ich mit Philine gesprochen habe. Ich war zu überrascht, sie auf der Party zu sehen, weil sie bereits letztes Jahr ihren Abschluss in Kunstgeschichte gemacht hat.

»So wie Broderick und ich?«

Ich blinzle. »Was?«

»Du hast gesagt, ihr kennt euch schon sehr lange. Ich kenne Broderick auch schon seit dem Kindergarten. Er ist mein bester Freund.«

»Broderick«, wiederhole ich und versuche, nicht an die Zukunft zu denken. Ich bin mir nämlich ziemlich sicher, dass dieser Broderick sich für meine kleine Schwester interessieren wird, wenn sie älter sind. Immerhin habe ich jetzt ein paar Jahre, um mich darauf vorzubereiten, aber es missfällt mir trotzdem. »Ist er nett zu Mädchen?«

Autumn runzelt die Stirn. »Keine Ahnung. Ja, denke schon. Also, zu mir ist er nett.«

»Und zu den anderen?« Ich bleibe stehen, um meine kleine Schwester anzusehen. »Hör zu, Autumn. Achte in den nächsten Jahren darauf, ob Broderick gemein zu anderen Mädchen ist. Okay? Das ist wichtig, falls … für später.«

Autumn sieht mich an, als wäre ich ein Spinner. »Ich glaube, die Sonne schlägt dir auf den Kopf. Vielleicht solltest du dir angewöhnen, ein Basecap zu tragen.«

Ich lache. »Ja. Vielleicht.«

»Keine Sorge. Broderick bleibt immer nur mein bester Freund. Ich habe nämlich vor, Juri Imanowa zu heiraten.«

»Juri Imanowa?«

»Ja.« Autumns Augen strahlen. »Kennst du ihn?«

Wir kommen am East Coast Memorial vorbei. »Natürlich. Aber der ist doch viel zu alt. Und mit seiner Tanzpartnerin zusammen.«

Es ist noch gar nicht so lange her, dass Juris Name in den

Medien rumging. Seine Mutter war eine weltbekannte Primaballerina, und nach ihrem Tod ist Juri aus Russland in die Staaten gekommen, um an der New York Ballett Academy zu studieren. Es gab einen großen Skandal, weil sein Dozent ihn sexuell belästigt hat, und plötzlich kannte jeder seinen Namen. Da er auch noch ein herausragender Balletttänzer ist, wurden viele Theaterintendanten auf ihn aufmerksam. Ich glaube, er studiert noch, nimmt aber schon jetzt regelmäßig mit seiner Partnerin sehr attraktive Rollenangebote an. Zuletzt im New York City Ballett. Das war an der *Tisch* ein großes Thema.

Autumn nickt. »Ja. Mit Mae. Ich hoffe, wenn ich in ein paar Jahren an der New York Ballett Academy angenommen werde, genauso gut wie sie zu sein.«

»Das wirst du. Du bist eine Cunningham. Die sind ehrgeizig.«

»Ja. Wie du.« Autumn fischt sich ein Feuchttuch aus ihrem Rucksack, um sich die vom Donut klebrigen Hände abzuwischen. Schon wieder etwas, das mir zeigt, wie sehr sie sich von anderen Achtjährigen unterscheidet.

»Oh, damit möchte ich fahren!« Sie deutet auf das *SeaGlass*-Karussell links von uns. »Fährst du mit mir?«

»Klar.« Ich nehme zehn Dollar aus meinem Geldbeutel, während wir das runde Glasgebilde betreten, in dem die Karussellfische sind, und reiche sie dem Mann hinter dem Schalter. Es ist hell draußen, weshalb die Fische recht unspektakulär wirken, aber wenn es dunkel ist, leuchten sie.

»Ich nehme den Doktorfisch.«

»Du weißt schon, was ein Doktorfisch ist?«

Autumn hebt eine Braue. »Ich weiß auch, was ein endoplasmatisches Retikulum ist. Ich kann bis zu dreißig Zahlen nach dem Komma von Pi aufsagen. Und wenn du willst, erkläre ich dir auch, was die Fibonacci-Folge ist.«

Ich lache und zupfe meiner kleinen Schwester am Ohrläppchen. »Reicht schon, wenn du mir sagst, in welchen Fisch ich mich setzen soll.«

Autumn kichert. »Ins Seepferdchen.«

Mein Herz gerät ins Stolpern. Ich muss an Grace denken und daran, wie sie mich ausgelacht hat, weil ich meinte, Seepferdchen wären eklig. Ich muss immer an sie denken, wegen jeder Kleinigkeit, und das macht mich wahnsinnig.

Trotzdem steige ich ins Seepferdchen. Trotzdem lache ich mit meiner kleinen Schwester, als hätte ich den größten Spaß meines Lebens.

Und trotzdem kann ich nicht aufhören, an sie zu denken.

41

Grace

Ich starre das Ding auf dem Sofa an.

Es tut gar nichts. Liegt einfach nur da.

Und bringt mein Herz zum Rasen.

Aber seltsamerweise flippe ich nicht aus. Weil es für mich nicht real ist.

Ich befinde mich in einer Illusion. Davon bin ich felsenfest überzeugt. Die Vorstellung, dass dieser Augenblick gerade real ist, befindet sich absolut außerhalb vom Bereich des Möglichen.

Ich habe gerade einen Albtraum und werde gleich aufwachen.

»Hast du vor, in nächster Zeit auch mal was dazu zu sagen?«

»Nein. Das hier ist nicht real.«

Keira atmet ein, als würde sie etwas sagen wollen, sieht dann jedoch zur Seite und entlässt die Luft mit einem Laut, als wüsste sie nicht, wie sie das angehen soll.

Schließlich sieht sie mich wieder an. »Grace. Es ist normal, dass das … na ja, heftig ist. Aber du musst dich damit auseinandersetzen.«

Kann ich nicht. Wenn ich anfange, mich damit auseinanderzusetzen, wird es real. Und das will ich nicht. Also starre ich einfach weiter das Ding an in der Hoffnung, es löst sich dadurch auf und ich kann so tun, als hätte ich es nie gesehen.

»Grace.« Keiras Top reicht ihr heute ausnahmsweise mal bis über den Bauch, dafür hängt ihre Brust wieder halb raus. »Du nimmst das jetzt aber schon wahr, oder? Ich meine … das hier ist eine wichtige Sache.«

»Schon klar.«

Aber eigentlich ist es mir nicht klar. Weil es für mich immer noch eine Illusion ist, in der ich mich befinde. Nichts anderes.

Es ist Samstag. Hazels Hochzeit. Und ich sitze fertig frisiert und in meinem rosa Schleifenkleid, das Norma ursprünglich für den Debütantinnenball besorgt hat, auf Keiras Puffsofa und starre dieses Ding an.

»Ich muss los«, sage ich und stehe auf.

Keira sieht mich an, als wäre ich reif für das Irrenhaus. »Du kannst jetzt nicht einfach los.«

»Doch. Meine beste Freundin heiratet.«

»Aber …«

»Keira. Ich muss los. Okay?«

Sie wirft mir einen Blick zu, der mir nicht gefällt. Mitfühlend wegen etwas, das nicht wahr ist. Und sie soll es nicht wahr machen, indem sie mich so ansieht. »Dir ist schon klar, dass du nicht davonlaufen kannst? Dieses Mal nicht, Grace.«

Ich schnappe mir mein Täschchen und werfe Keira ein Lächeln zu, als wäre an diesem Morgen nichts Außergewöhnliches passiert und ich machte mich nur auf dem Weg zum Supermarkt, um ihr wieder einmal den fettarmen Joghurt zu besorgen, auf den sie so steht.

»Bis dann.«

Statt mich zu verabschieden, sagt sie nur: »O Grace.«

Während ich nach unten gehe und auf den Straßen von Queens nach einem Taxi Ausschau halte, rede ich mir ein, den Ernst der Lage in ihrem Ton nicht herausgehört zu haben. Plötzlich vermisse ich Sean, meinen Fahrer. Ich vermisse mein unbeschwertes Studentenleben. Ich vermisse alles, was nichts mit der harten Realität des Lebens zu tun hat.

Auf dem Weg bis in die Bronx wechsle ich kein Wort mit dem Taxifahrer. Er versucht ein paar Mal, mich in ein Gespräch zu verwickeln, aber ich gebe ihm nur einsilbige Antworten und starre aus dem Fenster, bis er es aufgibt. Wahrscheinlich fürchtet er um das Trinkgeld, das ihm flöten geht, aber dafür, dass er dann bis zum *Botanical Garden* die Klappe hält, gebe ich ihm mehr als genug.

Es ist krank, wie viele Journalisten vor dem schwarzen Eisenzaun stehen und versuchen, irgendetwas Interessantes mitzubekommen. Als ich aus dem Taxi steige und mir einen Weg durch die Menge bis zur aufgebauten Securityreihe vor dem Eingang bahne, werde ich ununterbrochen fotografiert. Scheinbar sind heute sogar die Gäste interessant für sie.

»Grace Bishop«, sage ich und zeige meinen Ausweis vor, obwohl Tobi mich kennt. Trotzdem müssen heute alle auf Nummer sicher gehen. Er hakt meinen Namen auf der Liste ab und bedeutet einem anderen Security mit einem knappen Nicken, mich reinzuführen.

Der botanische Garten von New York ist ein Naturkunstwerk. Alles blüht in den buntesten Farben. Ich glaube, an diesem Ort ist es fast unmöglich, traurig zu sein.

Der Security führt mich durch die weiße Tür der hochwertig verzierten Rundkuppel. Es dauert eine Weile, bis wir es in dem Labyrinth aus Pflanzen und Blüten geschafft haben, Hazel zu finden. Weil es hier keine Räume gibt, wurde eine Trennwand aufgestellt, hinter dem sich lediglich ein Kleiderständer und eine Frisierkommode befindet.

Als Hazels Augen mir durch den Spiegel begegnen, wirbelt sie herum.

»Grace! Oh mein Gott, wieso kommst du so spät? Du wolltest schon vor zwanzig Minuten hier sein!«

»Tut mir so leid, Haze!« Mit erhobenen Händen eile ich zu ihr. »Es war so stressig heute. Wie fühlst du dich?«

»Als hätte ich Magen Darm.« Mit ihren Fingern drückt sie auf ihrer Hochsteckfrisur herum. »Sieht das gut aus? Ich fühle mich, als würde mir ein Vogelnest auf dem Kopf wachsen.«

»Du siehst wunderschön aus«, versichere ich ihr.

Hazels Mom huscht mit einem Wasserglas herein. Sie wirkt noch nervöser als ihre Tochter. »Es hat ewig gedauert, bis ich jemanden gefunden habe, der mir Wasser geben konnte. Die Caterer sind ja noch nicht da. Hallo, Grace.«

»Hey Julia.«

Hazel greift nach dem Wasserglas, als wäre sie eine halb verdurstete Gestrandete.

»Oh, warte!« Ich krame in meinem Täschchen und hole die kleine Flasche heraus, die ich extra eingepackt habe. »Hier. Bachblüten zur Beruhigung. Mach ein paar Tropfen in dein Wasser.«

Unter ein paar Tropfen versteht Hazel die halbe Flasche. Sie kippt das Zeug in ihr Wasser, als wäre es ein Lebenselixier. »Hilft das denn?«

Ich zucke die Achseln. »Keine Ahnung. Glaub einfach dran.«

»Na gut.«

Julia legt ihr eine Hand auf die Schulter. In ihren Augen schimmern Tränen. »Kaum zu fassen, dass es so weit ist.«

Hazel atmet zitternd aus. Ihre Finger klammern sich an der Frisierkommode fest, während sie in den Spiegel sieht. Sie ist noch blasser als sonst.

»Ja. In wenigen Augenblicken heiße ich Hazel West. Verrückt.« Ihre Augen huschen zu mir. »Hast du Cal gesehen?«

Ich schüttle den Kopf. »Aber es wird ihm sicher gut gehen. Logan ist ja bei ihm.«

Mir versagt fast die Stimme, als ich seinen Namen ausspreche. *Nicht dran denken*, sage ich mir. *Nicht dran denken.*

Als Hazel zur Toilette muss und Julia sie begleitet, um ihr mit dem Kleid zu helfen, kippe ich mir den Rest der Bachblüten in den Mund und hoffe, dass es wirkt. Mein ganzer Körper zittert und wehrt sich gegen meine Gedanken über die Illusion von heute Morgen. Ich fechte einen Kampf mit mir selbst aus, den ich nicht gewinnen kann. Aber trotzdem weigere ich mich, darüber nachzudenken.

Nicht heute. Nicht jetzt.

Wenn ich könnte, nie.

Hazel kommt zurück. Ihre Wangen sind gerötet und allgemein wirkt sie, als würde sie jede Sekunde ohnmächtig werden. »Okay.

Es geht los. Ich muss da jetzt raus. Aber ich schaffe das nicht. Oh Gott, ich schaffe es nicht.«

»Natürlich schaffst du das.« Ich gehe zu ihr rüber und nehme ihre Hand. Sie ist schweißnass.

Julia streicht ihr bedächtig über den Rücken und macht dabei irgendwelche Beruhigungslaute. Ich frage mich, ob sie das in ihren Hochzeitsvorbereitungsmagazinen gelesen hat.

»Ich werde direkt hinter dir laufen und deinen Schleier halten. Deine Mom führt dich, bis du bei Caleb bist. Wir sind bei dir, okay?«

Hazel nickt, aber sie sieht nicht so aus, als wäre sie okay. Ihre Bewegungen bis nach draußen wirken steif und mechanisch.

»Das ist der schönste Moment deines Lebens, Haze. Genieß es, statt Angst zu haben.«

»Ich kann nicht«, wimmert sie. Julia streicht unablässig ihre Hand, während wir durch das Pflanzen und Blütenlabyrinth laufen. »Ich bin so aufgeregt. Ich glaube, ich pinkle mich gleich ein. Das meine ich ernst. Ich pinkle mich ein. Jetzt. Es passiert. Wirklich.«

»Nein, bloß nicht einpinkeln, Hazel. Denk daran, wie teuer das Kleid war.«

Julia lacht, und auch auf Hazels Gesicht taucht wenigstens der Hauch eines Lächelns auf. Ich bin mindestens genauso aufgeregt wie sie, weil ich gleich auf Logan treffen werde, aber ich versuche, es zu überspielen.

Heute ist ihr Tag. Und der wird unter keinen Umständen kaputtgemacht.

Wir erreichen den Traubereich. Links und rechts vom rosenumrankten Weg sitzen die Gäste auf weißen Holzstühlen, die mit bunten Blumenranken verziert wurden. Sie stehen auf, als wir um die Ecke schreiten und *Book Of Love* von *Peter Gabriel* ertönt. Meine Augen heften sich auf Hazels Schleier, den ich fester umklammere als beabsichtigt.

Ich will nicht aufsehen. Auf keinen Fall will ich in Logans Schokoladenaugen sehen.

Natürlich tue ich es doch. Und begegne direkt seinem stechenden Blick. Mir bleibt für einen kurzen Moment die Luft weg, so schön ist er. Das Sonnenlicht lässt ihn strahlen und leuchten in seinem marinefarbenen Anzug und umschmeichelt seine markanten Gesichtszüge. Seine Haare sind frisch geschnitten. Ein sauberer Undercut.

Ich bin die erste, die wegsieht.

Hazels Tag, sage ich mir. *Das hier ist Hazels Tag.*

Nachdem Julia die Hand ihrer Tochter in die von Caleb gelegt hat, stellen wir uns ein Stück seitlich, sodass wir parallel zu Calebs Vater und Logan positioniert sind. Hazel hat uns diese Formation mehrmals proben lassen, weil sie ganz sicher gehen wollte, dass es hinterher auf den Fotos symmetrisch aussieht.

Ich fühle mich schlecht, weil die beiden ihre Traureden halten und ich nur mit einem Ohr hinhöre. Dabei versuche ich es mit aller Kraft, aber meine Gedanken schweifen ständig ab. Während meine Augen sich auf Hazels mit Strasssteinen verzierten Schleier heften, macht mich Logans unscharfe Silhouette im Hintergrund nervös. Er wirkt wie ein nebliger Schatten, der ständig in meinen Augenwinkel wabert.

Hazels Tag. Hazels Tag. Hazels Tag.

Schließlich steckt Caleb meiner besten Freundin den Ring an den Finger und umgekehrt. Der Pfarrer traut die beiden offiziell zu Mann und Frau, sie küssen sich, und die Menge rastet aus. Tosender Applaus brandet auf, Reis wird geworfen, und alle jubeln, als Hazel und Caleb den Rosenpfad Hand in Hand zurückschreiten.

Die Beglückwünschungen und Fotos nehmen eine ganze Weile in Anspruch, und ich bin froh, dass ich mich währenddessen zurückziehen kann, um einen klaren Kopf zu kriegen. Auf einer Bank etwas außerhalb der Traufläche setze ich mich, reibe mir die Schläfen und atme tief durch.

Die Feier findet innerhalb der weißen Kuppel statt, und die meisten gehen schon rein.

Nur fünf Minuten für mich. Danach werde ich ihnen folgen.

»Anstrengend, Trauzeugin zu sein?«

Ich hebe den Kopf und sehe in das Gesicht eines der Securitymänner, die gefühlt an jeder Ecke postieren.

»Geht so. Eigentlich nicht. Es ist eher … ich habe mich auf den Tag gefreut. Wirklich. Aber jetzt … ist alles so anders gekommen, als ich gedacht hätte.«

Der Mann fährt sich durch sein schwarzes Haar und lächelt schief. »So ist das meistens im Leben, oder? Erstens kommt es anders und zweitens als man denkt.«

»Ja. Vermutlich. Damit kenne ich mich nur leider noch nicht aus.« In der Ferne kreischt ein Käuzchen. Meine Augen heften sich an einen Punkt im Himmel, an dem ich es zu sehen glaube. »Ich hatte es immer recht einfach im Leben, wissen Sie.«

»Jeder kommt irgendwann an den Punkt, an dem er lernen muss, dass das Leben kein Ponyhof ist.«

Ich wende den Blick vom Himmel ab und streiche über eine Kerbe in der Holzbank, aber eigentlich sehe ich sie gar nicht.

»Ich würde nur gern wissen, wie ich damit umgehen muss. Mein Kopf dreht durch bei den vielen Emotionen.«

Der Securitymann runzelt die Stirn und fummelt an dem Kabel in seinem Ohr herum. »Hier ist frei«, murmelt er, ehe er sich wieder mir zuwendet.

»Eigentlich gibt es keine Formel dafür, wie man im Leben zurechtkommt. Man tut es einfach. Im Endeffekt ist es wie bei Super Mario. Kennst du Super Mario?«

Ich nicke, woraufhin er eine Handbewegung macht, als müsste mir damit schon alles klar sein.

»Ein Jump 'n Run-Spiel. Stell dir vor, du bist Mario. Du musst ständig laufen und kannst im Level auch nicht zurück, weil die Vergangenheit schon geschehen ist. Es zählt nur, was vor dir kommt. Und da gibt es dann so einige Hindernisse.« Er zählt an der Hand ab. »Schlingpflanzen, die aus Rohren kommen, Geister, Skelette, Gumbas, Bowser und so weiter. Und weil es ein Jump 'n Run-Spiel ist und du auch nicht zurückkannst, hast du keine Zeit, dich zu fragen, wie du diese Hindernisse jetzt überwältigst. Du tust es einfach, bis du im Ziel bist. Und dann kommt ein neues Level. Immer und immer wieder. So ist das Leben.«

»Du meinst also, egal was kommt, es lässt sich schon irgendwie regeln?«

»Muss es ja.« Wieder drückt er auf den Knopf in seinem Ohr, dann sieht er mich entschuldigend an. »Sorry, ich muss auf die andere Seite. Lass den Kopf nicht hängen, das wird schon.«

»Ja. Danke.«

Er verschwindet in die andere Richtung, und ich stehe seufzend auf, weil all die anderen Gäste schon in der Kuppel sind. Als ich den Raum betrete und mich zwischen die Gäste mische, stelle ich erleichtert fest, dass Hazel zu beschäftigt damit ist, mit ihrer Freundin Charly zu reden, als meine Abwesenheit zu bemerken. Sie strahlt übers ganze Gesicht, genau wie Caleb, der sie nicht aus den Augen lässt. Es wirkt, als wären die beiden Magnete. Die Anziehungskraft ist zu stark, um sich voneinander zu entfernen.

Ich selbst versuche, mich immer dort aufzuhalten, wo Logan gerade nicht ist. Am Anfang gestaltet es sich schwierig, aber dann macht es irgendwann sogar Spaß, als ich ein Spiel daraus mache. Die Regeln sind einfach: Hat er gerade mit jemandem gesprochen, ist es unwahrscheinlich, dass er dort so schnell wieder auftaucht. Also nehme ich die Unterhaltung mit den Personen auf und warte, bis Logan bei den nächsten weiterzieht. Irgendwann tun mir die Füße weh vom vielen Laufen, dabei trage ich flache Swarovskisandaletten.

»Grace, hey.« Julia tippt mir auf die Schulter, und ich drehe mich zu ihr um. Sie lächelt. »Wir wollen jetzt essen. Du wolltest deine Rede am Tisch halten, oder? Wenn wir alle sitzen?«

»Ähm. Ja.« Damit ist es besiegelt. Ich bin die schlechteste beste Freundin der Welt, denn ich habe meine Rede bei Keira vergessen. Dabei habe ich Stunden gebraucht, um sie perfekt auszufeilen.

Julia lächelt. »Sehr gut. Ich sorge dann dafür, dass sich alle setzen.«

Innerhalb kürzester Zeit bin ich von der organisiertesten Person der ganzen Upper East Side zur Chaosqueen geworden. Und ich weiß nicht einmal, wie genau das passiert ist.

Okay, doch. Ich habe mich verliebt. Oder, besser gesagt: Ich habe mich in Logan Cunningham verliebt.

Sein Blick ruht auf mir, während wir unsere Plätze einnehmen. Die Trauzeugen sitzen neben Braut und Bräutigam am Haupttisch. Also trennen mich nur zwei Plätze von ihm.

Ich kann nicht behaupten, dass mich das nicht nervös macht.

Als alle sitzen, nickt Julia mir aufmunternd zu. Eine Mitarbeiterin reicht mir ein Mikro, und ich kriege plötzlich richtig Panik, weil ich keine Ahnung habe, was ich sagen soll. Wehmütig denke ich an meine Rede, die irgendwo in Keiras Wohnung liegt. Ich glaube, ich habe sie auf dem Klo vergessen.

»Hazel«, sage ich und stehe auf. Meine Stimme zittert. »Wow. Du bist verheiratet.« Kurze, unsichere Pause. »Wer hätte das gedacht.«

Der Saal kichert. Dann legt sich eine erwartungsvolle Stille über den Raum, und keiner weiß, dass ich nicht weiß, was ich hier tue.

Doch, einer weiß es. Logan versucht, sein Schmunzeln hinter der Hand zu verstecken, während er auf seinen Teller blickt.

Ich weiß nicht, ob es der Auslöser dafür ist, was ich als Nächstes tue, oder ob mein verzweifelter Verstand sich einfach selbstständig macht, ohne vorher mein Einverständnis einzuholen. Jedenfalls klammere ich mich an den einzigen Strohhalm, der mir in diesem Moment Sicherhalt bietet: ich singe.

That's What Friends Are For von *Dionne Warwick*.

Entweder gefällt es Hazel, oder sie findet es schrecklich – eins von beidem bringt sie auf jeden Fall zum Weinen.

Nachdem ich geendet habe, springt sie auf und zieht mich in eine feste Umarmung. »O Grace!«

Sie heult richtig los, was vermutlich auch von der ganzen Anspannung kommt, die den Tag über auf ihr lag. Jedenfalls ist es bei mir so, denn ich heule mit ihr. So liegen wir uns ziemlich lange in den Armen und kriegen uns gar nicht mehr ein, während die Gäste längst ihr Essen serviert bekommen.

»Alles gut?«, frage ich schließlich, als wir uns lösen, und wische ihr das Mascara unter den Augen weg. Sie nickt, während ihre Schultern noch beben.

Nach dem Essen fangen alle an, zu tanzen. Ich werde mehrmals aufgefordert und ringe mich zu ein paar Foxtrott-Schritten durch, um meine Pflicht zur aktiven Mitwirkung an dieser Hochzeit zu erfüllen. Auch bei den Spielen beteilige ich mich so gut es geht und lache viel, hauptsächlich um mich selbst abzulenken, aber den Rest der Zeit sitze ich an einem der runden Tische und baue ein Kartenhaus mit den Glasuntersetzern. Als ich beginne, ein modifiziertes Untersetzerschloss zu bauen, ist es bereits nach zwei in der Nacht. Die meisten Gäste sind betrunken und kriegen keinen vernünftigen Satz mehr auf die Reihe. Hazel und Caleb habe ich schon länger nicht mehr gesehen. Vermutlich haben sie sich kurz Zeit für sich an einem stillen Plätzchen in diesem Pflanzenlabyrinth gesucht.

»Déjà-vu.«

Ich erschrecke so sehr, dass mein Kartenschloss in sich zusammenfällt. Neben mir steht Logan. Dabei habe ich es den ganzen Abend über erfolgreich geschafft, ihm aus dem Weg zu gehen.

»Hm?«

Er deutet auf die Untersetzer. »Damals. Irgendeine Feierlichkeit. Wir waren klein, höchstens sieben oder acht. Du hast den ganzen Abend an einem Tisch gesessen und deine Häuser gebaut.«

»Ach ja. Bronzehochzeit der Pelhams. Ich erinnere mich.«

Logan lächelt. »Können wir reden?«

Ich beiße mir auf die Unterlippe und kratze an einem Fleck auf der weißen Tischdecke herum. »Das ist keine gute Idee.«

»Warum?«

Wenn er wüsste, was es mich für eine Anstrengung kostet, überhaupt so gelassen mit ihm zu sprechen. Dabei fühle ich mich, als würde ich jede Sekunde zu flüssigem Wachs zerlaufen. Alles ist butterweich. Meine Beine. Meine Arme. Mein Inneres.

Mir wird schwindlig. Ich brauche frische Luft. Abrupt schiebe ich den Stuhl zurück und eile durch die weiße Holztür nach draußen, wo sich der seichte Wind auf meine Haut legt. Er trägt den Duft der vielen Blüten mit sich. Ich stoße die Luft aus und wische mir den Schweiß von der Stirn.

Die Tür hinter mir öffnet und schließt sich wieder.

»Grace.« Er ist mir hinterhergekommen. »Ehrlich, wie alt sind wir? Ich habe keine Lust mehr auf diese Scheiße.«

Mir wird schwindlig. Ich öffne die Augen so weit es geht, um meinen Kreislauf zu beruhigen. »Welche Scheiße?«

Illusion, Illusion, Illusion.

Logan stellt sich vor mich. Sein Ausdruck wirkt ernst. Er hat seine Fliege gelockert und die oberen Knöpfe seines Hemds geöffnet. »Das, was du abziehst. Was soll das?«

»Es ist dir doch egal, Logan.«

Ihm entgleisen die Gesichtszüge. »Was?«

Ich muss kurz die Augen schließen, weil mir so schwindlig ist. Gott, mein Kreislauf ist im Arsch. »Philine«, sage ich. »Auf der Abschlussparty im Stadion. Du hast mich nicht einmal beachtet.«

Er schnaubt und sieht für einen Moment fassungslos zur Seite, ehe er sich wieder mir zuwendet. »Denkst du nicht, irgendwann reicht es mir? Wenn du ohne ein Wort zu sagen abhaust, ich nicht einmal weiß, was los ist und du mir auch keine Chance gibst, mit mir zu reden, soll ich dir noch hinterherrennen? Erwartest du das wirklich?«

»Nein, aber …« Ich will meine nächsten Worte runterschlucken, weil sie ihm zeigen, wie nahe mir das Ganze geht, aber ich schaffe es nicht. »… aber ich erwarte, dass du nicht gleich zu der nächsten rennst!«

»Ich renne nicht gleich zu der nächsten!« Seine Pupillen werden riesig, so zornig ist er. »Ich habe überhaupt nichts gemacht, außer darauf gewartet, dass du dich, verdammt noch mal, einfach meldest! Was zur Hölle ist dein Problem, Grace?«

Ich stiere ihn an und habe plötzlich den Drang, ihn zu schubsen, obwohl es keinen Sinn macht. Aber plötzlich gebe ich ihm an allem die Schuld. Ich gebe ihm die Schuld der Illusion von heute Morgen, die eigentlich keine Illusion ist. Dabei müsste es umgekehrt sein. Er hätte das Recht, mir die Schuld an allem zu geben.

»Sie kam ins Poolhaus und hat deinen Mantel vorbeigebracht.«

Logans Stirn legt sich in Falten, ehe ihm alles klar zu werden scheint. Kurz schließt er die Augen, reibt sich über das Gesicht und schüttelt dann den Kopf.

»Hör zu.« Aber ich will nicht hören, wie er mir erklärt, dass ihm alles leidtut und das mit Philine ein Fehler war. Also wirble ich herum, um zu gehen, aber Logan ist schneller. Er ergreift mein Handgelenk und dreht mich wieder zu ihm. »Du haust jetzt ganz bestimmt nicht ab, bevor du dir nicht angehört hast, was ich zu sagen habe.« Ich höre auf, mich zu wehren, und Logans Ausdruck wird sanfter. »Ich habe sie am Set getroffen, als ich mit Cal dort war. Sie wollte mir das Dach zeigen, und wir sind auf die Buchstaben des Silvercup-Studios geklettert. Da oben war es schweinekalt, und sie hat gezittert, also habe ich ihr meinen Mantel gegeben. Weil ich gute Manieren habe, und das weißt du, Grace. Ich wurde so erzogen. Mehr war da nicht.«

»Wie soll ich dir das glauben?«

Logan wirkt verletzt. Kurz sieht er auf den Boden, ehe er mir wieder ins Gesicht blickt. »Ich weiß, dass es schwer ist. Nach allem, was du von mir kennst und wie ich mich in den vergangenen Jahren benommen habe. Aber ich schwöre, da war nichts. Wir saßen da und haben auf New York runtergesehen, ein bisschen geredet, mehr nicht. Dann hast du mich angerufen und gebeten, ins *Sprinkles* zu kommen, und ich bin sofort los. Ehrlich, sie war mir egal. Und ist es jetzt noch.«

Ich schlucke. »Selbst wenn ich es dir glaube … Das mit uns kann jetzt eh nicht mehr werden wie früher. Jetzt ist alles …« Ich hebe die Arme, nur um sie wieder fallen zu lassen. »Alles ist im Arsch, Logan. Ich habe unser ganzes Leben versaut. Und du müsstest mich dafür hassen.«

Logan kneift die Augen zusammen. »Was erzählst du denn da?« Als ich nicht antworte, drückt er meine Hand und kommt einen

Schritt näher. »Rede einfach mit mir, Grace! Rede mit mir, und alles könnte wieder gut werden!«

»Kann es nicht!«

»Warum nicht? Es wäre so einfach. Wir sprechen uns aus und schaffen alles aus der Welt. Jetzt gleich. Hier in diesem Garten voller Pflanzen.«

Tränen schimmern in meinen Augen, weil ich es so sehr will, aber weiß, dass ich ihn verschrecke, wenn ich jetzt ehrlich zu ihm bin. »Es wird nicht mehr wie früher«, sage ich, um meine Tränen zu unterdrücken, und will wieder gehen. Aber Logan hält mich noch immer fest.

»Wieso nicht? Rede mit mir! Eine Wahrheit für eine Wahrheit, Grace. Erinnerst du dich? Jetzt fordere ich meine ein.«

Plötzlich bin ich einfach nur noch erschöpft und müde. Der heutige Tag drückt auf meine Schultern, als wollte er mich zwingen, einzuknicken. Ich reibe mir die Schläfen.

»Logan, bitte …«

»Nein.« Er wirft die Arme in die Luft. »Mir reicht das jetzt mit diesem Hin und Her. Ich habe keinen Bock mehr darauf, zu Hause zu sitzen, an die Decke zu starren und mich zu fragen, was ich getan habe. Weißt du eigentlich …«

»Logan, ich …«

»… wie dreckig es mir geht? Wohl nicht, denn dir scheint es ja blendend zu gehen.«

»Kannst du bitte mal zuhören? Ich muss dir …«

»Du hast dich nicht einmal gemeldet, Grace! Nicht ein einziges Mal. Dabei hattest du die Möglichkeit – ja, sieh mich nicht so an! Das war die Hölle für mich, weißt du das? Nicht einmal zu wissen, wo du bist und was …«

»Logan!«, rufe ich, und endlich hält er inne. Er lässt die Arme sinken und sieht mich mit offenen, verletzten Gesichtszügen an, die mir einen Stich ins Herz verpassen.

Ich sehe ihm direkt in die Augen, als ich die nächsten drei Worte ausspreche und die Illusion damit real werden lasse.

»Ich bin schwanger.«

42

Logan

Ich bin schwanger.

Die Worte hallen in meinem Kopf nach, als hätte Grace sie in den Bergen hinausgebrüllt und ein Echo geschaffen, das nicht mehr aufhören will.

Mein Mund öffnet sich, ohne dass ich es merke. Ich muss blinzeln, weil Grace plötzlich in dreifacher Ausfertigung vor mir steht.

Als meine Beine weich werden, und ich merke, dass ich ins Taumeln gerate, krallt sich meine Hand in die Säulen der Backsteinmauer neben uns.

Grace laufen Tränen über das Gesicht, dabei weint sie nie. Sie wischt sie sich mit dem Handrücken weg und verschmiert damit ihre Wimperntusche. Als sie nichts entgegnet, versuche ich, meinen Schwindel zu ignorieren und einen klaren Kopf zu bekommen. Es funktioniert nicht.

Ich atme tief durch. »Bist du sicher? Warst du beim Arzt?«

Grace nickt. »Heute Morgen. Weil mir aufgefallen ist, dass ich drei Tage überfällig bin. Dann hat Keira mich zum Arzt begleitet. Hinterher habe ich noch einen Test gemacht, weil ich es nicht glauben konnte.«

Es dauert einen Moment, bis ich verstanden habe, wen sie mit Keira meint. Die vollbusige Barkeeperin, die aussieht, als wäre sie Stiflers Mom. Da war sie also die ganze Zeit. Und die Frau meinte, sie hätte keine Ahnung. So eine Lügnerin.

»Und? Was meinte er?« Eigentlich kenne ich die Antwort, weil

Grace mir sonst nicht gesagt hätte, sie wäre schwanger. Aber das kriegt mein Kopf gerade nicht auf die Reihe.

Grace atmet zitternd ein. »Er hat einen Ultraschall gemacht und da war dieses …« Mit ihren Händen formt sie einen Kreis. »… dieses Ding.«

»Ding?«

»Ja. Diese Blase. Ich habe schon eine Blase in mir, Logan!«

Jetzt ist sie völlig aufgelöst. Ihr Gesicht ist tränenüberströmt, und sie macht sich gar nicht mehr die Mühe, sie wegzuwischen.

Obwohl ich selbst gerade nicht einen einzigen Gedanken fassen kann, ziehe ich Grace zu mir heran und nehme sie in meine Arme. Ich streiche ihr sanft mit meiner Hand über den Rücken und versuche, sie zu beruhigen. Ihr ganzer Körper bebt.

»Wie konnte das passieren?«, flüstere ich, ohne damit aufzuhören, ihren Rücken zu kraulen. Mich beruhigt es nämlich auch, ihren Herzschlag an meiner Brust zu spüren, und gerade brauche ich das.

»Erinnerst du dich noch an den Abend im *Keira's*?«

Ich nicke. Natürlich erinnere ich mich daran, wie Grace danach hinter unserem Hortensienbusch stand.

Sie schnieft. »An dem Abend war ich so betrunken. Ich habe mich übergeben, wie du weißt. Und am nächsten Tag direkt noch zweimal. Der Arzt meinte …« Grace schaudert. Ich drücke sie fester. »Der Arzt meinte, vom Datum her müsste das in meiner ersten Zykluswoche gewesen sein. Und wenn es da zu Magen-Darm-Erkrankungen kommt oder man sich übergibt, vor allem zwei Tage in Folge, hätte die Pille für den Rest des Monats keine Wirkung mehr.« Grace hebt den Blick und sieht mich an. Ihr Gesichtsausdruck ist von Verzweiflung verzerrt. »Ich wusste das nicht, Logan. Ich schwöre, ich wusste das nicht.«

»Schschh.« Ich kraule ihre nackten Arme. Sie hat Gänsehaut, obwohl es ein warmer Abend ist. Keine Ahnung, wie ich es gerade überhaupt schaffe, so ruhig zu wirken. Innerlich bin ich ein aufgelöstes Wrack, das keine Ahnung hat, wie es die drückende Verzweiflung im Moment wieder loswird. Aber mein Verstand sagt mir, jetzt stark wirken zu müssen, um für Grace da zu sein. »Du kannst nichts dafür. Es … es war doch nicht vorherzusehen.«

»Was soll ich denn jetzt tun? Mein ganzes Leben ist versaut.«

»Was sollen *wir* jetzt tun«, korrigiere ich sie. »Und dein Leben ist nicht versaut. Es ist ein Baby und kein Todesurteil, Grace. Wir … wir kriegen das hin.«

»Wie denn?«

Sie bebt so heftig, dass ich Schwierigkeiten habe, sie richtig zu halten. Trotzdem höre ich nicht auf, sie zu kraulen.

»Keine Ahnung, ehrlich gesagt. Aber irgendwie wird das schon. Wir müssen nur zusammenhalten. Und du musst anfangen, mir zu vertrauen.«

Grace lehnt ihre Stirn gegen meine Brust. Ihre Tränen tropfen auf den trockenen Asphalt.

»In drei Tagen ist das *Spotify*-Casting. Jetzt kann ich da nicht mehr hingehen.«

Ich hätte nicht gedacht, in einem solchen Moment zu so etwas wie einem Lachen fähig zu sein, aber tatsächlich kann ich es nicht verhindern.

»Warum das denn? Steht in den Teilnahmebedingungen, dass Schwangere nicht erwünscht sind?«

»Nein.« Sie reibt ihre Nase an meinem Hemd. »Aber wie soll ich Sängerin werden, wenn ich schwanger bin? Die Zukunft ist zu unsicher. Jetzt bin ich dazu gezwungen, das Plaza zu übernehmen.«

Ich küsse sie auf den Kopf. »Bist du nicht, Grace. Unsere Zukunft ist alles andere als unsicher. Wir haben beide mehr Geld als wir brauchen auf unseren Sparkonten und gerade unseren Abschluss an der New York University gemacht. Es ist nur eine Frage der Zeit, bis ich ein Rollenangebot bekomme. Und selbst wenn es noch dauert, bis du deinen Durchbruch machst – und das wirst du, das steht gar nicht zur Debatte – dann reicht mein Job und unser Geld trotzdem. Das wird es immer. Und gerade bin ich vielleicht zum ersten Mal dankbar, dass wir in dieser Schicht der Gesellschaft aufgewachsen sind. Denn Geld ist in unserer Situation gerade das Letzte, um das wir uns Sorgen machen müssen.«

Grace nickt. Als sie spricht, klingt ihre Stimme, als hätte sie einen dicken Schnupfen. »Gott, mir geht's so dreckig, Logan.«

»Warte ab, bis die richtig üble Zeit losgeht. Wenn du dich drei Monate lang übergeben musst und das Kind auf dem Ischias liegt.«

Grace bringt ein schwaches Lachen zustande. »Wie kannst du jetzt schon Witze darüber machen?«

»Irgendwie muss es ja weitergehen. Wir könnten uns natürlich auch neun Monate lang in Depressionen stürzen und das Leben an uns vorbeiziehen lassen, aber irgendwie klingt das nicht so prickelnd.«

Grace legt die Arme um mich und bewirkt damit, dass mich ein berauschendes Gefühl durchflutet. »Hattest du wirklich nichts mit Philine?«

»Ich schwöre«, sage ich. »Mit niemandem, seit ich mit dir bin.«

»Okay.« Eine Weile schweigen wir. Dann fragt sie: »Und jetzt?«

Ich lege meine Wange auf ihren Kopf und beobachte die wenigen Gäste, die noch anwesend sind, durch die Glasfront der Kuppel. Wie seltsam, dass die Welt dort einfach so weiterläuft, während sich hier draußen innerhalb von Sekunden mein komplettes Leben verändert hat.

Aber so ist das Leben. Es ist seltsam. Niemand weiß, was im nächsten Moment kommt.

»Ich habe keine Ahnung. Aber wir finden es heraus. Zusammen.«

43

Grace

Als ich aufwache, ist es bereits mittags.

Logan und ich haben im Poolhaus geschlafen. Ich lag in seinen Armen, habe seinen Armaniduft in mich aufgenommen und so lange geweint, bis mir vor Erschöpfung die Augen zugefallen sind.

Jetzt liegt er neben mir und starrt an die Decke.

»Du bist wach«, sage ich. Vom vielen Weinen ist meine Stimme heiser. Mein Körper kennt das nicht.

Er sieht mich an und lächelt. »Ja. Wie fühlst du dich?«

»Weiß ich nicht. Verwirrt, glaube ich.«

»Ich auch.«

Er streckt den Arm aus und zieht mich zu sich heran. »Ich habe mir etwas überlegt.«

»Was denn?«

Logan streicht mir mit den Fingern durch mein zerzaustes Haar. »Was hältst du davon, wenn wir gemeinsam ins Poolhaus ziehen?«

»Sind wir das nicht schon?«

»Ja, aber ich meine so richtig. Wir streichen die Wände neu, kaufen zusammen Möbel, die uns beiden gefallen und richten uns ein gemeinsames Zuhause ein. Und …« Er stockt.

»Und was?«

Logans Hand wandert von meinem Haar zu meinem Ohr und zupft daran herum. »Und ich habe überlegt, hier oben eine Wand einziehen zu lassen. Der Raum ist groß genug dafür.«

»Wozu?«

Logan beißt sich auf die Unterlippe, als hätte er vor meiner nächsten Reaktion Angst.

»Auch wenn du dich der Sache vielleicht noch nicht stellen willst, aber … wir brauchen ein Kinderzimmer, Grace.«

Mein Magen verkrampft. Er hat recht, ich will mich der Sache noch nicht stellen. Es ist so komisch. Trotzdem weiß ich, dass ich es muss. Mir bleibt nichts anderes übrig. Ich hoffe, ich werde mich schnell an diese Situation gewöhnen. Die Angst in mir ist kein schönes Gefühl, das ich dauerhaft spüren möchte. Und ich denke, am schnellsten werde ich mich daran gewöhnen, wenn ich mich der Tatsache stelle.

»Okay«, sage ich also und beobachte meine Finger dabei, wie sie über die Bettdecke streichen. »Lass uns das tun.«

»Ich weiß, das hat alles noch Zeit, aber ich denke, je früher wir das angehen, desto schneller kommen wir damit zurecht.«

Ich nicke, wobei meine Wange am Kissenbezug reibt. »Was schwebt dir zuerst vor?«

Logan lässt den Blick durchs Zimmer schweifen und rümpft die Nase. »Zuerst die Möbel loswerden und streichen. Ich kann dieses Grau nicht mehr sehen.«

Eigentlich finde ich es sogar ganz schön hier, aber ich kann verstehen, was Logan meint. Vermutlich erinnert ihn alles an seine Vergangenheit, und er möchte einen neuen Anfang schaffen. Wände haben, die eigene Momente in sich tragen und Erinnerungen in ihm hervorrufen, die unsere gemeinsame Zeit widerspiegeln.

Also stehen wir auf und machen uns fertig, um in den Baumarkt zu fahren. Während ich unter der Dusche stehe, ruft Logan einen Bekannten seiner Familie an, dem eine Entrümpelungsfirma gehört. Er soll die Möbel abholen, wenn wir unterwegs sind.

»Wo sollen wir denn heute Abend schlafen?« Ich rubble mir die Haare mit einem Handtuch trocken und merke, dass das gebeugte Stehen meinem Kreuzbein guttut, das schon seit einigen Tagen sticht und schmerzt, weil die Hormone in mir steigen. Außerdem habe ich einen ziehenden Schmerz in der rechten Bauchgegend, aber der Arzt meinte, das wäre normal.

Logan zieht sich ein Shirt über. »Die Matratze lässt er hier, bis wir ein neues Bett haben.«

»Okay.«

Nachdem ich meine Haare geföhnt und mir meine Bomberjacke übergezogen habe, fahren wir mit Logans Range Rover zum *Mega Marble.* Er will zuerst Fliesen und den Granit für eine neue Küche raussuchen, damit die Farben hinterher darauf abgestimmt sind. Ich weiß nicht, ob ich mir darüber Gedanken machen soll, wie verbissen er das alles angeht. Und vor allem so schnell.

»Logan«, sage ich, als wir aus dem Wagen aussteigen und *Mega Marble* betreten. »Ist alles okay mit dir?«

»Klar.« Er nimmt meine Hand und beißt sich auf die Unterlippe, während er den Blick über die vielen Fliesen und Steinplatten wandern lässt. »Meinst du, wir sollten vielleicht doch lieber Teppich nehmen? Nicht dass das Baby sich den Kopf aufschlägt.«

»O Gott, Logan. Sag so was nicht.«

»Aber kann doch sein.«

Ich entdecke einen Mitarbeiter ein paar Meter von uns entfernt mit einem Klemmbrett in der Hand und steuere auf ihn zu.

»Wir werden schon aufpassen, dass so was nicht passiert.«

»Und was wenn nicht?« Logan bleibt stehen. »Was wenn ich kein guter Vater bin und das Kind sich plötzlich den Kopf aufschlägt, weil ich nicht richtig aufgepasst habe?«

Er ist kalkweiß im Gesicht. Ich drücke seine Hand und mache einen Schritt auf ihn zu. »Logan. Es ist völlig normal, dass du Angst hast. Habe ich auch. Aber wenn ich mir bei einer Sache sicher sein kann, dann, dass du mit Argusaugen auf das Kind achten wirst. Hundertprozentig.«

Logan schluckt. »Tut mir leid. Ich hab nur irgendwie Panik. Das … es ist alles so plötzlich. Keine Ahnung, wie ich damit umgehen soll.«

»Frag mich mal. Ich denke immer noch, dass es nicht wahr ist.«

»Meinst du, wir gewöhnen uns noch dran?«

»Hoffentlich. Warten wir's ab.«

Das Räuspern des Mitarbeiters reißt uns aus unserer Blase.

»Kann ich Ihnen helfen?«

»Ja.« Mit einem Lächeln löst sich Logan von mir. »Wir hätten gern Fliesen. Und eventuell Granit, für eine neue Küche.«

Nach langem Hin und Her und vielen genervten Seufzern des Verkäufers haben wir uns für helle Fliesen und dunklen Granit für die Küche entschieden. Die Farbwahl im Baumarkt stellt sich als noch schwieriger heraus. Logan beharrt die ganze Zeit über auf ein ekliges Hellbraun, bei dem mir schon vom Anblick schlecht wird, während ich unbedingt einen Lavendelton möchte, bei dem Logan resolut die Arme verschränkt.

»Was ist mit dem hier?« Er deutet auf ein dunkles Beige. Es wirkt wie eine Mischung aus Braun und Flieder und ist die erste Farbe, die er mir vorschlägt und auch gefällt.

»Die findest du gut?«, frage ich sicherheitshalber, und als er nickt, lächle ich. »Dann nehmen wir die.«

Logans Schultern sacken erleichtert hinab, als wären ihm gerade hundert Felsen hinuntergerollt. Für das Schlafzimmer erkläre ich mich ihm zuliebe mit einem pastellfarbenen Blau zufrieden, und plötzlich ist Logan so beflügelt, dass er auch noch entscheidet, das Badezimmer sanieren zu lassen. Ich lehne ab.

»Aber das Kind muss doch gebadet werden. Wir brauchen eine Badewanne, Grace.« Er bettelt und zeigt auf eine Eckwanne mit Massagefunktion. »Schau mal, was die alles kann. Glaub mir, wenn dein Bauch kugelrund ist und du dich kaum noch bewegen kannst, wirst du mir die Füße küssen dafür, dass ich auf diese Wanne bestanden habe.«

»Dann werde ich nicht mal ansatzweise die Kraft haben, mich bis zu deinen Füßen herabzulassen.«

Logan wackelt mit den Brauen. »Du kannst mir natürlich auch etwas anderes küssen.«

»Logan!« Ich stoße ihn gegen die Schulter, lache aber. »Gut, wir nehmen die Wanne.«

»Kann ich das gleichzeitig als Versprechen für den Blowjob nehmen? Du hast mich jetzt voll heiß gemacht.«

Ich rolle die Augen und beuge mich vor, um die Funktionen der Badewanne zu untersuchen, muss aber grinsen. Was Logan nicht entgeht.

Den ganzen Tag über kann er nicht aufhören, zu schmunzeln. Er ist richtig gut gelaunt, und als wir uns später Hotdogs im Möbelmarkt kaufen, gibt er dem Mann sogar mehr Trinkgeld, als die Hotdogs gekostet haben.

Wir sitzen an einem der Tische, und Logan lugt gerade eine halbe Gurke aus dem Mund, als ich frage: »Wann sagst du es deinen Eltern?«

Er stockt, ehe er den Bissen herunterschluckt. »Keine Ahnung. Ich … sage es wohl erst meiner Mutter.«

»Deiner Mutter?« Plötzlich fällt mir ein, dass ich ihn noch gar nicht gefragt habe, wie das Treffen lief.

Logan nickt. Er tut so, als würde er einen Fussel an seinem Hotdog abkratzen, dabei ist da gar nichts.

»Wir haben geredet. Es war … ziemlich heftig. Im Endeffekt lag ich die ganzen Jahre über falsch. Meine Mutter ist abgehauen, weil mein Vater wollte, dass sie Autumn abtreibt. Sie war nämlich von ihm, nicht von Mike. Vater hatte aber die ganze Zeit über schon eine Affäre mit Terrence Hill.«

Mir fällt fast der Hotdog aus der Hand. »Oh mein Gott!«

Logan nickt. »Richtig krank, oder? Mutter hat die Abtreibung vorgetäuscht und ist nach Japan gezogen, damit mein Vater nichts von dem Kind erfährt.«

»Krass.« Ich lege Logan eine Hand auf sein Bein und ziehe mitfühlend die Brauen zusammen. »Also ist dein Vater eigentlich das Schwein.«

Er nickt. »Es ist aber noch schwer zu verstehen für mich. Mein Kopf denkt die ganze Zeit nur daran, dass mein Vater all die Jahre gut zu mir war und sich um mich gekümmert hat, während ich von meiner Mutter dachte, sie hätte ihn betrogen und uns dann verlassen.«

»Kann ich verstehen, dass das schwer zu verdauen ist.«

Logan seufzt und zuckt die Achseln. »Ja. Was soll's. Irgendwann werde ich mich schon dran gewöhnen.«

Mir ist klar, dass er versucht, seine Trauer zu überspielen. Aber ich nicke nur und lächle, weil ich weiß, dass er jetzt nicht weiter darüber reden möchte. Wenn er so weit ist, wird er es tun. Da bin ich mir sicher. Und so lange dränge ich ihn nicht.

»Was ist mit dir?«, fragt er und leckt sich Ketchup von dem Zeigefinger. »Wem sagst du es zuerst?«

»O Gott. Allein bei der Vorstellung wird mir übel. Die werden mich beide umbringen, ganz sicher. Vielleicht sage ich es nur Oliver und tauche dann ab, damit sie mich nie wiederfinden.«

»Denke ich auch.«

»Danke. Das macht mir Mut.«

Er grinst. »Sorry. Wollen wir die restlichen Möbel raussuchen?« Logan sieht auf die Liste auf seinem Handy, die wir zuvor erstellt haben. »Uns fehlt noch das Sofa, dann haben wir eigentlich alles.«

»Kaum zu fassen, wie einig wir uns sind. Nach den Farben dachte ich, das wird eine wochenlange Tortur.«

Logan steht auf. Er wirft seine Servietten in den Müll und nimmt meine Hand. »Vielleicht überlasse ich dir auch einfach nur deinen Willen, um dich glücklich zu machen.«

Ich lache auf. »Bestimmt nicht. Ein Cunningham gibt niemals seinen Willen ab.«

»Du kennst mich zu gut.«

»Gewöhn dich dran.«

44

Logan

Grace und ich sitzen im leeren Poolhaus und essen chinesische Nudeln aus Kartons.

»Kaum zu fassen, dass wir das ganze Haus gestrichen haben.«

Grace sieht zu mir auf, als sie sich gerade einen Berg Nudeln in den Mund häuft. Sie trägt bloß ein langes T-Shirt von mir, das über und über mit Wandfarbe verziert ist.

»Wir haben gestern und heute den ganzen Tag gestrichen. Ich glaube, ich brauche eine Schiene für meinen Arm. Wenn Hazel wiederkommt, verfluche ich sie für ihre Flitterwochen.«

Ich lache und schnappe mir einen Glückskeks. »Sie wird wohl eher uns verfluchen, wenn sie erfährt, was hier abgeht.« Ich rümpfe die Nase, wie Hazel es immer tut, und stemme mir einen Ellbogen in die Hüfte, ehe ich ihre Stimme nachmime. »*Oh mein Gott, du bist schwanger? Oh mein Gott, ihr zieht zusammen? Oh mein Gott, ihr habt schon das Kinderzimmer aufgebaut?*«

»Oh, lass das, ich muss lachen.« Grace fliegen ein paar Nudeln auf die Bauanleitung des Kinderbetts, an dem wir gerade dran sind. Bisher weiß noch niemand, was bei uns los ist, und irgendwie … gefällt mir das. Nicht weil ich es geheim halten will, sondern weil es mir ein Gefühl von Eigenständigkeit vermittelt. Das hier ist der Anfang unserer Familie.

Ich will nicht behaupten, dass ich locker damit umgehe. Ich habe eine Scheißangst. Wenn ich könnte, würde ich ununterbrochen in einer Ecke sitzen und die Wand anstarren, weil ich nicht weiß, was auf mich zukommt.

Aber das geht nicht. Ich bin ein erwachsener Mann, der jetzt für seine Familie da sein muss. Ganz egal, wie schnell das zustande gekommen ist und ganz egal, dass ich gern mehr Vorbereitungszeit gehabt hätte. Manchmal läuft das eben nicht so.

Grace ist innerlich ein Wrack. Ich glaube, sie kommt noch weniger mit der Situation zurecht als ich, was verständlich ist, weil sie das Kind in sich trägt. Sie gibt sich größte Mühe, ihre Ängste und Zweifel zu überspielen, aber ich merke es trotzdem. Nachts bleibt sie meist stundenlang wach und wälzt sich hin und her, während sie denkt, dass ich schlafe.

Ich schlafe nicht. Natürlich schlafe ich nicht. Genau wie sie liege ich da und denke an das, was kommen wird.

Den Tag über ist sie oft abwesend. Das war Grace sonst nie. Sie ist eine superkonzentrierte Persönlichkeit, die immer vor allem auf der Hut ist und besonders zwischen den Zeilen lesen kann, aber neuerdings ist ihre Aufmerksamkeit eher auf Sparflamme gestellt. Sie hat sogar angefangen, an den Fingernägeln zu knabbern.

Manchmal reden wir darüber, was uns Sorge bereitet, und das ist gut so. Kommunikation ist wichtig. Ich höre mir an, was sie beschäftigt und andersherum. Dann versuchen wir, uns diese Ängste zu nehmen, indem wir uns irgendwie gut zureden, aber eigentlich hat keiner von uns so wirklich einen Plan, was er da überhaupt sagt. Eigentlich – und das ist ziemlich hart – würden wir es beide sofort ungeschehen machen, wenn wir könnten. Es ist die Wahrheit, und die Wahrheit klingt nicht immer angenehm. Wir sind beide nicht bereit für ein Kind.

Doch es muss weitergehen. Wir müssen das schaffen. Und das ist der Grund, weshalb wir in diesem kleinen Zimmer sitzen, chinesisches Essen auf den mit Farbe bekleckSten Beinen, während wir versuchen, das Kinderbett aufzubauen. In dem Zimmer sitzen, das noch nach Baugips von der gezogenen Wand und frischer Farbe riecht. Wir haben es wie das Schlafzimmer in dem pastellfarbenen Blau gestrichen, weil wir noch nicht wissen, ob das Kind ein Mädchen oder ein Junge wird.

Es ist nicht einfach. Bei Gott, das ist es ganz sicher nicht. Aber das Leben hat uns vor diese Aufgabe gestellt, und wir werden daran wachsen.

»Schau mal«, sage ich, während Grace ihre ausgeprusteten Nudeln von der Bauanleitung entfernt, und halte ihr das kleine Papier aus dem Glückskeks vor die Nase. »Auch eine Reise von 1000 Meilen fängt mit dem ersten Schritt an. Der ist schön. Was steht bei dir?«

»Warte.« Grace stellt ihren Chinakarton beiseite, öffnet ihren Keks, der unter irgendeinem Brett vom Babybett liegt, und knackt ihn auf.

Erst runzelt sie die Stirn, dann erscheint ein Grinsen auf ihrem Gesicht. »Ein einziger Zweig ist dem Vogel lieber als ein goldener Käfig.«

»Wollen wir die behalten und einrahmen?«

Grace lacht. »Echt jetzt?«

»Ja. Wir kaufen uns einen Bilderrahmen, kleben die beiden Sprüche da rein und denken dann noch in zwanzig Jahren an diesen Moment.«

Grace Lächeln verändert sich. Es wird breiter und irgendwie inniger. Der Blick, mit dem sie mich ansieht, löst ein Kribbeln in mir aus und lässt mich schlucken.

»Das wäre schön.« Sie senkt die Lider und tut, als würde sie sich die Bauanleitung vom Kinderbett ansehen. Dabei grinst sie die ganze Zeit weiter.

In dem Moment überkommen mich meine Gefühle so heftig, dass ich denke, jeden Augenblick implodiere ich vor Glück. Keine Ahnung, wieso es mich gerade jetzt so durchrauscht. Aber die Art, wie sie mit ihrem von der Frühlingssonne leicht gebräuntem Gesicht und den rosa Haarspitzen den Blick senkt, schickt eine reine Flut von Euphorie und Serotonin durch meinen Körper.

»Grace?«

Sie sieht auf. »Ja?«

»Ich glaube, ich liebe dich.«

Ihre Augen weiten sich. Sie holt stockend Luft, und dann: »Hast … hast du das schon mal zu jemandem gesagt?«

Ich schüttle den Kopf. Plötzlich komme ich mir bescheuert vor, aber ich musste es unbedingt loswerden.

»Oh mein Gott«, sagt sie. »Oh mein Gott.«

Gerade will ich sie fragen, weshalb sie das die ganze Zeit sagt, da legt sie plötzlich die Anleitung beiseite, beugt sich vor und küsst mich. Als wir uns lösen, sieht sie mir direkt in die Augen.

Sie sagt: »Ich glaube nicht, dass ich dich liebe, Logan.«

Ihre Worte treffen mich so hart, dass ich keuche, ohne es richtig wahrzunehmen. Aber bevor ich überhaupt daran denken kann, was ich jetzt sage, fügt Grace hinzu: »Ich *weiß*, dass ich dich liebe. Gott, und wie ich dich liebe, Cunningham.«

Ihre Lippen sind meinen ganz nah. So nah, dass sie sich beinahe berühren, als ich spreche.

»Du ahnst ja nicht, wie gern ich dich dafür bestrafen würde, dass du mir gerade den Schock meines Lebens bereitet hast.«

Ihr Atem geht flach. »Tu's doch.«

Ich knurre. In einer einzigen Bewegung packe ich Grace Taille und wirble sie herum, sodass sie auf dem Parkett kniet und ihr die Haare übers Gesicht fallen. Allein der Anblick befördert das Blut in meine tiefere Gegend.

Ich hole aus und schlage ihr mit der flachen Hand auf den Hintern. Nicht stark. Nur so, dass sie es spürt.

Grace beugt den Rücken durch und stöhnt auf.

»Willst du bestraft werden, Grace?«

Sie atmet stockend aus. »J… ja.«

Noch einmal landet meine Hand auf ihrem Arsch. Ich muss kurz die Augen schließen und tief durchatmen, weil mein bestes Stück vor Erregung pulsiert.

»Sag mir, wenn es zu hart ist.«

Grace wimmert vor Lust. »Mehr.«

Und ich gebe ihr mehr. Drei weitere Schläge – bei jedem stöhnt sie lauter und bringt die Lust in mir beinahe zur Ekstase. Als ich es kaum noch aushalte, fahre ich mit der Hand über ihren Slip. Er ist nass.

»Fuck.« Ich ziehe ihr den Slip in einer Bewegung aus und entledige mich gleichzeitig meiner Boxershorts. Dann lege ich eine Hand auf ihre Schulter und umschließe mit der anderen ihr Haar, um ihren Kopf nach hinten zu ziehen.

Sie keucht.

»Sag, wenn's zu viel ist, Baby.«

»Nein. Es … es ist gut. Weiter.«

Als ich in sie eindringe, merke ich, *wie gut* sie es findet.

Sie ist so nass, wie ich es noch nie gespürt habe. Mein Körper zittert, während ich sie von hinten nehme und Grace im selben Rhythmus vor- und zurückgleitet.

Ich nehme die Hand von ihrer Schulter und schiebe sie unter ihr T-Shirt, um ihre Haut zu spüren. Ihre Bewegungen bauen einen solchen Druck in mir auf, dass ich nicht anders kann, als meine Finger in ihren Rücken zu graben und eine Kratzspur bis zu den Grübchen in ihrem Kreuz zu hinterlassen. Grace keucht, bewegt sich noch schneller, und ich bin benebelt, kriege nichts mehr mit außer ihren rhythmischen Bewegungen und meinen harten Stößen, die sie komplett ausfüllen, bis Blitze vor meinen Augen tanzen und mein Körper pulsiert, zittert, bebt, alles auf einmal, um dann von heftigen Lauten begleitet zu explodieren und alles in ihr zu ergießen, genau in dem Moment, als ein Ruck durch Grace Körper fährt, und ich spüre, wie ihr Muskel sich zuckend um mich schließt.

Meine Atmung geht schnell. Ich beuge mich über sie, während sie sich auf den Boden sinken lässt, und küsse sie auf einen Farbtupfer an ihrem Nacken.

Ihr Brustkorb hebt und senkt sich, als ich mich von ihr herunterrolle und auf den Boden neben sie lege. Eine Hand lasse ich in ihrem Haar, um mit einer ihrer Korkenzieherlocken zu spielen.

»Wow«, sagt sie.

Ich nicke. Eine Weile sprechen wir gar nicht, weil wir zu sehr damit beschäftigt sind, wieder runterzukommen. Irgendwann bettet Grace ihre Wange auf den Unterarm und sieht mich an.

»Was denn?«

Sie sagt: »Findest du mich jetzt eklig?«

»Was? Wieso sollte ich?«

Sie erhebt sich, schlüpft in ihren Slip und setzt sich dann in den Schneidersitz. Keine gute Position für ein solches Gespräch, weil ich sie am liebsten direkt wieder nehmen würde.

»Weil ich jetzt einen glibberigen Fötus in mir habe, der dich an ein Seepferdchen erinnert.«

Ich muss lachen, dabei will ich es nicht. Aber es lässt sich nicht verhindern. Grace findet das scheinbar nicht so lustig wie ich, denn sie sieht mich nur mit einem dicken Schmollmund an.

Also lächle ich und streiche ihr sanft eine Strähne hinters Ohr. »Wie könnte ich? Es ist doch *unser* glibberiger Fötus.« Ich beuge mich zu ihrem Bauch herunter, ziehe das Shirt hoch und piekse leicht in die Haut neben ihrem Bauchnabel.

»Deine Mama sagt, ich finde dich hässlich. Unverschämte Mama, oder? Du bist ein wunderschönes kleines Schwibbelschwabbel.«

Grace lacht. Sie legt ihre Hand auf meinen Hinterkopf und beginnt ihn zu kraulen, als ich ihrem Bauch einen Kuss gebe.

In dem Moment klingelt es an der Tür.

Wir sehen uns beide an, weil wir niemanden erwarten und keiner weiß, dass wir hier wohnen, außer Hazel und Caleb. Und die sind in den Flitterwochen.

Oder Philine. Grace Killerblick verrät sofort, dass sie an sie denkt. Und ich bete inständig, dass sie nach meiner letzten Nachricht auf der Abschlussparty verstanden hat, dass aus uns nie was wird.

»Vielleicht mein Vater«, sage ich, doch Grace Stirnrunzeln spiegelt meine Gedanken wider, wie unwahrscheinlich es ist, dass er hier auftaucht. Seit ich weiß, wie das mit meiner Mutter wirklich abgelaufen ist, beschränke ich die Kommunikation mit ihm auf das Minimum.

Sie folgt mir, als ich die Treppe heruntergehe und die Tür öffne.

James Wayland steht vor uns. Seine schütteren gelbblonden Strähnen fallen ihm in die Stirn und er trägt einen Nadelstreifenanzug. »Hallo, Logan. Darf ich reinkommen?«

»Sicher.« Ich trete beiseite, um ihn einzulassen, und Grace starrt auf ihr bekleckstes Shirt und die nackten Beine.

»Ähm.« Ich kratze mich am Hinterkopf. »Wir renovieren momentan. Das Sofa kommt erst morgen, aber wir können an die neue Kücheninsel. Möchtest du etwas trinken?«

»Ein Glas Wasser, bitte.«

Ich nicke, nehme drei Gläser aus dem Hängeschrank und lasse Wasser aus dem Kühlschrankfach hineinlaufen. Grace ist davongehuscht und kommt in Leggins und Top zurück, gerade als ich die Gläser auf die Insel stelle und mich setze.

James Grinsen scheint nicht mehr verschwinden zu wollen, seit er das Poolhaus betreten hat. Unsere fehlenden Möbel interessieren ihn wohl nicht.

»Logan.« Er nimmt einen großen Schluck Wasser. Ich weiß nicht, was ich denken soll, und fühle mich plötzlich überfordert mit meinen Armen, weil ich keine Ahnung habe, ob ich sie hängen lassen oder auf der Kücheninsel ablegen soll. Schließlich entscheide ich mich dafür, meine Hände im Schoß zu verschränken, und warte ab. Neben mir vergisst Grace, dass sie zu so etwas wie Blinzeln imstande ist.

»Wie ich gehört habe, hast du einen unserer Kontrolleure beim Casting verprügelt.«

Die Härchen auf meinen Armen richten sich auf. Ich habe damit gerechnet, dass dieses Thema zur Sprache kommen wird, wenn die Entscheidung der *Donavan Parker*-Rolle fällt, aber trotzdem fühle ich mich nicht bereit dafür.

»Ja. Und ich würde sagen, dass es mir leidtut, aber das wäre gelogen.«

James stellt das Glas auf der Insel ab und nickt langsam. »Du weißt, dass wir dich disqualifizieren müssen.«

Seine Worte verpassen mir einen Tritt in die Magengrube, und Grace lässt beinahe ihr Glas fallen. Sie beugt sich vor.

»Aber Lucas hat ihn provoziert! Er hat absichtlich die Liste gefälscht und wollte ihn nicht reinlassen.«

Wayland presst die Lippen zusammen. »Na, das hätten wir hinterher schon ausbügeln können. Aber so eine Schlägerei …«

Ich fühle mich, als wäre ich gerade mit dem Gesicht voran gegen eine Backsteinmauer gelaufen. Mein Traum ist geplatzt. Und obwohl ich damit schon gerechnet habe, fühlt sich dieser Moment schlimmer an, als ich es mir je hätte vorstellen können.

»Verstehe.«

»Ich habe mir dein Video angesehen, Logan.«

»Das bringt jetzt auch nicht mehr viel.«

James Wayland tippt mit seinem Finger auf den dunklen Granit. »Wusstest du, dass ich auch an der *Tisch* studiert habe?«

Ich nicke. Natürlich wusste ich es. Ich habe das Gefühl, alles über diesen Produzenten zu wissen, so oft habe ich seinen Namen gegoogelt.

»Damals gab es ein großes Projekt für diejenigen, die in den Produzentenbereich wollten. Fünf Studenten bekamen die Möglichkeit, ein Drehbuch zu entwickeln und einzureichen. Der Gewinner sollte an einer neuen ABC-Serie mitwirken dürfen.«

Grace rutscht auf dem Barhocker hin und her, während meine Glieder sich ungewohnt taub anfühlen. Ich frage mich, warum James mir das erzählt, deshalb ist das Einzige, was ich darauf sagen kann: »Okay.«

James lächelt. »Ich habe mir so eine verdammte Mühe für diese Drehbuchentwicklung gegeben, das glaubst du nicht. Aber die Konkurrenz in diesem Business ist hoch, wie du weißt, und einer der anderen fünf Studenten war wütend auf mich, weil ich mit seiner Ex-Freundin zusammen war.«

Grace schielt zu mir herüber, und ich bekomme plötzlich das Gefühl, als könnte Wayland Gedanken lesen. Oder wissen, warum ich Lucas außerdem geschlagen habe.

»Der Scheißkerl hat dann dafür gesorgt, dass mein Drehbuch

verschwindet. Er war Assistenzkraft des damaligen Professors und hatte seine Schlüssel fürs Büro, wo er mein gesamtes Skript durch den Schredder hat laufen lassen.«

»Oh mein Gott. Und dann?«

Wayland zuckt die Achseln. »Der Professor dachte natürlich, ich hätte nicht eingereicht. Als ich ihm sagte, dass ich das definitiv getan habe und ihm auch noch anbot, die Datei noch einmal auszudrucken und nachzureichen, hat er abgelehnt. Er dachte, ich hätte mehr Zeit gebraucht als die anderen und wollte später abgeben. Der Student hat es mir natürlich unter die Nase gerieben. Er wollte, dass ich es weiß. Wollte, dass ich mich gedemütigt und machtlos fühle und sich damit an mir rächen, weil ich mit seiner Ex-Freundin zusammen war. Natürlich habe ich ihn verprügelt. Und wurde danach suspendiert.«

»Das ist schrecklich, aber …« Mein Blick huscht zu Grace, ehe ich wieder Wayland anblicke. »Was hat das mit mir zu tun?«

»Das kann ich dir verraten.« Er lehnt sich zurück und neigt den Kopf. Immer noch mit diesem Dauergrinsen im Gesicht. »Ich will nicht wie mein Professor sein.«

Grace schnappt nach Luft. Ich starre ihn nur an.

»Wie … wie meinen Sie das?«

»Ich will nicht so dumm sein, den besten Bewerber abzulehnen, nur weil irgendein Idiot ihm Steine in den Weg legen will. Du hast die Rolle, Logan. Herzlichen Glückwunsch.« Wayland streckt die Hand aus. »Du bist unser Donavan Parker.«

Du bist unser Donavan Parker.

Ich habe kein Gefühl mehr in den Fingern, als ich James Hand schüttele. »Im … Im Ernst jetzt?«

»Im Ernst jetzt.«

Grace schlägt sich die Hand vor den Mund – *Oh mein Gott!* – und ich selbst bin zu kaum einer Regung fähig, außer die Augen aufzureißen und mir wieder und wieder durchs Haar zu fahren, bis es im Neunziggradwinkel zur Decke steht.

»Ich fasse es nicht«, sage ich.

Wayland erhebt sich. »Nun, das solltest du besser. In drei Tagen findet nämlich die erste Drehbuchbesprechung statt. Genauere Details bekommst du per Mail. In Ordnung?«

»Ja. Natürlich.«

»Super.« Noch einmal schüttelt er mir die Hand, anschließend die von Grace. »Dann sehen wir uns dort. Schönen Abend euch beiden noch.«

Sobald er durch die Tür verschwunden ist, drehe ich mich zu Grace um und sehe sie an, als hätte ich einen Geist gesehen.

Sie quiekt und fällt mir um den Hals. »Du hast es verdient, Logan. So verdient!«

»Ich komme noch nicht damit klar. Ist das gerade echt passiert?«

»Ist echt passiert«, sagt sie an meinem Ohr. »Du hast zwei Zeugen. Mich und Schwibbelschwabbel.«

»Meine Güte. Ich liebe dich und Schwibbelschwabbel. Gott, so sehr. Und ich … ich komme in die Kinos. Heilige Scheiße.«

»Ja. Bereite dich auf viele weibliche Fans vor, die du zum Schreien bringst.«

Meine Lippen verziehen sich an ihrem Kopf zu einem Grinsen. »Reicht mir, wenn ich dich zum Schreien bringe.«

Grace fängt an, meinen Hals zu küssen. »Ich bitte darum.«

Und dieser Bitte komme ich nach.

45

Logan

Ich stehe auf dem Campus der New York Ballett Academy und warte. Meine Hände sind schwitzig, was nicht an der warmen Frühlingssonne liegt. Seit fünfundzwanzig Minuten werfen mir Studenten mit Sporttaschen über der Schulter Blicke zu, wenn sie durch die schwere Tür des Instituts gehen. Ich kann es ihnen nicht verübeln, denn jeder Blinde würde auf dem ersten Blick erkennen, dass ich nicht hierher gehöre.

Und dann – endlich! – biegt der glanzpolierte Porsche auf den Campus ab und hält an einem Parkstreifen nicht weit von mir.

Meine Mutter steigt aus, dicht gefolgt von Autumn, die sich an ihr vorbeischiebt und auf mich zuläuft.

»Logan!«

Meine Schwester lacht, als sie mir in die Arme springt und ich sie kurz in die Luft hebe. Autumn riecht nach Haarspray, das vermutlich dafür verantwortlich ist, jede Strähne ihres strengen Dutts dort zu belassen, wo sie sind.

»Bist du nervös?«

Sie kratzt sich die Nase. »Nur wegen Juri.«

»Das ist das Vortanzen für die Summer School of Excellence, Autumn. Da kannst du nicht wegen eines Kerls nervös sein.«

Meine Schwester wackelt mit den Augenbrauen, woraufhin ich nur den Kopf schüttle und mein Blick auf meine Mutter fällt, die mit angestrengter Miene und Autumns Sporttasche auf uns zukommt. Ich nehme sie ihr ab, und sie bedankt sich mit einem

Lächeln, bei dem ich wegsehen muss. Es ist noch schwer für mich, auf diese Weise mit meiner Mutter umzugehen.

»Hattest du einen guten Flug?«

»Frag nicht.« Sie wedelt mit der Hand durch die Luft und scheucht Autumn voran, die ein Eichhörnchen auf einem Baum entdeckt hat. »Es gab durchgehend Turbulenzen, und mein Macbook ist mir vom Schoß gefallen, als ich eingeschlafen bin.«

»Ist er kaputt?«

»Natürlich ist er das.«

»Und ist das schlimm?«

»Natürlich ist es das.« Sie seufzt, während sie die Tür des Instituts öffnet und mich und Autumn hineinscheucht. »Aber die wichtigsten Sachen sind in der Cloud und auf meiner externen Festplatte. Mit dem Rest beschäftige ich mich später. Kommt jetzt.«

»Mom, kriege ich ein Eichhörnchen?«

»Nein. Wie war noch mal die Saalnummer?«

Neben uns kichert jemand. Ich wende mich um, während meine Mutter den Brief der Academy aus der Tasche kramt, und blicke in ein Paar runder dunkler Augen, die von schwarzen Strähnen umrahmt werden. Das Mädchen trägt nur einen Body und weiße Strumpfhosen mit Turnschuhen. Vermutlich kommt sie gerade von einer Trainingsstunde. Sie geht in die Knie, damit sie auf Augenhöhe mit meiner Schwester ist.

»Soll ich dir einen Ort verraten, wo die kleinen Eichhörnchen dir aus der Hand fressen?«

Autumn nickt. Als die Asiatin sich zu ihr vorbeugt und ihr etwas ins Ohr flüstert, werden Autumns Augen tellergroß.

»Aber niemandem verraten. Das ist mein Lieblingsplatz.«

Meine Schwester schüttelt den Kopf und tut, als würde sie sich den Mund abschließen und den Schlüssel wegwerfen. Noch einmal gibt die Asiatin ein helles Lachen von sich, dann stupst sie Autumn auf die Nase und verschwindet den Flur entlang.

»Wir müssen eine Etage höher«, sagt meine Mutter. Erst jetzt blickt sie von dem Brief auf und hebt die Brauen. »Kommt ihr?«

Ich muss Autumn an der Schulter stupsen, damit sie ihre Füße bewegt. Sie sieht mich an und formt ein lautloses OH – MEIN – GOTT. Als ich nur die Stirn runzle und leicht den Kopf schüttle, weil ich keine Ahnung habe, was sie meint, sagt Autumn: »Das war Mae! Juris Freundin!«

Ah. Deshalb kam mir das Mädchen so bekannt vor.

Ich grinse. »Vielleicht triffst du sie ja mal wieder, wenn sie dir ihren Lieblingsort verraten hat.«

Die Absätze meiner Mutter klackern auf dem Marmorboden. Wir erreichen eine breite Treppe aus dunklem Holz und Schnörkeln, die dem Altbau der Universität entsprechen. Autumn nimmt meine Hand, und ein Seitenblick verrät mir, dass sie nervös ist.

»Du machst das schon. Keine Sorge.«

»Sicher?«

»Natürlich. Du bist eine Cunningham.«

Ihr rechter Mundwinkel hebt sich zu einem schiefen Lächeln. »Da vorn ist es.« Mutter wendet den Kopf herum, und ihre angespannten Züge glätten sich sofort, als sie Autumn und mich zusammen sieht. Einen so offenen, weichen Ausdruck meine ich bisher noch nicht bei meiner Mutter gesehen zu haben. Glück und Unsicherheit gleichermaßen durchströmen mich, doch ich komme nicht dazu, mich länger mit diesem Gefühl auseinanderzusetzen, denn plötzlich quiekt Autumn so schrill auf, als hätte sie eine Spinne dabei erwischt, wie sie ihr Bein hochkrabbelt. Wir stehen vor dem offenen Saal, meine Schwester hat die Hände an die Wangen gelegt und den Mund weit aufgerissen. Die anderen Mädchen dehnen sich bereits an einer Stange vor dem riesigen Spiegel, doch bei Autumns Aufschrei blicken sie zu uns herüber.

»Autumn«, sagt meine Mutter. »Was ist denn? Geh schon.«

Aber Autumn geht nicht. Sie steht einfach weiter vor dem Saal, die Hände im Gesicht und die Kinnlade fast auf der Brust. Und der Grund dafür tritt gerade vor uns.

»Hi. Ich bin Juri und leite die Summer School of Excellence in diesem Jahr.« Er geht in die Hocke, um Autumn in die Augen zu sehen. In der Hand hält er eine Liste. »Darf ich deinen Namen wissen?«

Meine Schwester bleibt stumm. Ich wechsle einen schnellen Blick mit meiner Mutter, und ihre belustigte Miene verrät, dass auch sie von Autumns Schwärmerei für den Balletttänzer weiß.

Sie richtet ihre Handtasche und reicht ihm die Hand. »Susan Cunningham. Das ist meine Tochter Autumn.«

Juri schüttelt meiner Mutter zwar die Hand, erhebt sich aber nicht. Stattdessen blickt er meiner Schwester wieder in die Augen und neigt den Kopf.

»Autumn also, ja? Wie schön. Ich mag den Herbst. Er wirkt so fröhlich, findest du nicht? Bist du auch fröhlich, Autumn?«

Ich kann nicht anders, als diesen Typen zu mögen. Dabei mag ich andere Menschen selten auf Anhieb, ehe ich sie nicht richtig kennengelernt habe.

Autumn bringt ein heiseres, kaum hörbares »ja« hervor. Ihre Hände hat sie inzwischen vom Gesicht genommen, dafür zupft sie jetzt an den Trägern ihres Bodys herum.

Juri lächelt. »Ich habe auch eine kleine Schwester. Ihr würdet euch sicher gut verstehen. Vielleicht kann ich sie ja mal überreden, mitzukommen.« Er erhebt sich und deutet auf die anderen Mädchen an der Stange. »Geh doch schon mal zu den anderen, und fang an, dich zu dehnen, ja? Keine Sorge, die beißen nicht.«

Autumn nickt. Ihre Augen sind kugelrund, als sie an Juri vorbeischreitet.

»Deine Tasche«, rufe ich.

Sie bleibt wie angewurzelt stehen, kommt in schnellen Schritten und mit roten Wangen zurück und verschwindet dann zu den anderen Mädchen. Ich muss lachen, weil sie so süß ist.

»Gut, alles klar, damit sind wir vollzählig.« Juri macht einen Haken auf seinem Klemmbrett, ehe er zu uns aufsieht. »Es freut mich, dass Sie ihre Tochter angemeldet haben. Natürlich habe ich mir die eingereichten Lebensläufe im Vorfeld angesehen und muss zugeben, dass Autumn einen sehr ehrgeizigen Eindruck auf mich erweckt hat. Das viele Training in dem Alter ist keine Selbstverständlichkeit. Ich persönlich finde jedoch wichtig zu wissen, ob Autumn diesen Wunsch hatte oder ob sie eher … dazu ermutigt wurde. Wenn ich es so ausdrücken darf.«

Meine Mutter runzelt die Stirn. »Wollen Sie mir unterstellen, ich zwinge meine Tochter zum Training?«

»Auf keinen Fall. Aber mir liegt die Liebe zum Ballett am Herzen. Ich möchte nicht mit Kindern arbeiten, wenn sie daran keinen Spaß haben.«

Wieder flammt eine Woge des Respekts für den Balletttänzer in mir auf. Meine Mutter hingegen scheint sich nicht recht entscheiden zu können, ob sie seine Ansage als Angriff oder Professionalität auffassen soll. Kurz fängt sie meinen Blick auf, und ich gebe ihr mit dem Ansatz eines Kopfschüttelns zu verstehen, dass es keinen Grund gibt, ihn anzufahren. Er will nur das Beste für diese Kinder.

Mutter seufzt und lächelt schließlich. »Das verstehe ich. Und ich kann Ihnen versichern, dass Autumn das Tanzen liebt. Wenn sie krank ist und nicht zum Training kann, ist sie nur am Schmollen. Ich würde sie niemals dazu zwingen. Niemals.«

Juri nickt. Er glaubt ihr. Und ich … seltsamerweise auch.

Wenn ich zurückdenke an die Zeit, als meine Mutter noch bei uns gelebt hat, kommen mir nur vage Erinnerungen in den Kopf. Aber ich weiß noch, dass ich damals beim Turnen war und hinterher geschrien habe wie ein Irrer, weil ich keine Lust hatte, je wieder hinzugehen. Obwohl mein Trainer meinte, in mir steckte wahres Potenzial. Meine Mutter hat nicht eine Sekunde gezögert. Sie hat mir das Haar verwuschelt und gesagt: »Natürlich musst du nicht. Mach, was auch immer dir Spaß macht. Was macht dir Spaß, Logan?«

»Die Theater-AG«, habe ich gesagt.

Sie hat gelächelt. »Weißt du was? Ich kenne jemanden am *Minskoff*-Theater. Er sucht noch Kinder für König der Löwen. Hast du Lust dazu?«

Ich habe genickt. Und dann wurde ich tatsächlich ausgewählt und habe mehrere Jahre in diesem Theater gespielt. Eine Gänsehaut schleicht mir über den Körper, als ich an diese Erinnerung denke.

Weshalb habe ich diesen Moment verdrängt? Habe ich absichtlich alles Positive, was mir über meine Mutter im Kopf geblieben ist, beiseitegeschoben, weil ich sie so unbedingt hassen wollte?

Vielleicht hat sie mir damals den Weg für meine Zukunft geebnet. Was, wenn sie von mir verlangt hätte, weiter zum Turnen zu gehen? Wäre ich dann je Schauspieler geworden?

Die Erkenntnis trifft mich wie ein Schlag. Es gibt so viele Eltern, die von ihren Kindern verlangen, das zu tun, was sie selbst für sie wollen, weil sie ihnen nicht richtig zuhören oder aber sie nicht für rational genug halten, eigene Entscheidungen zu treffen. So etwas hat mit gegenseitigem Respekt zu tun.

»Logan.« Mutters Stimme reißt mich aus meinen Gedanken. Erst jetzt merke ich, dass Juri nicht mehr bei uns steht, sondern schon mit den Kindern spricht. Ich blinzle, als ich den Blick meiner Mutter erwidere, und habe plötzlich das Gefühl, sie aus anderen Augen zu sehen. Sie nickt in Richtung der Stühle, auf dem auch die anderen Eltern sitzen und warten, ihren Kindern beim Vortanzen zuzusehen. »Kommst du?«

»Ja.«

»Alles in Ordnung?«

»Alles in Ordnung, Mom.«

Es ist eine Ewigkeit her, dass ich sie so genannt habe. Und noch länger ist es her, dass ich sie so breit lächeln gesehen habe, wie sie es in dieser Sekunde tut.

Vielleicht hat Susan Cunningham doch ein Herz.

46

Grace

»Bist du bereit?«

»Nein.«

»Wie fühlst du dich?«

»Als hätte ich Durchfall.«

»Komm schon, Grace.« Logan lacht und leg einen Arm um meine Taille. »Natürlich bist du bereit. Du hast so lange dafür geübt.«

Er hat recht. Ich habe praktisch Tag und Nacht für dieses Casting geprobt. Selbst als ich bei Keira gewohnt habe, war ich fast jeden Abend unten in der Bar und habe mit den anderen Karaoke gesungen.

Mein Herzschlag echot in meinem Ohr, während ich das Shubert-Theater von außen anstarre. Die leuchtenden Retrobuchstaben an der flachen Ecke der Backsteinmauer kündigen »To Kill A Mockingbird« an. Aber nicht heute.

Nicht jetzt.

Hier findet das *Spotify*-Casting statt.

Den ganzen Morgen über ist mir schon schlecht, und ich kann nicht einmal sagen, ob es wegen des Castings ist oder weil die vielen Hormone meinen Körper regieren. Vielleicht auch wegen beidem. Das Stechen in meiner rechten Seite wird von Tag zu Tag schlimmer. Gestern lag ich den ganzen Tag mit Wärmflasche im Bett, während Logan mir mehr Tee gekocht hat, als mein Körper in meinem ganzen Leben zu sich nehmen musste.

»Na gut. Lass uns reingehen. Ich will es hinter mich bringen.«

Ich gehe los, aber Logan hält mich zurück.

»Was ist?«

»Du solltest es nicht auf diese Art und Weise angehen.«

»Was meinst du?«

Er hebt eine Braue. »Auf die *Ich bringe es hinter mich* Art und Weise. Das hier ist dein Moment, Grace. Es ist das, was du liebst. Sieh es nicht als eine Situation, in der du andere von deinem Können überzeugen musst. Sieh es als einen Moment, deine Leidenschaft ausleben zu dürfen.«

Er hat recht. Wieder einmal hat er recht.

»Ja«, sage ich und sehe in den Himmel, weil ich plötzlich lachen muss. »Es ist nur … Gott, ich habe Schiss. Ich bin so aufgeregt, Logan! Zuletzt war ich so nervös, als ich in der Dritten mein Referat allein halten musste, weil Hazel die Grippe bekommen hat.«

»Oh, ich erinnere mich.« Logan schmunzelt, dann nimmt er meine Hand und drückt sie. »Nervosität ist normal, Grace. Die wird immer da sein. Aber versuch, sie als etwas Schönes zu sehen. Sie signalisiert dir, dass du kurz davor bist, wieder zu singen. Okay?«

Ich atme tief durch. Lege meine andere Hand ebenfalls auf seine und drücke. »Okay.«

»Dann mal los.«

Wir betreten das Shubert-Theater, und die kühle Luft des Ventilators weht diesen typischen Geruch nach Holz und alten Wänden mit sich, den seltsamerweise jedes Theater versprüht.

Ich fand das Shubert schon immer wenig extravagant. Einmal waren wir mit der Schule hier, aber privat bin ich nie in diesem Theater gewesen. Mein Vater hat öfter über die *lächerliche* Inneneinrichtung gespottet.

Zugegeben, es ist nicht gerade das edelste Theater, obwohl man eines daraus machen könnte. Die Wände sind weiß und mit etlichen gold umrandeten Verzierungen bearbeitet. Aber das war's auch schon mit Eleganz.

Der Steinboden enthält ein Muster, das seltsam billig wirkt. Mehrere Brauntöne in unterschiedlichen Klecksen. Es macht auf den ersten Blick den Eindruck, als wäre hier ein Restpostenteppich ausgelegt.

Ich streiche mir mit dem Finger die Furche zwischen meinen Augenbrauen glatt, weil ich diese oberflächlichen Gedanken loswerden will. Es ist schwer, nicht automatisch an solche belanglosen Dinge wie das Muster des Steinbodens oder die sporadische Einrichtung von billigen Holzmöbeln zu urteilen, wenn es einem vom Kleinkindalter an eingetrichtert wurde.

Aber ich versuche, mich zu ändern. Also denke ich nicht weiter darüber nach, dass das Casting hier stattfindet, und trete zu der Dame im schwarzen Kostüm heran, die hinter der Theke steht.

»Hallo.« Ich drücke die Schultern durch, wie ich es beigebracht bekommen habe. »Mein Name ist Grace Bishop. Ich habe mich angemeldet.«

Man musste sich tatsächlich anmelden. Genauer gesagt, *qualifizieren*. Für ein Casting.

Das war der erste Moment, in dem ich hinschmeißen wollte. Ich dachte, das wird nie was. Aber Logan hat so lange auf mich eingeredet, bis wir mein Cover von *Havana* eingereicht haben. Drei Tage später kam die Terminzusage fürs Casting. Ich habe mir gerade Marmelade aufs Erdnussbutterbrot geschmiert, als mein Handy gepiept hat und ich den E-Mail-Absender auf dem Display gelesen habe. Mir ist dann das Marmeladenglas auf den Boden gefallen, und ich habe mir den kleinen Zeh geschnitten, weil ich barfuß war.

»Bishop«, wiederholt die Frau und gibt etwas in ihr Macbook ein, das vor ihr steht. Ich glaube, sie hat in ihrem Leben viel zu oft die Stirn gerunzelt, denn es sind drei lange Furchen darin. Vielleicht war sie auch einfach zu oft im Solarium, denn sie ist sehr braun. Orangebraun.

»Ah. Ja. Sie haben den Termin um elf, richtig?«

»Genau.«

»Gut. Und Sie sind …«

Ihr Blick wandert zu Logan, und ich muss mir auf die Wange

beißen, um nicht zu grinsen. Spätestens nächstes Jahr wird keiner ihn mehr ansehen können, ohne nicht zu wissen, wer er ist.

»Oh, ich bin nicht angemeldet«, sagt er. »Ich bin nur ihr Freund.«

Ihr Freund. Das höre ich zum ersten Mal aus seinem Mund und es … es gefällt mir. Ein wohliges Kribbeln erwärmt meinen Bauch. Logan scheint plötzlich auch zu merken, was er gesagt hat, denn er kratzt sich am Hinterkopf und wirft mir einen betretenen Blick zu. Ich lächle und nehme seine Hand.

»Schön.« Die Frau reicht mir ein Blatt Papier, auf dem die Nummer dreiundsechzig steht. »Kleb dir das am besten aufs Shirt, und setzt euch in den Wartebereich. Du wirst dann abgeholt.«

»Danke.«

Wir folgen den Schildern bis zu einem Platz, an dem mehrere Stuhlreihen aufgebaut wurden. Fast alle Plätze sind besetzt.

»Meinst du, wir müssen lange warten? Es ist doch gleich schon elf.«

Er lässt seinen Blick kurz über die anderen schweifen, dann verzieht er ahnungslos den Mund. »Kann sein. Aber vermutlich sind die alle nur schon früher hier, weil sie zu Hause nicht mehr still sitzen konnten. Ist oft so.«

Ich lehne mich zurück, ziehe das Papier von dem Sticker ab und klebe mir die Nummer aufs Shirt. »Es ist nicht einmal Mittag und es gab schon zweiundsechzig andere vor mir. Irre.«

Logan streckt die Beine aus und lacht. »Das ist doch nichts. Ich kenne viele Castings, da sind schon zweihundert Bewerber durch, ehe die Jury mal auf Toilette gehen kann.«

»Meine Güte.«

Logan wühlt seelenruhig in seiner Manteltasche und holt einen Schokoriegel raus. »Willst du ein Snickers?«

»Nein, ich muss gleich singen. Außerdem fühle ich mich echt, als hätte ich Durchfall.«

Er zuckt die Achseln und steckt ihn wieder weg. Ich frage mich, was die anderen von uns denken, wenn sie uns zuhören.

Eine Weile vergeht, in der wir nichts sagen. Die Stille wird nur unterbrochen von gelegentlichem Räuspern, oder wenn wieder jemand tief durchatmet, was alle zwei Sekunden einmal passiert. Die große Uhr an der Wand tickt, und die Minuten verstreichen. Mit jedem Zeiger, der einen weiteren Schritt macht, klopft mein Herz schneller.

Bis ich endlich aufgerufen werde. »Bishop!«

»Oh Gott«, sage ich. Logan drückt meine Hand, ehe er sie loslässt.

»Viel Glück. Du schaffst das.«

Mir entgeht nicht, wie jeder Bewerber auf den Plätzen mit rotem Sitzpolster mich beobachtet, als würden sie mich am liebsten zerfleischen. Eben war ich noch eine von ihnen und habe meine Vorgänger genauso angesehen. Jetzt gerade wünschte ich, es nicht getan zu haben. Sie tun mir leid.

Weil ich mir gerade selbst leidtue.

Die Frau mit dem grünen *Spotify*-Logo auf dem schwarzen Shirt führt mich in den Theatersaal. Die blauen Sitze erstrecken sich vor mir wie das brandende Meer, das mir mit seinen rauschenden Wellen ruhig zuflüstern möchte. Nur, dass hier keine Wellen zu hören sind. Bloß eine bedrückende Stille, in der jeder Schritt, den ich auf die Bühne mache, laut widerhallt.

Jeder Scheinwerfer an der langen Stange, die von der reich verzierten und antikgoldenen Decke hängt, ist auf das Mikro gerichtet, das auf der Bühne steht.

Ein so einfacher, stumpfer Gegenstand in diesem imposanten Saal. So simpel und doch so wichtig.

Dieser schwarze Gegenstand könnte das Leben eines Menschen ändern. Seine Zukunft formen.

Verrückt, wie mächtig solch irrelevanten Dinge doch sein können. Obwohl alles nur so viel Macht haben kann, wie die Welt ihm beimisst. Macht ist relativ. Manchmal habe ich Macht über vieles in meinem Leben, und manchmal denke ich, gar keine zu haben.

So wie jetzt. Jetzt habe ich gar keine. Und das macht mich fertig. Sogar das Mikro macht mich fertig, weil ich plötzlich Angst davor habe. Dabei ist es einer der liebsten Gegenstände in meinem Leben.

Wie kann ich Angst vor etwas haben, das ich liebe?

»Hallo.« Ich zwinge mich, den beiden Frauen und dem Mann hinter dem Tisch vor mir in die Augen zu sehen. »Ich bin Grace.«

Meine Stimme zittert. Meine Hände auch. Und weil das Mikro in meinen verdammten Händen liegt, bebt es genauso unkontrolliert.

Eine der Frauen lächelt. Sie trägt eine Brille und hat langes schwarzes Haar. Ich beschließe, sie anzusehen statt die anderen, weil sie am freundlichsten wirkt.

»Hey Grace. Was singst du für uns?«

»Ähm. Ich … Was ich singe?«

Ich glaube, ich sitze in einem Schiff. Alles schaukelt, und ich blinzle, aber es wird nicht besser. Ich mochte Schiffe noch nie. Mir wurde immer schlecht, wenn wir nach Coney Island gefahren sind.

Jetzt wird mir auch schlecht. Noch schlechter als zuvor. Und das Stechen wird wieder schlimmer.

Der Mann runzelt die Stirn, was ich nur halb sehen kann, weil er zu einer unscharfen Silhouette verschwimmt.

»Ja. Das hier ist ein Gesangscasting. Wissen Sie das nicht?«

»Doch.« Plötzlich mache ich mir Sorgen, dass die Jury hört, wie trocken mein Mund ist. Wenn ich schlucke, macht es ein komisches Geräusch. Vielleicht werde ich ja gerade verrückt, weil ich an alles Mögliche denke, nur nicht mehr ans Singen.

»Ich … *A Litte Too Much*. Von Shawn Mendes.«

»Alles klar.« Die Frau in der Mitte. Glaube ich. »Dann viel Glück, Grace.«

»Danke.«

Ich sage Danke, verstehe aber irgendwie nicht, dass ich jetzt singen muss. Erst stehe ich einfach nur da und warte, dass einer der drei etwas sagt, bis mir ihre erwartungsvollen Blicke auffallen und ich merke, dass sie warten. Und da dringt auch die Erkenntnis zu mir durch, dass ich loslegen soll.

Was ich tue. Ich fange an zu singen, aber … ich bin nicht sicher. Meine Stimme zittert. Und weil mich das so unsicher macht, kriege ich die Einsätze nicht richtig. Meine Pausen sind zu lang. Ein paar Töne gehen daneben, weil meine Stimme versagt. Und als ich ende, würde ich am liebsten wortlos das Mikro wegstecken und mit geducktem Kopf verschwinden.

Mein Mund ist immer noch so trocken. Ich wünschte, jemand würde mir ein Glas Wasser geben.

Jedes der drei Jurymitglieder hat denselben schmallippigen Blick drauf, als sie mich ansehen. Sogar die Frau in der Mitte, dabei hat sie eigentlich volle Lippen.

»Grace.« Mit dem Ende ihres Kulis tippt sie auf dem Tisch. Dann macht sie eine kurze Pause und neigt den Kopf, ehe sie mich mitfühlend ansieht. »Du warst ein bisschen nervös, oder?«

»Ich denke schon.«

Ein verstehendes Nicken. Die Frau neben ihr sagt: »Das ist normal. Die meisten kriegen vor Aufregung kaum einen Ton raus.«

»Oh. Okay.« Ich kann nicht viel sagen, weil mir auch nicht einfällt, was ich sagen könnte. Mein Wortschatz ist plötzlich sehr begrenzt.

Der Mann räuspert sich. »Es ist das erste Mal, dass wir dieses Casting veranstalten, aber planen, so etwas ab jetzt einmal im Jahr anzugehen. Mindestens. Deine Stimme hat wirklich Potenzial, aber ich denke, du solltest noch ein wenig an deiner Nervosität arbeiten. Das gehört auch dazu, weißt du. So was ist wichtig, wenn man ins Musikbusiness will.«

»Ja. Stimmt.« Ich fühle mich wie ein Roboter und habe keine Ahnung, was ich da sage. Ehrlich gesagt habe ich sogar kaum eine Ahnung, was der Typ gerade erzählt. Das einzige, was ich verstanden habe, ist, dass ich raus bin.

Ich habe es nicht geschafft.

Seltsamerweise lege ich meine Hand auf meinen Bauch, als wollte ich das Baby schützen. Vielleicht, weil ich verletzt bin und

Angst habe, es könnte davon etwas abkriegen. Was sehr unlogisch ist, aber gerade habe ich es nicht so mit Logik.

Gerade habe ich es überhaupt mit gar nichts so richtig.

Ich denke nur an Logan und daran, dass ich zu ihm zurück möchte. Raus aus diesem bedrückenden Theatersaal mit dem schwarzen Mikro, das mehr Macht besitzt als ich selbst in diesem Moment.

»Danke, Grace. Vielleicht ja beim nächsten Mal.« Die Schwarzhaarige mit den vollen Lippen weist zur Tür. Mein Zeichen, dass ich gehen kann. Meine Beine setzen sich sofort in Bewegung; nicht eine Sekunde länger bleibe ich hier.

Jeder Schritt zum Wartebereich wird begleitet von einer pochenden Enttäuschung. Plötzlich kommt mir alles in diesem Theater weniger magisch vor. Am Anfang wirkte jede Kleinigkeit spannend und aufregend auf mich, und ich habe sogar den merkwürdigen Steinboden betrachtet, als trüge er irgendeinen Zauber in sich. Aber jetzt … jetzt ist alles grau.

Als ich den Wartebereich erreiche, lasse ich meinen Blick über die anderen Bewerber schweifen und beobachte, wie angespannt sie auf ihren Plätzen sitzen. Mit ihren Beinen zappeln, wie ich es zuvor getan habe.

Sie haben den Moment noch vor sich. Werden sie anschließend auch mit gesenktem Kopf hinausgehen? Oder wird sich bei ihnen ein Strahlen auf dem Gesicht ausbreiten?

Logan steht auf, als er mich sieht. »Und?«

Ich schüttle bloß den Kopf.

»Nicht dein Ernst.«

Als ich nicke, sieht er eine der Mitarbeiterinnen an, die mich zum Saal geführt hat, und hebt die Brauen. »Ihr müsst richtig dumm sein, wenn ihr jemanden wie sie gehen lasst.«

Die Frau runzelt die Stirn, und mir ist es peinlich, deshalb nehme ich seine Hand und ziehe ihn mit mir.

»Lass uns gehen. Ich will nur noch raus hier.«

Logan macht ein Gesicht, als wäre er lieber noch einmal in den Saal gegangen und hätte die Jury zusammengeschrien. Aber er folgt mir, wenn auch widerstrebend. »Du gibst aber jetzt nicht auf, oder?«

»Nein.«

»Versprochen?«

»Versprochen.«

Es ist das erste Mal, dass ich ein Versprechen nicht ernst meine.

47

Grace

Letzte Nacht haben wir endlich in unserem neuen Bett geschlafen, und trotzdem habe ich kaum ein Auge zugemacht. Die ganze Zeit über musste ich an meine Zukunft denken und daran, dass ich nie so werden will wie Terrence Hill.

Ich möchte selbst etwas auf die Reihe kriegen. Ganz egal, ob wir genug Geld haben oder nicht – ich will nicht zu Hause bleiben und nichts tun. Aber wie ich es auch gedreht und gewendet habe … mich lässt das Gefühl nicht los, dass ich im Endeffekt *nichts* mache, wenn ich nur versuche, Sängerin zu werden. Es könnte Jahre dauern. Vielleicht auch Jahrzehnte.

So etwas ist nicht leicht und kommt nicht aus heiterem Himmel. Meistens muss man eine halbe Ewigkeit für seinen Traum kämpfen und jeden kleinen Schritt mitnehmen, um sich einen Namen zu machen. Da reicht Können allein nicht immer aus. Es gibt zu viele, die singen können.

Ich warte, bis Logan aufgebrochen ist, um sich mit James Wayland zu treffen, dann mache ich mich auf den Weg ins Plaza. Es ist ein komisches Gefühl, die mit rotem Teppich ausgelegten Treppen emporzusteigen. Als würde ich einen großen Schritt zurückmachen.

»Grace.« Sean wirkt verwundert. »Ich habe Sie ewig nicht gesehen.«

»Hey. Ja. Ich hatte viel zu tun.«

»Natürlich. Sie werden erwachsen, Grace.«

»Vermutlich.«

Die kühle Luft der Ventilatoren umschmeichelt meine freien Knöchel. Ich trage eine Dreivierteljeans mit Sneaker und Bomberjacke und hoffe, dass meine Mutter mich nicht direkt wieder rauswirft, wenn sie mich so sieht.

Unter den Gästen falle ich sofort auf. Natürlich tue ich das. Sie alle tragen hochwertige Kostüme oder teure Seidenblusen. Eine Frau, die mit einer Freundin auf den fein bestickten Sesseln unter dem Kronleuchter sitzt, rümpft sogar die Nase, als ich an ihr vorbei zum Aufzug gehe.

Wenn sie wüsste, dass mir dieses Hotel gehört.

Seltsamerweise ist mein Kopf wie leer gefegt. Nicht einmal, als ich im stillen Fahrstuhl hoch in unsere Suite fahre, bin ich dazu imstande, an irgendetwas zu denken. Ich glaube, das ist ein Schutzmechanismus meines Körpers, weil die Panik in mir über die vorhergesehenen Grenzen gestiegen ist.

Oliver sitzt am Esstisch, gemeinsam mit einem Jungen in seinem Alter, den ich nicht kenne. Ich wusste nicht einmal, dass mein Bruder Freunde hat. Er wirkt nicht wie ein Sohn aus unserer Gesellschaft. Zumindest kenne ich ihn nicht. Seine schwarzen Strähnen fallen ihm in die gebräunte Stirn, und er ist komplett schwarz angezogen, als würde er gleich auf eine Beerdigung gehen. Ich entscheide mich dafür, dass mir egal ist, wer der Typ ist. Zumindest im Augenblick.

»Hey. Wo ist Mutter?«

»Keine Ahnung«, entgegnet Oliver, ohne von einem Blatt Papier aufzusehen, das vor ihm liegt. »Aber du kannst hier nicht wieder einziehen. Ich habe dein Zimmer genommen.«

»Wieso hast du mein Zimmer genommen?«

»Es ist größer und hat einen Ankleideraum.«

»Aha. Mir auch egal. Wo ist sie?«

»Keine Ahnung«, wiederholt mein Bruder. »Nerv mich nicht.«

»Meinetwegen.« Ich ziehe mein Handy aus der Hosentasche und will sie gerade anrufen, als ihre nicht zu überhörende Stimme aus dem Arbeitszimmer schallt. Ich rolle mit den Augen, stecke mein iPhone wieder weg, klopfe an und betrete den Raum.

»Nicht jetzt, Norma«, sagt sie. Ihr Rücken ist mir zugedreht. »Ich telefoniere.«

»Ich bin's.«

Mutter erstarrt auf ihrem Stuhl. Ihre Schultern spannen sich an. »Ich rufe zurück, Harold.«

Sie dreht sich um und sieht mich an. Natürlich bleibt ihr Blick einen Moment zu lang auf meiner Bomberjacke hängen.

»Es muss wichtig sein, wenn du herkommst.«

»Es ist wichtig.« Mein Herz schlägt mir bis zum Hals, aber ich lasse es mir nicht anmerken. Vor meiner Mutter könnte ich niemals die Kontrolle verlieren. Dazu ist mein Körper einfach nicht imstande, weil er weiß, dass ich mich hinterher wie ein Häufchen Elend fühlen würde.

»Nun gut.« Sie legt ein paar Unterlagen beiseite, was eigentlich keinen Sinn macht. Vermutlich braucht sie etwas, womit sie sich beschäftigen kann, um ihre Überraschung zu überspielen.

Da weiß man ja, woher ich das habe.

»Worum geht's?«

Ich deute auf den Stuhl vor ihrem Schreibtisch. »Kann ich mich setzen?«

»Sicher.«

Meine Bewegungen sind steif, und ich spüre kaum, wie ich mich auf den Stuhl niederlasse. Das Holz der Lehne drückt mir in den Rücken und wirkt fremd. Als würde ich zwischen zwei Welten stecken, gefangen in meinem Körper und hier anwesend.

Ich schäme mich hierfür. Wirklich.

Meinen Stolz aufzugeben und bei meiner Mutter angekrochen zu kommen. Aber es muss sein.

»Es ist … ich möchte wieder für das Hotel arbeiten.«

Meine Mutter verzieht keine Miene. Natürlich nicht. Sie hat das ultimative Pokerface. Ihre nachgemalten Brauen heben sich, während sie die Fingerkuppen aneinanderlegt. »Warum?«

»Weil … es ist wichtig, Mom. Bitte.«

Das letzte Mal, als ich meine Mutter Mom genannt habe, war ich vielleicht drei oder vier und habe gerade die Teletubbies für mich entdeckt. Mutter schreckt bei diesem Wort zusammen.

»Dafür musst du mir sagen, woher der Sinneswandel kommt.«

Ich hasse das. Für alles will sie eine Erklärung. Das war schon immer so. Ich könnte über eine Ausrede nachdenken. Im Kopf rattere ich schon alle Möglichkeiten durch, bis sich eine bleierne Müdigkeit über mich legt und ich den Kopf hängen lasse.

Ich bin erschöpft. Ausgelaugt und am Ende meiner Grenzen, immer darüber nachzudenken, wie ich es meiner Mutter recht mache. Statt einfach zu mir selbst zu stehen.

Also sage ich: »Ich bin schwanger, Mom.«

Jetzt zeigt sie eine Regung. Ihre Augen weiten sich, und ihre Finger klammern sich an der Holzplatte ihres Schreibtischs fest. »Sag, dass das wieder einer deiner üblen Scherze ist, um mich aus der Bahn zu werfen.«

Ich seufze. »Ist es nicht.«

Meine Mutter schließt die Augen. Ihre Hände zittern, und ihre Nasenflügel blähen sich auf. Ich glaube, das habe ich von ihr. »Von wem?«

»Logan.«

Sie zieht scharf die Luft ein. Es dauert eine Weile, bis sie sie wieder ausstößt. Schließlich öffnet sie die Augen und sieht mich an. »War das gewollt?«

»Was? Oh mein Gott, Mom! Natürlich nicht!«

Sie nickt. »Aber er steht dazu?«

Ich muss mich zwingen, nicht mit den Zähnen zu knirschen. Ihr Verhör macht mich wütend. »Ja. Wir sind zusammen. Er … er liebt mich.«

Meiner Mutter scheinen so einige Wörter auf der Zunge zu liegen, die sie nur zu gern loswerden würde. Aber sie schluckt sie herunter – und dafür bin ich ihr dankbar.

»Okay.« Sie blinzelt, dann lehnt sie sich zurück und verschränkt die Arme vor der Brust. »Du wirst nicht wieder für das Hotel arbeiten, Grace.«

Ich starre sie an. »Was?«

Meine Mutter überschlägt ihre gertenschlanken Beine. »Du hast genug Geld auf deinem Sparkonto. Von Logan ganz zu schweigen. Damit kannst du sorgenfrei deinen Gesang verfolgen.«

Wortlos sitze ich ihr gegenüber und sehe meiner Mutter auf den Mund, aus dem diese Worte gerade gekommen sind. Ich kann nicht glauben, dass sie das gesagt hat. Aber sie tut auch nichts, um die Aussage zurückzunehmen, sondern wippt bloß mit ihren Louboutins in der Luft.

»Warum? Auf dem Debütantinnenball bist du deshalb noch völlig durchgedreht.«

»Ja.« Sie betrachtet ihre manikürten Nägel. »Ich hasse Veränderungen. Und außerdem hast du mich vor allen anderen bloßgestellt, Grace.«

Dagegen kann ich nichts sagen. Es stimmt. »Und jetzt siehst du das alles anders?«

»Na ja.« Mutter zuckt die Achseln. »Du hast damit angefangen, weil du es unbedingt wolltest. Also machst du es auch zu Ende. Wir Bishops geben nicht auf, bis wir bekommen, was wir wollen. Das weißt du doch.«

»Aber ich bekomme ein Baby, Mom.«

»Gerade dann.« Sie seufzt und steht auf. Ich werde nervös, als sie um ihren Schreibtisch herumgeht und sich auf die Kante neben mich setzt. »Willst du deinem Kind später immer sagen, du hattest einen Traum aber hast ihn nicht verfolgt? Dann wird sie oder er genauso. Von mir hast du wenigstens gelernt, dass man für seinen Traum kämpfen sollte. Dein Vater und ich haben alles für dieses Hotel gegeben. Vielleicht …« Sie sieht kurz zur Decke und beißt sich auf die Unterlippe. Eine Geste, die ich so gut wie nie von ihr zu sehen bekommen habe. »Vielleicht haben wir deshalb immer gedacht, es wäre auch euer Wunsch. Deiner und Olivers. Aber dem ist nicht so. Und das ist okay, schätze ich.« Als sie mir eine Hand auf die Schulter legt, habe ich das Gefühl, jeden Augenblick zu kollabieren. Das hier ist mir völlig fremd. Und ich frage mich, ob ich nicht doch in irgendeinem Paralleluniversum stecke.

»Wenn es nicht so läuft, wie du es dir vorstellst, und du wirklich am Ende bist, dann kannst du immer herkommen, Grace. Du kannst jederzeit ins Unternehmen einsteigen. Aber versuch, das zu erreichen, was dein Herz auch wirklich will.«

»Wer bist du, und was hast du mit meiner Mutter gemacht?«

Sie lacht. »Ich weiß, ich kann ein Biest sein. Wir hätten einfach früher über alles reden sollen. Ich habe dich nicht verstanden und du mich nicht.«

»Ja«, sage ich, noch immer vollkommen von der Rolle. Ich reibe mir die Stirn und schließe kurz die Augen. »Bitte erzähl Vater noch nichts davon, ja?«

»Gott bewahre.« Sie grunzt. »Der wird durchdrehen. Am besten, er erfährt es erst, wenn dein Bauch kugelrund ist.«

Ich muss lächeln. Kaum zu fassen, dass ich das in Gegenwart meiner Mutter noch einmal zustande bringe. »Danke, Mom.«

»Deinen neuen Look finde ich trotzdem schrecklich.«

Ich lache. »Das ist okay. Damit komme ich klar.«

Als ich das Plaza verlasse, fühle ich mich wie ein geläuterter Mensch. Das Casting von heute Morgen ist wie vergessen. Als hätte es nie stattgefunden. In mir wächst eine Energie, mit der ich mich fühle, als könnte ich alles schaffen. Den ganzen Weg über zum Anwesen der Cunninghams grinse ich und überlege, wie ich weiter vorgehen kann.

Vielleicht schicke ich meine Demos an Produzenten? Oder ich starte einen Youtube-Channel? Bei Justin Bieber war das immerhin der Durchbruch.

Ich lasse mich gerade auf unser neues Bett fallen und will Logan eine Nachricht schreiben, als es losgeht.

Von jetzt auf gleich.

Krämpfe. Unerträgliche, heftige Krämpfe, als würden imaginäre Hände meinen Magen zerreißen. Das Handy rutscht mir aus der Hand, und ich krümme und winde mich.

Keine Ahnung, wie lange ich in dieser Embryostellung auf dem Bett kauere und mich vor Schmerz schüttle, aber es hört nicht auf.

Es wird immer schlimmer.

48

Logan

»Logan, hey!«

Ich drehe mich um und sehe, wie meine kleine Schwester auf der anderen Straßenseite steht und mir zuwinkt. Sie trägt ihren braunen Lederrucksack und ihre Haare zu einem eingeflochtenen Zopf um ihren Kopf herum.

Sie deutet auf eine Ampel ein paar Meter weiter und bedeutet mir, zu warten.

»Was machst du hier?«, frage ich sie, als sie schließlich bei mir ist.

Autumn grinst. »Ich habe Juri Imanowa gestalkt.«

»Was? Wo?«

»An der New York Ballet Academy.«

»Autumn«, sage ich, nehme sie an der Hand und gehe weiter. »So etwas macht man nicht. Du kannst nicht einfach andere Menschen stalken.«

»Er hat mich ja nicht gesehen.«

»Das hat Stalken so an sich.«

»Schön. Nächstes Mal erzähle ich es dir einfach nicht.«

Ich verdrehe die Augen, lächle aber.

»Wo gehst du hin?«, fragt Autumn.

»Zu einem Bekannten meines Cousins. Unseres Cousins, meine ich. Um Grace einen Gefallen zu tun, von dem ich noch nicht weiß, ob es funktioniert.«

Meine Schwester gibt sich Mühe, mit mir Schritt zu halten. »Wo ist Grace?«

»Zu Hause. Ich kann sie doch nicht mitnehmen, wenn ich etwas für sie plane. Sie denkt, ich treffe mich mit meinem Produzenten.«

»Okay.« Sie weicht einem vorbeihastenden Mann im Anzug aus, der uns vom Times Square entgegenkommt. Es ist noch früh, deshalb geht es noch mit dem Touristenansturm. Gegen Abend wird es heftiger. Dann fühlt man sich wie eine Biene neben tausend anderen in einem Bienenstock.

»Wer ist unser Cousin?«

Oh, stimmt. Das weiß sie ja noch gar nicht.

»Caleb West. Kennst du ihn? Er ist …«

»DER SCHAUSPIELER?« Meine Schwester bleibt stehen und presst sich die kleinen Hände an die Wangen, wobei ihre Lippen zusammengequetscht werden. »CALEB WEST IST MEIN COUSIN?«

»Ja. Bleib nicht stehen, Autumn, ich muss pünktlich sein.«

Sie hechtet hinter mir her, die Augen immer noch riesig wie zwei große Untertassen. »Ich fasse es nicht. Damit schlage ich Broderick um Längen. Sein Onkel ist Mitarbeiter von Elton John. Ich kann es kaum erwarten, ihm das zu erzählen!«

Ich strecke einen Arm aus, um Autumn in ihrem Fan-Wahn daran zu hindern, über die Straße zu laufen. Ein Taxi rauscht an uns vorbei, und ich warte, bis zwei weitere Autos vorbei sind und wir rüberlaufen können.

»Warte lieber noch damit. Caleb weiß noch nichts von dir. Das wäre komisch, wenn er plötzlich Anrufe von seinem Manager erhält, dass es eine verschollene Cunningham gibt. Ich sag's ihm vorher, okay?«

»Okay. Aber nicht zu lange warten.«

»Nein.« Wir bleiben vor einem Backsteingebäude stehen, an dem eine Leuchtreklame ein Corona abbildet, das in verschiedenen Farben blinkt.

Ich drücke auf das richtige Klingelschild, während Autumn ein Mädchen beobachtet, das einen Heliumballon hinter sich herzieht. Ich glaube, es ist dieser Elch von der Eiskönigin, aber ich kenne mich damit nicht gut genug aus. Jedenfalls ist er hässlich. Ist wohl von einem Billighersteller.

Die Tür summt. Autumn und ich gehen bis in das dritte Stockwerk, und sie beschwert sich nicht einmal.

Vor der Tür steht ein breitschultriger Securitymann. Er hat eine Glatze, die so glatt ist, dass die Lampe schräg hinter ihm sich darin spiegelt.

»Hey. Ich habe ein Treffen mit José Sanchez.«

Der Türsteher mustert mich von unten bis oben. »Aha. Das sagen viele.«

»Fragen Sie ihn. Caleb West hat mich angekündigt.«

»Höre ich da Caleb West?« Hinter dem bulligen Kopf des Türstehers taucht ein kleiner Mann mit eckiger Brille und sehr, wirklich sehr vielen Brusthaaren auf, die über dem Ausschnitt seines Hawaiihemds hervorlugen. Seine Flipflops – schlapp, schlapp – schlabbern bei jedem Schritt, als er auf uns zukommt.

»Du musst Logan Cunningham sein, richtig?«

Ich nicke und deute mit dem Kopf auf Autumn. »Das ist meine Schwester. Ich würde sie gern kurz mit reinnehmen, wenn es nichts ausmacht.«

José winkt ab. »Aber klaaaar. Rein mit euch. Geh beiseite, Andy. Sei so gut.«

Der Türsteher tut, was sein Boss ihm sagt, und wir treten ein. Es riecht seltsam hier. Steril und gleichzeitig nach Gras. Plötzlich wünschte ich, Autumn nicht mit hochgebracht zu haben.

José führt uns in einen großen Raum, der wohl zu anderen Zwecken als Konferenz- oder Besprechungszimmer benutzt wird. Er schwingt sich auf einen Drehstuhl, legt die Beine auf den Tisch und überkreuzt seine Flipflop-Füße, die voller Hornhaut sind. Ich glaube, er hat Nagelpilz.

Autumn rümpft die Nase, sagt aber nichts. Dafür kaufe ich ihr später ein Eis.

»So. Was liegt an, Dude?« Sanchez schiebt sich seine Brille die Nase hoch, während ich in meiner Manteltasche krame und ihm unter die Nase halte, von dem ich die ganze Zeit über befürchtet habe, es könnte kaputtgehen.

»Nur das hier. Ganz unverbindlich. Ich würde mich einfach freuen, wenn du dir vielleicht kurz dafür Zeit nimmst und … und mich dann anrufst. Mir sagst, was du davon hältst. Wäre das möglich?«

José nimmt es entgegen, als würde ich ihm eine Handgranate reichen. Dabei lässt er mich nicht aus den Augen. »Du weißt, was du für ein Scheißglück hast, dass Caleb dein Cousin ist?«

»Weiß ich.«

»Gut.« Sanchez zuckt die Achseln. »Ich melde mich dann.«

»Danke.«

Scheinbar hält José es für zu viel, Autumn und mich hinauszubegleiten, denn er beginnt damit, sich auf seinem Drehstuhl im Kreis zu drehen, an die Decke zu starren und leise zu kichern.

Wir finden allein raus. Der Türsteher lässt uns ohne ein weiteres Wort gehen, und ich bin nur erleichtert, meine Schwester wieder aus dem Grasgeruch rauszuholen.

»Willst du ein Eis?«

Autumn strahlt. »Klar. Mit Schokosoße.«

»Was immer du willst.«

Sie isst drei Kugeln mit Sahne, und ich bin froh, dass sie nicht bereits damit anfängt, Kalorien zu zählen, um dünner als die anderen Mädchen vom Ballett zu sein. Hoffentlich bleibt das so. Danach bringe ich sie zurück ins Internat, wobei ich ihr noch mindestens siebenmal versprechen muss, dass ich mit Caleb spreche und sie ihn kennenlernen darf.

»Grace?«, rufe ich, als ich die Tür des Poolhauses aufschließe.

Sie antwortet nicht. Ich lege meine Schlüssel auf die Kücheninsel und werfe meinen Mantel auf das neue Sofa, ehe ich die Treppe nach oben gehe und …

»Oh mein Gott.«

Grace liegt gekrümmt im Bett und wimmert. Ich beuge mich über sie, doch sie kann mich nicht einmal richtig ansehen. Ihr Gesicht ist schmerzverzerrt.

»Es tut so weh«, flüstert sie. »Mach, dass es aufhört. Bitte.«

»Ich bringe dich zum Arzt.«

Ohne ein weiteres Wort hebe ich sie auf die Arme und verlasse das Poolhaus.

49

Grace

Ein leises Piepen weckt mich.

Meine Augen sind bleischwer. Ich bin zu müde, um sie zu öffnen, frage mich aber gleichzeitig, wo ich bin.

Ein weiches Kissen umschmeichelt meinen Kopf, und über mir liegt eine Decke. Außerdem nehme ich den sterilen Geruch von Desinfektionsmittel wahr, aber sonst ist da nichts. Nur dieses ständige Piepen.

Piep. Piep. Piep.

Als ich versuche, meinen Arm zu bewegen, spüre ich, dass mir ein Schlauch auf dem Handrücken klebt.

Was zur …

Ich öffne meine Augen. Logan sitzt neben mir auf einem braunen Stuhl mit orangenem Sitzpolster. Er sieht nicht, dass ich wach bin, weil er den Kopf gesenkt hält und die Arme hinter dem Kopf verschränkt hat.

Ich lasse den Blick durch das Zimmer schweifen und nehme wahr, dass wir im Krankenhaus sind. Mir kleben Sticker auf der Brust, die zu einem Computer neben meinem Kopf führen.

Er misst meinen Puls. Deshalb dieses Piep-Piep-Piep.

»Logan, was …«

Sein Kopf zuckt hoch. Er lässt die Arme sinken und nimmt meine Hand. »Du bist wach.«

»Was ist passiert?« Meine Stimme ist rau, und eigentlich weiß ich nicht, ob ich wissen will, was passiert ist. Das ist meistens so. Man fragt, obwohl man gar keine Antwort möchte. Das Informationsbedürfnis des Menschen ist schon seltsam. Wir nehmen in Kauf, uns selbst zu verletzen. Nur, um etwas zu erfahren und unsere Neugier zu stillen. Verrückt.

Verrückte, irre Welt.

»Dein Blinddarm«, sagt Logan. »Er … er war entzündet.«

»Was?«

Das kann nicht sein. Mein Blinddarm kann nicht entzündet gewesen sein. Ich hatte nie irgendwelche Beschwerden. Außer Unterleibsschmerzen und dieses Stechen in letzter Zeit, aber das muss doch normal sein, wenn man schwanger …

Oh mein Gott. Schwanger.

Innerhalb von Sekunden rast mein Herz. Meine Hände zittern, als ich die Decke runterschiebe und ich das grüne Hemdchen sehe, das mir verrät, warum ich das Laken der Matratze so intensiv auf meiner Haut spüre.

Es ist hinten frei. Weil es ein Operationshemd ist.

Ich wurde operiert.

Mit panisch geweiteten Augen reiße ich das Hemd hoch, um meinen Bauch zu sehen. Irgendjemand hat mir eine Unterhose angezogen. Eine schlabberige weiße, für die ich mich vielleicht schämen sollte vor Logan, aber gerade drehen sich meine Gedanken nur um meine mit Jod vollgeschmierte Haut, wo auf der rechten Seite ein großes weißes Pflaster klebt, das beinahe die Hälfte meines Bauchs bedeckt.

»Das Baby«, presse ich hervor. »Was ist mit dem Baby, Logan?«

Er sagt nichts. Meine Brust schnürt sich zusammen und raubt mir jeglichen Atemzug. Mir wird schwindlig, und schwarze Punkte tanzen vor meinem Sichtfeld. Warum sagt er nichts? Er muss etwas sagen! Muss lächeln und mir bestätigen, dass mit dem Baby alles gut ist. Dass mit *unserem* Baby alles gut ist.

Aber er tut es nicht. Sitzt einfach nur da und starrt auf das riesige Pflaster, als wäre es die Lösung all seiner Fragen.

»Was ist mit dem Baby?«, rufe ich, hole panisch Luft und bekomme doch kaum welche in meine Lunge.

»Ich weiß es nicht«, sagt Logan.

»Du weißt es nicht?« Der Raum beginnt zu schaukeln. Hin und her und her und hin. Vielleicht gibt es ein Erdbeben.

Ein Erdbeben in New York.

Vielleicht werden wir alle sterben. Was paradox wäre, weil ich in einem Krankenhausbett liege.

Vielleicht wäre es mir in diesem Augenblick egal.

Ich glaube, jetzt erst zu wissen, wie Hoffnungslosigkeit sich anfühlt. Sie ist wie ein Wurm, der sich durch meine Emotionen und das Glück in meinem Körper frisst, bis nichts davon mehr übrig und der Wurm überdimensional groß ist.

So stelle ich mir Depressionen vor. Wenn Menschen von diesem riesigen Wurm der Hoffnungslosigkeit befallen sind, der nicht mehr schrumpft und ihre Seele schon viel zu lange eingenommen hat.

Ich spüre diese Hoffnungslosigkeit zum ersten Mal und kann mir nicht vorstellen, wie Menschen, die dauerhaft damit zu kämpfen haben, überleben können.

Sie müssen die stärkste Seele überhaupt haben, um das zu schaffen.

»Du hattest beinahe einen Blinddarmdurchbruch und musstest notoperiert werden, Grace. Ich habe denen gesagt, dass du schwanger bist, aber sie meinten, es gibt keine andere Möglichkeit mehr. Es war schon zu spät. Seit sie dich hier reingeschoben haben, warte ich auf Antwort. Aber keiner will mir etwas sagen. Sie meinten, ich müsste auf den Arzt warten.«

Ich schließe die Augen und lasse den Kopf zurücksinken. Hinter meinen Schläfen pocht es.

Eigentlich ist mir klar, was der Arzt sagen wird.

Das Baby hat es leider nicht geschafft, aber hey! Die Operation ist gut verlaufen! Freuen Sie sich!

Logan legt seine Wange auf meinen Arm, während er meine Hand streichelt. Und so warten wir eine ganze Weile, ohne dass einer von uns das Wort erhebt.

Bloß die pure Stille um uns.

Manchmal ist Stille erlösend. Es verschafft Frieden und so was wie Heilung in Momenten, die eigentlich nicht geheilt werden können.

Manchmal ist die Stille aber auch etwas Grauenvolles. Sie kann solche Qualen auslösen, dass man verrückt wird.

Man sagt, Heath Ledger hat sich umgebracht, weil die Stille zu lange ein Freund von ihm war. So lange, bis er Teil von ihr wurde.

Jetzt gerade fühle ich ein bisschen von beidem. Die Stille erlöst mich. Und sie quält mich.

Ich glaube, Logan geht es genauso.

Keine Ahnung, wie lange wir so dasitzen, schweigen und dem ständigen *Piep-Piep-Piep* zuhören, aber irgendwann öffnet sich die Tür, und der Arzt kommt herein.

Sein weißer Kittel bauscht um ihn herum. Er trägt ein Klemmbrett mit sich und lächelt, was er vermutlich den ganzen Tag tut, weil das Leiden seiner Patienten nicht seine eigenen Qualen sind. Oder aber sie werden zu seinen eigenen Qualen, und er muss lächeln, um nicht durchzudrehen. Um seinem eigenen Kopf vorzuspielen, ihm ginge es gut.

»Grace Bishop.« Er stützt sich mit den Unterarmen auf das Fußteil des Bettes und sieht mich mit einem tadelnden Blick an, als hätte ich beschlossen, mit einem Fahrrad einen steilen Hügel herunterzufahren. »Sie hätten früher zum Arzt gehen müssen.«

»Ich habe nichts gemerkt.«

Der Arzt nickt und tippt mit seinem Kuli auf dem Klemmbrett. »Das ist nicht ungewöhnlich. Wenn eine Schwangerschaft besteht, werden die Schmerzen fälschlicherweise oft damit in Verbindung gebracht. Aber es war wirklich knapp, Grace.«

Der Arzt spricht mit mir, als wären wir alte Freunde. Dabei kenne ich ihn gar nicht. Und ich will nicht, dass er so mit mir spricht, wenn ich noch nicht weiß, ob er mein Baby getötet hat.

Verrückt, wie schnell mein Körper eine Bindung aufgebaut hat, obwohl ich nicht schwanger werden wollte. Obwohl es mich eigentlich jeden Tag aufs Neue fertig gemacht hat. Und doch hänge ich mich gerade an jeden einzelnen Strohhalm, der noch zwischen mir und dem riesigen Wurm der Hoffnungslosigkeit passt.

»Was ist mit dem Baby?«, fragt Logan, der mindestens so fertig aussieht, wie ich mich fühle. Seine Haare sind durcheinander, und unter seinen Augen liegen dunkle Schatten.

Der Arzt lächelt und richtet sich auf. Ich weiß nicht, ob er einfach nur so lächelt, weil er das den ganzen Tag macht, oder ob es etwas Gutes zu bedeuten hat. Er soll einfach antworten, aber sein Lächeln zieht sich in die Länge und verzögert den Moment, der uns Klarheit schafft.

»Nun, ihr habt da ein kleines Kämpferherz. Die Blutwerte sehen gut aus. Weiterhin einen hohen HCG-Wert.«

Das Glücksgefühl, das mich bei seinen Worten durchströmt, lässt den riesigen Wurm zu einem Staubkorn verpuffen, der sich ins Nichts verweht.

Logan atmet erleichtert aus und wischt sich über das Gesicht. »Oh, Gott sei Dank«, murmelt er, und mir wird erst jetzt bewusst, wie sehr wir beide dieses Baby wollen. In der letzten Woche haben wir uns so darauf konzentriert, uns mit dem Gedanken zu arrangieren, dass wir gar nicht gemerkt haben, dass wir das nicht müssen. Unser Herz hat die Arbeit ganz allein gemacht und dabei nichts auf den Kopf gegeben – wie so häufig.

Logan drückt meine Hand, und ich merke erst jetzt, dass ich vor Erleichterung weine.

Der Arzt tippt auf seinem Kuli herum, aber mich stört es nicht. Plötzlich stört mich gar nichts mehr. Nicht einmal sein Lächeln.

»Trotzdem ist erst einmal Bettruhe angesagt. Ich verschreibe dir zur Sicherheit Progesteron, damit die kleine Blase sich nicht doch noch verabschiedet. Außerdem musst du noch ein Antibiotikum einnehmen. Keine Sorge, ich verschreibe dir ein Beta-Lactam. Die sind auch während einer Schwangerschaft geeignet. Bist du allergisch gegen Penicillin?«

Ich schüttle den Kopf, und der Arzt wirkt zufrieden. »Sehr schön. Bis morgen solltest du noch hierbleiben, dann schauen wir mal, ob du gehen kannst. Klingt das gut?«

Ich frage mich, ob er mal auf der Kinderstation gearbeitet hat, denn irgendwie fühle ich mich in seiner Gegenwart so. Aber trotzdem nicke ich.

»Sehr schön.« Ein letzter Klick auf seinen Kuli, dann steckt er ihn in seine Kitteltasche, überprüft noch einmal meine Pulssticker und schnippt kurz gegen den Tropf, ehe er – natürlich lächelnd – das Zimmer verlässt.

Logan seufzt und lehnt seine Stirn auf die Matratze. »Ich schwöre, nicht einmal beim *Donavan*-Casting war ich so nervös wie eben gerade.«

»Der Arzt hat mich wahnsinnig gemacht.«

Logan hebt den Kopf und grinst. »Sein dämliches Lächeln.«

Wir lachen, doch ich stoppe abrupt, weil die Naht an meinem Bauch spannt und schmerzt. Logan streckt eine Hand aus und streicht mir über die Wange, ehe er mir eine meiner schlaff herunterhängenden Korkenzieher hinters Ohr streicht.

»Ich muss dir was sagen, weil ich es nicht länger für mich behalten kann.«

»Wenn du jetzt sagst, du hattest doch was mit Philine, ersteche ich dich mit meiner Infusionsnadel.«

Er lacht. »Gott, nein. Du Irre. Jetzt habe ich Angst vor dir.«

Ich grinse. »Erzähl.«

»Also …« Mit dem Finger wandert er meinen Arm entlang und macht kleine Trippelschritte, die sich angenehm auf meiner Haut anfühlen. »Ich habe gelogen, als ich sagte, ich hätte mich mit Wayland getroffen.«

Ich runzle die Stirn. »Okay. Wo warst du?«

»Bei José Sanchez.«

Wenn ich nicht eine fette Naht am Bauch hätte, würde ich mich jetzt abrupt aufsetzen. Aber so kann ich nur die Augen aufreißen und hoffen, dass es denselben Effekt hat.

»José Sanchez? Der Musikproduzent, der für MTV Music arbeitet?«

»Ja. Aber wenn du ihn in echt triffst, ist er gar nicht mehr so toll. Irgendwie ist er voll der Depp.«

»Oh mein Gott. Okay. Ich dachte, der wäre richtig cool.

Er wirkt immer so mit seiner Brille. Was hast du bei ihm gemacht?«

Logan hebt die Lider und setzt seinen Hundeblick auf. »Aber nicht sauer sein.«

»Versprochen. Sag jetzt.«

»Ich habe ihm deine Demo von *Child Of Shadow* gegeben, die wir im Schuppen aufgenommen haben. Er hat versprochen, reinzuhören und sich dann zu melden.«

»Oh mein Gott«, wiederhole ich, weil ich es nicht fassen kann und mein Wortschatz immer sehr beschränkt ist, wenn ich etwas nicht fassen kann. »Im Ernst jetzt?«

Logan nickt. »Ich habe Caleb angerufen, und er meinte, er könnte da was drehen, weil Sanchez noch einen gut bei ihm hätte. Also hat er das Treffen klargemacht.«

Mir steht der Mund offen. »Glaubst du, der wird sich echt melden?«

Logan grinst und hält sein Handy in die Höhe. »Hat er schon. Vor zwei Stunden etwa, als du noch geschlafen hast.«

Ein Kribbeln fährt mir durch die narkoseschwachen Glieder und erweckt sie wieder zum Leben. Plötzlich stehe ich unter totalem Adrenalinrausch und fühle mich, als könnte ich einen Fallschirmsprung machen. »Was hat er gesagt?«

»Er findet es gut. Noch verbesserungswürdig meinte er, aber er sieht Potenzial. Und wenn du bereits wärst, mit ihm an dir zu arbeiten, würde er das gern angehen.«

»Das glaube ich dir nicht.«

Logan lacht und hält mir das Handy unter die Nase. »Ruf ihn an, wenn du mir nicht glaubst.«

Ich will kreischen, habe aber Angst, dass dann die Schwestern ins Zimmer stürmen, also wedele ich nur wie ein Pinguin auf Speed mit den Armen und tue so, als würde ich schreien.

»Kann trotzdem sein, dass da noch einiges auf dich zukommt und du viele kleine Schritte mitnehmen musst, bis du ganz oben bist, aber … Fuck, das ist José Sanchez. Mit ihm hast du richtige Chancen, Grace.«

»Ich weiß. Ich mach das. Egal, wie lange es dauert. Ich will singen, Logan, unbedingt.«

»Sehr gut.« Logan küsst mich auf die Hand. »Etwas anderes hätte ich auch nicht akzeptiert.« Einen Augenblick sieht er mich an. Dann streckt er die Hand aus und streicht mir mit dem Daumen über die Lippen. »Weißt du eigentlich, wie stolz ich auf dich bin, dass du aus diesem goldenen Käfig deiner Eltern ausgebrochen bist? Du hast dich selbst gefunden, Grace, und damit bist du frei für dein ganzes Leben. Keiner kann dir mehr was. Und Bomberjacke steht dir sowieso viel besser als Kleid und Jimmy Choos.«

Ich lächle, während Logan sich zu meinem Bauch beugt und sanft darüberstreicht. »Du hast die beste Mama der Welt, weißt du das schon? Sie wird dir zeigen, dass es im Leben viel wichtigere Dinge als Geld und Ansehen gibt. Man ist nämlich genug, auch wenn man nicht immer perfekt ist. Hast du gehört? Du darfst rülpsen, wenn andere dabei sind. Wir erlauben es dir. Du darfst auch gern aus der Reihe tanzen und ganz anders sein, als alle anderen, wenn du das willst. Du bist genau richtig, so, wie du bist. Und wie du dich entscheidest, sein zu wollen. In welche Richtung das auch gehen mag. Wir lieben dich bedingungslos, kleiner Schwibbelschwabbel. Und soll ich dir was sagen? Perfekt war gestern.«

DANKSAGUNG

Puh, hier sind wir nun. 114.959 Wörter später. Der zweite Teil meiner *New York University*-Trilogie ist beendet, und ich weiß nicht, ob ich gerade vor Freude oder Sehnsucht weinen soll, weil ich Grace und Logan schon jetzt vermisse.

Aber wie schon im ersten Teil, möchte ich einigen Menschen dafür danken, dass ich bin wie ich bin und die Geschichte so geworden ist, wie sie ist.

Zuerst einmal dem Piper Verlag. Danke für deinen Einsatz, Eliane, du bist super!

Außerdem der Bookstagram-Community. Es macht mir Mut, dass ihr *Haunted Love* so mögt und mir ständig Zuspruch schickt. Ob mit Fotos, Rezensionen oder Nachrichten. Ihr seid echt der Hammer!

Meiner Schreibgruppe auf WhatsApp. Danke, für eure Tipps und dauerhafte Anwesenheit, selbst wenn ich euch um sechs Uhr in der Früh mal wieder damit nerve, ob wer mit mir schreibt.

Sandra – danke dafür, dass du testgelesen hast und mir sowieso eine der besten Freundinnen geworden bist. Ich hab dich so lieb! Gran Canaria is calling, girl.

Emily – danke für deine magischen Hände, die diese Reihe mit wahnsinnig schönen Covern ausgestattet hat. Du gibst meiner Geschichte ein Gesicht, und das ist unbezahlbar.

Meiner Mama und den Rest der Familie – danke, dass es euch gibt!

Claudia, Marco und Melli – ich hab euch lieb und kann nicht in Worte fassen, wie sehr ich eure Unterstützung schätze.

Danke auch an all die Buchhandlungen, die sich dazu entschlossen haben, *Haunted Love* auszulegen. Ihr habt meinen Kindheitstraum wahr gemacht.

Unaussprechlichen Dank auch an Jannik. Love you to the moon and back. Danke, dass du mit Emma rausgehst, die Wohnung sauber hältst, Butter von der Tankstelle kaufst und alles machst, damit ich schreiben kann. Danke, dass du an mich glaubst.

Zuletzt noch den größten Dank an meine Leser:

Ohne euch würde das hier nicht wahr werden. Ohne euch würde es *Haunted Trust* nicht geben. Ich schenke euch mein Herz für eure Freude an dieser Geschichte.

Danke, dass es euch gibt.